BERNARD CORNWELL

O Inimigo de Deus

As Crônicas de Artur
volume 2

Tradução de
ALVES CALADO

1ª edição

EDIÇÕES
BestBolso

RIO DE JANEIRO – 2015

CIP-BRASIL. CATALOGAÇÃO NA PUBLICAÇÃO
SINDICATO NACIONAL DOS EDITORES DE LIVROS, RJ

Cornwell, Bernard, 1944-
C834i O inimigo de Deus / Bernard Cornwell; tradução Alves Calado. – 1ª ed. – Rio de Janeiro: BestBolso, 2015.
12 × 18 cm.(As crônicas de Artur; 2)

Tradução de: Enemy of God
Sequência de: O rei do inverno
Continua com: Excalibur
ISBN 978-85-7799-465-6

1. Ficção inglesa. I. Alves-Calado, Ivanir, 1953-. II. Título. III. Série.

CDD: 823
14-14611 CDU: 821.111-3

O inimigo de Deus, de autoria de Bernard Cornwell.
Título número 406 das Edições BestBolso.
Primeira edição impressa em setembro de 2015.
Texto revisado conforme o Acordo Ortográfico da Língua Portuguesa.

Título original inglês:
ENEMY OF GOD (THE WARLORD CHRONICLES – 2)

www.edicoesbestbolso.com.br

Capa: Adaptação de Mariana Taboada a partir da capa publicada pela Editora Record (Porto+Martinez, Rio de Janeiro, 2002).

Impresso no Brasil

ISBN 978-85-7799-465-6

EDIÇÕES BESTBOLSO

O inimigo de Deus

Bernard Cornwell é considerado um dos maiores escritores de ficção histórica na Inglaterra: publicou mais de quarenta livros e foi traduzido para 16 idiomas. Nascido em 1944, em Londres, casou-se com uma americana e mudou-se para os Estados Unidos. A série *Crônicas Saxônicas* foi sua primeira saga e narra as aventuras de um soldado britânico nas guerras napoleônicas. A pesquisa aprofundada e a riqueza de detalhes em suas obras o destacaram como um grande conhecedor da história inglesa e um brilhante romancista. *O inimigo de Deus* é o segundo volume da trilogia As crônicas de Artur, que foi iniciada com *O rei do inverno* e se completa com *Excalibur*. No Brasil, o autor já vendeu cerca de 800 mil exemplares e as séries As crônicas de Artur, As aventuras de Sharpe e Crônicas saxônicas são grandes sucessos.

O inimigo de Deus é para Susan Watt,
sua única inspiradora

Prefácio

O inimigo de Deus é o segundo romance da série As crônicas de Artur, e se segue imediatamente aos acontecimentos descritos em *O rei do inverno*. Naquele livro o rei da Dumnonia e Grande Rei da Britânia, Uther, morre e é sucedido pelo neto Mordred, um bebê aleijado. Artur, filho bastardo de Uther, é nomeado um dos guardiões de Mordred, e com o tempo se transforma no mais importante desses guardiões. Artur está decidido a cumprir o juramento feito a Uther, de que Mordred, na maioridade, ocupará o trono de Dumnonia.

Artur também está decidido a trazer a paz para os litigiosos reinos britânicos. O maior dos conflitos é entre Dumnonia e Powys, mas quando Artur é convidado a se casar com Ceinwyn, uma princesa de Powys, parece que a guerra poderá ser evitada. Em vez disso, entretanto, ele foge com a princesa Guinevere, e esse insulto a Ceinwyn provoca anos de guerra que só terminam quando Artur derrota o rei Gorfyddyd de Powys na batalha do vale do Lugg. Então o trono de Powys passa para Cuneglas, irmão de Ceinwyn, que, como Artur, quer a paz entre os britânicos, de modo que possam concentrar suas lanças contra o inimigo comum, os saxões (ou *sais*).

O rei do inverno, como este livro, era narrado por Derfel (pronuncia-se Dervel), um jovem escravo saxão que cresceu na casa de Merlin e se tornou um dos guerreiros de Artur. Artur mandou Derfel à Armórica (a atual Bretanha), onde ele participou da malfadada campanha para preservar o reino britânico de Benoic contra os invasores francos. Dentre os refugiados de Benoic que voltam à Britânia está Lancelot, rei de Benoic, que agora Artur quer casar com Ceinwyn e colocar no trono de Silúria. Derfel se apaixonou por Ceinwyn.

O outro amor de Derfel é Nimue, sua amiga de infância que se tornou auxiliar e amante de Merlin. Merlin é um druida, líder da facção que deseja restaurar a Britânia aos seus Deuses antigos, e com esse objetivo procura um Caldeirão, um dos Treze Tesouros da Britânia. Tal busca, para Merlin e Nimue, suplanta de longe qualquer batalha contra outros reinos ou invasores. Opondo-se a Merlin estão os cristãos da Britânia, e um dos líderes desses cristãos é o bispo Sansum, que perdeu grande parte de seu poder ao desafiar Guinevere. Agora Sansum está em desgraça, servindo como abade no mosteiro do Espinheiro Sagrado em Ynys Wydryn (Glastonbury).

O rei do inverno terminou com Artur vencendo a grande batalha no vale do Lugg. O trono de Mordred está seguro, os reinos do Sul da Britânia são aliados, e Artur, ainda que não seja rei, é seu líder inquestionável.

Personagens

Ade	Amante de Lancelot
Aelle	Rei saxão
Agrícola	Comandante guerreiro de Gwent, que serve ao rei Tewdric
Ailleann	Ex-amante de Artur, mãe de seus filhos gêmeos Amhar e Loholt
Amhar	Filho bastardo de Artur e Ailleann
Artur	Comandante guerreiro de Dumnonia, guardião de Mordred
Balin	Um dos guerreiros de Artur
Ban	Antigo rei de Benoic (um reino na Bretanha), pai de Lancelot
Bedwin	Bispo em Dumnonia, principal conselheiro
Bors	Primo de Lancelot, campeão
Brochvael	Rei de Powys depois da época de Artur
Byrthig	Edling (príncipe herdeiro) de Gwynedd, mais tarde rei
Cadoc	Bispo cristão, santo reputado e recluso
Cadwallon	Rei de Gwynedd
Cadwy	Príncipe rebelde de Isca
Callyn	Campeão de Kernow
Cavan	Segundo em comando de Derfel
Cei	Companheiro de infância de Artur, agora um de seus guerreiros
Ceinwyn	Princesa de Powys, irmã de Cuneglas
Cerdic	Rei saxão
Culhwch	Primo de Artur, um de seus guerreiros
Cuneglas	Rei de Powys, filho de Gorfyddyd

CYTHRYN	Magistrado dumnoniano, conselheiro
DERFEL CADARN	O narrador, nascido saxão, um dos guerreiros de Artur e mais tarde monge
DIAN	Filha mais nova de Derfel
DINAS	Druida siluriano, gêmeo de Lavaine
DIWRNACH	Rei irlandês de Lleyn, país anteriormente chamado Henis Wyren
EACHERN	Um dos lanceiros de Derfel
ELAINE	Mãe de Lancelot, viúva de Ban
EMYRS	Bispo em Dumnonia, sucessor de Bedwin
ERCE	Mãe de Derfel, também chamada de Enna
GALAHAD	Meio-irmão de Lancelot, príncipe da perdida Benoic
GORFYDDYD	Rei de Powys morto no vale do Lugg, pai de Cuneglas e Ceinwyn
GUINEVERE	Mulher de Artur
GUNDLEUS	Ex-rei de Silúria, morto após a batalha do vale do Lugg
GWENHWYVACH	Irmã de Guinevere, princesa da perdida Henis Wyren
GWLYDDYN	Serviçal de Merlin
GWYDRE	Filho de Artur e Guinevere
HELLEDD	Mulher de Cuneglas, rainha de Powys
HYGWYDD	Serviçal de Artur
IGRAINE	Rainha de Powys, após o tempo de Artur, casada com Brochvael
IORWETH	Druida de Powys
ISOLDA	Rainha de Kernow, casada com Mark
ISSA	Um dos lanceiros de Derfel, mais tarde seu segundo em comando
LANCELOT	Rei exilado de Benoic
LANVAL	Um dos guerreiros de Artur
LAVAINE	Druida siluriano, gêmeo de Dinas
LEODEGAN	Rei exilado de Henis Wyren, pai de Guinevere e Gwenhwyvach

LIGESSAC	Traidor exilado
LOHOLT	Filho bastardo de Artur, gêmeo de Amhar
LUNETE	Ex-amante de Derfel, agora dama de companhia de Guinevere
MAELGWYN	Monge em Dinnewrac
MALAINE	Druida em Powys
MALLA	Esposa saxã de Sagramor
MARK	Rei de Kernow, pai de Tristan
MELWAS	Rei exilado dos Belgae
MERLIN	Principal druida de Dumnonia
MEURIG	Edling (príncipe herdeiro) de Gwent, mais tarde rei
MORDRED	Rei de Dumnonia, filho de Norwenna
MORFANS	"O Feio", um dos guerreiros de Artur
MORGANA	Irmã mais velha de Artur, ex-principal sacerdotisa de Merlin
MORWENNA	Filha mais velha de Derfel
NABUR	Magistrado cristão em Durnovária
NIMUE	Amante de Merlin, sua principal sacerdotisa
NORWENNA	Mãe de Mordred, morta por Gundleus
OENGUS MAC AIREM	Rei irlandês de Demetia, uma terra anteriormente conhecida como Dyfed
PEREDUR	Filho de Lancelot e Ade
PYRLIG	Bardo de Derfel
RALLA	Serviçal de Merlin, casada com Gwlyddyn
SAGRAMOR	Comandante númida de Artur, Senhor das Pedras
SANSUM	Bispo em Dumnonia, mais tarde superior de Derfel em Dinnewrac
SCARACH	Mulher de Issa
SEREN	Segunda filha de Derfel
TANABURS	Druida de Silúria, morto por Derfel depois da batalha do vale do Lugg

Tewdric	Mais tarde, rei de Gwent, pai de Meurig, recluso cristão
Tristan	Edling (príncipe herdeiro) de Kernow, filho de Mark
Tudwal	Monge noviço em Dinnewrac
Uther	Rei morto de Dumnonia, avô de Mordred

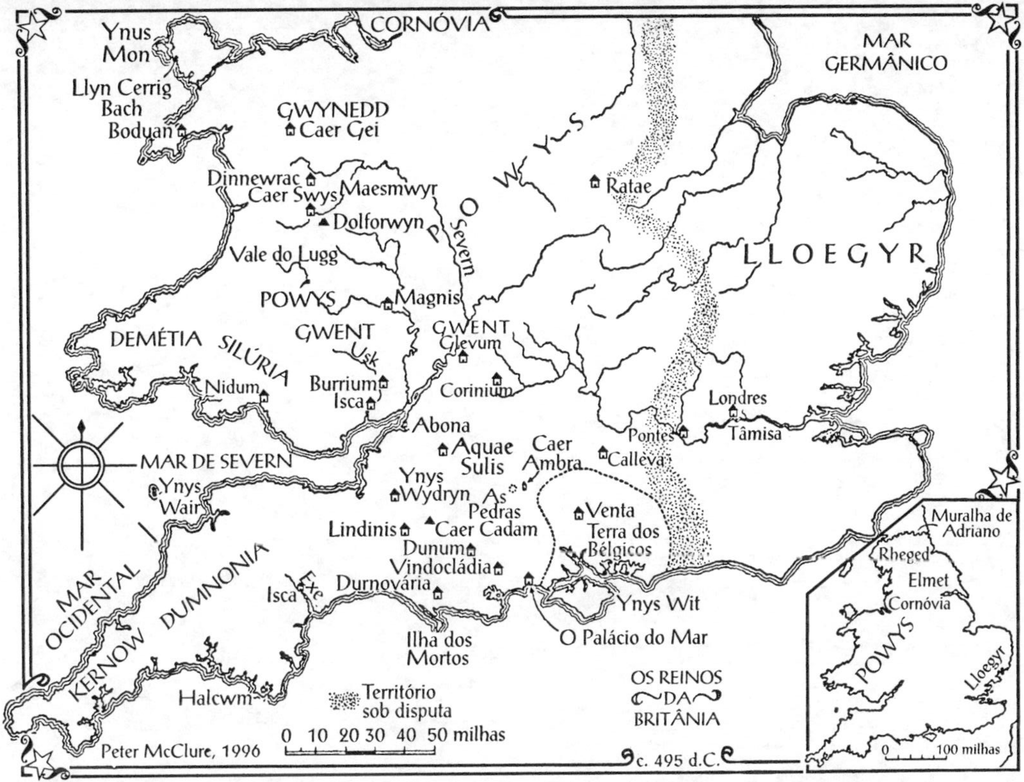
OS REINOS DA BRITÂNIA
c. 495 d.C.
MAR GERMÂNICO
CORNÓVIA
Ynus Mon
Llyn Cerrig Bach
Boduan
GWYNEDD
Caer Gei
Dinnewrac
Caer Swys
Maesmwyr
Dolforwyn
Vale do Lugg
POWYS
O Severn
Magnis
Ratae
LLOEGYR
DEMÉTIA
SILÚRIA
GWENT
Usk
Nidum
Burrium
Isca
GWENT
Glevum
Corinium
Londres
Tâmisa
Pontes
Abona
Aquae Sulis
Caer Ambra
Calleva
MAR DE SEVERN
Ynys Wair
Ynys Wydryn
As Pedras
Venta
Terra dos Bélgicos
Lindinis
Caer Cadam
Dunum
Vindocládia
Durnovária
MAR OCIDENTAL
DUMNONIA
KERNOW
Isca
Exe
Ynys Wit
O Palácio do Mar
Ilha dos Mortos
Halcwm
Território sob disputa
0 10 20 30 40 50 milhas
Peter McClure, 1996
Muralha de Adriano
Rheged
Elmet
Cornóvia
POWYS
Lloegyr
0 100 milhas

Lugares

Abona	Avonmouth, Avon
Aquae Sulis	Bath, Avon
Benoic	Reino na Bretanha (Armórica), perdido para os francos
Boduan	Garn Boduan, Gwynedd
Broceliande	Reino britânico sobrevivente em Armórica
Burrium	Capital de Gwent. Usk, Gwent
Caer Ambra*	Amesbury Wiltshire
Caer Cadarn*	South Cadbury, Somerset
Caer Gei*	Capital de Gwynedd. Gales do Norte
Caer Sws	Capital de Powys. Caersws, Powys
Calleva	Silchester, Hampshire
Corinium	Cirencester, Gloucestershire
Cwm Isaf	Perto de Newtown, Powys
Dinnewrac*	Mosteiro em Powys
Dolforwyn	Perto de Newtown, Powys
Dun Ceinach*	Haresfield Beacon, perto de Gloucester
Dunum	Hod Hill, Dorset
Durnovária	Dorchester, Dorset
Ermid's Hall*	Perto de Street, Somerset
Glevum	Gloucester
Halcwm*	Salcombe, Gwent
Isca Dumnonia	Exeter, Devon
Isca Silúria	Caerleon, Gwent

*Os nomes de lugares marcados são fictícios.

Lindinis	Ilchester, Somerset
Lloegyr	A parte da Britânia ocupada pelos saxões, literalmente "as terras perdidas". Em galês moderno *Lloegr* significa Inglaterra
Llyn Cerrig Bach	O Lago das Pedrinhas, agora Vale Airfield, Anglesey
Vale do Lugg*	Mortimer's Cross, Hereford e Worcester
Magnis	Kenchester, Hereford & Worcester
Nidum	Neath, Glamorgan
Pontes	Staines, Surrey
Ratae	Leicester
As Pedras	Stonehenge
O Tor	Colina de Glastonbury, Somerset
Venta	Winchester, Hampshire
Vindocládia	Forte romano perto de Wimborne Minster, Dorset
Ynys Mon	Anglesey
Ynys Trebes*	Capital perdida de Benoic, Monte Saint-Michel, Bretanha
Ynys Wit	Ilha de Wight
Ynys Wydryn	Glastonbury, Somerset

Parte 1
A Estrada Escura

Hoje falei dos mortos.

Este é o último dia do ano que passou. As samambaias nos morros ficaram marrons, os olmos no final do vale perderam as folhas e teve início a matança do nosso gado para o inverno. Esta noite é a véspera de Samain.

Esta noite a cortina que separa os mortos dos vivos irá tremular, rasgar-se e finalmente desaparecer. Os mortos atravessarão a ponte de espadas e virão do Outro Mundo para este mundo, mas não os veremos. Serão sombras na escuridão, meros sussurros de vento numa noite sem vento, mas estarão aqui.

O bispo Sansum, o santo que comanda nossa pequena comunidade de monges, zomba dessa crença. Diz que os mortos não têm corpos de sombra nem podem atravessar a ponte de espadas, e em vez disso ficam em suas sepulturas frias à espera da última vinda de Nosso Senhor Jesus Cristo. Diz que é certo lembrarmos os mortos e rezar por suas almas imortais, mas seus corpos se foram. Estão corrompidos. Seus olhos se dissolveram deixando buracos escuros nos crânios, vermes liquefazem suas barrigas, e o mofo cobre de pelos seus ossos. O santo insiste em que os mortos não perturbam os vivos na véspera de Samain, mas até ele cuida de deixar um pedaço de pão junto ao fogão do mosteiro nesta noite. Fingirá que foi um descuido, mas mesmo assim essa noite haverá um pedaço de pão e um jarro d'água ao lado das cinzas da cozinha.

Deixarei mais. Uma taça de hidromel e um pedaço de salmão. São presentes pequenos, mas é tudo que posso dar, e esta noite vou colocá-los nas sombras perto do fogão. Depois irei para minha cela de monge para dar aos mortos as boas-vindas a esta casa fria sobre o morro despido.

Direi o nome dos mortos. Ceinwyn, Guinevere, Nimue, Merlin, Lancelot, Galahad, Dian, Sagramor; a lista poderia encher dois pergaminhos. Tantos mortos! Seus passos não farão barulho no chão nem assustarão os camundongos que vivem no teto de palha do mosteiro, mas até o bispo Sansum sabe que nossos gatos arquearão as costas e sibilarão nos cantos da cozinha quando as sombras que não são sombras chegarem ao nosso fogão para encontrar os presentes destinados a impedi-las de fazer maldades.

De modo que hoje pensei nos mortos.

Agora estou velho, talvez tão velho quanto Merlin era, mas nem de longe tão sábio. Acho que o bispo Sansum e eu somos os únicos que restam vivos dos grandes dias, e somente eu os recordo com carinho. Talvez alguns outros ainda vivam. Na Irlanda, quem sabe, ou nas vastidões ao norte de Lothian. Entretanto não sei deles, mas disto sei: que, se alguns outros vivem, eles, como eu, curvam-se diante da escuridão que se expande assim como os gatos se encolhem para longe das sombras desta noite. Tudo que amamos está destruído, tudo que fizemos foi derrubado e tudo que semeamos é colhido pelos saxões. Nós, britânicos, nos agarramos às altas terras do Oeste e falamos em vingança, mas não há espada que lute contra uma grande escuridão. Existem tempos, agora frequentes demais, em que só quero estar com os mortos. O bispo Sansum aplaude esse desejo e me diz que é certo que eu queira estar no céu, à mão direita de Deus, mas não creio que eu chegue ao céu dos santos. Pequei demais e por isso temo o inferno. Mas em vez disso ainda espero – contra minha fé – passar para o Outro Mundo. Porque lá, sob as macieiras de Annwn das quatro torres, espera uma mesa cheia de comida e apinhada com os corpos-sombra de todos os meus velhos amigos. Merlin estará engambelando, dando lições, murmurando e zombando. Galahad estará louco para interromper, e Culhwch, entediado com tanta falação, roubará um pedaço maior de carne e pensará que ninguém viu. E Ceinwyn estará lá, a amada e linda Ceinwyn, trazendo paz ao tumulto provocado por Nimue.

Mas ainda sofro a maldição de respirar. Vivo enquanto meus amigos festejam, e enquanto viver escreverei esta narrativa sobre Artur. Escrevo a pedido da rainha Igraine, a jovem esposa do rei Brochvael de Powys, que é protetor de nosso pequeno mosteiro. Igraine queria saber tudo que recordo sobre Artur, por isso comecei a escrever estas histórias, mas o bispo Sansum desaprova a tarefa. Diz que Artur era o Inimigo de Deus, filho do diabo, por isso escrevo em minha língua nativa, o saxão, que o santo não fala. Igraine e eu dissemos ao santo que estou escrevendo o evangelho de Nosso Senhor Jesus Cristo na língua do inimigo, e talvez ele acredite, ou talvez esteja se dando tempo até que possa provar nossa falsidade e então me punir.

Escrevo todos os dias. Igraine vem frequentemente ao mosteiro rezar para que Deus dê ao seu útero a bênção de um filho. Quando suas orações terminam, leva os pergaminhos e manda que sejam traduzidos para o britânico pelo escrivão da justiça de Brochvael. Acho que então Igraine muda a história, fazendo-a combinar com o Artur que ela deseja, e não com o Artur que existiu, mas talvez isso não importe, porque quem lerá algum dia essa narrativa? Sou como um homem construindo uma parede de pau a pique para resistir à enchente que se aproxima. Vem chegando a escuridão em que nenhum homem lerá. Haverá apenas os saxões.

Por isso escrevo sobre os mortos, e a escrita faz passar o tempo até que eu possa me juntar a eles; quando o irmão Derfel, um humilde monge de Dinnewrac, será de novo lorde Derfel Cadarn, Derfel, o Poderoso, Campeão de Dumnonia e amigo querido de Artur. Mas agora não passo de um monge com frio rabiscando lembranças com a única mão que me resta. E esta noite é a véspera de Samain, e amanhã é um novo ano. O inverno está chegando. As folhas mortas caem em redemoinhos brilhantes contra as sebes, aparecem tordos cantadores no restolho, gaivotas voaram para o interior, vindas do mar, e as galinholas se reúnem sob a lua cheia. É uma boa estação para escrever sobre coisas antigas, diz-me Igraine, por isso ela me trouxe um lote de peles novas, um frasco de tinta recém-preparada e um feixe de penas. Fale de Artur, diz ela, do Artur dourado, nossa última e melhor esperança, nosso rei que nunca foi rei, o Inimigo de Deus e flagelo dos saxões. Fale de Artur.

UM CAMPO APÓS a batalha é uma coisa pavorosa.

Tínhamos vencido, mas não havia empolgação em nossas almas, apenas cansaço e alívio. Tremíamos junto às fogueiras e tentávamos não pensar nos monstros e espíritos que tocaiavam o escuro onde os mortos do vale do Lugg estavam caídos. Alguns de nós dormiam, mas ninguém dormia bem porque os pesadelos do final da batalha nos assolavam. Acordei nas horas negras, assustado pela memória de um golpe de lança que por pouco não rasgou minha barriga. Issa havia me salvado, afastando a lança do inimigo para longe com a borda de seu escudo, mas fiquei assombrado pelo que quase acontecera. Tentei dormir de novo, mas a memória daquela lança me mantinha desperto, até que por fim, tremendo e cansado, levantei-me e me enrolei na capa. O vale estava iluminado por fogueiras espalhadas, e na escuridão entre as chamas pairava um miasma de fumaça e névoa do rio. Algumas coisas se moviam na fumaça, mas eu não podia dizer se eram fantasmas ou os vivos.

– Não consegue dormir, Derfel? – disse uma voz baixa na porta da construção romana onde estava o corpo do rei Gorfyddyd.

Virei-me e vi que era Artur quem me observava.

– Não consigo dormir, senhor.

Ele abriu caminho entre os guerreiros adormecidos. Usava uma das compridas capas brancas de que tanto gostava e, na noite feroz, ela parecia brilhar. Não havia lama na capa, nem sangue, e percebi que ele devia tê-la guardado em segurança para ter algo limpo que usar após a batalha. O resto de nós não se importaria se tivéssemos terminado a noite completamente nus, desde que vivêssemos, mas Artur sempre foi um homem meticuloso. Estava com a cabeça descoberta e o cabelo ainda mostrava as marcas de onde o elmo havia apertado o crânio.

– Nunca durmo bem depois de uma batalha, pelo menos durante uma semana. Depois vem uma abençoada noite de descanso. – Ele sorriu para mim. – Estou em dívida com você.

– Não, senhor – falei, mas na verdade ele estava em dívida. Sagramor e eu tínhamos sustentado o vale do Lugg durante todo aquele dia longo, lutando na parede de escudos contra uma vasta horda de inimigos, e Artur fracassara em nos resgatar. Um resgate que viera finalmente e com a vitória, mas, de todas as batalhas de Artur, a do vale do Lugg foi a mais próxima da derrota. Até a última batalha.

– Eu, pelo menos, me lembrarei da dívida – disse ele com carinho –, mesmo que você não lembre. Está na hora de torná-lo rico, Derfel, você e seus homens. – Ele sorriu e pegou meu cotovelo, guiando-me até um trecho de terra onde nossas vozes não perturbariam o sono inquieto dos guerreiros que estavam deitados mais perto das fogueiras fumarentas. O chão estava úmido, e a chuva tinha criado lama nas cicatrizes fundas deixadas pelos cascos dos grandes cavalos de Artur. Imaginei se os cavalos sonhavam com batalhas, depois imaginei se os mortos, recém-chegados ao Outro Mundo, ainda tremiam ao lembrar o golpe da lâmina ou da lança que mandara suas almas pela ponte de espadas. Artur interrompeu meus pensamentos: – Gundleus está morto, não é?

– Morto, senhor. – O rei de Silúria tinha morrido mais cedo, no início da noite, mas eu não vira Artur desde o momento em que Nimue arrancara a vida de seu inimigo.

– Eu o ouvi gritando – disse Artur com uma voz despreocupada.

– Toda a Britânia deve tê-lo ouvido gritando – respondi numa secura igual. Nimue havia tirado a negra alma do rei pedaço a pedaço, e o tempo todo cantarolava sua vingança contra o homem que a havia estuprado e arrancado um de seus olhos.

– Então Silúria precisa de um rei – disse Artur, depois olhou pelo comprido vale onde as formas negras pairavam na névoa e na fumaça. Seu rosto barbeado estava sombreado pelas chamas, que lhe davam uma aparência magra. Ele não era um homem bonito, mas também não era feio. Tinha um rosto singular; comprido, ossudo e forte. Em repouso era um rosto triste, sugerindo simpatia e meditação, mas na conversa se animava com entusiasmo e um sorriso rápido. Ele ainda era jovem na época, tinha apenas 30 anos, e o cabelo cortado curto não estava tocado pelo cinza. – Venha. – Ele tocou meu braço e fez um gesto para o interior do vale.

– O senhor quer andar entre os mortos? – Recuei, pasmo. Preferia esperar até que a alvorada expulsasse os fantasmas antes de me afastar da luz protetora das fogueiras.

– Nós os mandamos para o reino dos mortos, Derfel, você e eu. Eles é que deveriam nos temer, não é? – Ele jamais foi um homem supersticioso, não como o resto de nós, que vivíamos pedindo bênçãos, guardávamos amuletos e observávamos cada momento em busca de presságios que pudessem alertar contra perigos. Artur movia-se por aquele mundo de espíritos como um cego. – Venha – falou, tocando meu braço de novo.

Então fomos andando para o escuro. Não estavam todas mortas, aquelas coisas caídas na névoa, algumas pediam ajuda com gritos dignos de pena, mas Artur, normalmente o mais gentil dos homens, estava surdo aos lamentos frágeis. Pensava na Britânia.

– Vou para o sul amanhã, me encontrar com Tewdric – falou. O rei Tewdric era nosso aliado, mas se recusara a mandar seus homens para o vale do Lugg, achando que a vitória era impossível. Agora o rei estava em dívida conosco, porque tínhamos vencido para ele essa guerra. Mas Artur não era homem de guardar rancor. – Vou pedir a Tewdric que mande homens em direção ao leste, para enfrentar os saxões, mas mandarei Sagramor também. Isso deve sustentar a fronteira durante o inverno. Os seus homens – ele me deu um rápido sorriso – merecem descanso.

O sorriso me disse que não haveria descanso.

– Eles farão o que o senhor pedir – respondi obedientemente. Estava andando depressa, cauteloso com as sombras ao redor e fazendo com a mão direita o sinal contra o mal. Algumas almas, recém-arrancadas dos corpos, não acham a entrada do Outro Mundo e vagueiam pela superfície da terra buscando vingança contra seus assassinos. Muitas dessas almas estavam naquela noite no vale do Lugg, e eu as temia, mas Artur, sem perceber a ameaça, caminhava descuidado pelo campo da morte com uma das mãos levantando a bainha da capa, para mantê-la livre do capim molhado e da lama grossa.

– Quero os seus homens em Silúria – falou de modo decisivo. – Oengus Mac Airem vai querer saqueá-la, mas deve ser impedido. – Oengus era o rei irlandês de Demétia, que tinha mudado de lado na batalha, para dar a vitória a Artur, em troca de uma parte dos escravos e da riqueza do reino do falecido rei Gundleus. – Oengus pode pegar cem escravos – decretou Artur – e um terço do tesouro de Gundleus. Ele concordou com isso, mas tentará nos enganar.

– Vou garantir que ele não faça isso, senhor.

– Não, você não. Você deixaria Galahad liderar seus homens?

Assenti, escondendo a surpresa.

– Então o que o senhor quer de mim?

– Silúria é um problema – prosseguiu Artur, ignorando a pergunta. Em seguida parou, franzindo a testa enquanto pensava no reino de Gundleus. – Ele tem sido mal governado, Derfel, mal governado. – Falava com um nojo profundo. Para o resto de nós um governo corrupto era tão natural quanto neve no inverno ou flores na primavera, mas Artur ficava genuinamente horrorizado. Hoje em dia nos lembramos de Artur como um comandante guerreiro, como o homem brilhante em armadura polida que carregava uma espada lendária, mas ele gostaria de ser lembrado apenas como um governante bom, honesto e justo. A espada lhe dava poder, mas ele entregava esse poder à lei. – Não é um reino importante, mas causará problemas intermináveis se não dermos um jeito. – Ele estava pensando em voz alta, tentando antecipar cada obstáculo entre esta noite após a batalha e seu sonho de uma Britânia unida e pacífica. – A resposta ideal seria dividi-lo entre Gwent e Powys.

– Então por que não faz isso? – perguntei.

– Porque prometi Silúria a Lancelot – disse ele numa voz que não revelava qualquer contradição.

Fiquei quieto, mas toquei o punho de Hywelbane para que o ferro protegesse minha alma das coisas malignas da noite. Olhava para o sul, onde os mortos estavam caídos como uma linha de maré junto à cerca de árvores em que meus homens tinham lutado contra o inimigo durante todo aquele longo dia.

Existiram muitos homens corajosos naquela luta, mas não Lancelot. Em todos os anos em que eu tinha lutado por Artur, e em todos os anos desde que conhecia Lancelot, ainda não o vira na parede de escudos. Eu o vira perseguir fugitivos derrotados, e o vira liderar cativos num desfile diante da multidão empolgada, mas nunca o vira na pressão árdua, suada e barulhenta de duas paredes de escudos em luta. Ele era o rei exilado de Benoic, destronado pela horda de francos que saíra da Gália para varrer ao esquecimento o reino de seu pai, e nenhuma vez, pelo que eu soube, ele usara uma lança contra um bando de guerreiros francos, mas bardos de todos os calibres da

Britânia cantam sua bravura. Ele era Lancelot, o rei sem terra, o herói de cem lutas, a espada dos britânicos, o belo senhor triste, o modelo; e tudo nessa grande reputação fora construído pelas canções, e nada, pelo que eu soubesse, com uma espada. Eu era seu inimigo, e ele meu, mas ambos éramos amigos de Artur, e essa amizade mantinha nossa inimizade numa trégua incômoda.

Artur conhecia minha hostilidade. Ele tocou meu cotovelo e fomos para o sul, em direção à linha de maré dos mortos.

– Lancelot é amigo de Dumnonia – insistiu –, portanto, se ele governar Silúria não teremos o que temer vindo de lá. E se Lancelot se casar com Ceinwyn, Powys também o apoiará.

Pronto, estava dito, e agora minha hostilidade se eriçava de ira, mas mesmo assim não falei nada contra o esquema de Artur. O que poderia dizer? Eu era filho de uma escrava saxã, um jovem guerreiro com um bando de homens, mas sem terras, e Ceinwyn era uma princesa de Powys. Ela era chamada de *seren*, a estrela, e brilhava numa terra opaca como se fosse uma fagulha do sol caída na lama. Tinha sido noiva de Artur, mas o perdera para Guinevere, e essa perda trouxera a guerra que acabávamos de encerrar com a carnificina do vale do Lugg. Agora, pela paz, Ceinwyn deveria se casar com Lancelot, meu inimigo, enquanto eu, um mero nada, estava apaixonado por ela. Eu usava seu broche e carregava sua imagem nos pensamentos. Tinha até jurado protegê-la, e ela não rejeitara o juramento. Sua aceitação havia me preenchido com uma esperança insana de que meu amor não fosse impossível, mas era. Ceinwyn era uma princesa e devia se casar com um rei, e eu era um lanceiro nascido escravo e me casaria com quem pudesse.

Por isso não falei nada sobre meu amor por Ceinwyn, e Artur, que passou a dispor da Britânia naquela noite após a vitória, de nada suspeitava. E por que deveria? Se eu tivesse confessado que estava apaixonado por Ceinwyn, ele teria considerado isso uma ambição ultrajante, como um galo alimentado de esterco que quisesse se acasalar com uma águia.

– Você conhece Ceinwyn, não conhece? – perguntou ele.

– Sim, senhor.

– E ela gosta de você – falou, apenas pela metade em tom de pergunta.

– É o que ouso pensar – respondi, sincero, lembrando-me da beleza pálida e prateada de Ceinwyn e odiando a ideia de vê-la entregue aos belos cuidados de Lancelot. – Ela gosta de mim a ponto de ter dito que não sente entusiasmo por esse casamento.

– Por que sentiria? Ela não conheceu Lancelot. Eu não espero entusiasmo da parte dela, Derfel, apenas obediência.

Hesitei. Antes da batalha, quando Tewdric estava tão desesperado para terminar a guerra que ameaçava seu reino, fui em missão de paz a Gorfyddyd. A missão tinha fracassado, mas conversei com Ceinwyn e falei da esperança nutrida por Artur, de que ela se casasse com Lancelot. Ela não rejeitou a ideia, mas também não a recebeu bem. Na ocasião, claro, ninguém acreditava que Artur pudesse derrotar o pai de Ceinwyn em batalha, mas ela considerara essa possibilidade e me pedira para requisitar um favor a Artur, caso ele vencesse. Ceinwyn queria sua proteção, e eu, tão apaixonado, traduzi esse pedido como um rogo para que não fosse forçada a um casamento indesejado. Agora falei a Artur que ela pedira sua proteção.

– Ela ficou noiva muitas vezes, senhor – acrescentei –, e se desapontou com muita frequência, e acho que quer ser deixada em paz por um tempo.

– Tempo! – Artur gargalhou. – Ela não tem tempo, Derfel. Ela tem quase 20 anos! Não pode continuar solteira como um gato que não pega ratos. E com quem mais pode se casar? – Ele deu alguns passos. – Ofereço minha proteção, mas que proteção melhor Ceinwyn poderia querer do que se casar com Lancelot e ser posta num trono? E quanto a você? – perguntou subitamente.

– Eu, senhor? – Por um momento pensei que ele estivesse propondo que eu me casasse com Ceinwyn, e meu coração saltou.

– Você está com quase 30 anos, e está na época de se casar. Cuidaremos disso quando voltarmos a Dumnonia, mas por enquanto quero que vá a Powys.

– Eu, senhor? A Powys? – Tínhamos acabado de lutar e derrotar o exército de Powys, e eu não poderia imaginar que alguém de lá daria as boas-vindas a um guerreiro inimigo.

Artur agarrou meu braço.

– A coisa mais importante nas próximas semanas, Derfel, é que Cuneglas seja aclamado como rei de Powys. Ele acha que ninguém irá desafiá-lo, mas quero ter certeza. Quero um dos meus homens em Caer Sws para testemunhar nossa amizade. Nada mais. Só quero que qualquer desafiante saiba que terá de lutar comigo, além de com Cuneglas. Se você estiver lá e se for visto como amigo dele, essa mensagem será clara.

– Então por que não mandar uma centena de homens?

– Porque pareceria que estamos impondo Cuneglas ao trono de Powys. Não quero isso. Preciso dele como amigo, e não o quero voltando a Powys como um homem derrotado. Além disso – ele sorriu –, você vale por cem homens, Derfel. Provou isso ontem.

Fiz uma careta, porque sempre ficava desconfortável com elogios extravagantes, mas depois de pensar que o elogio significava que eu era o homem certo para ser o enviado de Artur a Powys, fiquei feliz, porque estaria perto de Ceinwyn de novo. Ainda guardava como um tesouro a lembrança de seu toque em minha mão, assim como guardava o broche que ela me dera havia tantos anos. Ela ainda não tinha se casado com Lancelot, falei a mim mesmo, e eu só queria uma chance de ceder às esperanças impossíveis.

– E quando Cuneglas for aclamado, o que faço?

– Espere por mim. Vou a Powys logo que puder, e assim que estivermos estabelecidos em paz e Lancelot estiver noivo em segurança, vamos para casa. E no ano que vem, meu amigo, lideraremos os exércitos da Britânia contra os saxões.

Ele falava com um raro prazer pelo negócio da guerra. Artur era bom em lutar, e até gostava das emoções que o combate provocava em sua alma geralmente tão cautelosa, mas nunca buscava a guerra se a paz estivesse disponível, porque desconfiava das incertezas da batalha. Os caprichos da vitória e da derrota eram imprevisíveis demais, e Artur odiava ver a boa ordem e a diplomacia cuidadosa sendo abandonadas a esses acasos. Mas a diplomacia e o tato jamais derrotariam os invasores saxões, que como uma praga se espalhavam para o oeste sobre a Britânia. Artur sonhava com uma Britânia organizada, governada segundo as leis, pacífica, e os saxões não faziam parte desse sonho.

– Vamos marchar na primavera? – perguntei.

– Quando aparecerem as primeiras folhas.

– Então primeiro devo lhe pedir um favor.

– É só falar – disse ele, deliciado por eu querer alguma coisa em troca da ajuda em lhe dar a vitória.

– Quero marchar com Merlin, senhor.

Durante um tempo ele não respondeu. Só olhou para o terreno úmido onde estava caída uma espada com a lâmina quase totalmente dobrada. Em algum lugar no escuro um homem gemeu, gritou, e depois ficou quieto.

– O Caldeirão – disse Artur finalmente, com a voz pesada.

– Sim, senhor.

Merlin tinha vindo até nós durante a batalha e pedido que os dois lados abandonassem a luta e o seguissem numa busca ao Caldeirão de Clyddno Eiddyn. Esse era o maior Tesouro da Britânia, o presente mágico dos Deuses, e estivera perdido durante séculos. A vida de Merlin era dedicada a recuperar esses Tesouros, e o Caldeirão era o prêmio maior. Se ele o encontrasse, segundo nos disse, poderia restaurar a Britânia aos seus Deuses de direito.

Artur balançou a cabeça.

– Você realmente acha que o Caldeirão de Clyddno Eiddyn esteve escondido esse tempo todo? Durante todos os anos do domínio de Roma? Ele foi levado a Roma, Derfel, e derretido para fazer alfinetes, broches ou moedas. Não existe Caldeirão!

– Merlin diz que existe, senhor.

– Merlin andou ouvindo histórias de velhas – disse Artur, com raiva. – Você sabe quantos homens querem partir nessa busca ao Caldeirão?

– Não, senhor.

– Oitenta, foi o que ele me disse. Ou cem. Ou, melhor ainda, duzentos! Ele nem quer dizer onde o Caldeirão está, só quer que eu lhe dê um exército e o deixe marchar para algum lugar selvagem. Irlanda, talvez, ou para o Ermo. Não! – Artur chutou a espada amassada, depois cutucou meu ombro com um dedo. – Escute, Derfel, preciso de cada lança que puder reunir no ano que vem. Vamos acabar com os saxões de uma vez por todas, e não posso abrir mão de oitenta ou cem homens para procurar uma panela que desapareceu há quase quinhentos anos. Assim que os saxões de Aelle estiverem derrotados você pode ir atrás desse absurdo, se quiser. Mas repito que é um absurdo. Não existe Caldeirão. – Ele se virou e começou a voltar para as fogueiras. Fui atrás, querendo argumentar, mas sabia que jamais poderia persuadi-lo, porque ele precisaria de cada lança possível se quisesse derrotar os saxões, e agora não faria nada que enfraquecesse suas chances de vitória na primavera. Sorriu para mim como se para compensar a recusa áspera ao meu pedido. – Se o Caldeirão existe, pode ficar escondido mais um ou dois anos. Mas enquanto isso, Derfel, planejo tornar você rico. Vamos casá-lo com alguém com dinheiro. – Ele me deu um tapa nas costas. – Uma última campanha, meu caro Derfel, uma última grande matança, depois teremos paz. Pura paz. Então não precisaremos de caldeirões. – Ele parecia exultante. Naquela noite, entre os mortos, Artur realmente via a paz chegando.

Fomos em direção às fogueiras ao redor da casa romana onde o pai de Ceinwyn, Gorfyddyd, estava morto. Artur estava feliz naquela noite, verdadeiramente feliz, porque via seu sonho se realizando. E tudo parecia fácil demais. Haveria mais uma guerra, depois paz para sempre. Artur era o nosso comandante, o maior guerreiro da Britânia, mas naquela noite após a batalha, entre as almas que gritavam, as almas dos mortos envoltos em fumaça, ele só queria a paz. O herdeiro de Gorfyddyd, Cuneglas de Powys, compartilhava o sonho de Artur. Tewdric de Gwent era um aliado, Lancelot poderia ganhar o reino de Silúria, e com o exército dumnoniano de Artur os reinos unidos da Britânia derrotariam os invasores saxões. Mordred, sob a proteção de Artur, cresceria para assumir o trono de Dumnonia e ele se aposentaria para desfrutar a paz e a prosperidade que sua espada trouxera à Britânia.

Assim Artur estabelecia o futuro dourado.

Mas não contava com Merlin. Ele era mais velho, mais sábio e mais sutil do que Artur, e tinha farejado o Caldeirão. Iria encontrá-lo, e o poder daquela relíquia se espalharia pela Britânia como um veneno.

Porque era o Caldeirão de Clyddno Eiddyn. Era o Caldeirão que partia os sonhos dos homens.

E Artur, apesar de todo o seu senso prático, era um sonhador.

EM CAER SWS as folhas estavam pesadas com a última maturidade do verão.

Viajei para o norte com o rei Cuneglas e seus homens derrotados, e assim fui o único dumnoniano presente quando o corpo do rei Gorfyddyd foi queimado no cume do Dolforwyn. Vi as chamas de sua fogueira funerária subirem gigantescas na noite enquanto sua alma atravessava a ponte de espadas para ocupar o corpo de sombra no Outro Mundo. A fogueira estava rodeada por um duplo anel de lanceiros de Powys, todos com tochas acesas que balançavam juntas enquanto eles cantavam o "Lamento da Morte de Beli Mawr". Cantaram durante longo tempo e o som de suas vozes ecoava dos morros próximos como um coro de fantasmas. Havia muita tristeza em Caer Sws. Muitos na terra tinham se tornado viúvas e órfãos, e na manhã depois de o velho rei ser queimado e enquanto sua fogueira funerária ainda lançava uma pira de fumaça para as montanhas do Norte, houve ainda mais tristeza quando chegou a notícia da queda de Ratae. Ratae tinha sido uma grande fortaleza na fronteira Leste de Powys, mas Artur a havia traído, entregando-a aos saxões para comprar a paz com eles enquanto lutava contra Gorfyddyd. Ninguém em Powys sabia da traição de Artur, e eu não falei sobre isso.

Não vi Ceinwyn durante três dias, porque aqueles eram os dias de luto por Gorfyddyd e nenhuma mulher foi até a fogueira funerária. Em vez disso, todas da corte de Powys usavam lã preta e ficavam trancadas dentro do salão das mulheres. Nenhuma música era tocada no salão, apenas água era dada para beber e a única comida servida era pão seco e um mingau ralo de aveia. Fora do salão os guerreiros de Powys se reuniram para a aclamação do novo rei, e eu, obediente às ordens de Artur, tentei detectar se algum homem questionaria o direito de Cuneglas ao trono, mas não ouvi qualquer sussurro de oposição.

No fim dos três dias, a porta do salão das mulheres foi aberta. Uma serviçal apareceu para espalhar arruda na soleira e nos degraus, e um instante depois um sopro de fumaça saiu da porta e das janelas do salão. Só quando a fumaça havia se dissipado, Helledd, agora rainha de Powys, desceu os degraus para se ajoelhar diante do marido, o rei Cuneglas de Powys. Helledd usava um vestido de linho branco que, quando Cuneglas a fez se levantar, exibiu marcas da lama onde ela havia se ajoelhado. Ele beijou-a, depois a levou de volta para o salão. Vestido de preto, Iorweth, o principal druida de Powys, acompanhou o rei até o salão das mulheres, enquanto, do lado de fora, rodeando as paredes de madeira em fileiras de ferro e couro, os guerreiros sobreviventes de Powys observavam e esperavam.

Esperavam enquanto um coro de crianças cantava o dueto de amor de Gwydion e Aranrhod, a "Canção de Rhianon", e depois cada um dos longos versos da "Marcha de Gofannon a Caer Idion", e somente quando essa última canção terminou, Iorweth, agora vestido de branco e carregando um cajado preto com um ramo de visgo na ponta, veio à porta para anunciar que os dias de luto finalmente haviam terminado. Os guerreiros comemoraram e se espalharam desfazendo as fileiras, enquanto procuravam suas mulheres. No dia seguinte Cuneglas seria aclamado no cume do Dolforwyn, e se algum homem quisesse questionar seu direito de governar Powys, a aclamação daria essa chance. Também seria a primeira vez em que eu ia vislumbrar Ceinwyn depois da batalha.

No dia seguinte, vi Ceinwyn enquanto Iorweth realizava os rituais da aclamação. Ela estava de pé, olhando o irmão, e eu a observava numa espécie de espanto por alguma mulher poder ser tão linda. Agora estou velho e talvez minha memória envelhecida exagere a beleza da princesa Ceinwyn, mas não creio nisso. Ela não era chamada de *seren*, a estrela, por nada. Tinha altura mediana, mas era muito esguia, e essa esbelteza lhe dava uma aparência de fragilidade que era um engano, como descobri mais tarde, porque acima de tudo

Ceinwyn tinha uma vontade de ferro. Seu cabelo, como o meu, era claro, só que de um dourado pálido e brilhante como o sol, enquanto os meus eram mais da cor de palha suja. Seus olhos eram azuis, seu jeito recatado, e o rosto, doce como o mel de uma colmeia selvagem. Naquele dia usava um vestido de linho azul enfeitado com a pele prateada e pintalgada de preto de um arminho, o mesmo que tinha usado quando tocou minha mão e aceitou meu juramento. Quando captou o meu olhar uma vez e deu um sorriso grave, juro que meu coração parou de bater.

Os rituais de aclamação em Powys não eram muito diferentes dos nossos. Cuneglas desfilou pelo círculo de pedra do Dolforwyn, recebeu os símbolos do reinado, e depois um guerreiro o declarou rei, desafiando qualquer homem presente a questionar a aclamação. O desafio foi recebido com silêncio. As cinzas da grande fogueira funerária ainda soltavam fumaça além do círculo, mostrando que um rei tinha morrido, mas o silêncio junto às pedras era prova de que um novo rei governava. Então Cuneglas recebeu presentes. Artur, eu sabia, traria seu próprio presente magnífico, mas tinha me dado a espada de guerra de Gorfyddyd que fora encontrada no campo de batalha, e agora eu a devolvia ao seu filho como penhor do desejo de paz por parte de Dumnonia.

Depois da aclamação houve uma festa na única construção existente no topo do Dolforwyn. Foi uma festa modesta, mais rica em hidromel e cerveja do que em comida, mas era a chance de Cuneglas falar aos guerreiros sobre suas esperanças como rei.

Falou primeiro da guerra que tinha acabado. Citou os mortos do vale do Lugg e garantiu aos seus homens que aqueles guerreiros não tinham morrido em vão.

– O que eles alcançaram foi a paz entre os britânicos. Uma paz entre Powys e Dumnonia. – Isso causou alguns resmungos entre os guerreiros, mas Cuneglas os silenciou com a mão erguida. – Nosso inimigo – disse ele, e sua voz ficou subitamente dura – não é Dumnonia. Nosso inimigo são os saxões! – Em seguida fez uma pausa, e dessa vez ninguém resmungou em discordância. Os homens simplesmente esperaram em silêncio e observaram seu novo rei, que na verdade não era um grande guerreiro, e sim um homem bom e honesto. Essas qualidades eram óbvias em seu rosto redondo, jovem e sem malícia, ao qual ele tentara dar dignidade deixando crescer um comprido bigode trançado que ia até o peito. Podia não ser guerreiro, mas era suficientemente esperto para saber que tinha de oferecer a eles a chance da guerra, porque apenas pela guerra um homem pode obter glória e riqueza. Prometeu que Ratae seria retomada e que os saxões seriam punidos pelos horrores que infligiram aos habitantes da cidade. Lloegyr, as Terras Perdidas, seriam retomadas dos saxões, e Powys, que já fora o reino mais poderoso da Britânia, de novo se esticaria das montanhas até o mar Germânico. As cidades romanas seriam reconstruídas, suas muralhas, reerguidas para a glória, e as estradas consertadas. Haveria terras para plantar, butins e escravos saxões para cada guerreiro de Powys. Eles aplaudiram essa perspectiva, porque Cuneglas estava oferecendo aos seus desapontados chefes as recompensas que sempre buscavam com seus reis. Mas, prosseguiu depois de levantar a mão para interromper as comemorações, afirmando que a riqueza de Lloegyr não seria reclamada apenas por Powys.

– Agora – alertou ele aos guerreiros – marchamos com os homens de Gwent e ao lado dos lanceiros de Dumnonia. Eles eram inimigos de meu pai, mas são meus amigos, e por isso lorde Derfel está aqui. – Sorriu para mim. – E é por isso que na próxima lua cheia minha querida irmã ficará noiva de Lancelot. Ela governará como rainha de Silúria, e os homens daquele país marcharão conosco, com Artur e com Tewdric, para livrar a terra do domínio saxão. Devemos destruir nosso verdadeiro inimigo. Devemos destruir os saxões!

Dessa vez as comemorações não foram interrompidas. Ele os conquistara. Estava lhes oferecendo a riqueza e o poder da antiga Britânia e eles aplaudiram e bateram com os pés no chão para mostrar que aprovavam. Cuneglas ficou parado um tempo, deixando a aclamação continuar, depois sentou-se e sorriu para mim como se reconhecesse como Artur teria aprovado o que acabara de dizer.

Não fiquei em Dolforwyn para a bebedeira que continuaria durante toda a noite. Em vez disso, caminhei de volta a Caer Sws atrás da carroça puxada por bois que levava a rainha Helledd, suas duas tias e Ceinwyn. As mulheres da realeza queriam estar de volta a Caer Sws ao pôr do sol e segui com elas, não porque não me sentisse bem-vindo entre os homens de Cuneglas, mas porque não tivera chance de falar com Ceinwyn. Então, como um bezerro demente, juntei-me à pequena guarda de lanceiros que escoltava a carroça para casa. Tinha me vestido com cuidado naquele dia, querendo impressionar Ceinwyn, por isso havia limpado minha cota de malha, escovado a lama das botas e da capa e depois atado o cabelo claro e comprido numa trança que pendia frouxa às costas. Usava seu broche na capa, como sinal de minha aliança.

Pensei que Ceinwyn iria me ignorar, porque durante toda a longa volta a Caer Sws ela ficou sentada na carroça olhando para o outro lado, mas finalmente, quando viramos a curva e a fortaleza surgiu, ela se virou e desceu da carroça para me esperar ao lado da estrada. Os lanceiros da escolta se afastaram para deixar que eu caminhasse ao seu lado. Ela sorriu ao reconhecer o broche, mas não fez qualquer observação sobre isso.

– Lorde Derfel – disse ela –, o que o trouxe aqui?

– Artur queria um dumnoniano para testemunhar a aclamação de seu irmão, senhora.

– Ou será que Artur queria ter certeza de que seria aclamado? – perguntou ela, com esperteza.

– Isso também – admiti.

Ceinwyn deu de ombros.

– Aqui não há mais ninguém que poderia ser rei. Meu pai se certificou disso. Havia um chefe chamado Valerin, que poderia ter desafiado Cuneglas pelo reino, mas ouvimos dizer que Valerin morreu na batalha.

– Sim, senhora, morreu – falei, mas não acrescentei que eu tinha matado Valerin em um combate singular no vale do Lugg. – Ele era um homem corajoso, assim como o seu pai. Sinto muito por ele ter morrido.

Ela deu alguns passos em silêncio enquanto Helledd, a rainha de Powys, nos observava da carroça, cheia de suspeitas.

– Meu pai era um homem amargo – disse Ceinwyn, depois de um tempo. – Mas sempre foi bom comigo. – Ela falava com tristeza, mas não derramou lágrimas. Todas as lágrimas já haviam sido choradas, agora seu irmão era rei e Ceinwyn enfrentava um novo futuro. Ela levantou a bainha da saia para passar sobre uma poça de lama. Chovera na noite anterior e as nuvens a oeste prometiam mais chuva para breve. – Então Artur vem para cá?

– Qualquer dia desses, senhora.

– E vai trazer Lancelot?

– Acho que sim.

Ela fez uma careta.

– Na última vez em que nos encontramos, lorde Derfel, eu ia me casar com Gundleus. Agora deve ser Lancelot. Um rei após outro.

– Sim, senhora. – Foi uma resposta inadequada, até estúpida, mas eu estava golpeado pelo estranho nervosismo que prende a língua dos amantes. Só queria estar com Ceinwyn, mas quando me vi ao seu lado não podia dizer o que levava na alma.

– E devo ser rainha de Silúria – disse Ceinwyn sem qualquer prazer com a perspectiva. Em seguida, parou e fez um gesto para o amplo vale do Severn. – Logo depois do Dolforwyn há um pequeno vale escondido, com uma casa e algumas macieiras. E quando eu era pequenina sempre pensava que o Outro Mundo era como aquele vale; um lugar pequeno e seguro onde eu poderia viver, ser feliz e ter filhos. – Ela riu de si mesma e recomeçou a andar. – Por toda a Britânia há garotas que sonham em se casar com Lancelot e ser rainhas num palácio, mas quero apenas um pequeno vale com macieiras.

– Senhora – falei, juntando coragem para dizer o que realmente queria, mas ela adivinhou de imediato o que me passava pela cabeça e tocou meu braço para me silenciar.

– Devo cumprir meu dever, lorde Derfel – disse ela, alertando-me para segurar a língua.

– A senhora tem meu juramento – deixei escapar. Era o mais próximo de uma confissão de amor que fui capaz de fazer naquele momento.

– Eu sei – disse ela gravemente. – E você é meu amigo ou não é?

Eu queria ser mais do que amigo, mas assenti.

– Sou seu amigo, senhora.

– Então vou lhe dizer o que falei ao meu irmão. – Ela me olhou, os olhos azuis muito sérios. – Não sei se quero me casar com Lancelot, mas prometi a Cuneglas que vamos nos encontrar antes de decidir. Devo fazer isso, mas não sei se devo me casar com ele. – Ceinwyn seguiu alguns passos em silêncio e senti que ela estava decidindo se diria uma coisa. Por fim, decidiu confiar em mim. – Depois de me encontrar com você da outra vez, eu visitei a sacerdotisa de Maesmwyr, e ela me levou à caverna dos sonhos e me fez dormir na cama de crânios. Eu queria descobrir meu destino, veja bem, mas não me lembro de ter tido nenhum sonho. Mas quando acordei, a sacerdotisa disse que o próximo homem que quisesse se casar comigo em vez disso se casaria com os mortos. – Ela me olhou. – Isso faz sentido?

– Nenhum, senhora – falei, e toquei o ferro no punho de Hywelbane. Estaria ela me alertando? Nunca tínhamos falado de amor, mas ela devia sentir meu anseio.

– Também não faz sentido para mim, por isso perguntei a Iorweth o que significava a profecia, e ele disse que eu não devia me preocupar. Disse que a sacerdotisa fala através de enigmas porque é incapaz de dizer coisa com coisa. Creio que significa que não devo me casar, mas não sei. Só sei de uma coisa, lorde Derfel. Não vou me casar só por casar.

– A senhora sabe duas coisas. Sabe que meu juramento se mantém.

– Também sei disso. – E ela sorriu de novo. – Fico feliz por você estar aqui, lorde Derfel. – E com essas palavras ela correu adiante e voltou a subir na carroça, deixando-me com a tentativa de resolver sua charada e não encontrando resposta que pudesse dar paz à minha alma.

Artur chegou a Caer Sws três dias depois. Veio com vinte cavaleiros e cem lanceiros. Trouxe bardos e harpistas. Trouxe Merlin, Nimue e presentes do ouro que foi tirado dos mortos no vale do Lugg, e também trouxe Guinevere e Lancelot.

Resmunguei quando vi Guinevere. Tínhamos obtido uma vitória e feito a paz, mas mesmo assim achei cruel que Artur trouxesse a mulher por quem havia desprezado Ceinwyn. Mas Guinevere insistira em acompanhar o marido, por isso chegou a Caer Sws numa carroça de bois toda forrada de peles, com cortinas de linho tingido e enfeitada com ramos verdes para significar paz. A rainha Elaine, mãe de Lancelot, viajava na carroça com Guinevere, mas era Guinevere, e não a rainha, quem chamava a atenção. Ficou de pé enquanto a carroça passava lentamente pelo portão de Caer Sws e continuou de pé enquanto os bois a puxavam até a porta do grande salão de Cuneglas, onde um dia ela fora uma exilada indesejada e ao qual voltava como conquistadora. Usava um vestido de linho tingido de dourado, tinha ouro no pescoço e nos pulsos, e o cabelo ruivo e encaracolado preso com um aro de ouro. Estava grávida, mas a gravidez não aparecia por baixo do precioso linho dourado. Parecia uma deusa.

Mas, se Guinevere parecia uma deusa, Lancelot entrou cavalgando em Caer Sws como um deus. Muitas pessoas presumiram que ele fosse Artur, porque parecia magnífico num cavalo branco com uma manta de linho claro onde estavam presas pequenas estrelas de ouro. Usava sua armadura de escamas esmaltadas em branco, a espada numa bainha branca, e uma comprida capa branca pendia dos seus ombros, enfeitada de vermelho na borda. Seu rosto moreno e bonito era emoldurado pelas laterais douradas do elmo que agora tinha na crista um par de asas de cisne abertas, em vez das asas de águia do mar que ele usara em Ynys Trebes. As pessoas ficaram boquiabertas ao vê-lo, e ouvi correrem pela multidão os sussurros dizendo que aquele não era Artur, afinal de contas, e sim o rei Lancelot, o trágico herói do reino perdido de Benoic, o homem que se casaria com a princesa deles, Ceinwyn. Meu coração se encolheu ao vê-lo, porque temi que sua magnificência ofuscasse Ceinwyn. A multidão mal havia notado Artur, que usava um gibão de couro e capa branca, e parecia constrangido por estar em Caer Sws.

Naquela noite houve uma festa. Duvido que Cuneglas estivesse gostando muito da presença de Guinevere, mas ele era um homem paciente e sensato que, diferentemente do pai, não optava por se ofender com qualquer mesquinharia imaginada, por isso tratou Guinevere como rainha. Serviu-lhe vinho, comida e curvava a cabeça para falar com ela. Artur, sentado do outro lado de Guinevere, irradiava satisfação. Ele sempre parecia feliz quando estava com sua Guinevere, e devia haver um grande prazer em vê-la ser tratada com tal cerimônia no mesmo salão onde ele a vira pela primeira vez, de pé em meio às pessoas menos importantes no fundo da multidão.

Artur dava a maior parte de sua atenção a Ceinwyn. Todo mundo no salão sabia como ele a havia desprezado uma vez, como rompera o noivado para se casar com a empobrecida Guinevere, e muitos homens de Powys tinham jurado nunca perdoar essa falta, mas Ceinwyn o perdoou e tornou óbvio o perdão. Sorria para ele, pôs uma das mãos em seu braço e se inclinou para perto. Mais tarde, quando o hidromel havia dissolvido as antigas hostilidades, o rei Cuneglas pegou a mão de Artur, depois a de sua irmã, e as apertou juntas às suas, e o salão aplaudiu ao ver esse sinal de paz. Um velho insulto fora enterrado.

Um instante depois, num outro gesto simbólico, Artur pegou Ceinwyn pela mão e a levou até uma cadeira que fora deixada vazia ao lado de Lancelot. Houve mais aplausos. Observei com rosto de pedra enquanto Lancelot se levantava para receber Ceinwyn, e enquanto se sentava ao lado dela e lhe servia vinho. Ele tirou do pulso um pesado bracelete de ouro e deu de presente a ela, e apesar de ter fingido que recusava o presente generoso, Ceinwyn finalmente o colocou no braço, onde o ouro brilhou à luz das velas. Os guerreiros sentados no chão exigiram ver o bracelete, e Ceinwyn levantou o braço recatadamente para mostrar a pesada faixa de ouro. Só eu não aplaudi. Fiquei sentado enquanto o som trovejava ao redor e a chuva forte batia no teto de palha. "Ela foi ofuscada", pensei, "Foi ofuscada." A estrela de Powys caíra diante da beleza morena e elegante de Lancelot.

Eu teria saído naquele momento para levar meu sofrimento para a noite lavada pela chuva, mas Merlin estava percorrendo o salão. No início da festa ele estivera sentado à mesa elevada, mas saíra para andar entre os guerreiros, parando aqui e ali para ouvir uma conversa ou sussurrar ao ouvido de algum homem. Seu cabelo branco estava puxado para trás da tonsura, numa trança comprida que ele havia amarrado com uma fita preta, e a barba comprida estava trançada e presa de modo semelhante. Seu rosto, moreno como as castanhas romanas que eram uma iguaria tão apreciada em Dumnonia, era comprido, com rugas profundas, e demonstrava diversão. "Ele estava aprontando alguma coisa", pensei, e me encolhi no meu lugar para que não aprontasse a tal coisa contra mim. Eu amava Merlin como se ele fosse meu pai, mas não me sentia no clima para mais charadas. Só queria estar tão longe de Ceinwyn e Lancelot quanto os Deuses permitissem.

Esperei até que Merlin estivesse do outro lado do salão, para que fosse seguro sair sem que ele me visse, mas foi justamente nesse momento que sua voz sussurrou no meu ouvido:

– Estava se escondendo de mim, Derfel? – perguntou, e depois deu um gemido elaborado enquanto se sentava ao meu lado, no chão. Merlin gostava de fingir que sua idade o deixara frágil, e massageou exageradamente os joelhos, gemendo pela dor nas juntas. Depois tirou o chifre de hidromel da minha mão e engoliu tudo. – Observe a princesa virgem indo para o seu destino medonho – disse ele, fazendo um gesto com o chifre vazio na direção de Ceinwyn. – Vejamos agora. – Coçou entre as tranças da barba como se pensasse nas próximas palavras. – Meio mês até o noivado? Casamento uma ou duas semanas depois, em seguida um punhado de meses até que a criança a mate. Não há chance de um bebê sair daqueles quadris pequenos sem parti-la em duas. – Gargalhou. – Seria como uma gatinha dar à luz um novilho. Muito feio, Derfel. – Ele me espiou, desfrutando meu desconforto.

– Pensei que o senhor tivesse feito um feitiço de felicidade para Ceinwyn.

– E fiz – disse ele em voz afável. – Mas e daí? As mulheres gostam de ter bebês, e se a felicidade de Ceinwyn consistir em ser partida em metades sangrentas por seu primogênito, meu feitiço terá dado certo, não é? – Ele sorriu para mim.

– Ela nunca será elevada – falei, citando a profecia que Merlin havia pronunciado naquele mesmo salão, um mês antes – e nunca será rebaixada, mas será feliz.

– Que memória para trivialidades você tem! O carneiro não está horrível? Cozinhou de menos, veja só. E nem está quente! Não suporto comida fria. – O que não o impediu de roubar uma porção do meu prato. – Você acha que ser rainha de Silúria é uma situação elevada?

– Não é? – perguntei azedamente.

– Ah, claro que não. Que ideia absurda! Silúria é o pior lugar da terra, Derfel. Nada além de vales sujos, praias pedregosas e gente feia. – Ele estremeceu. – Eles queimam carvão ao invés de madeira, e em resultado disso a maioria das pessoas é tão preta quanto Sagramor. Não creio que saibam o que é banho. – Merlin tirou dos dentes um pedaço de cartilagem e jogou para um dos cães que procuravam comida entre os participantes da festa. – Logo Lancelot vai se entediar com Silúria! Não consigo ver nosso galante Lancelot suportando durante muito tempo aquelas lesmas feias e empretecidas pelo carvão. Por isso, se sobreviver ao parto, a pobre Ceinwyn será deixada sozinha com um punhado de carvão e um bebê ranhento. Será o fim dela! – Ele parecia feliz com a perspectiva. – Já percebeu, Derfel, como você encontra uma jovem no auge da beleza, com um rosto capaz de arrancar as próprias estrelas do céu, e um ano depois a descobre fedendo a leite e merda de criança, e fica imaginando como pôde achá-la bonita? Os bebês fazem isso com as mulheres, por isso olhe agora para ela, Derfel, olhe agora, porque ela nunca mais será tão linda.

Ela era linda, e pior, parecia feliz. Usava um vestido branco naquela noite, e no pescoço trazia uma estrela de prata presa numa corrente de prata. Seu cabelo dourado estava preso num filete prateado, e gotas de chuva de prata pendiam de suas orelhas. E naquela noite Lancelot estava tão impressionante quanto Ceinwyn. Diziam que ele era o homem mais bonito da Britânia, e era, se você gostasse de seu rosto moreno, fino, comprido, quase reptiliano. Vestia uma capa preta com listras brancas, usava um torque de ouro na garganta e tinha um aro de ouro prendendo o cabelo preto e comprido, untado com óleo para ficar grudado no crânio antes de cascatear pelas costas. Sua barba, cortada em ponta, também estava untada.

– Ela me disse que não tem certeza se quer se casar com Lancelot – falei a Merlin, sabendo que revelava demais do meu coração para aquele velho malicioso.

– Bom, ela diria isso, não é? – respondeu Merlin descuidadamente, chamando um escravo que levava um prato de porco em direção à mesa alta. Em seguida, jogou um punhado de costeletas no colo de sua túnica branca suja e dedicou-se a chupar uma delas, cobiçosamente. – Ceinwyn é uma idiota romântica – prosseguiu ele, quando tinha tirado quase toda a carne da costeleta. – De algum modo se convenceu de que poderia se casar com quem quisesse, mas só os Deuses sabem por que alguma garota deveria pensar assim! Mas, claro, tudo muda – concluiu com a boca cheia de carne de porco. – Ela conheceu Lancelot! Já deve estar tonta por ele. Quem sabe nem vai esperar o casamento. Talvez esta noite mesmo, no segredo de seu quarto, ela seque o desgraçado. Mas é provável que não. Ela é uma garota muito convencional. – Merlin falou as últimas três palavras com desânimo. – Pegue uma costeleta – ofereceu. – Está na hora de você se casar.

– Não há ninguém com quem eu queira me casar – falei, carrancudo. A não ser Ceinwyn, claro, mas que esperança eu tinha diante de Lancelot?

– O casamento nada tem a ver com querer – disse Merlin com escárnio. – Artur achava que tinha, e que idiota é Artur com as mulheres! O que você quer, Derfel, é uma garota bonita na sua cama, mas só um idiota acha que a garota e a esposa têm de ser a mesma criatura. Artur acha que você deveria se casar com Gwenhwyvach. – Ele falou o nome descuidadamente.

– Gwenhwyvach! – falei alto demais. Ela era a irmã mais nova de Guinevere, uma garota gorda, sem graça, pálida, que Guinevere não suportava. Eu não tinha motivo particular para desgostar de Gwenhwyvach, mas não conseguia me imaginar casado com uma garota tão opaca, sem alma e infeliz.

– E por que não? – perguntou Merlin fingindo ultraje. – É um bom casamento, Derfel. O que você é, afinal de contas, além de filho de uma escrava saxã? E Gwenhwyvach é uma princesa genuína. Não tem dinheiro, claro, e é mais feia do que a porca selvagem de Llyffan, mas pense em como ela ficará agradecida! – Ele zombou de mim. – E pense nos quadris de Gwenhwyvach, Derfel! Não há perigo de um bebê ficar entalado. Ela vai cuspir os monstrinhos como se fossem caroços engordurados!

Fiquei imaginando se Artur realmente havia proposto esse casamento ou se seria ideia de Guinevere. Provavelmente de Guinevere. Observei-a, sentada envolta em ouro ao lado de Cuneglas, e o triunfo em seu rosto era inconfundível. Parecia de uma beleza incomum naquela noite. Era sempre a mulher de aparência mais impressionante na Britânia, mas naquela noite festiva em Caer Sws parecia brilhar. Talvez fosse por causa da gravidez, mas a explicação mais provável era que estava revelando a sua superioridade sobre aquelas pessoas que um dia a haviam desconsiderado como uma exilada sem um tostão. Agora, graças à espada de Artur, podia dispor daquelas pessoas como seu marido dispusera dos reinos delas. Eu sabia que Guinevere era o principal apoio de Lancelot em Dumnonia, e ela havia feito Artur prometer a ele o trono de Silúria. Sabia também que Guinevere decidira fazer de Ceinwyn a noiva de Lancelot. Agora, suspeitei, queria me punir pela hostilidade a ele transformando sua inconveniente irmã em minha noiva insuportável.

– Você parece infeliz, Derfel – provocou Merlin.

Não respondi à provocação.

– E o senhor? Está feliz?

– Você se importa?

– Eu o amo como um pai, senhor.

Ele uivou diante disso, depois meio que engasgou com uma fatia de porco, mas ainda estava rindo quando se recuperou.

– Como um pai! Ah, Derfel, você é um animal emocional absurdo. O único motivo para eu tê-lo criado foi porque pensei que você fosse especial para os Deuses, e talvez seja. Algumas vezes os Deuses escolhem as criaturas mais estranhas para amar. Então, diga, querido suposto filho, seu amor filial se estende até o serviço?

– Que serviço, senhor? – perguntei, mas achava saber muito bem o que ele queria. Queria lanceiros para procurar o Caldeirão.

Ele baixou a voz e se inclinou para perto de mim, mas duvido que alguém pudesse ter ouvido nossa conversa no salão barulhento e bêbado.

– A Britânia sofre de duas doenças, mas Artur e Cuneglas só reconhecem uma.

– Os saxões.

Ele assentiu.

– Mas a Britânia sem os saxões ainda seria doente, Derfel, porque nos arriscamos a perder os Deuses. O cristianismo se espalha mais rápido do que os saxões, e os cristãos são uma ofensa maior aos nossos Deuses do que qualquer saxão. Se não afastarmos os cristãos, os Deuses vão nos abandonar por completo, e o que é a Britânia sem Eles? Mas se segurarmos os Deuses e os restaurarmos na Britânia, os saxões e os cristãos vão desaparecer. Nós atacamos a doença errada, Derfel.

Olhei para Artur, que ouvia atentamente algo dito por Cuneglas. Artur não era um homem sem religião, mas levava suas crenças com leveza e não guardava ódio na alma contra homens e mulheres que acreditassem em outros Deuses, mas eu sabia que ele odiaria ouvir Merlin falar em luta contra os cristãos.

– E ninguém ouve o senhor? – perguntei a Merlin.

– Alguns, poucos, um ou dois – disse ele, carrancudo. – Artur não ouve. Acha que sou um velho idiota na beira da senilidade. Mas e você, Derfel? Acha que sou um velho idiota?

– Não, senhor.

– E você acredita em magia, Derfel?

– Sim, senhor. – Eu tinha visto a magia funcionar, mas também tinha visto falhar. A magia era difícil, mas eu acreditava nela.

Merlin se aproximou ainda mais do meu ouvido.

– Então esteja no cume do Dolforwyn esta noite, Derfel, e lhe concederei o desejo de sua alma.

Uma harpista tocou o acorde que convocaria os bardos para cantar. As vozes dos guerreiros morreram enquanto um vento frio soprava chuva pela porta aberta, fazendo tremer as pequenas chamas das velas e das lamparinas de gordura.

– O desejo de sua alma – sussurrou Merlin de novo, mas quando olhei para a esquerda ele havia desaparecido.

E de noite os trovões rosnaram. Os Deuses estavam lá fora e eu tinha sido convocado ao Dolforwyn.

DEIXEI A FESTA antes da entrega dos presentes, antes que os bardos cantassem e antes que as vozes dos guerreiros bêbados crescessem na fantasmagórica "Canção de Nwyfre". Ouvi cantarem muito atrás de mim, enquanto andava sozinho pelo vale do rio onde Ceinwyn tinha me contado de sua visita à cama de crânios e da estranha profecia que não fazia sentido.

Usava minha armadura, mas não levava escudo. Minha espada, Hywelbane, estava ao lado do corpo, e a capa verde, pendurada nos ombros. Nenhum homem andava à noite desprevenido, porque a noite pertencia aos monstros e espíritos, mas eu tinha sido convocado por Merlin, portanto sabia que estaria seguro.

Era fácil seguir meu caminho porque havia uma estrada que levava para o leste, saindo das fortificações em direção à borda Sul dos morros onde ficava Dolforwyn. Era uma caminhada longa, quatro horas na escuridão úmida, e a estrada estava num negrume de piche, mas os Deuses devem ter desejado que eu chegasse, porque não desviei do caminho nem encontrei qualquer perigo na noite.

Eu sabia que Merlin não podia estar muito à frente, e apesar de ser duas vidas mais jovem do que ele, não o alcancei e nem mesmo o ouvi. Só ouvia a canção que ia diminuindo, e depois, quando as vozes desapareceram no escuro, ouvi o murmúrio do rio correndo nas pedras e o barulho da chuva caindo nas folhas, o berro de uma lebre apanhada por uma doninha e o grito de um castor chamando a companheira. Passei por dois povoados adormecidos onde o brilho mortiço das fogueiras aparecia através das aberturas baixas sob os tetos de palha. De uma daquelas cabanas uma voz de homem gritou em desafio, mas respondi que viajava em paz e ele aquietou seu cão que latia.

Deixei a estrada e encontrei o caminho estreito que serpenteava pelo flanco do Dolforwyn, temendo que o escuro me fizesse perder a direção sob os carvalhos que cresciam densos na encosta, mas as nuvens de chuva se afinaram, deixando um fraco luar atravessar as folhas pesadas e úmidas e mostrar a trilha pedregosa que subia ao redor do morro real. Ninguém vivia ali. Era um lugar de carvalhos, pedra e mistério.

O caminho saía das árvores para o amplo espaço aberto do cume, no qual o solitário salão de festas se erguia e onde o círculo de pedras marcava o ponto em que Cuneglas fora aclamado. Esse cume era o lugar mais sagrado de Powys, mas durante a maior parte do ano ficava deserto, usado apenas em festas importantes e em ocasiões de grande solenidade. Agora, ao fraco luar, o salão estava escuro, e o topo do morro parecia deserto.

Parei no limiar dos carvalhos. Uma coruja branca voou acima de mim, seu corpo roliço passando com as asas curtas perto da crista do meu elmo, onde ficava a cauda de lobo. A coruja era um presságio, mas eu não sabia se bom ou mau, e de repente senti medo. A curiosidade tinha me atraído até aqui, mas agora percebia o perigo. Merlin não ofereceria o desejo de minha alma em troca de nada, e isso significava que eu estava aqui para fazer uma escolha, e era uma escolha que eu suspeitava que não gostaria de fazer. Na verdade, eu a temia tanto que quase voltei para a escuridão das árvores, mas então um latejamento na cicatriz da minha mão esquerda me fez parar.

A cicatriz tinha sido posta ali por Nimue, e sempre que latejava eu sabia que meu destino não era de minha escolha. Eu era ligado por juramento a Nimue. Não podia voltar.

A chuva tinha parado e as nuvens estavam esfarrapadas. Havia um vento frio batendo no topo das árvores, mas não chovia. Ainda estava escuro. A alvorada não devia estar longe, mas nenhum fiapo de rosa-claro ainda se erguera sobre os morros do Leste. Havia apenas a claridade do luar que transformava as pedras do círculo real do Dolforwyn em formas prateadas no escuro.

Fui em direção ao círculo de pedras, e o som do meu coração parecia mais alto do que o das botas pesadas. Ninguém surgira ainda, e por um momento me perguntei se essa seria alguma brincadeira de Merlin, mas então, no centro do anel de pedras, onde ficava a pedra central do reino de Powys, vi um brilho mais luminoso do que qualquer reflexo do luar enevoado sobre as pedras molhadas de chuva.

Cheguei mais perto, com o coração martelando, depois entrei no círculo de pedras e vi que o luar era refletido por uma taça. Uma taça de prata. Uma pequena taça de prata que, quando me aproximei da pedra real, vi que estava cheia de um líquido escuro, com brilho de lua.

– Beba, Derfel – disse a voz de Nimue num sussurro que mal se fez ouvir acima do som do vento nos carvalhos. – Beba.

Virei-me, procurando por ela, mas não vi ninguém. O vento levantou minha capa e balançou algumas palhas soltas no teto do salão.

– Beba, Derfel – disse de novo a voz de Nimue. – Beba.

Olhei para o céu e rezei para que Llewlaw me preservasse. Minha mão esquerda, que agora latejava de dor, apertava com força o punho de Hywelbane. Queria fazer a coisa mais segura, que era, eu sabia, me virar e voltar ao calor da amizade de Artur, mas o sofrimento na alma tinha me trazido a esse morro frio e desnudo, e pensar na mão de Lancelot pousada no pulso fino de Ceinwyn me fez olhar para a taça.

Levantei-a, hesitei, depois bebi tudo.

O líquido era amargo e me fez estremecer quando terminou. O gosto ruim ficou na boca e na garganta enquanto eu pousava a taça cuidadosamente de volta sobre a pedra do rei.

– Nimue? – chamei quase implorando, mas não houve resposta, a não ser o barulho do vento nas árvores. – Nimue! – chamei de novo, porque agora minha cabeça estava girando. As nuvens borbulhavam pretas e cinzentas, e a luz se partia em raios prateados que saltavam do rio distante e se despedaçavam na escuridão agitada das árvores que se retorciam. – Nimue! – gritei enquanto meus joelhos cediam e minha cabeça girava em sonhos tenebrosos. Ajoelhei-me perto da pedra real que subitamente parecia grande como uma montanha, depois caí para a frente com tanta força que meu braço, girando, lançou a taça para longe. Sentia-me enjoado, mas não conseguia vomitar, havia apenas sonhos, sonhos terríveis, monstros de pesadelo que gritavam dentro da minha cabeça. Eu estava chorando, estava suando e meus músculos tremiam em espasmos incontroláveis.

Então mãos seguraram minha cabeça. Meu elmo foi retirado dos cabelos e uma testa se encostou à minha. Era uma testa branca e fria, e os pesadelos se afastaram, sendo substituídos pela visão de um corpo comprido e nu, com membros esguios e seios pequenos.

– Sonhe, Derfel – acalentou Nimue, as mãos acariciando meu cabelo. – Sonhe, meu amor, sonhe.

Eu estava chorando, desesperado. Era um guerreiro, um lorde de Dumnonia, amado de Artur, e ele me devia tanto depois da última batalha que me daria terras e riquezas além de meus sonhos, mas agora chorava como uma criança órfã. O desejo de minha alma era Ceinwyn, mas Ceinwyn estava sendo ofuscada por Lancelot, e eu pensava que nunca mais encontraria a felicidade de novo.

– Sonhe, meu amor – disse Nimue baixinho, e ela deve ter posto uma capa preta sobre nossa cabeça, porque de repente a noite cinzenta desapareceu e eu estava numa escuridão silenciosa, com seus braços em meu pescoço e seu rosto contra o meu. Ajoelhamo-nos, de rosto colado, minhas mãos tremendo espasmódicas e desamparadas na pele fria de suas coxas nuas. Deixei o peso de meu corpo trêmulo em seus ombros magros e ali, em seus braços, as lágrimas terminaram, os espasmos foram acabando e, de repente, fiquei calmo. Nenhum vômito chegou à minha garganta, a dor nas pernas desapareceu e me senti quente. Tão quente que o suor continuava brotando.

A princípio foi um sonho maravilhoso, porque parecia que eu recebera as asas de uma grande águia e estava voando alto, acima de uma terra que não conhecia. Depois vi que era uma terra terrível, partida por grandes abismos e altas montanhas de rocha serrilhada, pela qual pequenos riachos cascateavam brancos em direção a lagos escuros e turvos. As montanhas pareciam não ter fim, nem qualquer refúgio, porque, enquanto circulava acima delas nas asas de meu sonho, não vi casas, nem cabanas, nem campos, nem rebanhos, nem almas, mas apenas um lobo correndo nas fendas e os ossos de um cervo caídos num emaranhado de arbustos. O céu acima de mim era cinza como uma espada, as montanhas abaixo eram escuras como sangue seco e o ar entre minhas asas era frio como uma faca nas costelas.

– Sonhe, meu amor – murmurava Nimue, e no sonho voei baixo com as grandes asas até ver uma estrada que se retorcia entre morros escuros. Era uma estrada de terra batida, rompida por pedras, que abria seu caminho cruel de vale em vale, algumas vezes subindo em passos áridos antes de mergulhar de novo nas pedras nuas de outra parte funda de um vale. A estrada passava junto a lagos negros, atravessava abismos sombrios, rodeava morros cobertos de neve, mas ia sempre para o norte. Eu não sabia como era o Norte, mas aquele era um sonho, em que nenhum conhecimento precisa de motivo.

As asas de sonho me fizeram descer à superfície da estrada, e de repente eu não estava mais voando, e sim subindo a estrada em direção a uma passagem nos morros. As encostas de cada lado do caminho eram lajes íngremes e pretas de ardósia por onde escorria água, mas algo me dizia que o fim da estrada ficava logo depois do passo negro, e que, se eu conseguisse continuar andando com minhas pernas cansadas, atravessaria a crista e encontraria o desejo da minha alma do outro lado.

Agora estava ofegante, minha respiração saía em haustos sofridos enquanto eu sonhava caminhar no último trecho da estrada, e ali, de repente, no cume, vi luz, cor e calor.

Porque a estrada descia depois do passo até um litoral onde havia árvores e campos, e além da costa havia um mar brilhante onde ficava uma ilha, e na ilha, brilhando ao sol súbito, havia um lago.

– Lá! – falei em voz alta, porque sabia que a ilha era o meu objetivo. Mas quando parecia que eu recebera energia renovada para correr os últimos quilômetros da estrada e mergulhar naquele mar ensolarado, um monstro saltou no caminho. Era uma coisa preta, de armadura preta, soltando gosma preta boca e segurando uma espada preta do dobro do tamanho de Hywelbane na mão de garras pretas. A coisa gritou um desafio para mim.

E gritei também, e meu corpo se enrijeceu no abraço de Nimue. Os braços dela apertaram meus ombros.

– Você viu a Estrada Escura, Derfel – sussurrou ela. – Você viu a Estrada Escura. – E de repente ela se afastou de mim e a capa foi tirada de minhas costas. Caí para a frente na grama molhada do Dolforwyn enquanto o vento redemoinhava frio ao redor.

Fiquei ali deitado durante longos minutos. O sonho tinha passado e me perguntei o que a Estrada Escura tinha a ver com o desejo da minha alma. Me sacudi para o lado e vomitei, e depois disso minha cabeça clareou de novo até que pude ver a taça de prata caída ao lado. Peguei-a, sentei sobre os calcanhares e vi que Merlin estava me olhando do outro lado da pedra real. Nimue, sua amante e sacerdotisa, estava ao lado, o corpo magro enrolado numa capa preta, o cabelo preto preso com uma fita e o olho de ouro brilhando ao luar. O olho daquela órbita tinha sido arrancado por Gundleus, e por esse dano ele tinha pagado um preço mil vezes maior.

Nenhum dos dois falou, apenas observaram enquanto eu cuspia o resto de vômito da boca, passava a mão nos lábios, balançava a cabeça e depois tentava me levantar. Meu corpo ainda estava fraco, ou então meu crânio girava, porque não consegui me erguer, e em vez disso me ajoelhei ao lado da pedra e me apoiei nos cotovelos. Pequenos espasmos ainda me faziam estremecer de vez em quando.

– O que você me fez beber? – perguntei, pondo a taça de prata de novo sobre a pedra.

– Não fiz você beber nada – respondeu Merlin. – Você bebeu por espontânea vontade, Derfel, assim como veio aqui por espontânea vontade. – Sua voz, que tinha sido tão maliciosa no salão de Cuneglas, agora estava fria e distante. – O que você viu?

– A Estrada Escura – respondi obedientemente.

– Ela fica lá – disse Merlin, apontando para a noite.

– E o monstro?

– É Diwrnach.

Fechei os olhos, porque agora sabia o que ele queria.

– E a ilha – falei, abrindo os olhos de novo – é Ynys Mon?

– Sim – disse Merlin –, a ilha abençoada.

Antes que os romanos chegassem e antes que os saxões ao menos sonhassem, a Britânia era governada pelos Deuses, e Eles nos falavam de Ynys Mon, mas a ilha foi depredada pelos romanos, que tinham cortado seus carvalhos, destruído os bosques sagrados e trucidado os druidas guardiões. Aquele Ano Negro tinha ocorrido mais de quatro séculos antes dessa noite, mas Ynys Mon ainda era sagrada para os poucos druidas que, como Merlin, tentavam restaurar os Deuses na Britânia. Agora a ilha abençoada fazia parte do reino de Lleyn, e Lleyn era governado por Diwrnach, o mais terrível de todos os reis irlandeses que tinham atravessado o mar da Irlanda para tomar a terra britânica. Diziam que Diwrnach pintava seus escudos com sangue humano. Não havia rei mais cruel ou mais temido em toda a Britânia, e apenas as montanhas que o cercavam e o pequeno tamanho de seu exército o impediam de espalhar o terror ao sul através de Gwynedd. Diwrnach era uma fera que não podia ser morta; uma criatura que espreitava na borda escura da Britânia e que, por consentimento comum, era melhor não provocar.

– O senhor quer que eu vá a Ynys Mon? – perguntei a Merlin.

– Quero que você vá conosco a Ynys Mon – disse ele, indicando Nimue. – Conosco e com uma virgem.

– Uma virgem?

– Porque só uma virgem pode encontrar o Caldeirão de Clyddno Eiddyn, Derfel. E acho que nenhum de nós tem essa qualificação. – Ele acrescentou sarcasticamente as últimas palavras.

– E o Caldeirão está em Ynys Mon – falei devagar. Merlin assentiu e estremeci ao pensar numa tarefa daquelas. O Caldeirão de Clyddno Eiddyn era um dos treze Tesouros Mágicos da Britânia, que tinham sido dispersados quando os romanos destruíram Ynys Mon, e a ambição final da longa vida de Merlin era reunir de novo os Tesouros, mas o Caldeirão era o seu prêmio real. Com o Caldeirão, segundo Merlin, ele poderia controlar os Deuses e destruir os cristãos, e era por isso, com a boca amarga e a barriga azeda, que eu estava ajoelhado num morro em Powys. – Meu serviço – falei a Merlin – é lutar contra os saxões.

– Idiota! – reagiu Merlin. – A guerra contra os saxões está perdida, a não ser que recuperemos os Tesouros.

– Artur não concorda.

– Então Artur é um idiota tão grande quanto você. O que importam os saxões, idiota, se os Deuses nos abandonaram?

– Jurei prestar serviço a Artur.

– Você também é ligado a mim por juramento – disse Nimue, levantando a mão esquerda para mostrar a cicatriz igual à minha.

– Mas não quero na Estrada Escura nenhum homem que não venha de livre vontade – disse Merlin. – Você deve optar por sua lealdade, Derfel, mas posso ajudá-lo a escolher.

Ele tirou a taça de cima da pedra e pôs no lugar dela um punhado de ossos das costeletas que tinha trazido do salão de Cuneglas. Ajoelhou-se, pegou um osso e pôs em cima da pedra real.

– Este é Artur – disse ele –, e este – pegou outro osso – é Cuneglas, e deste – falou, pondo um terceiro osso junto aos dois, para formar um triângulo – falaremos mais tarde. – Este – ele pôs um terceiro osso atravessado num dos cantos do triângulo – é Tewdric de Gwent, e este é a aliança de Artur com Tewdric, e este é a aliança dele com Cuneglas. – Assim o segundo triângulo tinha se formado em cima do primeiro, e os dois juntos lembravam uma grosseira estrela de seis pontas. – Este é Elmet – ele começou a terceira camada, paralela à primeira – e este é Silúria, e este osso – ele segurou o último – é a aliança de todos esses reinos. Pronto. – Merlin se recostou e fez um gesto para a precária torre de ossos no centro da pedra. – Você vê o cuidadoso esquema de Artur, Derfel, mas eu lhe digo, eu lhe prometo, que sem os Tesouros esse esquema cairá.

Ele ficou quieto. Olhei para os nove ossos. Todos eles, a não ser o misterioso terceiro osso, ainda tinham restos de carne, tendão e cartilagem. Apenas aquele terceiro osso estava totalmente limpo e branco. Toquei-o cautelosamente com o dedo, cuidando para não perturbar o frágil equilíbrio da pequena torre.

– E o que é este terceiro osso? – perguntei.

Merlin sorriu.

– O terceiro osso, Derfel, é o casamento entre Lancelot e Ceinwyn. – Ele fez uma pausa. – Tire-o.

Não me mexi. Tirar o terceiro osso significaria desmoronar a frágil rede de alianças que era a melhor esperança de Artur, na verdade sua única esperança, de derrotar os saxões.

Merlin zombou de minha relutância, depois segurou o terceiro osso, mas não o soltou.

– Os Deuses odeiam a ordem – rosnou ele para mim. – A ordem, Derfel, é o que destrói os Deuses, e por isso eles precisam destruí-la. –

Merlin puxou o osso e a pilha imediatamente desmoronou no caos. – Artur deve restaurar os Deuses, Derfel, se quiser trazer a paz a toda a Britânia. – Ele estendeu o osso para mim. – Pegue.

Não me mexi.

– É só uma pilha de ossos – disse Merlin. – Mas este osso, Derfel, é o desejo de sua alma. – Ele apontou o osso limpo para mim. – Este osso é o casamento de Lancelot com Ceinwyn. Parta este osso ao meio, Derfel, e o casamento nunca acontecerá. Mas deixe-o inteiro, Derfel, e seu inimigo levará sua mulher para a cama e irá mutilá-la como se fosse um cão. – Ele estendeu o osso para mim de novo, e de novo não o peguei. – Você acha que seu amor por Ceinwyn não está escrito em seu rosto? – perguntou Merlin, zombando. – Pegue! Porque eu, Merlin de Avalon, dou a você, Derfel, o poder sobre este osso.

Peguei-o, que os Deuses me ajudassem, mas peguei. O que mais eu poderia fazer? Estava apaixonado. Peguei aquele osso limpo e pus no bolso.

– Não vai adiantar nada se você não quebrá-lo – zombou Merlin.

– Talvez não me ajude de jeito nenhum – falei, descobrindo finalmente que podia ficar de pé.

– Você é um idiota, Derfel. Mas é um idiota bom em usar uma espada, e é por isso que preciso de você se formos andar pela Estrada Escura. – Ele se levantou. – Agora a escolha é sua. Você pode quebrar o osso e Ceinwyn irá para você, isso eu prometo, mas então você estará comprometido com a busca do Caldeirão. Ou pode se casar com Gwenhwyvach e desperdiçar a vida se batendo contra escudos saxões enquanto os cristãos tramam para tomar Dumnonia. Eu lhe deixo a escolha, Derfel. Agora feche os olhos.

Fechei os olhos e os mantive obedientemente fechados por um longo tempo, mas finalmente, quando não ouvi mais instruções, abri-os.

O topo da colina estava vazio. Eu não ouvira nada, mas Merlin, Nimue, os oito ossos e a taça de prata tinham sumido. A alvorada surgia ao leste, os pássaros faziam barulho nas árvores e eu tinha um osso limpo no bolso.

Desci o morro até a estrada junto ao rio, mas na cabeça via a outra estrada, a Estrada Escura que levava ao antro de Diwrnach, e fiquei apavorado.

Naquela manhã caçamos javalis, e Artur deliberadamente buscou minha companhia enquanto saíamos de Caer Sws.

– Você saiu cedo ontem à noite, Derfel – disse ele.

– Foi a minha barriga, senhor. – Eu não queria contar a verdade, sobre ter encontrado Merlin, porque ele teria suspeitado de que eu ainda não abandonara a busca do Caldeirão. Era melhor mentir. – Fiquei com dor de barriga.

Ele gargalhou.

– Nunca sei por que chamamos isso de festa, se não passa de uma desculpa para beber. – Ele parou para esperar Guinevere, que gostava de caçar e naquela manhã estava vestida com botas e protetores de couro amarrados às longas pernas. Escondia a gravidez por baixo de um gibão de couro sobre o qual usava uma capa verde. Tinha trazido alguns de seus amados cães veadeiros e me entregou as correias deles para que Artur pudesse carregá-la através do vau ao lado da antiga fortaleza. Lancelot ofereceu a mesma cortesia a Ceinwyn, que gritou em deleite evidente enquanto ele a erguia nos braços. Ceinwyn também estava vestida com roupas de homem, mas as dela não eram apertadas e sutis como as de Guinevere. Ceinwyn provavelmente tinha apanhado emprestada qualquer roupa que o irmão não quisesse, e as vestimentas largas e compridas demais a faziam parecer um menino diante da elegância sofisticada de Guinevere. Nenhuma das duas carregava qualquer lança, mas Bors, primo de Lancelot e seu campeão, levava uma arma de reserva para o caso de Ceinwyn querer se juntar à caçada. Artur insistira para que Guinevere, por estar grávida, não levasse a lança.

– Você deve tomar cuidado hoje – disse enquanto a recolocava de pé na margem sul do Severn.

– Você se preocupa demais – respondeu ela, depois pegou comigo as correias dos cães e passou uma das mãos pelos cabelos ruivos, densos e encaracolados, enquanto se virava de novo para Ceinwyn. – Engravide – disse ela – e os homens vão pensar que você é feita de vidro. – Ela apressou o passo ao lado de Lancelot, Ceinwyn e Cuneglas, deixando Artur andando ao meu lado em direção ao vale coberto de árvores onde os caçadores de Cuneglas tinham visto uma grande quantidade de caça. Devíamos ser uns cinquenta homens no total, na maioria guerreiros, mas um punhado de mulheres tinha desejado vir, e vinte serviçais fechavam o grupo. Um desses serviçais tocou uma trompa para avisar aos caçadores no lado mais distante do vale que estava na hora de espantar a caça em direção ao rio, e nós, caçadores, levantamos as lanças compridas e pesadas, especiais para javalis, enquanto nos espalhávamos numa fileira. Era um dia frio do final de verão, suficientemente frio para transformar o hálito em vapor, mas a chuva tinha acabado e o sol brilhava nos campos incultos enfeitados por uma névoa matinal. Artur estava animado, desfrutando a beleza do dia, sua juventude e a perspectiva de uma caçada.

– Mais uma festa – disse ele – e você pode ir para casa descansar.

– Mais uma festa? – perguntei sem alegria, a mente turva de cansaço e dos restos de efeito do que Merlin e Nimue tinham me dado para beber no pico do Dolforwyn.

Artur apertou meu ombro.

– O noivado de Lancelot, Derfel. Depois voltamos a Dumnonia. E ao trabalho! – Ele pareceu deliciado com a perspectiva e me contou, cheio de entusiasmo, sobre seus planos para o próximo inverno. Havia quatro pontes romanas quebradas que ele queria reconstruir. Feito isso, os pedreiros do reino seriam mandados para terminar o palácio real em Lindinis, que era a cidade romana perto de Caer Cadarn, o lugar das aclamações reais de Dumnonia, e Artur queria transformá-la na nova capital. – Há cristãos demais em Durnovária – disse ele, mas rapidamente, tipicamente, acrescentou que nada tinha de pessoal contra os cristãos.

– Mas eles têm algo contra o senhor – eu disse, em tom seco.

– Alguns têm.

Antes da batalha, quando a causa de Artur parecia absolutamente perdida, um partido de oposição tinha crescido em Dumnonia, e esse partido era liderado pelos cristãos, os mesmos cristãos que eram guardiões de Mordred. A causa imediata de sua hostilidade fora um empréstimo que Artur tinha forçado a Igreja a fazer para a campanha que terminara no vale do Lugg, e esse empréstimo provocara uma inimizade amarga. Era estranho, pensei, como a Igreja pregava os méritos da pobreza, mas jamais perdoava um homem por lhe pedir dinheiro emprestado.

– Eu queria falar de Mordred com você – disse Artur, explicando por que tinha buscado minha companhia nessa bela manhã. – Dentro de dez anos ele terá idade para assumir o trono. Não é muito tempo, Derfel, nem um pouco, e ele precisa ser criado bem durante esses dez anos. Precisa aprender as letras, precisa aprender a usar uma espada e precisa aprender a ter responsabilidade. – Confirmei com a cabeça, mas não com entusiasmo. Sem dúvida o menino Mordred, de 5 anos, aprenderia todas as coisas que Artur queria, mas eu não entendia o que tinha a ver com isso. Artur pensava diferente. – Quero que você seja o guardião dele – concluiu, surpreendendo-me.

– Eu!

– Nabur se importa mais com vantagens pessoais do que com o caráter de Mordred – disse Artur. Nabur era o magistrado cristão que servia como atual guardião do menino, e fora ele quem tramara mais vigorosamente para destruir o poder de Artur; Nabur e, claro, o bispo Sansum. – E ele não é soldado – prosseguiu Artur. – Rezo para que Mordred governe em paz, Derfel, mas ele precisa das habilidades da guerra, todos os reis precisam, e acho que não há ninguém melhor do que você para treiná-lo.

– Eu, não – protestei. – Sou novo demais!

Artur riu de minha objeção.

– Os jovens devem ser criados pelos jovens, Derfel.

Uma trompa distante soou, sinalizando que a caçada tinha começado na outra extremidade do vale. Nós, caçadores, entramos nas árvores e passamos sobre os emaranhados de urzes e troncos mortos cheios de cogumelos. Agora seguíamos lentamente, ouvindo o som terrível de um javali que atravessava os arbustos.

– Além disso – continuei –, meu lugar é em sua parede de escudos, e não no quarto de brinquedos de Mordred.

– Você ainda estará na minha parede de escudos. Acha que vou dispensá-lo, Derfel? – disse Artur, rindo. – Não quero você amarrado a Mordred, só quero que ele fique na sua casa. Preciso de que ele seja criado por um homem honesto.

Dei de ombros para o elogio, depois pensei, cheio de culpa, no osso limpo e inteiro em meu bolso. "Seria honesto", pensei, "usar a magia para mudar o pensamento de Ceinwyn?" Olhei para ela. E ela olhou na minha direção e deu um sorriso tímido.

– Não tenho casa – contei a Artur.

– Mas terá, e logo. – Em seguida, ele ergueu a mão e me imobilizei, ouvindo os sons à frente. Alguma coisa pesada vinha por entre as árvores, e nos agachamos instintivamente com as lanças a poucos centímetros do chão, mas então vimos que a fera apavorada era um belo cervo com boa galhada, e relaxamos enquanto o animal passava num trotar de cascos. – Vamos caçá-lo amanhã, talvez – disse Artur, olhando o cervo passar correndo. – Deixe seus cães correrem soltos! – gritou ele para Guinevere.

Ela riu e desceu o morro em nossa direção, com os cães forçando as correias.

– Eu gostaria de fazer isso – disse ela. Seus olhos estavam luminosos e o rosto ruborizado do frio. – Aqui a caçada é melhor do que em Dumnonia.

– Mas não a terra – disse-me Artur. – Há uma propriedade ao norte de Durnovária que é de Mordred por direito, e planejo fazer de você o guardião dela. Vou lhe dar outras terras também, para serem suas, mas você pode fazer uma residência na terra de Mordred e criá-lo lá.

– Conheço a propriedade – disse Guinevere. – Fica a norte da de Gyllad.

– Também conheço – falei. A propriedade tinha boas terras para plantações junto a um rio e belas colinas para ovelhas. – Mas não creio que eu saiba criar uma criança – murmurei. As trombetas soaram altas adiante, e os cães dos caçadores estavam latindo. Gritos vinham da direita, indicando que alguém tinha encontrado caça, mas a nossa parte da floresta estava vazia. Um riacho corria à direita, e o bosque subia à esquerda. As pedras e as raízes retorcidas estavam cheias de musgo.

Artur desconsiderou meus temores.

– Você não vai criar Mordred. Mas quero que ele seja criado em sua casa, com seus serviçais, seus modos, sua moral e seus julgamentos.

– E sua esposa – acrescentou Guinevere.

O estalo de um galho me fez olhar para cima. Lancelot e seu primo Bors estavam lá, os dois parados diante de Ceinwyn. O cabo da lança de Lancelot era pintado de branco e ele usava altas botas e um manto de couro de primeira. Olhei de novo para Artur.

– A esposa, senhor, é novidade para mim.

Ele agarrou meu cotovelo, tendo se esquecido da caça ao javali.

– Planejo nomear você campeão de Dumnonia, Derfel.

– A honra está acima de mim, senhor – falei cautelosamente. – Além disso, o senhor é o campeão de Mordred.

– O príncipe Artur – disse Guinevere, porque gostava de chamá-lo de príncipe, mesmo bastardo – já é chefe do Conselho. Não pode ser também campeão, não se tiver de fazer todo o trabalho de Dumnonia.

– Certo, senhora – falei. Eu não me sentia avesso à honraria, porque era elevada, mas havia um preço. Na batalha eu teria de lutar contra qualquer campeão que se apresentasse para um combate singular, mas na paz teria riqueza e posição muito acima de minha situação atual. Eu já possuía o título de lorde e os homens para sustentar esse título, tinha o direito de pintar meu símbolo nos escudos desses homens, mas compartilhava essa honra com uma quantidade de outros líderes dumnonianos. Ser o campeão do rei iria me tornar o principal guerreiro de Dumnonia, mas não conseguia ver como qualquer homem poderia reivindicar tal posição enquanto Artur vivesse. Nem enquanto Sagramor vivesse. – Sagramor – falei, cautelosamente – é um guerreiro maior do que eu, senhor príncipe. – Com Guinevere presente eu tinha de me lembrar de chamá-lo de príncipe, mas era um título do qual ele não gostava.

Artur descartou a objeção.

– Estou fazendo de Sagramor Senhor das Pedras, e ele não quer nada além. – Ser o Senhor das Pedras tornava Sagramor o responsável por guardar a fronteira saxã, e eu podia acreditar que aquele guerreiro de pele escura e olhos negros ficaria bem contente com um cargo tão beligerante. – Você, Derfel – ele cutucou meu peito –, será o campeão.

– E quem será a esposa do campeão? – perguntei secamente.

– Minha irmã Gwenhwyvach – disse Guinevere, me olhando atentamente.

Fiquei grato por Merlin ter me alertado.

– A senhora me honra imensamente – falei em tom afável.

Guinevere sorriu, satisfeita por minhas palavras implicarem aceitação.

– Você algum dia pensou que se casaria com uma princesa, Derfel?

– Não, senhora. – Gwenhwyvach, como Guinevere, era de fato uma princesa, princesa de Henis Wyren, ainda que Henis Wyren não existisse mais. Agora aquele triste reino era chamado de Lleyn, e governado pelo sombrio invasor irlandês, o rei Diwrnach.

Guinevere puxou as correias para controlar os cães agitados.

– Você pode ficar noivo quando voltar a Dumnonia – disse ela. – Gwenhwyvach concordou.

– Há um obstáculo, senhor – me dirigi a Artur.

Guinevere puxou as correias de novo, desnecessariamente, mas odiava qualquer oposição, e por isso descontou a frustração nos cães, em vez de em mim. Naquela época ela não desgostava de mim, mas também não me apreciava particularmente. Sabia de minha aversão por Lancelot, e isso sem dúvida nos colocava em oposição, mas não devia me considerar suficientemente importante para desgostar, porque sem dúvida me via como apenas um dos líderes guerreiros de seu marido; um homem alto, sem graça, de cabelo claro, que carecia dos modos civilizados que Guinevere tanto valorizava.

– Um obstáculo? – perguntou ela, perigosamente.

– Senhor príncipe – falei, insistindo em me dirigir a Artur e não à sua esposa –, eu estou ligado por juramento a uma dama. – Pensei no osso em meu bolso. – Não tenho como reivindicá-la, nem posso esperar nada dela, mas ela me reivindica, portanto sou submetido a ela.

– Quem? – exigiu saber Guinevere.

– Não posso dizer, senhora.

– Quem? – insistiu Guinevere.

– Ele não precisa dizer – defendeu-me Artur. Em seguida sorriu. – Durante quanto tempo essa dama pode reivindicar sua lealdade?

– Não muito tempo, senhor. Agora apenas dias. – Porque assim que Ceinwyn estivesse noiva de Lancelot eu poderia considerar meu juramento inválido.

– Bom – disse ele vigorosamente, e sorriu para Guinevere como se a convidasse a compartilhar seu prazer, mas em vez disso Guinevere tinha um ar de desprezo. Ela detestava Gwenhwyvach, considerando-a sem graça e tediosa, e queria desesperadamente casar a irmã para afastá-la de sua vida. – Se tudo correr bem – disse Artur – você pode se casar em Glevum na mesma ocasião em que Lancelot se casar com Ceinwyn.

– Ou será que você está exigindo esses dias – perguntou Guinevere acidamente – para conjurar motivos para não se casar com minha irmã?

– Senhora, seria uma honra me casar com Gwenhwyvach. – Esta, eu acho, era a verdade, porque sem dúvida ela se mostraria uma esposa honesta, mas se eu ia ser bom marido era outro assunto, porque meu único motivo para me casar seria a posição e a fortuna que ela traria no dote; e esses, para muitos homens, eram o objetivo do casamento. E se eu não pudesse ter Ceinwyn, o que importaria com quem me casasse? Merlin sempre nos alertava sobre confundir amor com casamento, e apesar do alerta ser cínico, existia verdade nele. Não se esperava que eu amasse Gwenhwyvach; queriam simplesmente que me casasse com ela, e sua posição e seu dote eram minhas recompensas por lutar naquele dia longo e sangrento no vale do Lugg. Se essas recompensas vinham tingidas pela zombaria de Guinevere, mesmo assim eram um presente rico. – Eu me casarei satisfeito com sua irmã – prometi a Guinevere – desde que a dona de meu juramento não me reivindique.

– Rezo para que não – disse Artur com um sorriso, depois girou quando um grito soou no alto do morro.

Bors estava agachado com sua lança. Lancelot se encontrava ao lado, mas olhava para nós, abaixo, talvez preocupado com que o animal nos escapasse. Artur empurrou Guinevere gentilmente para trás, depois fez um gesto para que eu subisse o morro e fechasse o espaço.

– São dois! – gritou Lancelot para nós.

– Um deles deve ser fêmea – gritou Artur, depois correu alguns passos rio acima, antes de começar a subir o morro. – Onde? – perguntou. Lancelot apontou com sua lança de cabo branco, mas eu ainda não podia ver nada nos arbustos.

– Lá! – disse Lancelot, petulante, apontando a lança para um emaranhado de urzes.

Artur e eu subimos mais um pouco e finalmente pudemos ver o javali enfiado no mato baixo. Era um animal grande e velho, com presas amarelas, olhos pequenos e corcova musculosa sob o couro escuro e cheio de cicatrizes. Aqueles músculos podiam levá-lo em enorme velocidade e ele era capaz de usar suas presas afiadas como espadas com uma habilidade fatal. Todos tínhamos visto homens morrerem com ferimentos causados por presas, e nada tornava um javali mais perigoso do que ficar acuado com uma fêmea. Qualquer caçador rezava por um javali atacando em terreno aberto, porque era possível usar a velocidade e o peso do animal para enfiar a lança em seu corpo. Um confronto assim exigia coragem e habilidade, mas nem de longe tanta coragem como quando o homem precisava atacar o javali.

– Quem o viu primeiro? – perguntou Artur.

– Meu senhor rei viu – disse Bors, indicando Lancelot.

– Então ele é seu, senhor rei. – Artur graciosamente passou a honra da matança a Lancelot.

– Ele é meu presente ao senhor – respondeu Lancelot. Ceinwyn estava parada junto dele, mordendo o lábio inferior e com os olhos arregalados. Tinha apanhado a lança de reserva com Bors, não porque esperasse usá-la, mas para poupá-lo do fardo, e segurava a arma, nervosa.

– Vamos pôr os cães em cima deles! – Guinevere juntou-se a nós. Seus olhos estavam brilhantes, e o rosto, animado. Acho que ficava frequentemente entediada com os grandes palácios de Dumnonia, e o campo de caça lhe dava a empolgação que queria.

– Você vai perder os dois cães – alertou Artur. – O bicho sabe lutar. – Ele se adiantou cautelosamente, avaliando o melhor modo de provocar a fera, depois se adiantou rapidamente e bateu nos arbustos com a lança, como se para oferecer ao animal um caminho para sair do abrigo. A fera grunhiu, mas não se mexeu, nem mesmo quando a ponta da lança passou a centímetros de seu focinho. A fêmea estava atrás dele, observando-nos.

– Ele já fez isso antes – disse Artur, feliz.

– Deixe-me pegá-lo, senhor – falei, subitamente ansioso por sua causa.

– Acha que perdi o jeito? – perguntou Artur com um sorriso. Em seguida bateu de novo nos arbustos, mas as urzes não se abaixavam, e o javali não se mexia. – Que os Deuses o abençoem – disse Artur ao animal, depois gritou em desafio e pulou no emaranhado de espinhos. Saltou para um dos lados do caminho que tinha aberto toscamente, e enquanto batia os pés no chão, projetou a lança com força, apontando a lâmina brilhante para o flanco esquerdo do javali, logo à frente do ombro.

A cabeça do javali pareceu tremer, era só um pequeno tremor, mas foi o bastante para desviar a lâmina da lança com a presa, de modo que ela fez um corte inofensivo no flanco do animal, e então ele atacou. Um bom javali pode partir de uma posição imóvel para a loucura instantânea, com a cabeça baixa e as presas prontas para atacar, e essa fera já havia passado pela ponta de lança de Artur, que estava atrapalhado com os espinheiros.

Gritei para distrair o javali e mergulhei minha lança em sua barriga. Artur estava de costas, havia abandonado a lança, e o javali caiu em cima dele. Os cães latiam e Guinevere gritava para que ajudássemos. Minha lança tinha penetrado fundo na barriga do animal, e seu sangue jorrou até minhas mãos quando ergui a lança para girá-lo, tirando-o de cima de meu senhor. A criatura pesava mais do que dois sacos cheios de grãos, e seus músculos eram como cordas de ferro que prendiam minha lança. Agarrei-a com força e puxei-a para cima, mas então a fêmea atacou e me desequilibrou. Caí, e meu peso empurrou o cabo da lança de novo para baixo e trouxe o javali outra vez para cima da barriga de Artur.

Artur tinha conseguido agarrar as duas presas do javali e, usando toda a força, empurrava a cabeça do bicho para longe do peito. A fêmea desapareceu, mergulhando morro abaixo em direção ao riacho.

– Mate-o! – gritou Artur, mas ele estava meio gargalhando. Estava a centímetros da morte, mas adorava aquele momento. – Mate-o! – gritou de novo. As pernas traseiras do javali faziam força, com a saliva caindo no rosto de Artur e o sangue encharcando a sua roupa.

Eu estava de costas, o rosto lacerado de espinhos. Consegui ficar de pé e estendi a mão para a lança que se sacudia, ainda enterrada na barriga da grande fera, mas então Bors enfiou uma faca no seu pescoço e vi a enorme força do animal começar a arrefecer. Artur conseguiu forçar a cabeça larga, fétida e sangrenta para longe de suas costelas. Agarrei minha lança e torci a lâmina, procurando o sangue da vida do animal no fundo de suas entranhas, enquanto Bors esfaqueava uma segunda vez. De repente, o javali urinou em Artur, deu uma última sacudida desesperada com o pescoço enorme e abruptamente desmoronou. Artur estava banhado em sangue e urina, meio enterrado sob o corpo do bicho.

Ele soltou cautelosamente as presas, depois se dissolveu numa gargalhada incontida. Bors e eu pegamos cada um uma presa e, com um esforço combinado, levantamos o bicho. Uma das presas tinha se prendido no gibão de Artur e rasgou o tecido quando puxamos. Largamos o animal no arbusto de espinhos e ajudamos Artur a se levantar. Nós três ficamos rindo, as roupas enlameadas, rasgadas e cobertas de folhas, gravetos e sangue do animal.

– Vou ficar com um hematoma aqui – disse Artur, batendo no peito. Em seguida se virou para Lancelot, que não tinha se mexido para ajudar durante a luta. – Deu-me um presente nobre, senhor rei, e o recebi da maneira mais ignóbil. – Ele enxugou os olhos. – Mas mesmo assim gostei. E vamos desfrutá-lo em sua festa de noivado. – Artur olhou para Guinevere e viu que ela estava pálida, quase tremendo, e imediatamente foi em sua direção. – Está se sentindo mal?

– Não, não – disse ela, em seguida abraçou-o e encostou a cabeça em seu peito ensanguentado. Estava chorando. Era a primeira vez que eu a via chorar.

Artur deu-lhe um tapinha nas costas.

– Não houve perigo, meu amor, nenhum perigo. Só fiz uma tremenda bagunça na hora da matança.

– Está ferido? – perguntou Guinevere, afastando-o e enxugando as lágrimas.

– Só arranhado. – O rosto e as mãos dele estavam lacerados por espinhos, mas fora isso não tinha ferimentos, a não ser o hematoma causado pela presa. Artur se afastou dela, pegou sua lança e deu um grito de alegria. – Eu não era derrubado de costas assim há uns doze anos!

O rei Cuneglas chegou correndo, preocupado com os convidados, e os caçadores vieram para amarrar o bicho e levá-lo embora. Todos deviam ter percebido a diferença entre as roupas imaculadas de Lancelot e nosso estado de desalinho, cobertos de sangue, mas ninguém comentou. Estávamos todos empolgados, satisfeitos por termos sobrevivido e ansiosos para compartilhar a história de Artur segurando a fera pelas presas. A notícia se espalhou e o som do riso dos homens ressoou entre as árvores. Apenas Lancelot não ria.

– Precisamos lhe arranjar um javali, senhor rei – disse a ele. Estávamos parados a alguns passos da multidão empolgada que tinha se reunido para observar os caçadores cortando a fera, antes de dar as entranhas aos cães de Guinevere.

Lancelot me olhou de lado. Ele desgostava de mim tanto quanto eu desgostava dele, mas de repente sorriu.

– Um javali seria melhor do que uma porca, eu acho.

– Uma porca? – perguntei, farejando um insulto.

– A porca não atacou você? – perguntou ele, depois abriu os olhos inocentemente. – Certamente você não pensou que eu estava me referindo ao seu casamento! – Ele me ofereceu uma reverência irônica. – Devo lhe dar os parabéns, lorde Derfel! Casar-se com Gwenhwyvach!

Contive com esforço minha raiva e me obriguei a olhar seu rosto fino e zombeteiro com a barba delicada, os olhos escuros e o cabelo comprido e azeitado, preto e brilhante como a asa de um corvo.

– E devo parabenizá-lo, senhor rei, pelo seu noivado.

– Com *seren* – disse ele –, a estrela de Powys. – Em seguida olhou para Ceinwyn, que estava parada com as mãos no rosto enquanto as facas dos caçadores arrancavam as longas alças dos intestinos do javali. Ela parecia tão jovem com o cabelo brilhante preso na altura da nuca! – Não é encantadora? – perguntou Lancelot numa voz que parecia o ronronar de um gato. – Tão vulnerável. Nunca acreditei nas histórias sobre sua beleza, porque quem esperaria uma joia dessas entre os filhotes de Gorfyddyd? Mas ela é linda, e tenho muita sorte.

– Sim, senhor rei, tem.

Ele riu e se virou. Era um homem em sua glória, um rei que viera tomar sua noiva, e também era meu inimigo. Mas eu estava com seu osso no bolso. Toquei-o, imaginando se a luta com o javali o haveria quebrado, mas continuava inteiro, ainda escondido e apenas esperando o meu prazer.

CAVAN, MEU SEGUNDO em comando, veio a Caer Sws na véspera do noivado de Ceinwyn e trouxe quarenta dos meus lanceiros. Galahad os enviara de volta, reconhecendo que seu trabalho em Silúria poderia ser finalizado com os vinte homens que lhe restavam. Parece que os silurianos tinham aceitado a derrota do país, ainda que de má vontade, e não houvera inquietação com a notícia da morte do rei, apenas uma submissão dócil às exigências dos vitoriosos. Cavan me disse que Oengus de Demétia, o rei irlandês que trouxera a vitória para Artur no vale do Lugg, havia tomado sua porção de escravos e do tesouro, roubado mais um tanto e depois ido para casa, e os silurianos estavam evidentemente felizes porque agora o renomado Lancelot seria seu rei.

– E admito que o desgraçado será bem-vindo – disse Cavan quando me encontrou no salão de Cuneglas, onde eu abria meu cobertor e fazia minhas refeições. Ele coçou um piolho na barba. – Lugar sujo, Silúria.

– Eles criam bons guerreiros – falei.

– Que lutam para ir para longe de casa, o que não é de espantar. – Ele fungou. – O que arranhou seu rosto, senhor?

– Espinhos. Lutando com um javali.

– Pensei que tinha se casado enquanto eu não estava olhando, e que esse era o presente de casamento.

– Vou me casar – falei enquanto saíamos do salão para o sol de Caer Sws, e descrevi a proposta de Artur para me tornar campeão de Mordred e seu cunhado. Cavan ficou satisfeito com a notícia de meu enriquecimento iminente, porque ele era um exilado irlandês que buscara transformar sua habilidade com espada e lança numa fortuna na Dumnonia de Uther, mas de algum modo a fortuna havia escapado no tabuleiro de jogos. Tinha o dobro da minha idade, era um homem atarracado, de ombros largos, barba grisalha e com mãos grossas de tantos anéis de guerreiros que forjávamos com as armas dos inimigos derrotados. Ficou deliciado porque meu casamento era sinônimo de ouro, e mostrou tato com relação à noiva que traria esse metal.

– Ela não é uma beldade como a irmã – falou.

– Certo.

– Na verdade – disse ele, abandonando o tato –, ela é feia como um saco de sapos.

– Ela é sem graça – admiti.

– Mas as mulheres sem graça são as melhores esposas, senhor. – Ele nunca tinha se casado, mas também nunca vivera sozinho. – E vai trazer riqueza para todos nós – acrescentou, feliz. E esse, claro, era o motivo para eu me casar com a pobre Gwenhyvach. Meu bom senso não podia confiar na costela de porco que estava em meu bolso. Meu dever para com meus homens era recompensá-los pela fidelidade, e tais recompensas tinham sido poucas no ano passado. Eles tinham perdido praticamente todas as posses na queda de Ynys Trebes, e depois lutado contra o exército de Gorfyddyd no vale do Lugg; agora estavam cansados, empobrecidos, e nenhum homem jamais merecera mais de seu senhor.

Cumprimentei meus quarenta homens que esperavam para receber alojamento. Fiquei feliz ao ver Issa entre eles, o meu melhor lanceiro: um jovem camponês de força enorme e otimismo inabalável, que protegeu meu lado direito na batalha. Abracei-o, depois lamentei não ter presentes para eles.

– Mas nossa recompensa virá em breve – acrescentei, depois olhei para as duas dúzias de garotas que eles deviam ter atraído em Silúria. – Mas fico feliz ao ver que a maior parte de vocês já arranjou alguma recompensa.

Eles riram. A garota de Issa era uma menina bonita e de cabelos escuros, com uns 14 verões. Issa apresentou-a a mim.

– Scarach, senhor. – Ele disse o nome com orgulho.

– Irlandesa? – perguntei a ela.

Ela assentiu.

– Eu era escrava de Ladwys, senhor. – Scarach falava a língua da Irlanda; uma linguagem como a nossa, mas bastante diferente, como seu nome, para marcar sua raça. Imaginei que ela tivesse sido capturada pelos homens de Gundleus num ataque às terras do rei Oengus em Demétia. A maioria dos escravos irlandeses vinha desses povoados na costa Oeste da Britânia, mas suspeitei de que nenhum deles jamais fosse capturado de Lleyn. Apenas um idiota iria se aventurar sem ser convidado no território de Diwrnach.

– Ladwys! – falei. – Como está ela? – Ladwys fora amante de Gundleus, uma mulher morena e alta com quem ele se casara secretamente, embora tenha se mostrado pronto a desonrar o casamento quando Gorfyddyd lhe ofereceu a perspectiva da mão de Ceinwyn.

– Está morta, senhor – disse Scarach com ar feliz. – Nós a matamos na cozinha. Enfiei um espeto em sua barriga.

– Ela é uma boa garota – observou Issa, animado.

– Claro que é – falei –, então cuide dela. – Sua última garota o tinha abandonado em troca de um dos missionários cristãos que percorriam as estradas de Dumnonia, mas de algum modo eu duvidava de que a formidável Scarach se mostrasse igualmente idiota.

Naquela tarde, usando cal dos depósitos de Cuneglas, meus homens pintaram um novo símbolo em seus escudos. A honra de carregar meu símbolo me fora dada por Artur na véspera da batalha do vale do Lugg, mas não houve tempo de mudar os escudos que, até agora, levavam o símbolo de Artur, o urso. Meus homens esperavam que eu usasse como símbolo a máscara do lobo, eco das caudas de lobos que tínhamos começado a usar nos elmos nas florestas de Benoic, mas insisti em que cada um pintasse uma estrela de cinco pontas.

– Uma estrela! – rosnou Cavan, desapontado. Ele queria algo feroz, com garras, bico e dentes, mas insisti na estrela.

– *Seren* – falei –, porque somos as estrelas da parede de escudos.

Eles gostaram dessa explicação, e ninguém suspeitou do romantismo desesperançado que havia por trás da escolha. Por isso primeiro pusemos uma camada de piche nos escudos de tábuas de salgueiro cobertas de couro, depois pintamos as estrelas com cal, usando uma bainha de espada para fazer as bordas retas, e quando a cal secou aplicamos um verniz feito de resina de pinheiro e clara de ovo, que protegeria as estrelas da chuva durante alguns meses.

– É diferente – admitiu Cavan a contragosto quando admiramos os escudos terminados.

– É esplêndido – falei e, naquela noite, quando jantei no círculo de guerreiros que comiam no piso do salão, Issa ficou atrás de mim como escudeiro. O verniz ainda estava molhado, mas isso só fazia a estrela parecer mais brilhante. Scarach me serviu. Era uma refeição pobre, mingau de cevada, mas as cozinhas de Caer Sws não podiam fornecer coisa melhor porque estavam ocupadas preparando a grande festa da noite seguinte. Na verdade todo o palácio estava ocupado com os preparativos. O salão fora decorado com ramos de faia vermelha, o chão fora varrido e forrado com juncos novos, e dos aposentos das mulheres ouvíamos histórias de vestidos sendo feitos e delicadamente bordados. Pelo menos quatrocentos guerreiros residiam agora em Caer Sws, a maioria aquartelada em abrigos rústicos nos campos em volta das fortificações, e as mulheres, os filhos e os cães dos guerreiros atulhavam a fortaleza. Metade dos homens pertencia a Cuneglas, a outra metade era de dumnonianos, mas, apesar da guerra recente, não havia problemas, nem mesmo quando se espalhou a notícia de que Ratae tinha caído diante da horda dos saxões de Aelle por causa da traição de Artur. Cuneglas devia ter suspeitado de que a paz de Aelle fora comprada através de alguma coisa assim, e aceitou o juramento de Artur, de que os homens de Dumnonia arrancariam a vingança pelos mortos de Powys que estavam nas cinzas da fortaleza capturada.

Eu não via Merlin nem Nimue desde a noite no Dolforwyn. Merlin tinha deixado Caer Sws, mas Nimue, pelo que ouvi dizer, ainda se encontrava na fortaleza, escondida nos aposentos das mulheres, onde, segundo os boatos, ficava muito na companhia da princesa Ceinwyn. Isso me parecia improvável, porque as duas eram muito diferentes. Nimue era alguns anos mais velha do que Ceinwyn, era morena e intensa, sempre oscilando sobre a fina linha entre a loucura e a raiva, enquanto Ceinwyn era loura, gentil e, como Merlin me dissera, convencional demais. Eu não podia imaginar que qualquer uma tivesse muito a dizer à outra, por isso presumi que os boatos eram falsos e que Nimue estava com Merlin, que, eu acreditava, tinha ido encontrar os homens que levariam suas espadas para a terra pavorosa de Diwrnach em busca do Caldeirão.

Mas será que eu iria com ele? Na manhã do noivado de Ceinwyn fui para o norte, para os grandes carvalhos que cercavam o amplo vale de Caer Sws. Buscava um lugar específico, e Cuneglas tinha me dito como encontrá-lo. Issa, o leal Issa, foi comigo, mas ele não tinha ideia do que íamos fazer na floresta escura e funda.

Essa terra, o coração de Powys, fora pouco tocada pelos romanos. Eles tinham construído fortalezas aqui, como Caer Sws, e deixado algumas estradas que atravessavam, retas, os vales dos rios, mas não havia grandes povoados ou cidades como as que davam a Dumnonia o brilho de uma civilização perdida. Tampouco havia muitos cristãos aqui, no coração da terra de Cuneglas; o culto aos Deuses antigos tinha sobrevivido em Powys sem o rancor que azedava a religião no reino de Mordred, onde cristãos e pagãos buscavam os favores reais e o direito de erigir seus templos nos lugares sagrados. Nenhum altar romano tinha substituído os bosques dos druidas de Powys, e nenhuma igreja cristã se erguia junto aos poços sagrados. Os romanos haviam derrubado alguns templos, mas muitos se preservaram, e foi a um desses antigos lugares sagrados que Issa e eu chegamos no crepúsculo gerado pelas folhas da floresta ao meio-dia.

Era um templo druídico, um bosque de carvalhos no fundo de uma floresta densa. As folhas das árvores ao redor ainda não tinham se desbotado em bronze, mas logo iriam se transformar e cair na baixa parede de pedras que formava um semicírculo no centro do bosque. Dois nichos tinham sido feitos na parede e havia um crânio humano em cada um deles. Antigamente havia muitos lugares assim em Dumnonia, e muitos outros foram refeitos depois da partida dos romanos. Com frequência os cristãos surgiam e quebravam os crânios, derrubavam as paredes de pedra e cortavam os carvalhos, mas esse templo em Powys podia estar nessa floresta profunda há mil anos. Pequenos retalhos de lã tinham sido enfiados entre as pedras para marcar as orações oferecidas pelas pessoas no bosque.

Fazia silêncio em meio aos carvalhos; um silêncio pesado. Issa ficou olhando das árvores enquanto eu ia até o centro do semicírculo, onde tirei o pesado cinturão de Hywelbane.

Pousei a espada na pedra lisa que marcava o centro do templo e tirei do bolso o osso limpo e branco que me dava poder sobre o casamento de Lancelot. Coloquei-o ao lado da espada. Finalmente, pus na pedra o pequeno broche de ouro que Ceinwyn me dera havia tantos anos. Depois me deitei no chão coberto de folhas e musgo.

Dormi esperando um sonho que me dissesse o que fazer, mas não veio sonho nenhum. Talvez devesse ter sacrificado algum pássaro ou animal antes de me deitar, um presente que poderia provocar um Deus a me dar a indicação que buscava, mas não veio nenhuma resposta. Havia apenas o silêncio. Eu pusera minha espada e o poder do osso nas mãos dos Deuses, na posse de Bel e Manawydan, de Taranis e Lleullaw, mas eles ignoraram os presentes. Havia apenas o vento nas folhas altas, o raspar das garras dos esquilos nos galhos dos carvalhos e o batuque súbito de um pica-pau.

Fiquei imóvel quando acordei. Não houvera sonho, mas eu sabia o que queria. Queria pegar o osso e parti-lo em dois, e se esse gesto significasse andar na Estrada Escura até o reino de Diwrnach, que assim fosse. Mas também queria que a Britânia de Artur fosse íntegra, boa e verdadeira. E queria que meus homens tivessem ouro, terras, escravos e posto. Queria expulsar os saxões de Lloegyr. Queria ouvir os gritos de uma parede de escudos rompida e o toque das trombetas de guerra enquanto um exército vitorioso perseguia até a ruína um inimigo espalhado. Queria marchar com meus escudos estrelados na terra lisa do Leste, que nenhum britânico livre vira em uma geração. E queria Ceinwyn.

Sentei-me. Issa viera sentar-se perto de mim. Devia estar imaginando por que eu olhava tão fixamente para o osso, mas não fez perguntas.

Pensei na pequena torre de ossos feita por Merlin, que representava o sonho de Artur, e imaginei se esse sonho poderia realmente desmoronar caso Lancelot não se casasse com Ceinwyn. O casamento não era o fecho que mantinha a aliança de Artur no lugar; era apenas uma conveniência para garantir um trono a Lancelot, e dar a Powys uma posição na casa real de Silúria. Se o casamento não acontecesse, os exércitos de Dumnonia, Gwent, Powys e Elmet ainda marchariam contra os saxões. Tudo isso eu sabia, e tudo isso era verdade, mas também sentia que de algum modo o osso poderia prejudicar o sonho de Artur. No momento em que o partisse ao meio eu estaria jurado com a busca de Merlin, e essa busca prometia trazer inimizade a Dumnonia; a inimizade dos antigos pagãos que tanto odiavam a crescente religião cristã.

– Guinevere – falei subitamente o nome em voz alta.

– Senhor? – perguntou Issa, perplexo.

Balancei a cabeça para indicar que nada mais tinha a dizer. Na verdade, eu não pretendia dizer alto o nome de Guinevere, mas de repente havia entendido que quebrar o osso faria mais do que encorajar a campanha de Merlin contra o Deus cristão, também tornaria Guinevere minha inimiga. Fechei os olhos. Será que a mulher de meu senhor poderia ser minha inimiga? E se fosse? Artur continuaria gostando de mim e eu dele, e minhas lanças e meus escudos estrelados valiam mais para ele do que toda a fama de Lancelot.

Levantei-me e peguei o broche, o osso e a espada. Issa ficou olhando enquanto eu escolhia um fio de lã tingida de verde de minha capa e enfiava entre as pedras.

– Você não estava em Caer Sws quando Artur rompeu o noivado com Ceinwyn? – perguntei.

– Não, senhor. Mas ouvi dizer.

– Eu estava na festa de noivado, igual à festa de hoje. Artur sentava-se à mesa alta, ao lado de Ceinwyn, e ele viu Guinevere no fundo do salão. Ela estava parada, com uma capa maltrapilha e os cães ao lado. Artur a viu, e nada mais foi o mesmo. Só os Deuses sabem quantos homens morreram por ele ter visto aquela cabeça ruiva. – Virei-me de novo para a pedra baixa e vi que havia uma rede abandonada dentro de um dos crânios cobertos de musgo. – Merlin me disse que os Deuses amam o caos – falei.

– Merlin ama o caos – retrucou Issa, sem dar muita importância, porém havia mais verdade em suas palavras do que ele sabia.

– Merlin ama o caos, mas a maioria de nós o teme, e é por isso que tentamos fazer a ordem. – Pensei na pilha de ossos cuidadosamente montada. – Mas quando você tem ordem, você não precisa dos Deuses. Quando tudo está bem-ordenado e disciplinado, nada é inesperado. Se você entende tudo – falei cautelosamente –, não resta espaço para a magia. Só quando está perdido, apavorado e no escuro é que você chama os Deuses, e eles gostam de ser chamados. Isso os torna poderosos, e é por isso que gostam de que vivamos no caos. – Eu estava repetindo as lições de minha infância, lições dadas no Tor de Merlin. – E agora temos uma escolha. Podemos viver na Britânia organizada de Artur ou podemos acompanhar Merlin até o caos.

– Eu irei segui-lo, senhor, independentemente do que fizer. – Não creio que Issa soubesse o que eu estava dizendo, mas mesmo assim ele parecia contente em confiar em mim.

– Eu gostaria de saber o que fazer – confessei. Como seria fácil se os Deuses andassem pela Britânia como antigamente! Então poderíamos vê-los, ouvi-los e falar com eles, mas agora éramos como homens vendados procurando um alfinete num espinheiro. Prendi de novo o cinturão da espada e depois enfiei o osso ainda inteiro no bolso. – Quero que você dê uma mensagem aos homens. Não a Cavan, porque eu mesmo falarei com ele, mas quero que você lhes diga que, se alguma coisa estranha acontecer esta noite, eles estão liberados do juramento a mim.

Issa franziu a testa.

– Liberados do juramento? – perguntou, depois balançou a cabeça vigorosamente. – Eu não, senhor.

Silenciei-o.

– E diga a eles que se alguma coisa estranha acontecer, e talvez não aconteça, a lealdade a meu juramento pode significar uma luta contra Diwrnach.

– Diwrnach! – Issa cuspiu e fez o símbolo contra o mal com a mão direita.

– Diga-lhes, Issa.

– Então o que pode acontecer esta noite? – perguntou, ansioso.

– Talvez nada, talvez absolutamente nada. – Porque os Deuses não tinham me dado nenhum sinal naquele bosque, e eu ainda não sabia o que escolheria. Ordem ou caos. Ou nenhum dos dois, porque talvez o osso não passasse de um resto da cozinha, e quebrá-lo não faria nada além de simbolizar meu despedaçado amor por Ceinwyn. Mas havia apenas um modo de descobrir, e era quebrar o osso. Se eu ousasse.

Na festa de noivado de Ceinwyn.

De todas as festas daquelas últimas noites de verão, a do noivado de Lancelot e Ceinwyn foi a mais farta. Até os Deuses pareciam favorecê-la, porque a lua estava cheia e clara, e esse era um presságio maravilhoso para um noivado. A lua nasceu logo depois do pôr do sol, um orbe de prata pairando enorme acima dos picos onde ficava o Dolforwyn. Eu tinha imaginado se a festa aconteceria no salão do Dolforwyn, mas Cuneglas, vendo a enorme quantidade de pessoas a ser alimentada, optara por manter a celebração dentro de Caer Sws.

Havia convidados demais para o salão do rei, por isso apenas os mais privilegiados tiveram permissão de entrar no interior das grossas paredes de madeira. O resto sentou-se do lado de fora, agradecendo aos Deuses por terem mandado uma noite seca. O chão ainda estava úmido da chuva do início da semana, mas havia bastante palha para os homens fazerem assentos secos. Tochas encharcadas em piche foram acesas, deixando o pátio real subitamente brilhante com as chamas que saltavam. O casamento aconteceria de dia, para que Gwydion, o Deus da luz, e Belenos, o Deus do sol, dessem a bênção, mas o noivado tinha a bênção da lua. De vez em quando uma brasa acesa voava de uma tocha e flutuava à terra, acendendo alguma palha, e havia explosões de gargalhadas, crianças gritando, cães latindo e uma agitação de pânico até que o fogo fosse apagado.

Mais de cem homens se apinhavam no salão de Cuneglas. Velas e lamparinas tinham sido postas juntas, lançando sombras estranhas no alto teto de palha e traves, onde agora os amarrados de folhas de faias se misturavam aos primeiros cachos de frutos de azevinho do ano. A única mesa do salão estava posta no tablado, abaixo de uma fileira de escudos, e cada escudo tinha uma vela embaixo, para iluminar o símbolo pintado no couro. No centro ficava o escudo real de Cuneglas de Powys, com sua águia de asas abertas, e de um lado da águia estava o urso preto de Artur, e do outro, o dragão vermelho de Dumnonia. O símbolo de Guinevere, o cervo coroado pela lua, estava pendurado junto ao urso, ao passo que a águia do mar de Lancelot voava com um peixe nas garras perto do dragão. Ninguém de Gwent estava presente, mas Artur insistira em que o touro preto de Tewdric fosse pendurado, com o cavalo vermelho de Elmet e a máscara da raposa de Silúria. Os símbolos reais marcavam a grande aliança: a parede de escudos que empurraria os saxões de volta ao mar.

Iorweth, o principal druida de Powys, anunciou o momento em que teve certeza de que os últimos raios do sol tinham desaparecido no distante mar da Irlanda, e então os convidados de honra ocuparam seus lugares no tablado. O restante de nós já estava sentado no chão do salão, onde os homens gritavam pedindo mais do hidromel de Powys, famoso por sua força, e que fora especialmente preparado para aquela noite.

A rainha Elaine veio primeiro. A mãe de Lancelot estava vestida de azul, com um torque de ouro na garganta e uma corrente de ouro prendendo os cachos de seu cabelo grisalho. Em seguida, um rugido enorme recebeu Cuneglas e a rainha Helledd. O rosto redondo do rei luzia de prazer diante da perspectiva da celebração desta noite em cuja honra ele amarrara pequenas fitas nas pontas do bigode. Artur veio de preto sóbrio, enquanto Guinevere, seguindo-o ao tablado, estava esplêndida em seu vestido de linho cor de ouro pálido. O vestido fora cortado e costurado com inteligência, de modo que o tecido precioso, habilmente tingido com fuligem e cera de abelha, parecia grudar-se ao seu corpo alto e reto. A barriga mal traía a gravidez, e um murmúrio de apreciação por sua beleza soou entre os homens. Pequenas escamas de ouro tinham sido costuradas no tecido, de modo que seu corpo parecia brilhar enquanto ela seguia Artur silenciosamente até o centro do tablado. Ela sorriu pela luxúria que sabia ter provocado, e que queria provocar, porque nesta noite Guinevere estava decidida a suplantar qualquer coisa que Ceinwyn usasse. Um aro de ouro mantinha no lugar o cabelo revolto de Guinevere, um cinto de elos de ouro rodeava a cintura, e em homenagem a Lancelot ela usava no pescoço um broche de ouro representando uma águia do mar. Beijou a rainha Elaine nas duas bochechas, deu também um beijo em Cuneglas, inclinou a cabeça para a rainha Helledd e depois sentou-se à direita de Cuneglas enquanto Artur ocupava a cadeira vazia ao lado de Helledd.

Restavam duas cadeiras, mas, antes que elas fossem ocupadas, Cuneglas se levantou e bateu na mesa com o punho. O silêncio se instaurou, e no silêncio ele fez um gesto mudo em direção aos tesouros arrumados na borda do tablado, diante da toalha de linho da mesa.

Os tesouros eram os presentes que Lancelot trouxera para Ceinwyn, e a magnificência deles causou uma tempestade de aplausos no salão. Todos tínhamos os inspecionado, e eu ouvira com azedume os homens elogiarem a generosidade do rei de Benoic. Havia torques de ouro, de prata e outros feitos de uma mistura de ouro e prata, tantos torques que simplesmente serviam como base sobre a qual estavam empilhados os presentes maiores. Havia espelhos de mão romanos, frascos de vidro romano e pilhas de joias romanas. Havia colares, broches, ânforas, alfinetes e prendedores. Havia um resgate real em metal brilhante, em esmalte, coral e pedras preciosas, e tudo aquilo, eu sabia, havia sido tirado de Ynys Trebes durante o incêndio, quando Lancelot, desdenhando levar sua espada contra os atacantes francos, fugiu no primeiro navio para escapar da morte da cidade.

Os aplausos ainda soavam quando Lancelot chegou em sua glória. Como Artur, estava vestido de preto, mas suas roupas tinham bainhas com tiras de raro tecido dourado. Seu cabelo preto fora azeitado e esticado para trás, o que o deixou grudado no crânio estreito e nas costas. Os dedos da mão direita brilhavam com anéis de ouro enquanto a esquerda estava opaca com os anéis de guerreiro, nenhum dos quais, presumi azedamente, ele merecera em batalha. No pescoço, usava um pesado torque de ouro com acabamentos de pedras brilhantes, e no peito, em honra a Ceinwyn, usava o símbolo da família real dela, a águia de asas abertas. Não carregava armas, porque nenhum homem tinha permissão de levar uma lâmina para o salão de um rei, mas usava o cinturão esmaltado que tinha sido presente de Artur. Recebeu os aplausos com a mão levantada, beijou a mãe no rosto, a mão de Guinevere, curvou-se para Helledd e se sentou.

A outra cadeira permanecia vazia. Uma harpista tinha começado a tocar, e as notas plangentes eram quase inaudíveis acima das conversas. O cheiro de carne assada entrou no salão, onde meninas escravas carregavam as jarras de hidromel. O druida Iorweth andava de um lado para o outro, abrindo um corredor entre os homens sentados no piso coberto de juncos. Empurrou homens para o lado, direcionou uma reverência ao rei quando o corredor estava feito, depois fez um gesto com o cajado, pedindo silêncio.

Os convidados de honra tinham entrado no salão pelos fundos, saindo direto das sombras da noite para o tablado, mas Ceinwyn entraria pela grande porta na frente, e para chegar àquela porta tinha de passar pela multidão de convidados que esperavam no pátio iluminado. Os sons que ouvimos eram dos convidados aplaudindo sua passagem desde o salão das mulheres, enquanto dentro do salão do rei esperávamos num silêncio cheio de expectativa. Até a harpista ergueu os dedos das cordas para olhar a porta.

Uma criança entrou primeiro. Era uma garotinha vestida de linho branco, que andava de costas pelo corredor feito por Iorweth para a passagem de Ceinwyn. A menina espalhava pétalas de flores de primavera sobre os juncos recém-colocados. Ninguém falou. Todos os olhos estavam fixos na porta, a não ser os meus, porque eu me concentrava no tablado. Lancelot olhava a porta, com um meio-sorriso no rosto. Artur, o pacificador, resplandecia. Só Guinevere não estava sorrindo. Apenas parecia triunfante. Um dia tinha sido desprezada nesse salão, e agora dispunha da filha do rei em casamento.

Observei Guinevere enquanto, com a mão direita, peguei o osso no bolso. A costela era lisa em minha mão, e Issa, de pé atrás de mim com meu escudo, provavelmente se perguntou o que significaria aquele pedaço de lixo naquela noite enluarada, noite de lua e fogo.

Olhei para a grande porta do salão no momento em que Ceinwyn apareceu e, um instante antes que os aplausos se iniciassem no salão, houve um ofegar perplexo. Nem todo o ouro da Britânia, nem todas as rainhas da antiguidade poderiam ter suplantado Ceinwyn. Nem precisei olhar para Guinevere a fim de saber que ela fora totalmente derrotada naquela noite de beleza.

Essa, eu sabia, era a quarta festa de noivado de Ceinwyn. Ela viera aqui uma vez para Artur, mas ele rompeu o juramento sob o feitiço do amor de Guinevere, e depois Ceinwyn ficara noiva de um príncipe da distante Rheged, mas ele morrera de febre antes que os dois pudessem se casar; depois, não fazia muito tempo, tinha carregado o cabresto do noivado para Gundleus de Silúria, mas ele morrera gritando sob as mãos cruéis de Nimue, e agora, pela quarta vez, Ceinwyn levava o cabresto para um homem. Lancelot lhe dera um monte de ouro, mas o costume exigia que ela desse o presente comum de um cabresto de boi como símbolo de que, a partir desse dia, iria se submeter à sua autoridade.

Lancelot se levantou quando ela entrou, e o meio-sorriso se espalhou num ar de alegria, e não era de espantar, porque a beleza dela era ofuscante. Nos outros noivados, como cabia a uma princesa, Ceinwyn viera com joias e prata, ouro e atavios, mas nesta noite usava apenas um vestido branco, tendo como cinto um cordão azul-claro que pendia na saia simples, terminando numa franja. Nenhuma prata prendia seu cabelo, nenhum ouro aparecia em sua garganta, não usava nenhuma joia preciosa, só o vestido de linho e, no cabelo louro-claro, uma delicada grinalda azul feita das últimas violetas do verão. Não mostrava qualquer sinal de realeza nem qualquer símbolo de riqueza, simplesmente viera ao salão vestida com a simplicidade de uma camponesa, e isso era um triunfo. Não era de espantar que os homens estivessem boquiabertos, nem que aplaudissem enquanto ela andava devagar e tímida entre os convidados. Cuneglas chorava de felicidade, Artur puxou os aplausos, Lancelot alisou o cabelo oleado e sua mãe demonstrou aprovação. Por um momento, o rosto de Guinevere ficou ilegível, mas então ela sorriu, e foi um sorriso de puro triunfo. Podia estar sendo derrotada pela beleza de Ceinwyn, mas esta noite ainda era a noite de Guinevere, e ela estava vendo sua antiga rival ser dada num casamento que ela própria havia tramado.

Vi esse risinho de triunfo no rosto de Guinevere, e talvez tenha sido sua satisfação maldosa que me fez decidir. Ou talvez tenha sido meu ódio por Lancelot, ou meu amor por Ceinwyn, ou talvez Merlin estivesse certo e os Deuses adorem o caos, porque, num súbito jorro de raiva, apertei o osso com as duas mãos. Não pensei nas consequências da magia de Merlin, em seu ódio pelos cristãos ou no risco de morrer procurando o Caldeirão no reino de Diwrnach. Não pensei na ordem cuidadosa de Artur; só sabia que Ceinwyn estava sendo dada a um homem que eu odiava. Eu, como os outros convidados, estava de pé e olhava Ceinwyn por entre as cabeças dos guerreiros. Ela havia chegado ao grande pilar central de carvalho, onde foi rodeada e sitiada pelo barulho de gritos e assobios. Apenas eu estava em silêncio. Olhei-a, pus os dois polegares no centro do osso e apertei as pontas no meio das mãos. "Agora, Merlin", pensei, "agora, seu velho bandido, deixe-me ver sua magia agora."

Parti o osso. O barulho se perdeu em meio aos aplausos.

Enfiei o osso quebrado no bolso, e juro que meu coração praticamente não batia enquanto olhava a princesa de Powys, que tinha saído da noite com flores no cabelo.

E que, agora, parou subitamente. Junto ao pilar onde estavam penduradas folhas e frutinhos, ela parou.

Desde o momento em que entrara, Ceinwyn mantivera os olhos em Lancelot, e ainda estavam nele, e ainda havia um sorriso em seu rosto, mas ela parou, e sua imobilidade súbita fez um lento silêncio perplexo cair sobre o salão. A menina que espalhava pétalas franziu a testa e olhou em volta, procurando orientação. Ceinwyn não se mexeu.

Artur, ainda sorrindo, deve ter pensado que ela estava nervosa, porque a chamou, encorajando-a. O cabresto nas mãos dela tremeu. A harpista tocou um acorde inseguro, depois levantou os dedos das cordas, e quando suas notas morreram no silêncio, vi uma figura de capa preta sair da multidão atrás do pilar.

Era Nimue, com seu olho de ouro refletindo as chamas no salão perplexo.

Ceinwyn olhou de Lancelot para Nimue e então, muito devagar, estendeu um dos braços cobertos pela manga branca. Nimue pegou sua mão e olhou nos olhos da princesa com uma expressão enigmática. Ceinwyn parou um segundo, depois assentiu minimamente. De súbito, o salão se encheu de conversas enquanto Ceinwyn se virava de costas para o tablado e, seguindo Nimue, mergulhava na multidão.

As conversas morreram, porque ninguém conseguia encontrar uma explicação para o que estava acontecendo. Lancelot, deixado de pé sobre o tablado, só podia olhar. O queixo de Artur havia caído, enquanto Cuneglas, meio levantado de sua cadeira, olhava, incrédulo, sua irmã atravessar a multidão que se afastava do rosto feroz, marcado de escarninho de Nimue. Guinevere parecia pronta para matar.

Foi quando Nimue captou meu olhar e sorriu, e senti o coração batendo como uma coisa selvagem aprisionada. Então Ceinwyn sorriu para mim e eu não tinha olhos para Nimue, apenas para ela, a doce Ceinwyn, que estava trazendo o cabresto de boi por entre a multidão de homens até o lugar onde eu estava. Os guerreiros se afastaram para o lado, mas eu parecia petrificado, incapaz de me mexer ou falar enquanto a princesa, com lágrimas nos olhos, vinha até mim. Nada falou, apenas estendeu o cabresto, oferecendo-me. Uma confusão de falas atônitas cresceu à nossa volta, mas ignorei as vozes. Em vez disso, caí de joelhos e peguei o cabresto, depois segurei as mãos de Ceinwyn e as apertei contra o rosto que, como o dela, estava encharcado de lágrimas.

O salão explodia em raiva, protesto e espanto, mas Issa ficou acima de mim, com o escudo levantado. Nenhum homem entrava com arma de gume num salão real, mas Issa segurava o escudo com sua estrela de cinco pontas como se fosse derrubar qualquer um que questionasse aquele momento espantoso. Nimue, do meu lado, sibilava maldições, desafiando qualquer homem a questionar a escolha da princesa.

Ceinwyn se ajoelhou, até seu rosto ficar perto do meu.

– O senhor fez um juramento de me proteger, lorde.

– Fiz, senhora.

– Eu o libero do juramento, se for o seu desejo.

– Nunca – prometi.

Ela se afastou ligeiramente.

– Não me casarei com homem nenhum, Derfel – disse ela em voz baixa, os olhos fixos nos meus. – Eu lhe darei tudo, menos o casamento.

– Então a senhora me dá tudo que eu algum dia poderia querer – falei, com a garganta cheia e os olhos turvos de lágrimas de felicidade. Sorri e lhe devolvi o cabresto. – É seu.

Ela sorriu diante desse gesto, depois largou o cabresto na palha do chão e me deu um beijo suave no rosto.

– Acho – sussurrou maliciosamente em meu ouvido – que esta festa ficará melhor sem nós. – Em seguida nos levantamos e, de mãos dadas e ignorando as perguntas, os protestos e até mesmo alguns aplausos, saímos para a noite enluarada. Atrás de nós havia confusão e ira, e, na frente, uma multidão de pessoas perplexas, através da qual andamos lado a lado. – A casa atrás do Dolforwyn está esperando por nós – disse Ceinwyn.

– A casa das macieiras? – perguntei, lembrando-me de quando ela contou sobre a casinha com a qual sonhava na infância.

– Aquela casa – disse ela. Tínhamos deixado a multidão reunida perto das portas do salão, e estávamos indo para o portão de Caer Sws, iluminado por tochas. Issa tinha se juntado de novo a mim, depois de pegar nossas espadas e lanças, e Nimue estava do outro lado de Ceinwyn. Três das serviçais de Ceinwyn corriam para se juntar a nós, bem como uns vinte dos meus homens.

– Tem certeza disso? – perguntei a Ceinwyn como se, de algum modo, ela pudesse voltar os últimos minutos e entregar o cabresto a Lancelot.

– Tenho mais certeza do que de qualquer coisa que já fiz – disse Ceinwyn calmamente. Em seguida me olhou, parecendo se divertir. – Alguma vez você duvidou de mim, Derfel?

– Duvidei de mim.

Ela apertou minha mão.

– Não sou mulher de homem nenhum. Só de mim mesma. Em seguida gargalhou de puro deleite, soltou minha mão e começou a correr. Violetas caíram de seu cabelo enquanto ela corria por puro prazer sobre a grama. Corri atrás dela, enquanto atrás de nós, pela porta perplexa do salão, Artur gritava para que voltássemos.

Mas continuamos correndo. Para o caos.

No dia seguinte, peguei uma faca afiada e acertei as extremidades partidas dos dois fragmentos de osso, e então, trabalhando com muito cuidado, fiz duas fendas estreitas nas laterais de madeira do punho de Hywelbane. Issa foi até Caer Sws e pegou um pouco de cola, que esquentamos no fogo, e, assim que nos certificamos de que as fendas se ajustavam exatamente à forma dos fragmentos de osso, usamos para cobri-las, e depois apertamos os pedaços de osso no punho da espada. Enxugamos o excesso e a seguir amarramos o osso com tiras de cartilagem para que ficassem firmes na madeira.

– Parece marfim – comentou Issa, admirado, quando o serviço ficou pronto.

– Pedaços de osso de porco – falei, como se não desse importância, mas na verdade as duas tiras pareciam marfim e davam uma rica aparência a Hywelbane. A espada recebera esse nome por causa de seu primeiro dono, Hywel, o administrador de Merlin, que tinha me ensinado a usar armas.

– Mas os ossos são mágicos? – perguntou Issa, ansioso.

– Magia de Merlin – falei, mas não expliquei mais.

Cavan veio me procurar ao meio-dia. Ajoelhou-se na grama e baixou a cabeça, mas não falou, nem precisava falar, porque eu sabia por que ele viera.

– Você está livre para ir embora, Cavan – falei. – Eu o libero de seu juramento. – Ele me olhou, mas ficar livre de um juramento era algo pesado demais para que ele dissesse qualquer coisa, por isso sorri. – Você não é um jovem, Cavan, e merece um senhor que lhe ofereça ouro e conforto em vez de uma Estrada Escura e a incerteza.

Ele finalmente encontrou sua voz:

– Tenho em mente morrer na Irlanda, senhor.

– Para estar com seu povo?

– Sim, senhor. Mas não posso voltar como um homem pobre. Preciso de ouro.

– Então queime o seu tabuleiro de jogo.

Ele riu, depois beijou o punho de Hywelbane.

– Sem ressentimento, senhor? – perguntou, ansioso.

– Nenhum. E se algum dia precisar de minha ajuda, avise.

Ele se levantou e me abraçou. Precisaria voltar ao serviço de Artur e levar consigo metade dos meus homens, porque apenas vinte ficaram comigo. Os outros temiam Diwrnach, ou então estavam muito ansiosos para conseguir riquezas, e eu não podia culpá-los. Tinham obtido honra, anéis de guerreiro e caudas de lobo servindo-me, mas pouco ouro. Eu lhes dei permissão para manter as caudas de lobo nos elmos, porque eles as haviam merecido nas terríveis lutas em Benoic, mas fiz que apagassem as estrelas recém-pintadas nos escudos.

As estrelas eram para os vinte homens que ficaram comigo, e esses vinte eram os mais jovens, os mais fortes e os mais aventureiros de meus lanceiros e, os Deuses sabem, eles precisavam saber, porque ao partir o osso eu os comprometera com a Estrada Escura.

Eu não sabia quando Merlin nos convocaria, por isso esperei na casinha à qual Ceinwyn nos guiara sob o luar. A casa ficava a norte e a leste do Dolforwyn, num pequeno vale tão íngreme que as sombras não fugiam do riacho até que o sol estivesse na metade da subida do céu matinal. As laterais íngremes do vale eram cobertas de carvalhos, mas em volta da casa havia um retalho de campos minúsculos onde muitas macieiras tinham sido plantadas. A casa não tinha nome; nem o vale, que era simplesmente chamado de Cwm Isaf, o Vale de Baixo, e agora era o nosso novo lar.

Meus homens construíram cabanas entre as árvores na encosta Sul do vale. Eu não sabia como prover para vinte homens e suas famílias, porque a pequena fazenda do Cwm Isaf teria dificuldades para alimentar até mesmo um rato-do-campo, quanto mais um bando de guerreiros, mas Ceinwyn tinha ouro e, como me prometeu, seu irmão não nos deixaria passar fome. A fazenda, disse ela, pertencera ao seu pai, uma das milhares de propriedades espalhadas que haviam sustentado a riqueza de Gorfyddyd. O último morador fora um primo do encarregado das velas de Caer Sws, mas ele havia morrido antes da batalha do vale do Lugg, e nenhum outro ocupante fora escolhido. A casa em si era pobre, formada por um pequeno retângulo de pedra com teto de palha de cevada e samambaias que precisava desesperadamente de conserto. Havia três cômodos. Um deles, a sala central, servira como abrigo para os poucos animais do fazendeiro, e esse cômodo limpamos muito bem para ser nossa sala de estar. Os outros eram quartos de dormir, um para Ceinwyn e outro para mim.

– Prometi a Merlin – disse ela naquela primeira noite, explicando os dois quartos separados.

Senti a pele se arrepiar.

– Prometeu o quê?

Ela deve ter ruborizado; mas nenhum luar entrava no fundo Cwm Isaf, e eu não podia ver seu rosto, mas sentia a pressão de seus dedos nos meus.

– Prometi a ele – disse ela lentamente – que permaneceria virgem até que o Caldeirão fosse encontrado.

Então eu tinha começado a entender como Merlin fora sutil. Como fora sutil, maligno e inteligente. Ele precisava de um guerreiro para protegê-lo enquanto viajava a Lleyn, e precisava de uma virgem para encontrar o Caldeirão, por isso nos manipulou.

– Não! – protestei. – Você não pode ir a Lleyn!

– Só uma virgem pode descobrir o Caldeirão – sibilou Nimue para nós, do escuro. – Você preferiria que levássemos uma criança, Derfel?

– Ceinwyn não pode ir a Lleyn – insisti.

– Quieto – pediu Ceinwyn. – Eu prometi. Fiz um juramento.

– Você sabe o que é Lleyn? Sabe o que Diwrnach faz?

– Sei que a jornada até lá é o preço que pago por estar aqui com você. E eu prometi a Merlin. Fiz um juramento.

E assim dormi sozinho naquela noite, mas de manhã, depois de termos dividido um desjejum precário com nossos lanceiros e serviçais, e antes que eu colocasse os pedaços de osso no punho de Hywelbane, Ceinwyn subiu comigo pelo riacho do Cwm Isaf. Ouviu meus argumentos apaixonados dizendo por que ela não deveria viajar pela Estrada Escura, e descartou todos dizendo que, se Merlin estivesse conosco, o que poderia nos acontecer de mal?

– Diwrnach – falei, carrancudo.

– Mas você vai com Merlin?

– Vou.

– Então não me impeça. Estarei com você, e você comigo.

E não quis ouvir mais argumentos. Ela não era mulher de homem nenhum. Tinha decidido.

E então, claro, falamos do que tinha acontecido nos últimos dias e nossas palavras rolaram. Estávamos apaixonados, tanto quanto Artur estivera por Guinevere, e não nos fartávamos das histórias um do outro. Eu lhe mostrei o osso de porco e ela riu quando contei como tinha esperado até o último instante para parti-lo em dois.

– Eu realmente não sabia se ia ousar dar as costas a Lancelot – admitiu Ceinwyn. – Não sabia do osso, claro. Pensei que tinha sido Guinevere quem me fez decidir.

– Guinevere? – perguntei, surpreso.

– Não pude suportá-la tripudiando. Não é uma coisa medonha da minha parte? Eu me senti como se fosse um bichinho nas mãos dela, e não pude suportar. – Ela continuou andando em silêncio durante um tempo. Folhas caíam das árvores que, em sua maioria, ainda estavam verdes. Naquela manhã, acordando em meu primeiro amanhecer no Cwm Isaf, eu tinha visto uma andorinha voar das palhas do telhado. Ela não voltou e achei que não veríamos outra até a primavera. Ceinwyn andava descalça junto ao riacho, com a mão na minha. – E eu andei pensando na profecia da cama de crânios, e acho que significa que não devo me casar. Estive noiva três vezes, Derfel, três vezes!

Nas três vezes perdi o homem, e se isso não é uma mensagem dos Deuses, o que é?

– Eu ouço Nimue.

Ela gargalhou.

– Gosto dela – disse.

– Não conseguia imaginar vocês duas gostando uma da outra – confessei.

– Por que não? Aprecio a beligerância dela. A vida é para ser tomada, não para a submissão, e toda a minha vida, Derfel, fiz o que as pessoas mandaram. Sempre fui boa – disse ela, dando à palavra "boa" uma tensão estranha. – Sempre fui a garotinha obediente, a filha que cumpre os deveres. Era fácil, claro, porque meu pai me amava e ele amava poucas pessoas, mas eu ganhava tudo o que desejava. Em troca, eles só queriam que eu fosse bonita e obediente. E eu era muito obediente.

– Bonita também.

Ela me deu uma cotovelada na costela, em reprovação. Um bando de lavandiscas voou numa confusão, saindo da névoa que cobria o riacho mais adiante.

– Sempre fui obediente – disse Ceinwyn com tristeza. – Sabia que teria de me casar com quem me mandassem. Não me preocupava, porque é isso que as filhas dos reis fazem, e me lembro de que fiquei muito feliz quando conheci Artur. Pensei que minha vida de sorte continuaria para sempre. Tinha recebido um homem tão bom, e então, de repente, ele desapareceu.

– E você nem reparou em mim – falei. Eu era o lanceiro mais jovem da guarda de Artur quando ele veio a Caer Sws para ficar noivo de Ceinwyn. Foi então que ela me deu o pequeno broche que ainda uso. Ela havia recompensado toda a escolta de Artur, mas nunca soube do fogo que acendeu em minha alma naquele dia.

– Tenho certeza de que reparei em você. Quem poderia não ver uma coisa tão grande, desajeitada, com esse cabelo de palha? – Ela riu de mim, depois me deixou ajudá-la a passar sobre um carvalho caído. Trajava o mesmo vestido de linho que usara na noite anterior, mas agora a saia branca estava manchada de lama e musgo. – Então fiquei noiva de Caelgyn de Rheged – continuou ela – e não tive mais tanta certeza de que estava com sorte. Ele era uma fera carrancuda, mas tinha prometido ao meu pai trazer cem lanceiros e um pagamento em ouro, e me convenci de que seria feliz mesmo assim, mesmo se tivesse de viver em Rheged, mas Caelgyn morreu de febre. Então veio Gundleus. – Ela franziu a testa diante da lembrança. – Aí percebi que eu era apenas uma peça num jogo de guerra. Meu pai me amava, mas me entregaria até a Gundleus se isso significasse mais lanças contra Artur. Foi então que entendi que jamais seria feliz se não fizesse minha própria felicidade, e foi então que você e Galahad vieram nos ver. Lembra?

– Lembro. – Eu tinha acompanhado Galahad em sua fracassada missão de paz, e Gorfyddyd, como insulto, fez que jantássemos no salão das mulheres. Ali, à luz das velas, enquanto uma harpista tocava, eu tinha falado com Ceinwyn e feito o juramento de protegê-la.

– E você quis saber se eu estava feliz – disse ela.

– Eu estava apaixonado. Era um cão uivando para uma estrela.

Ela sorriu.

– E então veio Lancelot. O adorável Lancelot. O lindo Lancelot, e todo mundo me disse que eu era a mulher mais feliz da Britânia, mas sabe o que senti? Que seria apenas mais uma de suas posses, e ele parece já ter muitas. Mas ainda não tinha certeza do que deveria fazer, então Merlin veio e falou comigo, e deixou Nimue e ela falou e falou, mas eu já sabia que não queria pertencer a homem nenhum. Pertenci a homens a vida inteira. Então Nimue e eu fizemos um juramento a Don, e jurei a Ela que se me desse a força para tomar minha própria liberdade eu jamais me casaria. Eu amarei você – prometeu, olhando meu rosto –, mas não serei posse de homem nenhum.

"Talvez não", pensei, "mas ela, como eu, ainda era uma peça do jogo de Merlin." Como ele estivera ocupado, ele e Nimue! Mas não falei nada disso, nem da Estrada Escura.

– Mas agora você será inimiga de Guinevere – alertei.

– Sim, mas sempre fui, desde o momento em que ela decidiu tirar Artur de mim. Mas na época eu era apenas uma criança, e não sabia como lutar. Ontem à noite eu contra-ataquei, mas por enquanto vou ficar fora das vistas. – Ela sorriu. – E você deveria se casar com Gwenhwyvach?

– Sim.

– Pobre Gwenhwyvach. Ela sempre foi muito boa comigo quando morava aqui, mas lembro que, sempre que a irmã entrava na sala, ela saía correndo. Era como um camundongo grande e gordo, e sua irmã era o gato.

Naquela tarde Artur veio ao Vale de Baixo. A cola que prendia os pedaços de osso ainda estava secando no punho de Hywelbane quando seus guerreiros preencheram as árvores da encosta Sul de Cwm Isaf, diante de nossa casinha. Os lanceiros não vieram nos ameaçar, mas simplesmente tinham se desviado da longa marcha para casa, para a confortável Dumnonia. Não havia sinal de Lancelot, nem de Guinevere, enquanto Artur caminhava sozinho junto ao riacho. Ele não trazia espada nem escudo.

Nós o recebemos na porta. Ele fez uma reverência a Ceinwyn, depois sorriu para ela.

– Cara senhora – disse simplesmente.

– Está com raiva de mim, senhor? – perguntou ansiosa.

Ele fez uma careta.

– Minha esposa acha que estou, mas não. Como posso estar com raiva? A senhora só fez o que eu fiz uma vez, e teve a graça de fazê-lo antes do juramento. – Ele sorriu de novo. – Talvez tenha criado uma inconveniência para mim, mas mereci. Posso conversar com Derfel?

Seguimos o mesmo caminho que eu tomara naquela manhã com Ceinwyn, e assim que estava fora das vistas de seus lanceiros, Artur pôs o braço sobre meus ombros.

– Você fez bem, Derfel – disse ele em voz baixa.

– Desculpe se o magoei, senhor.

– Não seja idiota. Você fez o que já fiz, e o invejo pela novidade. Isso apenas muda as coisas, e só. Como eu disse, é um inconveniente.

– Não quero ser o campeão de Mordred.

– Não. Mas alguém será. Se fosse por mim, meu amigo, eu levaria vocês dois para casa, faria de você meu campeão e lhe daria tudo que tinha de dar, mas as coisas nem sempre podem ser como queremos.

– O senhor quer dizer que a princesa Guinevere não me perdoará – falei bruscamente.

– Não. Nem Lancelot. – Artur suspirou. – O que devo fazer com Lancelot?

– Case-o com Gwenhwyvach e enterre os dois em Silúria.

Ele gargalhou.

– Se ao menos eu pudesse! Vou mandá-lo para lá, certamente, mas duvido que Silúria o segure. Ele tem ambições acima daquele pequeno reino, Derfel. Eu esperava que Ceinwyn e uma família o mantivessem lá, mas agora? – Ele deu de ombros. – Eu teria feito melhor se desse o reino a você. – Artur tirou o braço dos meus ombros e me encarou. – Não o libero de seus juramentos, lorde Derfel Cadarn – disse formalmente. – Você ainda é homem meu, e quando eu mandar chamá-lo, você virá a mim.

– Sim, senhor.

– Isso acontecerá na primavera. Jurei manter três meses de paz com os saxões, e manterei essa paz, e quando os três meses terminarem o inverno deixará nossas lanças guardadas. Mas na primavera marcharemos, e quero seus homens em minha parede de escudos.

– Eles estarão lá, senhor.

Ele ergueu as duas mãos e as colocou em meus ombros.

– Você também está jurado a Merlin? – perguntou, encarando meus olhos.

– Sim, senhor.

– Então vai caçar um Caldeirão que não existe?

– Vou procurar o Caldeirão, sim.

Ele fechou os olhos.

– Que estupidez! – Em seguida baixou as mãos e abriu os olhos. – Eu acredito nos Deuses, Derfel, mas será que os Deuses acreditam na Britânia? Esta não é a antiga Britânia – falou veemente. – Talvez um dia tenhamos sido um povo de um sangue só, mas agora? Os romanos trouxeram homens de todos os cantos do mundo! Sármatas, líbios, gauleses, númidas, gregos! O sangue deles está misturado ao nosso, assim como ele fervilha de sangue romano e agora se mistura com sangue saxão. Nós somos o que somos, Derfel, e não o que fomos um dia. Temos uma centena de Deuses agora, não somente os Deuses antigos, e não podemos fazer os anos voltarem, nem mesmo com o Caldeirão e cada Tesouro da Britânia.

– Merlin discorda.

– E Merlin me faria lutar contra os cristãos só para que os Deuses dele governem? Não, não farei isso, Derfel. – Ele falava com raiva. – Você pode procurar seu Caldeirão imaginário, mas não creia que eu vá fazer o jogo de Merlin lutando contra os cristãos.

– Merlin deixará o destino dos cristãos com os Deuses – falei defensivamente.

– E o que somos nós, senão ferramentas dos Deuses? Mas não vou lutar com outros britânicos só porque eles cultuam outro Deus. Nem você, Derfel, enquanto estiver sob juramento.

– Não, senhor.

Ele suspirou.

– Odeio todo esse rancor com relação aos Deuses. Mas, afinal de contas, Guinevere sempre diz que sou cego no que tange aos Deuses. Ela diz que é meu único defeito. – Ele sorriu. – Se você está jurado a Merlin, Derfel, deve ir com ele. Aonde ele vai levá-lo?

– A Ynys Mon, senhor.

Ele me olhou em silêncio durante alguns instantes, depois estremeceu.

– Você vai a Lleyn? – perguntou, incrédulo. – Ninguém volta vivo de Lleyn.

– Eu volto – gabei-me.

– Certifique-se disso, Derfel, certifique-se disso. – Ele parecia triste. – Preciso de sua ajuda para vencer os saxões. E depois disso, talvez, você possa voltar a Dumnonia. Guinevere não é uma mulher de guardar ressentimentos. – Duvidei, mas fiquei quieto. – Então devo convocá-lo na primavera e rezar para que você sobreviva a Lleyn. – Ele passou o braço pelo meu e voltamos para a casa. – E se alguém perguntar, Derfel, diga que acabo de censurá-lo furiosamente. Que o xinguei, até que bati em você.

Gargalhei.

– Perdoo as pancadas, senhor.

– Considere-se censurado, e considere-se também o segundo homem mais sortudo da Britânia.

"O mais sortudo do mundo", pensei, "porque tinha o desejo da minha alma."

Ou teria, que os Deuses nos preservassem, quando Merlin tivesse o dele.

Fiquei olhando os lanceiros partirem. A bandeira de Artur, com o símbolo do urso, apareceu brevemente entre as árvores. Ele acenou, subiu no cavalo e foi embora.

E nós estávamos sozinhos.

ENTÃO EU NÃO estava em Dumnonia para ver o retorno de Artur. Gostaria que fosse assim, porque ele voltou como herói a um país que havia descartado suas chances de sobrevivência e tramara para substituí-lo por criaturas inferiores.

A comida foi escassa naquele outono, porque a guerra súbita havia esgotado a colheita nova, mas não existia fome, e os homens de Artur coletaram bons impostos. Isso parece uma pequena melhoria, mas depois dos anos recentes causou agitação na terra. Apenas os ricos pagavam impostos ao Tesouro Real. Alguns pagavam em ouro, mas a maioria em grãos, couro, linho, sal, lã e peixe seco que eles, por sua vez, tinham exigido de seus arrendatários. Nos últimos anos os ricos tinham pagado pouco ao rei, e os pobres tinham pagado muito aos ricos, o que levou Artur a mandar lanceiros para perguntar aos pobres que imposto lhes tinha sido cobrado. As respostas foram usadas para fazer sua cobrança aos ricos. Do obtido ele devolveu um terço às igrejas e aos magistrados, para que pudessem distribuir a comida no inverno. Apenas esse ato revelou a Dumnonia que um novo poder tinha chegado à terra, e apesar de os ricos reclamarem, nenhum ousou levantar uma parede de escudos contra Artur. Ele era o comandante guerreiro do reino de Mordred, o vitorioso do vale do Lugg, matador de reis, e os que se opunham agora o temiam.

Mordred foi posto aos cuidados de Culhwch, primo de Artur e guerreiro rude, honesto, que provavelmente se interessava pouco pelo destino de uma criança pequena e problemática. Culhwch estava ocupado demais reprimindo a revolta iniciada por Cadwy de Isca, no interior do Oeste de Dumnonia, e ouvi dizer que ele levou suas lanças numa campanha rápida sobre o grande urzal, depois para o sul, na terra inculta da costa. Devastou o coração das terras de Cadwy, e então atacou o príncipe rebelde na velha fortaleza romana de Isca. O príncipe Cadwy foi apanhado num templo romano e desmembrado no local. Artur ordenou que partes de seu corpo fossem exibidas nas cidades de Dumnonia, e que sua cabeça, com as tatuagens azuis facilmente reconhecíveis nas bochechas, fosse mandada ao rei Mark de Kernow, que encorajara a revolta. O rei Mark mandou de volta um tributo em lingotes, um barril de peixe defumado, três cascos de tartaruga polidos que tinham chegado às praias de seu país selvagem e uma inocente negativa de qualquer cumplicidade com a rebelião de Cadwy.

Ao capturar a fortaleza de Cadwy, Culhwch encontrou algumas cartas, que mandou a Artur. Eram do partido cristão de Dumnonia, tinham sido escritas antes da campanha que terminou no vale do Lugg, e revelavam toda a extensão dos planos de livrar Dumnonia de Artur. Os cristãos desgostavam de Artur desde que ele tinha revogado a determinação do rei Uther, segundo a qual a igreja estaria isenta de impostos e empréstimos, e tinham se convencido de que seu Deus estava levando Artur a uma grande derrota nas mãos de Gorfyddyd. Foi a perspectiva dessa derrota quase certa que os havia encorajado e escrever seus pensamentos, e esses mesmos escritos agora estavam na posse de Artur.

As cartas revelavam uma preocupada comunidade cristã que queria a sua morte, mas também temia a incursão dos lanceiros pagãos de Gorfyddyd. Para salvar a si mesmos e às suas riquezas eles tinham se mostrado prontos a sacrificar Mordred, e as cartas encorajavam Cadwy a marchar sobre Durnovária durante a ausência de Artur, matar Mordred e depois entregar o reino a Gorfyddyd. Os cristãos lhe prometiam ajuda, e esperavam que as lanças de Cadwy os protegessem assim que Gorfyddyd estivesse governando.

Em vez disso, as cartas lhes trouxeram punição. Melwas, rei dos Belgae, que estava submetido a Dumnonia e havia tomado partido dos cristãos opositores de Artur, foi feito novo governante da terra de Cadwy. Isso não era exatamente uma recompensa, porque o levou para longe de seu povo, em um lugar onde Artur podia mantê-lo sob vigilância atenta. Nabur, o magistrado cristão que tinha a guarda de Mordred, que usara essa guarda para erguer o partido que se opusera a Artur e que era o escritor das cartas sugerindo o assassinato de Mordred, foi pregado numa cruz no anfiteatro de Durnovária. Hoje em dia, claro, ele é chamado de santo e mártir, mas só me lembro de Nabur como um mentiroso escorregadio e corrupto. Dois padres, outro magistrado e dois senhores de terras também foram mandados à morte. O último conspirador era o bispo Sansum, mas ele fora esperto demais ao não deixar que seu nome fosse escrito, e essa esperteza, com sua estranha amizade com Morgana, a aleijada irmã pagã de Artur, salvou sua vida. Ele jurou lealdade imorredoura a Artur, pôs a mão num crucifixo e jurou que nunca havia tramado para matar o rei, e assim continuou como guardião do templo do Espinheiro Sagrado em Ynys Wydryn. Mesmo que alguém amarrasse Sansum com ferro e encostasse uma espada em sua garganta, ele se livraria.

Morgana, sua amiga pagã, tinha sido a sacerdotisa de maior confiança de Merlin até que a jovem Nimue usurpou essa posição, mas os dois estavam muito longe e deixaram Morgana como governante virtual das terras de Merlin em Avalon. Morgana, com a máscara de ouro que escondia o rosto devastado pelo fogo e o manto preto que escondia o corpo retorcido pelas chamas, assumiu o poder de Merlin, sendo ela ainda quem terminou de reconstruir o salão de Merlin no Tor, e organizou os coletores de impostos na parte Norte da terra de Artur. Morgana se tornou uma das conselheiras de maior confiança de Artur. De fato, após o bispo Bedwyn ter morrido de febre naquele outono, Artur chegou a sugerir, contra todos os precedentes, que Morgana fosse nomeada conselheira integral. Nenhuma mulher jamais havia se sentado no conselho de um rei na Britânia, e Morgana poderia muito bem ter sido a primeira, mas Guinevere se certificou de que isso não aconteceria. Guinevere não deixaria nenhuma mulher ser conselheira se ela própria não pudesse ser, e além disso odiava qualquer coisa feia e, os Deuses sabiam, a pobre Morgana era grotesca até mesmo com sua máscara de ouro. Então ela permaneceu em Ynys Wydryn, enquanto Guinevere supervisionava a construção do novo palácio em Lindinis.

Era um palácio estupendo. A antiga vila romana que Gundleus tinha queimado foi reconstruída e aumentada, de modo que suas alas em claustro cercavam dois grandes pátios onde a água corria em canais de mármore. Lindinis, perto do morro real de Caer Cadarn, seria a nova capital de Dumnonia, apesar de Guinevere ter cuidado para que Mordred, com seu pé esquerdo torto, não tivesse permissão de se aproximar dali. Apenas a beleza era permitida em Lindinis, e em seus pátios em meio a arcadas Guinevere reuniu estátuas vindas de vilas e templos de toda a Dumnonia. Não havia templo cristão lá, mas Guinevere fez um grande salão escuro para Ísis, a Deusa das mulheres, e criou uma luxuosa ala de cômodos onde Lancelot podia ficar quando viesse de seu novo reino em Silúria para fazer uma visita. Elaine, a mãe de Lancelot, vivia naqueles cômodos e ela, que um dia tornara Ynys Trebes tão linda, agora ajudava Guinevere a transformar o palácio de Lindinis num templo de beleza.

Artur, eu sei, raramente ficava em Lindinis. Estava ocupado demais preparando-se para a guerra contra os saxões, e com esse objetivo começou a reforçar as antigas cidadelas de terra no Sul de Dumnonia. Até Caer Cadarn, no coração de nosso país, teve sua muralha reforçada e novas plataformas de madeira, para luta, postas em suas fortificações, mas o maior trabalho dele foi em Caer Ambra, a apenas meia hora a leste das Pedras, que seria sua nova base contra os saxões. O Povo Antigo fizera uma fortaleza ali, mas durante todo aquele outono e também no inverno os escravos trabalharam para tornar mais íngremes as altas barreiras de terra e fazer novas paliçadas e plataformas de luta nos cumes. Mais fortalezas foram reforçadas ao sul de Caer Ambra para defender as partes inferiores de Dumnonia contra os saxões do Sul, liderados por Cerdic, que certamente iria nos atacar quando Artur invadisse Aelle no Norte. Ouso dizer que, desde os romanos, nunca uma quantidade tão grande de terra britânica tinha sido cavada nem tanta madeira foi cortada, e os impostos honestos de Artur jamais poderiam pagar metade do trabalho.

Portanto, ele fez um empréstimo compulsório com as igrejas cristãs que eram ricas e poderosas no Sul da Britânia, as mesmas igrejas que tinham apoiado o esforço de Nabur e Sansum para derrubá-lo. Mais tarde esse empréstimo foi pago, e ele protegeu os cristãos das atenções pavorosas dos pagãos saxões, mas os cristãos nunca perdoaram Artur, nem perceberam que o mesmo empréstimo foi tomado do punhado de templos pagãos que ainda possuíam riquezas.

Nem todos os cristãos eram inimigos de Artur. Pelo menos um terço de seus lanceiros era cristão, e esses homens eram tão leais quanto qualquer pagão. Muitos outros cristãos apoiavam seu governo, mas a maioria dos líderes da igreja deixava a cobiça ditar a lealdade, e eram esses os opositores. Acreditavam que um dia seu Deus retornaria à terra e andaria entre nós como um homem mortal, mas Ele não viria de novo enquanto todos os pagãos não tivessem sido convertidos à Sua fé. Os pregadores, sabendo que Artur era pagão, sussurravam pragas contra ele, mas Artur ignorava suas palavras enquanto fazia as incessantes viagens pelo Sul da Britânia. Um dia ele estava com Sagramor na fronteira de Aelle, no seguinte estava lutando com um dos bandos de guerreiros de Cerdic que percorriam os vales dos rios no Sul, e depois cavalgava para o norte atravessando Dumnonia e Gwent até Isca, onde discutiria com os chefes locais quanto ao número de lanceiros que poderiam ser conseguidos no Oeste de Gwent ou no Leste de Silúria. Graças à batalha do vale do Lugg, agora Artur era muito mais do que o principal lorde de Dumnonia e o protetor de Mordred; era o comandante guerreiro da Britânia, o líder indiscutível de todos os nossos exércitos, e nenhum rei ousava lhe recusar coisas – e nem, naqueles dias, queria isso.

Mas tudo isso eu perdi, porque estava em Caer Sws, com Ceinwyn, e estava apaixonado.

E esperando Merlin.

Merlin e Nimue chegaram a Cwm Isaf apenas alguns dias antes do solstício de inverno. Nuvens escuras pressionavam logo acima dos topos nus dos carvalhos nas encostas, e a geada matinal tinha resistido até o meio da tarde. O riacho era uma colcha de retalhos de lajes de gelo e de água que escorria, as folhas caídas estavam quebradiças, e o chão do vale, duro como pedra. Tínhamos um fogo aceso na câmara central, o que deixava nossa casa bastante quente, mas quase ficávamos sufocados com a fumaça que se avolumava entre as traves rústicas antes de encontrar o pequeno buraco na cumeeira do teto. Outras fogueiras fumegavam nos abrigos que meus lanceiros tinham feito pelo vale; pequenas cabanas atarracadas com paredes de terra e pedra sustentando tetos de madeira e samambaias. Tínhamos feito um abrigo atrás da casa, onde um touro, duas vacas, três porcas, um porco, uma dúzia de ovelhas e um bocado de galinhas ficavam presos à noite para se proteger dos lobos. Tínhamos muitos lobos em nossa floresta, seu uivo ecoava a cada crepúsculo, e à noite algumas vezes os ouvíamos raspando as proteções do abrigo dos animais. As ovelhas baliam de dar pena, as galinhas cacarejavam em pânico, e então Issa, ou quem estivesse montando guarda, gritava e jogava um pedaço de lenha acesa na beira da floresta, para os lobos irem embora. Certa manhã, quando eu ia pegar água no riacho, dei de cara com um lobo grande e velho. Ele estava matando a sede, mas quando saí dos arbustos o bicho ergueu o focinho cinza, me olhou e depois esperou minha saudação antes de partir em silêncio rio acima. Decidi que era um bom presságio, e naqueles dias em que esperávamos Merlin contávamos os presságios.

Também caçávamos os lobos. Cuneglas nos deu três parelhas de cães caçadores de lobos, que eram maiores e mais peludos do que os famosos caçadores de cervos powsianos, como os que Guinevere possuía em Dumnonia. O esporte mantinha meus lanceiros ativos e até Ceinwyn gostava daqueles dias longos e frios na floresta alta. Ela usava calções de couro, botas altas e um gibão de couro, e levava na cintura uma comprida faca de caça. Trançava o cabelo louro e prendia num nó na nuca, depois subia pedras, descia gargantas e pulava árvores atrás de sua parelha de cães presos com compridas cordas de crina de cavalo. O modo mais simples de caçar lobos era com arco e flecha, mas como poucos de nós possuíam essa habilidade, usávamos os cães, lanças de guerra e facas, e quando Merlin voltou tínhamos uma pilha de peles guardada no depósito de Cuneglas. O rei quisera que nós nos mudássemos de volta para Caer Sws, mas Ceinwyn e eu estávamos tão felizes quanto permitia a expectativa da provação com Merlin, e por isso ficamos em nosso pequeno vale contando os dias.

E estávamos felizes em Cwm Isaf. Ceinwyn sentia um prazer ridículo em fazer todas as coisas que até agora tinham sido feitas para ela pelos serviçais, mas estranhamente jamais conseguiu torcer o pescoço de uma galinha, e eu sempre gargalhava quando ela tentava fazer isso. Não tinha necessidade de fazê-lo, porque qualquer um dos serviçais teria matado a ave e meus lanceiros fariam qualquer coisa por Ceinwyn, mas ela insistia em compartilhar o trabalho. Mas quando se tratava de matar galinhas, patos ou gansos, não conseguia se obrigar a fazer direito. O único método que inventou foi colocar a pobre criatura no chão, pôr o pé no pescoço dela e depois, com os olhos bem fechados, dar um puxão decidido na cabeça.

Teve mais sucesso com a roca. Cada mulher na Britânia, a não ser as muito ricas, vivia com uma roca e um fuso, porque fiar a lã era um daqueles trabalhos intermináveis que presumivelmente durarão até que o sol dê a última volta na Terra. Assim que a lã tosquiada de um ano fosse transformada em fio, a tosquia do ano seguinte chegava aos depósitos e as mulheres podiam recolher os aventais cheios, lavar e pentear a lã, e depois começar a fiar de novo. Elas fiavam andando, fiavam conversando, fiavam sempre que não havia outra tarefa precisando de suas mãos. Era um trabalho monótono e que não exigia pensamento, mas não desprovido de habilidade; a princípio Ceinwyn só conseguia produzir fiapos patéticos de lã, mas melhorou, ainda que jamais tenha ficado tão rápida quanto as mulheres que fiavam a lã desde que as mãos tinham tamanho para segurar a roca. Ela se sentava à tarde, contando sobre seu dia, e a mão esquerda girava a roca e a direita torcia o fuso que pendia da roca com um peso, para alongar e torcer o fio que emergia. Quando o fuso chegava ao chão ela enrolava o fio nele, fixava a lã enrolada com o prendedor de osso no topo do fuso e depois começava a fiar de novo. A lã que ela fez naquele inverno frequentemente ficava grossa, ou então frágil, mas usei lealmente uma das camisas feitas com o fio, até que se rasgou toda.

Cuneglas nos visitava frequentemente, mas sua mulher, Helledd, nunca veio. A rainha Helledd era realmente convencional, e desaprovava profundamente o que Ceinwyn tinha feito.

– Ela acha que isso traz desgraça à família – disse Cuneglas, divertindo-se. Como Artur e Galahad, ele se tornou um dos meus melhores amigos. Acho que vivia solitário em Caer Sws porque, afora Iorweth e alguns dos druidas mais novos, ele tinha poucos homens com quem pudesse falar de algo além de caçadas e guerra, por isso substituí os irmãos que ele havia perdido. O mais velho, que deveria ter se tornado rei, fora morto numa queda de cavalo, o seguinte morrera de febre, e o mais novo tinha sido morto lutando contra os saxões. Como eu, Cuneglas desaprovava intensamente a ida de Ceinwyn à Estrada Escura, mas disse-me que apenas um golpe de espada poderia impedi-la. – Todo mundo sempre pensa que ela é doce e gentil, mas há uma vontade de ferro aí dentro. Teimosa.

– Não consegue matar uma galinha.

– Nem consigo imaginá-la tentando. – Ele gargalhou. – Mas ela está feliz, Derfel, e por isso eu lhe agradeço.

Foi uma época feliz, uma das épocas mais felizes de todas, mas sempre sombreada pelo conhecimento de que Merlin viria e exigiria o cumprimento de nossas promessas.

Ele chegou numa tarde gelada. Eu estava do lado de fora da casa, usando um machado de guerra saxão para rachar a lenha que encheria nossa casa de fumaça, e Ceinwyn estava dentro, apartando uma discussão entre suas aias e a feroz Scarach, quando uma trombeta soou no vale. Era um sinal de meus lanceiros, de que um estranho se aproximava de Cwm Isaf. Baixei o machado a tempo de ver a alta figura de Merlin andando entre as árvores. Nimue estava com ele. Ela havia ficado uma semana conosco depois da noite do noivado de Lancelot, e agora, vestida de preto atrás de seu senhor que usava o longo manto branco, estava de volta.

Ceinwyn veio de dentro da casa. Seu rosto estava manchado de fuligem, e as mãos, com o sangue de uma lebre que estivera cortando.

– Pensei que ele ia trazer um bando de guerreiros – disse ela, os olhos azuis fixos em Merlin. Foi isso que Nimue tinha nos dito antes de partir; que Merlin estava levantando o exército que iria protegê-lo na Estrada Escura.

– Talvez ele os tenha deixado no rio, não é? – sugeri.

Ela puxou uma madeixa para longe do rosto, juntando uma mancha de sangue à fuligem.

– Você não está com frio? – perguntou, porque eu estava despido até a cintura enquanto rachava lenha.

– Ainda não – falei, mas vesti uma camisa de lã enquanto Merlin saltava com as pernas longas sobre o riacho. Meus lanceiros, antecipando novidades, vieram seguindo-o de suas cabanas, mas ficaram fora da casa quando ele se abaixou, passando por nossa porta pequena.

Não nos cumprimentou, apenas entrou na casa. Nimue foi atrás, e quando Ceinwyn e eu entramos eles já estavam agachados junto ao fogo. Merlin estendeu as mãos para as chamas, depois pareceu dar um suspiro comprido. Não falou nada, e nenhum de nós queria perguntar quais eram as novidades. Eu, como ele, sentei-me à beira do fogo enquanto Ceinwyn punha a lebre meio desmembrada numa tigela e depois enxugava o sangue das mãos. Em seguida fez um gesto para que Scarach e as serviçais saíssem da casa, depois sentou-se ao meu lado.

Merlin estremeceu, depois pareceu relaxar. Suas costas compridas estavam inclinadas enquanto ele se curvava para a frente, de olhos fechados. Ficou assim durante um longo tempo. Seu rosto moreno tinha rugas profundas, e a barba era de um branco espantoso. Como todos os druidas, raspava a parte da frente do crânio, mas agora essa tonsura estava suavizada por uma fina camada de cabelo branco e curto, evidência de que estivera por muito tempo na estrada, sem uma navalha ou um espelho de bronze. Parecia muito velho naquele dia; e, curvado junto ao fogo, parecia até mesmo frágil.

Nimue sentou-se na frente dele, em silêncio. Levantou-se uma vez para pegar Hywelbane, que estava pendurada nos pregos na trave principal, e a vi sorrir quando reconheceu as duas tiras de osso engastadas no punho. Desembainhou a lâmina, depois a segurou na parte mais enfumaçada do fogo, e assim que o aço estava coberto de fuligem rabiscou cuidadosamente uma inscrição com um pedaço de palha. As letras não eram dessas que escrevo agora, que tanto eu quanto os saxões empregamos, mas letras mais antigas e mágicas, meros riscos cortados por barras, que só os druidas e feiticeiros usavam. Em seguida encostou a bainha na parede e pendurou a espada de novo nos pregos, mas não explicou o significado do que tinha escrito. Merlin a ignorou.

Ele abriu os olhos subitamente, e a aparência de fragilidade foi substituída por uma terrível selvageria.

– Lancei uma maldição sobre as criaturas de Silúria – falou devagar. Depois estalou os dedos na direção do fogo e um sopro de chama mais brilhante sibilou na madeira. – Que as plantações deles se encham de pragas – rosnou –, que o gado fique estéril, os filhos aleijados, as espadas cegas e os inimigos triunfantes. – Para ele foi uma maldição bastante suave, mas havia uma maldade sibilante em suas palavras. – E a Gwent eu dei uma morrinha no gado, geadas no inverno e úteros encolhidos como palha seca. – Ele cuspiu nas chamas. – Em Elmet as lágrimas farão lagos, pestes encherão sepulturas e ratos governarão as casas. – E cuspiu de novo. – Quantos homens você vai trazer, Derfel?

– Todos os que tenho, senhor. – Hesitei em admitir como eram poucos, mas finalmente dei a resposta. – Vinte escudos.

– E todos os seus homens que ainda estão com Galahad? – Ele me lançou um olhar rápido por baixo das sobrancelhas brancas e fartas. – Quantos são?

– Não tenho notícias deles, senhor.

Ele fungou.

– Eles formam uma guarda palaciana para Lancelot. O rei insiste nisso. Ele transformou o irmão num porteiro. – Galahad era meio-irmão de Lancelot, e os dois não poderiam ser mais diferentes. – Foi uma coisa boa, senhora – Merlin olhou para Ceinwyn –, não ter se casado com Lancelot.

Ela sorriu para mim.

– Também acho, senhor.

– Ele acha Silúria um tédio. Não posso culpá-lo por isso, mas ele buscará os confortos de Dumnonia e será uma serpente na barriga de Artur. – Merlin sorriu. – A senhora seria um brinquedo para ele.

– Prefiro estar aqui – disse Ceinwyn, fazendo um gesto para nossas rústicas paredes de pedra e as traves do teto, cobertas de fuligem.

– Mas ele tentará prejudicá-la. O orgulho de Lancelot sobe mais alto do que a águia de Lleullaw, e Guinevere está praguejando contra a senhora. Ela matou um cão em seu templo de Ísis e pendurou a pele dele numa cadela aleijada, à qual deu o seu nome.

Ceinwyn ficou pálida, fez o sinal contra o mal e cuspiu no fogo.

Merlin deu de ombros.

– Anulei o feitiço, senhora. – Em seguida, ele esticou os braços compridos e curvou a cabeça para trás, de modo que as tranças amarradas com fitas quase tocaram o chão coberto de junco. – Ísis é uma Deusa estrangeira, e o poder dela é fraco nesta terra. – Merlin moveu a cabeça para a frente de novo, depois esfregou os olhos com as mãos compridas. – Vim de mãos vazias – falou em voz opaca. – Nenhum homem em Elmet quis se apresentar, e ninguém em lugar algum. Dizem que suas lanças estão dedicadas às barrigas saxãs. Não lhes ofereci ouro, não ofereci prata, apenas uma luta em nome dos Deuses, e eles me ofereceram suas orações, depois deixaram que as mulheres lhes falassem de crianças, fogões, gado e terra, e assim se afastaram. Oitenta homens! Era só o que eu queria! Diwrnach pode juntar duzentos, talvez um pouco mais, e só oitenta teriam bastado, mas nem mesmo oito homens quiseram vir. Seus senhores estão jurados a Artur. Dizem que o Caldeirão pode esperar até que Lloegyr seja nossa de novo. Querem terra saxã, ouro saxão, e tudo o que lhes ofereci foi sangue e frio na Estrada Escura.

HOUVE UM SILÊNCIO. Uma tora desmoronou no fogo, soltando uma constelação de fagulhas em direção ao teto preto.

– Nenhum homem ofereceu uma lança? – perguntei, chocado com a notícia.

– Alguns – disse ele, sem dar importância –, mas nenhum em quem eu pudesse confiar. Estou lutando contra o chamariz do ouro saxão e contra Morgana. Ela se opõe a mim.

– Morgana! – Eu não podia esconder minha perplexidade. Morgana, a irmã mais velha de Artur, fora a companheira mais próxima de Merlin até Nimue usurpar seu posto, e apesar de Morgana odiar Nimue, eu não achava que esse ódio tivesse se estendido a Merlin.

– Morgana – disse ele peremptoriamente. – Ela espalhou uma história pela Britânia. A história diz que os Deuses se opõem à minha busca e que serei derrotado, e que minha morte abarcará todos os meus companheiros. Ela sonhou com a história, e as pessoas acreditam em seus sonhos. Diz que sou velho, frágil e caduco.

– Ela diz que uma mulher matará você – disse Nimue –, e não Diwrnach.

Merlin deu de ombros.

– Morgana faz o jogo dela, e ainda não o entendo. – Ele enfiou a mão num bolso do manto e pegou um punhado de capim seco cheio de nós. Cada haste com nós me parecia igual à outra, mas ele as separou e escolheu uma que estendeu para Ceinwyn. – Eu a libero de seu juramento, senhora.

Ceinwyn me olhou, depois olhou de novo para o nó de capim.

– O senhor ainda vai tomar a Estrada Escura?

– Vou.

– Mas como encontrará o Caldeirão sem mim?

Ele deu de ombros, mas não respondeu.

– Como o senhor irá encontrá-lo com ela? – perguntei, porque ainda não entendia por que uma virgem deveria encontrar o Caldeirão, ou por que essa virgem tinha de ser Ceinwyn.

Merlin deu de ombros outra vez.

– O Caldeirão sempre esteve sob a guarda de uma virgem. Uma o guarda agora, se os meus sonhos me dizem corretamente, e apenas outra virgem pode revelar seu esconderijo. Você sonhará com ele – falou a Ceinwyn –, se estiver disposta a vir.

– Eu irei, senhor, como prometi.

Merlin enfiou o nó de capim de volta ao bolso antes de esfregar o rosto de novo com as mãos compridas.

– Partimos em dois dias – anunciou peremptoriamente. – Vocês devem fazer pão, armazenar carne e peixe secos, afiar as armas e se certificar de que têm peles para se proteger do frio. – Ele olhou para Nimue. – Vamos dormir em Caer Sws. Venha.

– Vocês podem ficar aqui – ofereci.

– Preciso falar com Iorweth. – Ele se levantou, com a cabeça ao nível dos caibros do teto. – Eu libero vocês dois de seus juramentos – falou com muita formalidade –, mas mesmo assim rezo para que venham. Entretanto, será mais difícil do que imaginam, e mais do que temem em seus piores pesadelos, porque entreguei minha vida ao Caldeirão. – Ele olhou para nós e seu rosto estava imensamente triste. – No dia em que pisarmos na Estrada Escura começarei a morrer, porque este é o meu juramento, e não tenho certeza de que me trará sucesso, e se a busca fracassar, estarei morto, e vocês, sozinhos em Lleyn.

– Teremos Nimue – disse Ceinwyn.

– E ela é tudo que terão – disse Merlin em voz sombria, depois saiu abaixando-se ao passar pela porta. Nimue foi atrás.

Ficamos sentados em silêncio. Pus outro pedaço de lenha no fogo. Estava verde, porque toda a nossa lenha era recém-cortada, e por isso soltava tanta fumaça. Olhei a fumaça se adensar em redemoinhos junto aos caibros, depois peguei a mão de Ceinwyn.

– Você quer morrer em Lleyn? – perguntei, censurando-a.

– Não, mas quero ver o Caldeirão.

Olhei para o fogo.

– Ele vai se encher de sangue – falei em voz baixa.

Os dedos de Ceinwyn acariciaram os meus.

– Quando eu era criança ouvi todas as histórias da velha Britânia, de como os Deuses viviam entre nós e todo mundo era feliz. Não havia fome, nem pragas, só nós, os Deuses e a paz. Quero aquela Britânia de volta, Derfel.

– Artur diz que ela jamais poderá voltar. Nós somos o que somos, e não o que fomos um dia.

– Então em quem você acredita? Em Artur ou Merlin?

Pensei durante longo tempo.

– Em Merlin – falei enfim, e talvez porque quisesse acreditar na Britânia dele, onde todos os nossos sofrimentos seriam afastados magicamente. Eu amava também a ideia da Britânia de Artur, mas esta exigiria guerra, trabalho duro e a confiança em que os homens iriam se comportar, caso fossem bem tratados. O sonho de Merlin exigia menos e prometia mais.

– Então vamos com Merlin – disse Ceinwyn. Ela hesitou, me olhando. – Você está preocupado com a profecia de Morgana?

Balancei a cabeça.

– Ela tem poder, mas não tanto assim. E não como Nimue, também. – Nimue e Merlin tinham sofrido as Três Feridas da Sabedoria, e Morgana havia passado apenas pela ferida do corpo, jamais pela da mente ou a do orgulho; mas a profecia de Morgana era uma história astuta, porque de alguns modos Merlin estava desafiando os Deuses. Ele queria domar seus caprichos, e lhes dar toda uma terra dedicada ao seu culto, mas por que os Deuses desejariam ser domados? Talvez eles tivessem escolhido o poder menor de Morgana para ser seu instrumento contra as tramas de Merlin; caso contrário, o que poderia explicar a hostilidade de Morgana? Ou talvez Morgana, como Artur, acreditasse que a busca de Merlin era um absurdo, a busca inútil de um velho por uma Britânia que havia desaparecido com a chegada das legiões. Para Artur havia apenas uma luta: expulsar os reis saxões da Britânia. E ele teria apoiado a história sussurrante da irmã se isso significasse que nenhuma lança britânica seria desperdiçada contra os escudos sangrentos de Diwrnach. Por isso talvez Artur estivesse usando a irmã para garantir que nenhuma preciosa vida dumnoniana fosse jogada fora em Lleyn. A não ser pela minha vida, a vida de meus homens e a vida de minha amada Ceinwyn. Porque estávamos ligados por juramento.

Porém Merlin tinha nos livrado do juramento. e tentei uma última vez persuadir Ceinwyn a ficar em Powys. Falei de como Artur acreditava que o Caldeirão não existia mais, que devia ter sido roubado pelos romanos e levado para Roma, aquele grande sorvedouro de tesouros, e derretido para fazer pentes, alfinetes, moedas ou broches. Falei tudo isso, e quando terminei ela sorriu e perguntou de novo em quem eu acreditava: em Merlin ou Artur.

– Merlin – repeti.

– E eu também. E eu vou.

Assamos pão, juntamos carne e afiamos as armas. E na noite seguinte, a véspera da partida na jornada de Merlin, caiu a primeira neve.

Cuneglas nos deu dois pôneis que carregamos com a comida e as peles, depois penduramos nas costas os escudos com estrelas pintadas e pegamos a estrada para o norte. Iorweth nos abençoou e os lanceiros de Cuneglas nos acompanharam durante os primeiros quilômetros, mas assim que passamos pelas grandes vastidões geladas do pântano de Dugh, além dos morros a norte de Caer Sws, esses lanceiros ficaram de lado e estávamos sozinhos. Eu tinha prometido a Cuneglas que protegeria a vida de sua irmã com a minha, e ele havia me abraçado, para depois sussurrar em meu ouvido:

– Mate-a, Derfel, em vez de deixar que Diwrnach a possua.

Havia lágrimas em seus olhos, e elas quase me fizeram mudar de ideia.

– Se o senhor ordenasse que não fôssemos, senhor rei – pedi –, talvez ela obedecesse.

– Jamais – respondeu ele –, mas agora ela está mais feliz do que nunca. Além disso, Iorweth me disse que vocês retornarão. Vá, meu amigo. – Ele recuou. Seu presente de despedida tinha sido um saco com lingotes de ouro, que penduramos num dos pôneis.

A estrada coberta de neve ia para o norte, entrando em Gwynedd. Eu nunca tinha estado naquele reino, e descobri que era um lugar rude, difícil. Os romanos o visitaram, mas apenas para escavar chumbo e ouro. Tinham deixado algumas poucas marcas na terra, e não criaram qualquer lei. O povo vivia em cabanas baixas e escuras que se agrupavam dentro de muralhas de pedra, de onde cães rosnavam para nós, e onde os crânios de lobos e ursos haviam sido presos para espantar os espíritos. Marcos de pedra assinalavam o cume de morros, e a intervalos de alguns quilômetros encontrávamos na beira da estrada um poste com ossos de homens e fiapos de tecido rasgado. Havia poucas árvores, os riachos estavam congelados e a neve bloqueava algumas das passagens altas. À noite nos abrigávamos nas casas, onde pagávamos pelo calor com lascas de ouro cortadas dos lingotes de Cuneglas.

Vestíamo-nos com peles. Ceinwyn e eu, como meus homens, estávamos envoltos em peles de lobo e cervo, cheias de piolhos, mas Merlin usava uma roupa feita da pele de um grande urso preto. Nimue tinha peles de lontra cinzenta que eram muito mais leves do que as nossas, mas mesmo assim parecia não sentir o frio como o resto de nós. Apenas Nimue não levava armas. Merlin tinha seu cajado preto, uma coisa temível em batalha, e meus homens carregavam lanças e espadas, e até Ceinwyn tinha uma lança leve e sua faca de caça, de lâmina comprida, enfiada numa bainha na cintura. Não usava ouro, e as pessoas que nos davam abrigo não faziam ideia de sua posição social. Percebiam seu cabelo claro e presumiam que ela, como Nimue, fosse uma das crianças adotadas por Merlin. Adoravam Merlin, porque todos sabiam sobre ele e lhes traziam crianças aleijadas para ser tocadas por sua mão.

Levamos seis dias para chegar a Caer Gei, onde Cadwallon, rei de Gwynedd, estava passando o inverno. O *caer* em si ficava numa fortaleza no topo de um morro, mas abaixo da fortaleza havia um vale profundo com árvores altas que cresciam nas encostas íngremes, e no vale existia uma paliçada ao redor de uma residência de madeira, alguns cômodos para depósito e várias cabanas para dormir, todos amortalhados de branco pela névoa, com compridos pingentes de gelo pendendo nos beirais. Cadwallon se mostrou um velho azedo; seu salão tinha meramente um terço do de Cuneglas, e a quantidade de guerreiros significava que o chão de terra já estava atulhado de camas. Um espaço foi aberto para nós, de má vontade, e um canto separado por cortinas, para Nimue e Ceinwyn. Naquela noite Cadwallon nos deu uma festa, uma coisa pobre, com carneiro salgado e cenouras cozidas, mas era o melhor que seus depósitos podiam fornecer. Ele se ofereceu generosamente para tirar Ceinwyn de nossas mãos, tornando-a sua oitava esposa, mas não pareceu ofendido nem desapontado quando ela recusou. Suas sete esposas eram morenas, mulheres carrancudas que compartilhavam uma cabana redonda onde brigavam e perseguiam os filhos umas das outras.

Caer Gei era um lugar abominável, ainda que pertencente à realeza, e era difícil acreditar que o pai de Cadwallon, Cunedda, fora o Grande Rei antes de Uther de Dumnonia. As lanças de Gwynedd tinham caído em tempos escassos desde aqueles grandes dias. Também era difícil acreditar que havia sido aqui, sob os picos elevados que agora estavam brilhantes de gelo e neve, que Artur fora criado. Fui ver a casa onde sua mãe recebeu abrigo depois de Uther rejeitá-la, e descobri que era um salão com paredes de terra, mais ou menos do tamanho de nossa casa em Cwm Isaf. Ficava entre alguns pinheiros cujos galhos estavam curvados com o peso da neve, e era virada para o norte, em direção à Estrada Escura. Agora a casa era o lar de três lanceiros, suas famílias e seus animais domésticos. A mãe de Artur era meia-irmã do rei Cadwallon, que, portanto, era tio de Artur, ainda que seu nascimento tenha sido ilegítimo, e o relacionamento dificilmente poderia render muitas lanças para a campanha de primavera que planejava contra os saxões. Na verdade, Cadwallon tinha mandado homens para lutar contra ele no vale do Lugg, mas esse presente tinha sido uma precaução para manter a amizade de Powys, e não porque o rei de Gwynedd odiasse Dumnonia. Na maior parte do tempo as lanças de Cadwallon ficavam viradas para o norte, em direção a Lleyn.

O rei convocou seu edling, Byrthig, na festa, para que ele nos contasse sobre Lleyn. O príncipe Byrthig era um homem baixo e atarracado, com uma cicatriz que ia da têmpora esquerda, passava pelo nariz quebrado e descia até a barba densa. Tinha apenas três dentes, o que tornava demorados seus esforços para mastigar carne e acabava fazendo uma enorme sujeira. Ele usava os dedos para rasgar a carne com o único dente da frente, partindo-a em pedaços pequenos que ajudava a descer com hidromel, e o esforço laborioso deixara sua barba preta e hirsuta imunda dos sucos da carne e de fiapos meio mastigados. Cadwallon, a seu jeito carrancudo, ofereceu-o como marido para Ceinwyn, e de novo não pareceu abalado com a recusa.

O príncipe Byrthig nos disse que Diwrnach tinha sua casa em Boduan, uma fortaleza a oeste da península de Lleyn. O rei era um dos senhores irlandeses do Outro Lado do Mar, mas seu bando de guerreiros, diferentemente do de Oengus de Demétia, não era composto de homens de apenas uma tribo irlandesa, e sim de fugitivos de todas as tribos.

– Ele recebe bem tudo que atravessar as águas, e quanto mais homicidas forem, melhor – disse Byrthig. – Os irlandeses o usam para se livrar de seus foras da lei, e ultimamente têm sido muitos.

– Os cristãos – rosnou Cadwallon numa explicação curta, depois cuspiu.

– Lleyn é cristão? – perguntei, surpreso.

– Não – respondeu Cadwallon com rispidez, como se eu devesse saber. – Mas a Irlanda está se curvando ao Deus cristão. Curvando-se aos montes, e os que não suportam aquele Deus fogem de Lleyn. – Ele tirou um pedaço de osso da boca e o inspecionou, carrancudo. – Teremos de lutar contra eles em breve.

– Os números de Diwrnach estão crescendo? – perguntou Merlin.

– Foi o que ouvimos dizer, se bem que ouvimos muito pouco – respondeu Cadwallon. Ele ergueu os olhos enquanto o calor no salão derretia um bocado de neve no teto inclinado. Houve um som raspado, e em seguida um estalo baixo, quando a massa escorregou de cima da palha.

– Diwrnach só pede para ser deixado em paz – explicou Byrthig, com a voz sibilante por causa dos dentes destroçados. – Se não o incomodarmos, ele só nos incomodará ocasionalmente. Seus homens vêm pegar escravos, mas agora nos restam poucas pessoas no Norte, e eles não viajam muito longe, mas se o bando de guerreiros crescer demais para as colheitas de Lleyn, ele procurará terras novas em algum lugar.

– Ynys Mon é famosa por suas colheitas – disse Merlin. Ynys Mon era a grande ilha na costa Norte de Lleyn.

– Ynys Mon pode alimentar mil – concordou Cadwallon –, mas apenas se seu povo for poupado para semear e colher, e aquele povo não é poupado. Ninguém é. Qualquer britânico com bom senso abandonou Lleyn há anos, e os que restam estão esmagados pelo terror. Vocês também estariam, se Diwrnach viesse nos visitar para pegar o que deseja.

– E o que ele deseja? – perguntei.

Cadwallon me olhou, fez uma pausa, depois deu de ombros.

– Escravos.

– Com os quais você lhe paga tributos? – perguntou Merlin em voz sedosa.

– É um pequeno preço pela paz – explicou Cadwallon, desconsiderando a acusação.

– Quantos?

– Quarenta por ano – admitiu Cadwallon finalmente. – Na maioria crianças órfãs e talvez alguns prisioneiros. Mas ele fica mais feliz com meninas. – E olhou pensativo para Ceinwyn. – Ele tem apetite por meninas.

– Muitos homens têm, senhor rei – respondeu Ceinwyn secamente.

– Mas não com o apetite de Diwrnach. Seus magos lhe disseram que um homem armado com o escudo coberto com a pele curtida de uma virgem será invisível em batalha. – Ele deu de ombros. – Não posso dizer que eu já tenha tentado fazer isso.

– Então você lhe manda crianças? – perguntou Ceinwyn, em tom de acusação.

– Você conhece algum outro tipo de virgem?

– Achamos que ele é tocado pelos Deuses, porque parece maluco – disse Byrthig, como se isso explicasse o apetite de Diwrnach por escravas virgens. – Um de seus olhos é vermelho. – Ele parou para rasgar no dente da frente um pedaço de carne de carneiro cinzenta. – Ele cobre seus escudos de pele – prosseguiu quando a carne foi reduzida a fiapos – e depois pinta com sangue, e é por isso que seus homens se chamam Escudos Sangrentos. – Cadwallon fez o sinal contra o mal. – E alguns homens dizem que ele come a carne das meninas – prosseguiu Byrthig –, mas não sabemos; quem sabe o que os loucos fazem?

– Os loucos são íntimos dos Deuses – rosnou Cadwallon. Ele estava claramente aterrorizado com o vizinho do Norte, o que não era de espantar, pensei.

– Alguns dos loucos são íntimos dos Deuses – disse Merlin. – Não todos.

– Diwrnach é – alertou Cadwallon. – Ele faz o que quer, com quem quer, como quer, e os Deuses o mantêm em segurança. – De novo fiz o sinal contra o mal, e de repente desejei estar de volta na distante Dumnonia, onde havia tribunais, palácios e compridas estradas romanas.

– Com duzentas lanças você poderia expulsar Diwrnach de Lleyn – disse Merlin. – Poderia jogá-lo no mar.

– Já tentamos uma vez, e cinquenta dos nossos homens morreram de disenteria numa semana, mais cinquenta ficaram tremendo no próprio excremento, e o tempo todo os guerreiros dele nos cercavam uivando, montados em pôneis, e suas lanças compridas surgiam do meio da noite. Quando chegamos a Boduan havia apenas uma grande muralha onde estavam penduradas coisas agonizantes que sangravam, gritavam e se retorciam nos ganchos, e nenhum dos meus homens quis escalar aquele terror. Nem eu faria isso – admitiu ele. – E se tivesse feito, o que aconteceria? Ele fugiria para Ynys Mon e eu levaria dias e semanas para arranjar os barcos para persegui-lo sobre a água. Não tenho tempo, nem lanceiros nem o ouro para jogar Diwrnach no mar, por isso lhe dou crianças. É mais barato. – Ele gritou para um escravo trazer mais hidromel, depois lançou um olhar azedo para Ceinwyn. – Dê a garota a ele – falou para Merlin – e talvez ele lhe dê o Caldeirão.

– Não darei nada em troca do Caldeirão – disse Merlin, ríspido. – Além disso, ele nem sabe que o Caldeirão existe.

– Ele sabe – interveio Byrthig. – Toda a Britânia sabe por que você está indo para o norte. E você acha que os magos dele não querem encontrar o Caldeirão?

Merlin sorriu.

– Mande seus lanceiros comigo, senhor rei, e tomaremos o Caldeirão de Lleyn.

Cadwallon zombou da proposta.

– Diwrnach nos ensina a ser bons vizinhos, Merlin. Deixarei você viajar por minhas terras porque temo sua maldição, caso eu não permita, mas nenhum homem meu irá com você, e quando seus ossos estiverem enterrados nas areias de Lleyn, direi a Diwrnach que sua passagem nada teve a ver comigo.

– Você vai contar a ele por qual estrada nós vamos viajar? – perguntou Merlin, porque agora estávamos diante de duas estradas. Uma seguia pelo litoral, e era a estrada usada normalmente durante o inverno, enquanto a outra era a Estrada Escura, que a maioria dos homens admitia ser intransponível no inverno. Merlin esperava que, usando a Estrada Escura, pudéssemos surpreender Diwrnach e sair de Ynys Mon quase antes mesmo que ele soubesse que tínhamos ido.

Cadwallon sorriu pela única vez naquela noite.

– Ele já sabe – disse o rei, depois olhou para Ceinwyn, a figura mais luminosa naquele salão escurecido pela fumaça. – E sem dúvida está ansioso por sua chegada.

Será que Diwrnach sabia que planejávamos usar a Estrada Escura? Ou Cadwallon estaria adivinhando? Mesmo assim cuspi, para nos proteger contra o mal. O solstício estava chegando, a longa noite do ano em que a vida reflui, a esperança é parca e os demônios têm o domínio do ar, e era nesse momento que estaríamos na Estrada Escura.

Cadwallon nos considerava tolos, Diwrnach nos esperava, e nós nos envolvemos em peles e dormimos.

O SOL BRILHAVA na manhã seguinte, transformando os picos ao redor em pontas ofuscantes de uma brancura que doía nos olhos. O céu estava quase limpo, e um vento forte soprava do chão, criando nuvens de partículas brilhantes que atravessavam a terra branca. Carregamos os pôneis, aceitamos o presente de uma pele de ovelha, dado de má vontade por Cadwallon, e depois marchamos para a Estrada Escura, que começa logo ao norte de Caer Gei. Era uma estrada sem povoados, sem fazendas, sem uma alma para nos oferecer abrigo; nada além de um caminho áspero através da barreira de montanhas que protegia o interior da terra de Cadwallon dos Escudos Sangrentos de Diwrnach. Dois postes marcavam o início da estrada, e no topo de ambos havia crânios humanos cobertos por trapos, dos quais pendiam compridos pingentes de gelo, tilintando ao vento. Os crânios estavam virados para o norte, para Diwrnach, dois talismãs destinados a manter o seu mal do outro lado das montanhas. Vi Merlin tocar um amuleto de ferro pendurado em seu pescoço enquanto passávamos pelos crânios, e me lembrei de sua promessa pavorosa, de que começaria a morrer no instante em que chegássemos à Estrada Escura. Agora, enquanto nossas botas rangiam na camada de neve intocada sobre o caminho, eu soube que o juramento da morte havia começado a se cumprir. Observei-o, mas não vi qualquer sinal de perturbação enquanto, durante todo aquele dia, subíamos os morros, escorregando na neve e lutando numa nuvem formada por nossa própria respiração. Dormimos aquela noite numa cabana de pastor, abandonada, que felizmente ainda possuía um precário teto de tábuas velhas e palha apodrecida, com as quais fizemos uma fogueira que tremulou debilmente na escuridão nevada.

Na manhã seguinte, não tínhamos andado mais do que uns 400 metros quando uma trompa soou acima e atrás de nós. Paramos, viramo-nos, e protegemos os olhos para ver uma escura fileira de homens na crista de um morro por onde tínhamos passado na tarde anterior. Eram quinze, todos com escudos, espadas e lanças, e quando viram que tinham atraído nossa atenção, meio correram e meio escorregaram, descendo a traiçoeira encosta de neve. Seu avanço criou grandes plumas de névoa que pairaram no vento em direção oeste.

Meus homens, sem minhas ordens, formaram uma fileira, pegaram os escudos e baixaram as lanças, formando uma parede na estrada. Eu tinha dado as responsabilidades de Cavan a Issa, e ele rosnou para que todos ficassem firmes, mas nem bem tinha falado quando reconheci o emblema curioso pintado num dos escudos que se aproximavam. Era uma cruz, e aquele símbolo cristão só era carregado por um homem que eu conhecesse: Galahad.

– São amigos! – gritei para Issa, depois corri. Agora podia ver claramente quem se aproximava. Eram todos do grupo dos meus homens que tinham sido deixados em Silúria e forçados a servir como a guarda do palácio de Lancelot. Seus escudos ainda tinham o emblema do urso de Artur, mas a cruz de Galahad os guiava. Ele estava acenando e gritando, e eu fazia o mesmo, de modo que nenhum de nós ouvia uma palavra do que o outro falava, até que já estávamos juntos e abraçados.

– Senhor príncipe – cumprimentei, e depois o abracei de novo, porque, dentre todos os amigos que já tive neste mundo, ele era o melhor.

Galahad tinha cabelos claros e um rosto largo e forte, ao passo que o de seu meio-irmão era fino e sutil. Como Artur, ele infundia confiança à primeira vista, e se todos os cristãos fossem como Galahad, acho que eu teria aceitado a cruz naqueles primeiros tempos.

– Dormimos a noite toda na crista do morro – ele fez um gesto para a estrada, atrás – e quase congelamos, enquanto vocês devem ter descansado lá, não é? – Ele apontou para o fiapo de fumaça que ainda restava de nossa fogueira.

– Quentes e secos – falei, e então, quando os recém-chegados tinham cumprimentado seus antigos companheiros, abracei a todos e disse seus nomes a Ceinwyn. Um a um, eles se ajoelharam e juraram lealdade. Todos tinham ouvido contarem como ela havia fugido do noivado para ficar comigo, e a amaram por isso, e agora estendiam as lâminas nuas das espadas para seu toque real. – E quanto aos outros homens? – perguntei a Galahad.

– Foram para Artur. – Ele fez uma careta. – Infelizmente nenhum dos cristãos veio, a não ser eu.

– Você acha que um caldeirão pagão vale a pena? – perguntei, fazendo um gesto para a fria estrada adiante.

– Diwrnach está no fim da estrada, meu amigo – disse Galahad –, e ouvi dizer que ele é o rei mais maligno que já saiu do poço do diabo. Uma das tarefas cristãs é lutar contra o mal, portanto estou aqui. – Ele cumprimentou Merlin e Nimue, e então, porque era um príncipe e portanto da mesma classe que Ceinwyn, abraçou-a. – Você é uma mulher de sorte – ouvi-o sussurrar.

Ela sorriu e beijou seu rosto.

– De mais sorte ainda agora que está aqui, senhor príncipe.

– Isso é verdade, claro. – Galahad deu um passo atrás e olhou dela para mim, e de mim para ela. – Toda a Britânia fala de vocês dois.

– Porque toda a Britânia está cheia de línguas ferinas – disse Merlin, num surpreendente jorro de rabugice –, e temos uma jornada para fazer quando vocês dois pararem de mexericar. – Seu rosto estava repuxado, e seu pavio, curto. Atribuí isso à idade e à estrada difícil pela qual andávamos no mau tempo, e tentei não pensar em seu juramento de morte.

A viagem pelas montanhas demorou mais dois dias. A Estrada Escura não era muito longa, mas era difícil, subindo por morros íngremes e descendo em vales profundos, onde o menor som ecoava oco e frio das paredes cobertas de gelo. Encontramos um povoado abandonado para passar a segunda noite na estrada, um lugar de cabanas de pedra redondas, amontoadas dentro de um muro da altura de um homem, onde pusemos três guardas para vigiar as brilhantes encostas enluaradas. Não havia material para fazer fogo, por isso nos sentamos juntos, cantamos, contamos histórias e tentamos não pensar nos Escudos Sangrentos. Naquela noite Galahad nos deu notícias de Silúria. Disse que seu irmão se recusara a ocupar a antiga capital de Gundleus em Nidum porque ficava muito longe de Dumnonia e não tinha confortos além de um decadente quarteirão de alojamentos romanos. Por isso tinha mudado o governo de Silúria para Isca, a gigantesca fortaleza romana que ficava ao lado do Usk, na fronteira do território de Silúria e a pouca distância de Gwent. Era o mais próximo que Lancelot podia ficar de Dumnonia permanecendo em Silúria.

– Ele gosta de pisos de mosaico e paredes de mármore – disse Galahad –, e há o bastante disso em Isca para deixá-lo satisfeito. Ele reuniu ali cada druida de Silúria.

– Não há druidas em Silúria – rosnou Merlin. – Pelo menos nenhum que preste.

– Então são pessoas que se dizem druidas – disse Galahad, com paciência. – Ele tem dois que valoriza especialmente, e lhes paga para que lancem maldições.

– Contra mim? – perguntei, tocando o ferro do punho de Hywelbane.

– Entre outros – disse Galahad, olhando para Ceinwyn e fazendo o sinal da cruz. – Com o tempo ele vai esquecer – acrescentou, tentando nos tranquilizar.

– Ele vai esquecer quando estiver morto, e mesmo então vai levar o ressentimento para o outro lado da ponte de espadas – disse Merlin e estremeceu, não porque temesse a inimizade de Lancelot, mas porque estava com frio. – Quem são esses supostos druidas que ele valoriza especialmente?

– Os netos de Tanaburs – disse Galahad, e senti uma mão gélida envolver meu coração. Eu tinha matado Tanaburs, e mesmo tendo o direito de tomar sua alma, ainda era um idiota corajoso que havia matado um druida, e a maldição de Tanaburs ao morrer ainda pairava sobre mim.

Prosseguimos lentamente no dia seguinte, com o ritmo reduzido por causa de Merlin. Ele insistia em que estava bem e recusava qualquer ajuda, mas seu passo hesitava com muita frequência, seu rosto estava amarelo e abatido, e a respiração vinha em haustos curtos, ásperos. Tínhamos esperado atravessar o último passo ao anoitecer, mas ainda estávamos subindo para chegar enquanto a luz do dia curto se desbotava. Durante toda a tarde a Estrada Escura se retorceu morro acima, ainda que fosse uma zombaria chamá-la de estrada, porque não passava de um caminho pedregoso e terrível que atravessava repetidamente um rio congelado onde o gelo pendia grosso das pedras das cascatas frequentes. Os pôneis escorregavam o tempo todo, e algumas vezes recusavam a se mexer; parecia que passávamos mais tempo ajudando-os do que guiando-os, mas quando a última luz se recolheu, fria, no Oeste, chegamos ao passo, e foi exatamente como eu tinha visto em meu sonho trêmulo sobre o cume do Dolforwyn. Era igualmente melancólico, igualmente frio, embora sem qualquer monstro negro barrando a Estrada Escura, que agora descia íngreme para a estreita planície costeira de Lleyn e depois seguia para o norte em direção ao litoral.

E depois dele ficava Ynys Mon.

Eu nunca tinha visto a ilha abençoada. Ouvira falar dela a vida inteira, sabia de seu poder e lamentava a destruição feita pelos romanos no Ano Negro, mas nunca a tinha visto, a não ser no sonho. Agora, no crepúsculo invernal, a grande ilha não se parecia nem um pouco com aquela visão agradável. Não estava ensolarada, e sim sombreada por nuvens, de modo que parecia escura e ameaçadora, uma ameaça ainda maior pelo brilho soturno de lagos negros que interrompiam seus morros baixos. A ilha estava quase livre de neve, ainda que seus limites rochosos estivessem pintados de branco por um mar cinzento e maligno. Caí de joelhos ao avistá-la, todos fizemos isso, menos Galahad, e até ele finalmente se abaixou sobre um dos joelhos em sinal de respeito. Como cristão ele algumas vezes sonhava em ir a Roma ou mesmo à distante Jerusalém, se é que esse lugar existia, mas Ynys Mon era nossa Roma e nossa Jerusalém, e agora estávamos avistando seu solo sagrado.

Além disso, agora estávamos em Lleyn. Tínhamos atravessado a fronteira sem marcos, e os poucos povoados na planície costeira abaixo de nós eram propriedade de Diwrnach. Os campos estavam levemente cobertos de neve, fumaça subia das cabanas, mas nada humano parecia se mover naquele espaço escuro, e todos nós, acho, estávamos pensando em como iríamos da terra para a ilha.

– Há balseiros no estreito – disse Merlin, lendo nossos pensamentos. Dentre nós, só ele estivera em Ynys Mon, mas há muitos anos, e muito antes de saber que o Caldeirão ainda existia. Tinha ido lá quando Leodegan, o pai de Guinevere, governava a terra, nos dias anteriores à chegada dos precários navios de Diwrnach, vindos da Irlanda para varrer do reino Leodegan e suas filhas órfãs de mãe. – De manhã vamos até o litoral pagar ao nosso balseiro. Quando Diwrnach souber que chegamos à sua terra, já teremos partido.

– Ele vai nos seguir até Ynys Mon – disse Galahad, nervoso.

– E teremos partido de novo – disse Merlin. Em seguida, espirrou. Parecia estar com um resfriado terrível. Seu nariz escorria, as bochechas estavam pálidas e de vez em quando ele tremia incontrolavelmente, mas achou algumas ervas poeirentas numa pequena bolsa de couro e as engoliu com um punhado de neve derretida, e insistiu que estava bem.

Parecia muito pior na manhã seguinte. Tínhamos passado aquela noite numa fenda nas rochas, onde não ousamos acender uma fogueira, apesar do feitiço de ocultação que Nimue fizera com a ajuda do crânio de um furão que encontramos mais acima na estrada. Nossas sentinelas ficaram vigiando a planície costeira onde três pequenos brilhos de fogo revelavam a presença de vida, enquanto o resto de nós se espremia nas rochas fundas, onde tremíamos e xingávamos o frio e imaginávamos se a manhã chegaria. Finalmente chegou, com uma luz escorrida, leprosa, que fez a ilha distante parecer mais escura e mais ameaçadora do que nunca. Mas o feitiço de Nimue pareceu ter funcionado, porque nenhum lanceiro guardava o fim da Estrada Escura.

Agora Merlin estava tremendo, e fraco demais para andar, por isso quatro de meus lanceiros o carregaram numa liteira feita de capas e lanças, e fomos escorregando caminho abaixo até as primeiras árvores baixas e curvadas pelo vento nas cercas vivas de Lleyn. Aqui a estrada era funda, com sulcos congelados e duros, retorcendo-se entre carvalhos encurvados, magros azevinhos e os pequenos campos negligenciados. Merlin estava gemendo e tremendo, e Issa perguntou se não deveríamos voltar.

– Atravessar as montanhas de novo certamente iria matá-lo – disse Nimue. – Vamos em frente.

Chegamos a uma bifurcação na estrada, onde encontramos o primeiro sinal de Diwrnach. Era um esqueleto com as partes atadas por cordas de crina e pendurado num poste, de modo que os ossos secos chocalhavam ao vento forte do oeste. Três corvos tinham sido pregados ao poste abaixo dos ossos humanos, e Nimue cheirou seus corpos enrijecidos para decidir que tipo de magia estava imbuída em sua morte.

– Urine! Urine! – Merlin conseguiu dizer em sua liteira. – Rápido, garota! Urine! – Ele tossiu horrivelmente, depois virou a cabeça para cuspir o catarro em direção à vala. – Não vou morrer – falou para si mesmo. – Não vou morrer! – E se recostou de novo enquanto Nimue se agachava junto ao poste. – Ele sabe que estamos aqui – alertou Merlin.

– Ele está aqui? – perguntei, agachando-me ao seu lado.

– Alguém está. Tenha cuidado, Derfel. – Ele fechou os olhos e suspirou. – Estou muito velho – falou baixinho –, horrivelmente velho. E há maldade aqui, toda para nós. – Ele balançou a cabeça. – Levem-me para a ilha, só isso. É só chegar à ilha. O Caldeirão vai curar tudo.

Nimue terminou, depois esperou para ver para que lado ia o riacho de sua urina. O vento o levou para o caminho da direita, e esse presságio decidiu nossa direção. Antes de partirmos, Nimue foi até um dos pôneis e pegou uma bolsa de couro, de onde tirou um punhado de setas de elfo e pedras de águia, que distribuiu entre os lanceiros.

– Proteção – explicou enquanto punha uma pedra de serpente na liteira de Merlin. – Vamos – ordenou.

Andamos a manhã inteira, com o passo retardado por causa da necessidade de carregar a liteira de Merlin. Não vimos ninguém, e essa ausência de vida pôs um medo pavoroso nos meus homens, porque parecíamos ter chegado a uma terra dos mortos. Havia frutos de sorveira-brava e azevinho nas cercas vivas, e tordos de vários tipos nos galhos, mas não havia gado, nem ovelhas, nem homens. Vimos um povoado, de onde um fiapo de fumaça soprava ao vento, mas estava longe, e ninguém parecia nos vigiar do muro em volta.

Mas havia homens nessa terra dos mortos. Soubemos disso quando paramos para descansar num pequeno vale onde um riacho escorria lentamente entre margens geladas, sob um bosque de carvalhos escuros e curvados pelo vento. Os galhos intrincados estavam delicadamente cobertos por uma camada de gelo branco, e descansamos debaixo deles até que Gwilym, um dos lanceiros de vigia na retaguarda, me chamou.

Fui até a borda dos carvalhos e vi que uma fogueira fora acesa na encosta mais baixa das montanhas. Não havia chamas visíveis, apenas um denso rolo de fumaça cinzenta que subia feroz antes de ser arrastada pelo vento oeste. Gwilym apontou para a fumaça com a ponta de sua lança, depois cuspiu para evitar o mal.

Galahad veio para perto de mim.

– Um sinal? – perguntou ele.

– Provavelmente.

– Então eles sabem que estamos aqui? – Galahad fez o sinal da cruz.

– Eles sabem. – Nimue se juntou a nós. Estava com o pesado cajado preto de Merlin, e somente ela parecia ter energia naquele lugar frio e morto. Merlin estava doente, o resto de nós sitiado pelo medo, porém quanto mais fundo penetrávamos na terra negra de Diwrnach, mais feroz Nimue se tornava. Estava se aproximando do Caldeirão, e a atração do objeto era como um fogo em seus ossos. – Eles estão nos vigiando.

– Você pode nos esconder? – perguntei, querendo outro de seus feitiços de ocultação.

Ela balançou a cabeça.

– Esta é a terra deles, Derfel, e os Deuses deles são poderosos aqui. – Ela fez uma cara de desprezo quando Galahad se persignou pela segunda vez. – Seu Deus pregado não vai derrotar Crom Dubh.

– Ele está aqui? – perguntei, temeroso.

– Ou algum como ele.

Crom Dubh era o Deus Negro, um horror aleijado e maligno que trazia pesadelos sombrios. Os outros Deuses, dizia-se, evitavam Crom Dubh, o que sugeria que estávamos sozinhos sob seu poder.

– Então estamos condenados – disse Gwilym, peremptoriamente.

– Idiota! – sibilou Nimue. – Só estamos condenados se não encontrarmos o Caldeirão. Então estaremos condenados de qualquer modo. Você vai ficar olhando aquela fumaça a manhã inteira? – ela me perguntou.

Continuamos andando. Merlin não podia mais falar, e seus dentes chocalhavam, mesmo depois de o cobrirmos com um monte de peles.

– Ele está morrendo – disse-me Nimue calmamente.

– Então devemos encontrar um abrigo e fazer uma fogueira.

– Para que possamos estar quentes enquanto somos trucidados pelos lanceiros de Diwrnach? – Ela descartou a ideia. – Ele está morrendo, Derfel, porque está perto de seu sonho, e porque fez uma barganha com os Deuses.

– Sua vida pelo Caldeirão? – perguntou Ceinwyn, caminhando do meu outro lado.

– Não exatamente. Mas enquanto vocês dois estavam montando sua casinha – ela fez essa declaração com sarcasmo –, fomos a Cadar Idris. Fizemos um sacrifício lá, o antigo sacrifício, e Merlin prometeu sua vida, não pelo Caldeirão, mas pela busca. Se encontrarmos o Caldeirão, ele viverá, mas se fracassarmos ele morrerá, e a alma-sombra do sacrifício reivindicará a alma de Merlin para todo o sempre.

Eu sabia o que era o antigo sacrifício, mas nunca tinha ouvido dizer que ele fora feito em nosso tempo.

– Quem foi o sacrificado? – perguntei.

– Ninguém que você conhecesse. Ninguém que conhecêssemos. Era apenas um homem. – Nimue não deu importância. – Mas a alma-sombra dele está aqui, vigiando-nos, e quer que fracassemos. Ela quer a vida de Merlin.

– E se Merlin morrer de qualquer modo?

– Ele não vai morrer, seu idiota! Não se encontrarmos o Caldeirão.

– Se eu encontrá-lo – disse Ceinwyn, nervosa.

– Você vai encontrar – replicou Nimue, cheia de confiança.

– Como?

– Você vai sonhar, e o sonho nos levará ao Caldeirão.

E Diwrnach, percebi quando chegamos ao estreito que separava a terra da ilha, queria que o encontrássemos. A fogueira de sinalização revelou que seus homens estavam nos vigiando, mas eles não se haviam mostrado nem tentaram impedir nossa jornada, e isso sugeria que Diwrnach sabia de nossa busca e queria que ela fosse bem-sucedida, para que pudesse pegar o Caldeirão. Não poderia haver outro motivo para estar tornando tão fácil chegarmos a Ynys Mon.

O estreito não era largo, mas a água cinzenta redemoinhava, chocava-se e espumava, varrendo o canal. O mar corria rápido, torcendo-se em redemoinhos ou então se partindo, branco, nas rochas escondidas. Mas não era tão amedrontador quanto a costa distante que se alçava tão absolutamente vazia, escura e melancólica, quase como se esperasse para sugar nossas almas. Estremeci enquanto olhava para aquela distante encosta coberta de capim, e não pude deixar de pensar no distante Dia Negro em que os romanos pararam nesta mesma costa rochosa e aquela margem distante estava cheia de druidas que lançavam suas maldições pavorosas contra os soldados estrangeiros. As maldições tinham fracassado, os romanos atravessaram e Ynys Mon morreu, e agora estávamos no mesmo lugar numa última tentativa desesperada de reivindicar os anos e enrolar de novo os séculos de tristeza e dificuldades para que a Britânia fosse restaurada ao seu estado abençoado anterior à vinda dos romanos. Seria a Britânia de Merlin, uma Britânia dos Deuses, uma Britânia sem saxões, uma Britânia cheia de ouro, salões festivos e milagres.

Fomos para o leste, em direção à parte mais curta do estreito, e ali, rodeando uma ponta de rocha, abaixo do muro de terra de uma fortaleza deserta, encontramos dois barcos nos pedregulhos de uma enseada minúscula. Uma dúzia de homens esperava com os barcos, quase como se nos aguardassem.

– São os barqueiros? – perguntou-me Ceinwyn.

– Barqueiros de Diwrnach – falei e toquei o ferro do punho de Hywelbane. – Eles querem que nós atravessemos. – E fiquei com medo, porque o rei estava tornando a coisa muito fácil para nós.

Os marinheiros não demonstraram medo. Eram criaturas atarracadas, de aparência rude, com escamas de peixe grudadas nas barbas e usando grossas roupas de lã. Não possuíam armas além das facas de estripar e lanças de pescaria. Galahad perguntou se tinham visto algum lanceiro de Diwrnach, mas eles simplesmente deram de ombros, como se sua língua não fizesse sentido. Nimue falou-lhes no seu irlandês nativo e eles responderam com bastante educação. Disseram não ter visto nenhum Escudo Sangrento, mas falaram que precisávamos esperar até que a maré chegasse à altura máxima antes de atravessarmos. Parecia que só então o estreito seria seguro para os barcos.

Fizemos uma cama para Merlin em um dos barcos, depois Issa e eu subimos à fortaleza deserta e olhamos para o interior da terra. Uma segunda pira de fumaça subia do vale de carvalhos retorcidos, mas afora isso nada mudara e não havia qualquer inimigo à vista. Mas eles estavam lá. Não era preciso ver seus escudos manchados de sangue para saber que estavam perto. Issa tocou a ponta de sua lança.

– Parece, senhor, que Ynys Mon será um bom lugar para morrer.

Sorri.

– Seria um lugar melhor para viver, Issa.

– Mas certamente nossas almas estarão seguras se morrermos na ilha abençoada, não é? – perguntou ele, ansioso.

– Elas estarão seguras, e nós atravessaremos juntos a ponte de espadas. – E Ceinwyn, prometi a mim mesmo, estaria apenas um ou dois passos à nossa frente, porque eu mesmo iria matá-la antes que qualquer dos homens de Diwrnach pudesse tocar nela. Desembainhei Hywelbane, sua lâmina comprida ainda manchada da fuligem com que Nimue havia escrito seu feitiço, e levei a ponta da arma até o rosto de Issa. – Faça-me um juramento – ordenei.

Ele se apoiou num dos joelhos.

– Diga, senhor.

– Se eu morrer, Issa, e Ceinwyn estiver viva, você deve matá-la com um golpe de espada antes que os homens de Diwrnach possam pegá-la.

Ele beijou a ponta da espada.

– Juro, senhor.

Na maré alta as correntes em redemoinho desapareceram, de modo que o mar estava calmo, a não ser pelas ondas batidas pelo vento, que levantavam os barcos de cima do cascalho. Pusemos os dois pôneis a bordo, depois ocupamos nossos lugares. Os barcos eram compridos e estreitos e, assim que nos acomodamos entre as pegajosas redes de pesca, os barqueiros fizeram um gesto para indicar que deveríamos tirar a água que vazasse por entre as tábuas cobertas de alcatrão. Usamos os elmos para devolver o mar ao seu lugar de direito, e rezei a Manawydan, o Deus do oceano, para que nos preservasse enquanto os barqueiros enfiavam os grandes remos entre os toletes. Merlin tremia. Seu rosto estava branco como nunca, mas tocado por um amarelo nauseabundo e sujo com bolhas de espuma que brotava dos cantos da boca. Ele não estava consciente, mas murmurava coisas estranhas no delírio.

Os barqueiros entoavam uma canção estranha enquanto moviam os remos, mas ficaram quietos ao chegar no meio do estreito. Pararam ali, e um homem em cada barco fez um gesto para a terra de onde tínhamos vindo.

Viramo-nos. A princípio eu só podia ver a tira escura do litoral abaixo da neve branca e da encosta negra das montanhas atrás, mas então vi uma coisa preta e irregular se movendo logo abaixo da praia pedregosa. Era um estandarte, meras tiras de trapos amarradas num mastro, mas um instante depois de ele ter aparecido, uma fila de guerreiros surgiu acima da margem do estreito. Eles riram de nós, e as gargalhadas chegaram claras através do vento frio, acima do som do mar. Estavam todos montados em pôneis rudes, e todos vestidos no que pareciam ser tiras rasgadas de tecido preto que eram agitadas pela brisa e balançavam como penachos. Carregavam escudos e as gigantescas lanças de guerra, que eram a preferência dos irlandeses, e nem os escudos nem as lanças me amedrontaram, mas havia algo em seus trapos e nos compridos cabelos selvagens que fez um arrepio súbito me atravessar. Ou talvez o arrepio tenha vindo da neve misturada com chuva que o vento oeste começou a cuspir, pintalgando a superfície cinzenta do mar.

Os cavaleiros escuros ficaram olhando enquanto nossos barcos atracavam em Ynys Mon. Os barqueiros nos ajudaram a levar Merlin e os pôneis em segurança até a praia, depois empurraram os barcos de novo para o mar.

– Não deveríamos ter mantido os barcos aqui? – perguntou Galahad.

– Como? – perguntei. – Nós teríamos que dividir os homens, alguns para guardar os barcos e outros para irem com Ceinwyn e Nimue.

– Então como vamos sair da ilha?

Adotei a confiança de Nimue.

– Com o Caldeirão todas as coisas serão possíveis. – Não tinha outra resposta para dar, e não ousava dizer a verdade. A verdade era que me sentia condenado. Sentia-me como se as maldições daqueles druidas da antiguidade estivessem se coagulando em volta de nossas almas.

Da praia fomos para o norte. Gaivotas gritavam para nós, girando na chuva enquanto subíamos das rochas para um urzal interrompido apenas por afloramentos de rochas. Nos velhos tempos, antes que os romanos viessem destruir Ynys Mon, a terra era cheia de carvalhos sagrados entre os quais os maiores mistérios da Britânia eram levados a cabo. A notícia daqueles rituais governava as estações na Britânia, na Irlanda e até na Gália, porque aqui os Deuses tinham vindo à terra, e aqui o elo entre os homens e os Deuses era mais forte antes de ser partido pelas curtas espadas romanas. Este era um terreno sagrado, mas também difícil, porque depois de apenas uma hora de caminhada chegamos a um vasto lodaçal que parecia barrar o acesso ao interior da ilha. Seguimos pela borda do pântano, procurando um caminho, mas não havia; assim, enquanto a luz começava a se desbotar, usamos os cabos das lanças para descobrir a passagem mais firme entre os eriçados tufos de capim e os trechos traiçoeiros de lodo. Nossas pernas estavam encharcadas em lama gélida, e a chuva com neve conseguia entrar nas peles. Um dos pôneis ficou agarrado e o outro estava em pânico, por isso descarregamos os dois animais, distribuímos o resto dos fardos entre nós e os abandonamos.

Continuamos lutando, algumas vezes descansando sobre os escudos circulares que serviam como barcos rasos para suportar nosso peso, até que, inevitavelmente, a água salobra passava sobre as bordas e nos forçava a ficar de pé outra vez. A chuva com neve ficou cada vez mais forte e mais grossa, chicoteada por um vento crescente que achatava o capim do pântano e enfiava o frio dentro dos nossos ossos. Merlin estava gritando palavras estranhas e balançando a cabeça de um lado para o outro, e alguns de meus homens fraquejavam, minados pelo frio e pela malignidade de quaisquer Deuses que governassem aquela terra devastada.

Nimue foi a primeira a chegar ao outro lado do pântano. Foi saltando de moita em moita, mostrando um caminho, e finalmente encontrou terreno firme, onde ficou pulando para mostrar que a segurança estava próxima. Então, por alguns segundos, se imobilizou antes de apontar o cajado de Merlin para o lugar de onde viéramos.

Viramo-nos e vimos que os cavaleiros negros estavam conosco, só que agora em maior número; toda uma horda de maltrapilhos Escudos Sangrentos nos olhavam do lado mais distante do pântano. Três estandartes esfarrapados se erguiam acima deles, e um daqueles estandartes foi erguido numa saudação irônica antes que os cavaleiros virassem seus pôneis para leste.

– Eu nunca deveria ter trazido você aqui – confessei a Ceinwyn.

– Você não me trouxe, Derfel. Vim por minha vontade. – Ela tocou um dedo enluvado em meu rosto. – E voltaremos pelo mesmo caminho, meu amor.

Saímos do pântano e, depois de uma colina baixa, encontramos uma paisagem de pequenos campos entre urzais e súbitos afloramentos de rochas. Precisávamos de um refúgio para a noite, e o encontramos num povoado de oito cabanas de pedra cercadas por um muro da altura de uma lança. O lugar estava deserto, mas sem dúvida viviam pessoas ali, porque as pequenas cabanas de pedra estavam varridas e as cinzas no fogão ainda queimavam ao toque. Tiramos o teto de turfa de uma das cabanas e cortamos os caibros para fazer uma fogueira para Merlin, que agora estava tremendo e delirando. Montamos uma guarda, depois despimos as peles e tentamos secar as botas encharcadas e as calças molhadas.

Então, enquanto a última luz escorria para fora do céu cinzento subi no muro e examinei toda a paisagem. Não vi nada.

Quatro de nós montamos guarda na primeira parte da noite, depois Galahad e mais três lanceiros vigiaram durante o resto daquela escuridão chuvosa, e ninguém ouviu coisa alguma além do vento e do crepitar do fogo na cabana. Não ouvimos nada, não vimos nada, mas na primeira luz da manhã havia numa parte do muro uma cabeça de ovelha recém-decapitada, pingando sangue.

Nimue empurrou, furiosa, a cabeça da ovelha de cima do muro, depois gritou um desafio para o céu. Pegou uma bolsa com pó cinzento e espalhou no sangue fresco, depois bateu no muro com o cajado de Merlin e nos disse que a maldade tinha sido contrabalançada. Acreditamos nela porque queríamos acreditar, assim como queríamos acreditar que Merlin não estava morrendo. Mas ele estava numa palidez mortal, com a respiração curta e sem emitir qualquer som. Tentamos dar a ele o resto de nosso pão, mas Merlin cuspia as migalhas, desajeitadamente.

– Temos de encontrar o Caldeirão hoje – disse Nimue com calma. – Antes que ele morra.

Juntamos nossos fardos, penduramos os escudos nas costas, pegamos as lanças e a acompanhamos para o norte.

Nimue nos guiava. Merlin lhe dissera tudo o que sabia sobre a ilha sagrada, e esse conhecimento nos levou para o norte durante toda a manhã. Os Escudos Sangrentos apareceram logo depois de sairmos do abrigo, e agora que nos aproximávamos do objetivo eles se tornavam mais ousados, de modo que a qualquer momento sempre havia uns vinte à vista, e às vezes um número três vezes maior. Formavam um círculo frouxo à nossa volta, mas tomavam o cuidado de se manter fora do alcance de nossas lanças. A chuva e a neve tinham parado ao alvorecer, deixando apenas um vento frio e úmido que encurvava o capim nos urzais e levantava os trapos pretos das capas dos cavaleiros.

Foi logo depois do meio-dia que chegamos a um lugar que Nimue chamou de Llyn Cerrig Bach. O nome significa "o lago das pedrinhas" e era um lençol escuro de água rasa, rodeado por pântanos. Aqui, segundo Nimue, os antigos britânicos realizavam suas cerimônias mais sagradas, e aqui também, pelo que nos disse, nossa busca teria início; mas parecia um lugar melancólico para procurarmos o maior Tesouro da Britânia. A oeste situava-se um braço de mar pequeno e raso, depois do qual havia outra ilha; ao sul e ao norte estavam apenas terras plantadas e pedras, e a leste se erguia um pequeno morro íngreme coroado por um grupo de pedras cinzentas, tal como uma quantidade de outros afloramentos pelos quais tínhamos passado naquela manhã. Merlin parecia morto. Eu tinha de me ajoelhar ao seu lado e encostar o ouvido em seu rosto para ouvir o som fraquíssimo e áspero de cada respiração dificultosa. Pus a mão em sua testa e vi que estava fria. Beijei seu rosto.

– Viva, senhor – sussurrei. – Viva.

Nimue mandou um dos meus homens enfiar uma lança no chão. Ele forçou a ponta no solo duro, depois Nimue pegou meia dúzia de capas e, pendurando-as no cabo da lança e fazendo peso nas bainhas com pedras, formou uma espécie de tenda. Os cavaleiros negros fizeram um círculo em volta de nós, mas ficaram bastante longe, a ponto de não interferir conosco, nem nós com eles.

Nimue enfiou a mão debaixo de suas peles de lontra e pegou a taça de prata da qual eu tinha bebido no Dolforwyn, e uma pequena garrafa de cerâmica lacrada com cera. Enfiou-se debaixo da tenda e mandou Ceinwyn acompanhá-la.

Esperei e vigiei enquanto o vento caçava ondas negras no lago, e de repente Ceinwyn gritou. Gritou de novo, terrivelmente, e segui em direção à tenda, mas a lança de Issa me impediu. Galahad, que era cristão e não devia acreditar em nada daquilo, ficou ao lado de Issa e deu de ombros para mim.

– Já chegamos até aqui – disse ele. – Vamos até o final.

Ceinwyn gritou de novo, e dessa vez Merlin ecoou o som, emitindo um gemido fraco e patético. Ajoelhei-me ao seu lado e acariciei sua testa, tentando não pensar nos horrores com que Ceinwyn sonhava dentro da tenda preta.

– Senhor? – chamou Issa.

Girei e vi que ele estava olhando para o sul, onde um novo grupo de cavaleiros tinha se juntado ao círculo de Escudos Sangrentos. A maioria dos recém-chegados montava pôneis, mas um homem estava num cavalo preto e lúgubre. Aquele homem, eu sabia, tinha de ser Diwrnach. Seu estandarte se erguia atrás dele; era um mastro no qual havia um travessão, e do travessão pendiam dois crânios e um amarrado de fitas pretas. O rei usava capa negra e seu cavalo preto tinha uma manta da mesma cor, e em sua mão havia uma grande espada preta que ele ergueu na vertical antes de se adiantar lentamente a cavalo. Veio sozinho e, quando estava a cinquenta passos, pegou o escudo e ostensivamente virou-o de cabeça para baixo, mostrando que não viera procurando luta.

Fui encontrá-lo. Lá atrás, Ceinwyn ofegava e gemia dentro da tenda, em volta da qual meus homens tinham feito um círculo protetor.

O rei estava vestido com uma armadura de couro preto debaixo da capa, e não usava elmo. Seu escudo tinha flocos cor de ferrugem e eu supus que os flocos fossem as camadas de sangue seco, assim como sua cobertura de couro devia ser a pele de alguma garota escrava. Ele deixou o escudo sombrio pender ao lado da comprida espada preta enquanto virava o cavalo e pousava o cabo da lança no chão.

– Sou Diwrnach – disse ele.

Fiz uma reverência com a cabeça.

– Sou Derfel, senhor rei.

Ele sorriu.

– Bem-vindo a Ynys Mon, lorde Derfel Cadarn – disse ele, sem dúvida querendo me surpreender com o conhecimento de meu nome inteiro e do título, porém me deixou ainda mais pasmo por ser um homem bem-apessoado. Eu esperava um monstro de nariz adunco, uma criatura de pesadelo, mas Diwrnach estava no início da meia-idade e tinha testa ampla, boca larga e uma barba preta, curta, que acentuava o maxilar forte. Nada havia de loucura em sua aparência, mas ele realmente tinha um olho vermelho e isso bastava para torná-lo temível. Ele encostou a lança no flanco do cavalo e pegou um bolo de aveia numa bolsa.

– Você parece faminto, lorde Derfel.

– O inverno é tempo de fome, senhor rei.

– Mas certamente não recusará o meu presente, não é? – Ele partiu o bolo de aveia ao meio e jogou a metade para mim. – Coma.

Peguei o bolo, e hesitei.

– Jurei não comer, senhor rei, até que meu objetivo esteja cumprido.

– Seu objetivo! – ele zombou, depois pôs sua metade do bolo na boca. – Não estava envenenado, lorde Derfel – disse quando terminou de comer.

– Por que estaria, senhor rei?

– Porque sou Diwrnach, e mato meus inimigos de muitos modos. – Ele sorriu de novo. – Fale de seu objetivo, lorde Derfel.

– Vim rezar, senhor rei.

– Ah! – disse ele, extraindo o som como se quisesse sugerir que eu havia esclarecido todo o mistério. – As orações feitas em Dumnonia são tão ineficazes assim?

– Este é um solo sagrado, senhor rei.

– E também é solo meu, lorde Derfel Cadarn. E acho que os estranhos deveriam pedir minha permissão antes de defecar no chão ou urinar nos muros.

– Se o ofendemos, senhor rei, pedimos desculpas.

– É tarde demais para isso – disse ele em tom afável. – Vocês estão aqui agora, lorde Derfel, e posso sentir o cheiro de seu excremento. Tarde demais. Então, o que devo fazer com vocês? – Sua voz soava baixa, quase gentil, sugerindo que ali estava um homem que enxergaria a razão facilmente. – O que devo fazer com vocês? – perguntou de novo e fiquei quieto. O círculo de guerreiros negros continuava imóvel, o céu era de chumbo e os gritos de Ceinwyn tinham se transformado em pequenos gemidos. O rei levantou o escudo, não em ameaça, mas porque o peso estava desconfortável no quadril, e vi com horror que a pele de um braço humano pendia da borda inferior. O vento agitou os dedos gordos daquela mão. Diwrnach viu meu horror e sorriu. – Ela era minha sobrinha – falou, depois olhou para além de mim e outro sorriso lento surgiu em seu rosto. – A raposa saiu da toca, lorde Derfel.

Virei-me e vi que Ceinwyn tinha saído da tenda. Ela havia tirado as peles de lobo e usava o vestido branco que trajara na festa de noivado, a bainha ainda manchada da lama de quando havia fugido de Caer Sws. Estava descalça, com o cabelo dourado solto, e para mim parecia em transe.

– É a princesa Ceinwyn, imagino – disse Diwrnach.

– De fato, senhor rei.

– E ainda é virgem, pelo que ouvi falar, não é? – perguntou o rei. Não respondi. Diwrnach inclinou-se para acariciar as orelhas do cavalo. – Não teria sido cortês da parte dela ter me procurado para me cumprimentar quando chegou ao meu país?

– Ela também tem orações a fazer, senhor rei.

– Então esperemos que as orações funcionem. – Ele gargalhou. – Entregue-a para mim, lorde Derfel, ou então vocês sofrerão a mais lenta das mortes. Tenho homens que podem tirar a pele de uma pessoa centímetro a centímetro, até que não passe de carne viva e sangue, e mesmo assim ela consegue ficar de pé. Consegue até andar! – Ele bateu no pescoço do cavalo com a mão enfiada na luva preta, depois sorriu de novo. – Eu já sufoquei homens em seu próprio excremento, lorde Derfel, esmaguei-os debaixo de pedras, queimei, enterrei vivos, coloquei víboras em sua cama, afoguei, matei de fome e até de pavor.

São tantos modos interessantes! Mas simplesmente me dê a princesa Ceinwyn, lorde Derfel, e lhe prometo uma morte tão rápida quanto a queda de uma estrela brilhante.

Ceinwyn começara a andar para oeste e meus homens haviam agarrado a liteira de Merlin, suas capas, armas e fardos, e agora estavam indo com ela. Olhei para Diwrnach.

– Um dia, senhor rei, colocarei sua cabeça num buraco e vou enterrá-la em excremento de escravos. – E me afastei.

Ele gargalhou.

– Sangue, lorde Derfel! – gritou para mim. – Sangue! É disso que os Deuses se alimentam, e o seu dará um cozido suculento! Farei sua mulher bebê-lo na minha cama! – E com isso ele esporeou o cavalo e virou-o na direção de seus homens.

– São 74 – disse Galahad quando o alcancei. – Setenta e quatro homens e lanças. E somos 36 lanças, um homem agonizante e duas mulheres.

– Eles ainda não vão atacar. Vão esperar até que tenhamos encontrado o Caldeirão – repliquei.

Ceinwyn devia estar congelando no vestido fino e sem botas, mas suava como se fosse verão enquanto cambaleava sobre o capim. Estava achando difícil manter-se de pé, ainda mais andar, e se contorcia como eu havia me contorcido no cume do Dolforwyn após beber na taça de prata; mas Nimue estava ao seu lado, falando com ela e apoiando-a, mas também, estranhamente, puxando-a para longe da direção que ela queria tomar. Os cavaleiros negros de Diwrnach mantinham o passo conosco, um anel móvel de Escudos Sangrentos que seguia pela terra num círculo frouxo e amplo centrado em nosso pequeno grupo.

Apesar da tontura, agora Ceinwyn estava quase correndo. Mal parecia consciente e murmurava palavras que eu não consegui captar. Seus olhos estavam vazios. Nimue a arrastava constantemente para um dos lados, fazendo-a seguir um caminho de ovelhas que se retorcia ao norte pela colina coroada de pedras cinzentas, mas quanto mais perto chegávamos daquelas rochas altas e cobertas de líquen, mais Ceinwyn resistia, até que Nimue foi forçada a usar toda a força para mantê-la no caminho estreito. A borda da frente do círculo de cavaleiros negros já havia passado pela colina íngreme e esta, como nós, estava dentro do círculo deles. Ceinwyn gemia e protestava, então começou a bater nas mãos de Nimue, mas Nimue a segurava com força e a arrastava, e o tempo todo os homens de Diwrnach se moviam conosco.

Nimue esperou até que o caminho estivesse no ponto mais perto da íngreme crista de rochas, e finalmente deixou Ceinwyn correr livre.

– Para as rochas! – gritou. – Todos vocês! Para as rochas! Corram!

Corremos. Então vi o que Nimue tinha feito. Diwrnach não ousaria nos tocar até saber para onde estávamos indo, e se tivesse visto Ceinwyn se dirigindo para a colina rochosa certamente teria mandado uma dúzia de seus lanceiros para o cume, depois mandaria o resto nos capturar. Mas agora, graças à inteligência de Nimue, teríamos o íngreme amontoado de rochas para nos proteger, as mesmas rochas, se Ceinwyn estivesse certa, que tinham protegido o Caldeirão de Clyddno Eiddyn, durante mais de quatro séculos e meio, da escuridão que se juntava.

– Corram! – gritou Nimue, e ao nosso redor os pôneis estavam sendo chicoteados para seguir em frente enquanto o círculo de cavaleiros negros se fechava para cortar nosso caminho. – Corram! – gritou Nimue de novo. Eu estava ajudando a carregar Merlin, Ceinwyn já ia subindo pelas rochas e Galahad gritava para os homens encontrarem lugares de onde pudessem ficar de pé em meio às pedras e usar suas lanças. Issa permaneceu comigo, a lança pronta para derrubar qualquer cavaleiro negro que chegasse perto. Gwilym e três outros arrancaram Merlin de nós e o carregaram até o pé das rochas no momento em que os três primeiros Escudos Sangrentos nos alcançaram. Eles gritaram um desafio enquanto esporeavam os pôneis morro acima, mas derrubei a lança comprida do primeiro homem com meu escudo e depois girei minha lança, fazendo a lâmina de aço bater como um porrete no crânio do pônei. O animal gritou e caiu de lado. Issa enfiou sua lança na barriga do cavaleiro, enquanto eu virava minha lança para o segundo homem. O cabo de sua lança se chocou com o da minha e logo ele passou por mim. Mas consegui agarrar um punhado de suas fitas esfarrapadas e o puxei para trás, arrancando-o do pequeno animal. Ele tentou me acertar enquanto caía. Pus uma das botas em sua garganta, levantei a lança e enfiei-a com força em seu coração. Havia um peitoral de couro debaixo da túnica esfarrapada, mas a lança cortou ambos e de repente sua barba preta estava borbulhando com uma espuma sangrenta.

– Para trás! – gritou Galahad, e Issa e eu jogamos nossos escudos e lanças para os homens que já estavam seguros no cume rochoso, depois subimos. Uma lança de cabo preto bateu nas pedras ao meu lado, depois uma mão forte se esticou para baixo, agarrou meu pulso e me ergueu. Merlin tinha sido levantado desse jeito sobre as pedras, depois largado sem cerimônia no centro do cume onde, como uma taça coroada pelo anel de pedras enormes, havia uma reentrância funda e pedregosa. Ceinwyn estava lá, raspando como um cão frenético as pequenas pedras que preenchiam a taça. Ela havia vomitado, e suas mãos, sem que ela se importasse, remexiam a mistura de vômito e pedras pequenas e frias.

A colina era ideal para a defesa. Nosso inimigo só podia subir as pedras usando as mãos e os pés, enquanto podíamos nos abrigar nas fendas para enfrentá-los quando aparecessem. Alguns tentaram nos alcançar, e gritaram quando as lâminas cortaram seus rostos. Uma chuva de lanças foi jogada contra nós, mas levantamos os escudos e as armas ricochetearam sem causar danos. Coloquei seis homens na reentrância do centro e eles usaram os escudos para abrigar Merlin, Nimue e Ceinwyn, enquanto os outros lanceiros guardavam o círculo externo do cume. Os Escudos Sangrentos, tendo abandonado seus pôneis, fizeram mais uma tentativa, e durante alguns momentos estivemos ocupados cortando e furando. Um dos meus homens recebeu um corte de lança no braço durante aquela breve luta, mas afora isso estávamos incólumes, enquanto os cavaleiros negros carregavam quatro mortos e seis feridos de volta ao pé da colina.

– É nisso que dá fazer escudos com peles de virgens – falei aos meus homens.

Esperamos outro ataque, mas não veio. Em vez disso, Diwrnach subiu o morro sozinho, montado em seu cavalo.

– Lorde Derfel? – gritou ele em sua voz enganadoramente agradável. Quando mostrei meu rosto entre duas pedras, ele me ofereceu seu sorriso plácido. – Meu preço subiu. Agora, em troca de sua morte rápida, exijo a princesa Ceinwyn e o Caldeirão. É pelo Caldeirão que vocês vieram, não é?

– O Caldeirão é de toda a Britânia, senhor rei.

– Ah, e você acha que eu seria um guardião indigno? – Ele balançou a cabeça com tristeza. – Lorde Derfel, você insulta um homem com muita facilidade. Como é que era? Minha cabeça num poço e sendo defecada por escravos? Que imaginação mesquinha você tem. A minha às vezes parece excessiva, até para mim. – Ele fez uma pausa e olhou para o céu, como se avaliasse quanta luz restava ao dia. – Tenho poucos guerreiros, lorde Derfel, e não quero perder mais nenhum para as suas lanças. Mas, cedo ou tarde, vocês terão de sair das pedras e vou esperar, e enquanto espero deixarei minha imaginação crescer a novas alturas de realização. Dê meus cumprimentos à princesa Ceinwyn, e diga que estou ansioso para conhecê-la mais de perto. – Ele ergueu a lança simulando uma saudação e em seguida cavalgou de volta ao círculo de cavaleiros negros que agora tinham rodeado totalmente a colina.

Desci até a reentrância no centro das pedras e vi que qualquer coisa que encontrássemos aqui viria tarde demais para Merlin; a morte estava clara em seu rosto. Sua boca estava aberta, e os olhos, tão vazios quanto o espaço entre os mundos. Seus dentes se chocaram uma vez para me mostrar que ele ainda estava vivo, mas aquela vida era um fiapo, e estava se esgarçando rapidamente. Nimue tinha apanhado a faca de Ceinwyn e estava raspando e gadanhando as pequenas pedras que enchiam a reentrância, enquanto Ceinwyn, com o rosto exausto, tinha se deixado cair encostada numa rocha, onde tremia e olhava Nimue cavar. O transe que possuíra Ceinwyn tinha passado e a ajudei a limpar a sujeira de suas mãos. Encontrei sua roupa de peles de lobo e a cobri.

Ela calçou as luvas.

– Eu tive um sonho – sussurrou – e vi o fim.

– O nosso fim? – perguntei, alarmado.

Ela balançou a cabeça.

– O fim de Ynys Mon. Havia fileiras de soldados, Derfel, com saiotes, peitorais e capacetes de bronze romanos. Grandes fileiras de soldados caçando, e os braços que seguravam as espadas estavam sangrentos até os ombros, porque simplesmente matavam e matavam. Vieram pelas florestas numa grande fileira, só matando. Braços subindo e descendo, e todas as mulheres e crianças correndo, só que não havia para onde fugir, e os soldados simplesmente chegavam e trucidavam. Criancinhas, Derfel!

– E os druidas?

– Todos mortos. Todos menos três, e eles trouxeram o Caldeirão para cá. Já haviam feito um poço para ele, antes que os romanos atravessassem as águas, e o colocaram aqui, depois cobriram com pedras do lago, e depois puseram cinzas nas pedras, fizeram fogo com as mãos nuas, para que os romanos pensassem que nada poderia ser enterrado aqui. E, quando isso terminou, eles foram cantando para os bosques, para morrer.

Nimue sibilou, alarmada, e girei para ver que ela havia descoberto um pequeno esqueleto. Ela remexeu entre suas peles de lontra e pegou uma bolsa de couro, abriu e tirou de dentro duas plantas secas. Tinham folhas espinhentas e pequenas flores amarelas, desbotadas, e entendi que Nimue estava aplacando os ossos com um presente de asfódelo.

– Foi uma criança que eles enterraram – explicou Ceinwyn, falando do tamanho dos ossos. – Era guardiã do caldeirão e filha de um dos três druidas. Tinha cabelos curtos e um bracelete de pele de raposa no pulso, e eles a enterraram viva para guardar o Caldeirão até que o encontrássemos.

Tendo aplacado com o asfódelo a alma morta da guardiã do Caldeirão, Nimue retirou das pedras os ossos da menina, em seguida atacou o buraco cada vez maior com a faca e me chamou rispidamente, para que fosse ajudá-la.

– Cave com sua espada, Derfel! – ordenou. Obedientemente, enfiei a ponta de Hywelbane no buraco.

E encontrei o Caldeirão.

A princípio foi apenas um vislumbre de ouro sujo, depois um movimento da mão de Nimue mostrou uma grossa borda dourada. O Caldeirão era muito maior do que o buraco que tínhamos feito, por isso ordenei a Issa e a outro homem que ajudassem a alargá-lo. Pegávamos as pedras com nossos elmos, trabalhando numa pressa desesperada porque a alma de Merlin estava se desgarrando, no fim de sua longa vida. Nimue estava ofegando e chorando enquanto atacava as pedras compactadas que tinham sido trazidas a este cume junto ao lago sagrado de Llyn Cerrig Bach.

– Ele está morto! – gritou Ceinwyn. Ela estava ajoelhada junto de Merlin.

– Ele não está morto! – cuspiu Nimue entre os dentes trincados, depois segurou a borda de ouro com as duas mãos e começou a puxar o Caldeirão com toda a força. Eu me juntei a ela, e parecia impossível que aquele vaso enorme pudesse ser movido com todo o peso das pedras que ainda estavam em sua barriga funda; mas, de algum modo, com a ajuda dos Deuses, nós arrancamos aquela grande coisa de ouro e prata de dentro do buraco escuro.

E assim trouxemos à luz o perdido Caldeirão de Clyddno Eiddyn.

Era uma tigela grande, do tamanho das mãos esticadas de um homem, e com a profundidade equivalente ao tamanho da lâmina de uma faca de caça. Era feita de prata grossa e irregular, apoiava-se sobre três pernas curtas de ouro e tinha a decoração de pródigos desenhos em ouro. Havia três alças de ouro fixas na borda, para que ele pudesse ser pendurado acima do fogo. Era o maior Tesouro da Britânia. Nós o arrancamos de sua sepultura, espalhando as pedras, e vi que o ouro que o decorava tinha a forma de guerreiros, Deuses e cervos. Mas não tivemos tempo para admirar o Caldeirão, porque Nimue arrancou freneticamente as últimas pedras de seu interior e o recolocou no buraco antes de arrancar as peles pretas de cima do corpo de Merlin.

– Ajudem-me! – gritou e, juntos, rolamos o velho para o buraco onde estava o caldeirão de prata. Nimue enfiou as pernas dele dentro da borda dourada e pôs uma capa sobre o druida. Só então ela se recostou nas pedras. Fazia um frio enregelante, mas seu rosto brilhava de suor.

– Ele está morto – disse Ceinwyn numa voz fraca, amedrontada.

– Não – insistiu Nimue, exausta. – Não está.

– Ele estava frio! – protestou Ceinwyn. – Estava frio e não havia respiração. – Ela se agarrou comigo e começou a chorar baixinho. – Ele está morto.

– Ele vive – disse Nimue asperamente.

A chuva recomeçara, uma chuva muito fina, soprada pelo vento, que tornava as pedras escorregadias e formava gotas nas lâminas das lanças. Merlin estava amortalhado e imóvel no buraco do caldeirão, e meus homens vigiavam o inimigo do outro lado das pedras cinzentas. Os cavaleiros negros nos cercavam e fiquei imaginando que loucura nos trouxera a esse lugar horrível na extremidade fria e escura da Britânia.

– Então o que fazemos agora? – perguntou Galahad.

– Esperamos – disse Nimue rispidamente. – Só esperamos.

NUNCA ESQUECEREI O frio daquela noite. A geada criou cristais nas rochas, e tocar uma lâmina de lança era deixar um pedaço da pele congelada e grudada no aço. Estava frio demais. A chuva se transformou em neve no crepúsculo, depois parou, e depois da neve o vento diminuiu e as nuvens navegaram para o leste, revelando uma lua enorme se erguendo cheia sobre o mar. Era uma lua plena de portentos; uma grande bola de prata inchada, enevoada pelo tremular de uma nuvem distante sobre um oceano cheio de ondas pretas e prateadas. As estrelas jamais pareceram tão brilhantes. A grande forma da carruagem de Bel chamejava acima de nós, caçando eternamente a constelação que chamávamos de A Truta. Os Deuses viviam entre as estrelas, e mandei uma oração pelo ar frio, na esperança de que chegasse àquelas fogueiras distantes e luminosas.

Alguns de nós cochilaram, mas era o sono leve dos cansados, com frio e medo. Nossos inimigos, cercando a colina com suas lanças, tinham feito fogueiras. Pôneis traziam combustível para os Escudos Sangrentos, e as chamas queimavam vastas na noite, lançando fagulhas no céu claro.

Nada se movia no buraco do caldeirão, onde o corpo de Merlin, coberto pela capa, estava, à sombra do círculo de pedras altas sobre as quais nos revezávamos vigiando as formas dos cavaleiros contra as chamas. Às vezes uma lança comprida voava na noite e sua ponta brilhava ao luar, antes que a arma batesse inofensiva nas pedras.

– Então o que você vai fazer com o Caldeirão agora? – perguntei a Nimue.

-- Nada até Samain – disse ela. Nimue estava enrolada perto do monte de fardos que tinham sido postos na reentrância do cume, com os pés pousados no aterro que tínhamos tirado tão desesperadamente do buraco. – Tudo tem de estar certo, Derfel. A lua precisa estar cheia, no tempo exato, e todos os Treze Tesouros reunidos.

– Fale dos Tesouros – disse Galahad, do outro lado da reentrância.

Nimue foi ríspida:

– Para que você possa zombar de nós, cristão?

Galahad sorriu.

– Há milhares de pessoas que zombam de vocês, Nimue. Dizem que os Deuses estão mortos e que deveríamos ter fé nos homens. Dizem que deveríamos seguir Artur, e acreditam que a sua busca por caldeirões, capas, facas, chifres é um absurdo que morreu em Ynys Mon. Quantos reis da Britânia mandaram homens nessa busca? – Ele se remexeu, tentando encontrar algum conforto na noite fria. – Nenhum, Nimue, nenhum, porque eles zombam de vocês. Dizem que é tarde demais. Os romanos mudaram tudo e os homens sensatos dizem que vocês estão fazendo a obra do diabo, mas este cristão, cara Nimue, trouxe sua espada a este lugar, e por isso, cara senhora, você me deve pelo menos alguma educação.

Nimue não estava acostumada a reprimendas, a não ser, talvez, de Merlin, e se enrijeceu diante da leve censura de Galahad, mas afinal cedeu. Puxou a pele de urso de Merlin para cima dos ombros e se curvou à frente.

– Os Tesouros foram deixados para nós pelos Deuses. Foi há muito tempo, quando a Britânia estava sozinha no mundo. Não havia outras terras; só a Britânia e um mar enorme coberto por uma grande névoa. Havia na época doze tribos, doze reis e doze salões de festa, e só doze Deuses. Esses Deuses andavam como nós na terra, e um deles, Bel, até se casou com uma humana; a nossa dama aqui – ela fez um gesto para Ceinwyn, que estava ouvindo com tanta avidez quanto todos os lanceiros – descende desse casamento.

Nimue fez uma pausa enquanto um grito soava do círculo de fogueiras, mas não era presságio de qualquer ameaça, e o silêncio caiu sobre a noite outra vez enquanto ela continuava sua história.

– Mas outros Deuses, que tinham ciúme dos doze que governavam a Britânia, vieram das estrelas e tentaram tirá-la dos doze Deuses, e nas batalhas as doze tribos sofreram. Um golpe de lança de um Deus podia matar cem pessoas, e nenhum escudo terreno podia barrar a espada de um Deus. Assim, porque amavam a Britânia, os doze Deuses deram os Doze Tesouros às doze tribos. Cada Tesouro devia ser guardado num salão real, e a presença do Tesouro impediria as lanças dos Deuses de cair sobre a moradia de qualquer um de seu povo. Não eram coisas grandiosas. Se os doze tivessem nos dado coisas esplêndidas, os outros Deuses iriam vê-las, adivinhariam seu objetivo e iriam roubá-las para a própria proteção. Então os doze presentes eram coisas comuns: uma espada, um cesto, um chifre, uma carruagem, um cabresto, uma faca, uma pedra de amolar, uma capa com manga, um manto, um prato, um tabuleiro de jogos e um anel de guerreiro. Doze coisas comuns, e a única coisa que os Deuses pediam era que cuidássemos dos doze Tesouros, que os mantivéssemos em segurança e os homenageássemos. E de volta, além de ter a proteção dos Tesouros, cada tribo poderia usar o presente para invocar um Deus. Elas tinham permissão de invocar uma vez por ano, só uma, mas essas invocações davam às tribos algum poder na terrível guerra dos Deuses.

Ela fez uma pausa e apertou mais a pele em volta dos ombros.

– Então as tribos tinham os seus Tesouros, mas Bel, porque amava tanto sua garota da terra, deu-lhe um décimo terceiro Tesouro. Deu-lhe o Caldeirão e disse que, assim que ela começasse a envelhecer, só precisava encher o Caldeirão com água, imergir nele, e ficaria jovem de novo. Assim, em toda a sua beleza, ela poderia andar junto de Bel para sempre e sempre. E o Caldeirão, como vocês viram, é esplêndido; é de ouro e prata, mais bonito do que qualquer coisa que o homem pode fazer. As outras tribos o viram e ficaram com ciúme, e assim começaram as guerras da Britânia. Os Deuses guerreavam no ar e as doze tribos guerreavam na terra e, um a um, os Tesouros foram capturados, ou então trocados por lanceiros, e em sua fúria os Deuses retiraram a sua proteção. O Caldeirão foi roubado, a amante de Bel envelheceu e morreu, e Bel rogou uma praga contra nós. A praga foi a existência de outras terras e outros povos, mas Bel nos prometeu que, se em um Samain juntássemos os doze Tesouros das doze tribos e fizéssemos os rituais adequados, e se enchêssemos o décimo terceiro Tesouro com água que nenhum homem bebe, mas sem a qual não pode viver, os doze Deuses viriam nos ajudar de novo. – Ela parou, encolheu os ombros e olhou para Galahad. – Pronto, cristão, foi por isso que sua espada veio até aqui.

Houve um longo silêncio. O luar escorria pelas rochas, chegando cada vez mais perto do buraco onde Merlin estava sob a fina cobertura de uma capa.

– E vocês têm todos os doze Tesouros? – perguntou Ceinwyn.

– A maioria – disse Nimue, evasiva. – Mas mesmo sem os doze o Caldeirão tem poder imenso. Vasto poder. Mais poder do que todos os outros Tesouros juntos. – Ela olhou beligerante para Galahad, do outro lado do buraco. – E o que você fará, cristão, quando vir esse poder?

Galahad sorriu.

– Irei lembrá-la de que trouxe minha espada para a sua busca – disse com suavidade.

– Todos trouxemos. Somos os guerreiros do Caldeirão – falou Issa em voz baixa, revelando um traço poético que eu não havia suspeitado nele, e os outros lanceiros sorriram. Suas barbas estavam brancas de gelo, as mãos enroladas em trapos e pele, e os olhos fundos, mas eles haviam encontrado o Caldeirão, e o orgulho desse feito os preenchia, mesmo que à primeira luz tivessem de enfrentar os Escudos Sangrentos e a certeza cada vez maior de que estávamos condenados.

Ceinwyn se encostou em meu peito, compartilhando a capa de pele de lobo. Esperou até que Nimue estivesse dormindo, depois encostou o rosto no meu.

– Merlin está morto, Derfel – disse, numa vozinha triste.

– Eu sei – falei, porque não houvera mais nenhum movimento nem som vindo do buraco do caldeirão.

– Senti o rosto e as mãos dele – sussurrou ela – e estavam frios como gelo. Pus a lâmina da minha faca junto de sua boca e ela não se embaçou. Ele está morto.

Fiquei quieto. Eu amava Merlin porque ele tinha sido um pai para mim, e não podia acreditar realmente que tivesse morrido nesse momento de triunfo, mas também não conseguia encontrar a esperança de ver de novo a vida de sua alma.

– Devemos enterrá-lo aqui – disse Ceinwyn baixinho – dentro de seu Caldeirão. – Continuei mudo. Sua mão encontrou a minha. – O que vamos fazer?

"Morrer", pensei, mas mesmo assim fiquei quieto.

– Você não vai deixar que eu seja apanhada, vai? – sussurrou ela.

– Nunca.

– O dia em que o conheci, lorde Derfel Cadarn, foi o melhor dia da minha vida. – E isso fez lágrimas chegarem aos meus olhos, mas se eram de alegria ou um lamento por tudo que eu ia perder no próximo amanhecer gelado, não sei dizer.

Caí num sono leve e sonhei que estava preso num pântano e rodeado por cavaleiros negros que tinham a capacidade mágica de se mover sobre a terra encharcada. Então descobri que não podia levantar o braço do escudo e vi uma espada descendo sobre meu ombro direito, e acordei com um susto, tentando pegar a lança. Nesse momento vi que era Gwilym que, inadvertidamente, havia tocado em meu ombro enquanto subia na pedra para o turno de guarda.

– Desculpe, senhor – sussurrou ele.

Ceinwyn dormia aninhada em meu braço e Nimue estava encolhida do meu outro lado. Galahad, com a barba embranquecida pela geada, roncava baixo, e meus outros lanceiros dormiam ou então estavam deitados numa estupefação gélida. Agora a lua estava quase sobre mim, a luz caindo de lado para mostrar as estrelas pintadas nos escudos empilhados dos meus homens, e a lateral pedregosa do buraco que tínhamos aberto na reentrância do cume. A névoa que fizera tremular o rosto inchado da lua quando ela pendia logo acima do mar havia sumido, e agora ela era um disco puro, duro, claro e frio, desenhado com tanta nitidez quanto uma moeda recém-cunhada. Eu meio que me lembrava de minha mãe dizendo o nome do homem da lua, mas não conseguia identificar totalmente a lembrança. Minha mãe era saxã, e eu estava em sua barriga quando ela foi capturada num ataque dumnoniano. Tinham me dito que continuava viva em Silúria, mas eu não a via desde o dia em que o druida Tanaburs me arrancou de seus braços e tentou me matar no poço da morte. Depois disso Merlin me criou, e eu me tornei britânico, amigo de Artur. Eu era o homem que havia tirado a estrela de Powys da casa de seu irmão. "Que estranho fio de vida", pensei, e como era triste que ele tivesse de ser cortado aqui na ilha sagrada da Britânia.

– Acho que não tem nenhum queijo, não é? – perguntou Merlin.

Eu o encarei, pensando que era um sonho.

– Do tipo claro, Derfel – disse ele ansioso –, que se esfarela. Não daqueles amarelos e duros. Não suporto aquele queijo amarelo e duro.

Ele estava de pé no buraco, e me olhava sério, com a capa que havia coberto seu corpo agora pendendo dos ombros como um xale.

– Senhor? – falei numa voz minúscula.

– Queijo, Derfel. Não ouviu? Estou com fome de queijo. Tínhamos um pouco. Estava enrolado num pano. E onde está o meu cajado? Um homem se deita para dormir um pouco e imediatamente roubam o seu cajado. Não existe mais honestidade? É um mundo terrível. Sem queijo, sem honestidade e sem cajado.

– Senhor!

– Pare de gritar comigo, Derfel. Não estou surdo, só com fome.

– Ah, senhor!

– Agora está chorando! Odeio gente chorona. Só pedi um pedaço de queijo e você começa a chorar feito criança. Ah, ali está o meu cajado. Bom. – Ele o pegou ao lado de Nimue e usou para sair do buraco. Agora os outros lanceiros estavam acordados e boquiabertos. Então Nimue se agitou e eu ouvi Ceinwyn ofegar. – Acho, Derfel – disse Merlin, enquanto começava a remexer nos fardos para encontrar o queijo –, que você nos deixou numa encrenca. Estamos cercados, não é?

– Sim, senhor.

– Eles estão em maior número?

– Sim, senhor.

– Que coisa, Derfel, que coisa! E você se diz um comandante de guerreiros? Queijo! Aqui está. Eu sabia que tínhamos um pouco. Maravilhoso.

Apontei um dedo trêmulo para o buraco.

– O Caldeirão, senhor. – Eu queria saber se o Caldeirão tinha realizado um milagre, mas estava confuso demais, com espanto e alívio, para ser coerente.

– E é um Caldeirão muito bonito, Derfel. Amplo, fundo, cheio das qualidades que queremos num caldeirão. – Ele mordeu um pedaço do queijo. – Estou esfomeado! – Mordeu de novo, depois se encostou nas pedras e abriu um sorriso enorme para todos nós. – Em menor número e cercados! Bem, bem! E o que vai ser em seguida? – Ele enfiou o resto do queijo na boca e depois espanou as migalhas de cima da mão. Lançou um sorriso especial para Ceinwyn, depois estendeu o braço comprido para Nimue. – Tudo bem? – perguntou a ela.

– Tudo bem – disse Nimue calmamente enquanto se acomodava no abraço dele. Só ela não parecia surpresa por seu aparecimento nem por sua saúde evidente.

– A não ser que estamos rodeados e em menor número! – disse ele, zombando. – O que faremos? Geralmente a melhor coisa numa emergência é sacrificar alguém. – Ele espiou, cheio de expectativa, o perplexo círculo de homens. Seu rosto tinha recuperado a cor e toda a sua velha energia maliciosa estava de volta. – Derfel, talvez?

– Senhor! – protestou Ceinwyn.

– Senhora! Você não! Não, não, não, não, não. Você já fez o bastante.

– Nada de sacrifícios, senhor – implorou Ceinwyn.

Merlin sorriu. Nimue parecia ter adormecido em seus braços, mas o resto de nós não podia dormir mais. Uma lança se chocou com ruído nas pedras abaixo, e o som fez Merlin erguer o cajado para mim.

– Suba ao topo, Derfel, e aponte meu cajado para oeste. Para oeste, lembre-se, e não para leste. Tente fazer alguma coisa certa, para variar, está bem? Claro, se a gente quer um trabalho bem-feito, tem de fazer pessoalmente, mas não quero acordar Nimue. Vá.

Peguei o cajado e subi as pedras, até o ponto mais alto da colina. E ali, seguindo as instruções de Merlin, apontei-o para o mar distante.

– Não balance! – gritou Merlin. – Aponte! Sinta a força dele! Não é uma vara de guiar bois, garoto, é o cajado de um druida!

Apontei o cajado para oeste. Os cavaleiros negros de Diwrnach devem ter sentido cheiro de magia, porque seus feiticeiros subitamente uivaram e um punhado de lanceiros subiu a encosta para atirar as lanças contra mim.

– Agora – gritou Merlin enquanto as lanças caíam abaixo de mim –, dê-lhe poder, Derfel, dê-lhe poder! – Concentrei-me no cajado, mas na verdade não sentia coisa alguma, ainda que Merlin parecesse satisfeito com meu esforço. – Agora venha para baixo e descanse um pouco. Temos uma boa caminhada para fazer de manhã. Tem mais queijo? Eu poderia comer um saco inteiro.

Ficamos deitados no frio. Merlin não queria falar do Caldeirão nem de sua doença, mas senti a mudança de humor em todos nós. Subitamente tínhamos esperança. Viveríamos, e foi Ceinwyn quem viu pela primeira vez o caminho de nossa salvação. Cutucou o meu lado, depois apontou para a lua, e vi que o que tinha sido uma forma clara e limpa estava agora com um torque de névoa brilhante. Aquele torque parecia um anel de pedras preciosas em pó, de tanto que brilhavam os pontos minúsculos em volta da lua cheia de prata.

Merlin não se importou com a lua, ainda estava falando de queijo.

– Havia uma mulher em Dun Seilo que fazia o queijo macio mais maravilhoso. Ela o enrolava em folhas de urtiga, pelo que lembro, depois insistia em que ele passasse seis meses numa tigela de madeira que tinha sido enfiada em urina de carneiro. Urina de carneiro! Algumas pessoas possuem as superstições mais absurdas, mas mesmo assim o queijo era muito bom. – Ele deu um risinho. – Ela fazia o coitado do marido colher a urina. Como ele fazia? Eu nunca quis perguntar. Agarrava o bicho pelos chifres e fazia cócegas, será? Ou talvez usasse a dele mesmo e nunca dissesse a ela. Eu teria feito isso. Está ficando mais quente, não acham?

A névoa de gelo brilhante em volta da lua estava desaparecendo, mas isso não havia tornado suas bordas mais claras. Em vez disso estavam ficando difusas por causa de uma névoa mais suave soprada por um fraco vento do oeste, que de fato era mais quente. As estrelas brilhantes estavam enevoadas, o cristal da geada nas pedras se derretia num brilho úmido, e todos tínhamos parado de tremer. As pontas das nossas lanças podiam ser tocadas de novo. Uma névoa se formava.

– Os dumnonianos, claro, insistem em achar que seus queijos são os melhores da Britânia – disse Merlin, sério, como se nenhum de nós tivesse coisa melhor para fazer do que ouvir uma palestra sobre queijos – e, claro, ele pode ser bom, mas frequentemente é duro. Eu me lembro de que Uther quebrou um dente num pedaço de queijo de uma fazenda próxima de Lindinis. Partiu em dois, direto! O coitado sentiu dor durante semanas. Insistiu que eu fizesse alguma magia, mas é estranho, a magia nunca funciona com dentes. Olhos, sim, entranhas, sempre, e até o cérebro algumas vezes, ainda que hoje em dia haja pouco disso na Britânia. Mas dentes? Nunca. Devo trabalhar nesse problema quando tiver algum tempo. Vejam bem, gosto de arrancar dentes. – Ele deu um sorriso extravagante, gabando-se de seus dentes perfeitos, uma raridade. Artur tinha uma bênção semelhante, mas o resto de nós era assolado por dores de dentes.

Ergui os olhos e vi que as rochas de cima estavam quase escondidas pela névoa que se adensava a cada minuto. Era uma névoa druídica, densa e branca sob a lua e cobrindo toda Ynys Mon em seu grosso manto de vapor.

– Em Silúria – disse Merlin – eles servem uma tigela de bolotas e dizem que é queijo. É tão repelente que nem os camundongos comem, mas o que mais se pode esperar em Silúria? Há alguma coisa que queira me dizer, Derfel? Você parece agitado.

– Névoa, senhor.

– Que homem observador você é! – disse ele, admirado. – Então será que poderiam tirar o Caldeirão do buraco? Está na hora de irmos, Derfel, está na hora de irmos.

E fomos.

A névoa de gelo brilhante em volta da lua estava desaparecendo, mas isso não havia tornado suas bordas mais claras. Em vez disso estavam ficando difusas por causa de uma névoa mais suave soprada por um fraco vento do oeste, que de fato era mais quente. As estrelas brilhantes estavam enevoadas, o cristal da geada nas pedras se derretia num brilho úmido, e todos tínhamos parado de tremer. As pontas das nossas lanças podiam ser tocadas de novo. Uma névoa se formava.

– Os dumnonianos, claro, insistem em achar que seus queijos são os melhores da Britânia – disse Merlin, sério, como se nenhum de nós tivesse coisa melhor para fazer do que ouvir uma palestra sobre queijos – e, claro, ele pode ser bom, mas freqüentemente é duro. Eu me lembro de que Uther quebrou um dente num pedaço de queijo de uma fazenda próxima de Lindinis. Partiu em dois, direto! O coitado sentiu dor durante semanas. Insistia que eu fizesse alguma magia, mas é estranho, a magia nunca funciona com dentes. Olhos, sim, entranhas, sempre, e até o cérebro algumas vezes, ainda que hoje em dia haja pouco disso na Britânia. Mas dentes? Nunca! Devo trabalhar nesse problema quando tiver algum tempo. Vejam bem, gosto de arrancar dentes. – Ele deu um sorriso extravagante, gabando-se de seus dentes perfeitos, uma raridade. Artur tinha uma bênção semelhante, mas o resto de nós era assolado por dores de dentes.

Ergui os olhos e vi que as tochas de cima estavam quase escondidas pela névoa que se adensava a cada minuto. Era uma névoa druídica, densa e branca sob a lua e cobrindo toda Ynys Mon em seu grosso manto de vapor.

– Em Siluria – disse Merlin – eles servem uma tigela de bolotas e dizem que é queijo. É tão repelente que nem os camundongos comem, mas o que mais se pode esperar em Siluria? Há alguma coisa que queira me dizer, Derfel? Você parece agitado.

– Névoa, senhor.

– Que homem observador você é – disse ele, admirado. – Então será que poderiam tirar o Caldeirão do buraco? Está na hora de irmos, Derfel, está na hora de irmos.

E fomos.

Parte 2
A guerra partida

— Não – protestou Igraine, quando olhou para o último pergaminho da pilha.

– Não? – perguntei educadamente.

– Você não pode parar a história aqui! O que aconteceu?

– Nós saímos, claro.

– Ah, Derfel! – Ela jogou o pergaminho. – Existem ajudantes de cozinha que contam uma história melhor do que você! Diga como aconteceu, insisto!

Então eu contei.

Já estava quase amanhecendo, e a neve parecia pele de carneiro, tão densa que, quando conseguimos descer das pedras e nos reunimos no capim do topo da colina, corríamos perigo de nos perdermos uns dos outros se déssemos apenas um passo. Merlin fez que formássemos uma corrente, cada um segurando a capa de quem estava na frente, e então, com o caldeirão amarrado às minhas costas, descemos morro abaixo em fila. Merlin, com o cajado erguido, nos guiou passando pelos Escudos Sangrentos ao redor, e nenhum deles nos viu. Eu podia ouvir Diwrnach gritando, dizendo para se espalharem, mas os cavaleiros negros sabiam que aquilo era névoa druídica, e preferiram ficar perto de suas fogueiras; no entanto, aqueles primeiros passos foram os mais perigosos de nossa jornada.

– Mas as histórias dizem que todos vocês desapareceram – insistiu minha rainha. – Os homens de Diwrnach disseram que vocês saíram voando da ilha. Você não pode dizer que foram simplesmente andando!

– Mas fomos.

– Derfel! – repreendeu ela.

– Nós nem desaparecemos nem voamos, independentemente do que sua mãe tenha lhe contado.

– Então o que aconteceu em seguida? – perguntou ela, ainda desapontada com minha versão insignificante da história.

Andamos durante horas, seguindo Nimue, que possuía uma capacidade incrível de achar o caminho na escuridão ou na neblina.

Nimue guiara meu bando de guerreiros antes da batalha do vale do Lugg, e agora, naquela densa neblina de inverno em Ynys Mon, guiou-nos a um dos grandes montes cobertos de grama, feitos pelo Povo Antigo. Merlin conhecia o lugar, disse que tinha dormido ali havia anos, e ordenou que três de meus homens tirassem as pedras que bloqueavam a entrada, entre dois barrancos curvos, cobertos de grama, que se projetavam como chifres. Então, um a um, abaixados de quatro, entramos no centro negro do morro.

Aquele morro baixo era uma sepultura, e tinha sido feito com pedras enormes empilhadas para fazer uma passagem central de onde se ramificavam seis câmaras menores. Quando a coisa toda ficou pronta, o Povo Antigo cobriu o corredor e as câmaras com lajes de pedra, depois puseram terra em cima das pedras. Eles não queimavam seus mortos, como nós, nem os deixavam na terra fria como os cristãos; punham-nos nas câmaras de pedras onde eles ainda estavam, cada um com seus tesouros: taças de chifre, galhadas de cervos, pontas de lança feitas de pedra, facas de sílex, um prato de bronze e um colar de preciosas contas de azeviche presas num apodrecido fio de tendão. Merlin insistiu em que não perturbássemos os mortos, porque éramos seus hóspedes, e nos apinhamos na passagem central, deixando as câmaras de ossos em paz. Cantamos canções e contamos histórias. Merlin contou que o Povo Antigo tinha sido o guardião da Britânia antes que os britânicos viessem, e havia lugares, segundo ele, onde ainda viviam. Ele estivera naqueles vales perdidos e fundos e aprendera algo de sua magia. Contou como pegavam a primeira ovelha nascida no ano, amarravam com vime e enterravam numa pastagem para garantir que as outras ovelhas nascessem saudáveis e fortes.

– Nós ainda fazemos isso – observou Issa.

– Porque os seus ancestrais aprenderam com o Povo Antigo – disse Merlin.

– Em Benoic – disse Galahad – tirávamos a pele da primeira ovelha e pregávamos numa árvore.

– Isso também funciona. – A voz de Merlin ecoava na passagem fria e escura.

– Pobres ovelhas – disse Ceinwyn, e todos riram.

A névoa se desfez, mas no fundo do morro tínhamos pouca sensação de noite ou dia, a não ser quando desbloqueávamos a entrada para que alguns de nós pudessem sair. Tínhamos de fazer isso de vez em quando se não quiséssemos viver em nosso excremento, e se fosse dia quando tirávamos as pedras, nos escondíamos entre os chifres de terra e observávamos os cavaleiros negros procurando pelos campos, cavernas, urzais, rochas, cabanas e pequenos bosques de árvores curvadas pelo vento. Eles procuraram durante cinco longos dias, e nesse tempo comemos as últimas migalhas de comida e bebemos a água que escorria através do morro, mas finalmente Diwrnach decidiu que nossa magia era superior à dele e abandonou a busca. Esperamos mais dois dias para ter certeza de que ele não estava tentando nos atrair para fora do esconderijo, e então, finalmente, fomos embora. Acrescentamos ouro aos tesouros dos mortos como pagamento de aluguel, bloqueamos a entrada e fomos para o leste, sob um sol invernal. Assim que chegamos à costa, usamos as espadas para confiscar dois barcos de pesca e navegamos para fora da ilha sagrada. Fomos para o leste, e enquanto viver me lembrarei do sol brilhando nos ornamentos dourados e na grossa barriga de prata do Caldeirão, enquanto as velas rotas nos levavam para a segurança. Fizemos uma canção enquanto navegávamos, a "Canção do Caldeirão", e até hoje ela é cantada algumas vezes, ainda que seja uma coisa pobre comparada com as canções dos bardos. Aportamos em Cornóvia e dali andamos para o sul, atravessando Elmet, até o amigável Powys.

– E é por isso, minha senhora – concluí –, que todas as histórias dizem que Merlin desapareceu.

Igraine franziu a testa.

– Os cavaleiros negros não revistaram o morro?

– Duas vezes – falei –, mas não sabiam que a entrada podia ser desbloqueada, ou então temiam os espíritos dos mortos lá dentro. E Merlin, claro, tinha tecido um feitiço de ocultação.

– Eu gostaria que vocês tivessem voado – reclamou. – Seria uma história muito melhor. – Ela suspirou por esse sonho perdido. – Mas a história do Caldeirão não termina aí, não é?

– Infelizmente não.

– Então...

– Então contarei na hora certa – interrompi.

Ela fez beicinho. Hoje está usando sua capa de lã cinza com borda de pele de lontra, que a deixa tão bonita. Ainda não engravidou, o que me faz pensar que não está destinada a ter filhos ou que o seu marido, o rei Brochvael, está passando muito tempo com a amante, Nwylle. Hoje faz frio, e o vento sopra na minha janela agitando as pequenas chamas da lareira que tem tamanho suficiente para um fogo dez vezes maior do que este que o bispo Sansum me concede. Consigo ouvir o santo repreendendo o irmão Arun, que é o cozinheiro do mosteiro. O mingau estava quente demais hoje de manhã, e escaldou a língua de São Tudwal. Tudwal é uma criança que vive no nosso mosteiro, companheiro íntimo do bispo em Jesus Cristo, e no ano passado o bispo declarou que Tudwal era santo. O demônio põe muitas armadilhas no caminho da fé verdadeira.

– Então ficaram você e Ceinwyn – acusou Igraine.

– Ficamos o quê?

– Você era amante dela.

– Durante toda a vida, senhora – confessei.

– E nunca se casou?

– Nunca. Ela fez um juramento, lembra-se?

– Mas ela não se partiu ao meio com um bebê.

– A terceira criança quase a matou, mas as outras foram muito mais fáceis.

Igraine estava agachada perto do fogo, estendendo as mãos pálidas para as chamas patéticas.

– Você tem sorte, Derfel.

– Tenho?

– Por ter conhecido um amor assim. – Ela parecia triste. A rainha não é mais velha do que Ceinwyn, quando a conheci, e, como Ceinwyn, Igraine é bela e merece um amor digno da canção de um bardo.

– Tive sorte – admiti. Do lado de fora da minha janela, o irmão Maelgwyn está terminando de montar a pilha de lenha do mosteiro, rachando os toros com uma cunha e uma marreta, e cantando enquanto trabalha. Sua canção fala da história de amor de Rhydderch e Morag, o que significa que será repreendido assim que São Sansum terminar de humilhar Arun. Nós somos irmãos em Cristo, diz o santo, unidos no amor.

– Cuneglas não ficou com raiva da irmã depois que ela fugiu com você? – pergunta Igraine. – Nem um pouco?

– Nem um pouco. Ele queria que nos mudássemos para Caer Sws, mas gostávamos do Cwm Isaf. E Ceinwyn nunca tolerou realmente sua cunhada. Helledd vivia reclamando, veja bem, e tinha duas tias muito chatas. Todas desaprovavam Ceinwyn, e foram elas que começaram todas as histórias de escândalo, mas nunca fomos escandalosos. – Parei, lembrando-me daqueles primeiros tempos. – Na verdade a maioria das pessoas era muito gentil. Em Powys, veja bem, ainda havia algum ressentimento pela batalha do vale do Lugg. Muitas pessoas tinham perdido pais, irmãos e maridos, e o desafio de Ceinwyn foi uma espécie de recompensa para eles. Gostaram de ver Artur e Lancelot constrangidos, de modo que, afora Helledd e suas tias medonhas, ninguém era grosseiro conosco.

– E Lancelot não lutou por ela? – perguntou Igraine, chocada.

– Eu gostaria que ele tivesse lutado – falei secamente. – Gostaria muito.

– E Ceinwyn simplesmente tomou a decisão? – Igraine estava pasma com a simples ideia de uma mulher ousando fazer isso. Levantou-se e foi até a janela, de onde ouviu Maelgwyn cantar durante um tempo. – Pobre Gwenhwyvach – falou de repente. – Você fez com que ela parecesse muito simples, gorda e sem graça.

– Ela era todas essas coisas, infelizmente.

– Nem todo mundo pode ser bonito – disse Igraine, com a confiança de alguém que era.

– Não, mas você não quer histórias de pessoas comuns. Quer que a Britânia de Artur seja plena de paixões, e eu não pude sentir paixão por Gwenhwyvach. Não é possível dar ordens ao amor, senhora, apenas a beleza ou a luxúria fazem isso. Quer que o mundo seja justo? Então imagine um mundo sem reis, nem rainhas, nem lordes, nem paixão nem magia. Gostaria de viver num mundo tão insípido?

– Isso não tem nada a ver com beleza – protestou Igraine.

– Tem tudo a ver com beleza. O que é a sua posição social senão um acidente de nascimento? E o que é sua beleza senão outro acidente? Se os Deuses... – parei e me corrigi – se Deus quisesse que fôssemos iguais, ele teria nos feito iguais, e se fôssemos todos idênticos, onde estaria o romance?

Ela abandonou a discussão, e em vez de insistir, me desafiou:

– Você acredita em magia, irmão Derfel?

Pensei a respeito.

– Sim. E mesmo como cristãos podemos acreditar. O que são os milagres, senão magia?

– E Merlin era mesmo capaz de criar uma neblina?

Franzi a testa.

– Tudo que Merlin fazia, senhora, tinha outra explicação. As névoas vêm do mar, e coisas perdidas são encontradas todos os dias.

– E os mortos voltam à vida?

– Lázaro voltou, e nosso Salvador também. – Eu me persignei.

Igraine obedientemente fez o sinal da cruz.

– Mas Merlin voltou dos mortos?

– Não sei se ele estava morto – falei cautelosamente.

– Mas Ceinwyn tinha certeza?

– Até o dia em que morreu, senhora.

Igraine torceu nos dedos o cinto trançado de seu vestido.

– Mas essa não era a magia do Caldeirão? Restaurar a vida?

– Foi o que nos disseram.

– E sem dúvida a descoberta do Caldeirão, feita por Ceinwyn, foi mágica.

– Talvez, mas talvez fosse apenas bom senso. Merlin tinha passado meses descobrindo cada lembrança desgarrada a respeito de Ynys Mon. Ele sabia onde os druidas tinham seu centro sagrado, era ao lado do Llyn Cerrig Bach, e Ceinwyn meramente nos guiou ao local mais próximo onde o Caldeirão poderia ser escondido com sucesso. Mas ela teve o seu sonho.

– E você também, no Dolforwyn. O que Merlin lhe deu para beber?

– A mesma coisa que Nimue deu a Ceinwyn no Llyn Cerrig Bach. E provavelmente era uma infusão de chapéu-vermelho.

– O cogumelo! – Igraine estava pasma.

Confirmei com a cabeça.

– Por isso eu ficava me retorcendo e não conseguia me manter de pé.

– Mas vocês poderiam ter morrido!

– Não são muitas as pessoas que morrem ingerindo chapéu-vermelho. Além do mais, Nimue era hábil nessas coisas.

Decidi não dizer a ela que o melhor modo de tornar o chapéu-vermelho seguro era quando o próprio feiticeiro comia o cogumelo e depois dava ao sonhador uma taça com sua urina.

– Ou talvez ela tenha usado fungo de centeio – falei. – Mas acho que era chapéu-vermelho.

Igraine franziu a testa quando São Sansum ordenou que o irmão Maelgwyn parasse de cantar sua canção pagã. Nestes dias o santo está mais mal-humorado do que o normal. Ele sofre dores ao urinar, talvez por causa de uma pedra. E rezamos por ele.

– Então o que acontece agora? – perguntou Igraine, ignorando a arenga de Sansum.

– Fomos para casa. De volta a Powys.

– E de volta a Artur? – perguntou ela, ansiosa.

– A Artur, também – falei, porque esta história é dele; a história de nosso querido senhor da guerra, nosso legislador, Artur.

AQUELA PRIMAVERA FOI gloriosa no Cwm Isaf, ou talvez, quando você está apaixonado, tudo pareça mais pleno e mais luminoso. Mas me parecia que o mundo nunca estivera tão cheio de prímulas e mercúrios-do-campo, de campânulas e violetas, lírios e grandes amontoados de pastinacas. Borboletas azuis assombravam a campina onde colhíamos fardos de capim debaixo das macieiras cheias de flores rosa. Papa-formigas cantavam nas flores, havia maçaricos junto ao riacho e uma lavandisca fez ninho debaixo da cobertura de palha de Cwm Isaf. Acompanhamos o nascimento de cinco bezerros, todos saudáveis, cobiçosos e de olhos mansos, e Ceinwyn estava grávida.

Eu tinha feito anéis de amantes para nós dois quando voltamos de Ynys Mon. Esses eram anéis com uma cruz gravada, mas não a cruz cristã, e as garotas costumavam usá-los quando deixavam de ser virgens. A maioria das garotas pegava um anel de palha com os amados e o usava como distintivo, e as mulheres dos lanceiros costumavam usar um anel de guerreiro com uma cruz riscada, ao passo que aquelas do nível mais elevado raramente usavam anéis, considerando-os símbolos vulgares. Alguns homens também usavam, e tinha sido um desses anéis de amante, com uma cruz, que Valerin, chefe guerreiro de Powys, usara ao morrer no vale do Lugg. Valerin era noivo de Guinevere antes de ela conhecer Artur.

Os nossos eram anéis de guerreiro feitos a partir de um machado saxão, mas antes de eu deixar Merlin, que continuaria sua jornada para o sul até Ynys Wydryn, parti em segredo um pedaço da decoração do Caldeirão; era uma lança de ouro em miniatura, carregada por um guerreiro, e saiu facilmente. Escondi o ouro numa bolsa e, assim que voltamos a Cwm Isaf, levei aquele pedacinho e os dois anéis de guerreiro a um homem que trabalhava com metais, e vi enquanto ele derretia o ouro e transformava em duas cruzes que pôs a fogo no ferro. Fiquei por perto para me certificar de que ele não substituiria o ouro por qualquer outro metal, e então levei um dos anéis para Ceinwyn e usei o outro. Ceinwyn riu ao ver o dela.

– Um pedaço de palha teria servido, Derfel – falou.

– O ouro do Caldeirão servirá melhor – respondi. Usávamos os anéis sempre, para desgosto da rainha Helledd.

Artur veio nos visitar naquela primavera maravilhosa. Encontrou-me nu da cintura para cima e ceifando capim, um trabalho tão interminável quanto fiar lã. Saudou-me do riacho, depois subiu o morro para me encontrar. Estava vestido com uma camisa de linho cinza e calças compridas escuras, e não trazia a espada.

– Gosto de ver um homem trabalhando – provocou ele.

– Colher capim é um trabalho mais duro do que lutar – resmunguei e apertei as mãos nos rins. – Veio ajudar?

– Vim ver Cuneglas – disse ele, depois sentou-se numa pedra perto de uma das macieiras que pintalgavam o pasto.

– Guerra? – perguntei, como se Artur pudesse ter outro negócio em Powys.

Ele assentiu.

– Está na hora de juntar as lanças, Derfel. Especialmente – ele sorriu – as dos Guerreiros do Caldeirão. – Depois insistiu em ouvir toda a história, mesmo provavelmente já tendo ouvido uma dúzia de vezes, e quando terminei ele teve a gentileza de se desculpar por ter duvidado da existência do Caldeirão. Tenho certeza de que Artur ainda achava que aquilo tudo era um absurdo, e até mesmo um absurdo perigoso, porque o sucesso de nossa busca tinha irritado os cristãos de Dumnonia que, como dissera Galahad, achavam que estávamos fazendo a obra do diabo. Merlin tinha levado o precioso Caldeirão para Ynys Wydryn, onde o mantinha guardado em sua torre. Com o tempo, segundo Merlin, ele invocaria seus vastos poderes, mas mesmo agora, simplesmente estando em Dumnonia, e apesar da hostilidade dos cristãos, o Caldeirão estava dando uma nova confiança à terra.

– Mas confesso – disse Artur – que sinto mais confiança em ver meus lanceiros reunidos. Cuneglas me diz que marchará na semana que vem. Os silurianos de Lancelot estão se reunindo em Isca, e os homens de Tewdric estão prontos para marchar. Este será um ano seco, Derfel, um bom ano para a luta.

Concordei. Os freixos tinham ficado verdes antes dos carvalhos, e isso significava que haveria um verão seco adiante, e os verões secos significavam terreno firme para as paredes de escudos.

– E onde o senhor quer meus homens? – perguntei.

– Comigo, claro – disse ele, depois parou para me dar um sorriso maroto. – Eu achava que você ia me dar os parabéns, Derfel.

– Ao senhor? – perguntei, fingindo ignorância para que ele próprio pudesse dar a notícia.

Seu sorriso ficou mais largo.

– Guinevere deu à luz faz um mês. Um menino. Um belo menino!

– Senhor! – exclamei, fingindo que ele havia me surpreendido com a notícia, mas um relato do nascimento tinha nos alcançado há uma semana.

– Ele é saudável e esfomeado! Um bom presságio. – Artur estava claramente deliciado, mas ele sempre ficava incrivelmente satisfeito com as coisas comuns da vida. Ansiava por uma família forte dentro de uma casa bem-construída, rodeada por plantações bem-cuidadas. – Nós o chamamos de Gwydre – disse ele, e repetiu o nome com carinho. – Gwydre.

– Um bom nome, senhor – falei, depois contei da gravidez de Ceinwyn, e Artur declarou imediatamente que ela deveria ter uma menina, que, claro, iria se casar com seu Gwydre quando chegasse a ocasião. Passou um braço pelo meu ombro e foi comigo até a casa, onde encontramos Ceinwyn tirando a nata de uma tigela de leite. Artur a abraçou calorosamente e insistiu que ela deixasse aquele trabalho e saísse ao sol, para conversar.

Sentamo-nos num banco que Issa tinha feito debaixo da macieira ao lado da porta da casa. Ceinwyn perguntou sobre Guinevere.

– Foi um parto fácil?

– Foi. – Artur tocou um amuleto de ferro pendurado no pescoço. – Foi mesmo, e ela está bem! – Ele fez uma careta. – Está um pouco preocupada com a ideia de um filho fazer com que pareça velha, mas isso é absurdo. Minha mãe nunca pareceu velha. E ter um filho será bom para Guinevere. – Ele sorriu, imaginando que ela amaria um filho tanto quanto ele. Gwydre, claro, não era seu primeiro filho. Sua amante irlandesa, Ailleann, tinha lhe dado meninos gêmeos, Amhar e Loholt, que agora tinham idade para ocupar seus lugares numa parede de escudos, mas Artur não estava ansioso pela companhia dos jovens. – Eles não gostam de mim – admitiu, quando perguntei pelos gêmeos –, mas gostam de nosso velho amigo Lancelot. – E nos ofereceu um olhar de desculpas ao mencionar o nome. – E vão lutar com os homens dele.

– Lutar? – perguntou Ceinwyn, cautelosa.

Artur lhe deu um sorriso gentil.

– Vim para levar Derfel para longe da senhora.

– Traga-o de volta para mim, senhor – foi tudo que ela disse.

– Com riquezas suficientes para um reino – prometeu Artur. Mas então se virou e olhou para as paredes baixas do Cwm Isaf e para o alto monte de palha que nos mantinha quentes, e para a pilha de esterco depois do final do outão. O lugar não era tão grande quanto a maioria das fazendas ricas de Dumnonia, mas ainda era o tipo de chácara que um homem próspero e livre em Powys podia ter, e gostávamos dali. Achei que Artur ia fazer algum comentário comparando minha situação humilde atual com a riqueza futura, e eu estava pronto para defender o Cwm Isaf contra uma comparação dessas, mas em vez disso ele ficou triste. – Invejo você por isso, Derfel.

– É seu, quando quiser, senhor – falei, ouvindo o desejo em sua voz.

– Estou condenado a colunas de mármore e paredes altíssimas. – E riu, afastando o sentimento. – Vou partir amanhã. Cuneglas irá dentro de dez dias. Você poderia ir com ele? Ou antes? E traga o máximo de comida possível.

– Para onde?

– Corinium – respondeu ele, depois se levantou e olhou para o vale antes de sorrir para mim. – Uma última palavra?

– Preciso ver se Scarach não está estragando o leite – disse Ceinwyn, pegando a deixa de Artur. – Desejo-lhe vitória, senhor – disse ela, depois se levantou para dar um abraço de despedida.

Artur e eu subimos pelo vale, onde ele admirou as cercas vivas recém-cortadas, as macieiras podadas e o pequeno lago de peixes que tínhamos feito, represando o riacho.

– Não fique muito enraizado neste solo, Derfel. Quero você de volta em Dumnonia.

– Nada me daria mais prazer, senhor – falei, sabendo que não era Artur quem me mantinha longe de minha pátria, e sim sua esposa e o aliado dela, Lancelot.

Artur sorriu, mas não falou mais sobre minha volta. Em vez disso observou:

– Ceinwyn parece muito feliz.

– Ela está. Nós estamos.

Ele hesitou um segundo.

– Talvez você descubra – falou com a autoridade de um pai recente – que a gravidez vai deixá-la turbulenta.

– Até agora, não, senhor. Mas estas são as primeiras semanas.

– Você tem sorte com ela – disse ele baixinho, e pensando agora acho que foi a primeira vez em que o ouvi pronunciar a menor crítica a Guinevere. – O parto é uma ocasião tensa – acrescentou numa explicação apressada – e esses preparativos de guerra não ajudam. Infelizmente não posso estar em casa tanto quanto gostaria. – Ele parou ao lado de um carvalho antigo que tinha sido acertado por um raio, de modo que o tronco preto do fogo estava partido ao meio, mas mesmo agora a velha árvore lutava para produzir novos brotos verdes. – Tenho um favor a lhe pedir.

– Qualquer coisa, senhor.

– Não seja apressado, Derfel, você ainda não sabe qual é o favor. – Artur fez uma pausa e senti que o pedido seria difícil, porque ele estava constrangido. Por alguns instantes não conseguiu pedir, em vez disso ficou olhando para a floresta no lado sul do vale, e murmurou alguma coisa sobre cervos e campânulas.

– Campânulas? – perguntei, achando que tinha ouvido mal.

– Só estava imaginando por que os cervos nunca comem campânulas – falou evasivamente. – Eles comem todo o resto.

– Não sei, senhor.

Ele hesitou um instante, depois me encarou nos olhos.

– Pedi uma reunião de Mitra em Corinium – admitiu finalmente.

Entendi o que viria e endureci o coração. A guerra tinha me dado muitas recompensas, mas nenhuma tão preciosa quanto a irmandade de Mitra. Ele era o rei romano da guerra, e tinha ficado na Britânia quando os romanos partiram; os únicos homens admitidos em seus mistérios eram os eleitos pelos iniciados. Esses iniciados vinham de todos os reinos, e lutavam uns contra os outros tão frequentemente quanto uns a favor dos outros, mas quando se encontravam no salão de Mitra era em paz, e só elegiam os mais bravos dos bravos para ser seus companheiros. Ser iniciado em Mitra era receber o elogio dos melhores guerreiros da Britânia, e era uma honra que eu não daria levianamente a nenhum homem. Nenhuma mulher, claro, era permitida no culto a Mitra. De fato, se uma mulher visse os mistérios, seria morta.

– Convoquei uma reunião – disse Artur – porque quero que admitamos Lancelot nos mistérios. – Eu sabia que esse era o motivo. Guinevere me fizera o mesmo pedido no ano passado, e nos meses que se seguiram esperei que a ideia sumisse, mas aqui, na véspera da guerra, ela voltara.

Dei uma resposta política.

– Não seria melhor, senhor, se o rei Lancelot esperasse até a derrota dos saxões? Então, com certeza, o teríamos visto lutar. – Nenhum de nós ainda tinha visto Lancelot na parede de escudos e, para ser sincero, eu ficaria perplexo se o visse lutando no próximo verão. Mas esperava que a sugestão adiasse por alguns meses o momento terrível da escolha.

Artur fez um gesto vago como se minha sugestão fosse um tanto irrelevante.

– Há uma pressão para elegê-lo agora.

– Que pressão?

– A mãe dele não está bem.

Achei graça.

– Não é bem um motivo para Mitra eleger um homem, senhor.

Artur fez um muxoxo, sabendo que seus argumentos eram frágeis.

– Ele é um rei, Derfel, e lidera um exército de rei para as nossas guerras. Ele não gosta de Silúria, e não posso culpá-lo. Sente saudade dos poetas, das harpistas e dos salões de Ynys Trebes, mas perdeu o reino porque não pude cumprir meu juramento de ajudar seu pai. Nós lhe devemos, Derfel.

– Eu não, senhor.

– Nós lhe devemos – insistiu Artur.

– Ele deveria esperar por Mitra – falei com firmeza. – Se o senhor propuser o nome dele agora, ouso dizer que será rejeitado.

Artur temera que eu fosse dizer isso, mas mesmo assim não abandonou seus argumentos.

– Você é meu amigo. – Ele descartou qualquer comentário que eu fosse fazer. – E me agradaria, Derfel, que meu amigo fosse tão honrado em Dumnonia quanto é em Powys. – Ele estivera olhando para o tronco do carvalho partido pela tempestade, mas agora ergueu os olhos para mim. – Eu quero você em Lindinis, amigo, e se você, acima de todos os outros, apoiar o nome de Lancelot no salão de Mitra, a eleição dele estará garantida.

Havia muito mais do que as palavras despidas de Artur tinham dito. Ele estava sutilmente confirmando que Guinevere é que pressionava pela candidatura de Lancelot, e que minhas ofensas aos olhos de Guinevere seriam perdoadas se lhe concedesse esse único desejo. Estava dizendo que, se elegesse Lancelot a Mitra, eu poderia levar Ceinwyn para Dumnonia e assumir a honra de ser o campeão de Mordred com toda a riqueza, as terras e o posto que acompanhavam esse alto cargo.

Olhei alguns de meus lanceiros, que desciam do alto morro do Norte. Um deles carregava um carneiro, e achei que seria um órfão que teria de ser alimentado à mão por Ceinwyn. Era um trabalho difícil, porque o carneiro teria de ser alimentado numa teta de pano encharcada em leite o tempo todo, para não morrer, mas Ceinwyn insistia em salvar a vida deles. Tinha proibido terminantemente que qualquer um de seus carneiros fosse enterrado em vime, ou que tivesse a pele pregada numa árvore, e o rebanho parecia não ter sofrido em resultado dessa negligência. Suspirei.

– Então o senhor vai propor Lancelot em Corinium?

– Não, eu não. Bors vai propor. Bors o viu lutar.

– Então esperemos, senhor, que Bors tenha uma língua de ouro.

Artur sorriu.

– Você não pode me dar uma resposta agora?

– Nenhuma que o senhor queira ouvir.

Ele deu de ombros, pegou meu braço e voltamos juntos.

– Odeio essas organizações secretas – falou com afabilidade e acreditei, porque nunca tinha visto Artur numa reunião de Mitra, mesmo sabendo que ele fora iniciado há muitos anos. – Os cultos como o de Mitra deveriam unir os homens, mas só servem para separá-los. Provocam inveja. Mas algumas vezes, Derfel, você precisa usar um mal para lutar contra outro, e estou pensando em fundar uma nova organização de guerreiros. Os homens que levantarem armas contra os saxões farão parte dela, todos eles, e eu irei transformá-lo no grupo mais honrado de toda a Britânia.

– Espero que o maior também.

– Não os *levies* – disse ele, assim restringindo esse grupo honrado aos homens que usavam lanças pelo dever, e não por obrigação de terra. – Meus homens preferirão pertencer à minha associação do que a qualquer mistério secreto.

– E como o senhor vai chamá-la?

– Não sei. Guerreiros da Britânia? Os Camaradas? As Lanças de Cadarn? – Ele falou como se não desse importância, mas vi que era sério.

– E acha que se Lancelot pertencer a esses Guerreiros da Britânia – falei, pegando um dos títulos sugeridos – ele não se importará em ser barrado de Mitra?

– Talvez ajude, mas não é meu motivo principal. Vou impor uma obrigação a esses guerreiros. Para participar, eles terão de fazer um juramento de sangue de jamais lutar uns contra os outros. – Ele deu um sorriso rápido. – Se os reis da Britânia se desentenderem, tornarei impossível que seus guerreiros lutem entre si.

– Não é impossível – falei azedamente. – Um juramento real suplanta qualquer outro, até o seu juramento de sangue.

– Então tornarei difícil – insistiu ele – porque terei paz, Derfel, terei paz. E você, meu amigo, irá compartilhá-la comigo em Dumnonia.

– Espero que sim, senhor.

Artur me abraçou.

– Vou encontrá-lo em Corinium. – Ele ergueu uma das mãos, cumprimentando meus lanceiros, depois me olhou de novo. – Pense em Lancelot, Derfel. E considere a verdade de que algumas vezes precisamos pagar um pequeno preço em troca de uma grande paz.

E com essas palavras ele se afastou. Fui avisar meus homens de que a época de trabalhar no campo estava terminando. Tínhamos lanças a amolar, espadas a afiar e escudos a repintar, reenvernizar e restaurar. Estávamos voltando à guerra.

PARTIMOS DOIS DIAS antes de Cuneglas, porque ele estava esperando seus chefes tribais do Oeste chegarem com os guerreiros que usavam peles ásperas, vindo das áridas montanhas de Powys. Cuneglas me mandou prometer a Artur que os homens de Powys estariam em Corinium dentro de uma semana, depois me abraçou e jurou por sua vida que Ceinwyn estaria em segurança. Ela ia voltar para Caer Sws, onde um pequeno grupo de homens guardaria a família de Cuneglas enquanto ele estivesse em guerra. Ceinwyn tinha ficado relutante em deixar o Cwm Isaf e voltar ao salão das mulheres, onde Helledd e suas tias dominavam, mas me lembrei da história de Merlin sobre um cão sendo morto e tendo sua pele posta sobre uma cadela aleijada no templo de Ísis construído por Guinevere, e por isso implorei a Ceinwyn que se refugiasse, por mim, e ela finalmente cedeu.

Acrescentei seis dos meus homens à guarda de Cuneglas, e com os demais, todos os Guerreiros do Caldeirão, marchei para o sul. Todos usávamos nos escudos a estrela de cinco pontas, de Ceinwyn, cada um levava duas lanças, a espada e enormes fardos de pão assado duas vezes, carne salgada, queijo duro e peixe seco amarrados às costas. Era bom estar marchando de novo, ainda que nossa rota nos levasse pelo vale do Lugg, onde os mortos tinham sido desenterrados por javalis, tornando o local semelhante a um campo de ossos. Fiquei preocupado com a ideia de que os ossos lembrassem derrota aos homens de Cuneglas, por isso insisti em que passássemos metade de um dia enterrando de novo os cadáveres que, todos eles, tiveram um dos pés decepado antes do primeiro enterro. Nem todos os homens podiam ser incinerados como gostaríamos, por isso enterrávamos a maioria dos nossos mortos, mas arrancávamos um dos pés para impedir que a alma andasse. Agora enterramos de novo os mortos de um pé só, mas mesmo depois de meio dia de trabalho ainda não havia como disfarçar a chacina ocorrida ali. Interrompi minhas atividades para visitar o templo romano onde minha espada tinha matado o druida Tanaburs e onde Nimue havia extinguido a alma de Gundleus, e ali, num chão ainda manchado de sangue, deitei-me entre as pilhas de crânios cobertos de teia de aranha, rezando para voltar incólume para minha Ceinwyn.

Passamos a noite seguinte em Magnis, uma cidade que estava a um mundo de distância dos caldeirões enevoados e das histórias noturnas dos Tesouros da Britânia. Estávamos em Gwent, território cristão, e tudo aqui era trabalho sério. Os ferreiros forjavam pontas de lanças, tanoeiros faziam coberturas de escudos, bainhas, cinturões e botas, enquanto as mulheres da cidade assavam os pães duros e finos que podiam durar semanas durante uma campanha. Os homens do rei Tewdric estavam com seus uniformes romanos, compostos de peitorais de bronze, saiotes de couro e capas compridas. Uma centena desses homens já havia marchado para Corinium, outros duzentos iriam depois, mas não sob o comando do rei, porque Tewdric estava doente. Seu filho Meurig, o edling de Gwent, seria o líder titular, embora, na verdade, Agrícola estivesse comandando-os. Agora Agrícola era um homem velho, mas suas costas eram retas e o braço cheio de cicatrizes ainda podia segurar uma espada. Dizia-se que ele era mais romano do que os romanos, e eu sempre tive um pouquinho de medo de sua cara séria, mas naquele dia de primavera perto de Magnis ele me cumprimentou como um igual. A cabeça de cabelos curtos e grisalhos se abaixou ao passar pela entrada de sua tenda. Vestido com o uniforme romano ele veio em minha direção e, para meu espanto, me recebeu com um abraço.

Em seguida inspecionou meus 34 lanceiros. Pareciam rudes e desarrumados junto aos seus homens bem-barbeados, mas ele aprovou as armas e ainda mais a quantidade de comida que carregávamos.

– Passei anos ensinando que não adianta mandar um lanceiro para a guerra sem um saco cheio de comida – rosnou ele –, mas o que faz Lancelot de Silúria? Manda cem lanceiros sem uma migalha de pão.

Ele tinha me convidado à sua tenda, onde me serviu um vinho azedo e claro.

– Devo-lhe desculpas, lorde Derfel.

– Duvido, senhor. – Eu me sentia constrangido por tal intimidade com um guerreiro famoso que tinha idade para ser meu avô.

Ele descartou minha modéstia.

– Nós deveríamos ter ido ao vale do Lugg.

– Parecia uma luta sem esperança, senhor, e estávamos desesperados. O senhor não estava.

– Mas vocês venceram, não foi? – resmungou ele. Em seguida se virou quando um sopro de vento tentou tirar do lugar uma ripa de madeira posta sobre a mesa, que estava coberta com uma enorme quantidade de ripas iguais, cada uma com listas de homens e rações. Ele prendeu a madeira fina com um chifre de tinta, depois me olhou de novo. – Ouvi dizer que vamos nos encontrar com o touro.

– Em Corinium – confirmei. Agrícola, como seu senhor Tewdric, era pagão, mas não tinha tempo para os deuses britânicos, só para Mitra.

– Para eleger Lancelot – disse Agrícola com azedume. Ele prestou atenção enquanto um homem gritava ordens para suas fileiras acampadas, mas não ouviu nada que o fizesse sair da tenda e então me olhou de novo. – O que sabe sobre Lancelot?

– O bastante para falar contra ele.

– Você ofenderia Artur? – Ele pareceu surpreso.

– Ou eu ofendo Artur – falei amargamente – ou Mitra. – E fiz o sinal contra o mal. – E Mitra é um Deus.

– Artur falou comigo no caminho de volta de Powys, e disse que a eleição de Lancelot selaria a união da Britânia. – Ele fez uma pausa, parecendo mal-humorado. – Entendi sutilmente que lhe devia um voto para compensar a ausência do vale do Lugg.

Parecia que Artur estava comprando votos de todos os modos possíveis.

– Então vote por ele, senhor, porque a exclusão só precisa de um voto, e o meu bastará.

– Não digo mentiras a Mitra – disse Agrícola rispidamente –, e não gosto do rei Lancelot. Ele esteve aqui há dois meses, comprando espelhos.

– Espelhos! – Tive de rir. Lancelot vivia colecionando espelhos, e no alto e arejado palácio de seu pai, junto ao mar de Ynys Trebes, ele cobrira todas as paredes de um salão com espelhos romanos. Todos devem ter se derretido no incêndio de quando os francos invadiram as muralhas do palácio, e agora, aparentemente, Lancelot estava remontando a coleção.

– Tewdric lhe vendeu um belo espelho de eletro. Grande como um escudo e bastante extraordinário. Tão límpido que era como olhar para um poço negro num dia bonito. E ele pagou caro. – "Teria de pagar", pensei, "porque os espelhos de eletro, um amálgama de prata e ouro, eram muito raros." – Espelhos! – disse Agrícola em tom de desprezo. – Ele deveria estar cumprindo seus deveres em Silúria, e não comprando espelhos. – O velho comandante pegou sua espada e o elmo quando uma trombeta soou na cidade. Tocou duas vezes, um sinal que Agrícola reconheceu. – O edling – resmungou ele, e me levou para a luz do sol, onde vi que Meurig estava realmente cavalgando das fortificações romanas de Magnis. – Eu acampo aqui para ficar longe dos padres – disse Agrícola enquanto olhava sua guarda de honra se formar em duas fileiras.

O príncipe Meurig veio seguido por quatro sacerdotes cristãos que corriam para acompanhar o cavalo do edling. O príncipe era jovem, de fato, eu o vira pela primeira vez quando era uma criança, de modos lamuriosos e irritadiços. Baixo, pálido e magro, com uma barba castanha e crespa, era notoriamente uma criatura ligada a detalhes mesquinhos, que adorava as rixas dos tribunais e as discussões da igreja. Sua erudição era famosa; diziam que era especialista em refutar a heresia pelágia que tanto assediou a Igreja cristã na Britânia, sabia de cor os dezoito capítulos da lei tribal britânica, e podia citar as genealogias dos dez reinos britânicos remontando a vinte gerações, bem como a linhagem de seus clãs e tribos; isso, pelo que informavam seus admiradores, era só o começo do conhecimento de Meurig. Para seus admiradores ele parecia um jovem paradigma do conhecimento e o melhor retórico da Britânia, mas eu achava que o príncipe tinha herdado toda a inteligência do pai e nada de sua sabedoria. Fora Meurig, mais do que qualquer outro homem, quem convencera Gwent a abandonar Artur antes da batalha do vale do Lugg, e só por esse motivo eu não sentia amor por ele, mas obedientemente me abaixei sobre um dos joelhos quando o príncipe desmontou.

– Derfel – disse ele em sua voz curiosamente aguda. – Lembro-me de você. – Ele não mandou que eu me levantasse, simplesmente passou por mim entrando na tenda.

Agrícola me chamou para entrar, assim me poupando da companhia dos quatro padres ofegantes, os quais não tinham o que fazer aqui além de ficar perto do príncipe que, vestido de toga e com uma pesada cruz de madeira pendurada ao pescoço numa corrente de prata, parecia irritado com minha presença. Ele fez cara de desagrado para mim e depois prosseguiu com uma reclamação a Agrícola, mas como os dois falavam em latim eu não tinha ideia do assunto. Meurig enfatizava seu argumento acenando com uma folha de pergaminho diante de Agrícola, que por sua vez suportava a arenga pacientemente.

Finalmente Meurig abandonou a discussão, enrolou o pergaminho e o enfiou dentro da toga. Em seguida se virou para mim.

– Você não espera que alimentemos seus homens, não é? – falou de novo em britânico.

– Nós levamos nossa própria comida, senhor príncipe – falei, depois perguntei pela saúde de seu pai.

– O rei sofre de uma fístula na virilha – explicou Meurig em sua voz que parecia um grasnido. – Usamos cataplasmas e os médicos estão sangrando papai regularmente, mas por infelicidade Deus não quis remediar a situação.

– Mande chamar Merlin, senhor príncipe.

Meurig piscou para mim. Era muito míope, e eram aqueles olhos fracos que davam ao rosto uma permanente impressão de mau humor. Ele soltou um risinho curto.

– Você, claro, se me perdoar a observação – falou, zombeteiro –, é famoso por ser um dos tolos que se arriscaram diante de Diwrnach para trazer uma tigela de volta para Dumnonia. Uma tigela de sopa, não é?

– Um caldeirão, senhor príncipe.

Os lábios finos de Meurig deram um sorriso rápido.

– Não acha, lorde Derfel, que os nossos ferreiros poderiam ter feito uma dúzia de caldeirões para vocês durante o mesmo tempo?

– Saberei onde procurar minhas panelas da próxima vez, senhor príncipe.

Meurig se enrijeceu diante do insulto, mas Agrícola sorriu.

– Você entendeu alguma coisa? – perguntou Agrícola depois que Meurig tinha saído.

– Não sei latim, senhor.

– Ele estava reclamando porque um chefe não tinha pagado os impostos. O pobre nos deve trinta salmões defumados e vinte carroças de madeira cortada, além disso não recebemos salmões dele e apenas cinco carroças de madeira. Mas o que Meurig não quis entender é que o pobre povo de Cyllig foi golpeado pela peste no inverno passado, o rio Wye esvaziou, e Cyllig ainda está me trazendo duas dúzias de lanceiros. – Agrícola cuspiu, enojado. – Dez vezes por dia! Dez vezes por dia o príncipe vem aqui com um problema que qualquer escriba débil mental poderia resolver num instante. Eu só gostaria de que o pai dele pusesse uma funda na virilha e voltasse para o trono.

– Tewdric está muito doente?

Agrícola deu de ombros.

– Ele está cansado, não doente. Quer abrir mão do trono. Diz que vai tonsurar a cabeça e virar padre. – Ele cuspiu no chão da tenda outra vez. – Mas eu cuido do nosso edling. Vou me certificar de que as damas dele virão à guerra.

– Damas? – perguntei, curioso com o tom irônico que Agrícola pusera na palavra.

– Ele pode ser cego como um verme, lorde Derfel, mas ainda consegue achar uma garota como um falcão caçando um rato-do-campo. Ele gosta das suas damas, Meurig realmente gosta, e de muitas. E por que não? Os príncipes são assim, não é? – Agrícola tirou o cinturão da espada e pendurou num prego enfiado num dos mastros da tenda. – Você marcha amanhã?

– Sim, senhor.

– Jante comigo esta noite – disse ele, depois me levou para fora da tenda e forçou a vista para o céu. – Vai ser um verão seco, lorde Derfel. Um verão para matar saxões.

– Um verão que renderá grandes canções – falei com entusiasmo.

– Frequentemente acho que o problema conosco, os britânicos – disse Agrícola, sombrio –, é que passamos tempo demais cantando e tempo de menos matando saxões.

– Não este ano, não este ano. – Porque este era o ano de Artur, o ano de matar saxões. O ano da vitória total, rezei.

ASSIM QUE SAÍMOS, marchamos pelas estradas romanas retas que uniam o interior da Britânia. Fizemos um bom tempo, chegando a Corinium em apenas dois dias, e todos ficamos felizes por estar de novo em Dumnonia. A estrela de cinco pontas em meu escudo podia ser um símbolo estranho, mas, no momento em que as pessoas ouviam meu nome, se ajoelhavam para uma bênção, porque eu era Derfel Cadarn, que sustentou o vale do Lugg e tornou-se um dos Guerreiros do Caldeirão, e parecia que minha reputação era grande em minha pátria. Pelo menos entre os pagãos. Nas cidades e nos povoados maiores, onde os cristãos eram mais numerosos, o mais provável era sermos recebidos com sermões. Diziam-nos que iríamos marchar para fazer a vontade de Deus lutando contra os saxões, mas se morrêssemos na batalha nossas almas iriam para o inferno se ainda cultuássemos os Deuses antigos.

Eu temia os saxões mais do que o inferno cristão. Os *sais* eram um inimigo terrível; pobres, desesperados e numerosos. Assim que chegamos a Corinium ouvimos histórias agourentas sobre novos navios que atracavam quase diariamente no litoral Leste da Britânia, e cada navio trazia sua carga de guerreiros ferozes e famílias famintas. Os invasores queriam nossa terra, e para tomá-la podiam juntar centenas de lanças, espadas e machados de lâmina dupla, mas ainda tínhamos confiança. Tolos como éramos, marchávamos quase alegremente para a guerra. Acho que, depois dos horrores do vale do Lugg, acreditávamos que jamais seríamos derrotados. Éramos jovens, éramos fortes, éramos amados pelos Deuses e tínhamos Artur.

Encontrei Galahad em Corinium. Desde o dia em que nos separamos em Powys ele ajudara Merlin a levar o Caldeirão de volta a Ynys Wydryn, depois tinha passado a primavera em Caer Ambra, partindo de sua fortaleza reconstruída para atacar Lloegyr com as tropas de Sagramor. Disse-me que os saxões estavam prontos para a nossa chegada, que tinham posto fogueiras em cada morro para alertar de nossa aproximação. Galahad viera a Corinium para o grande Conselho de Guerra que Artur convocara, e trouxera Cavan e os meus homens que tinham se recusado a marchar até Lleyn. Cavan se abaixou sobre um joelho e implorou para, com seus homens, renovar o juramento a mim.

– Não fizemos nenhum outro juramento – garantiu ele – a não ser a Artur, e ele diz que deveríamos servir com o senhor, se o senhor aceitar.

– Achei que você já estava rico e tinha ido para casa na Irlanda.

Ele sorriu.

– Ainda tenho o tabuleiro de jogos, senhor.

Dei-lhe as boas-vindas ao meu serviço. Cavan beijou a lâmina de Hywelbane e perguntou se ele e seus homens podiam pintar a estrela branca em seus escudos.

– Podem pintar – falei –, mas só com quatro pontas.

– Quatro, senhor? – Cavan olhou para o meu escudo. – O seu tem cinco.

– A quinta ponta é para os Guerreiros do Caldeirão. – Ele pareceu infeliz, mas concordou. Tampouco Artur teria aprovado, porque teria entendido que a quinta ponta era uma divisa, implicando que um grupo de homens era superior ao outro, mas os guerreiros gostam dessas distinções, e os homens que tinham se arriscado na Estrada Escura mereciam.

Fui cumprimentar os homens que acompanhavam Cavan e os encontrei acampados ao lado do rio Churn, que corria para leste de Corinium. Pelo menos cem homens estavam ao lado do pequeno rio, porque não havia espaço suficiente na cidade para todos os guerreiros que se juntavam perto das muralhas romanas. O exército em si estava reunido perto de Caer Ambra, mas cada líder que tinha vindo para o Conselho de Guerra trouxera alguns acompanhantes, e só esses homens já bastavam para criar a aparência de um pequeno exército nas campinas junto ao Churn. Seus escudos empilhados mostravam o sucesso da estratégia de Artur, já que num olhar pude ver o touro negro de Gwent, o dragão vermelho de Dumnonia, a raposa de Silúria, o urso de Artur e os escudos de homens, como eu, que tinham a honra de portar suas próprias insígnias: estrelas, corvos, águias, javalis, o temível crânio de Sagramor e a solitária cruz cristã de Galahad.

Culhwch, primo de Artur, estava acampado com seus lanceiros, mas agora veio correndo me cumprimentar. Era bom revê-lo. Eu tinha lutado ao seu lado em Benoic, e tinha passado a amá-lo como um irmão. Ele era vulgar, engraçado, alegre, intolerante, ignorante e rude, e não havia homem melhor para se ter ao lado numa luta.

– Ouvi dizer que você pôs um pão no forno da princesa – disse ele quando me abraçou. – Você é um cachorro sortudo. Pediu para Merlin fazer um feitiço?

– Mil.

Ele gargalhou.

– Não posso reclamar. Tenho três mulheres agora, todas tentando arrancar os olhos umas das outras, e todas grávidas. – Ele riu, depois coçou a virilha. – Carrapatos – falou. – Não consigo me livrar deles. Mas pelo menos infestaram aquele bastardozinho do Mordred.

– O nosso senhor rei? – provoquei-o.

– O sacaninha – disse ele, vingativo. – Vou lhe dizer, Derfel, bati nele até tirar sangue, e o sujeito não aprende. Um vermezinho cheio de falsidade. – Ele cuspiu. – Então amanhã você vai falar contra Lancelot?

– Como sabe? – Eu tinha contado apenas a Agrícola sobre essa decisão firme, mas de algum modo a notícia havia me precedido em Corinium; ou então minha antipatia pelo rei siluriano era conhecida demais para que os homens acreditassem que eu faria qualquer outra coisa.

– Todo mundo sabe, e todo mundo apoia você. – Ele olhou para além de mim e cuspiu de repente. – Corvos – resmungou.

Virei-me e vi uma procissão de padres cristãos andando ao longo da outra margem do Churn. Havia uma dúzia deles, todos de manto preto, todos barbudos, e todos cantando uma das lamúrias de sua religião. Uns vinte lanceiros seguiam os padres, e vi com surpresa que seus escudos tinham a raposa de Silúria ou a águia do mar de Lancelot.

- Eu achava que os ritos seriam daqui a dois dias - falei a Galahad, que tinha ficado comigo.

- E serão - disse ele. Os ritos eram o preâmbulo para a guerra, e pediriam as bênçãos dos Deuses para nossos homens, tanto ao Deus cristão quanto às divindades pagãs. - Isso parece mais um batismo - acrescentou Galahad.

- O que, em nome de Bel, é um batismo? - perguntou Culhwch.

Galahad suspirou.

- É um sinal externo, meu caro Culhwch, de que os pecados de um homem foram lavados pela graça de Deus.

Essa explicação fez Culhwch se dobrar de rir, provocando uma carranca num dos padres que tinha enfiado a bainha do manto no cinturão o e agora ia entrando no rio raso. Ele estava usando uma vara para encontrar um local suficientemente fundo para o rito batismal, e seus movimentos sem jeito atraíram uma multidão de lanceiros entediados para a margem coberta de juncos, do lado oposto aos cristãos.

Durante um tempo não aconteceu muita coisa. Os lanceiros silurianos formaram uma guarda constrangida enquanto os padres tonsurados uivavam sua cantiga e o que estava no rio cutucava a água com seu cajado comprido em cujo topo havia uma cruz de prata.

- Você nunca vai pegar uma truta com isso - gritou Culhwch. - Tente uma lança de pesca! - Os lanceiros que olhavam caíram na gargalhada, e os padres fizeram caras de desprezo enquanto cantavam pavorosamente. Algumas mulheres da cidade vieram ao rio e se juntaram à cantoria. - É uma religião de mulheres - cuspiu Culhwch.

- É a minha religião, caro Culhwch - murmurou Galahad. Ele e Culhwch tinham discutido assim durante toda a demorada guerra em Benoic, e a discussão, como a amizade entre eles, não tinha fim.

O padre encontrou um lugar suficientemente fundo, na verdade tão fundo que a água chegava até sua cintura, e ali ele tentou fixar o cajado no leito do rio, mas a força da água inclinava a cruz, e cada fracasso provocava um coro de vaias dos lanceiros. Alguns espectadores eram cristãos, mas não fizeram qualquer tentativa de acabar com a zombaria.

Finalmente o padre conseguiu plantar a cruz, ainda que precariamente, e saiu de novo do rio. Os lanceiros assobiaram e uivaram ao ver suas pernas brancas e magricelas, e ele baixou rapidamente a bainha encharcada do manto para escondê-las.

Então uma segunda procissão surgiu, e a visão dela bastou para causar um silêncio na nossa margem do rio. O silêncio era de respeito, porque uma dúzia de lanceiros estava acompanhando um carro de bois enfeitado de tecidos brancos, onde estavam duas mulheres e um padre. Uma das mulheres era Guinevere, e a outra era a rainha Elaine, mãe de Lancelot, porém o mais espantoso de tudo era a identidade do padre. Era o bispo Sansum. Estava com toda a sua indumentária de bispo, uma montanha de mantos espalhafatosos e xales bordados, e tinha uma pesada cruz vermelha e dourada pendendo do pescoço. A tonsura raspada na frente da cabeça estava rosa, queimada de sol, e acima dela o cabelo preto se erguia, eriçado como orelhas de camundongo. *Lightigern*, era como Nimue sempre o chamava, o Lorde Camundongo.

– Eu achava que Guinevere não podia suportá-lo – falei, porque Guinevere e Sansum sempre tinham sido os piores inimigos, entretanto ali estava o Lorde Camundongo, indo para o rio na carroça de Guinevere. – E ele não está em desgraça? – perguntei.

– Algumas vezes a merda flutua – rosnou Culhwch.

– E Guinevere nem é cristã – protestei.

– E olhe a outra merda que está com ela – disse Culhwch, e apontou para um grupo de seis cavaleiros que seguiam a carroça lenta. Lancelot os liderava. Estava montado num cavalo preto e usava apenas um calção e uma camisa branca. Os filhos gêmeos de Artur, Amhar e Loholt, o flanqueavam, vestidos com todo o equipamento de guerra, elmos emplumados, cotas de malha e botas de cano longo. Atrás deles iam mais três cavaleiros, um de armadura e os outros dois com mantos brancos e compridos de druidas.

– Druidas? – perguntei. – Num batismo?

Galahad deu de ombros, tão incapaz de arranjar uma explicação quanto eu. Ambos os druidas eram jovens musculosos com rostos morenos e bonitos, barbas pretas cerradas, cabelos compridos e pretos, cuidadosamente penteados para trás, que cresciam a partir das tonsuras estreitas. Levavam cajados pretos com visgo no topo e, de modo incomum para druidas, tinham espadas embainhadas na cintura. O guerreiro que cavalgava com eles, notei, não era um homem, e sim uma mulher; uma mulher alta, de costas retas, ruiva, cujas tranças extravagantemente longas cascateavam saindo do elmo prateado até tocar a espinha de seu cavalo.

– Ela se chama Ade – disse Culhwch.

– Quem é?

– Quem você acha? A cozinheira dele? Ela mantém sua cama quente. – Culhwch riu. – Ela faz você se lembrar de alguém?

Ela me lembrava Ladwys, a amante de Gundleus. Seria o destino dos reis de Silúria, imaginei, sempre ter uma amante que andava a cavalo e usava espada como homem? Ade tinha uma espada comprida na cintura, uma lança na mão e no braço o escudo com a águia do mar.

– A amante de Gundleus – falei a Culhwch.

– Com aquele cabelo ruivo? – perguntou Culhwch, descartando.

– Guinevere – falei, e havia uma nítida semelhança entre Ade e a altiva Guinevere, que estava sentada na carroça junto da rainha Elaine. A mãe de Lancelot estava pálida, mas além disso eu não via qualquer evidência da doença que, segundo boatos, vinha matando-a. Guinevere estava bonita como sempre, e não revelava qualquer sinal do sofrimento do parto. Não trouxera o filho, mas eu não esperaria isso. Gwydre sem dúvida estava em Lindinis, seguro nos braços de uma ama de leite e bastante longe, para que seus gritos não perturbassem o sono de Guinevere.

Os gêmeos de Artur desmontaram atrás de Lancelot. Ainda eram muito jovens, apenas tinham idade suficiente para levar uma lança à guerra. Eu os havia encontrado muitas vezes e não gostava deles, porque nada possuíam do senso pragmático de Artur. Tinham sido mimados desde a infância, e o resultado era um par de jovens tempestuosos, egoístas e cobiçosos que se ressentiam do pai, desprezavam a mãe, Ailleann, e se vingavam do fato de serem bastardos nas pessoas que ousavam não lutar contra a progenitura de Artur. Eram desprezíveis. Os dois druidas desmontaram e ficaram ao lado do carro de bois.

Foi Culhwch quem entendeu primeiro o que Lancelot estava fazendo.

– Se ele for batizado – resmungou para mim –, não vai poder entrar para Mitra, vai?

– Bedwin entrou – observei –, e Bedwin era bispo.

– O querido Bedwin jogava dos dois lados do tabuleiro – explicou Culhwch. – Quando ele morreu, encontramos uma imagem de Bel em sua casa, e sua mulher disse que ele estivera fazendo sacrifícios àquele Deus. Não, veja se não estou errado: é assim que Lancelot evita ser rejeitado por Mitra.

– Talvez ele tenha sido tocado por Deus – protestou Galahad.

– Então o seu Deus deve estar com as mãos imundas. Desculpe, já que ele é seu irmão.

– Meio-irmão – disse Galahad, não querendo ser muito associado a Lancelot.

A carroça parou bem perto da margem do rio. Agora Sansum desceu dela e, sem se incomodar em levantar os mantos esplêndidos, passou pelos juncos para entrar no rio. Lancelot desmontou e esperou na margem enquanto o bispo estendia a mão e pegava a cruz. Sansum é um homem pequeno, e a água chegava até a cruz pesada em seu peito. Ele nos encarou, a sua congregação involuntária, e levantou a voz forte:

– Esta semana – gritou – vocês levarão suas lanças para o inimigo, e Deus vai abençoá-los. Deus vai ajudá-los! E hoje, aqui neste rio, vocês verão um sinal da força de nosso Deus. – Os cristãos na campina se persignaram enquanto alguns pagãos, como Culhwch e eu, cuspíamos para evitar o mal.

– Vocês veem aqui o rei Lancelot! – berrou Sansum, apontando a mão para Lancelot, como se nenhum de nós o reconhecesse. – Ele é o herói de Benoic, rei de Silúria e Senhor das Águias!

– Senhor de quê? – perguntou Culhwch.

– E esta semana – prosseguiu Sansum –, esta semana mesmo, ele seria recebido na imunda companhia de Mitra, aquele falso Deus do sangue e da ira.

– Ele não seria recebido – rosnou Culhwch em meio aos outros murmúrios de protesto vindos dos homens que também eram mitraístas.

– Mas ontem – a voz de Sansum dominou os protestos – este nobre rei recebeu uma visão. Uma visão! Não um pesadelo provocado pela barriga, gerado por um feiticeiro bêbado, mas um sonho puro e lindo, mandado em asas douradas do céu. Uma visão santa!

– Ade levantou as saias – murmurou Culhwch.

– A santa e abençoada mãe de Deus veio ao rei Lancelot – gritou Sansum. – Era a própria Virgem Maria, a senhora das tristezas, de cujo ventre imaculado e perfeito nasceu o menino Cristo, o Salvador de toda a humanidade. E ontem, num jorro de luz, numa nuvem de estrelas douradas, ela veio ao rei Lancelot e encostou sua mão adorável em Tanlladwyr! – Sansum fez um gesto para trás de novo, e Ade solenemente desembainhou a espada de Lancelot, chamada Tanlladwyr, que significa "Matadora Brilhante", e a ergueu bem alto. O sol lançou seu reflexo no aço, ofuscando-me por um instante.

– Com esta espada – gritou Sansum – nossa abençoada Senhora prometeu ao rei que ele traria a vitória à Britânia. Esta espada, disse nossa Senhora, foi tocada pela mão ferida do Filho e abençoada pelo carinho de Sua mãe. Deste dia em diante, decretou nossa Senhora, esta espada será conhecida como a Lâmina de Cristo, porque ela é sagrada.

Lancelot, para lhe dar crédito, parecia estranhamente constrangido diante do sermão; na verdade toda a cerimônia devia tê-lo envergonhado porque ele era um homem de vasto orgulho e dignidade frágil, mas mesmo assim deve ter lhe parecido melhor ser mergulhado num rio do que humilhado publicamente ao perder uma eleição para Mitra. A certeza dessa rejeição deve tê-lo levado a esse repúdio público de todos os deuses pagãos. Guinevere, eu vi, olhava descaradamente para longe do rio, mirando os estandartes de guerra que tinham sido pendurados nas fortificações de terra e madeira de Corinium. Ela era pagã, cultuava Ísis; de fato, seu ódio pelos cristãos era famoso, mas esse ódio claramente fora suplantado pela necessidade de apoiar essa cerimônia pública que poupava

Lancelot da humilhação de Mitra. Os dois druidas falavam em voz baixa com ela, algumas vezes fazendo-a rir.

Sansum se virou e encarou Lancelot.

– Senhor rei – chamou ele, suficientemente alto para que nós, do outro lado do rio, ouvíssemos –, venha agora! Venha para as águas da vida, venha agora como uma criança para receber o seu batismo e entrar na abençoada igreja do único Deus verdadeiro.

Guinevere se virou lentamente para olhar Lancelot entrando no rio. Galahad fez o sinal da cruz. Os padres cristãos na outra margem estavam com os braços abertos, em atitude de oração, enquanto as mulheres da cidade tinham caído de joelhos olhando em êxtase para o rei belo e alto, que chegava ao lado de Sansum. O sol brilhava na água e fazia o ouro saltar da cruz de Sansum. Lancelot manteve os olhos baixos, como se não quisesse ver quem o testemunhava nesse rito humilhante.

Sansum levantou a mão para colocá-la sobre a cabeça de Lancelot. Em seguida, gritou para que todos pudéssemos ouvir:

– Você aceita a única fé verdadeira, a única fé, a fé do Cristo que morreu por nossos pecados?

Lancelot deve ter dito "Sim", mas nenhum de nós pôde ouvir a resposta. Sansum berrou ainda mais alto:

– E renuncia a todos os outros Deuses e a todas as outras crenças e a todos os outros espíritos e demônios imundos, ídolos e filhos do diabo cujos atos pérfidos enganam este mundo?

Lancelot assentiu e murmurou, confirmando. Sansum prosseguiu, com prazer enorme:

– E você denuncia e rejeita as práticas de Mitra, e declara que elas são o excremento de Satã e o horror de nosso Jesus Cristo?

– Sim. – Essa resposta de Lancelot chegou clara a todos nós.

– Então, em nome do Pai – gritou Sansum –, do Filho e do Espírito Santo, eu o declaro cristão. – E com isso ele deu um grande empurrão no cabelo oleado de Lancelot, forçando o rei para dentro da água fria do Churn. Sansum manteve Lancelot ali durante tanto tempo que pensei que o desgraçado fosse se afogar, mas finalmente o bispo deixou que ele se levantasse. – E – terminou Sansum enquanto

Lancelot engasgava e cuspia água – agora o proclamo abençoado, declaro-o cristão e o alisto no exército sagrado dos guerreiros de Cristo. – Guinevere, sem saber como reagir, bateu palmas educadamente. As mulheres e os padres irromperam num canto que, em termos de música cristã, era surpreendentemente alegre.

– O que, em nome de uma santa meretriz – perguntou Culhwch a Galahad –, é um espírito santo?

Mas Galahad não esperou para responder. Num jorro de felicidade causado pelo batismo de Lancelot, ele havia mergulhado no rio e agora o atravessava, emergindo da água ao mesmo tempo que o ruborizado meio-irmão. Lancelot não esperava vê-lo, e por um segundo se enrijeceu, sem dúvida pensando na amizade de Galahad por mim, mas de súbito lembrou-se do dever do amor cristão que tinha acabado de lhe ser imposto, por isso se submeteu ao abraço entusiasmado de Galahad.

– Devemos beijar aquele desgraçado também? – perguntou Culhwch com um riso.

– Deixe para lá – falei. Lancelot não tinha me visto, e eu não sentia necessidade de que me visse, mas nesse momento Sansum, que tinha emergido do rio e estava tentando torcer a água dos mantos pesados, me identificou. O Lorde Camundongo jamais conseguiu resistir a provocar um inimigo, e não deixou de fazê-lo agora.

– Lorde Derfel! – gritou o bispo.

Eu o ignorei. Guinevere, ao ouvir meu nome, ergueu os olhos incisivamente. Estivera falando com Lancelot e seu meio-irmão, mas agora deu uma ordem ríspida ao condutor, que bateu nos flancos dos bois com sua vara e o carro começou a se mexer. Lancelot subiu rapidamente no veículo em movimento, abandonando seus seguidores ao lado do rio. Ade foi atrás, puxando o cavalo pelo cabresto.

– Lorde Derfel – gritou Sansum outra vez.

Virei-me relutante para ele.

– Bispo?

– Será que eu poderia convencê-lo a acompanhar o rei Lancelot no rio da salvação?

– Tomei banho na última lua cheia, bispo – gritei de volta, provocando algumas gargalhadas nos guerreiros na nossa margem.

Sansum fez o sinal da cruz.

– Você seria lavado no sangue sagrado do Cordeiro de Deus, para limpar a mancha de Mitra! Você é uma coisa maligna, Derfel, um pecador, um idólatra, um diabrete do demônio, uma cria dos saxões, um senhor de prostituta!

Esse último insulto provocou minha fúria. Os outros eram simples palavras, mas Sansum, apesar de inteligente, nunca foi um homem prudente em confrontos públicos, e não pôde resistir a esse insulto final contra Ceinwyn. Sua provocação me fez disparar à frente, sob os aplausos dos guerreiros na margem Leste do Churn, aplausos que cresceram quando Sansum se virou em pânico e fugiu. Ele tinha uma boa dianteira e era um homem magro e ágil, mas as camadas encharcadas de seus mantos pesados se emaranharam nos pés, e o alcancei a alguns passos da margem oposta do Churn. Usei minha lança para fazê-lo tropeçar e ele se esparramou entre as margaridas e as prímulas.

Em seguida, desembainhei Hywelbane e encostei em sua garganta.

– Não ouvi o último nome do qual me chamou.

Ele não falou nada, só olhou para os quatro companheiros de Lancelot que agora chegavam perto. Amhar e Loholt tinham desembainhado as espadas, mas os dois druidas deixaram as suas onde estavam, e só me olhavam com expressões ilegíveis. Agora Culhwch tinha atravessado o rio e estava ao meu lado, bem como Galahad, enquanto os preocupados lanceiros de Lancelot nos observavam a distância.

– Que palavra o senhor usou, bispo? – perguntei, cutucando sua garganta com Hywelbane.

– A prostituta da Babilônia – engrolou ele desesperadamente. – Todos os pagãos a cultuam. A mulher escarlate, lorde Derfel, a fera! O Anticristo.

Sorri.

– E pensei que você estivesse insultando a princesa Ceinwyn.

– Não, senhor, não! – Ele cruzou as mãos. – Nunca!

– Jura?

– Juro, senhor! Pelo Espírito Santo, eu juro.

– Não sei quem é o Espírito Santo, bispo – falei, dando uma pequena pancada em seu pomo de adão com a ponta de Hywelbane. – Jure em minha espada. Beije-a, e acreditarei.

Ele me odiou absolutamente. Até então não gostava de mim, mas naquele momento me odiou. Mesmo assim, pôs os lábios na lâmina de Hywelbane e beijou o aço.

– Não pretendi insultar a princesa – disse ele. – Eu juro.

Deixei Hywelbane encostada em seus lábios um instante, depois a afastei e deixei que ele se levantasse.

– Pensei, bispo, que o senhor tinha um Espinheiro Sagrado para guardar em Ynys Wydryn.

Ele espanou o capim de seus mantos molhados.

– Deus me chama para coisas mais elevadas.

– Fale-me delas.

Ele me fixou com ódio nos olhos, mas o medo suplantou o ódio.

– Deus me chamou para o lado do rei Lancelot, lorde Derfel, e a graça d'Ele serviu para suavizar o coração da princesa Guinevere. Tenho esperanças de que ela possa ver Sua luz eterna.

Ri disso.

– Ela tem a luz de Ísis, bispo, e o senhor sabe. E ela o odeia, sua coisa imunda. Então, o que você lhe trouxe para que ela mudasse de ideia?

– Trouxe, senhor? – perguntou ele dissimuladamente. – O que tenho para trazer a uma princesa? Não tenho nada, sou um pobre a serviço de Deus, sou apenas um humilde sacerdote.

– Você é um verme, Sansum – falei, guardando Hywelbane. – Você é a sujeira debaixo das minhas botas. – Cuspi para evitar o mal. Adivinhei, pelas suas palavras, que tinha sido ideia dele propor o batismo a Lancelot, e essa ideia servira muito bem para poupar ao rei de Silúria um embaraço com Mitra, mas não acreditava que a sugestão bastasse para reconciliar Guinevere com Sansum e sua religião. Ele devia ter lhe dado alguma coisa, ou prometido alguma coisa, mas eu sabia que ele nunca me confessaria. Cuspi de novo, e Sansum, tomando essa cuspida como sua dispensa, foi rapidamente em direção à cidade.

– Uma bela demonstração – disse causticamente um dos druidas.

– E o lorde Derfel Cadarn não tem reputação de beleza – disse o outro. Ele assentiu quando o olhei carrancudo. – Dinas – falou, apresentando-se.

– E eu sou Lavaine – disse o companheiro. Os dois eram rapazes altos, ambos com corpo de guerreiro e rosto duro, cheio de confiança. Os mantos eram de um branco ofuscante, e os cabelos compridos e pretos estavam cuidadosamente penteados, revelando uma meticulosidade que, de algum modo, ficava arrepiante diante da calma deles. Era a mesma calma que homens como Sagramor possuíam. Artur, não. Era inquieto demais, mas Sagramor, como alguns outros grandes guerreiros, tinha uma calma arrepiante na batalha. Nunca temi os homens ruidosos numa luta, mas tomo cuidado quando um inimigo é calmo, porque esses são os homens mais perigosos, e aqueles dois druidas tinham a mesma confiança calma. Também eram muito parecidos, e supus que fossem irmãos.

– Nós somos gêmeos – disse Dinas, talvez lendo meus pensamentos.

– Como Amhar e Loholt – acrescentou Lavaine, fazendo um gesto para os filhos de Artur, que ainda estavam com as espadas desembainhadas. – Mas você pode identificar cada um de nós. Tenho uma cicatriz aqui – disse Lavaine, tocando a bochecha direita, onde uma cicatriz branca atravessava a barba crespa.

– Que recebeu no vale do Lugg – disse Dinas. Como seu irmão, ele tinha uma voz extraordinariamente profunda, uma voz áspera que não combinava com sua juventude.

– Vi Tanaburs no vale do Lugg – falei – e me lembro de Iorweth, mas não me lembro de outros druidas no exército de Gorfyddyd.

Dinas sorriu.

– No vale do Lugg nós lutamos como guerreiros.

– E matamos nossa cota de dumnonianos – acrescentou Lavaine.

– E só raspamos as tonsuras depois da batalha – explicou Dinas. Ele possuía um olhar que não piscava, inquietante. – E agora servimos ao rei Lancelot – acrescentou em voz baixa.

– Os juramentos dele são nossos juramentos – disse Lavaine. Havia uma ameaça em suas palavras, mas era uma ameaça distante, não desafiadora.

– Como é que druidas podem servir a um cristão?

– Trazendo uma magia mais antiga para trabalhar ao lado da magia deles, claro – respondeu Lavaine.

– E nós fazemos magia, lorde Derfel – acrescentou Dinas. Estendeu a mão vazia, fechou-a, virou-a, abriu os dedos e ali, em sua palma, estava um ovo de tordo. Ele jogou o ovo fora, descuidadamente. – Nós servimos ao rei Lancelot por opção, e os amigos dele são nossos amigos.

– E seus inimigos são nossos inimigos – concluiu Lavaine.

– E você – Loholt, o filho de Artur, não pôde resistir a se juntar na provocação – é inimigo de nosso rei.

Olhei para os gêmeos mais novos: jovens imaturos, desajeitados, que sofriam de um excesso de orgulho e pouca sabedoria. Os dois tinham o rosto comprido e ossudo do pai, mas neles isso era sobreposto por petulância e ressentimento.

– Como é que sou inimigo de seu rei, Loholt? – perguntei.

Ele não soube o que dizer, e nenhum dos outros respondeu em seu lugar. Dinas e Lavaine eram sábios demais para começar uma briga aqui, nem mesmo com todos os lanceiros de Lancelot tão perto, porque Culhwch e Galahad estavam comigo, e muitos outros que me apoiavam se encontravam na outra margem do lento Churn. Loholt ficou vermelho, mas não disse nada.

Usei Hywelbane para empurrar sua espada para o lado, depois cheguei perto dele.

– Deixe-me dar um conselho, Loholt – falei em voz baixa. – Escolha seus inimigos com mais sabedoria do que escolhe os amigos. Não tenho nada contra você, nem quero ter, mas se quiser, prometo que meu amor por seu pai e minha amizade por sua mãe não me impedirão de enfiar Hywelbane em suas entranhas e enterrar sua alma num monte de esterco. – E embainhei minha espada. – Agora vá.

Ele piscou para mim, mas não tinha coragem para brigar. Foi pegar seu cavalo, e Amhar foi junto. Dinas e Lavaine riram, e Dinas até fez uma reverência para mim.

– Uma vitória! – aplaudiu ele.

– Nós fomos suplantados – disse Lavaine – mas o que mais seria de esperar de um Cavaleiro do Caldeirão? – Ele pronunciou o título com zombaria.

– E matador de druidas? – acrescentou Dinas, nem um pouco zombeteiro.

– Nosso avô, Tanaburs – disse Lavaine, e me lembrei de que Galahad tinha me alertado na Estrada Escura com relação à inimizade daqueles dois druidas.

– É reconhecidamente insensato matar um druida – disse Lavaine em sua voz áspera.

– Especialmente nosso avô, que era como um pai para nós.

– Já que nosso pai morreu.

– Quando éramos jovens.

– De uma doença maligna.

– Ele também era druida – explicou Dinas – e nos ensinou feitiços. Nós podemos secar plantações.

– Podemos fazer mulheres gemer – disse Lavaine.

– Podemos azedar o leite.

– Enquanto ainda está no seio – acrescentou Lavaine, depois se virou abruptamente e, com uma agilidade impressionante, saltou em sua sela.

Seu irmão pulou no outro cavalo e pegou as rédeas.

– Mas podemos fazer mais do que estragar leite – disse Dinas, olhando malévolo para mim de cima de seu cavalo, e então, como tinha feito antes, estendeu a mão vazia, fechou-a, virou-a e abriu de novo. Ali, em sua palma, estava um pergaminho de cinco pontas. Ele sorriu, depois rasgou o pergaminho em pedaços pequenos que deixou cair na grama. – Podemos fazer as estrelas desaparecerem – disse em despedida, depois esporeou o animal.

Os dois partiram a galope. Cuspi. Culhwch pegou minha lança caída e a entregou na minha mão.

– Quem, afinal, são eles? – perguntou.

– Netos de Tanaburs. – Cuspi uma segunda vez para evitar o mal. – As crias de um mau druida.

– E eles podem fazer as estrelas desaparecerem? – Culhwch parecia em dúvida.

– Uma estrela. – Eu olhei para os dois cavaleiros que se afastavam. Ceinwyn, eu sabia, estava em segurança na residência do irmão, mas também sabia que teria de matar os gêmeos silurianos para que ela continuasse em segurança. A maldição de Tanaburs estava comigo, e a maldição se chamava Dinas e Lavaine. Cuspi pela terceira vez, depois toquei o punho de Hywelbane para dar sorte.

– Você deveria ter matado seu irmão em Benoic – rosnou Culhwch para Galahad.

– Que Deus me perdoe – disse ele –, mas você está certo.

Dois dias depois Cuneglas chegou, e naquela noite houve um Conselho de Guerra, e depois do conselho, sob a lua minguante e à luz de tochas, pusemos nossas lanças a serviço da guerra contra os saxões. Nós, guerreiros de Mitra, mergulhamos as lâminas em sangue de boi, mas não fizemos nenhuma reunião para eleger novos iniciados. Não havia necessidade; Lancelot, com seu batismo, tinha escapado à humilhação de ser rejeitado, ainda que para mim fosse um mistério inexplicável como um cristão poderia ter druidas a seu serviço.

Merlin veio naquele dia, e foi ele quem presidiu os ritos pagãos. Iorweth de Powys ajudou, mas não havia qualquer sinal de Dinas ou Lavaine. Cantamos a "Canção da Batalha de Beli Mawr", lavamos as lanças em sangue, prometemos nos dedicar à morte de cada saxão, e no dia seguinte marchamos.

Havia dois importantes líderes saxões em Lloegyr. Como nós, os saxões tinham chefes e reis subalternos; na verdade eles tinham tribos, e algumas das tribos nem mesmo se chamavam saxãs, e afirmavam ser de anglos ou jutos, mas chamávamos todos eles de saxões. Sabíamos que só possuíam dois reis importantes e que esses líderes se chamavam Aelle e Cerdic. Os dois se odiavam.

Aelle, claro, era o famoso. Ele se designava como *Bretwalda*, que na língua saxã significa "governante da Britânia", e suas terras se estendiam do Sul do Tâmisa até a fronteira da distante Elmet. Seu rival era Cerdic, cujo território ficava no litoral Sul da Britânia e fazia fronteira unicamente com as terras de Aelle e com Dumnonia. Dos dois reis Aelle era o mais velho, mais rico em terras e mais forte em guerreiros, o que o tornava nosso principal inimigo; achávamos que, se derrotássemos Aelle, Cerdic inevitavelmente cairia em seguida.

O príncipe Meurig de Gwent, vestido com sua toga e com uma ridícula grinalda de bronze empoleirada no topo do cabelo castanho-claro e fino, tinha proposto uma estratégia diferente no Conselho de Guerra. Com a timidez e a humildade fingidas, sugeriu que fizéssemos uma aliança com Cerdic.

– Deixemos que ele lute por nós! – disse Meurig. – Deixemos que ataque Aelle pelo sul, enquanto atacamos do oeste. Sei que não sou estrategista – Meurig parou para dar um riso afetado, convidando algum de nós a contradizê-lo, mas todos seguramos a língua –, entretanto parece claro, com certeza até mesmo para as menores inteligências, que lutar contra um inimigo é melhor do que contra dois.

– Mas temos dois inimigos – disse Artur simplesmente.

– De fato, eu mesmo fiz questão de enfatizar esse ponto, lorde Artur. Mas o que proponho, se o senhor entende, é que tornemos um desses inimigos nosso amigo. – Ele cruzou as mãos e piscou para Artur. – Um aliado – acrescentou Meurig, para o caso de Artur ainda não ter entendido.

– Cerdic não tem honra – rosnou Sagramor em seu britânico atroz. – Ele romperá um juramento com tanta facilidade quanto uma pega rompe um ovo de pardal. Eu não farei qualquer acordo de paz com ele.

– Vocês não entendem – protestou Meurig.

– Não farei acordo de paz com ele – interrompeu Sagramor, dizendo as palavras muito devagar, como se falasse com uma criança. Meurig enrubesceu e ficou quieto. O edling de Gwent praticamente morria de medo daquele alto guerreiro númida, o que não era de espantar, porque a reputação de Sagramor era tão temível quanto sua aparência. O Senhor das Pedras era um homem alto, muito magro, e rápido como um chicote. Seu cabelo e sua pele eram pretos como piche, e aquele rosto comprido, cheio de cicatrizes de toda uma vida de guerras, tinha uma carranca perpétua que escondia um caráter divertido e até mesmo generoso. Sagramor, apesar do domínio imperfeito de nossa língua, era capaz de manter um acampamento fascinado durante horas com suas histórias de terras distantes, mas a maioria dos homens só o conhecia como o mais feroz guerreiro de Artur; o implacável Sagramor terrível na batalha e sombrio fora dela, ao passo que os saxões acreditavam que ele era um demônio negro mandado de seu inferno. Eu o conhecia muito bem, e gostava dele, na verdade foi Sagramor quem me iniciou no serviço de Mitra, e foi Sagramor quem tinha lutado ao meu lado durante todo longo dia aquele no vale do Lugg.

– Agora ele está com uma garota saxã grandalhona – sussurrou Culhwch para mim durante o conselho. – Alta como uma árvore e com cabelos que parecem um monte de feno. Não é de espantar que ele esteja tão magro.

– As suas três mulheres mantêm você em excelente estado – falei, cutucando-o nas costelas substanciais.

– Eu as escolho pelo modo como cozinham, Derfel, e não pela aparência.

– Tem algo a contribuir para a reunião, lorde Culhwch? – perguntou Artur.

– Nada, primo! – respondeu Culhwch, animado.

– Então vamos continuar. – Artur perguntou a Sagramor que chance havia de os homens de Cerdic lutarem a favor de Aelle, e o númida, que tinha guardado a fronteira com os saxões durante todo o inverno, deu de ombros, dizendo que qualquer coisa era possível com Cerdic. Disse ter ouvido que os dois saxões haviam se encontrado e trocado presentes, mas ninguém havia relatado uma aliança de fato. A opinião de Sagramor era que Cerdic ficaria contente em deixar Aelle se enfraquecer, e que enquanto o exército dumnoniano estivesse fazendo isso ele atacaria ao longo da costa, num esforço para capturar Durnovária.

– Se estivéssemos em paz com ele... – tentou Meurig de novo.

– Não estamos – disse o rei Cuneglas, incisivo. Meurig, inferior em posição ao único rei no Conselho, calou-se de novo.

– Há uma última coisa – alertou Sagramor. – Os saxões têm cães, agora. Cães enormes. – Ele abriu as mãos para mostrar o tamanho gigantesco dos cães de guerra saxões. Todos tínhamos ouvido falar daquelas feras, e as temíamos. Diziam que os saxões soltavam os cachorros segundos antes que as paredes de escudos se chocassem, e que os animais eram capazes de rasgar buracos enormes na parede, por onde jorravam os lanceiros.

– Eu cuido dos cães – disse Merlin. Foi a única participação dele no conselho, mas a declaração calma e confiante aliviou alguns homens preocupados. A presença inesperada de Merlin junto ao exército já era colaboração suficiente, porque a posse do Caldeirão o tornava, até para muitos cristãos, uma figura mais poderosa do que nunca. Não que muitos entendessem o objetivo do Caldeirão, mas estavam satisfeitos porque o druida havia declarado sua disposição de acompanhar o exército. Com Artur à nossa frente e Merlin ao lado, como poderíamos perder?

Artur fez seus arranjos. Disse que o rei Lancelot, com os lanceiros de Silúria e o destacamento de homens de Dumnonia, guardaria a fronteira Sul contra Cerdic. O resto de nós iria se juntar em Caer Ambra e marchar para o leste ao longo do vale do Tâmisa. Lancelot fingiu estar relutante em ser separado assim do exército principal que lutaria contra Aelle, mas Culhwch, ouvindo as ordens, balançou a cabeça, pasmo.

– Ele está fugindo da batalha de novo, Derfel! – sussurrou para mim.

– Não se Cerdic atacá-lo.

Culhwch olhou para Lancelot, que estava flanqueado pelos gêmeos Dinas e Lavaine.

– E vai estar perto de sua protetora, não é? Ele não deve se afastar muito de Guinevere, caso contrário vai ter de ficar de pé sozinho.

Eu não me importava. Sentia alívio porque Lancelot e seus homens não participariam do exército principal; já bastava enfrentar os saxões sem me preocupar com os netos de Tanaburs ou uma faca siluriana nas costas.

E assim marchamos. Era um exército desordenado, feito de contingentes de três reinos britânicos, enquanto alguns de nossos aliados mais distantes ainda não tinham chegado. Havia homens prometidos de Elmet e até mesmo de Kernow, mas eles iriam nos seguir ao longo da estrada romana que ia para o sudeste, partindo de Corinium e depois para leste em direção a Londres.

Londres. Os romanos a chamavam de Londinium, e antes disso tinha sido simplesmente Londo, que, segundo o que Merlin me contou uma vez, significava "lugar selvagem", e agora era o nosso objetivo: a cidade que já fora grandiosa, a maior de toda a Britânia romana, e que agora estava decadente em meio às terras roubadas por Aelle. Uma vez Sagramor liderou um famoso ataque contra a cidade antiga, e descobriu os habitantes britânicos acovardados diante dos novos senhores. Mas agora esperávamos tomá-los de volta. Essa esperança se espalhou como um incêndio pelo exército, ainda que Artur a negasse constantemente. Segundo ele, nossa tarefa era trazer os saxões para a batalha e não ser atraídos pelas ruínas de uma cidade morta, mas nisso Artur tinha a oposição de Merlin.

– Não estou indo ver um punhado de saxões mortos – disse-me ele, cheio de desprezo. – Que utilidade tenho para matar saxões?

– Toda a utilidade – falei. – Sua magia apavora o inimigo.

– Não seja absurdo, Derfel. Qualquer idiota pode dar pulos na frente de um exército, fazer caretas e lançar maldições. Amedrontar saxões não é um trabalho de habilidade. Até aqueles ridículos druidas de Lancelot poderiam conseguir fazer isso! Não que eles sejam druidas de verdade.

– Não são?

– Claro que não! Para ser druida de verdade é preciso estudar. É preciso ser testado. Convencer outros druidas de que conhece o ofício, e nunca ouvi falar de qualquer druida que tenha testado Dinas e Lavaine. A não ser que Tanaburs tenha feito isso, e que tipo de druida ele era? Não muito bom, sem dúvida, caso contrário não teria deixado você sobreviver. Eu deploro a ineficiência.

– Eles sabem fazer magia, senhor.

– Fazer magia! – zombou ele. – Um daqueles desgraçados mostra um ovo de tordo e você acha que é magia? Os tordos fazem isso o tempo todo. Agora, se ele tivesse feito um ovo de ovelha, eu acharia interessante.

– Ele fez uma estrela também, senhor.

– Derfel! Que homem absurdamente crédulo você é! Uma estrela feita com tesoura e pergaminho? Não se preocupe, ouvi falar daquela estrela, e sua preciosa Ceinwyn não corre perigo nenhum. Nimue e eu nos certificamos disso enterrando três crânios. Você não precisa saber dos detalhes, mas pode descansar sabendo que, se aqueles charlatões chegarem perto de Ceinwyn serão transformados em cobras-de-água-de-colar. Depois poderão botar ovos para sempre. – Agradeci por isso, depois perguntei por que ele estava acompanhando o exército, se não para nos ajudar contra Aelle. – Por causa do pergaminho, claro – disse ele, e bateu no bolso de seu manto preto e sujo, para mostrar que ele estava em segurança.

– O pergaminho de Caleddin?

– Existe outro?

O pergaminho de Caleddin era o tesouro que Merlin trouxera de Ynys Trebes, e a seus olhos era tão valioso quanto os Tesouros da Britânia. O que não era de espantar, porque o segredo daqueles Tesouros estava descrito no documento antigo. Os druidas eram proibidos de escrever qualquer coisa, porque acreditavam que registrar um feitiço era destruir o poder mágico do escritor, e assim todo seu conhecimento e seus rituais eram passados apenas verbalmente. Mas antes de atacar Ynys Mon os romanos temiam tanto a religião britânica que tinham subornado um druida chamado Caleddin e o persuadiram a ditar tudo o que sabia a um escriba romano, e o traiçoeiro pergaminho de Caleddin tinha preservado o antigo conhecimento da Britânia. Boa parte desse conhecimento, pelo que Merlin me contou uma vez, fora esquecido com o passar dos séculos, porque os romanos tinham perseguido cruelmente os druidas, mas agora, com o pergaminho, ele poderia recriar aquele poder perdido.

– E o pergaminho menciona Londres? – perguntei.

– Ora, ora, como você é curioso! – zombou Merlin, mas então, talvez porque fizesse um dia bonito e ele estivesse num humor ensolarado, cedeu. – O último Tesouro da Britânia está em Londres. Ou estava – acrescentou rapidamente. – Está enterrado lá. Pensei em lhe dar uma pá e deixar que cavasse até achar a coisa, mas você ia acabar fazendo uma bagunça. Olhe só o que fez em Ynys Mon! Cercados e em número inferior. Imperdoável. Por isso decidi fazer eu mesmo. Primeiro tenho de descobrir onde está enterrado, claro, o que pode ser difícil.

– E foi por isso que trouxe os cães, senhor? – Merlin e Nimue tinham reunido uma matilha de cachorros sarnentos que latiam sem parar, acompanhando o exército.

Merlin suspirou.

– Deixe-me dar um conselho, Derfel. Você não compra um cachorro e fica latindo. Sei qual é o objetivo dos cães, Nimue sabe qual é o objetivo deles, e você não sabe. É assim que os Deuses quiseram. Tem mais alguma pergunta? Ou será que posso desfrutar a caminhada matinal? – Ele passou a andar mais rápido, batendo com o cajado preto na terra a cada passo enfático.

A fumaça de grandes fogueiras nos recebeu assim que passamos por Calleva. Eram os sinais do inimigo, indicando que estávamos à vista, e, sempre que um saxão via uma pluma de fumaça daquelas, estava sob ordens de devastar a terra. Os depósitos de grãos eram esvaziados, as casas eram queimadas, e os animais levados para longe. E sempre Aelle recuava, mantendo-se um dia de marcha à nossa frente, atraindo-nos para aquela terra devastada. Sempre que a estrada passava por florestas era bloqueada por árvores, e algumas vezes, enquanto nossos homens lutavam para tirar do caminho os troncos caídos, uma flecha ou lança atravessava as folhas roubando uma vida, ou então um dos grandes cães de guerra saxões vinha saltando e babando de dentro do mato baixo, mas eram os únicos ataques feitos por Aelle, e nenhuma vez vimos sua parede de escudos. Ele recuava, e nós marchávamos para a frente, e a cada dia as lanças ou os cães do inimigo roubavam uma vida ou duas.

Um dano muito maior nos era causado pela doença. Tínhamos descoberto a mesma coisa antes do vale do Lugg: sempre que um grande exército se reunia, os Deuses nos assolavam com doenças.

Os doentes nos retardavam terrivelmente, porque se não pudessem marchar tinham de ser postos num local seguro e guardados por lanceiros contra os bandos de guerreiros saxões que rondavam nossos flancos. Víamos aqueles bandos de inimigos durante o dia como distantes figuras maltrapilhas, e a cada noite suas fogueiras tremulavam em nosso horizonte. Mas não eram os doentes que nos retardavam mais, e sim a simples lentidão de movimentar tantos homens. Para mim era um mistério o motivo de trinta lanceiros poderem cobrir facilmente 30 quilômetros num dia tranquilo, mas um exército vinte vezes maior, mesmo se esforçando, tinha sorte de cobrir 12 ou 13. Nossos marcos eram as pedras romanas plantadas na margem da estrada, registrando a distância até Londres, e depois de um tempo eu me recusava a olhar para elas, com medo de sua mensagem depressiva.

As carroças de bois também nos retardavam. Estávamos equipados com quarenta grandes carroças que levavam a comida e as armas de reserva, e elas seguiam a passo de lesma atrás do exército. O príncipe Meurig tinha recebido o comando dessa retaguarda, e passava o tempo todo verificando as carroças, contava-as obsessivamente, e sempre reclamando que os lanceiros à frente marchavam depressa demais.

Os famosos cavaleiros de Artur lideravam o exército. Agora eram cinquenta, todos montados nos cavalos grandes e peludos criados no interior de Dumnonia. Outros cavaleiros, que não usavam a armadura de malha do bando de Artur, se adiantavam como batedores, e algumas vezes esses homens deixavam de voltar, mas sempre encontrávamos suas cabeças cortadas esperando-nos na estrada enquanto avançávamos.

O corpo principal do exército era composto de quinhentos lanceiros. Artur tinha decidido não levar os *levies*, porque aqueles agricultores raramente possuíam armas adequadas; por isso éramos todos guerreiros jurados, e todos carregávamos lanças e escudos, e a maioria também possuía espadas. Nem todo homem podia pagar por uma espada, mas Artur enviara ordens por toda a Dumnonia, dizendo que toda casa que possuísse uma espada deveria entregar a arma, e as oitenta coletadas desse modo tinham sido distribuídas pelo seu exército. Alguns homens – poucos – levavam machados de guerra saxões capturados, mas outros, como eu, não gostavam deles, por considerá-los incômodos.

E para pagar tudo isso? Para pagar espadas, novas lanças, novos escudos, carroças, bois, farinha, botas, estandartes, arreios, panelas, capacetes, capas, facas, ferraduras e carne salgada? Artur riu quando perguntei.

– Você deveria agradecer aos cristãos, Derfel.

– Eles cederam mais? Pensei que aquele úbere estava seco.

– Agora está – disse ele, sério. – Mas é espantosa a quantidade que os templos deles deram quando oferecemos o martírio aos seus guardiões, e é ainda mais espantoso quanto prometemos pagar de volta.

– Pagamos de volta ao bispo Sansum? – perguntei. O mosteiro dele em Ynys Wydryn proporcionara a fortuna que comprou a paz de Aelle durante a campanha de outono, a qual tinha terminado no vale do Lugg.

Artur balançou a cabeça.

– E ele vive me lembrando disso.

– O bispo parece ter feito novos amigos – falei cautelosamente.

Artur riu de minha tentativa de demonstrar tato.

– Ele é capelão de Lancelot. Parece que nosso caro bispo não consegue ficar por baixo. Como uma maçã num barril cheio d'água, ele simplesmente boia de novo.

– E ele fez as pazes com sua esposa – observei.

– Gosto de ver as pessoas resolverem suas pendências, mas ultimamente o bispo Sansum parece ter aliados estranhos. Guinevere o tolera, Lancelot o ergue e Morgana o defende. Que acha disso? Morgana! – Artur gostava de sua irmã, mas sofria ao ver que estava tão afastada de Merlin. Morgana governava Ynys Wydryn com uma eficiência feroz, quase como se quisesse demonstrar a Merlin que era uma parceira mais adequada do que Nimue, mas há muito tinha perdido a batalha para ser a principal sacerdotisa de Merlin. Ela era valorizada por ele, disse Artur, mas queria ser amada, e quem, perguntou Artur com tristeza, poderia amar uma mulher tão marcada, encolhida e desfigurada pelo fogo? – Merlin nunca foi amante de Morgana – disse Artur –, mas ela fingia que sim, e ele nunca se importou com o fingimento, porque quanto mais as pessoas o acham estranho, mais feliz ele fica. Mas na verdade ele não suporta vê-la sem a máscara. Ela é solitária, Derfel. – Assim, não era de espantar que Artur estivesse feliz pela amizade de sua irmã mutilada com o bispo Sansum, ainda que me espantasse que o mais feroz proponente do cristianismo em Dumnonia fosse tão amigo de Morgana, que era uma sacerdotisa pagã famosa por seu poder.

"O Lorde Camundongo", pensei, "era como uma aranha fazendo uma teia muito estranha." Sua última teia havia tentado pegar Artur e falhara, então para quem Sansum estava tecendo agora?

Não tivemos notícias de Dumnonia depois de os derradeiros aliados chegarem. Agora estávamos isolados, rodeados por saxões, ainda que as últimas notícias de casa fossem tranquilizadoras. Cerdic não fizera qualquer movimento contra as tropas de Lancelot, e parecia que também não tinha ido para o leste ajudar Aelle. A última tropa aliada a se juntar a nós foi um bando de guerreiros de Kernow, liderado por um velho amigo que veio galopando pela coluna até me encontrar, depois desceu do cavalo, tropeçou e caiu aos meus pés. Era Tristan, príncipe e edling de Kernow, que se levantou, bateu a poeira da capa e depois me abraçou.

– Pode relaxar, Derfel – disse ele. – Os guerreiros de Kernow chegaram. Tudo vai ficar bem.

Eu ri.

– O senhor está com uma boa aparência, senhor príncipe. – E estava mesmo.

– Estou livre do meu pai. Ele me deixou sair da gaiola. Provavelmente espera que um saxão enterre um machado no meu crânio. – Tristan fez uma cara grotesca, imitando um homem agonizante, e cuspi para afastar o mal.

Tristan era um homem bonito, de boa compleição, com cabelos pretos, barba bifurcada e bigodes compridos. Tinha pele clara e um rosto que costumava parecer triste, mas que hoje estava cheio de felicidade. Havia desobedecido ao pai trazendo um pequeno bando de homens ao vale do Lugg, e por esse ato, segundo ouvimos dizer, fora confinado a uma fortaleza remota na costa Norte de Kernow durante todo o inverno, mas o rei Mark tinha cedido e liberado o filho para esta campanha.

– Agora somos da mesma família – explicou Tristan.

– Família?

– Meu querido pai tomou uma nova esposa – disse ele ironicamente. – Ialle de Broceliande. – Broceliande era o reino britânico que restava em Armórica, e era governado por Budic Ap Camran, que era casado com a irmã de Artur, Anna, o que significava que Ialle era sobrinha de Artur.

– Qual é essa? – perguntei. – Sua sexta madrasta?

– Sétima, e só tem 15 verões, e papai deve ter pelo menos 50. Eu já tenho 30! – acrescentou ele, sombrio.

– E não se casou?

– Ainda não. Mas meu pai se casa o suficiente por nós dois. Pobre Ialle. Dê-lhe quatro anos, Derfel, e ela estará morta como as outras. Mas ele está bem feliz por enquanto. Está acabando com ela, como fez com as outras. – Tristan pôs o braço sobre meus ombros. – E ouvi dizer que você está casado.

– Casado não, mas bem arreado.

– Com a lendária Ceinwyn! – gargalhou. – Muito bem, meu amigo, muito bem. Um dia terei a minha Ceinwyn.

– Que seja logo, senhor príncipe.

– Terá de ser! Estou ficando velho! Velhíssimo! Vi um fio de cabelo branco um dia desses, aqui na barba. – Ele cutucou o queixo. – Está vendo? – perguntou, ansioso.

– Se estou? – zombei. – Você está parecendo um texugo. – Talvez houvesse três ou quatro fios grisalhos em meio aos pretos, mas só isso.

Tristan riu, depois olhou para um escravo que estava correndo pela estrada com uma dúzia de cães presos por correias.

– Ração de emergência? – perguntou.

– Magia de Merlin, e ele não quer me dizer para que são. – Os cachorros do druida eram um incômodo; precisavam de comida da qual não podíamos abrir mão, mantinham-nos acordados à noite com seus uivos e lutavam como demônios contra os outros cachorros que acompanhavam nossos homens.

Um dia depois de Tristan se juntar a nós, chegamos a Pontes, onde a estrada atravessa o Tâmisa numa maravilhosa ponte de pedra feita pelos romanos. Esperávamos encontrar a ponte destruída, mas nossos batedores disseram que estava inteira e, para nosso espanto, continuava inteira quando os lanceiros chegaram.

Foi o dia mais quente da marcha. Artur proibiu qualquer um de atravessar a ponte até que as carroças tivessem chegado ao corpo principal do exército, de modo que nossos homens se esparramaram junto ao rio enquanto esperavam. A ponte tinha onze arcos, dois em cada margem, onde erguiam a estrada para a extensão de sete arcos que atravessava o rio. Troncos de árvores e outros destroços flutuantes tinham se amontoado no lado voltado para a nascente, tornando o lado Oeste do rio mais largo e mais fundo do que o Leste, e aquela espécie de represa fazia a água correr e espumar entre os pilares de pedra. Havia um povoado romano na margem oposta; um grupo de construções de pedra rodeado pelos restos de um muro de terra, e do nosso lado da ponte uma grande torre guardava a estrada que passava sob seu arco arruinado, onde ainda havia uma inscrição romana. Artur a traduziu para mim, dizendo que o imperador Adriano ordenara a construção da ponte.

– *Imperator* – falei, olhando a placa de pedra. – Significa imperador, não é?

– Sim.

– E um imperador está acima de um rei?

– Um imperador é um senhor dos reis – disse Artur. A ponte o havia deixado sombrio. Ele seguiu pelos arcos sobre a terra e foi até a torre, pondo uma das mãos nas pedras enquanto olhava a inscrição acima. – Suponha que você e eu quiséssemos fazer uma ponte assim. Como faríamos?

Dei de ombros.

– De madeira, senhor. Bons pilares de olmo, e o resto de carvalho cortado.

Ele fez uma careta.

– E ainda estaria de pé quando nossos bisnetos vivessem?

– Eles podem construir suas próprias pontes.

Ele acariciou a torre.

– Não temos quem entalhe pedras assim. Ninguém que saiba como afundar um pilar de pedras num leito de rio. Ninguém que se lembre. Somos como homens com um tesouro, Derfel, e dia a dia ele se encolhe e não sabemos como impedir, e nem como fazer mais. – Ele olhou de volta e viu as primeiras carroças de Meurig aparecendo a distância. Nossos batedores haviam penetrado fundo nas matas que cresciam de cada lado da estrada, e não tinham visto nem sentido o cheiro de nenhum saxão, mas Artur continuava cheio de suspeitas. – Se eu fosse eles deixaria nosso exército atravessar e atacaria as carroças – falou, por isso tinha decidido mandar uma guarda avançada pela ponte, atravessar as carroças até os restos da muralha de terra do povoado e só então trazer a parte principal do exército por cima do rio.

Meus homens formaram a guarda avançada. A terra do outro lado do rio tinha menos florestas, e ainda que algumas das árvores que restavam crescessem suficientemente perto para esconder um pequeno exército, ninguém apareceu para nos desafiar. O único sinal dos saxões foi uma cabeça de cavalo cortada, esperando no centro da ponte. Nenhum de meus homens quis passar, até que Nimue se adiantou para espantar o mal. Ela meramente cuspiu na cabeça. Segundo ela, a magia saxã era uma coisa débil, e, assim que o mal foi dissipado, Issa e eu jogamos aquela coisa por cima do parapeito.

Meus homens guardaram a muralha de terra enquanto as carroças e sua guarda atravessavam. Galahad tinha vindo comigo, e nós dois examinamos as construções dentro da muralha. Os saxões, por algum motivo, não gostavam de usar povoados romanos, preferindo suas construções de madeira e palha, ainda que algumas pessoas tivessem vivido ali até recentemente, porque os fogões continham cinzas e alguns dos pisos estavam varridos.

– Talvez seja gente nossa – disse Galahad, porque uma quantidade de britânicos vivia entre os saxões, muitos como escravos, mas alguns como pessoas livres que tinham aceitado seu governo estrangeiro.

As construções pareciam ter sido alojamentos militares um dia, mas também havia duas casas e o que achei que fosse um silo gigantesco, mas que, quando empurramos sua porta aberta, revelou ser uma casa de animais, onde o gado era guardado à noite para ser protegido dos lobos. O piso era um fundo atoleiro de palha e esterco que fedia tanto que eu teria saído da construção imediatamente, mas Galahad viu alguma coisa nas sombras do lado mais distante, por isso o segui pelo chão molhado e viscoso.

A extremidade oposta da construção não era uma parede reta, mas sim interrompida por uma abside curva. Bem alto no gesso da abside, e quase invisível através do pó e da sujeira dos anos, havia um símbolo pintado que parecia um grande X, sobre o qual estava sobreposto um P. Galahad olhou para o símbolo e fez o sinal da cruz.

– Antigamente isso era uma igreja, Derfel – disse ele, espantado.

– Ela fede.

Ele olhou com reverência para o símbolo.

– Houve cristãos aqui.

– Não existem mais. – Estremeci diante do fedor insuportável, e fiquei batendo inutilmente nas moscas que zumbiam em volta da minha cabeça.

Galahad não se importava com o fedor. Enfiou o cabo da lança na massa compacta de bosta de vaca e palha apodrecida, e finalmente conseguiu descobrir um pequeno trecho do piso. O que encontrou apenas o fez trabalhar com mais empenho, até revelar a parte superior de um homem representado em pequenos ladrilhos de mosaico. O homem usava os mantos de um bispo, tinha um halo de sol em volta da cabeça e, numa das mãos erguida, levava um pequeno animal de corpo magro e grande cabeça peluda.

– São Marcos e seu leão – disse Galahad.

– Eu achava que os leões eram feras enormes – falei, desapontado. – Sagramor disse que são maiores do que cavalos e mais ferozes do que ursos. – Olhei para o bicho sujo de esterco. – É só um gatinho.

– É um leão simbólico – reprovou-me ele. Em seguida, tentou limpar uma parte maior do piso, mas a sujeira era antiga demais, compactada e grudenta. – Um dia – disse ele – vou construir uma igreja grande como esta. Uma igreja enorme. Um lugar onde todo um povo possa se reunir diante do seu Deus.

– E quando você estiver morto – puxei-o de volta para a porta – algum desgraçado vai trazer dez rebanhos de gado no inverno e lhe agradecerá.

Ele insistiu em ficar mais um minuto e, enquanto eu segurava seu escudo e a lança, abriu os braços e fez uma nova oração num lugar antigo.

– É um sinal de Deus – disse empolgado, quando finalmente me acompanhou de volta à luz do sol. – Devemos restaurar o cristianismo em Lloegyr, Derfel. É um sinal de vitória!

Poderia ser um sinal de vitória para Galahad, mas aquela igreja velha quase foi a causa de nossa derrota. No dia seguinte, enquanto avançávamos para o leste em direção a Londres, que estava tão hipnotizantemente próxima, o príncipe Meurig ficou em Pontes. Mandou as carroças com a maior parte da escolta, mas manteve cinquenta homens para limpar a imundície da igreja. Meurig, como Galahad, ficou comovido pela existência daquela igreja antiga e decidiu rededicar o templo a seu Deus, por isso mandou seus lanceiros deixarem de lado o equipamento de guerra e limpar a bosta e a palha do prédio, para que os padres que o acompanhavam pudessem fazer as orações necessárias para restaurar a santidade da construção.

E enquanto a retaguarda tirava bosta, os saxões que vinham nos seguindo chegaram à ponte.

Meurig escapou. Ele tinha um cavalo, mas a maioria dos limpadores de bosta morreu, bem como dois dos padres, e então os saxões vieram a toda pela estrada e atacaram as carroças. O resto da retaguarda lutou, mas por estarem em menor número foram flanqueados pelos saxões, que dominaram e começaram a trucidar os bois de modo que, uma a uma, as carroças foram paradas e caíram nas mãos inimigas.

Agora tínhamos ouvido a agitação. O exército parou enquanto os cavaleiros de Artur galopavam de volta em direção ao som da matança. Nenhum daqueles cavaleiros estava adequadamente equipado para a batalha, porque era simplesmente quente demais cavalgar de armadura o dia inteiro, mas seu aparecimento súbito bastou para espantar os saxões. Entretanto, o dano já tinha sido feito. Dezoito das quarenta carroças haviam sido imobilizadas e, sem bois, teríamos de abandoná-las. A maior parte das dezoito tinha sido pilhada, e barris de nossa preciosa farinha se derramaram no caminho. Salvamos o que pudemos da farinha e a enrolamos em capas, mas o pão feito por ela seria ruim, cheio de poeira e gravetos. Mesmo antes do ataque vínhamos reduzindo as rações, percebendo que tínhamos o bastante para mais duas semanas, mas agora, como a maior parte da comida estava nos veículos de trás, enfrentávamos a perspectiva de abandonar a marcha em apenas uma semana, e mesmo então mal haveria comida suficiente para voltarmos a Calleva ou Caer Ambra.

– Há peixe no rio – observou Meurig.

– Deuses, peixe de novo, não – resmungou Culhwch, lembrando-se das privações dos últimos dias de Ynys Trebes.

– Não há peixe suficiente para alimentar um exército – respondeu Artur, furioso. Ele gostaria de ter gritado com Meurig, desnudado sua estupidez, mas ele era um príncipe, e o sentimento de Artur do que era certo jamais iria deixá-lo humilhar um príncipe. Se tivesse sido Culhwch ou eu a dividir a retaguarda e expor as carroças, Artur teria perdido as estribeiras, mas o berço de Meurig o protegia.

Estávamos num Conselho de Guerra ao norte da estrada, que naquele ponto seguia, reta, através de uma planície lisa e coberta de capim, interrompida por agrupamentos de árvores e com trechos de tojo e pilriteiros espaçados. Todos os comandantes estavam presentes, e dúzias de homens de postos inferiores se amontoavam para ouvir nossas discussões. Meurig, claro, negou toda a responsabilidade. Se ele tivesse recebido mais homens, falou, o desastre nunca teria acontecido.

– Além disso, e se vocês me permitem observar – falou –, ainda que eu pense que uma coisa tão óbvia não deveria precisar de minha explicação, nenhum sucesso pode chegar a um exército que ignora Deus.

– Então por que Deus nos ignorou? – perguntou Sagramor.

Artur silenciou o númida.

– O que está feito está feito. O que interessa aqui é o que vai acontecer em seguida.

Mas o que acontecesse em seguida teria mais a ver com Aelle do que conosco. Ele tinha obtido a primeira vitória, mas era possível que não soubesse da extensão desse triunfo. Estávamos quilômetros dentro de seu território, e encararíamos a fome se não pudéssemos acuar seu exército, derrotá-lo e com isso chegar a terras cujos suprimentos não tivessem sido arrancados. Nossos batedores traziam cervos, e de vez em quando encontravam alguns bois ou ovelhas, mas essas iguarias eram raras e nem de longe suficientes para compensar a perda da farinha e da carne-seca.

– Ele tem de defender Londres, não é? – sugeriu Cuneglas.

Sagramor balançou a cabeça.

– Londres é povoada por britânicos. Os saxões não gostam de lá. Ele deixará que tomemos Londres.

– Haverá comida em Londres – disse Cuneglas.

– Mas quanto tempo vai durar, senhor rei? – perguntou Artur. – E se a levarmos conosco, o que faremos? Andar para sempre, esperando Aelle atacar? – Ele olhou para o chão, com o rosto endurecido pelo pensamento. Agora a tática de Aelle estava bastante clara: o saxão iria deixar que marchássemos e marchássemos, e seus homens estariam sempre à nossa frente para tirar a comida de nosso caminho, e assim que estivéssemos enfraquecidos e desanimados a horda saxã viria como um enxame em volta de nós.

Meurig piscou rapidamente.

– Como? – perguntou, num tom que sugeria que Artur estava sendo ridículo.

Os druidas que nos acompanhavam, Merlin, Iorweth e os dois outros de Powys estavam sentados num grupo de um dos lados do Conselho, e Merlin, que ocupara um conveniente formigueiro como assento, agora exigia a atenção levantando seu cajado.

– O que vocês fazem quando querem alguma coisa valiosa? – perguntou.

– Tomamos – rosnou Agravain. Agravain comandava os pesados cavaleiros de Artur, deixando-o livre para liderar todo o exército.

– Quando vocês querem alguma coisa valiosa dos Deuses – Merlin corrigiu a pergunta –, o que fazem?

Agravain deu de ombros, e nenhum de nós pôde dar uma resposta.

Merlin se levantou, para que sua altura dominasse o conselho.

– Se vocês querem alguma coisa – falou muito simplesmente, como se fosse o professor, e nós, seus alunos –, devem dar alguma coisa. Devem fazer uma oferenda, um sacrifício. A coisa que eu mais queria neste mundo era o Caldeirão, por isso ofereci minha vida à sua busca e recebi o desejo, mas se não tivesse oferecido minha alma, o presente não teria vindo. Precisamos sacrificar alguma coisa.

O cristianismo de Meurig se ofendeu, e ele não resistiu a provocar o druida.

– Que tal sua vida, lorde Merlin? Deu certo da última vez. – Ele riu e olhou para seus padres sobreviventes, para que se juntassem ao riso.

O riso morreu assim que Merlin apontou o cajado preto para o príncipe. Manteve o cajado muito imóvel, o cabo a apenas centímetros do rosto de Meurig, e o manteve ali muito depois de o riso ter acabado. Merlin sustentou o cajado, estendendo o silêncio insuportavelmente. Agrícola pigarreou, sentindo que devia apoiar seu príncipe, mas um minúsculo movimento do cajado impediu qualquer protesto que ele pudesse ter feito. Meurig se retorceu, desconfortável, mas parecia ter ficado mudo. Enrubesceu, piscou e se remexeu. Artur franziu a testa, mas ficou quieto. Nimue sorriu antecipando o destino do príncipe, enquanto o resto de nós observava em silêncio até que, por fim, Meurig não pôde mais suportar o suspense.

– Eu estava brincando – quase gritou, desesperado. – Não quis ofender.

– Disse alguma coisa, senhor príncipe? – perguntou Merlin, ansioso, fingindo que as palavras apavoradas de Meurig o tivessem retirado de um devaneio. Baixou o cajado. – Devo ter sonhado desperto. Onde é que eu estava? Ah, sim, um sacrifício. O que temos de mais precioso, Artur?

Artur pensou durante alguns segundos.

– Temos ouro, prata e armaduras.

– Ninharias – respondeu Merlin, descartando.

Houve silêncio durante um tempo, então os homens de fora do Conselho ofereceram suas respostas. Alguns pegaram torques do pescoço e balançaram no ar. Outros sugeriram oferecer armas; um homem chegou a gritar o nome da espada de Artur, Excalibur. Os cristãos não fizeram sugestões, porque esse era um procedimento pagão e eles ofereceriam apenas suas preces, mas um homem de Powys sugeriu que sacrificássemos um cristão, e essa ideia provocou aplausos ruidosos. Meurig ficou vermelho de novo.

– Algumas vezes acho que estou condenado a viver entre idiotas – disse Merlin, quando não surgiram mais sugestões. – Será que o mundo inteiro está louco, menos eu? Será que nenhum pobre imbecil tacanho entre vocês enxerga a coisa mais preciosa que possuímos? Nenhum?

– Comida – falei.

– Ah! – gritou Merlin, deliciado. – Muito bem, seu pobre imbecil tacanho! Comida, seus idiotas. – Ele cuspiu o insulto para o Conselho. – Os planos de Aelle se baseiam na crença de que estamos sem comida, e por isso precisamos demonstrar o contrário. Precisamos desperdiçar comida como os cristãos desperdiçam orações, precisamos espalhá-las pelos céus vazios, precisamos esbanjá-la, precisamos jogar fora, precisamos... – ele parou, para enfatizar a palavra seguinte – sacrificá-la. – Em seguida esperou que alguma voz se erguesse em oposição, mas ninguém falou. – Encontre um lugar aqui perto onde você ache que seria bom ter uma batalha com Aelle – ordenou Merlin a Artur. – Não pareça muito forte, porque você não quer que ele recuse o combate. Você o está provocando, lembre-se, e deve fazer com que ele ache que pode derrotá-lo. Quanto tempo demoraria para ele preparar as forças para a batalha?

– Três dias. – Artur suspeitava de que os homens de Aelle estavam muito espalhados no círculo frouxo que nos acompanhava, e o saxão demoraria pelo menos dois dias para encolher esse círculo e formar um exército compacto, e mais um dia inteiro para colocá-lo em ordem de batalha.

– Precisarei de dois dias – disse Merlin –, portanto assem pão duro suficiente para nos manter apenas vivos durante quatro dias –

ordenou. – Nada de ração generosa, Artur, porque nosso sacrifício tem de ser verdadeiro. Então encontre seu campo de batalha e espere. Deixe o resto comigo, mas quero Derfel e uma dúzia dos seus homens para fazer um trabalho. E será que temos aqui – ele ergueu sua voz para que todos que se agrupavam em volta do Conselho pudessem ouvir – algum homem hábil em esculpir madeira?

Ele escolheu seis homens. Dois eram de Powys, um usava o falcão de Kernow no escudo e os outros eram de Dumnonia. Eles receberam machados e facas, mas nada para esculpir até que Artur tivesse descoberto seu campo de batalha.

Encontrou-o num amplo urzal que subia até um cume suave, coroado por um bosque ralo de teixos e sorveiras. A encosta não era íngreme, mas ainda assim teríamos o terreno mais elevado, e ali Artur plantou seus estandartes, e em volta dos estandartes cresceu um acampamento de abrigos cobertos de palha, feitos de galhos cortados do bosque. Nossos lanceiros fariam um círculo em volta das bandeiras e ali, esperávamos, enfrentariam Aelle. O pão que iria nos manter vivos enquanto aguardávamos os saxões foi assado em fornos de turfa.

Merlin escolheu seu lugar a norte do urzal. Ali havia uma campina, um lugar de amieiros atrofiados e capim viçoso à beira de um riacho que fazia uma curva para o sul em direção ao distante Tâmisa. Meus homens receberam a ordem de derrubar três carvalhos, depois tirar os galhos e a casca dos troncos, e em seguida cavar três buracos onde os carvalhos poderiam ser postos como colunas, mas primeiro ordenou que os seis escultores transformassem os troncos de carvalho em três ídolos horrendos. Iorweth ajudou Nimue e Merlin, e os três adoraram aquele trabalho porque lhes permitiu planejar as coisas mais medonhas e temíveis – que tinham pouca semelhança com qualquer Deus que já conheci, mas Merlin não se importava. Disse que os ídolos não eram para nós, mas para os saxões, assim ele e seus escultores fizeram três coisas horrendas, com rosto de animais, seios femininos e genitália masculina. Quando as colunas ficaram prontas meus homens pararam os outros trabalhos e ergueram as três figuras nos buracos, enquanto Merlin e os escultores socavam terra na base, finalmente deixando as colunas de pé.

– O Pai, o Filho e o Espírito Santo! – disse Merlin, cabriolando na frente dos ídolos.

Enquanto isso, meus homens tinham feito uma grande pilha de madeira na frente dos buracos, e naquela pilha pusemos o que sobrava de comida. Matamos os bois que restavam e pusemos seus cadáveres pesados na pilha, de modo que o sangue fresco escorria pelas camadas de madeira, e em cima dos bois pusemos tudo que eles haviam trazido: carne-seca, peixe seco, queijo, maçãs, cereais e feijões, e em cima desses suprimentos preciosos pusemos a carcaça de dois cervos recém-caçados e um carneiro que matamos na hora. A cabeça do carneiro, com os chifres, foi cortada e pregada na coluna central.

Os saxões nos olhavam trabalhar. Estavam na margem oposta do riacho, e uma ou duas vezes, no primeiro dia, suas lanças foram jogadas por cima da água, mas depois daqueles primeiros esforços inúteis de interferir conosco eles ficaram contentes em apenas olhar e ver exatamente que coisas estranhas fazíamos. Senti que o seu número aumentava. No primeiro dia tínhamos avistado apenas uma dúzia de homens entre as árvores mais distantes, mas na segunda tarde havia pelo menos vinte fogueiras soltando fumaça atrás da cortina de folhas.

– Agora – disse Merlin no fim da tarde – nós lhes damos alguma coisa para olhar.

Carregamos fogo, em panelas de cozinhar, do baixo cume do urzal até a grande pilha de madeira, e o enfiamos no emaranhado de galhos. A madeira estava verde, mas tínhamos posto montes de capim seco no centro, e ao anoitecer a fogueira ardia ferozmente. As chamas iluminavam nossos ídolos grosseiros com uma claridade sinistra, a fumaça subia numa grande pluma que se desviava na direção de Londres, e o cheiro de carne assando flutuava, hipnotizante, em direção ao nosso acampamento. A fogueira estalou e desmoronou, explodindo jatos de fagulhas para o ar, e em seu calor feroz os animais mortos se retorciam enquanto as chamas encolhiam seus tendões e faziam explodir seus crânios. Gordura derretida sibilava no fogo, depois se incendiava, branca, lançando sombras negras nos três ídolos horrendos. Durante toda a noite o fogo ardeu, queimando nossas últimas esperanças de deixar Lloegyr sem vitória, e de madrugada vimos os saxões se esgueirarem para investigar os restos fumegantes.

Então esperamos. Não estávamos totalmente passivos. Nossos cavaleiros foram para o leste vigiar a estrada de Londres e voltaram falando de bandos de saxões em marcha. Outros de nós cortavam madeira e usavam para começar a construir um salão ao lado do bosque que se encolhia no cume do urzal. Não tínhamos necessidade daquele salão, mas Artur queria dar a impressão de que estávamos estabelecendo uma base no interior de Lloegyr, de onde assediaríamos as terras de Aelle. Se essa crença o convencesse, sem dúvida Aelle iria provocá-lo à batalha. Fizemos o início de uma fortificação de terra, porém sem as ferramentas adequadas a muralha ficou precária, mas deve ter ajudado a enganar.

Estávamos bastante ocupados, mas isso não impediu que uma divisão rancorosa surgisse no exército. Alguns, como Meurig, achavam que tínhamos adotado a estratégia errada desde o início. Teria sido melhor, dizia Meurig, se tivéssemos mandado três ou mais exércitos menores para tomar as fortalezas saxãs na fronteira. Deveríamos ter assediado e provocado, mas em vez disso estávamos ficando ainda mais famintos numa armadilha feita por nós mesmos no interior de Lloegyr.

– Talvez ele esteja certo – confessou-me Artur na terceira manhã.

– Não, senhor – insisti e, para provar meu ponto de vista, fiz um gesto para o norte, em direção à ampla mancha de fumaça que revelava o lugar onde uma crescente horda de saxões se juntava do outro lado do rio.

Artur balançou a cabeça.

– O exército de Aelle está lá, certamente, mas isso não significa que atacará. Eles vão nos vigiar, mas se ele tiver algum senso, vai deixar que apodreçamos aqui.

– Nós poderíamos atacá-lo.

Ele balançou a cabeça.

– Guiar um exército através de árvores e atravessar um rio é receita de desastre. Esta é a nossa última opção, Derfel. Só reze para que ele venha hoje.

Mas não veio, e esse foi o fim do quinto dia desde que os saxões tinham destruído nossos suprimentos. No dia seguinte comeríamos migalhas, e dentro de dois dias estaríamos passando fome. Em três, espiaríamos os olhos horrendos da derrota. Artur não demonstrava preocupação, independentemente de qualquer desgraça que os inconformados do exército sugerissem, e naquela tarde, enquanto o sol descia sobre a distante Dumnonia, me chamou para juntar-me a ele no salão que ia sendo erguido grosseiramente. Subi nos toros e cheguei ao topo da parede.

– Olhe – ele apontou para o leste, e no horizonte distante pude ver outra mancha de fumaça cinza, e debaixo da fumaça, com as construções iluminadas pelo sol poente, uma cidade grandiosa, maior do que qualquer uma que eu já vira. Maior do que Glevum ou Corinium, maior até do que Aquae Sulis. – Londres – disse Artur num tom de espanto. – Algum dia você achou que ia vê-la?

– Sim, senhor.

Ele sorriu.

– Meu confiante Derfel Cadarn. – Ele estava empoleirado no topo da parede, segurando-se numa coluna sem acabamento e olhando fixamente para a cidade. Atrás de nós, no retângulo de madeira do salão, os cavalos do exército estavam abrigados. Aqueles pobres animais já estavam famintos, porque havia pouco capim no urzal seco, e não tínhamos trazido forragem para eles. – É estranho, não é? – disse Artur, ainda olhando para Londres. – A esta altura Lancelot e Cerdic já devem ter se batido e nós ainda nem começamos.

– Reze para que Lancelot vença – falei.

– Eu rezo, Derfel, eu rezo. – Ele bateu os calcanhares na parede semiconstruída. – Que chance Aelle tem?! – falou de súbito. – Ele poderia derrotar aqui os melhores guerreiros da Britânia. No fim do ano, Derfel, seus homens poderiam ser donos de nossas residências, poderiam caminhar até o mar de Severn. Tudo acabado. Toda a Britânia! Acabada. – Ele pareceu achar divertido o pensamento, depois se virou e olhou para os cavalos abaixo. – Sempre podemos comê-los. A carne deles nos manteria vivos por uma ou duas semanas.

– Senhor! – protestei diante de seu pessimismo.

– Não se preocupe, Derfel – ele riu. – Mandei uma mensagem ao nosso velho amigo Aelle.

– Mandou?

– A mulher de Sagramor. O nome dela é Malla. Que nomes estranhos têm esses saxões. Você a conhece?

– Eu a vi, senhor. – Malla era uma garota alta, com pernas compridas e musculosas e ombros largos como um barril. Sagramor a fizera cativa em um de seus ataques no fim do ano passado, e ela evidentemente aceitara o destino com uma passividade que se refletia em seu rosto chato, quase vazio, rodeado por uma massa de cabelos cor de ouro. Afora esse cabelo não havia qualquer característica particularmente atraente em Malla, mas de algum modo ela ainda era estranhamente sugestiva; uma criatura grande, forte, lenta, robusta, com uma graça calma e um jeito taciturno como o de seu amante númida.

– Ela está fingindo que escapou de nós – explicou Artur – e agora mesmo deve estar dizendo a Aelle que planejamos ficar aqui durante o próximo inverno. Disse que Lancelot vem se juntar a nós com mais trezentas lanças, e que precisamos dele aqui porque um bocado dos nossos homens está fraco devido a doenças, apesar de nossos depósitos estarem cheios de boa comida. – Ele sorriu. – Ela está tecendo absurdos para ele, pelo menos é o que espero.

– Ou talvez esteja contando a verdade – sugeri, sombrio.

– Talvez – ele não parecia preocupado. Ficou olhando uma fileira de homens que traziam odres de água de uma fonte borbulhante ao pé da encosta Sul. – Mas Sagramor confia nela, e há muito tempo aprendi a confiar em Sagramor.

Fiz o sinal contra o mal.

– Eu não deixaria minha mulher ir para um acampamento inimigo.

– Ela se ofereceu. Diz que os saxões não lhe farão mal. Parece que o pai dela é um dos chefes.

– Rezemos para que ela o ame menos do que ama Sagramor.

Artur deu de ombros. O risco estava assumido, e discuti-lo não diminuiria os perigos. Ele mudou de assunto.

– Quero você em Dumnonia quando tudo isto terminar.

– De boa vontade, senhor, se me prometer que Ceinwyn estará em segurança – respondi e, quando ele tentou descartar meus temores com um gesto de mão, insisti: – Ouvi dizer que um cachorro foi morto, e sua pele sangrenta, posta em cima de uma cadela.

Artur girou e pulou no estábulo provisório. Empurrou um cavalo para o lado e me chamou para onde ninguém pudesse nos ver ou ouvir. Ele estava furioso.

– Diga de novo o que ouviu – ordenou.

– Que um cão foi morto – falei depois de pular – e a pele sangrenta posta em cima de uma cadela aleijada.

– E quem fez isso?

– Uma amiga de Lancelot – respondi, não querendo dizer o nome de sua esposa.

Ele socou a rústica parede de madeira, espantando os cavalos mais próximos.

– Minha mulher é amiga do rei Lancelot – disse ele e fiquei quieto. – Assim como eu. – Ele estava me desafiando, e continuei quieto. – Ele é um homem orgulhoso, Derfel, e perdeu o reino do pai porque fracassei em meu juramento. Eu lhe devo. – Artur falou com frieza as últimas três palavras.

Devolvi sua frieza com a minha.

– Ouvi dizer que a cadela aleijada recebeu o nome de Ceinwyn.

– Chega! – Ele bateu de novo na parede. – Histórias! Só histórias! Ninguém nega que há ressentimento pelo que você e Ceinwyn fizeram, Derfel. Não sou idiota, mas não vou tolerar esse absurdo de sua parte! Guinevere atrai esse tipo de boato. As pessoas se ressentem dela. Qualquer mulher que seja bonita, inteligente, que tenha opiniões firmes e não tenha medo de dá-las atrai ressentimento, mas você está dizendo que ela seria capaz de fazer algum feitiço imundo contra Ceinwyn? Que mataria um cão e tiraria a sua pele? Você acredita nisso?

– Gostaria de não acreditar.

– Guinevere é minha mulher. – Ele tinha baixado a voz, mas o tom continuava amargo. – Não tenho outras esposas, não levo escravas para a cama, eu sou dela e ela é minha, Derfel, e não admitirei ouvir nada contra ela. Nada! – Artur gritou essa última palavra e imaginei se estaria se lembrando dos insultos imundos lançados por Gorfyddyd no vale do Lugg. Gorfyddyd afirmara que tinha dormido com Guinevere, e mais, dizia que toda uma legião de homens também. Lembrei-me do anel de amante de Valerin, cortado pela cruz e enfeitado com o símbolo de Guinevere, mas joguei as lembranças de lado.

– Senhor – falei em voz baixa –, nunca mencionei o nome de sua esposa.

Ele me olhou e por um segundo pensei que ia me bater, mas balançou a cabeça.

– Ela pode ser difícil, Derfel. Há ocasiões em que gostaria de que ela não tivesse tanta facilidade em demonstrar desprezo, mas não posso me imaginar vivendo sem os conselhos que me dá. – Ele parou e me deu um sorriso triste. – Não posso me imaginar vivendo sem ela. Ela não matou nenhum cão, Derfel, ela não matou nenhum cão. Acredite. Aquela Deusa que ela cultua, Ísis, não pede sacrifícios, pelo menos não de coisas vivas. De ouro, sim. – Ele riu, com o bom humor subitamente restaurado. – Ísis engole ouro.

– Acredito, senhor, mas isso não torna Ceinwyn segura. Dinas e Lavaine a ameaçaram.

Ele balançou a cabeça.

– Você feriu Lancelot, Derfel. Não o culpo, porque sei o que o levou a fazer isso, mas pode culpá-lo por se ressentir de você? Dinas e Lavaine servem a Lancelot, e é direito que os homens compartilhem o rancor de seus senhores. – Ele fez uma pausa. – Quando esta guerra terminar, Derfel, faremos uma reconciliação. Todos nós! Quando eu transformar meu bando de guerreiros em irmãos, faremos a paz entre todos nós. Você, Lancelot e todo mundo. E até que isso aconteça, Derfel, juro a proteção de Ceinwyn. Juro por minha vida, se você insistir. Você pode impor o juramento, Derfel. Pode exigir o preço que quiser, minha vida, até a vida do meu filho, porque preciso de você. Dumnonia precisa de você. Culhwch é um bom homem, mas não consegue lidar com Mordred.

– E eu consigo?

Artur ignorou minha pergunta.

– Mordred é voluntarioso. Mas o que podemos esperar? Ele é neto de Uther, tem o sangue de reis e não queremos que seja um fracote, mas ele precisa de disciplina. Precisa de orientação. Culhwch acha que basta lhe dar umas surras, mas isso só o torna mais teimoso. Quero que você e Ceinwyn o criem.

Estremeci.

– O senhor torna a volta para casa ainda mais atraente, senhor.

Ele desprezou minha leviandade.

– Jamais se esqueça, Derfel, de que o nosso juramento é de dar o trono a Mordred. Por isso voltei à Britânia. Esse é o meu primeiro dever na Britânia, e todos vocês, que me prestaram juramento, estão jurados a esse dever. Ninguém disse que seria fácil, mas será feito. Daqui a nove anos aclamaremos Mordred em Caer Cadarn. Nesse dia, Derfel, estaremos livres do juramento, e rezo a todos os Deuses que me ouvirem para que eu possa pendurar Excalibur e nunca mais lutar. Mas até esse dia, independentemente das dificuldades, devemos nos manter firmes no juramento. Entende isso?

– Sim, senhor – falei humildemente.

– Bom. – Artur empurrou um cavalo para o lado. – Aelle virá ama nhã – disse, confiante, enquanto se afastava. – Portanto, durma bem.

O sol baixou sobre Dumnonia, afogando-a num incêndio vermelho. Ao norte os nossos inimigos cantavam canções de guerra, e em volta de nossas fogueiras cantávamos sobre o lar. Nossas sentinelas olhavam para o escuro, os cavalos relinchavam, os cães de Merlin uivavam e alguns de nós dormiam.

Ao AMANHECER VIMOS que os três pilares de Merlin tinham sido derrubados durante a noite. Um feiticeiro saxão, com o cabelo esticado para cima em pontas endurecidas com a ajuda de estrume de vaca, e o corpo nu mal-escondido pelas tiras de pele de lobo penduradas de uma faixa no pescoço, girava dançando onde os pilares tinham estado. A visão daquele feiticeiro convenceu Artur de que Aelle estava planejando um ataque.

Deliberadamente, não demonstramos prontidão. Nossas sentinelas montavam guarda; outros lanceiros simplesmente relaxavam na encosta adiante, como se esperassem mais um dia comum, mas atrás deles, nas sombras dos abrigos, sob as árvores que restavam e dentro do salão semiconstruído, a massa de nossos homens se aprontava.

Apertávamos correias de escudos, afiávamos espadas e pontas de lanças que já tinham um gume feroz, depois martelamos com força as pontas das lanças nos cabos. Tocamos nossos amuletos, abraçamo-nos, comemos o pouco pão que restava e rezamos a quaisquer Deuses em que acreditássemos para que nos ajudassem naquele dia. Merlin, Iorweth e Nimue caminhavam entre os abrigos tocando lâminas e distribuindo ramos de verbena seca para dar proteção.

Preparei meu equipamento de batalha. Eu tinha botas pesadas, que iam até o joelho, com tiras de ferro costuradas para proteger os tornozelos dos golpes de lança que viessem por baixo do escudo. Usava a camisa feita com a lã grosseira fiada por Ceinwyn, e sobre ela um casaco de couro onde tinha prendido o pequeno broche de ouro, que vinha sendo meu talismã protetor durante todos aqueles longos anos. Sobre o couro pus uma cota de malha, um luxo que eu tinha tomado de um chefe powysano morto no vale do Lugg. Era uma antiga cota de feitura romana, forjada com uma habilidade que ninguém possui hoje em dia, e frequentemente me perguntei que antes outros lanceiros tinham usado aquela cota de elos de ferro que ia até os joelhos. O guerreiro powysano tinha morrido nela, com o crânio cortado por Hywelbane, mas eu suspeitava de que pelo menos um dos usuários da cota tinha morrido usando-a, porque os elos tinham uma mossa profunda sobre o peito esquerdo. A malha fora consertada grosseiramente com elos de corrente de ferro.

Usava anéis de guerreiro na mão esquerda, porque na batalha serviam para proteger os dedos, mas nenhum na direita, porque os anéis de ouro tornavam mais difícil segurar uma espada ou uma lança. Prendi grevas de couro nos antebraços. O capacete era de ferro, uma simples forma de tigela forrada de couro almofadado com linho, mas na parte de trás havia uma grossa aba de couro de javali para proteger o pescoço, e no início da primavera eu pagara a um ferreiro em Caer

Sws para rebitar dois protetores de rosto nas laterais. Acima do elmo havia um botão de ferro de onde pendia uma cauda de lobo, tirada nas fundas matas de Benoic. Prendi Hywelbane no cinturão, enfiei a mão esquerda nas alças de couro do escudo e levantei a lança de guerra. Era mais alta do que um homem, o cabo tão grosso quanto o pulso de Ceinwyn, e a ponta era uma lâmina comprida, pesada, em forma de folha. Era afiada como navalha, e o encaixe de aço, tão liso que a lâmina não ficava presa na barriga ou na armadura de um inimigo. Eu não usava capa, porque o dia estava quente demais.

Cavan, vestido em sua armadura, veio até mim e se ajoelhou.

– Se eu lutar bem, senhor, posso pintar uma estrela de cinco pontas em meu escudo? – perguntou.

– Espero que os homens lutem bem, então por que deveria recompensá-los por fazer o que é esperado?

– E se eu lhe trouxer um troféu, senhor? O machado de um chefe? Ouro?

– Traga-me um chefe saxão, Cavan, e você pode pintar cem pontas em sua estrela.

– Cinco bastarão, senhor.

A manhã passou devagar. Os nossos guerreiros que usavam armadura de metal suavam demais no calor. Visto do outro lado do riacho ao norte, onde os saxões estavam encobertos pelas árvores, devia parecer que nosso acampamento estava adormecido, ou então povoado por homens doentes e imóveis, mas essa ilusão não serviu para trazer os saxões por entre as árvores. O sol subiu mais. Nossos batedores, os cavaleiros com armas leves que cavalgavam apenas com um feixe de lanças de atirar como armas, trotaram para fora do acampamento. Eles não teriam lugar numa batalha entre paredes de escudos, por isso levaram seus cavalos nervosos para o sul, em direção ao Tâmisa. Podiam voltar bem depressa, mas, se o desastre chegasse, eles tinham ordem de cavalgar para o oeste e levar um alerta da derrota à distante Dumnonia. Os cavaleiros de Artur vestiram suas pesadas armaduras de couro e ferro, e então, com tiras que prenderam nas cernelhas dos cavalos, penduraram os desajeitados escudos de couro que protegiam os peitos dos animais.

Artur, escondido com seus cavaleiros dentro do salão semiconstruído, estava usando sua famosa armadura de escamas, uma peça romana feita de milhares de pequenas placas de ferro costuradas num gibão de couro, sobrepostas como escamas de peixe. Havia placas de prata em meio ao ferro, que fazia a peça tremeluzir enquanto ele se movia. Usava uma capa branca e Excalibur, em sua mágica bainha com bordados em cruz, que protegia o usuário do mal, pendurada no quadril esquerdo, enquanto seu serviçal Hygwydd segurava a lança comprida, o elmo cinza-prateado com penas brancas de ganso e o escudo redondo com a cobertura de prata espelhada. Na paz Artur gostava de se vestir com modéstia, mas na guerra era vistoso. Gostava de pensar que sua reputação se devia ao governo honesto, mas a armadura ofuscante revelava que ele sabia qual era a verdadeira fonte de sua fama.

Antigamente Culhwch montava com os pesados cavaleiros de Artur, mas agora, como eu, liderava um bando de lanceiros, e ao meio-dia me procurou e se deixou cair ao lado, na pequena sombra de meu abrigo de turfa. Usava um peitoral de ferro, um gibão de couro e grevas de bronze romano nas canelas despidas.

– O desgraçado não quer vir, não é? – resmungou.

– Quem sabe amanhã? – sugeri.

Ele fungou, aborrecido, e me ofereceu um olhar sério.

– Sei o que você vai dizer, Derfel, mas mesmo assim vou perguntar. Porém, antes de responder quero que considere uma coisa. Quem foi que lutou ao seu lado em Benoic? Quem ficou com você, escudo colado em escudo, em Ynys Trebes? Quem dividiu a cerveja com você e até o deixou seduzir aquela pescadora? Quem apoiou você no vale do Lugg? Fui eu. Lembre-se disso quando responder. Então, quanta comida você tem escondida?

Sorri.

– Nenhuma.

– Você é um grande saco saxão cheio de tripas inúteis, é isso. – Ele olhou para Galahad, que estava descansando com meus homens. – Tem comida, senhor príncipe? – perguntou.

– Dei o último pedaço a Tristan – respondeu Galahad.

– Imagino que tenha sido um ato de cristandade, não é? – perguntou Culhwch, cheio de sarcasmo.

– Gostaria de pensar que sim.

– Não é de espantar que eu seja pagão – disse Culhwch. – Preciso de comida. Não posso matar saxões de barriga vazia. – Ele se virou para meus homens com uma carranca, mas ninguém lhe deu nada, porque ninguém tinha nada a oferecer. – Então você vai tirar aquele desgraçado do Mordred das minhas mãos? – perguntou quando tinha abandonado a esperança de comer algo.

– É o que Artur quer.

– É o que eu quero – disse ele vigorosamente. – Se eu tivesse comida aqui, Derfel, daria até o último pedaço em troca desse favor. Esteja à vontade para cuidar daquele desgraçado ranhento. Que ele transforme sua vida numa desgraça, e não a minha, mas aviso: você vai gastar o seu cinto naquela pele maldita.

– Talvez não seja sábio chicotear meu futuro rei – falei cautelosamente.

– Talvez não seja sábio, mas é prazeroso. Moleque insuportável. – Ele se virou para olhar para fora do abrigo. – Qual é o problema com aqueles saxões? Eles não querem batalha?

Sua resposta veio quase imediatamente. De súbito, uma trompa soou seu chamado profundo, lamentoso, e em seguida ouvimos a batida de um dos grandes tambores que os saxões levavam para a guerra, e nos agitamos a tempo de ver o exército de Aelle sair das árvores do outro lado do rio. Num momento era uma paisagem vazia, de folhas e sol de primavera, e então o inimigo estava ali.

Eram centenas. Centenas de homens vestidos de peles e ferro, com machados, cães, lanças e escudos. Seus estandartes eram crânios de touros sobre mastros com trapos pendurados, e a vanguarda era uma tropa de feiticeiros com cabelos endurecidos com bosta, em pontas, que cabriolavam na frente da parede de escudos e lançavam pragas contra nós.

Merlin e os outros druidas desceram a encosta para encontrar os feiticeiros. Não caminhavam. Como todos os druidas antes das batalhas, saltavam numa perna e mantinham o equilíbrio com os cajados, enquanto erguiam a mão livre. Pararam a cem passos dos feiticeiros mais próximos e devolveram as maldições enquanto os padres cristãos do exército se mantinham no topo da encosta, abriam as mãos e olhavam para o céu, invocando a ajuda de seu Deus.

O resto de nós se arrumava em fileiras. Agrícola estava na esquerda com sua tropa vestida em uniformes romanos, o resto de nós ficamos ao centro, e os cavaleiros de Artur, que por enquanto permaneciam escondidos no salão tosco, finalmente formariam a ala direita. Artur pôs o elmo, montou em Llamrei, abriu a capa branca sobre as ancas do animal, em seguida pegou a lança pesada e o escudo com Hygwydd.

Sagramor, Cuneglas e Agrícola lideravam a infantaria. Por enquanto, e só até os cavaleiros de Artur aparecerem, meus homens tinham a extremidade direita da linha, e vi que tínhamos probabilidade de ser flanqueados, já que a linha saxã era muito mais larga do que a nossa. Eles estavam em maior número. Os bardos dirão que havia milhares daquelas pragas na batalha, mas desconfio que Aelle não tinha mais do que seiscentos homens. O rei saxão, claro, possuía muito mais lanceiros do que os que víamos à nossa frente. Ele, como nós, fora forçado a deixar fortes guarnições nas fortalezas de fronteira, mas até mesmo seiscentos lanceiros eram um exército grande. E havia uma quantidade pelo menos igual de seguidores atrás da parede de escudos; na maioria mulheres e crianças que não participariam da batalha, mas que sem dúvida esperavam limpar nossos cadáveres quando a luta terminasse.

Nossos druidas pularam laboriosamente encosta acima. O suor escorria pelo rosto de Merlin, descendo às tranças amarradas de sua barba comprida.

– Não há magia – disse-nos. – Os feiticeiros deles não conhecem a magia de verdade. Vocês estão seguros. – Em seguida passou entre nossos escudos, procurando Nimue. Os saxões marcharam lentamente em nossa direção. Seus feiticeiros cuspiam e berravam, homens gritavam para seus seguidores manterem a linha reta, enquanto outros gritavam insultos contra nós.

Nossas trombetas tinham começado a soar seu desafio, e os homens começaram a cantar. Em nossa extremidade da parede de escudos estávamos cantando a "Grande Canção de Batalha de Beli Mawr", que é um triunfante uivo de matança capaz de pôr fogo na barriga dos homens. Dois de meus homens dançavam na frente da parede de escudos, saltando sobre suas espadas e lanças cruzadas no chão. Chamei-os de volta para a parede porque achei que os saxões continuariam marchando direto, subindo o morro baixo, e assim precipitariam um choque rápido e sangrento, mas em vez disso eles pararam a cem passos de nós e realinharam os escudos para formar a parede contínua de madeira reforçada com couro. Ficaram quietos enquanto seus feiticeiros urinavam em nossa direção. Seus cães enormes latiam e puxavam as correias, os tambores de guerra soavam, e de vez em quando uma trombeta soltava um uivo triste, mas afora isso os saxões permaneceram quietos, a não ser quando batiam o cabo das lanças nos escudos ao ritmo dos tambores.

– São os primeiros saxões que vejo. – Tristan tinha vindo para o meu lado e olhava o exército com suas grossas armaduras de pele, os machados de lâminas duplas, os cães e as lanças.

– Eles morrem com bastante facilidade.

– Não gosto dos machados – confessou, tocando a borda de ferro de seu escudo, para dar sorte.

– São armas desajeitadas – tentei tranquilizá-lo. – Basta um golpe e eles ficam inúteis. Apare com o escudo e golpeie por baixo com a espada. Sempre funciona. – Ou quase sempre.

Os tambores saxões pararam de repente, a linha inimiga se partiu no centro e o próprio Aelle apareceu. Levantou-se, nos encarou por alguns segundos, cuspiu e ostensivamente largou o escudo e a lança, mostrando que queria falar. Veio andando em nossa direção, um homem enorme, alto, de cabelos escuros, com uma grossa capa de pele de urso preta. Dois feiticeiros o acompanhavam, além de um homem magro e meio careca que presumi que fosse seu intérprete.

Cuneglas, Meurig, Agrícola, Merlin e Sagramor foram encontrá-lo. Artur decidira ficar com seus cavaleiros, e, como Cuneglas era o único rei de nosso lado do campo, estava certo que ele falasse por nós, mas convidou os outros para acompanhá-lo e me convocou como intérprete. Foi assim que encontrei Aelle pela segunda vez. Ele era um homem alto, de peito largo, com rosto plano e duro, e olhos escuros. Sua barba era cheia e preta, o rosto, marcado de cicatrizes, o nariz, quebrado e faltavam dois dedos na mão direita. Vestia uma cota de malha e botas de couro, usava um elmo de ferro onde estavam presos dois chifres de touro. Havia ouro britânico em seu pescoço e nos pulsos. A capa de pele de urso devia ser tremendamente desconfortável naquele dia quente, mas uma pele tão grossa podia aparar um golpe de espada tão bem quanto qualquer armadura de couro. Ele me olhou com ar furioso.

– Eu me lembro de você, verme. Um saxão traidor.

Baixei a cabeça brevemente.

– Saudações, senhor rei.

Ele cuspiu.

– Você acha que, por ser educado, sua morte será fácil?

– Minha morte nada tem a ver com o senhor, senhor rei. Mas espero contar aos meus netos sobre a sua.

Ele gargalhou, depois lançou um olhar zombeteiro para os cinco líderes.

– São cinco! E eu sou só um! E onde está Artur? Esvaziando as tripas, aterrorizado?

Falei o nome de nossos líderes para Aelle, depois Cuneglas assumiu o diálogo que traduzi. Ele começou, como era o costume, exigindo a rendição imediata de Aelle. Seríamos misericordiosos, disse Cuneglas. Exigiríamos a vida de Aelle, todo o seu tesouro, todas as suas armas, todas as suas mulheres, todos os seus escravos, mas seus lanceiros poderiam ir embora livres, todos sem a mão direita.

Aelle, como era o costume, zombou de nossas exigências, revelando a boca com dentes podres, manchados.

– Será que Artur acha que, só porque fica escondido, não sabemos que ele está aqui com seus cavalos? Diga-lhe, verme, que usarei o cadáver dele como travesseiro esta noite. Diga que a mulher dele será minha prostituta, e que quando eu a exaurir ela será o prazer de meus escravos. E diga àquele idiota de bigode – ele fez um gesto na direção de Cuneglas – que ao cair da noite este lugar será conhecido como a Sepultura dos Britânicos. Diga que vou arrancar seus bigodes e fazer com eles um brinquedo para os meus gatos. Diga que esculpirei uma taça de bebida com seu crânio e darei sua barriga para os meus cães comerem. E diga àquele demônio – ele apontou a barba para Sagramor – que hoje sua alma negra irá para os terrores de Tor, e que ela irá se retorcer no círculo de serpentes para sempre. E quanto a ele – Aelle olhou para Agrícola –, espero há muito tempo sua morte, e a lembrança dela irá me divertir nas longas noites vindouras. E diga àquela coisa transparente – ele apontou para Meurig – que vou cortar seus bagos e transformá-lo em meu copeiro. Diga tudo isso a eles, verme.

– Ele disse que não – falei a Cuneglas.

– Com certeza ele disse mais do que isso, não foi? – Meurig, que só estava presente por causa de sua posição, insistiu, pedante.

– Você não quer saber – disse Sagramor, em tom cansado.

– Todo conhecimento é relevante – protestou Meurig.

– O que eles estão dizendo, verme? – perguntou Aelle, ignorando o seu intérprete.

– Estão discutindo qual deles terá o prazer de matá-lo, senhor rei.

Aelle cuspiu.

– Diga a Merlin – o rei saxão olhou para o druida – que não lhe ofereci nenhum insulto.

– Ele já sabe, senhor rei, porque fala a sua língua. – Os saxões temiam Merlin, e mesmo agora não queriam antagonizá-lo. Os dois feiticeiros saxões estavam sibilando maldições contra ele, mas esse era o seu serviço, e Merlin não se ofendeu. Nem pareceu se interessar pela conferência, apenas olhava para a distância, mas concedeu um sorriso a Aelle depois do elogio.

Aelle me encarou por alguns instantes. Finalmente me perguntou:

– Qual é a sua tribo?

– Dumnonia, senhor rei.

– Antes disso, idiota! Seu nascimento!

– O seu povo, senhor. O povo de Aelle.

– Seu pai?

– Não o conheci, senhor. Minha mãe foi capturada por Uther quando eu estava na barriga dela.

– E o nome dela?

Tive de pensar durante um ou dois segundos. Finalmente me lembrei de seu nome.

– Erce, senhor rei.

Aelle sorriu diante do nome.

– Um bom nome saxão! Erce, a Deusa da terra e mãe de todos nós. Como vai a sua Erce?

– Não a vejo desde que era criança, senhor, mas me disseram que está viva.

Ele me olhou, pensativo. Meurig estava se agitando, impaciente, exigindo saber o que era dito, mas se aquietou quando todos os outros o ignoraram.

– Não é bom que um homem ignore a mãe – disse Aelle finalmente. – Qual é o seu nome?

– Derfel, senhor rei.

Ele cuspiu em minha cota de malha.

– Você é um desgraçado, Derfel, por ignorar sua mãe. Você lutaria por nós hoje? Pelo povo de sua mãe?

Sorri.

– Não, senhor rei, mas o senhor me honra.

– Que sua morte seja tranquila, Derfel. Mas diga a esses imundos – ele balançou a cabeça para os quatro líderes armados – que venho para comer seus corações. – Ele cuspiu uma última vez, virou-se e voltou para seus homens.

– Então, o que ele disse? – Meurig exigiu saber.

– Ele falou comigo sobre minha mãe. E me lembrou de meus pecados.

Que Deus me ajude, mas naquele dia gostei de Aelle.

Nós vencemos a batalha.

Igraine vai querer que eu diga mais. Ela quer grandes heroísmos, e eles aconteceram, mas também houve covardes, e outros homens que sujaram os calções de tanto terror e mesmo assim mantiveram a parede de escudos. Houve homens que não mataram ninguém, simplesmente se defenderam desesperadamente, e houve os que deram aos poetas novos desafios para encontrar palavras e expressar seus feitos. Resumindo, foi uma batalha. Amigos morreram, Cavan foi um, amigos foram feridos, isso aconteceu com Culhwch, e outros amigos sobreviveram intocados, como Galahad, Tristan e Artur. Levei um golpe de machado no ombro esquerdo e, apesar de a cota de malha ter aparado a maior parte do golpe, o ferimento demorou semanas para sarar, e até hoje há uma cicatriz irregular e vermelha, que dói quando faz frio.

O importante não foi a batalha, e sim o que aconteceu depois; mas primeiro, porque minha querida rainha Igraine insistirá para que eu escreva sobre o heroísmo do avô de seu pai, o rei Cuneglas, vou contar a história brevemente.

Os saxões nos atacaram. Aelle demorou mais de uma hora para persuadir seus homens a partir contra a nossa parede de escudos, e durante todo esse tempo os feiticeiros com bosta de vaca no cabelo gritavam para nós, os tambores batiam e os odres de cerveja eram passados entre as fileiras saxãs. Muitos de nossos homens estavam tomando hidromel, porque mesmo tendo exaurido a comida, nenhum exército britânico jamais parecia ficar sem hidromel. Pelo menos metade dos homens na batalha estava bêbada, mas isso acontecia em todas as batalhas, porque poucas outras coisas servem para dar coragem aos guerreiros na tentativa da manobra mais aterrorizante, o ataque frontal contra uma parede de escudos que espera. Fiquei sóbrio porque sempre ficava, mas a tentação de beber era forte. Alguns saxões tentaram nos provocar fazendo cabriolas sem escudos ou elmos, mas tudo que receberam pelo incômodo foram algumas lanças mal atiradas. Algumas lanças foram jogadas de volta para nós, mas a maioria bateu inofensivamente nos escudos. Dois homens nus, enlouquecidos por bebida ou magia, nos atacaram, e Culhwch matou o primeiro, Tristan o segundo. Comemoramos as duas vitórias. Os saxões, com a língua solta pela bebida, gritaram insultos de volta.

O ataque de Aelle, quando veio, deu tremendamente errado. Os saxões contavam com seus cães de guerra para romper nossa linha, mas Merlin e Nimue estavam prontos com seus cachorros, só que os nossos não eram cachorros, e sim cadelas, e um grande número estava no cio a ponto de deixar loucas as feras dos saxões. Em vez de nos atacar, os grandes cães de guerra foram direto para as cadelas. Houve um tumulto de rosnados, lutas, latidos e uivos, e de repente havia cães fornicando em toda parte, com outros cães lutando para desalojar os mais sortudos, mas nenhum cão mordeu um britânico. Os saxões, que estavam prontos para lançar seu ataque mortal, ficaram desequilibrados pelo fracasso dos animais. Hesitaram, e Aelle, temendo que atacássemos, gritou para que avançassem, por isso eles vieram. Mas chegaram desarrumados, em vez de numa linha disciplinada.

Cães que copulavam ganiram ao ser pisoteados, depois os escudos se chocaram com aquele som oco e terrível que ecoa pelos longos anos. É o som da batalha, o som das trombetas de guerra, dos homens gritando, o estalo surdo de escudo contra escudo, e depois do estalo os gritos começaram enquanto as lâminas das lanças encontravam os espaços entre escudos e os machados baixavam com violência, mas foram os saxões que mais sofreram naquele dia. Os cães entre as paredes de escudos tinham rompido seu alinhamento cuidadoso, e, sempre que isso acontecia com a parede que avançava, nossos lanceiros encontravam aberturas e penetravam, enquanto as fileiras de trás se afunilavam nas aberturas para formar cunhas protegidas por escudos que penetravam ainda mais na massa de saxões. Cuneglas liderou uma dessas cunhas e quase chegou ao próprio Aelle. Não o vi na luta, mas os bardos cantaram depois sobre sua participação, e ele modestamente me garantiu que eles não exageraram muito.

Fui ferido cedo. Meu escudo desviou o golpe de machado e tirou a maior parte da sua força, mas mesmo assim a lâmina acertou meu ombro e entorpeceu o braço esquerdo, ainda que o ferimento não impedisse minha lança de cortar a garganta do atacante. Então, quando a pressão de homens era grande demais para que a lança tivesse utilidade, desembainhei Hywelbane e usei sua lâmina para cortar e furar a massa de homens grunhindo, balançando, forçando. A luta se transformou numa disputa de empurra-empurra, mas todas as batalhas são assim até um lado ceder. Apenas uma disputa suada, quente, imunda.

Esta ficou mais difícil porque a linha saxã, que em toda parte tinha uns cinco homens de profundidade, flanqueou nossa parede de escudos. Para evitar que fôssemos envolvidos, tínhamos de curvar nossa linha para trás nas extremidades e apresentar duas paredes de escudos menores para os atacantes, e durante um tempo aqueles dois flancos saxões hesitaram, talvez esperando que os homens do centro atravessassem primeiro. Então um chefe saxão chegou à minha extremidade da linha e chamou seus homens aos brios, incitando um ataque. Ele correu para a frente sozinho, desviou duas lanças com seu escudo e se lançou no centro de nossa curta linha de flanco. Cavan morreu ali, atravessado por um golpe da espada do chefe saxão, e a visão daquele homem corajoso abrindo sozinho nosso flanco trouxe seus homens rugindo num jorro louco, cheio de empolgação.

Foi então que Artur veio do salão inacabado. Não vi o ataque, mas ouvi. Os bardos dizem que os cascos dos cavalos sacudiram o mundo, e de fato o chão pareceu estremecer, mas talvez fosse apenas o ruído daqueles animais enormes, calçados com placas de ferro chatas, amarradas firmemente aos cascos. Os grandes cavalos golpearam a extremidade exposta da linha saxã e a batalha realmente terminou com aquele impacto terrível. Aelle imaginara que seus homens iriam nos romper com os cães, e que suas fileiras de retaguarda segurariam nossos cavaleiros com seus escudos e lanças, porque ele sabia muito bem que nenhum cavalo atacaria uma parede de escudos bem-defendida, e eu não duvidava de que ele tivesse ouvido como os lanceiros de Gorfyddyd haviam mantido desse modo os homens de Artur a distância, no vale do Lugg. Mas o flanco exposto dos saxões tinha se desorganizado ao atacar, e Artur acertou perfeitamente o momento de intervir. Ele não esperou que seus cavaleiros se formassem; simplesmente saiu esporeando das sombras, gritou para que seus homens o seguissem e impeliu Llamrei com força na extremidade aberta da fileira saxã.

Eu estava cuspindo num saxão barbudo e desdentado, que xingava sobre a borda de nossos escudos, quando Artur golpeou. A capa branca adejava atrás dele, as plumas brancas se erguiam no alto, e seu escudo brilhante derrubou o estandarte do chefe, que era um crânio de touro pintado de sangue, enquanto sua lança se projetava à frente. Ele abandonou a lança na barriga de um saxão e pegou Excalibur, brandindo-a para a direita e para a esquerda enquanto penetrava fundo nas fileiras inimigas. Agravain veio em seguida, seu cavalo espalhando saxões apavorados, depois Lanval e os demais se chocaram com espadas e lanças contra a linha inimiga que se rompia.

Os homens de Aelle se partiram como ovos sob um martelo. Simplesmente correram. Duvido que a batalha tenha durado mais de dez minutos, desde o início com os cães até o final com os cavalos, mas demorou uma hora ou mais para os homens exaurirem sua matança. Nossos cavaleiros leves disparavam gritando pelo urzal, com as lanças em direção ao inimigo em fuga, e os cavalos mais pesados de Artur penetravam entre os homens espalhados, matando e matando, enquanto os lanceiros iam atrás, ansiosos por cada migalha de pilhagem.

Os saxões corriam como cervos. Jogavam fora capas, armaduras e armas na ânsia de escapar. Aelle tentou contê-los durante um momento, depois viu que a tarefa era impossível, por isso jogou fora a pele de urso e correu com seus homens. Escapou entre as árvores apenas um instante antes de nossos cavaleiros leves mergulharem atrás dele.

Fiquei entre os feridos e mortos. Cães machucados uivavam de dor. Culhwch estava cambaleando com a coxa ensanguentada, mas viveria, por isso o ignorei e me agachei perto de Cavan. Eu nunca o vira chorar, mas a dor era terrível, porque a espada do chefe saxão tinha atravessado direto sua barriga. Segurei sua mão, enxuguei suas lágrimas e disse que ele tinha matado o inimigo com um contragolpe. Se era verdade ou não, eu não sabia nem me importava, só queria que Cavan acreditasse, por isso prometi que ele atravessaria a ponte de espadas com uma quinta ponta na estrela do escudo.

– Você será o primeiro de nós a chegar ao Outro Mundo, então nos guarde um lugar.

– Farei isso, senhor.

– E iremos encontrá-lo.

Ele trincou os dentes e arqueou as costas, tentando reprimir um grito. Pus a mão direita em seu pescoço e encostei o rosto no dele. Eu estava chorando.

– Diga a eles no Outro Mundo – falei em seu ouvido – que Derfel Cadarn saúda você como um homem corajoso.

– O Caldeirão – disse ele. – Eu deveria ter...

– Não – interrompi –, não. – E então, com um gemido, ele morreu.

Fiquei sentado junto ao seu corpo, balançando para trás e para a frente por causa da dor no ombro e do sofrimento na alma. Lágrimas desciam pelo meu rosto. Issa parou ao lado, sem saber o que dizer, e por isso não falou nada.

– Ele sempre quis ir para casa e morrer lá – falei. – Na Irlanda. – "E depois desta batalha", pensei, "ele poderia ter feito isso com muita honra e riqueza."

– Senhor – falou Issa.

Pensei que ele estava tentando me consolar, mas eu não queria consolo. A morte de um homem corajoso merece lágrimas, portanto ignorei Issa e segurei o cadáver de Cavan, enquanto sua alma começava a última jornada para a ponte de espadas, que fica depois da caverna de Cruachan.

– Senhor! – repetiu Issa e alguma coisa em sua voz me fez erguer os olhos.

Vi que estava apontando para leste, em direção Londres, mas quando me virei naquela direção não pude ver nada, porque as lágrimas turvavam minha visão.

E então percebi que outro exército tinha chegado ao campo. Outro exército coberto de peles sob estandartes de crânios e chifres de touro. Outro exército com cães e machados. Outra horda saxã.

Cerdic tinha vindo.

Mais tarde percebi que todos os ardis que tínhamos imaginado para fazer Aelle nos atacar e toda aquela boa comida que atraiu o ataque haviam sido esforços desperdiçados, porque o *Bretwalda* devia saber que Cerdic estava vindo, e que não vinha nos atacar, mas sim atacar seu colega saxão. Cerdic, realmente, estava propondo se juntar a nós, e Aelle decidira que a melhor chance de sobreviver aos exércitos combinados era vencer primeiro Artur, e lidar com Cerdic depois.

Aelle perdeu esse jogo. Os cavaleiros de Artur o derrotaram e Cerdic chegou tarde demais para se juntar à luta, mas sem dúvida, ao menos por alguns instantes, o traiçoeiro líder pode ter se sentido tentado a atacar Artur. Um ataque rápido teria nos derrotado, e uma semana de campanha certamente destruiria o exército desbaratado de Aelle, e então Cerdic seria o governante de todo o Sul da Britânia. Ele deve ter se sentido tentado, mas hesitou. Tinha menos de trezentos homens, o bastante para dominar os poucos britânicos que restavam no cume do urzal, mas a trombeta prateada de Artur soou repetidamente, e esse toque convocou um número suficiente de cavaleiros de dentro das árvores para fazer uma demonstração corajosa no flanco Norte de Cerdic. Ele nunca tinha encarado aqueles grandes cavalos em batalha, e essa visão o fez parar o suficiente para que Sagramor, Agrícola e Cuneglas montassem uma parede de escudos no cume do urzal. Era uma parede perigosamente pequena, porque a maioria dos nossos homens continuava ocupada perseguindo os guerreiros de Aelle ou saqueando seu acampamento em busca de ouro.

Os que estávamos no topo da colina baixa nos preparamos para a batalha, e ela prometia ser difícil, porque a parede de escudos montada às pressas era muito menor do que as fileiras de Cerdic. Naquela hora, claro, ainda não sabíamos que era o exército de Cerdic; a princípio presumimos que aqueles novos saxões fossem os reforços de Aelle que tinham se atrasado para a batalha, e o estandarte que eles mostravam, um crânio de lobo pintado de vermelho e com a pele curtida de um homem morto pendurada, não significava nada para nós. O estandarte usual de Cerdic era um par de rabos de cavalo presos num osso de coxa cruzado num mastro, mas seus feiticeiros tinham imaginado esse símbolo novo e momentaneamente ele nos confundiu. Mais homens voltaram da perseguição aos restos derrotados de Aelle para engrossar nossa parede, enquanto Artur liderava seus cavaleiros de volta ao topo da colina. Ele veio trotando com Llamrei pelas nossas fileiras e me lembro de que sua capa branca estava manchada de sangue.

– Eles morrerão como os outros! – encorajou-nos enquanto passava a trote, com a ensanguentada Excalibur na mão. – Eles morrerão como os outros!

Então, assim como o exército de Aelle tinha se aberto para deixá-lo emergir das fileiras, essa nova força saxã se abriu e seus líderes vieram em nossa direção. Três deles caminhavam, mas seis vieram a cavalo, contendo os animais para manter o passo com os três a pé. Um dos homens a pé carregava o horrendo estandarte do crânio de lobo, depois um dos cavaleiros levantou um segundo estandarte e um som perplexo atravessou nosso exército. O som fez Artur virar seu animal e olhar, pasmo, para os homens que se aproximavam.

Porque o novo estandarte mostrava uma águia do mar com um peixe nas garras. Era o estandarte de Lancelot, e agora eu podia ver que o próprio Lancelot era um dos seis cavaleiros. Ele estava esplendidamente vestido em sua armadura esmaltada de branco e usando o elmo com asas de cisne, e flanqueado pelos filhos gêmeos de Artur, Amhar e Loholt. Dinas e Lavaine, com seus mantos de druida, cavalgavam atrás, enquanto Ade, a amante ruiva de Lancelot, levava o estandarte do rei de Silúria.

Sagramor viera para o meu lado, e me olhou para ter certeza de que eu estava vendo o mesmo que ele, e então cuspiu no chão.

– Malla está em segurança? – perguntei.

– Em segurança e incólume – disse ele, satisfeito por eu ter perguntado. Em seguida olhou de novo para Lancelot, que se aproximava. – Você entende o que está acontecendo?

– Não. – Nenhum de nós entendia.

Artur embainhou Excalibur e se virou para mim.

– Derfel! – gritou, querendo-me como tradutor, depois convocou seus outros líderes enquanto Lancelot se separava da delegação e esporeava, empolgado, seu cavalo, subindo a colina até nós.

– Aliados! – ouvi Lancelot gritar. Ele acenou de volta para os saxões. – Aliados! – gritou de novo enquanto se aproximava de Artur.

Artur não disse nada. Apenas conteve seu animal enquanto Lancelot lutava para aquietar seu grande garanhão preto.

– Aliados – disse Lancelot pela terceira vez. – É Cerdic – acrescentou, empolgado, apontando para o rei saxão que caminhava lentamente para nós.

Artur perguntou em voz baixa:

– O que você fez?

– Trouxe aliados para você! – disse Lancelot, feliz, depois me olhou. – Cerdic tem o próprio tradutor – acrescentou, me descartando.

– Derfel permanece! – disse Artur com uma raiva súbita e aterrorizante na voz. Depois se lembrou de que Lancelot era um rei, e suspirou. – O que fez, senhor rei?

Dinas, que se adiantara com os outros cavaleiros, foi suficientemente idiota para responder por Lancelot:

– Nós fizemos a paz, senhor! – disse em sua voz sombria.

– Vá embora! – rugiu Artur, chocando e deixando perplexo o par de druidas com sua ira. Eles só tinham visto o Artur calmo, paciente e pacificador, e não suspeitavam de que ele contivesse tamanha fúria. Essa raiva não tinha nada a ver com a ira que o havia consumido no vale do Lugg, quando o agonizante Gorfyddyd tinha chamado Guinevere de prostituta, mas mesmo assim era aterrorizante. – Vão embora! – gritou para os netos de Tanaburs. – Esta é uma reunião de lordes. E vocês dois – ele apontou para seus filhos – vão embora! – Em seguida esperou até que os seguidores de Lancelot tivessem recuado, depois olhou de novo para o rei siluriano. – O que você fez? – perguntou pela terceira vez, numa voz amarga.

A dignidade afrontada de Lancelot o levou a se enrijecer.

– Fiz a paz – falou acidamente. – Impedi Cerdic de atacar você. Fiz o possível para ajudá-lo.

– O que você fez – disse Artur numa voz irada, mas tão baixa que nenhum homem do grupo de Cerdic pôde ouvi-lo – foi lutar a batalha de Cerdic. Acabamos de praticamente destruir Aelle, então o que isso torna Cerdic? Torna-o duas vezes mais poderoso do que antes. É isso que ele se torna! Que os Deuses nos ajudem! – com isso Artur jogou as rédeas para Lancelot, um insulto sutil, desmontou de seu animal, ajeitou a capa ensanguentada e olhou imperiosamente para os saxões.

Foi a primeira vez que vi Cerdic, e apesar de todos os bardos o fazerem parecer um demônio com cascos fendidos e picada de serpente, na verdade era um homem baixo, um tanto magro, de cabelos claros e finos que ele penteava para trás e amarrava na nuca. Era muito pálido, tinha testa larga e um queixo fino, raspado. Sua boca era de lábios finos, o nariz afilado e os olhos claros como água enevoada ao amanhecer. Eu duvidava que o autocontrole de Cerdic permitiria que sua expressão traísse seus pensamentos. Usava um peitoral romano, calções de lã e uma capa de pelo de raposa. Parecia organizado e preciso; de fato, se não fosse pelo ouro na garganta e nos pulsos, eu o teria confundido com um escriba. Só que seus olhos não eram de um funcionário; aqueles olhos claros não perdiam coisa alguma e nada revelavam.

– Sou Cerdic – anunciou numa voz baixa.

Artur ficou de lado para que Cuneglas pudesse se anunciar, depois Meurig insistiu em fazer parte da conferência. Cerdic olhou para os dois, desconsiderou-os e olhou de volta para Artur.

– Eu lhe trago um presente – disse ele, e esticou a mão para o chefe tribal que o acompanhava. O sujeito pegou uma faca de cabo de ouro que Cerdic estendeu para Artur.

– O presente – traduzi as palavras de Artur – deveria ir para o nosso rei Cuneglas.

Cerdic pôs a lâmina nua na palma esquerda e fechou os dedos em volta. Seus olhos jamais abandonaram os de Artur, e quando ele abriu a mão havia sangue na lâmina.

– O presente é para Artur – insistiu.

Artur pegou. Estava nervoso de um modo pouco característico, talvez temesse alguma magia no aço ensanguentado ou então temendo que a aceitação do presente o tornasse cúmplice das ambições de Cerdic.

– Fale ao rei – disse-me Artur – que não tenho presente para ele.

Cerdic sorriu. Foi um sorriso gélido, e pensei em como seria a aparência de um lobo para um cordeiro desgarrado.

– Diga ao lorde Artur que ele me deu o presente da paz.

– Mas e se eu escolhesse a guerra? – perguntou Artur, em tom desafiador. – Aqui e agora! – Ele fez um gesto para o topo da colina, onde um número ainda maior de nossos lanceiros tinha se juntado, tornando agora o nosso número pelo menos igual ao de Cerdic.

– Diga que estes não são todos os meus homens – ordenou-me Cerdic. E fez um gesto para a parede de escudos. – E diga também que o rei Lancelot me deu a paz em nome de Artur.

Falei isso a Artur, e vi um músculo estremecer em seu rosto, mas ele manteve a raiva sob controle.

– Dentro de dois dias – disse Artur, e não foi uma sugestão, e sim uma ordem – nos reuniremos em Londres. Lá discutiremos nossa paz. – Ele enfiou a faca ensanguentada no cinturão e, quando terminei de traduzir suas palavras, me convocou. Não esperou para ouvir a resposta de Cerdic, em vez disso me guiou morro acima até estarmos fora do alcance da audição das duas delegações. Artur percebeu o meu ombro pela primeira vez.

– O ferimento foi muito ruim?

– Vai curar.

Ele parou, fechou os olhos e respirou fundo.

– O que Cerdic deseja – falou quando abriu os olhos – é governar toda a Lloegyr. Mas se o deixarmos fazer isso, teremos um inimigo terrível em vez de dois mais fracos. – Ele deu alguns passos em silêncio, passando entre os mortos da primeira carga de Aelle. – Antes desta guerra, Aelle era poderoso e Cerdic era uma insignificância. Com Aelle destruído poderíamos nos voltar contra Cerdic. Agora é o contrário. Aelle se enfraqueceu, mas Cerdic está poderoso.

– Então lute contra ele agora.

Ele me observou com os olhos castanhos cansados.

– Seja honesto, Derfel – disse em voz baixa –, sem se gabar. Nós venceríamos se lutássemos?

Olhei para o exército de Cerdic. Estava muito bem-arrumado e pronto para a batalha, enquanto os nossos homens estavam cansados e famintos, mas aqueles homens nunca tinham enfrentado os cavaleiros de Artur.

– Acho que venceríamos, senhor – falei honestamente.

– Eu também, mas será uma luta difícil, Derfel, e no final teremos de carregar pelo menos uma centena de feridos para casa, e os saxões vão convocar cada guarnição em Lloegyr para nos enfrentar. Podemos derrotar Cerdic aqui, mas nunca chegaremos em casa vivos. Estamos muito dentro de Lloegyr. – Ele fez uma careta diante do pensamento. – E, se nos enfraquecermos lutando contra Cerdic, você acha que Aelle não vai estar esperando para nos emboscar no caminho de casa? – E estremeceu com um súbito jorro de raiva. – O que Lancelot estava pensando? Não posso ter Cerdic como aliado! Ele vai ganhar metade da Britânia, virar-se contra nós e teremos um inimigo saxão duas vezes mais forte do que antes. – Artur soltou um de seus raros palavrões, depois esfregou o rosto ossudo com a mão enluvada. – Bom, o caldo está derramado – falou amargamente –, mas ainda temos de tomá-lo. A única resposta é deixar Aelle suficientemente forte para ainda amedrontar Cerdic, por isso pegue seis dos meus cavaleiros e o encontre. Encontre-o, Derfel, e lhe dê essa coisa desgraçada como presente. – Ele estendeu a faca de Cerdic para mim. – Limpe primeiro – disse, irritado – e você pode levar também a capa de pele de urso dele. Agravain a encontrou. Dê a ele como um segundo presente e lhe diga para vir a Londres. Diga que juro por sua segurança e que esta é sua única chance de manter a posse de alguma terra. Você tem dois dias, Derfel, encontre-o.

Hesitei, não porque discordasse, mas porque não entendia o motivo de Aelle ter que ir a Londres.

– Porque não posso ficar em Londres com Aelle à solta em Lloegyr – respondeu Artur, cansado. – Ele pode ter perdido seu exército aqui, mas tem guarnições suficientes para montar outro, e enquanto nos desembaraçamos de Cerdic ele poderia acabar com meia Dumnonia. – Artur se virou e olhou, malévolo, para Lancelot e Cerdic. Pensei que ia xingar de novo, mas ele apenas suspirou, cansado. – Vou fazer a paz, Derfel. Os Deuses sabem que não é a paz que eu queria, mas podemos mesmo assim fazer direito. Agora vá, meu amigo, vá.

Fiquei o tempo suficiente para me certificar de que Issa cuidaria adequadamente de queimar o corpo de Cavan e que encontraria um lago para jogar na água a espada do irlandês morto, e então cavalguei para o norte, atrás de um exército derrotado.

Enquanto isso, Artur, com o sonho estragado por um idiota, marchava para Londres.

HÁ MUITO TEMPO eu sonhava conhecer Londres, mas nem mesmo em minhas fantasias mais loucas tinha imaginado sua realidade. Pensava que seria como Glevum, talvez um pouco maior, mas ainda assim um lugar onde haveria um agrupamento de construções altas em volta de um espaço central aberto, com pequenas ruas atulhadas atrás e uma muralha de terra cercando tudo, mas em Londres havia seis desses espaços abertos, todos com seus salões cheios de colunas, templos com arcadas e palácios de tijolos. As casas comuns, que em Glevum ou Durnovária eram baixas e cobertas de palha, aqui eram construídas com dois ou três andares. Muitas das casas tinham desmoronado no correr dos anos, mas ainda havia uma boa quantidade com tetos de telha, e as pessoas ainda subiam em suas íngremes escadas de madeira. A maioria dos nossos homens nunca tinha visto uma escada no interior de uma construção, e no primeiro dia em Londres todos corriam como crianças empolgadas para observar a vista dos andares mais altos. Finalmente um dos prédios desmoronou sob o peso deles, e então Artur proibiu que ficassem subindo as escadas.

A fortaleza de Londres era maior do que Caer Sws, e essa era meramente o bastião noroeste da muralha da cidade. Havia uma dúzia de alojamentos dentro da fortaleza, cada um maior do que um salão de festas, e cada um feito de pequenos tijolos vermelhos. Ao lado havia um anfiteatro, um templo e uma das dez casas de banho da cidade. Outras cidades tinham essas coisas, claro, mas tudo aqui era mais alto e mais largo. O anfiteatro de Durnovária era feito de terra gramada, e eu sempre o havia achado bem impressionante, até que vi a arena de Londres, que poderia ter engolido cinco anfiteatros como o de Durnovária. A muralha em volta da cidade era feita de pedras, não de terra, e apesar de Aelle ter deixado seus parapeitos desmoronarem, ainda era uma barreira formidável, agora coroada pelos triunfantes homens de Cerdic. Ele tinha ocupado a cidade, e a presença de seus estandartes feitos de crânios nas muralhas mostrava que pretendia mantê-la sob seu poder.

A margem do rio também possuía uma muralha de pedras que havia sido construída originalmente contra os piratas saxões. Aberturas nessas muralhas levavam aos cais, e uma delas se abria para um canal que atravessava o coração de um grande jardim, onde havia um palácio construído. Ainda havia bustos e estátuas no palácio, longos corredores ladrilhados e um grande salão com colunas onde, presumi, nossos governantes romanos se reuniam para tomar decisões. Agora a água da chuva escorria pelas paredes pintadas, os ladrilhos do chão estavam partidos e o jardim era um emaranhado de ervas daninhas, mas a glória continuava lá, mesmo que fosse apenas uma sombra. Toda a cidade era uma sombra da glória antiga. Nenhuma das casas de banho funcionava. As piscinas estavam rachadas e vazias, as fornalhas, frias e os pisos de mosaico tinham estufado e estalado sob o ataque do frio e do mato. As ruas de pedra se haviam transformado em vias enlameadas, mas apesar da decadência a cidade ainda era enorme e magnífica. Fez com que eu imaginasse como seria Roma. Galahad me disse que Londres era um mero povoado em comparação, e que o anfiteatro de Roma poderia engolir vinte arenas como a de Londres, mas não pude acreditar. Mal podia acreditar em Londres, mesmo olhando para ela. Parecia obra de gigantes.

Aelle jamais gostara da cidade e não queria morar aqui, por isso seus únicos habitantes eram um punhado de saxões e os britânicos que tinham aceitado o governo dele. Alguns desses britânicos ainda prosperavam. A maioria era composta de mercadores que negociavam com a Gália, e suas casas grandes eram construídas ao lado do rio, os armazéns eram guardados por suas próprias muralhas e seus lanceiros, mas boa parte do resto da cidade estava deserto. Era um lugar agonizante, uma cidade entregue aos ratos, um local que um dia tivera o título de Augusta. Fora conhecida como Londres, a Magnífica, e um dia seu rio estivera cheio dos mastros de galeras; agora era um lugar de fantasmas.

Aelle foi para Londres comigo. Eu o havia encontrado a meio dia de marcha ao norte da cidade. Ele se refugiara numa fortaleza romana onde tentava montar de novo um exército. A princípio suspeitou de minha mensagem. Gritou comigo, acusando-nos de usar feitiçaria para derrotá-lo, depois ameaçou matar minha escolta, mas tive o bom senso de esperar pacientemente sua raiva se esgotar e, depois de um tempo, ele se acalmou. Tinha jogado longe a faca de Cerdic, mas ficou satisfeito em ter de volta sua grossa capa de pele de urso. Não creio que eu tenha corrido perigo real, porque sentia que ele gostava de mim, e de fato, quando sua raiva se dissipou, ele passou o braço pesado pelo meu ombro para caminhar comigo de um lado para o outro pelas fortificações.

– O que Artur quer? – perguntou.

– Paz, senhor rei. – O peso de seu braço estava machucando meu ombro ferido, mas não ousei protestar.

– Paz! – ele cuspiu a palavra como se fosse um pedaço de carne estragada, mas sem o escárnio que usara para rejeitar a oferta de paz feita por Artur antes da batalha do vale do Lugg. Na época, Aelle era mais forte e podia se dar ao luxo de pedir um preço mais alto. Agora estava humilhado, e sabia disso. – Nós, saxões, não nos destinamos a estar em paz. Nós nos alimentamos dos grãos do inimigo, nos vestimos com a lã dele, obtemos prazer com suas mulheres. O que a paz nos oferece?

– Uma chance de restaurar sua força, senhor rei, caso contrário Cerdic estará se alimentando de seu grão e se vestindo com sua lã.

Aelle riu.

– Ele gostaria das mulheres também. – Em seguida, tirou o braço de cima do meu ombro e olhou para o norte, por cima dos campos. – Terei de ceder terras – resmungou.

– Mas se escolher a guerra, senhor rei, o preço será mais alto. Enfrentará Artur e Cerdic, e talvez termine sem terra nenhuma, a não ser o capim acima de sua sepultura.

Ele se virou e me deu um olhar esperto.

– Artur só quer a paz para que eu lute contra Cerdic por ele.

– Claro, senhor rei.

Ele riu de minha honestidade.

– E se eu não for a Londres vocês vão me caçar como um cão.

– Como um grande javali, senhor rei, cujas presas ainda estão afiadas.

– Você fala como luta, Derfel. Bem. – Aelle havia ordenado que seus feiticeiros fizessem um cataplasma de musgo e teias de aranha, que puseram em meu ombro ferido enquanto ele consultava seu conselho. A consulta não demorou muito, porque Aelle sabia que tinha pouca escolha. Assim, na manhã seguinte marchei com ele pela estrada romana que ia até a cidade. Ele insistiu em levar uma escolta de sessenta lanceiros. – Talvez vocês confiem em Cerdic – falou –, mas não existe uma promessa que ele tenha feito e que não tenha quebrado. Diga isso a Artur.

– Diga o senhor, senhor rei.

Aelle e Artur se reuniram secretamente na véspera do dia em que deveriam negociar com Cerdic, e naquela noite discutiram sua paz separada. Aelle cedeu muito. Abriu mão de grandes trechos de terras na fronteira Oeste e concordou em pagar de novo a Artur todo o ouro que este lhe dera no ano anterior, e mais ouro ainda. Em troca Artur prometeu quatro anos inteiros de paz e o apoio caso Cerdic não concordasse com os termos do dia seguinte. Os dois se abraçaram quando a paz foi feita, e depois, enquanto voltávamos ao nosso acampamento fora da muralha Oeste da cidade, Artur balançou a cabeça tristemente.

– Nunca deveríamos encontrar um inimigo cara a cara – disse-me. – Pelo menos se soubermos que um dia teremos de destruí-lo. Ou isso ou os saxões devem se submeter ao nosso governo. E não vão. Não vão.

– Talvez se submetam.

Ele balançou a cabeça.

– Os saxões e os britânicos não se misturam, Derfel.

– Eu me misturo, senhor.

Ele riu.

– Mas se sua mãe não tivesse sido capturada, Derfel, você teria sido criado como saxão e provavelmente estaria agora no exército de Aelle. Seria um inimigo. Cultuaria os Deuses dele, sonharia os sonhos dele, e desejaria nossa terra. Esses saxões precisam de muito espaço.

Mas pelo menos tínhamos contido Aelle, e no dia seguinte, no grande palácio junto ao rio, encontramos Cerdic. O sol brilhava, lançando fagulhas no canal onde antigamente o governador da Britânia atracava sua barcaça. Os brilhos escondiam a espuma, a lama e a sujeira que agora cobriam o canal, mas nada podia esconder o fedor do esgoto.

Cerdic teve primeiro uma reunião de conselho, e enquanto debatia, nós, britânicos, nos reunimos numa sala acima da muralha que dava para o rio, o que deixava o teto, pintado com seres curiosos, metade mulheres e metade peixes, coberto de faixas de luz tremulante. Nossos lanceiros guardavam todas as portas e janelas, para ter certeza de que não seríamos entreouvidos.

Lancelot estava lá, e tivera permissão de trazer Dinas e Lavaine. Os três ainda insistiam em que sua paz com Cerdic fora sábia, mas Meurig era o único que os apoiava, e o resto de nós estava com raiva diante de seu carrancudo desafio. Artur ouviu nossos protestos durante um tempo, depois interrompeu para dizer que nada seria resolvido discutindo o passado.

– O que está feito está feito, mas preciso me certificar de uma coisa. – Ele olhou para Lancelot. – Garanta que não fez qualquer promessa a Cerdic.

– Eu lhe dei a paz – insistiu Lancelot – e sugeri que ele o ajudasse a lutar contra Aelle. Só isso.

Merlin estava sentado na janela que dava para o rio. Tinha adotado um dos gatos vadios do palácio e agora acariciava o animal em seu colo.

– O que Cerdic quer? – perguntou em tom afável.

– A derrota de Aelle.

– Só isso? – perguntou Merlin, não se incomodando em esconder a descrença.

– Só isso – insistiu Lancelot. – Mais nada. – Todos ficamos olhando para ele. Artur, Merlin, Cuneglas, Meurig, Agrícola, Sagramor, Galahad, Culhwch e eu. Nenhum de nós falou, só ficamos olhando. – Ele não queria mais nada! – insistiu Lancelot, que para mim parecia uma criancinha contando mentiras descaradas.

– Que coisa notável num rei! – disse Merlin placidamente. – Querer tão pouco. – Em seguida começou a provocar o gato, balançando uma das tranças de sua barba perto das patas dele. – E o que você queria? – perguntou, ainda em tom afável.

– A vitória de Artur – declarou Lancelot.

– Porque não achava que Artur poderia vencer sozinho? – sugeriu Merlin, ainda acariciando o gato.

– Eu queria torná-la certa. Estava tentando ajudar! – Ele olhou o salão em volta, procurando aliados, e encontrando apenas o jovem Meurig. – Se vocês não querem paz com Cerdic – falou, petulante –, por que não lutam contra ele agora?

– Porque, senhor rei, você usou meu nome para garantir a trégua com ele – disse Artur pacientemente –, e porque nosso exército está a muitas marchas distante de casa, e os homens dele estão no nosso caminho. Se você não tivesse feito a paz – explicou, ainda falando com cortesia –, metade do exército dele estaria na fronteira, vigiando os seus homens, e eu estaria livre para marchar para o sul e atacar a outra metade. Do jeito que está... – ele deu de ombros. – O que Cerdic vai exigir de nós hoje?

– Tudo que os saxões sempre querem, senhor – disse Agrícola com firmeza. – Terra, terra e mais terra. Eles não ficarão felizes enquanto não tiverem cada fatia de terra do mundo, e então vão começar a procurar outros mundos para pôr sob seus arados.

– Ele deve ficar satisfeito com a terra que tirou de Aelle. Não receberá nenhuma de nós.

– Deveríamos pegar um pouco da dele – falei pela primeira vez. – A que ele roubou no ano passado. – Era um belo trecho de terra ribeirinha na nossa fronteira Sul, um local fértil e rico que ia dos altos urzais até o mar. Tinha pertencido a Melwas, o rei dos Belgae, que Artur mandara para Isca como punição, e era uma terra que nos fazia tremenda falta, porque sua perda trouxe Cerdic para muito perto das ricas propriedades próximas de Durnovária, e também significava que seus navios estavam a minutos de Ynys Wit, a grande ilha que os romanos tinham chamado de Vectis e que ficava perto de nossa costa. Há um ano os saxões de Cerdic tinham atacado Ynys Wit implacavelmente, e o povo da ilha vivia pedindo mais lanceiros a Artur, para proteger suas propriedades.

– Devemos ter aquela terra de volta – apoiou Sagramor. Ele tinha agradecido a Mitra pela volta de sua mulher em segurança, pondo uma espada capturada no templo do Deus em Londres.

– Duvido que Cerdic faça a paz em troca de ceder terras – interveio Meurig.

– E não marchamos para a guerra com o objetivo de ceder terras – respondeu Artur, irado.

– Eu pensei, perdoe-me – insistiu Meurig, e uma espécie de rosnado baixo perpassou a sala enquanto ele persistia com o argumento. – Mas você disse, não disse? Disse que não podia continuar com a guerra, estando tão longe de casa, não é? Mas agora, em troca de um pedaço de terra, vai arriscar a vida de todos nós? Espero não estar sendo tolo – ele deu um risinho para mostrar que tinha feito uma piada –, mas não consigo entender por que arriscamos a única coisa que não podemos nos dar ao luxo de suportar.

– Senhor príncipe – disse Artur em voz baixa –, nós podemos estar fracos, mas se mostrarmos nossa fraqueza, estaremos mortos aqui. Vamos até Cerdic hoje para não ceder um fio de cabelo. Vamos fazer exigências.

– E se ele recusar? – perguntou Meurig, indignado.

– Então teremos uma retirada difícil – admitiu Artur calmamente. Ele olhou por uma janela que dava para o pátio. – Parece que nosso inimigo está pronto. Vamos, então?

Merlin empurrou o gato para o chão e usou o cajado para se levantar.

– Vocês se importam se eu não for? Estou velho demais para suportar um dia de negociações. Toda aquela agitação e aquela raiva! – Ele espanou do manto os pelos do gato, depois se virou subitamente para Dinas e Lavaine para perguntar, em reprovação: – Desde quando os druidas usam espadas ou servem a um rei cristão?

– Desde que decidimos fazer as duas coisas – disse Dinas. Os gêmeos, que eram quase tão altos quanto Merlin, desafiaram-no, olhando sem piscar.

– Quem tornou vocês druidas?

– O mesmo poder que fez de você um druida – disse Lavaine.

– E que poder é esse? – Quando os gêmeos não responderam, Merlin zombou dos dois. – Pelo menos vocês sabem botar ovos de tordo. Acho que esse tipo de truque impressiona os cristãos. Também transformam o vinho deles em sangue e o pão em carne?

– Usamos nossa magia e a deles também – disse Dinas. – Esta não é a antiga Britânia, e sim uma nova Britânia com novos Deuses. Misturamos a magia deles com a antiga. Você poderia aprender conosco, lorde Merlin.

Merlin cuspiu para mostrar sua opinião sobre o conselho, depois, sem dizer mais nada, saiu da sala. Dinas e Lavaine não se abalaram com sua hostilidade. Possuíam uma autoconfiança extraordinária.

Seguimos Artur até o grande salão cheio de colunas onde, como Merlin tinha previsto, discutimos e fizemos pose, gritamos e adulamos. A princípio foram Aelle e Cerdic que fizeram mais barulho, e Artur era frequentemente o mediador entre os dois, mas nem mesmo ele podia impedir Cerdic de se tornar rico em terras à custa de Aelle. Cerdic manteve a posse de Londres, ganhou o vale do Tâmisa e grandes trechos de terra fértil ao norte do rio. O reino de Aelle se encolheu em um quarto, mas ele ainda possuía um reino, e por isso devia agradecer a Artur. Não ofereceu nada, apenas saiu da sala quando a conversa terminou, e deixou Londres naquele mesmo dia, como um grande javali ferido se arrastando para a toca.

Era o meio da tarde quando Aelle saiu. Artur, usando-me como intérprete, levantou o assunto da terra dos Belgae que Cerdic tinha capturado no ano anterior, e prosseguiu exigindo a devolução da terra muito depois de quando o resto de nós já teria desistido do esforço. Não fez ameaças, apenas repetiu e repetiu a exigência até que Culhwch estava dormindo, Agrícola, bocejando, e eu, cansado de tirar o tom cortante das reiteradas rejeições de Cerdic. E Artur continuou insistindo. Ele sentia que Cerdic precisava de tempo para consolidar as novas terras que havia tomado de Aelle, e sua ameaça era que não daria paz a ele a não ser que as terras ribeirinhas fossem devolvidas. Cerdic contrapôs ameaçando lutar conosco em Londres, mas Artur finalmente revelou que buscaria a ajuda de Aelle para lutar, e ele sabia que não podia derrotar nossos dois exércitos.

Estava quase escuro quando Cerdic, por fim, cedeu. Não cedeu totalmente, mas disse a contragosto que discutiria o assunto com seu conselho privado. Então acordamos Culhwch e saímos para o pátio, depois passamos por um pequeno portão na muralha do rio até chegar a um cais, onde olhamos o Tâmisa deslizar, escuro. A maioria de nós falou pouco, mas Meurig discursou de modo irritante para Artur sobre a perda de tempo de fazer exigências impossíveis, mas quando Artur se recusou a discutir, o príncipe gradualmente ficou quieto. Sagramor sentou-se encostado na muralha, incessantemente passando uma pedra de amolar pela lâmina de sua espada. Lancelot e os druidas silurianos ficaram separados de nós; três homens altos e bonitos, rígidos de orgulho. Dinas olhava para as árvores que iam escurecendo do outro lado do rio, enquanto seu irmão me lançava longos olhares especulativos.

Esperamos uma hora até que, finalmente, Cerdic veio para a margem do rio.

– Diga a Artur o seguinte – falou ele sem qualquer preâmbulo. – Que não confio em nenhum de vocês e que não quero nada mais do que matar todos. Mas vou lhe entregar a terra dos Belgae com uma condição. Que Lancelot seja feito rei daquela terra. Não um rei submetido, e sim rei com todos os poderes de um reino independente.

Mirei os olhos cinza-azulados do saxão. Estava tão pasmo por sua condição que não falei nada, nem mesmo para dar a entender que tinha ouvido as palavras. Tudo de repente ficou claro. Lancelot tinha feito essa barganha com o saxão, e Cerdic escondera o acordo secreto por trás de uma tarde de rejeições cheias de escárnio. Eu não tinha provas disso, mas sabia que devia ser verdade, e quando olhei para o outro lado vi que Lancelot estava me observando, cheio de expectativa. Ele não falava saxão, mas sabia exatamente o que Cerdic acabara de falar.

– Diga a ele! – ordenou Cerdic.

Traduzi para Artur. Agrícola e Sagramor cuspiram enojados e Culhwch deu uma gargalhada breve e azeda, mas Artur apenas olhou nos meus olhos durante alguns segundos graves, antes de assentir, cansado.

– Concordo – disse ele.

– Vocês sairão deste lugar ao amanhecer – disse Cerdic abruptamente.

– Partiremos em dois dias – respondi, sem me importar em consultar Artur.

– Concordo – disse Cerdic, e se virou para ir embora.

Assim, tivemos nossa paz com os saxões.

NÃO ERA A PAZ que Artur queria. Ele acreditava que poderíamos enfraquecer tanto os saxões que seus navios parariam de chegar do outro lado do mar Germânico, e que dentro de um ou dois anos poderíamos expulsá-los o resto da Britânia. Mas era paz.

– O destino é inexorável – disse Merlin na manhã seguinte. Eu o encontrei no centro do anfiteatro romano, onde ele se virou lentamente para olhar as fileiras de bancos de pedra que formavam um círculo inteiro em volta da arena. Tinha requisitado quatro de meus lanceiros, que estavam sentados na borda da arena olhando para ele, tão ignorantes quanto eu de seus deveres.

– Ainda está procurando o último Tesouro? – perguntei.

– Gosto deste lugar – disse ele, ignorando minha pergunta enquanto se virava para fazer outra longa inspeção na arena. – Realmente gosto.

– Pensei que o senhor odiava os romanos.

– Eu? Odiar os romanos? – perguntou ele num ultraje fingido. – Como rezo para que meus ensinamentos não sejam passados à posteridade através da peneira estragada que você optou por chamar de cérebro, Derfel. Eu amo toda a humanidade! – declarou, grandiloquente. – E até os romanos são perfeitamente aceitáveis se ficarem em Roma. Eu lhe disse que estive em Roma uma vez, não disse? Cheia de padres e catamitas. Sansum iria se sentir bem à vontade lá. Não, Derfel, o erro dos romanos foi vir à Britânia e estragar tudo, mas nem tudo o que eles fizeram aqui foi ruim.

– Eles nos deram isto – falei, fazendo um gesto para as doze fileiras de assentos e o alto balcão onde os senhores romanos assistiam à arena.

– Ah, poupe-me do discurso tedioso de Artur sobre estradas, tribunais, pontes e estruturas. – Ele cuspiu a última palavra. – Estrutura! O que é a estrutura da lei, das estradas e das fortalezas senão uma canga? Os romanos nos domaram, Derfel. Nos transformaram em pagadores de impostos e foram tão inteligentes que chegamos a acreditar que eles nos fizeram um favor! Um dia nós caminhamos com os Deuses, éramos um povo livre, e então pusemos nossa cabeça estúpida na canga dos romanos e nos tornamos pagadores de impostos.

– Então o que os romanos fizeram de tão bom?

Ele deu um sorriso lupino.

– Antigamente atulhavam esta arena com cristãos, Derfel, depois mandavam cães para cima deles. Em Roma, veja bem, faziam isso direito; usavam leões. Mas a longo prazo, infelizmente, os leões perderam.

– Vi uma imagem de um leão – falei com orgulho.

– Ah, estou fascinado – disse Merlin, não se incomodando em esconder um bocejo. – Por que não me conta sobre isso? – Tendo me silenciado desse modo, ele sorriu. – Vi um leão de verdade uma vez. Era um bicho pouco impressionante, puído. Suspeitei de que ele estivesse recebendo a dieta errada. Talvez o estivessem alimentando com mitraístas em vez de cristãos. Isso foi em Roma, claro. Eu o cutuquei com meu cajado e ele apenas bocejou e coçou uma pulga. Também vi um crocodilo, só que estava morto.

– O que é um crocodilo?

– Uma coisa parecida com Lancelot.

– Rei dos Belgae – acrescentei acidamente.

Merlin gargalhou.

– Ele foi esperto, não foi? Ele odiava Silúria, e quem pode culpá-lo? Todo aquele povo desenxabido em seus vales sem graça. Não era o tipo de lugar para Lancelot, mas ele vai gostar da terra Belgae. Lá o sol brilha, está cheia de propriedades romanas e, melhor de tudo, não fica longe de sua querida amiga Guinevere.

– Isso é importante?

– Não seja tão sonso, Derfel.

– Não sei o que quer dizer.

– Quero dizer, meu guerreiro ignorante, que Lancelot se comporta como quer com Artur. Pega o que quer e faz o que quer, e pode fazer isso porque Artur tem aquela qualidade ridícula chamada culpa. Nesse sentido, ele é muito cristão. Você consegue entender uma religião que faz a gente se sentir culpada? Que ideia absurda! Mas Artur seria um cristão muito bom. Ele acredita que fez um juramento para salvar Benoic, e quando fracassou sentiu que tinha abandonado Lancelot, e enquanto essa culpa ferir Artur, Lancelot vai se comportar como quiser.

– Com Guinevere também? – perguntei, curioso com sua menção anterior à amizade entre Lancelot e Guinevere, uma menção que possuía mais do que uma sugestão de boato maldoso.

– Nunca explico o que não posso saber – disse Merlin, com ar superior. – Mas deduzo que Guinevere esteja entediada com Artur, e por que não? Ela é uma criatura esperta e gosta de outras pessoas espertas, e Artur, por mais que o amemos, não é complicado. As coisas que ele deseja são pateticamente simples: lei, justiça, ordem, limpeza. Ele realmente quer que todo mundo seja feliz, e isso é impossível. Guinevere não é tão simples. Você é, claro.

Ignorei o insulto.

– Então o que Guinevere quer?

– Que Artur seja rei de Dumnonia, claro, e que ela própria seja a verdadeira governante da Britânia, governando-o, mas até isso acontecer, Derfel, ela vai se divertir do melhor modo possível. – Ele pareceu malicioso enquanto uma ideia lhe ocorria. – Se Lancelot se tornar rei dos Belgae – disse alegremente –, apenas observe Guinevere decidir que não quer o palácio novo em Lindinis, afinal de contas. Vai encontrar um lugar bem mais próximo de Venta. Veja se eu não estou certo. – Ele deu um risinho. – Os dois foram muito espertos – acrescentou, cheio de admiração.

– Guinevere e Lancelot?

– Não seja tão obtuso, Derfel! Quem estava falando de Guinevere? Realmente, o seu apetite por fofocas é indecente. Estou falando de

Cerdic e Lancelot, claro. Aquela foi uma peça de diplomacia bastante sutil. Artur faz toda a luta. Aelle entrega a maior parte da terra, Lancelot agarra um reino muito mais adequado, Cerdic duplica o próprio poder e tem Lancelot, em vez de Artur, como seu vizinho no litoral. Muito bem feito. Como os maus prosperam! Gosto de ver isso. – Ele sorriu, depois se virou enquanto Nimue aparecia em um dos dois túneis que passavam por baixo das arquibancadas, chegando até a arena. Veio rapidamente pisando no chão coberto de mato ralo, com um ar de empolgação no rosto. Seu olho de ouro, que tanto amedrontava os saxões, brilhava ao sol da manhã.

– Derfel! – exclamou. – O que vocês fazem com o sangue do touro?

– Não o confunda – disse Merlin. – Esta manhã ele está mais estúpido do que o costume.

– Em Mitra – disse ela, agitada. – O que vocês fazem com o sangue?

– Nada.

– Eles misturam com aveia e gordura – disse Merlin –, e fazem pudim.

– Diga! – insistiu Nimue.

– É segredo – falei, embaraçado.

Merlin soltou um uivo.

– Segredo? Segredo! "Ah, grande Mitra!" – entoou ele numa voz que ecoou da arquibancada – "cuja ponta de lança foi forjada nas profundezas do oceano e cujo escudo sombreia as estrelas mais brilhantes, ouvi-nos." Devo continuar, garoto? – Merlin recitara a invocação com a qual iniciávamos nossas reuniões, e que supostamente fazia parte de nossos rituais secretos. Ele se virou de costas para mim, escarnecendo. – Eles têm um poço, querida Nimue, coberto com uma grade de ferro, e a vida do pobre animal é jorrada no buraco, depois mergulham as lanças no sangue, se embebedam e pensam que fizeram alguma coisa significativa.

– Foi o que pensei – disse Nimue, depois sorriu. – Não há poço.

– Ah, querida menina! – disse Merlin, admirando. – Querida menina! Ao trabalho. – E saiu às pressas.

– O que vocês estão fazendo? – gritei para ele, mas Merlin simplesmente acenou e continuou andando, chamando meus lanceiros que esperavam. Fui atrás mesmo assim, e ele não tentou me impedir. Passamos pelo túnel e saímos numa das ruas estranhas com prédios altos, depois fomos para o oeste em direção à grande fortaleza que formava o bastião noroeste das muralhas da cidade. Ao lado do forte, construído encostado na cidade, havia um templo.

Acompanhei Merlin para o interior.

Era uma construção bonita; comprida, escura, estreita e alta, com o teto pintado, sustentado por duas fileiras de sete colunas. Evidentemente, o templo passou a ser usado como depósito, porque fardos de lã e montes de peles estavam empilhados num corredor lateral, mas algumas pessoas ainda deviam fazer cultos na construção, porque havia uma estátua de Mitra usando seu estranho chapéu mole numa das extremidades, e estátuas menores arrumadas na frente das colunas afiladas. Supus que as pessoas que cultuavam aqui fossem descendentes dos colonos romanos que tinham optado por ficar na Britânia quando as legiões partiram, e parecia que tinham abandonado a maioria das divindades de seus ancestrais, inclusive Mitra, porque as pequenas oferendas de flores, comida e lamparinas estavam reunidas apenas diante de três imagens. Duas eram de Deuses romanos elegantemente esculpidos, mas o terceiro ídolo era britânico; uma lisa pedra fálica com um rosto brutal, arregalado, esculpido na ponta, e somente essa estátua estava encharcada em sangue seco, enquanto a única oferta ao lado da estátua de Mitra era a espada saxã que Sagramor tinha deixado como agradecimento pela volta de Malla. Era um dia ensolarado, mas a única luz dentro do templo vinha por um trecho do telhado onde as telhas haviam desaparecido. O templo deveria ser escuro, porque Mitra nascera numa caverna e nós o cultuávamos na escuridão de uma caverna.

Merlin bateu nas pedras do assoalho com seu cajado, finalmente escolhendo um ponto no fim da nave, logo abaixo da estátua de Mitra.

– É aqui que você mergulharia suas lanças, Derfel?

Passei para o corredor lateral onde as peles e a lã estavam empilhadas.

– Aqui – falei, apontando para um poço raso, meio escondido por uma das pilhas.

– Não seja absurdo! – reagiu Merlin. – Alguém fez isso mais tarde! Você realmente acha que está escondendo os segredos de sua religião patética? – Ele bateu de novo no chão debaixo da estátua, depois tentou outro local a pouco mais de 1 metro de distância, e evidentemente decidiu que os dois pontos produziam sons diferentes, por isso bateu pela terceira vez aos pés da estátua. – Cavem aqui – ordenou aos meus lanceiros.

Estremeci diante do sacrilégio.

– Ela não deveria estar aqui, senhor – falei, fazendo um gesto para Nimue.

– Mais uma palavra sua, Derfel, e o transformo num ouriço manco. Levantem as pedras! – disse rispidamente aos meus homens. – Usem as lanças como alavancas, idiotas. Andem! Trabalhem!

Sentei-me ao lado do ídolo britânico, fechei os olhos e rezei para que Mitra me perdoasse o sacrilégio. Depois rezei para que Ceinwyn estivesse em segurança e que o bebê em sua barriga ainda estivesse vivo, e ainda estava rezando por meu filho não nascido quando a porta do templo se abriu com um som raspado e botas ressoaram nas pedras. Abri os olhos, virei a cabeça e vi que Cerdic tinha vindo ao templo.

Vinha com vinte lanceiros, seu intérprete e, mais surpreendentemente, com Dinas e Lavaine.

Levantei-me e toquei os ossos no cabo de Hywelbane para dar sorte, enquanto o rei saxão caminhava lentamente pela nave.

– Esta cidade é minha – anunciou Cerdic em voz baixa – e tudo que há dentro das muralhas é meu. – Ele olhou um momento para Merlin e Nimue, depois para mim. – Diga para eles se explicarem.

– Diga a esse idiota para ir molhar a cabeça num balde – ordenou Merlin, rispidamente. Ele falava saxão bastante bem, mas era adequado fingir que não.

– Aquele é o intérprete dele, senhor – alertei a Merlin, fazendo um gesto para o homem ao lado de Cerdic.

– Então ele pode dizer para o rei molhar a cabeça – disse Merlin.

O intérprete obedeceu, e o rosto de Cerdic estremeceu num sorriso perigoso.

– Senhor rei – falei, tentando desfazer o dano causado por Merlin –, meu lorde Merlin tenta restaurar o templo à condição antiga.

Cerdic considerou essa resposta enquanto inspecionava o que estava sendo feito. Meus quatro lanceiros tinham levantado as pedras do piso para revelar uma massa compacta de areia e cascalho, e agora estavam tirando essa massa pesada, que se encontrava acima de uma plataforma inferior, feita de tábuas encharcadas de piche. O rei olhou para o poço, depois fez um gesto para meus quatro lanceiros continuarem com o trabalho.

– Mas se encontrarem ouro – falou comigo –, é meu. – Comecei a traduzir para Merlin, mas Cerdic me interrompeu com um gesto de mão. – Ele fala a nossa língua – disse, olhando para Merlin. – Eles me contaram – e apontou a cabeça para Dinas e Lavaine.

Olhei para os gêmeos maldosos, depois de novo para Cerdic.

– O senhor tem companheiros estranhos, senhor rei.

– Não mais estranhos do que você – respondeu ele, espiando o olho dourado de Nimue. Ela o retirou com um dedo e deu-lhe toda a visão horrenda da órbita encolhida e nua, mas Cerdic pareceu não se abalar com a ameaça. Em vez disso, pediu que eu lhe dissesse o que sabia sobre os diferentes deuses do templo. Respondi do melhor modo possível, mas era claro que ele não estava interessado de verdade. Interrompeu-me para olhar Merlin de novo. – Onde está o seu Caldeirão, Merlin?

Merlin lançou um olhar assassino para os gêmeos silurianos, depois cuspiu no chão.

– Escondido.

Cerdic não pareceu surpreso com a resposta. Passou pelo poço que estava cada vez mais fundo e pegou a espada saxã que Sagramor tinha doado a Mitra. Deu um corte especulativo no ar e pareceu aprovar o equilíbrio da lâmina.

– Esse Caldeirão tem grandes poderes? – perguntou a Merlin.

Merlin se recusou a responder, por isso falei por ele.

– É o que dizem, senhor rei.

– Poderes que vão livrar a Britânia dos saxões? – Cerdic me encarou com seus olhos claros.

– É por isso que rezamos, senhor rei.

Ele sorriu, depois se virou de novo para Merlin.

– Qual é o seu preço pelo Caldeirão, velho?

Merlin o encarou, irado.

– O seu fígado, Cerdic.

Cerdic se aproximou mais de Merlin e encarou os olhos do mago. Não vi medo em Cerdic, nenhum. Os Deuses de Merlin não eram dele. Aelle poderia ter temido Merlin, mas Cerdic jamais sofrera a magia do druida, e assim, para ele, Merlin era apenas um velho sacerdote britânico com reputação exagerada. De repente ele estendeu a mão e segurou uma das tranças da barba de Merlin, amarradas com fita preta.

– Eu lhe pago muito ouro, velho.

– Eu disse qual é o meu preço – respondeu Merlin. Em seguida, tentou se afastar de Cerdic, mas o rei apertou a trança com mais força.

– Eu pago o seu preço em ouro.

– O seu fígado – contrapôs Merlin.

Cerdic levantou a lâmina saxã, fez um rápido movimento de serra com a lâmina e cortou a trança da barba. Em seguida, se afastou.

– Brinque com o seu Caldeirão, Merlin de Avalon – falou, jogando a espada de lado –, mas um dia vou cozinhar o seu fígado nele e servir aos meus cães.

Nimue olhou o rei, com o rosto pálido. Merlin estava chocado demais para se mover, ainda mais para falar, enquanto os meus lanceiros simplesmente ficaram boquiabertos.

– Continuem com isso, idiotas – rosnei para eles. – Trabalhem! – Eu estava mortificado. Nunca tinha visto Merlin sofrer qualquer humilhação, e nunca quis ver. Nem mesmo achava possível.

Merlin esfregou a barba violada.

– Um dia, senhor rei – falou em voz baixa –, terei minha vingança.

Cerdic descartou essa ameaça frágil e voltou para os seus homens. Deu a barba cortada a Dinas, que curvou a cabeça em agradecimento. Eu cuspi, porque sabia que agora a dupla siluriana poderia tecer um grande mal. Poucas coisas são tão poderosas para fazer feitiços quanto pelos ou pedaços de unha de um inimigo, e era por isso, para impedir que essas coisas caíssem em mãos malévolas, que todos tomávamos o cuidado de queimá-las. Até uma criança pode fazer maldade com uma mecha de cabelos.

– Quer que eu pegue a trança de volta, senhor? – perguntei a Merlin.

– Não seja absurdo, Derfel – disse ele cautelosamente, fazendo um gesto para os vinte lanceiros de Cerdic. – Acha que poderia matar todos eles? – Merlin balançou a cabeça, depois sorriu para Nimue. – Você está vendo como estamos longe de nossos Deuses aqui? – falou, tentando explicar a impotência.

– Cavem – rosnou Nimue para os meus homens, mas agora eles já haviam terminado e estavam tentando levantar a primeira das grandes tábuas. Cerdic, que obviamente tinha vindo ao templo porque Dinas e Lavaine lhe disseram que Merlin estava procurando um tesouro, ordenou que três de seus lanceiros ajudassem. Os três pularam no poço e enfiaram as lanças debaixo da borda da tábua, e lentamente a forçaram para cima até que meus homens puderam segurá-la e arrastá-la.

O poço era o poço de sangue, o lugar onde a vida do touro agonizante penetrava na mãe terra, mas em algum momento tinha sido habilmente disfarçado com as tábuas, a areia, o cascalho e as pedras.

– Isso foi feito quando os romanos partiram – disse Merlin, fora do alcance da audição do pessoal de Cerdic. Ele esfregou a barba de novo.

– Senhor – falei sem jeito, entristecido por sua humilhação.

– Não se preocupe, Derfel. – Ele tocou meu ombro, me tranquilizando. – Você acha que eu deveria invocar fogo dos Deuses? Fazer a terra se abrir e engoli-lo? Invocar uma serpente do mundo dos espíritos?

– Sim, senhor – respondi, arrasado.

Ele baixou a voz ainda mais.

– Não comandamos a magia, Derfel, nós a usamos, e aqui não há nenhuma para ser usada. No Samain, Derfel, juntarei os Tesouros e desvelarei o Caldeirão. Vamos acender fogueiras e depois fazer um feitiço que fará o céu guinchar e a terra gemer. Isso eu prometo. Vivi a vida inteira por esse momento, e ele trará a magia de volta à Britânia. – Merlin se encostou na coluna e passou a mão no local onde a barba tinha sido cortada. – Nossos amigos de Silúria pensam em me desafiar – falou, olhando para os gêmeos de barba preta –, mas uns fios perdidos da barba de um velho não são nada diante do poder do Caldeirão. Uns fios de barba não farão mal a ninguém além de mim, mas o Caldeirão, Derfel, o Caldeirão fará a Britânia inteira estremecer e obrigará aqueles dois impostores a se ajoelharem pedindo misericórdia. Mas até então, Derfel, até então você deve ver nossos inimigos prosperarem. Os Deuses se afastam cada vez mais. Ficam fracos, e nós, que os amamos, também enfraquecemos, mas isso não vai durar. Vamos trazê-los de volta, e a magia que agora é tão fraca na Britânia irá se tornar tão densa quanto aquela névoa em Ynys Mon. – Ele coçou meu ombro ferido de novo. – Isso eu prometo.

Cerdic nos observava. Não podia nos ouvir, mas havia uma diversão em seu rosto em forma de cunha.

– Ele ficará com o que estiver no poço, senhor – murmurei.

– Rezo para que ele não saiba qual é o valor – disse Merlin, baixinho.

– Eles saberão, senhor – falei, olhando para os dois druidas de mantos brancos.

– Eles são traidores e serpentes – sibilou Merlin, olhando para Dinas e Lavaine que tinham chegado mais perto do poço. – Mas mesmo se guardarem o que encontrarmos agora, ainda possuo onze dos treze Tesouros, Derfel, e sei onde o décimo segundo pode ser encontrado. Nenhum homem juntou tanto poder na Britânia em mil anos. – Ele se apoiou no cajado. – O rei vai sofrer, prometo.

A última tábua foi tirada do buraco e jogada com ruído sobre as pedras. Os lanceiros suados recuaram enquanto Cerdic e os druidas silurianos se adiantavam lentamente e olhavam para o poço. Cerdic olhou durante longo tempo, depois começou a gargalhar. Seu riso ecoou no alto teto pintado e atraiu seus lanceiros para a borda do poço, onde eles também começaram a gargalhar.

– Gosto de um inimigo que põe tanta fé em lixo. – Cerdic empurrou seus lanceiros para o lado e fez um sinal para nós. – Venha ver o que você descobriu, Merlin de Avalon.

Fui com Merlin até a beira do poço e vi uma pilha de madeira velha, escura e arruinada pela umidade. Parecia apenas um punhado de lenha, pedaços de madeira; alguns apodrecidos pela umidade que tinha escorrido por um canto do poço de tijolos, e o resto tão velho e frágil que poderia se incendiar transformando-se em cinzas num instante.

– O que é? – perguntei a Merlin.

– Parece que procuramos no lugar errado – disse Merlin em saxão. – Venha – falou de novo em britânico enquanto tocava meu ombro –, desperdicei nosso tempo.

– Mas não o nosso – falou Dinas asperamente.

– Estou vendo uma roda – disse Lavaine.

Merlin se virou devagar, o rosto parecendo devastado. Tinha tentado enganar Cerdic e os gêmeos silurianos, e o engano fracassara totalmente.

– Duas rodas – falou Dinas.

– E um eixo cortado em três pedaços – acrescentou Lavaine.

Olhei de novo para o lamentável emaranhado e vi que algumas das peças eram curvas, e que se os fragmentos curvos fossem unidos e presos com as muitas hastes curtas, realmente formariam um par de rodas. Misturados com os pedaços das rodas havia alguns painéis finos e um eixo comprido, grosso como o meu pulso, mas tão longo que tinha sido cortado em três pedaços para caber no buraco. Também havia um cubo de eixo visível, com uma fenda no centro onde podia ser ajustada uma longa lâmina de faca. O monte de madeira eram os restos de uma pequena carruagem como as que antigamente levavam os guerreiros da Britânia para a batalha.

– A Carruagem de Modron – falou Dinas, com reverência.

– Modron – disse Lavaine –, a mãe dos Deuses.

– Cuja carruagem liga a terra aos céus – disse Dinas, e completou: – E Merlin não a quer.

– Então levaremos a carruagem – anunciou Lavaine.

O intérprete de Cerdic fizera o máximo para traduzir tudo isso para o rei, mas estava claro que Cerdic continuava sem se impressionar com a lamentável coleção de madeira partida e podre. Mesmo assim, ordenou que seus lanceiros recolhessem os fragmentos e os colocassem numa capa que Lavaine pegou. Nimue sibilou uma maldição contra eles e Lavaine apenas riu dela.

– Querem lutar conosco pela carruagem? – perguntou, fazendo um gesto para os lanceiros de Cerdic.

– Vocês não podem se abrigar atrás dos saxões para sempre – falei –, e chegará a hora em que terão de lutar.

Dinas cuspiu no poço vazio.

– Nós somos druidas, Derfel, e você não pode tirar nossa vida, não sem entregar sua alma, e cada alma que você ama, para o horror eterno.

– Eu posso matá-los – cuspiu Nimue.

Dinas a encarou, depois estendeu o punho para ela. Nimue cuspiu no punho para afastar o mal, mas Dinas apenas o virou, abriu a palma e mostrou um ovo de tordo. Em seguida jogou-o para ela.

– Alguma coisa para preencher o buraco do seu olho, mulher – falou sem dar importância, depois se virou e acompanhou o irmão e Cerdic para fora do templo.

– Sinto muito, senhor – falei com Merlin quando ficamos a sós.

– Sente o quê, Derfel? Você acha que poderia ter derrotado vinte lanceiros? – Ele suspirou e coçou a barba violada. – Está vendo como as forças dos novos Deuses contra-atacam? Mas enquanto possuirmos o Caldeirão teremos o poder maior. Venha. – Ele estendeu o braço para Nimue, não procurando consolo, mas porque queria o apoio dela. De repente, parecia velho e cansado enquanto caminhava lentamente pela nave.

– O que vamos fazer, senhor? – perguntou um dos meus lanceiros.

– Preparar-nos para ir embora – respondi. Eu estava olhando as costas encurvadas de Merlin. "O corte de sua barba", pensei, "era uma tragédia maior do que ele ousava admitir", mas me consolei pensando que ele ainda possuía o Caldeirão de Clyddno Eiddyn. Seu poder ainda era grande, mas havia algo infinitamente triste nas costas encurvadas e no passo arrastado. – Vamos nos preparar para ir – repeti.

Partimos no dia seguinte. Ainda estávamos com fome, mas íamos para casa. E, de certa forma, tínhamos paz.

LOGO AO NORTE da arruinada Calleva, em terras que tinham sido de Aelle e que agora eram nossas outra vez, encontramos o tributo esperando. Aelle tinha mantido a palavra.

Não havia guardas ali, apenas grandes pilhas de ouro esperando na beira da estrada, sem ninguém que vigiasse. Não tínhamos como pesar o ouro, e tanto Artur quanto Cuneglas suspeitaram de que nem todo o tributo combinado fora pago, mas era o bastante. Era um grande espólio.

Juntamos o ouro sobre várias capas, penduramos os fardos pesados na garupa dos cavalos de guerra e prosseguimos. Artur caminhava conosco, o ânimo melhorando enquanto nos aproximávamos cada vez mais de casa, mas ainda restavam desapontamentos.

– Lembra-se do juramento que fiz aqui perto? – perguntou-me pouco depois de termos recolhido o ouro de Aelle.

– Lembro, senhor. – O juramento fora feito na noite depois de termos entregado a maior parte desse mesmo ouro a Aelle. O ouro fora nosso suborno para afastar Aelle da fronteira e mandá-lo a Ratae, a fortaleza de Powys, e naquela noite Artur tinha jurado que mataria Aelle. – Agora, em vez disso, eu o preservo – comentou, pesaroso.

– Cuneglas tem Ratae de volta.

– Mas o juramento não foi cumprido, Derfel. Tantos juramentos não cumpridos! – Ele olhou para um gavião que deslizava na frente de um grande fiapo de nuvem. – Sugeri a Cuneglas e Meurig que dividissem Silúria ao meio, e Cuneglas sugeriu que você talvez gostaria de ser rei da parte dele. O que acha?

Fiquei tão pasmo que mal pude responder.

– Se o senhor desejar – falei enfim.

– Bom, não desejo. Quero você como guardião de Mordred.

Dei alguns passos diante do desapontamento.

– Talvez Silúria não queira ser dividida – falei.

– Silúria fará o que for mandado – disse Artur com firmeza. – E você e Ceinwyn viverão no palácio de Mordred, em Dumnonia.

– Se o senhor mandar. – De repente eu relutava em abandonar os prazeres humildes de Cwm Isaf.

– Anime-se, Derfel. Não sou rei, por que você deveria ser?

– Não é a perda do reino que lamento, senhor, mas o acréscimo de um rei ao meu lar.

– Você vai conseguir lidar com ele, Derfel. Você consegue lidar com tudo.

No dia seguinte, dividimos o exército. Sagramor já havia deixado as fileiras, levando seus lanceiros para guardar a nova fronteira com o reino de Cerdic, e agora o resto de nós tomou duas estradas separadas. Artur, Merlin, Tristan e Lancelot seguiram para o sul, enquanto Cuneglas e Meurig foram para o oeste em direção às suas terras. Abracei Artur e Tristan, depois me ajoelhei para a bênção de Merlin, que ele deu benignamente. Tinha recuperado parte de sua velha energia durante a marcha saindo de Londres, mas não podia esconder o fato de que a humilhação no templo de Mitra o havia abalado. Ainda podia possuir o Caldeirão, mas seus inimigos tinham uma trança de sua barba, e ele precisaria de toda a sua magia para desviar os feitiços. Merlin me abraçou, beijei Nimue e fiquei olhando enquanto se afastavam, antes de acompanhar Cuneglas para o oeste. Estava indo a Powys, encontrar minha Ceinwyn, viajava com uma parte do ouro de Aelle, e mesmo assim aquilo não parecia um triunfo. Tínhamos derrotado Aelle e garantido a paz, mas Cerdic e Lancelot tinham sido os verdadeiros vencedores da campanha, e não nós.

Naquela noite todos descansamos em Corinium, mas à meia-noite uma tempestade me acordou. Estava longe, no Sul, mas tal era a violência dos trovões distantes, e tão nítidos eram os clarões dos raios que iluminavam as paredes do pátio onde eu estava dormindo, que acabei despertando. Ailleann, a antiga amante de Artur e mãe dos gêmeos, tinha me oferecido abrigo, e agora vinha de seu quarto com o rosto preocupado. Enrolei-me com a capa e fui com ela até as muralhas da cidade, onde encontrei metade dos meus homens já olhando o tumulto distante. Cuneglas e Agrícola também estavam nas fortificações, mas não Meurig, porque se recusava a enxergar qualquer portento no clima.

Todos sabíamos que não era assim. As tempestades são mensagens dos Deuses, e aquela era uma explosão tumultuosa. Nenhuma chuva caiu em Corinium e nenhum vento soprou nossas capas, mas longe no Sul, em algum ponto de Dumnonia, os Deuses assolavam a terra. Raios partiam nítidos do céu e golpeavam suas adagas tortas contra a terra. O trovão rolava incessante, explosão após explosão, e a cada estalo ecoante os raios saltavam e espalhavam seu fogo irregular pela noite trêmula.

Issa estava perto de mim, com o rosto honesto iluminado por aquelas distantes cusparadas de fogo.

– Alguém morreu?

– Não sabemos, Issa.

– Estamos condenados, senhor?

– Não – respondi com uma confiança que não sentia totalmente.

– Mas ouvi dizer que cortaram a barba de Merlin.

– Alguns fios – falei sem dar importância –, só isso. O que é que tem?

– Se Merlin não tem poder, senhor, quem tem?

– Merlin tem poder – tentei tranquilizá-lo. E eu tinha poder também, porque logo seria o campeão de Mordred e viveria numa grande propriedade. Moldaria o garoto enquanto Artur faria o reino dele.

Mas eu continuava preocupado com os trovões. E teria me preocupado mais ainda se soubesse o que eles significavam. Porque o desastre chegou naquela noite. Só ficamos sabendo dentro de mais três dias, mas finalmente descobrimos por que os trovões tinham falado e os raios golpeado.

A tempestade tinha golpeado o Tor, o salão de Merlin onde os ventos gemeram em sua torre dos sonhos. E ali, em nossa hora de vitória, um raio havia incendiado a torre de madeira, suas chamas tinham subido, saltado e uivado na noite, e de manhã, quando as brasas estavam sendo molhadas e apagadas pelo fim da chuva da tempestade, não restavam Tesouros em Ynys Wydryn. Não havia Caldeirão nas cinzas; só restava um vazio no coração chamuscado de Dumnonia.

Parecia que os novos Deuses estavam contra-atacando. Ou então os gêmeos silurianos tinham tramado um feitiço poderoso com a trança da barba de Merlin, porque o Caldeirão se fora e os Tesouros haviam desaparecido.

E fui para o norte encontrar Ceinwyn.

Parte 3
Camelot

– Todos os Tesouros foram queimados? – perguntou Igraine.

– Tudo desapareceu.

– Pobre Merlin. – Igraine ocupou o lugar de sempre no banco da minha janela, mas está bem agasalhada contra o frio do dia, com uma grossa capa de pelo de castor. E ela precisa disso, porque o frio é de rachar. Nevou esta manhã, e o céu no Leste está agourento, com nuvens de chumbo. – Não posso ficar muito tempo – tinha anunciado quando chegou, e se sentou para folhear os últimos pergaminhos.

– Vai nevar. Há muitas frutinhas nas sebes, e isso sempre significa um inverno duro.

– Os velhos dizem isso todos os anos – observou Igraine com mordacidade.

– Quando estamos velhos, todo inverno é duro.

– Quantos anos tinha Merlin?

– Na época em que perdemos o Caldeirão? Perto de 80. Mas viveu muito tempo depois disso.

– Mas nunca mais reconstruiu a torre de sonhos?

– Não.

Ela suspirou e se cobriu melhor com a capa de pele.

– Eu gostaria de uma torre de sonhos. Gostaria de ter uma torre de sonhos.

– Então mande construir. Você é rainha. Dê ordens, crie uma confusão. É bastante simples: apenas uma torre de quatro lados, sem telhado e com uma plataforma no meio do caminho. Assim que estiver construída, só você pode entrar, e o truque é dormir na plataforma e esperar que os Deuses mandem mensagens. Merlin sempre dizia que era um lugar terrivelmente frio para se dormir no inverno.

– E o Caldeirão estava escondido na plataforma?

– Sim.

– Mas ele não foi queimado, foi, irmão Derfel? – insistiu ela.

– A história do Caldeirão continua, mas não vou contá-la agora.

Ela esticou a língua para mim. Estava com uma beleza espantosa. Talvez o frio tenha posto a cor em suas bochechas e aquele brilho nos olhos, ou talvez as peles de castor lhe caíssem bem, mas suspeitei que estivesse grávida. Eu sempre sabia quando Ceinwyn estava com criança, e Igraine mostrava aquele mesmo jorro de vida. Mas Igraine não disse nada, portanto não perguntei. Ela já rezou muito por um filho, Deus sabe, e talvez o nosso Deus cristão ouça as orações. Não temos mais nada para nos dar esperança, porque nossos Deuses estão mortos, ou fugiram, ou não se importam conosco.

– Os bardos dizem que a batalha de Londres foi terrível – disse Igraine, e eu soube pelo tom de sua voz que outra crítica à minha capacidade de narrador estava para ser feita. – Dizem que Artur lutou o dia inteiro.

– Dez minutos – falei, sem dar importância.

– E todos declaram que Lancelot o salvou, chegando no último momento com cem lanceiros.

– Todos dizem isso porque os poetas de Lancelot escreveram as canções.

Ela balançou a cabeça tristemente.

– Se este for o único registro sobre Lancelot, Derfel, o que as pessoas vão pensar? – disse ela, batendo na grande bolsa de couro onde leva de volta a Caer os pergaminhos terminados. – Que os poetas mentem?

– Quem se importa com o que as pessoas pensam? E os poetas sempre mentem. É para isso que são pagos. Mas você me pediu a verdade. Eu conto, e aí você reclama.

– "Lancelot e seus guerreiros" – recitou ela –, "ousados lanceiros, viúvas criando e ouro doando. Matadores de saxões, temidos pelos vilões..."

– Por favor, pare com isso – interrompi. – Ouvi essa canção uma semana depois de ter sido composta!

– Mas se as canções mentiam, por que Artur não protestou?

– Porque ele nunca se importava com canções. Por que deveria? Artur era um guerreiro, e não um bardo, e desde que seus homens cantassem antes da batalha, ele não se importava. Além disso, ele nunca soube cantar. Achava que tinha voz, mas Ceinwyn dizia que era igual a uma vaca com gases.

Igraine franziu a testa.

– Ainda não entendo por que foi tão ruim que Lancelot tivesse feito a paz.

– Não é difícil entender. – Desci do banco e fui até o fogão, onde usei um pedaço de pau para tirar algumas brasas do fogo pequeno. Enfileirei seis brasas no chão, depois dividi a fileira em dois e quatro. – As quatro brasas representam as forças de Aelle. As duas são de Cerdic. Entenda que nunca poderíamos ter derrotado os saxões se todas as brasas estivessem juntas. Não poderíamos ter derrotado seis, mas poderíamos derrotar quatro. Artur planejou derrotar aqueles quatro e depois se voltar contra os dois, e desse modo poderíamos ter livrado a Britânia dos saxões. Mas, ao acordar a paz, Lancelot aumentou o poder de Cerdic. – Acrescentei outra brasa às duas, então agora as quatro enfrentavam um grupo de três, depois apaguei a chama do pau que estava pegando fogo. – Tínhamos enfraquecido Aelle, mas nos enfraquecemos porque não tínhamos mais os trezentos lanceiros de Lancelot. Eles estavam comprometidos com a paz. Isso aumentou ainda mais o poder de Cerdic. – Empurrei duas brasas de Aelle para o campo de Cerdic, dividindo a fileira em dois e cinco. – Então, tudo que fizemos foi enfraquecer Aelle e reforçar Cerdic. E foi isso que a paz de Lancelot alcançou.

– Está dando aulas de contar à nossa rainha? – Sansum entrou na cela com um olhar cheio de suspeitas. – Pensei que você estivesse escrevendo um evangelho – acrescentou maliciosamente.

– Os cinco pães e os dois peixes – disse Igraine rapidamente. – O irmão Derfel achou que seriam cinco peixes e dois pães, mas tenho certeza de que estou certa, não estou, senhor bispo?

– Minha rainha está certa – disse Sansum. – E o irmão Derfel é um cristão fraco. Como um homem tão ignorante pode escrever um evangelho para os saxões?

– Apenas com seu apoio amoroso, senhor bispo – respondeu Igraine –, e, claro, com o apoio de meu marido. Ou será que devo dizer ao rei que o senhor se opõe a esta coisa de somenos importância?

– A senhora seria culpada da pior das falsidades se fizesse isso – mentiu Sansum, de novo suplantado por minha inteligente rainha. – Vim lhe dizer, senhora, que seus lanceiros acham que deve partir. O céu ameaça mais neve.

Ela pegou a bolsa com os pergaminhos e me deu um sorriso.

– Virei vê-lo quando a neve tiver parado, irmão Derfel.

– Rezarei por esse momento, senhora.

Ela sorriu de novo, depois passou pelo santo, que se curvou um pouco enquanto ela atravessava a porta, mas assim que ela saiu ele se empertigou e ficou me olhando. Os tufos acima de suas orelhas, que nos faziam chamá-lo de Lorde Camundongo, são brancos agora, mas a idade não suavizou o santo. Ele ainda pode explodir com vitupérios, e a dor que ainda sente quando urina só serve para piorar seu humor.

– Há um lugar especial no inferno para os mentirosos, irmão Derfel.

– Rezarei por essas pobres almas, senhor – falei, em seguida dei as costas para ele e mergulhei esta pena na tinta, para continuar com a história de Artur, meu comandante, meu pacificador e amigo.

OS ANOS QUE se seguiram foram gloriosos. Igraine, que ouve demais os poetas, os chama de Camelot. Nós, não. Foram os anos do melhor governo de Artur, os anos em que ele moldou um país segundo seus desejos, e os anos em que Dumnonia se pareceu mais com seu ideal de uma nação em paz consigo mesma e com os vizinhos, mas olhando para trás aqueles anos parecem muito melhores do que foram, isso porque os anos seguintes foram bem piores. Ouvindo as histórias contadas diante de lareiras à noite é possível pensar que tínhamos feito todo um novo país na Britânia, dando-lhe o nome de Camelot e povoando com heróis brilhantes, mas a verdade é que simplesmente governamos Dumnonia do melhor modo que podíamos, governamos com justiça e jamais a chamamos de Camelot. Eu mesmo só fui ouvir esse nome há dois anos. Camelot só existe nos sonhos dos poetas, enquanto na nossa Dumnonia, mesmo naqueles anos bons, as pestes continuavam assolando e as guerras ainda eram travadas.

Ceinwyn veio para Dumnonia, e foi em Lindinis que nossa primeira filha nasceu. Nós a chamamos de Morwenna, em homenagem à mãe de Ceinwyn. Nasceu de cabelos pretos, mas depois de um tempo ele se transformou num dourado pálido como o da mãe. Linda Morwenna.

Merlin estava certo com relação a Guinevere, porque assim que Lancelot estabeleceu seu novo governo em Venta, ela se declarou cansada do novíssimo palácio de Lindinis. Disse que era úmido demais, e exposto demais aos ventos úmidos vindos dos pântanos perto de Ynys Wydryn, e frio demais no inverno, e de repente nada serviria, a não ser se mudar de volta para o antigo Palácio de Inverno de Uther em Durnovária. Mas Durnovária era quase tão distante de Venta quanto Lindinis, por isso Guinevere persuadiu Artur de que eles precisavam preparar uma casa para o dia distante em que Mordred se tornasse rei e, por direito de rei, reivindicasse a devolução do Palácio de Inverno, por isso Artur deixou Guinevere escolher. O próprio Artur sonhava com um salão forte com paliçada, abrigo para os animais e depósitos de grãos, mas Guinevere encontrou uma vila romana logo ao sul do porto de Vindocládia, e que ficava, como previra Merlin, na fronteira entre Dumnonia e o novo reino Belgae de Lancelot. A vila fora construída num morro acima de um rio perto do oceano, e Guinevere a chamou de seu Palácio do Mar. Mandou um enxame de construtores reformar a vila e encher com todas as estátuas que um dia tinham enfeitado Lindinis. Até mesmo requisitou o piso de mosaico do salão de entrada de Lindinis. Por um tempo Artur ficou preocupado porque o Palácio do Mar era perigosamente próximo da terra de Cerdic, mas Guinevere insistiu em que a paz negociada em Londres duraria, e Artur, percebendo como ela amava aquele lugar, cedeu. Ele jamais se importava com o local que chamava de lar, porque raramente estava em casa. Gostava de ficar em movimento, sempre visitando algum canto do reino de Mordred.

O próprio Mordred mudou-se para o saqueado palácio de Lindinis, e Ceinwyn e eu, como seus guardiões, também morávamos lá. Conosco havia sessenta lanceiros, dez cavaleiros para levar mensagens, 16 meninas de cozinha e 28 escravos domésticos. Tínhamos um administrador, um camareiro, um bardo, dois caçadores, um preparador de hidromel, um falcoeiro, um médico, um porteiro, um encarregado das velas e seis cozinheiras, e todos eles tinham escravos, e além dos escravos domésticos havia um pequeno exército de outros que trabalhavam a terra, podavam as árvores e mantinham as valas drenadas. Uma pequena cidade crescia em volta do palácio, habitada por oleiros, sapateiros e ferreiros; comerciantes que ficavam ricos com os nossos negócios.

Tudo parecia muito longe de Cwm Isaf. Agora dormíamos numa câmara com piso de ladrilhos, paredes rebocadas e passagens com colunas. Nossas refeições eram feitas num salão de festas onde poderiam sentar-se cem pessoas, mas frequentemente o deixávamos vazio e comíamos num pequeno cômoda ligado às cozinhas, porque nunca pude suportar comida fria quando deveria ser quente. Se chovesse podíamos andar pela arcada coberta até o pátio externo, e assim ficar secos, e no verão, quando o sol batia quente nos ladrilhos, havia uma piscina alimentada por uma fonte no pátio interno, onde podíamos nadar. Nada disso era nosso, claro; esse palácio e suas terras espaçosas eram honras devidas a um rei, e tudo pertencia a Mordred, de 6 anos.

Ceinwyn estava acostumada ao luxo, ainda que não em tamanha escala, mas a presença constante de escravos e serviçais nunca a constrangia como a mim, e ela se encarregava de seus deveres com uma tranquilidade eficiente que mantinha o palácio calmo e feliz. Era Ceinwyn quem comandava os serviçais, supervisionava as cozinhas e fazia as contas, mas sei que ela sentia falta de Cwm Isaf, e à noite, algumas vezes, ela ainda pegava sua roca e fiava lã enquanto conversávamos.

Frequentemente falávamos de Mordred. Ambos esperávamos que as histórias de malcriações fossem exageros, mas não eram, porque, se havia uma criança má, era Mordred. Desde o primeiro dia em que veio de carro de boi do salão de Culhwch, perto de Durnovária, e foi posto em nosso pátio, ele se comportou mal. Cheguei a odiá-lo, que Deus me ajude. Ele era só uma criança, e eu o odiava.

O rei sempre foi pequeno para sua idade, mas afora o pé esquerdo torto, tinha compleição sólida com músculos duros e pouca gordura. Seu rosto era muito redondo, mas desfigurado por um nariz estranhamente bulboso que tornava feio o pobre coitado. O cabelo castanho-escuro era naturalmente encaracolado, crescendo em dois grandes tufos que se projetavam de uma divisão no centro e faziam as outras crianças de Lindinis o chamarem de Cabeça de Escova, mas nunca diante dele. Tinha olhos estranhamente velhos, porque mesmo aos 6 anos eram resguardados e cheios de suspeita, e não ficaram mais gentis quando seu rosto se endureceu com a idade. Era um garoto inteligente, mas se recusava obstinadamente a aprender as letras. O bardo de nossa casa, um rapaz sério chamado Pyrlig, era responsável por ensinar Mordred a ler, contar, cantar, tocar harpa, dizer o nome dos Deuses e aprender a genealogia de seus antecessores reais, mas logo Mordred cansou Pyrlig.

– Ele não quer fazer nada, senhor – reclamava comigo. – Eu lhe dou pergaminho, ele rasga, dou uma pena e ele quebra. Bato nele e ele me morde, olhe! – O bardo estendeu um pulso magro, picado por pulgas, onde as marcas dos dentes reais estavam vermelhas e inchadas.

Coloquei Eachern, um lanceiro irlandês pequeno e forte, na sala de aula com ordens de manter o rei sob controle, e isso funcionou bastante bem. Uma surra de Eachern persuadiu o garoto de que tinha encontrado alguém equivalente, e ele se submeteu, carrancudo, à disciplina, mas mesmo assim não aprendia nada. Parecia que era possível manter uma criança imóvel, mas não era possível fazê-la aprender. Mordred tentou amedrontar Eachern dizendo que, quando virasse rei, iria se vingar das frequentes surras, mas o lanceiro só lhe dava outra surra e prometia que estaria de volta na Irlanda quando Mordred chegasse à idade certa.

– Então, se quer vingança, senhor rei – dizia Eachern, dando outra pancada no garoto –, leve seu exército à Irlanda e lhe daremos uma surra adequada a um adulto.

Mordred não era simplesmente um menino detestável – poderíamos ter lidado com isso –, mas era positivamente mau. Seus atos se destinavam a ferir, até a matar. Uma vez, quando tinha 10 anos, encontramos cinco serpentes no porão escuro onde guardávamos os barris de hidromel. Ninguém além de Mordred poderia tê-las colocado ali, e sem dúvida ele fez isso na esperança de que um escravo ou um serviçal fosse picado. O frio do porão tinha deixado as serpentes sonolentas, e nós as matamos facilmente, mas um mês depois uma criada morreu ao comer cogumelos que mais tarde descobrimos que eram os venenosos chapéus-de-cobra. Ninguém sabia quem tinha feito a substituição, mas todo mundo achava que era Mordred. Era como se houvesse uma mente adulta e calculista dentro daquele corpinho briguento, dizia Ceinwyn. Acho que ela desgostava do garoto tanto quanto eu, mas tentava ser gentil com ele, e odiava as surras que todos lhe davam.

– Isso só o torna pior – censurava.

– É o que também temo – admiti.

– Então por que faz?

Dei de ombros.

– Porque se a gente tentar ser gentil ele simplesmente se aproveita disso.

No início, quando Mordred tinha chegado a Lindinis, eu prometi a mim mesmo que nunca bateria no garoto, mas essa ambição elevada tinha se esvaído com o passar dos dias, e no fim do primeiro ano bastava ver seu rosto feio e carrancudo, de nariz bulboso e com cabeça de escova, que eu sentia vontade de colocá-lo sobre os joelhos e bater até tirar sangue.

E até Ceinwyn eventualmente batia nele. Ela não queria, mas um dia a ouvi gritar. Mordred tinha encontrado uma agulha e estava preguiçosamente enfiando-a no couro cabeludo de Morwenna. Tinha decidido ver o que aconteceria se enfiasse a agulha num dos olhos do bebê quando Ceinwyn veio correndo ver por que a filha chorava. Agarrou Mordred no ar e lhe deu um tapa tão forte que ele saiu rodando pelo quarto. Depois disso nossos filhos nunca dormiam sozinhos; um serviçal estava sempre ao lado, e Mordred tinha acrescentado o nome de Ceinwyn à sua lista de inimigos.

– O garoto é simplesmente maligno – explicou Merlin. – Sem dúvida você se lembra da noite em que nasceu.

– Claramente – falei, porque eu, ao contrário de Merlin, estivera lá.

– Eles deixaram os cristãos mexerem na cama do parto, não foi? E só chamaram Morgana quando tudo estava dando errado. Que precauções os cristãos tomaram?

Dei de ombros.

– Orações. Lembro de um crucifixo. – Eu não estivera na câmara do parto, claro, porque nenhum homem jamais entrava numa câmara de parto, mas tinha observado das paliçadas de Caer Cadarn.

– Não é de espantar que tudo tenha dado errado. Orações! De que adiantam as orações contra um espírito maligno? Tem de haver urina na soleira da porta, ferro na cama, artemísia no fogo. – Ele balançou a cabeça tristemente. – Um espírito entrou no menino antes que Morgana pudesse ajudá-lo, e por isso o pé dele é torto. O espírito provavelmente estava agarrado no pé quando sentiu a presença de Morgana.

– Então como tiramos o espírito?

– Com uma espada atravessando o coração daquela criança desgraçada – disse ele, sorrindo e se recostando em sua cadeira.

– Por favor, senhor – insisti. – Como?

Merlin deu de ombros.

– O velho Balise achava que isso poderia ser conseguido colocando-se a pessoa possuída numa cama entre duas virgens. Todos os três nus, claro. – Ele deu um risinho. – Pobre velho Balise. Era um bom druida, mas a maioria absoluta de seus feitiços envolviam tirar roupas de garotas. A ideia era que o espírito preferiria estar numa virgem, veja bem, por isso você oferecia duas, para que ele ficasse confuso com relação a qual escolher, e o truque era tirar os três da cama no momento exato em que o espírito tivesse saído da pessoa louca e ainda estivesse tentando decidir que virgem preferia, e justo nesse momento você tirava os três da cama e jogava um pau pegando fogo na palha. Isso deveria transformar o espírito em fumaça, mas nunca fez muito sentido para mim. Confesso que testei a técnica uma vez. Tentei curar um pobre velho maluco chamado Malldyn, e só consegui um idiota ainda louco feito um cuco, duas garotas escravas aterrorizadas e todos os três ligeiramente chamuscados. – Ele suspirou. – Mandamos Malldyn para a Ilha dos Mortos. O melhor lugar para ele. Você poderia mandar Mordred para lá?

A Ilha dos Mortos era o lugar para onde mandávamos nossos loucos terríveis. Nimue estivera lá uma vez, e eu a havia arrancado de seu horror.

– Artur jamais permitiria.

– Acho que não. Vou tentar um feitiço para você, mas não posso dizer que esteja com muita esperança.

Agora Merlin morava conosco. Era um velho que morria lentamente, ou pelo menos achávamos que sim, porque a energia lhe fora arrancada pelo fogo que consumiu o Tor, e com a energia tinham sumido seus sonhos de juntar os Tesouros da Britânia. Tudo que restava agora era uma casca seca, ficando cada vez mais velha. Sentava-se durante horas ao sol, e no inverno se encolhia junto ao fogo. Mantinha a tonsura de druida, mas não trançava mais a barba; apenas a deixava crescer, selvagem e branca. Comia pouco, mas estava sempre pronto a falar, nunca sobre Dinas e Lavaine, nem sobre o momento pavoroso em que Cerdic havia cortado a trança de sua barba. Foi essa violação, deduzi, tanto quanto o raio golpeando o Tor, que havia sugado a vida de Merlin, mas ele mantinha um minúsculo fiapo de esperança. Estava convencido de que o Caldeirão não fora queimado, e sim roubado, e no início de nossa estada em Lindinis me provara isso no jardim. Construiu uma imitação de torre com lenha cortada, pôs uma taça de ouro no centro e um punhado de estopa embaixo, depois ordenou que trouxessem fogo das cozinhas.

Até Mordred se comportou naquela tarde. O fogo sempre havia fascinado o rei, e ele ficou olhando arregalado enquanto a maquete da torre chamejava ao sol. Os toros empilhados desmoronaram no centro, as chamas continuavam saltando, e estava quase escuro quando Merlin pegou um ancinho e penteou as cinzas. Tirou a taça de ouro, não mais reconhecida como uma taça, de tão retorcida, mas ainda era ouro.

– Revirei o Tor na manhã após o incêndio, Derfel, e procurei e procurei entre as cinzas. Retirei com minhas mãos cada pedaço de madeira queimada, separei os carvões, raspei o resto e não encontrei ouro. Suspeito de que os Tesouros tenham sido roubados na mesma ocasião, porque estavam todos guardados, menos a carruagem e o outro.

– Que outro?

Por um momento pareceu que ele ia responder, depois deu de ombros, como se nada disso importasse mais.

– A espada de Rhydderch. Você a conhece como Caledfwlch.

Ele estava falando da espada de Artur, Excalibur.

– O senhor deu a ele, mesmo sabendo que era um dos Tesouros? – perguntei, pasmo.

– Por que não? Ele jurou me devolvê-la quando eu precisasse. Ele não sabe que é a espada de Rhydderch, Derfel, e você precisa prometer que não vai contar. Ele só vai fazer alguma coisa estúpida, se descobrir, como derretê-la para provar que não tem medo dos Deuses. Às vezes Artur pode ser muito obtuso, mas é o melhor governante que temos, por isso decidi lhe dar um poder secreto extra, deixando que usasse a espada de Rhydderch. Ele zombaria se soubesse, claro, mas um dia a lâmina vai se transformar em chama e então ele não zombará.

Eu queria saber mais sobre a espada, mas ele não quis dizer.

– Agora não importa, tudo acabou. Os Tesouros se foram. Nimue irá procurá-los, acho, mas estou velho demais, velho demais.

Odiei ouvi-lo falar nisso. Depois de todo o esforço para colecionar os Tesouros ele simplesmente parecia tê-los abandonado. Nem mesmo o Caldeirão, pelo qual tinha sofrido na Estrada Escura, parecia importar.

– Se os Tesouros ainda existem, senhor, eles podem ser encontrados.

Ele deu um sorriso indulgente.

– Eles serão encontrados – falou, sem dar importância. – Claro que serão encontrados.

– Então por que não procuramos?

Ele suspirou, como se minhas perguntas fossem bobagens.

– Porque estão escondidos, Derfel, e o esconderijo está sob o feitiço de ocultação. Eu sei. Posso sentir. Por isso temos de esperar até que alguém tente usar o Caldeirão. Quando isso acontecer, saberemos, porque só eu tenho o conhecimento para usar o Caldeirão adequadamente, e se mais alguém invocar os poderes espalhará horror pela

Britânia. – Ele deu de ombros. – Vamos esperar o horror, Derfel, então vamos ao coração dele, e lá encontraremos o Caldeirão.

– E quem o senhor acha que o roubou? – insisti.

Ele abriu as mãos para mostrar ignorância.

– Os homens de Lancelot? Para Cerdic, provavelmente. Ou talvez para aqueles dois gêmeos silurianos. Eu os subestimei, não foi? Não que isso importe agora. Só o tempo dirá quem foi, Derfel, só o tempo dirá. Espere o surgimento do horror, e então vamos encontrá-lo. – Ele parecia contente em esperar, e, enquanto esperava, contava histórias antigas e ouvia novas, mas de vez em quando entrava arrastando os pés em seu quarto, que dava no pátio externo, e ali fazia algum feitiço, geralmente para o bem de Morwenna. Ainda dizia a sorte, geralmente espalhando uma camada de cinzas frias nas pedras do pátio e deixando uma cobra-de-água-de-colar passar sobre o pó, para que ele lesse a trilha deixada, mas percebi que as previsões eram sempre amenas e otimistas. Não sentia prazer na tarefa. Ainda possuía algum poder, porque quando Morwenna pegou uma febre ele fez um encanto com lã e cascas de noz de faia, depois lhe deu uma infusão de bichos-de-conta que tirou a febre totalmente, mas quando Mordred ficava doente ele sempre fazia feitiços para a doença piorar, porém o rei nunca enfraquecia e morria.

– O demônio o protege – explicava Merlin –, e atualmente estou fraco demais para dominar jovens demônios.

Ele se recostava em suas almofadas e chamava um dos gatos para o colo. Merlin sempre gostara de gatos, e tínhamos uma infinidade de gatos em Lindinis. Merlin estava bem feliz no palácio. Éramos amigos, ele gostava apaixonadamente de Ceinwyn e de nossa família que crescia com as filhas, e Gwlyddyn, Ralla e Gaddwg, seus antigos serviçais no Tor, cuidavam dele. Quando o rei estava com 12 anos, Ceinwyn já dera à luz cinco vezes. Todas as três meninas sobreviveram, mas os dois meninos morreram menos de uma semana depois do nascimento, e Ceinwyn culpava o espírito maligno de Mordred pelas mortes.

– Ele não quer outros garotos no palácio – dizia ela com tristeza. – Só meninas.

– Mordred vai embora logo – prometi, porque estava chegando o dia de seu 15º aniversário, quando seria aclamado rei.

Artur também contava os dias, mas com algum medo, porque temia que Mordred desfizesse todas as suas realizações. Naqueles anos Artur vinha frequentemente a Lindinis. Ouvíamos o som dos cascos no pátio externo, a porta se abria e sua voz ecoava pelos grandes salões do palácio meio vazio.

– Morwenna! Seren! Dian! – E nossas três filhas de cabelos dourados corriam ou engatinhavam para ser erguidas num abraço enorme, e eram mimadas com presentes; um favo de mel, pequenos broches ou a delicada concha espiral de um caracol. Depois, com minhas filhas penduradas, vinha até o cômodo onde estivéssemos, para dar as últimas notícias: uma ponte reconstruída, um tribunal aberto, um magistrado honesto encontrado, um salteador de estradas executado; ou então alguma história de espanto natural: uma serpente marinha vista junto à costa, um bezerro nascido com cinco pernas ou, uma vez, histórias de um malabarista que comia fogo. – Como vai o rei? – perguntava quando essas maravilhas tinham sido contadas.

– O rei cresce – respondia Ceinwyn com afabilidade, e Artur não perguntava mais.

Dava notícias de Guinevere, e eram sempre boas, ainda que Ceinwyn e eu suspeitássemos de que seu entusiasmo escondia uma estranha solidão. Ele nunca estava sozinho, mas acho que jamais descobriu a alma gêmea que tanto desejava. Antigamente Guinevere tinha se mostrado tão apaixonadamente interessada pelos negócios do governo quanto Artur, mas gradualmente voltou as energias para o culto a Ísis. Artur, que sempre ficava desconfortável com o fervor religioso, fingia interesse pela Deusa da mulher, mas, na verdade, acho que ele acreditava que Guinevere estava perdendo tempo buscando um poder que não existia, assim como um dia tínhamos desperdiçado nosso tempo procurando o Caldeirão.

Guinevere só lhe deu um filho. Ou eles dormiam separados, dizia Ceinwyn, ou então Guinevere estava usando magia de mulher para impedir a concepção. Cada povoado tinha uma mulher sábia, conhecedora das ervas que fariam isso, assim como conheciam que substâncias podiam abortar uma criança ou curar uma doença. Eu sabia que Artur gostaria de ter mais filhos porque ele adorava crianças, e alguns de seus momentos mais felizes era quando trazia Gwydre para ficar em nosso palácio. Artur e seu filho adoravam o bando de crianças sujas, com os cabelos embolados, que corriam descuidadas em Lindinis, mas que sempre evitavam a presença carrancuda e mal-humorada de Mordred. Gwydre brincava com nossas três meninas e com os três de Ralla, e com as outras dúzias de filhos de escravos ou serviçais, formando exércitos para brincadeiras de combate, ou então penduravam capas de guerra emprestadas sobre o galho de uma pereira baixa no jardim para transformá-la numa casa de brincadeira que imitava as paixões e os procedimentos do palácio maior. Mordred tinha os próprios companheiros, todos garotos, todos filhos de escravos, e eles, como eram mais velhos, andavam até mais longe. Ouvíamos histórias de uma foice roubada de uma cabana, de um teto de palha ou um monte de feno incendiado, de uma peneira rasgada ou uma cerca nova partida, e, nos últimos anos, de uma pastora ou filha de agricultor agredida. Artur ouvia, estremecia, depois ia falar com o rei, mas isso não fazia diferença.

Guinevere raramente vinha a Lindinis. Mas meus deveres, que me faziam passar por toda a Dumnonia a serviço de Artur, me levavam ao Palácio de Inverno de Durnovária com frequência suficiente, e era lá que, de vez em quando, eu encontrava Guinevere. Ela era educada comigo, mas éramos todos educados naqueles dias, porque Artur tinha inaugurado seu grande bando de guerreiros. Ele havia descrito a ideia pela primeira vez em Cwm Isaf, e agora, nos anos de paz que tinham se seguido à batalha perto de Londres, transformara em realidade sua associação de lanceiros.

Até hoje, se você mencionar a Távola Redonda, alguns velhos vão se lembrar e rir daquela antiga tentativa de domar as rivalidades, a hostilidade e a ambição. A Távola Redonda, claro, jamais foi o que o nome diz; esse era apenas um apelido. O próprio Artur tinha decidido chamá-la de Irmandade da Britânia, que soava muito mais impressionante, mas ninguém a chamava assim. Eles se lembravam daquilo, se é que lembravam, como o juramento da Távola Redonda, e provavelmente se esqueceram de que ele deveria nos trazer a paz. Pobre Artur. Ele realmente acreditava na irmandade, e se beijos pudessem trazer a paz, mil homens mortos ainda estariam vivos até hoje. Artur realmente tentou mudar o mundo, e seu instrumento foi o amor.

A IRMANDADE DA Britânia deveria ter sido inaugurada no Palácio de Inverno em Durnovária, no verão depois de o pai de Guinevere, Leodegan, o exilado rei de Henis Wyren, ter morrido de uma peste. Mas naquele mês de julho, quando todos deveríamos nos reunir, a peste chegou de novo a Durnovária, e assim, no último momento, Artur transferiu a grande reunião para o Palácio do Mar, que agora estava terminado e brilhando em sua colina sobre o riacho. Lindinis teria sido um local melhor para os ritos inaugurais por ser um palácio muito maior, mas Guinevere deve ter decidido que queria mostrar sua casa nova. Sem dúvida lhe agradava ter os rudes, cabeludos e barbudos guerreiros da Britânia andando por seus salões civilizados e pelas arcadas sombreadas. Essa beleza, ela parecia estar nos dizendo, é o que vocês vivem para proteger, mas tomou muito cuidado de se certificar de que poucos de nós dormiríamos dentro da vila ampliada. Acampamos do lado de fora e, para dizer a verdade, estávamos mais felizes lá.

Ceinwyn foi comigo. Ela não estava bem, porque as cerimônias aconteceram pouco depois do nascimento de nosso terceiro filho, um menino. O resguardo tinha sido difícil, terminando com Ceinwyn desesperadamente fraca e o menino morto, mas Artur implorou para que ela viesse. Queria todos os lordes da Britânia, e apesar de não ter vindo nenhum de Gwynedd, de Elmet ou dos outros reinos do Norte, muitos fizeram a longa jornada e virtualmente todos os grandes homens de Dumnonia estavam presentes. Cuneglas de Powys veio, Meurig de Gwent também, o príncipe Tristan de Kernow compareceu, além de Lancelot, claro, e todos aqueles reis trouxeram lordes, druidas, bispos e chefes tribais, de modo que as tendas e os abrigos formaram uma grande faixa em volta da colina do palácio. Mordred, que estava com 9 anos, veio conosco, e ele, também para desgosto de Guinevere, recebeu aposentos com os outros reis dentro do palácio. Merlin se recusou a comparecer. Disse que estava velho demais para esse absurdo. Galahad foi nomeado mestre de cerimônias da Irmandade e por isso presidiu com Artur e, como Artur, acreditava devotamente na ideia.

Nunca confessei a Artur, mas achava aquilo tudo embaraçoso. Sua ideia era de que todos deveríamos jurar paz e amizade uns aos outros, e assim curar as inimizades e nos ligarmos por juramentos que proibiriam a qualquer um da Irmandade da Britânia de sequer levantar a lança contra o outro; mas até os Deuses pareciam zombar dessa alta ambição, porque o dia da cerimônia amanheceu gélido e sombrio, mas não chegou a chover, o que Artur, que era ridiculamente otimista com relação à coisa toda, declarou ser um sinal propício.

Ninguém portaria espada, lança ou escudo durante a cerimônia, feita no grande jardim do Palácio do Mar, que ficava entre duas arcadas recém-construídas, estendendo-se sobre encostas gramadas que desciam até o riacho. Estandartes pendiam das arcadas, onde dois coros cantavam música solene para dar uma dignidade adequada às cerimônias. Na extremidade Norte do jardim, perto de uma grande porta em arco que levava ao palácio, fora arrumada uma mesa. Por acaso era uma mesa redonda, mas nada havia de significativo nessa forma; era apenas a mesa mais conveniente para ser levada ao jardim. Não era muito grande, talvez do tamanho dos braços abertos de um homem, mas lembro que era muito bonita. Era romana, claro, e feita de uma pedra branca e translúcida em que fora esculpido um cavalo notável com grandes asas abertas. Uma das asas era atravessada por uma lamentável rachadura, mas a mesa ainda era um objeto impressionante, e, o cavalo alado, uma maravilha. Sagramor disse que nunca tinha visto um animal assim em suas viagens, mas afirmava que os cavalos alados existiam nos países misteriosos do outro lado dos oceanos de areia, onde quer que fossem. Sagramor tinha se casado com sua forte saxã Malla, e agora era pai de dois garotos.

As únicas espadas que tiveram permissão de estar na cerimônia eram as pertencentes aos reis e príncipes. A espada de Mordred estava sobre a mesa, e cruzadas em cima estavam as de Lancelot,

Meurig, Cuneglas, Galahad e Tristan. Um a um, nos adiantamos, reis, príncipes, chefes e lordes, pusemos as mãos onde as seis lâminas se tocavam, e fizemos o juramento de Artur, que nos ligava em amizade e paz. Ceinwyn havia vestido Mordred, então com 9 anos, com roupas novas, depois tinha cortado e penteado seu cabelo numa tentativa de impedir que os fios encaracolados e duros se projetassem como duas escovas do crânio redondo, mas ele ainda parecia uma figura desajeitada enquanto mancava com o pé esquerdo torto para murmurar o juramento. Admito que o instante em que pus a mão sobre as seis lâminas foi bastante solene. Como a maioria dos homens ali, eu tinha toda a intenção de manter o juramento que era, claro, apenas para homens, porque Artur não considerava aquele um negócio para mulheres – ainda que um bom número de mulheres estivesse no terraço, acima da porta em arco, para testemunhar a longa cerimônia. E como foi longa. Originalmente Artur pensara em restringir a participação em sua Irmandade aos guerreiros jurados que tinham lutado contra os saxões, mas agora a aumentara para incluir cada homem importante que conseguisse atrair ao palácio, e quando os juramentos terminaram ele fez o seu, depois se levantou no terraço e disse que o juramento que acabáramos de fazer era tão sagrado quanto qualquer outro anterior, que tínhamos prometido a paz à Britânia, e que se algum de nós rompesse essa paz seria o dever de todos os outros membros da Irmandade punir o transgressor. Em seguida mandou que nos abraçássemos uns aos outros, e depois disso, claro, começaram a servir as bebidas.

A solenidade do dia não terminou quando começaram as bebidas. Artur tinha observado cuidadosamente, para ver quais homens evitavam os abraços de outros, e então, grupo a grupo, as almas recalcitrantes foram convocadas ao grande salão do palácio, onde Artur insistiu para que se reconciliassem. O próprio Artur deu exemplo, primeiro abraçando Sansum e depois Melwas, o destronado rei Belgae que ele tinha exilado em Isca. Melwas se submeteu com uma graça desajeitada ao beijo da paz, mas morreu um mês depois, por ter comido ostras estragadas no desjejum. O destino, como dizia Merlin, é inexorável.

Essas reconciliações mais íntimas inevitavelmente adiaram o serviço do festim que aconteceria no grande salão onde Artur estava reunindo os inimigos, assim mais hidromel foi levado ao jardim, onde os guerreiros entediados esperavam e tentavam adivinhar quais, dentre eles, seriam convocados em seguida para a pacificação de Artur. Eu sabia que seria chamado, porque tinha evitado cuidadosamente Lancelot durante toda a cerimônia, e de fato Hygwydd, o serviçal de Artur, me encontrou e insistiu que eu fosse ao grande salão onde, como temia, Lancelot e seus cortesãos me esperavam. Artur tinha persuadido Ceinwyn a comparecer e, para lhe dar mais algum conforto, pedira a presença de seu irmão Cuneglas. Nós três ficamos num dos lados do salão, Lancelot e seus homens do outro, enquanto Artur, Galahad e Guinevere presidiam da plataforma onde a grande mesa estava arrumada para a festa. Artur abriu um enorme sorriso para nós.

– Tenho nesta sala alguns de meus amigos mais queridos – declarou. – O rei Cuneglas, o melhor aliado que alguém pode querer na guerra ou na paz, o rei Lancelot, a quem sou jurado como irmão, lorde Derfel Cadarn, o mais bravo de todos os meus bravos homens, e a querida princesa Ceinwyn. – Ele sorriu.

Eu estava tão desajeitado quanto um espantalho num campo de ervilhas. Ceinwyn parecia graciosa, Cuneglas olhava para o teto pintado do salão, Lancelot fazia um muxoxo, Amhar e Loholt tentavam parecer beligerantes, enquanto Dinas e Lavaine mostravam apenas desprezo no rosto. Guinevere nos observava atentamente, e seu rosto bonito não revelava coisa alguma, mas suspeito de que ela sentia tanto desprezo quanto Dinas e Lavaine por essa cerimônia inventada, tão cara ao seu marido. Artur queria a paz fervorosamente, e apenas ele e Galahad não pareciam constrangidos pela ocasião.

Quando nenhum de nós falou, Artur abriu os braços e desceu da plataforma.

– Exijo que o sangue ruim que possa existir entre vocês seja derramado agora, derramado de uma vez por todas e esquecido.

Esperou de novo. Arrastei os pés e Cuneglas repuxou os bigodes compridos.

– Por favor – disse Artur.

Ceinwyn fez um minúsculo gesto de ombros.

– Lamento o mal que causei ao rei Lancelot – disse ela.

Artur, deliciado porque o gelo estava derretendo, sorriu para o rei Belgae.

– Senhor rei? – Ele esperou uma resposta de Lancelot. – O senhor a perdoa?

Lancelot, que naquele dia estava todo vestido de branco, olhou-a, e depois fez uma reverência com a cabeça.

– Isso é um perdão? – resmunguei.

Lancelot ficou vermelho, mas conseguiu se alçar às expectativas de Artur.

– Não tenho nada contra a princesa Ceinwyn – falou rigidamente.

– Pronto! – Artur estava deliciado com as palavras ditas a contragosto, e abriu os braços convidando os dois a se adiantarem. – Abracem-se – falou. – Eu terei a paz!

Os dois se adiantaram, se beijaram no rosto e recuaram. O resto foi quase tão caloroso quanto aquela noite estrelada em que esperamos junto ao Caldeirão nas pedras no Llyn Cerrig Bach, mas agradou a Artur.

– Derfel – ele me olhou –, você não vai abraçar o rei?

Eu me enrijeci no conflito.

– Irei abraçá-lo, senhor, quando seus druidas retirarem as ameaças que fizeram contra a princesa Ceinwyn.

Houve silêncio. Guinevere suspirou e bateu com o pé no mosaico da plataforma, os mesmos mosaicos que tinha tirado de Lindinis. Como sempre, estava soberba. Usava um vestido escuro, talvez em reconhecimento à solenidade do dia, e era um vestido onde estavam costurados dezenas de pequenos crescentes de prata. O cabelo fora domado em tranças que ela havia enrolado no crânio, seguras por dois prendedores de ouro na forma de dragões. No pescoço, usava o bárbaro colar de ouro saxão que Artur lhe mandara depois de uma antiga batalha contra os homens de Aelle. Guinevere tinha me dito que não gostava do colar, mas ficava magnífico em seu pescoço. Ela podia desprezar os procedimentos do dia, mas ainda fazia o máximo para ajudar o marido.

– Que ameaças? – perguntou-me com frieza.

– Eles sabem – falei, encarando os gêmeos.

– Nós não fizemos ameaças – protestou Lavaine taxativamente.

– Mas vocês podem fazer as estrelas desaparecerem – acusei.

Dinas permitiu que um lento sorriso aparecesse em seu rosto brutal e bonito.

– A pequena estrela de papel, lorde Derfel? – perguntou com surpresa fingida. – É esse o seu insulto?

– Foi a sua ameaça.

– Meu senhor! – apelou Dinas a Artur. – Foi um truque infantil. Não significa nada.

Artur olhou para mim e em seguida para os druidas.

– Você jura?

– Pela vida do meu irmão – disse Dinas.

– E a barba de Merlin? – perguntei, desafiando. – Vocês ainda estão com ela?

Guinevere suspirou, como se sugerisse que eu estava ficando chato. Galahad franziu a testa. Fora do palácio as vozes dos guerreiros estavam ficando altas e ásperas devido ao hidromel.

Lavaine olhou para Artur.

– É verdade, senhor – falou com cortesia –, que possuímos uma trança da barba de Merlin, cortada depois de ele insultar o rei Cerdic. Mas, pela minha vida, senhor, nós a queimamos.

– Nós não lutamos com velhos – rosnou Dinas, depois olhou para Ceinwyn. – Nem com mulheres.

Artur deu um sorriso feliz.

– Venha, Derfel, abracem-se. Terei a paz entre meus amigos mais queridos.

Eu ainda hesitava, mas Ceinwyn e seu irmão me empurraram e assim, pela segunda e última vez na vida, abracei Lancelot. Dessa vez, em vez de sussurrar insultos como tínhamos feito no primeiro abraço, não falamos nada. Apenas nos beijamos e nos separamos.

– Haverá paz entre vocês – insistiu Artur.

– Eu juro, senhor – respondi rigidamente.

– Não tenho disputas – respondeu Lancelot, com igual rigidez.

Artur teve de se contentar com nossa reconciliação tosca e deu um enorme suspiro de alívio, como se a parte mais difícil de sua tarefa estivesse feita; depois nos abraçou antes de insistir para que Guinevere, Galahad, Ceinwyn e Cuneglas viessem e trocassem beijos.

Nossa provação estava terminada. As últimas vítimas de Artur eram sua esposa e Mordred, e isso eu não queria ver, portanto saí com Ceinwyn do salão. O irmão dela, a pedido de Artur, permaneceu, deixando nós dois sozinhos.

– Sinto muito sobre o que aconteceu – falei.

Ceinwyn deu de ombros.

– Foi uma provação inevitável.

– Ainda não confio naquele desgraçado – falei vingativamente.

Ela sorriu.

– Você, Derfel Cadarn, é um grande guerreiro, e ele é Lancelot. O lobo teme a lebre?

– Teme a serpente – falei, mal-humorado. Não sentia vontade de encarar meus amigos e descrever a reconciliação com Lancelot, por isso levei Ceinwyn pelos salões graciosos do Palácio do Mar, com suas paredes cheias de colunas, os pisos decorados e as pesadas lâmpadas de bronze que pendiam em compridas correntes de ferro de tetos pintados com cenas de caçada. Ceinwyn achou o palácio imensuravelmente grandioso, mas também frio.

– Exatamente como os romanos – falou.

– Exatamente como Guinevere – retruquei. Encontramos um lance de escada que descia até algumas cozinhas movimentadas, e de lá uma porta para o pomar dos fundos, onde frutas e legumes cresciam em canteiros organizados. – Não consigo pensar – falei quando estávamos ao ar livre – que esta Irmandade da Britânia vai resultar em alguma coisa.

– Vai, se um número suficiente de vocês levar o juramento a sério.

– Talvez. – Eu tinha parado de súbito, constrangido, porque à minha frente, levantando-se depois de ter se curvado sobre um canteiro de salsa, estava a irmã mais nova de Guinevere, Gwenhwyvach.

Ceinwyn a cumprimentou, alegre. Eu tinha me esquecido de que as duas haviam sido amigas nos longos anos do exílio de Guinevere e

Gwenhwyvach em Powys e, depois de as duas se beijarem, Ceinwyn trouxe Gwenhwyvach até mim. Pensei que poderia estar ressentida por eu não ter me casado com ela, mas Gwenhwyvach parecia não guardar mágoas.

– Eu me tornei jardineira da minha irmã – falou.

– Não está falando sério, não é, senhora? – perguntei.

– O cargo não é oficial – confirmou ela secamente –, assim como meus altos cargos de administradora-chefe ou encarregada dos cães, mas alguém tem de fazer o serviço, e quando papai morreu ele fez Guinevere prometer que cuidaria de mim.

– Senti muito a morte de seu pai – disse Ceinwyn.

Gwenhwyvach deu de ombros.

– Ele só foi ficando cada vez mais magro, até que um dia não estava mais ali. – Já Gwenhwyvach não tinha emagrecido, na verdade agora estava obesa, uma mulher gorda e de cara vermelha que, em seu vestido manchado de terra e com o sujo avental branco, mais parecia a mulher de um agricultor do que uma princesa. – Eu vivo ali – disse ela, apontando para uma substancial construção de madeira a cem passos do palácio. – Minha irmã permite que eu faça meu serviço todos os dias, mas quando toca o sino do entardecer devo estar em segurança, fora das vistas. Vocês entendem, nada de má aparência pode macular o Palácio do Mar.

– Senhora! – protestei, diante de sua autodepreciação.

Gwenhwyvach fez um gesto para que eu me calasse.

– Estou feliz – disse ela, em tom opaco. – Levo os cachorros para longos passeios e converso com as abelhas.

– Venha para Lindinis – pediu Ceinwyn.

– Isso jamais seria permitido! – disse Gwenhwyvach fingindo choque.

– Por que não? – perguntou Ceinwyn. – Nós temos quartos sobrando. Por favor.

Gwenhwyvach deu um sorriso tímido.

– Sei demais, Ceinwyn, é por isso. Sei quem vem, quem fica e o que fazem aqui. – Nenhum de nós queria sondar essas sugestões, por isso ficamos quietos os dois, mas Gwenhwyvach precisava falar.

Devia estar solitária, e Ceinwyn era um rosto amigável e amoroso vindo do passado. De repente, Gwenhwyvach jogou fora as ervas que tinha acabado de colher e veio rapidamente conosco em direção ao palácio.

– Deixe-me mostrar a vocês.

– Tenho certeza de que não precisamos ver – disse Ceinwyn, temendo o que estaria para ser revelado.

– Você pode ver – disse Gwenhwyvach a Ceinwyn –, mas Derfel não. Ou não deve. Os homens não devem entrar no templo.

Ela havia nos guiado até uma porta na base de uma pequena escada de tijolos e que, quando aberta, levava a um grande porão sob o piso do palácio, suportado por enormes arcos de tijolos romanos.

– Eles guardam vinho aqui – disse Gwenhwyvach, explicando as jarras e os odres arrumados nas prateleiras. Ela havia deixado a porta aberta, para que alguns raios da luz do dia penetrassem os arcos escuros e empoeirados. – Por aqui – falou, e desapareceu entre alguns pilares à direita.

Seguimos mais devagar, tateando cada vez com mais cuidado enquanto nos afastávamos progressivamente da luz do dia na porta do porão. Ouvimos Gwenhwyvach levantando a trava e então um sopro de ar frio passou por nós enquanto ela abria uma porta gigantesca.

– Isto é um templo de Ísis? – perguntei.

– Você ouviu falar dele? – Gwenhwyvach parecia desapontada.

– Guinevere me mostrou seu templo em Durnovária, há anos – falei.

– Ela não mostraria este – disse Gwenhwyvach, que em seguida puxou para o lado as grossas cortinas pretas que ficavam um pouco para dentro das portas, de modo que Ceinwyn e eu pudéssemos olhar o templo particular de Guinevere. Por medo da ira da irmã, Gwenhwyvach não deixou que eu fosse além do pequeno saguão entre a porta e as cortinas grossas, mas desceu com Ceinwyn dois degraus, entrando no salão comprido que tinha piso feito de pedra preta e polida, paredes e teto em arco pintados de piche, uma plataforma de pedra preta com um trono de pedra da mesma cor, e, atrás do trono, outra cortina preta. Na frente da plataforma baixa havia um poço raso que, eu sabia, era preenchido com água durante as cerimônias de Ísis. Na verdade o templo era quase exatamente igual ao que Guinevere tinha me mostrado há tantos anos, e se parecia muito com o templo deserto que havíamos descoberto no palácio de Lindinis. A única diferença - além de esse porão ser maior e mais baixo do que os dois templos anteriores - era que ali a luz do dia tinha permissão de entrar, porque havia um grande buraco no teto arqueado, diretamente acima do poço raso.

– Há uma parede lá – sussurrou Gwenhwyvach, apontando para o buraco –, mais alta do que um homem. Assim o luar pode entrar pelo buraco, mas ninguém pode ver de cima para baixo. Inteligente, não é?

A existência daquele fosso lunar sugeria que o porão se estendia até o jardim lateral do palácio, e Gwenhwyvach confirmou isso.

– Antigamente havia uma entrada aqui – disse ela, apontando para uma linha irregular nos tijolos cobertos de piche na metade da extensão do templo –, para que os suprimentos pudessem ser trazidos diretamente para o porão, mas Guinevere estendeu o arco, está vendo? E o cobriu com um gramado.

Não parecia haver qualquer coisa sinistra no templo, além de seu negrume malévolo, já que não havia nenhum ídolo, nenhuma fogueira ou altar de sacrifícios. Ele no máximo era desapontador, porque o porão arqueado não possuía a grandiosidade dos salões de cima. Parecia de mau gosto, até mesmo ligeiramente sujo. Os romanos, pensei, saberiam como tornar esse local digno de uma Deusa, mas os melhores esforços de Guinevere tinham simplesmente transformado um porão de tijolos numa caverna preta, ainda que o trono baixo, que era feito de um único bloco de pedra preta e, pelo que eu presumia, devia ser o mesmo que eu vira em Durnovária, fosse bastante impressionante. Gwenhwyvach passou pelo trono e puxou para o lado a cortina preta, permitindo que Ceinwyn passasse. As duas demoraram um bom tempo atrás da cortina, mas quando saímos do porão Ceinwyn me contou que não havia muito o que ver ali.

– Era apenas um pequeno cômodo preto com uma cama grande e um bocado de bosta de camundongo.

– Uma cama? – perguntei, cheio de suspeitas.

– Uma cama de sonhos – disse Ceinwyn, com firmeza – como a que ficava na metade da torre de Merlin.

– É só isso? – perguntei, ainda suspeitando.

Ceinwyn deu de ombros.

– Gwenhwyvach tentou sugerir que era usada para outros propósitos – falou em tom de censura –, mas ela não tinha provas, e finalmente admitiu que a irmã dormia ali para receber sonhos. – Ceinwyn deu um sorriso triste. – Acho que a pobre Gwenhwyvach não é boa da cabeça. Ela acredita que Lancelot virá procurá-la um dia.

– Ela acredita em quê? – perguntei, perplexo.

– Ela está apaixonada por ele, coitada. – Tínhamos tentado persuadir Gwenhwyvach a se juntar às comemorações no jardim da frente, mas ela se recusou. Confessou que não seria bem-vinda, e por isso saiu correndo, lançando olhares cheios de suspeita à esquerda e à direita. – Pobre Gwenhwyvach – disse Ceinwyn, depois riu. – É tão típico de Guinevere, não é?

– O quê?

– Adotar uma religião tão exótica! Por que ela não pode cultuar os Deuses da Britânia como o resto de nós? Mas não, ela tem de arranjar alguma coisa estranha e difícil. – Ceinwyn suspirou, depois passou o braço pelo meu. – Temos de ficar para a festa?

Ela estava se sentindo fraca, porque ainda não havia se recuperado totalmente do último parto.

– Artur vai entender se não formos – falei.

– Mas Guinevere, não – ela suspirou –, então é melhor eu sobreviver.

Caminhamos pelo comprido flanco Oeste do palácio, passamos pela alta paliçada de troncos que formava o poço lunar do templo e chegamos ao final da comprida arcada. Parei-a antes que virássemos a esquina, e pus as mãos em seus ombros.

– Ceinwyn de Powys – falei, olhando em seu rosto espantoso e lindo. – Realmente amo você.

– Sei disso – replicou ela com um sorriso, depois ficou na ponta dos pés para me dar um beijo, antes de me guiar alguns passos para que pudéssemos olhar todo o jardim do Palácio do Mar. – Ali –

disse Ceinwyn, divertindo-se – está a Irmandade da Britânia, criada por Artur.

O jardim estava apinhado de bêbados. Tinham sido obrigados a esperar a festa durante muito tempo, por isso agora estavam oferecendo uns aos outros abraços elaborados e floridas promessas de amizade eterna. Alguns dos abraços tinham se transformado em lutas que rolavam ferozmente sobre os canteiros de Guinevere. Havia muito os coros tinham abandonado as tentativas de cantar música solene, e algumas das mulheres do coro bebiam com os guerreiros. Nem todos os homens estavam bêbados, claro, mas os convidados sóbrios tinham se retirado para o terraço, para proteger as mulheres, muitas das quais eram aias de Guinevere, e dentre elas estava Lunete, minha primeira e antiga amante. Guinevere também estava no terraço, de onde olhava horrorizada para os escombros em que seu jardim estava se transformando, apesar de ser culpa sua, porque servira um hidromel especialmente forte, e agora pelo menos cinquenta homens se divertiam ruidosamente no jardim; alguns tinham arrancado flores para usar em fingidas lutas de espada, e pelo menos um estava com o rosto sangrando, enquanto outro arrancava um dente frouxo e xingava com palavrões imundos o jurado Irmão da Britânia que o golpeara. E alguém tinha vomitado na távola redonda.

Ajudei Ceinwyn a subir até a segurança da arcada, enquanto abaixo de nós a Irmandade da Britânia xingava, lutava e bebia até perder os sentidos.

E foi assim, ainda que Igraine jamais acredite, que começou a Irmandade da Britânia criada por Artur, aquela que os ignorantes ainda chamam de Távola Redonda.

EU GOSTARIA DE poder dizer que o espírito de paz engendrado pela Távola Redonda de Artur espalhou felicidade pelo reino, mas o povo mais comum nem sequer teve notícia de que o juramento fora feito. A maioria das pessoas não sabia nem se importava com o que seus senhores faziam, desde que os campos e suas famílias fossem deixados em paz. Artur, claro, dava grande importância ao juramento. Como

Ceinwyn costumava dizer, para um homem que afirmava odiar juramentos ele gostava demais de fazê-los.

Mas pelo menos o juramento foi mantido naqueles anos, e a Britânia prosperou nesse período de paz. Aelle e Cerdic disputaram o domínio de Lloegyr, e seu conflito violento poupou o resto da Britânia de suas lanças saxãs. Os reis irlandeses no Oeste viviam testando suas armas contra escudos britânicos, mas esses eram conflitos pequenos e esparsos, e a maioria de nós desfrutou um longo período de paz. O Conselho de Mordred, do qual eu me tornara membro, podia se preocupar com leis, impostos e disputas de terra, em vez de com inimigos.

Artur presidia o conselho, mas nunca ocupou o lugar na cabeceira da mesa porque aquele era o trono reservado para o rei, e esperava, vazio, a maioridade de Mordred. Oficialmente Merlin era o principal conselheiro do rei, mas nunca viajava a Durnovária e falava pouco nas raras ocasiões em que o Conselho se reunia em Lindinis. Meia dúzia dos conselheiros consistia em guerreiros, mas a maioria desses jamais comparecia. Agravain dizia que aquele negócio o entediava, enquanto Sagramor preferia manter a fronteira saxã em paz. Os demais conselheiros eram: dois bardos que conheciam as leis e as genealogias da Britânia, dois magistrados, um mercador e dois bispos cristãos. Um dos bispos era um homem idoso e sério chamado Emrys, que tinha sucedido Bedwin como bispo de Durnovária, e o outro era Sansum.

Sansum havia conspirado contra Artur, e poucos homens duvidavam de que ele deveria ter perdido a cabeça quando a conspiração foi revelada, mas de algum modo tinha se livrado. Ele jamais aprendeu a ler ou escrever, mas era um homem inteligente e com uma ambição interminável. Vindo de Gwent, onde seu pai tinha sido tanoeiro, Sansum havia crescido e se tornado um dos sacerdotes de Tewdric, mas chegou à verdadeira proeminência ao casar Artur e Guinevere quando os dois fugiram de Caer Sws. Foi recompensado por esse serviço sendo nomeado bispo em Dumnonia e capelão de Mordred, mas perdeu esta última honra por ter conspirado com Nabur e Melwas. Depois disso, Sansum deveria apodrecer na obscuridade como guardião do templo do Espinheiro Sagrado, mas ele não suportava a obscuridade. Tinha salvado Lancelot da humilhação de ser rejeitado por Mitra, e ao fazer isso obtivera a gratidão cautelosa de Guinevere, mas nem sua amizade com Lancelot nem a trégua com Guinevere seriam suficientes para alçá-lo ao Conselho de Dumnonia.

Ele havia alcançado essa eminência pelo casamento, e a mulher com quem se casou foi a irmã mais velha de Artur, Morgana – a sacerdotisa de Merlin, adepta dos mistérios, a pagã. Com esse casamento, Sansum tinha apagado todos os traços de sua desgraça antiga e se alçado às maiores alturas do poder dumnoniano. Fora posto no Conselho, feito bispo de Lindinis e nomeado de novo capelão de Mordred, mas felizmente seu desgosto pelo jovem rei o mantinha longe do palácio de Lindinis. Ele assumiu a autoridade sobre todas as igrejas do Norte de Dumnonia, assim como Emrys dominava todas as do sul. Para Sansum foi um casamento brilhante, e para o resto de nós foi a perplexidade.

O casamento em si aconteceu na igreja do Espinheiro Sagrado em Ynys Wydryn. Artur e Guinevere ficaram em Lindinis, e todos nós cavalgamos juntos até o templo no grande dia. As cerimônias começaram com o batismo de Morgana nas águas cercadas de junco do lago de Issa. Ela havia abandonado sua antiga máscara de ouro com a imagem do chifrudo Deus Cernunnos, e adotou uma nova máscara, decorada com uma cruz cristã e, para marcar a felicidade do dia, abandonara o manto preto usual em troca de um vestido branco. Artur chorou de alegria ao ver a irmã ir mancando para dentro do lago onde Sansum, com ternura evidente, sustentou suas costas enquanto baixava-a até a água. Um coro cantava aleluias. Esperamos enquanto Morgana se enxugava e vestia um novo manto branco, depois ficamos olhando-a ir mancando até o altar, onde o bispo Emrys os reuniu como marido e mulher.

Acho que não poderia estar mais perplexo, nem se o próprio Merlin abandonasse os Deuses antigos para assumir a cruz. Para Sansum, claro, foi um triunfo duplo, já que ao se casar com a irmã de Artur ele não somente entrava no Conselho Real, como ao convertê-la ao cristianismo dava um forte golpe contra todos os pagãos. Alguns homens o acusaram azedamente de oportunista, mas para ser justo acho que ele realmente amava Morgana, ao seu modo calculista, e ela sem dúvida o adorava. Eram duas pessoas inteligentes unidas por ressentimentos. Sansum sempre acreditou que deveria estar numa posição mais elevada, ao passo que Morgana, que um dia fora linda, se ressentia do incêndio que havia torcido seu corpo e transformado seu rosto num horror. Também se ressentia de Nimue, porque um dia Morgana fora a sacerdotisa de maior confiança de Merlin, mas a jovem Nimue tinha usurpado esse lugar, e agora, vingando-se, Morgana se tornou a mais ardorosa das cristãs. Era tão estridente em suas defesas de Cristo quanto fora ao serviço dos Deuses mais antigos, e depois do casamento toda a sua vontade formidável foi posta na campanha missionária de Sansum.

Merlin não compareceu ao casamento, mas se divertiu com ele.

– Ela está solitária – disse-me ao saber da novidade – e o Lorde Camundongo é pelo menos uma companhia. Você não acha que eles copulam, acha? Santos Deuses, Derfel, se a pobre Morgana se despisse na frente de Sansum ele vomitaria! Além disso, ele não sabe cruzar. Pelo menos não com mulheres.

O casamento não suavizou Morgana. Em Sansum ela encontrou um homem disposto a ser guiado por seus conselhos hábeis, com ambições que ela poderia apoiar em toda a sua energia feroz, mas para o resto do mundo ela ainda era a tirana por trás da proibitiva máscara de ouro. Ainda vivia em Ynys Wydryn, mas em vez de morar no Tor de Merlin agora habitava a casa do bispo no templo, de onde podia ver o Tor incendiado onde vivia sua inimiga, Nimue.

Nimue, agora separada de Merlin, estava convencida de que Morgana tinha roubado os Tesouros da Britânia. Pelo que eu percebia, essa convicção se baseava apenas no ódio de Nimue por Morgana, considerada por ela a maior traidora da Britânia. Afinal de contas, era a sacerdotisa pagã que tinha abandonado os Deuses para virar cristã, e, onde quer que a visse, Nimue cuspia e soltava pragas que Morgana lhe devolvia energicamente; a ameaça pagã batalhando contra a perdição cristã. Elas jamais se tratavam com educação, ainda que uma vez, a pedido de Nimue, eu tenha perguntado a Morgana sobre o Caldeirão. Isso foi um ano depois do casamento e, apesar de ter me tornado um lorde e um dos homens mais ricos de Dumnonia, ainda me sentia nervoso com Morgana. Quando eu era criança ela fora uma figura de autoridade espantosa e aparência aterrorizante que governava o Tor com um mau humor brusco e um cajado sempre pronto, com o qual todos éramos disciplinados. Tantos anos depois, eu a achava igualmente assustadora.

Encontrei-a numa das novas construções de Sansum em Ynys Wydryn. A maior delas era do tamanho de um salão de festas real, e era a escola onde dúzias de padres eram treinados como missionários. Esses padres começavam a estudar aos 6 anos, eram proclamados sagrados aos 16 e depois mandados para as estradas da Britânia, para arregimentar convertidos. Frequentemente eu os encontrava em minhas muitas viagens. Eles andavam em duplas, carregando apenas uma pequena sacola e um cajado, mas algumas vezes eram acompanhados por grupos de mulheres que pareciam curiosamente atraídas pelos missionários. Eles não tinham medo. Sempre que eu os encontrava, me desafiavam a negar seu Deus, e eu sempre admitia cortesmente sua existência, para então insistir em que meus Deuses também viviam. Diante disso, eles me xingavam e suas mulheres uivavam e berravam insultos. Uma vez, quando dois daqueles fanáticos assustaram minhas filhas, usei o cabo da lança contra eles, e admito que foi com muita força, porque no fim da discussão havia uma cabeça quebrada e um pulso despedaçado, nenhum deles meu. Artur insistiu em que eu fosse julgado, como demonstração de que nem mesmo os dumnonianos mais privilegiados estavam acima da lei, e assim compareci ao tribunal de Lindinis, onde um magistrado cristão me cobrou o preço dos ossos como metade do meu peso em prata.

– Você deveria ter sido chicoteado. – Morgana evidentemente se lembrava do incidente, e lançou seu veredicto contra mim quando fui admitido à sua presença. – Chicoteado até ficar em carne viva. Em público!

– Acho que até a senhora acharia isso difícil agora – falei educadamente.

– Deus me daria a força necessária – rosnou ela, sob a nova máscara de ouro com a cruz cristã. Estava sentada atrás de uma mesa cheia de pergaminhos e ripas de madeira cobertas de tinta, porque não somente administrava a escola de Sansum como contabilizava os tesouros de cada igreja e mosteiro no Norte de Dumnonia, mas a realização da qual mais se orgulhava era sua comunidade de mulheres santas que cantavam e rezavam num salão próprio, onde os homens não tinham permissão de pôr os pés. Eu podia ouvir suas doces vozes cantando agora, enquanto Morgana me olhava de cima a baixo. Evidentemente não gostou muito do que via. – Você veio pegar mais dinheiro – falou rispidamente. – Não vai poder levar. Não enquanto não pagar os empréstimos que ainda restam.

– Não restam empréstimos, que eu saiba – falei com educação.

– Absurdo. – Ela pegou uma das ripas e leu uma lista fictícia de empréstimos não pagos.

Deixei que terminasse, depois afirmei gentilmente que o Conselho não estava querendo dinheiro emprestado da igreja.

– E se quisesse – acrescentei –, tenho certeza de que o seu marido teria dito.

– E eu tenho certeza – disse ela – de que os pagãos do Conselho estão tramando coisas por trás das costas do santo. – Ela fungou. – Como vai meu irmão?

– Ocupado, senhora.

– Ocupado demais para vir me ver, obviamente.

– E a senhora é ocupada demais para visitá-lo – repliquei com gentileza.

– Eu? Ir a Durnovária? E encarar aquela bruxa, a Guinevere? – Ela fez o sinal da cruz, depois mergulhou a mão numa tigela d'água e fez o sinal de novo. – Eu preferiria entrar no inferno e encarar o próprio Satã a ver aquela feiticeira de Ísis! – Morgana já ia cuspir para evitar o mal, depois se lembrou e, em vez disso, fez outro sinal da cruz. – Você sabe que rituais Ísis exige? – perguntou ela, irada.

– Não, senhora.

– A imundície, Derfel, a imundície! Ísis é a mulher escarlate! A prostituta da Babilônia. É a fé do diabo, Derfel. Eles se deitam juntos, homem e mulher. – Ela estremeceu diante desse pensamento horrendo. – Pura imundície.

– Os homens não têm permissão de entrar no templo, senhora – falei, defendendo Guinevere –, assim como não têm permissão de entrar em seu salão das mulheres.

– Não têm permissão! – Morgana deu uma gargalhada. – Eles vão à noite, seu idiota, e cultuam nus sua Deusa imunda. Homens e mulheres juntos, suando como suínos! Acha que não sei? Eu, que um dia fui uma daquelas pecadoras? Você acha, Derfel, que sabe mais do que eu sobre os cultos pagãos? Eu lhe digo, eles se deitam juntos no próprio suor, mulheres nuas e homens nus. Ísis e Osíris, mulher e homem, e a mulher dá a vida ao homem, e como você acha que isso é feito, seu idiota? É feito através do imundo ato da fornicação! – Ela mergulhou os dedos na tigela de água e fez de novo o sinal da cruz, deixando uma gota da água benta na testa da máscara. – Você é um ignorante, um idiota crédulo. – Não insisti na discussão. As diferentes crenças sempre se insultavam mutuamente assim. Muitos pagãos acusavam os cristãos de ter um comportamento semelhante no que era chamado de "festas do amor", e muitas pessoas do campo acreditavam que os cristãos sequestravam, matavam e comiam crianças. – Artur também é um idiota por confiar em Guinevere – rosnou Morgana. Em seguida me lançou um olhar inamistoso com seu olho único. – Então, o que quer de mim, Derfel, se não é dinheiro?

– Quero saber, senhora, o que aconteceu na noite em que o Caldeirão desapareceu.

Ela riu disso. Era o eco de seu riso antigo, o som cruel e cacarejante que sempre pressagiava problemas no Tor.

– Seu idiotazinho miserável, desperdiçando meu tempo. – E com isso ela se virou de novo para a mesa de trabalho. Esperei enquanto ela fazia marcas em suas ripas de contabilidade ou nas margens de rolos de pergaminho e fingia me ignorar. – Ainda está aí, idiota?

– Ainda estou, senhora.

Ela se virou no banco.

– Por que quer saber? Foi aquela prostitutazinha maligna do morro que o mandou? – Ela fez um gesto apontando o Tor através da janela.

– Merlin me pediu, senhora – menti. – Ele está curioso com o passado, mas sua memória anda ruim.

– Ele vai para o inferno logo, logo – disse, vingativa, depois ponderou minha pergunta antes de, finalmente, dar de ombros. – Vou contar o que aconteceu naquela noite – disse enfim –, só vou contar uma vez, e quando tiver contado nunca mais me pergunte.

– Uma vez basta, senhora.

Ela se levantou e foi mancando até a janela, de onde podia olhar o Tor lá em cima.

– O Senhor Deus Todo-Poderoso, o único Deus verdadeiro, Pai de todos nós, mandou fogo do céu. Eu estava lá, e sei o que aconteceu. Ele mandou o raio que acertou o teto do salão e o incendiou. Eu estava gritando, porque tenho bons motivos para temer o fogo. Eu o conheço. Sou filha dele. O fogo arruinou minha vida, mas esse era um fogo diferente. Era o fogo da limpeza de Deus, o fogo que queimou meu pecado. Ele se espalhou do teto de palha para a torre e queimou tudo. Eu o vi e teria morrido nele se o abençoado São Sansum não tivesse vindo me guiar até a segurança. – Ela fez o sinal da cruz, depois se virou de novo para mim. – Isso, idiota, foi o que aconteceu.

Então Sansum estivera no Tor naquela noite? Isso era interessante, mas não fiz qualquer observação a respeito. Em vez disso, falei gentilmente:

– O fogo não queimou o Caldeirão, senhora. Merlin foi lá no dia seguinte, revirou as cinzas e não encontrou nenhum ouro.

– Idiota! – Morgana cuspiu em mim através da abertura de sua máscara. – Acha que o fogo de Deus queima como suas chamas débeis? O Caldeirão era o pote do mal, a pior pústula sobre a terra. Era o penico do diabo, e o Senhor Deus o consumiu. Derfel, consumiu transformando-o em nada! Vi com este olho! – Ela bateu na máscara abaixo do olho bom. – Eu o vi queimar, e foi um clarão de fornalha, brilhante, quentíssimo, sibilante, no centro do coração do fogo, era uma chama como a chama mais quente do inferno, e ouvi os demônios gritando de dor enquanto seu caldeirão se transformava em fumaça. Deus o queimou! Queimou e mandou de volta ao inferno, que é o lugar dele! – Ela fez uma pausa e senti que seu rosto mutilado pelas chamas, arruinado, estava se abrindo num sorriso atrás da máscara. – Ele se foi, Derfel – disse ela numa voz mais baixa –, e agora você também pode ir.

Deixei-a, deixei o templo e subi até o Tor, onde empurrei o portão da água, meio partido, que pendia loucamente numa dobradiça de corda. As cinzas empretecidas do salão e da torre estavam sendo engolidas pela terra, e em volta havia uma dúzia de cabanas apodrecendo, onde moravam Nimue e seu povo. Essas pessoas eram os indesejados de nosso mundo; aleijados e mendigos, as pessoas sem casa e meio loucas que sobreviviam da comida que Ceinwyn e eu mandávamos todas as semanas de Lindinis. Nimue afirmava que seu povo falava com os Deuses, mas tudo que eu ouvia deles eram risos loucos ou gemidos tristes.

– Ela nega tudo – falei a Nimue.

– Claro que nega.

– Diz que o Deus dela queimou-o até virar nada.

– O Deus dela não poderia cozinhar um ovo mole – disse Nimue, vingativa. Ela havia sofrido uma decadência horrível nos anos desde o desaparecimento do Caldeirão, enquanto Merlin afundava em sua velhice gentil. Nimue vivia imunda, imunda, magra e quase enlouquecida como quando a resgatei da Ilha dos Mortos. Às vezes tremia, ou então seu rosto se retorcia em caretas incontroláveis. Há muito tempo, tinha vendido ou jogado fora o olho dourado, e agora usava um pedaço de couro sobre a órbita vazia. A beleza intrigante que possuíra um dia estava escondida sob sujeira e feridas, e sob a massa de cabelos pretos e embolados, tão grudada de sujeira que até mesmo os camponeses que vinham em busca de suas adivinhações ou curas costumavam se encolher com o fedor. Até eu, que estava ligado a ela por juramento e que um dia fora seu amante, mal suportava estar perto dela.

– O Caldeirão ainda vive – disse Nimue naquele dia.

– É o que Merlin diz.

– E Merlin também vive, Derfel. – Ela pôs a mão arranhada em meu braço. – Ele está esperando, só isso, guardando a força.

"Esperando sua pira funerária", pensei, mas fiquei quieto.

Nimue girou acompanhando o sentido do sol, olhando todo o horizonte.

– Em algum lugar lá longe, Derfel, o Caldeirão está escondido. E alguém está tentando descobrir como usá-lo. – Ela deu um riso baixinho. – E quando fizerem isso, Derfel, você verá a terra ficar vermelha de sangue. – Em seguida virou o olho único para mim. – Sangue! – sibilou. – O mundo vomitará sangue nesse dia, Derfel, e Merlin cavalgará de novo.

"Talvez", pensei; mas era um dia ensolarado e Dumnonia estava em paz. Era a paz de Artur, estabelecida por sua espada, mantida por seus tribunais, enriquecida por suas estradas e selada por sua Irmandade. Tudo parecia muito distante do mundo do Caldeirão e dos Tesouros desaparecidos, mas Nimue ainda acreditava na magia deles, e, por ela, eu não expressava descrença, ainda que naquele dia luminoso em Dumnonia me parecesse que a Britânia estava forjando o caminho da escuridão para a luz, do caos para a ordem e da selvageria para a lei. Essa era a realização de Artur. Esse era o seu Camelot.

Mas Nimue estava certa. O Caldeirão não estava perdido, e ela, como Merlin, estava apenas esperando o horror.

Nossa principal tarefa naqueles dias era preparar Mordred para o trono. Ele já era o nosso rei, porque quando bebê tinha sido aclamado no cume do Caer Cadarn, mas Artur decidira repetir a aclamação quando Mordred chegasse à maioridade. Acho que Artur esperava que algum poder místico o investiria de responsabilidade e sabedoria nessa segunda aclamação, porque nada mais parecia capaz de melhorar o garoto. Nós tentamos, os Deuses sabem que tentamos, mas ele continuou o mesmo jovem carrancudo, ressentido e grosseiro. Artur não gostava dele, mas permanecia intencionalmente cego às piores faltas de Mordred, porque se Artur possuía alguma religião verdadeiramente sagrada era a crença na divindade dos reis. Chegaria o tempo em que seria forçado a encarar a verdade de Mordred, mas naqueles anos, sempre que o assunto da adequação do neto de Uther surgia no Conselho Real, Artur dizia a mesma coisa. Ele concordava que Mordred era uma criança sem atrativos, mas todos conhecíamos garotos assim que tinham se tornado homens decentes, e a solenidade da aclamação e as responsabilidades do reinado certamente iriam contê-lo.

– Eu também não fui uma criança-modelo – gostava de dizer –, mas vocês não acham que virei um homem ruim. Tenham fé no garoto. – Além disso, acrescentava sempre com um sorriso, Mordred seria guiado por um conselho sábio e experiente.

– Ele vai nomear seu próprio Conselho – era o que um de nós sempre objetava, mas Artur descartava o assunto. Tudo ia ficar bem, garantia ele jovialmente.

Guinevere não tinha essas ilusões. De fato, nos anos seguintes ao juramento da Távola Redonda ela ficou obcecada com o destino de Mordred. Ela não participava do Conselho Real, porque nenhuma mulher tinha permissão para isso, mas quando estava em Durnovária suspeito de que ouvia atrás da cortina de um arco que dava na câmara do conselho. Boa parte do que discutíamos iria entediá-la; passávamos horas debatendo se iríamos pôr mais pedras num vau ou gastar dinheiro numa ponte, ou se um magistrado estava aceitando suborno ou a quem deveríamos conceder a guarda de um herdeiro órfão. Essas questões eram a moeda comum das reuniões do conselho, e tenho certeza de que Guinevere as considerava tediosas, mas imagino com que avidez teria ouvido quando falávamos de Mordred.

Guinevere mal conhecia Mordred, mas o odiava. Odiava-o porque ele era o rei, e não Artur, e, um a um, tentou convencer os conselheiros reais a aceitar seu ponto de vista. Chegava a ser agradável comigo, porque suspeito de que via dentro da minha alma e sabia que eu secretamente concordava com ela. Depois da primeira reunião do conselho, após o juramento da Távola Redonda, ela pegou meu braço e caminhou comigo pelo claustro de Durnovária, que estava enevoado com a fumaça das ervas queimadas nos braseiros para evitar a volta da peste. Talvez tenha sido a fumaça que me deixou tonto, mas é mais provável que tenha sido a proximidade de Guinevere. Ela usava um perfume forte, o cabelo ruivo estava cheio e revolto, o corpo reto e esguio, o rosto com ossos tão bons e tão cheio de espírito. Falei que lamentava a morte de seu pai.

– Pobre papai. Tudo com que ele sonhava era voltar a Henis Wyren. – Ela fez uma pausa e eu perguntei se Guinevere teria reprovado Artur por não fazer mais esforços para desalojar Diwrnach. Duvido que Guinevere quisesse ver de novo a costa de Henis Wyren, mas seu pai sempre desejara voltar à terra de seus ancestrais. – Você nunca me contou sua visita a Henis Wyren – disse Guinevere em tom reprovador. – Ouvi dizer que conheceu Diwrnach, foi?

– E espero jamais encontrá-lo de novo, senhora.

Ela deu de ombros.

– Algumas vezes, num rei, a reputação de selvageria pode ser útil. – Ela me interrogou sobre o estado de Henis Wyren, mas senti que não se interessava realmente pelas respostas, assim como quando perguntou como Ceinwyn estava.

– Bem, senhora, obrigado.

– Grávida de novo? – perguntou, parecendo se divertir.

– Achamos que sim, senhora.

– Como vocês dois são ocupados, Derfel – disse ela, numa zombaria gentil. Sua irritação com Ceinwyn tinha se desbotado com o tempo, mas as duas nunca viraram amigas. Guinevere arrancou uma folha de um loureiro que crescia numa urna romana decorada com ninfas nuas, e esfregou a folha entre os dedos. – E como vai o nosso rei? – perguntou azedamente.

– Problemático, senhora.

– Ele serve para ser rei? – Isso era típico de Guinevere; uma pergunta direta, brutal e honesta.

– Ele nasceu para isso, senhora – falei na defensiva. – E nós lhe prestamos juramento.

Ela deu um riso de escárnio. Suas sandálias enfeitadas de ouro batiam nas pedras do calçamento, e uma corrente de ouro com pérolas pendia de seu pescoço.

– Há muitos anos, Derfel, falamos disso e você me disse que, dentre todos os homens de Dumnonia, Artur era o mais adequado para ser rei.

– Disse – admiti.

– E acha que Mordred é mais adequado?

– Não, senhora.

– E então? – Ela se virou para me olhar. Poucas mulheres podiam me olhar direto nos olhos, mas Guinevere podia. – E então? – perguntou de novo.

– Então fiz um juramento, senhora, assim como o seu marido.

– Juramentos! – rosnou ela, soltando meu braço. – Artur fez um juramento de matar Aelle, e Aelle continua vivo. Jurou retomar Henis Wyren, mas Diwrnach continua governando lá. Juramentos! Vocês, homens, se escondem por trás de juramentos como os serviçais se escondem atrás da estupidez, mas no momento em que um juramento fica inconveniente o esquecem logo. Você acha que um juramento a Uther não pode ser esquecido?

– Meu juramento é ao príncipe Artur – falei, tomando cuidado, como sempre, de chamar Artur de príncipe na frente de Guinevere. – A senhora quer que eu esqueça esse juramento?

– Eu quero, Derfel, que você ponha bom senso na cabeça dele. Ele o escuta.

– Ele escuta a senhora.

– Não quando o assunto é Mordred. Em tudo o mais, talvez, mas não nisso. – Ela estremeceu; talvez lembrasse do abraço que fora forçada a dar em Mordred no Palácio do Mar, depois esmagou raivosa a folha de louro e jogou no chão. Dentro de minutos, eu sabia, uma serviçal iria varrê-la silenciosamente. O Palácio de Inverno de Durnovária era sempre muito organizado, enquanto o nosso palácio em Lindinis era tão atulhado de crianças que nunca podia ficar arrumado, e a ala de Mordred era um monturo. – Artur é o filho mais velho de Uther ainda vivo – insistiu Guinevere, agora com cansaço. – Ele deveria ser o rei.

"Deveria mesmo", pensei, mas todos tínhamos feito o juramento de colocar Mordred no trono, e homens tinham morrido no vale do Lugg para defender esse juramento. Às vezes, que os Deuses me perdoem, eu simplesmente desejava que Mordred morresse, resolvendo o nosso problema, mas apesar do pé torto e dos maus presságios de seu nascimento, ele parecia abençoado com uma saúde de ferro. Olhei os olhos verdes de Guinevere.

– Eu me lembro – falei cautelosamente –, de que há anos a senhora me levou por aquela porta – apontei para um arco baixo que dava fora do claustro – e me mostrou o seu templo de Ísis.

– Mostrei. E daí? – Ela soava defensiva, talvez lamentasse o momento de intimidade. Naquele dia distante, ela tentara fazer de mim um aliado na mesma causa que a levou a pegar meu braço e me trazer a esse claustro. Ela queria Mordred destruído para que Artur pudesse reinar.

– A senhora me mostrou o trono de Ísis – falei, com cuidado para não revelar que eu tinha visto a mesma cadeira preta no Palácio do Mar – e me disse que Ísis era a Deusa que determinava qual homem deveria estar no trono de um reino. Estou certo?

– É um de seus poderes, sim – disse Guinevere descuidadamente.

– Então a senhora deve rezar para a sua Deusa.

– Você acha que não rezo, Derfel? Acha que não cansei os ouvidos dela com minhas orações? Quero que Artur seja rei, e que Gwydre seja rei depois dele, mas não é possível forçar um homem a ocupar um trono. Artur precisa querer, antes que Ísis conceda.

Essa me parecia uma defesa frágil. Se Ísis não podia alterar a mente de Artur, como é que nós, simples mortais, deveríamos mudá-la? Tínhamos tentado frequentemente, mas Artur se recusava a discutir o assunto, assim como Guinevere desistiu de nossa conversa no pátio quando percebeu que eu não poderia ser persuadido a entrar para a sua campanha de substituir Mordred por Artur.

Eu queria Artur como rei, mas apenas uma vez em todos aqueles anos rompi a barreira de suas afirmações amenas e falei seriamente com ele sobre as reivindicações ao reino, e essa conversa só aconteceu cinco anos inteiros depois do juramento da Távola Redonda. Foi no verão antes do ano em que Mordred seria aclamado rei, e nessa época os sussurros de hostilidade tinham se transformado num grito ensurdecedor. Apenas os cristãos apoiavam Mordred, e mesmo eles faziam isso com relutância. Mas era sabido que sua mãe tinha sido cristã e que o menino fora batizado, portanto isso bastava para persuadir os cristãos de que Mordred poderia ser simpático às suas ambições. Todas as outras pessoas em Dumnonia queriam que Artur as salvasse do garoto, mas ele as ignorava serenamente. Aquele verão, do modo como agora aprendemos a contar as voltas do sol, aconteceu 495 anos depois do nascimento de Cristo, e foi uma estação bela, cheia de sol. Artur estava no auge de seus poderes, Merlin tomava sol no nosso jardim com minhas três filhas pequenas, que imploravam histórias. Ceinwyn estava feliz, Guinevere lagarteava em seu lindo e novo Palácio do Mar, com arcadas, galerias e o templo escuro e escondido, Lancelot parecia contente em seu reino junto ao mar, os saxões lutavam entre si, e Dumnonia estava em paz. Lembro que também foi um verão de sofrimento absoluto.

Porque foi o verão de Tristan e Isolda.

KERNOW É O reino selvagem que fica como uma garra na ponta ocidental de Dumnonia. Os romanos foram até lá, mas poucos se estabeleceram em seu ermo, e quando deixaram a Britânia, o povo de Kernow prosseguiu com sua vida como se os invasores nunca tivessem existido. Aravam pequenos campos, pescavam em mares bravios e mineravam estanho precioso. Viajar em Kernow, disseram-me, era ver como a Britânia tinha sido antes da vinda dos romanos, mas nunca fui lá, nem Artur.

Desde quando eu podia me lembrar, Kernow tinha sido governado pelo rei Mark. Ele raramente nos perturbava, ainda que de vez em quando – geralmente quando Dumnonia estava envolvida com algum inimigo maior no Leste – decidisse que algumas de nossas terras no Oeste deveriam lhe pertencer, provocando uma pequena guerra de fronteira e ataques selvagens contra nossa costa, feitos pelos barcos guerreiros de Kernow. Nós sempre vencíamos essas guerras, e como poderia não ser assim? Dumnonia era grande e Kernow, pequeno, e quando as guerras terminavam Mark mandava um enviado para dizer que tudo tinha sido um acidente. Durante um curto tempo no início do governo de Artur, quando Cadwy de Isca havia se rebelado contra o resto de Dumnonia, Mark capturara algumas grandes porções de terra junto à sua fronteira, mas Culhwch acabara com a rebelião, e quando Artur mandou a cabeça de Cadwy como presente a Mark, os lanceiros de Kernow voltaram silenciosamente às suas antigas fortalezas.

Esses problemas eram raros, porque as campanhas mais famosas do rei Mark eram lutadas na cama. Ele era famoso pelo número de mulheres que teve, mas, enquanto outros homens assim podiam ter várias esposas ao mesmo tempo, Mark se casava com elas em sequência. Elas morriam com uma regularidade impressionante, quase sempre, parecia, apenas quatro anos depois de a cerimônia de casamento ser realizada pelos druidas de Kernow, e apesar de Mark sempre ter uma explicação para as mortes – uma febre, talvez, ou um acidente, ou talvez um parto difícil – a maioria de nós suspeitava de que era o tédio do rei que estava por trás das piras funerárias que queimavam os corpos das rainhas no Caer Dore, a fortaleza do reino. A sétima mulher a morrer tinha sido a sobrinha de Artur, Ialle, e Mark despachara um enviado com uma história triste, falando de cogumelos venenosos e do apetite indomável de Ialle. Também havia mandado uma mula carregada de lingotes de estanho e raros ossos de baleia para evitar qualquer possibilidade de ira da parte de Artur.

A morte das esposas jamais pareceu impedir outras princesas de usar a travessia marítima para compartilhar a cama de Mark. Talvez fosse melhor ser uma rainha em Kernow, ainda que por pouco tempo, do que esperar no salão das mulheres por um pretendente que talvez nunca viesse, e, além disso, as explicações para as mortes eram sempre plausíveis. Não passavam de acidentes.

Depois da morte de Ialle não houve um novo casamento durante um bom tempo. Mark estava ficando velho e os homens presumiam que ele tinha abandonado o jogo, mas então, naquele verão lindo do ano anterior a Mordred assumir o poder em Dumnonia, o idoso rei Mark tomou uma nova esposa. Era filha de nosso velho aliado, Oengus Mac Airem, o rei irlandês de Demétia, que nos levara à vitória no vale do Lugg, e por esse presente Artur perdoou a Oengus sua miríade de invasões que ainda incomodavam a terra de Cuneglas. Os temidos guerreiros Escudos Negros de Oengus viviam atacando Powys e o que tinha sido Silúria e, durante todos aqueles anos,

Cuneglas foi forçado a manter dispendiosos bandos de guerreiros em sua fronteira ocidental. Oengus sempre negava a responsabilidade pelos ataques, dizendo que seus chefes tribais eram ingovernáveis, e prometia que faria rolar algumas cabeças, mas as cabeças permaneciam no lugar, e a cada época de colheita os famintos Escudos Negros voltavam a Powys. Artur mandava alguns dos nossos jovens lanceiros para obter experiência de batalha naquelas guerras de colheita, que nos davam a chance de treinar guerreiros novatos e manter afiados os instintos dos mais velhos. Cuneglas queria acabar com Demétia de uma vez por todas, mas Artur gostava de Oengus e argumentava que suas depredações valiam a experiência que ele dava aos nossos lanceiros, e assim os Escudos Negros sobreviveram.

O casamento do idoso rei Mark com sua noiva-criança de Demétia era uma aliança de dois reinos pequenos que não incomodavam ninguém, e além disso não havia quem acreditasse que Mark tivesse se casado com a princesa em troca de qualquer vantagem política. Casou-se apenas porque tinha um apetite insaciável por jovem carne real. Na época estava com 60 anos, seu filho Tristan tinha quase 40 e Isolda, a nova rainha, apenas 15.

O sofrimento começou quando Culhwch nos mandou uma mensagem dizendo que Tristan tinha chegado a Isca com a noiva-criança do pai. Culhwch, depois da morte de Melwas por excesso de ostras, fora nomeado governador da província ocidental de Dumnonia, e sua mensagem dizia que Tristan e Isolda eram fugitivos do rei Mark. O próprio Culhwch demonstrava mais diversão do que perturbação com sua chegada, porque ele, como eu, tinha lutado ao lado de Tristan no vale do Lugg e perto de Londres, e gostava do príncipe.

"Pelo menos esta noiva viverá", tinha anotado o escriba de Culhwch na carta para o Conselho, "e merece. Dei a eles uma antiga residência e uma guarda de lanceiros."

A mensagem prosseguia descrevendo um ataque de piratas irlandeses vindos do Outro Lado do Mar, e terminava com o pedido usual de Culhwch, de uma redução de impostos, e um alerta, também bastante usual, de que a colheita parecia fraca. Resumindo, era um despacho comum sem nada que alertasse as apreensões do Conselho, porque todos sabíamos que a colheita estava gorda e que Culhwch se preparava para sua luta costumeira com relação aos impostos. Quanto a Tristan e Isolda, a história deles era apenas uma diversão, e nenhum de nós via qualquer perigo ali. Os funcionários de Artur arquivaram a mensagem e o Conselho passou a discutir o pedido de Sansum, segundo o qual o Conselho deveria construir uma grande igreja para celebrar o 500º aniversário do nascimento de Cristo. Argumentei contra a proposta, o bispo Sansum rugiu, latiu e cuspiu, dizendo que a igreja era necessária para que o mundo não fosse destruído pelo diabo, e aquela luta feliz manteve o Conselho animado até que a refeição do meio-dia foi servida no pátio do palácio.

A reunião aconteceu em Durnovária e, como sempre, Guinevere viera de seu Palácio do Mar para estar na cidade quando o Conselho se reunisse, e se juntou a nós na refeição do meio-dia. Sentou-se ao lado de Artur e, como sempre, sua proximidade deu a ele uma felicidade luminosa. Tinha muito orgulho da esposa. O casamento podia ter lhe causado desapontamentos, especialmente no número de filhos, mas estava claro que Artur continuava apaixonado. Cada olhar dirigido a ela era uma proclamação da sua perplexidade por uma mulher daquelas ter se casado com ele, e nunca ocorreu a Artur que ele era o prêmio, que ele era o governante capaz e o homem bom. Ele a adorava, e naquele dia, enquanto comíamos frutas, pão e queijo sob um sol quente, era fácil ver por quê. Guinevere podia ser espirituosa e incisiva, divertida e sábia, e sua aparência ainda atraía a atenção. Os anos não pareciam tocá-la. Sua pele era clara como leite desnatado, e os olhos não tinham as rugas finas que os de Ceinwyn mostravam; parecia, de fato, que ela não envelhecera um só instante desde aquele dia longínquo em que Artur a vira do outro lado do salão apinhado de Gorfyddyd. E mesmo assim, acho, a cada vez que Artur voltava para casa de alguma longa jornada pelo reino de Mordred, recebia o mesmo choque de felicidade ao encontrar Guinevere, como no primeiro dia em que a viu. E Guinevere sabia como mantê-lo fascinado, sempre ficando um misterioso passo à sua frente, assim atraindo Artur cada vez mais fundo em sua paixão. Acho que era uma receita de amor.

Mordred estava conosco naquele dia. Artur insistira em que o rei começasse a comparecer ao Conselho antes de ser aclamado com todos os seus poderes, e sempre o encorajava a participar de nossas discussões, mas a única contribuição dele era sentar-se raspando a sujeira debaixo das unhas ou então bocejar enquanto os negócios tediosos prosseguiam. Artur esperava que ele aprendesse a responsabilidade comparecendo ao Conselho, mas eu temia que o rei estivesse apenas aprendendo a evitar os detalhes do governo. Naquele dia ele se sentou, como era apropriado, no centro da mesa de refeições, e não fingiu nem um pouco estar interessado na história do bispo Emrys sobre uma fonte que tinha aparecido milagrosamente quando um padre abençoou uma colina.

– Essa fonte, bispo – interveio Guinevere –, seria nos morros a norte de Dunum?

– Bom, sim, senhora! – disse Emrys, satisfeito em ter outra audiência além do distraído Mordred. – A senhora ouviu falar no milagre?

– Muito antes de seus padres chegarem lá – disse Guinevere. – Aquela fonte vem e vai, bispo, dependendo da chuva. E este ano, o senhor deve se lembrar, as chuvas do final do inverno foram extremamente fortes. – Ela deu um sorriso triunfante. Sua oposição à igreja ainda existia, mas agora estava emudecida.

– Esta é uma fonte nova – insistiu Emrys. – O povo do campo nos disse que ela nunca existiu antes! – Ele se virou de novo para Mordred. – O senhor deveria visitar a fonte, senhor rei. É um verdadeiro milagre.

Mordred bocejou e olhou distraído para os pombos no telhado distante. Sua capa estava manchada de hidromel, e a nova barba encaracolada, repleta de migalhas.

– Já terminamos com os negócios? – perguntou de repente.

– Longe disso, senhor rei – disse Emrys entusiasmado. – Ainda temos de tomar uma decisão sobre a construção da igreja, e há três nomes propostos como magistrados. Presumo que os homens estejam aqui para ser interrogados, não é? – perguntou a Artur.

– Estão, bispo.

– Um dia inteiro de trabalho para nós! – disse Emrys, satisfeito.

– Não para mim – replicou Mordred. – Vou caçar.

– Mas, senhor rei... – protestou Emrys, sem muita ênfase.

– Vou caçar – interrompeu Mordred. Em seguida, empurrou seu assento para longe da mesa baixa e foi mancando pelo pátio.

Houve silêncio ao redor da mesa. Todos sabíamos o que os outros estavam pensando, mas ninguém falou alto até que tentei ser otimista.

– Ele presta atenção às suas armas – falei.

– Porque gosta de matar – disse Guinevere, gélida.

– Eu só gostaria de que o garoto falasse de vez em quando! – reclamou Emrys. – Ele só fica aqui sentado, carrancudo! Limpando as unhas.

– Pelo menos não é o nariz – disse Guinevere acidamente, depois ergueu os olhos quando um estranho foi trazido ao pátio. Hygwydd, o serviçal de Artur, anunciou o estranho como Cyllan, campeão de Kernow, e ele parecia o campeão de um rei, porque era um bruto gigantesco, de cabelos escuros e barba revolta, que tinha na testa a tatuagem azul de um machado. Ele curvou a cabeça para Guinevere e depois pegou uma espada comprida, de aparência bárbara, que pôs no chão com a lâmina apontando para Artur. O gesto era sinal de que existia problemas entre os dois países.

– Sente-se, lorde Cyllan. – Artur fez um gesto para o assento de Mordred, que estava vazio. – Temos queijo, um pouco de vinho. O pão é fresco.

Cyllan tirou o elmo de ferro que tinha na crista a máscara de um gato-do-mato rosnando.

– Senhor – disse numa voz trovejante –, venho com uma reclamação...

– E também com uma barriga vazia, sem dúvida – interrompeu Artur. – Sente-se, homem! Sua escolta será alimentada nas cozinhas. E pegue a espada.

Cyllan rendeu-se à informalidade de Artur. Partiu um pão ao meio e cortou um grande pedaço de queijo.

– Tristan – explicou ele num tom curto e grosso, quando Artur perguntou qual era a natureza da reclamação. Cyllan falava com a boca cheia de comida, fazendo Guinevere estremecer de horror. – O edling fugiu para esta terra, senhor, e trouxe a rainha com ele. – O campeão de Kernow pegou o vinho e tomou um chifre cheio. – O rei Mark quer que eles voltem.

Artur não disse nada, apenas bateu na borda da mesa com os dedos.

Cyllan engoliu mais pão e queijo, depois serviu-se de mais vinho.

– É muito ruim – prosseguiu, depois de um arroto prodigioso – que o edling esteja... – ele fez uma pausa, olhou para Guinevere, depois consertou a frase – ... esteja com sua madrasta.

Guinevere interrompeu, dizendo a palavra que Cyllan não ousara pronunciar em sua presença. Ele assentiu, ruborizou e continuou:

– Não é certo, senhora. Não é certo copular com a madrasta. Mas, além disso, ele roubou metade do tesouro do pai. Rompeu dois juramentos, senhor. O juramento ao pai real e o juramento à sua rainha, e agora ouvimos dizer que obteve refúgio perto de Isca.

– E ouvi dizer que o príncipe está em Dumnonia – disse Artur, afável.

– E meu rei o quer de volta. Quer os dois de volta. – Depois de dar a mensagem, Cyllan atacou o queijo.

O Conselho se reuniu de novo, deixando Cyllan esticando as pernas ao sol. Os três candidatos para magistrados receberam a ordem de esperar, e o discutido problema da grande igreja de Sansum foi posto de lado enquanto debatíamos a resposta de Artur ao rei Mark.

– Tristan sempre foi amigo deste país – falei. – Quando ninguém mais quis lutar por nós, ele lutou. Trouxe homens ao vale do Lugg. Esteve conosco em Londres. Ele merece nossa ajuda.

– Ele rompeu juramentos feitos a um rei – disse Artur, preocupado.

– Juramentos pagãos – interveio Sansum, como se isso diminuísse a ofensa de Tristan.

– Mas ele roubou dinheiro – apontou o bispo Emrys.

– Que ele espera que seja seu em breve, por direito – respondi, tentando defender meu velho companheiro de batalhas.

– E é exatamente isso que preocupa o rei Mark – disse Artur. – Ponha-se no lugar dele, Derfel, e o que você temeria mais?

– Uma escassez de princesas?

Artur fez um muxoxo diante de minha leviandade.

– Ele teme que Tristan lidere lanceiros para atacar Kernow. Teme a guerra civil. Teme que seu filho esteja cansado de esperar sua morte, e tem o direito de temer isso.

Balancei a cabeça.

– Tristan nunca foi calculista, senhor. Ele age por impulso. Apaixonou-se estupidamente pela noiva do pai. Não está pensando no trono.

– Ainda não – disse Artur, agourento –, mas estará.

– Se dermos refúgio a Tristan, o que o rei Mark fará? – perguntou Sansum habilmente.

– Ataques – respondeu Artur. – Algumas fazendas queimadas, gado roubado. Ou então mandará suas lanças para pegar Tristan vivo. Seus barqueiros poderiam conseguir isso. – Os homens de Kernow eram os únicos marinheiros confiáveis nos reinos britânicos, e os saxões, nos primeiros ataques, tinham aprendido a temer os barcos compridos dos lanceiros de Mark. – Isso vai significar problemas constantes, incômodos. Uma dúzia de agricultores e suas esposas mortos a cada mês. Teremos de manter uma centena de lanceiros na fronteira até que isso esteja resolvido.

– É caro – comentou Sansum.

– Caro demais – disse Artur, sombrio.

– O dinheiro do rei Mark certamente pode ser devolvido – insistiu Emrys.

– E a rainha, provavelmente – interveio Cythryn, um dos magistrados que participavam do Conselho. – Não consigo imaginar que o orgulho do rei Mark deixe esse insulto sem vingança.

– O que acontecerá com a garota se ela voltar? – perguntou Emrys.

– Isso é para o rei Mark decidir, e não nós – disse Artur com firmeza. Em seguida, esfregou o rosto ossudo com as duas mãos. – Acho que seria melhor mediarmos o caso – falou cautelosamente e sorriu. – Faz muito tempo desde que estive naquela parte do mundo. Talvez esteja na hora de voltar lá. Quer ir comigo, Derfel? Você é amigo de Tristan. Talvez ele o ouça.

– Com prazer, senhor.

O Conselho concordou em deixar Artur mediar a questão, mandou Cyllan de volta a Kernow com uma mensagem descrevendo o que Artur ia fazer, e então, com uma dúzia dos meus lanceiros acompanhando, cavalgamos para o sul e o oeste para encontrar os amantes fugitivos.

Aquela começou como uma viagem bastante feliz, apesar do problema incômodo que havia no final. Nove anos de paz tinham inchado a bondade da terra, e se o tempo quente do verão durava, apesar das previsões sombrias de Culhwch, parecia que teríamos uma bela colheita naquele ano. Artur sentia uma alegria verdadeira em ver os campos bem-cuidados e os novos depósitos de grãos. Era recebido em cada cidade e povoado e cada recepção era sempre calorosa. Coros de crianças cantavam para ele, e presentes eram postos aos seus pés: bonecas de trigo, cestas de frutas ou uma pele de raposa. Ele dava ouro em troca dos presentes, discutia quaisquer problemas que afligissem o povoado, falava com o magistrado e em seguida prosseguíamos. A única nota dissonante foi dada pela hostilidade cristã, porque em quase todos os povoados havia um pequeno grupo de cristãos que gritavam maldições contra Artur, até que os vizinhos os silenciavam ou os empurravam para longe. Novas igrejas surgiam em toda parte, geralmente construídas onde os pagãos tinham cultuado um poço ou uma fonte sagrada. As igrejas eram produtos dos atarefados missionários do bispo Sansum, e eu me perguntava por que nós, pagãos, não empregávamos homens semelhantes para viajar pelas estradas e pregar aos camponeses. As novas igrejas dos cristãos eram coisas pequenas, devo admitir, meras cabanas de barro e palha com uma cruz pregada em uma empena, mas elas se multiplicavam. Seus sacerdotes mais rancorosos xingavam Artur por ser pagão e detestavam Guinevere por sua ligação com Ísis. Guinevere nunca se incomodou por ser odiada, mas Artur desgostava de todo rancor religioso. Naquela jornada a Isca parava frequentemente para falar com os cristãos que cuspiam contra ele, mas suas palavras não causavam efeito. Os cristãos não se importavam em saber que ele dera paz à terra, nem que tinham se tornado prósperos, e sim por Artur ser pagão.

– Eles são como os saxões – disse-me, sombrio, enquanto deixávamos para trás outro grupo hostil. – Não ficarão felizes enquanto não possuírem tudo.

– Então deveríamos fazer com eles o que fizemos com os saxões, senhor – falei. – Jogar uns contra os outros.

– Eles já lutam entre si. Você entende essa discussão sobre o pelagianismo?

– Eu nem gostaria de entender – respondi com impertinência, mas na verdade a discussão ficava cada vez mais violenta, com um grupo de cristãos acusando o outro de heresia, e os dois lados infligindo a morte aos opositores. – O senhor entende?

– Acho que sim. Pelágio se recusava a acreditar que a humanidade era inerentemente má, ao passo que homens como Sansum e Emrys acham que todos nascemos maus. – Ele fez uma pausa. – Suspeito que, se fosse cristão, eu seria pelagiano. – Pensei em Mordred e decidi que a humanidade poderia ser inerentemente má, mas fiquei quieto. – Acredito mais na humanidade do que em qualquer Deus – disse Artur.

Cuspi na beira da estrada para evitar o mal que suas palavras pudessem trazer.

– Algumas vezes me pergunto – falei – como as coisas teriam mudado se Merlin ainda tivesse seu Caldeirão.

– Aquela panela velha? – Artur gargalhou. – Eu não pensava naquilo há anos! – Ele sorriu ao lembrar os velhos tempos. – Nada teria mudado, Derfel. Algumas vezes acho que toda a vida de Merlin se resumiu a coletar os Tesouros, e assim que os conseguiu não restou o que fazer! Ele não ousou experimentar a magia deles porque suspeitava de que nada aconteceria.

Olhei a espada que pendia em seu quadril, um dos treze Tesouros, mas não falei nada, porque estava mantendo a promessa a Merlin, de não revelar a Artur o verdadeiro poder de Excalibur.

– O senhor acha que Merlin queimou a própria torre?

– Já pensei nisso – admitiu ele.

– Não – falei com firmeza. – Ele acreditava. E algumas vezes, acho, ele ousa acreditar que vai viver para encontrar os Tesouros de novo.

– Então é melhor se apressar – disse Artur com mordacidade –, porque não deve lhe restar muito tempo.

Passamos aquela noite no antigo palácio do governador romano em Isca, onde Culhwch vivia agora. Ele estava de mau humor, não por causa de Tristan, mas porque a cidade era um viveiro de cristãos fanáticos. Fazia apenas uma semana que um bando de jovens cristãos tinha invadido os templos pagãos da cidade, derrubado as estátuas dos Deuses e jogado excremento nas paredes. Os lanceiros de Culhwch tinham apanhado alguns dos violadores e enchido a cadeia com eles, mas Culhwch estava preocupado com o futuro.

– Se não acabarmos com esses desgraçados agora, eles vão guerrear pelo seu Deus.

– Absurdo – disse Artur, sem dar importância.

Culhwch balançou a cabeça.

– Eles querem um rei cristão, Artur.

– Terão Mordred no ano que vem – disse Artur.

– Ele é cristão?

– Se é que é alguma coisa – falei.

– Mas não é ele que os cristãos querem – disse Culhwch, sombrio.

– Então quem é? – perguntou Artur, finalmente intrigado com os alertas do primo.

Culhwch hesitou, depois deu de ombros.

– Lancelot.

– Lancelot! – Artur pareceu achar divertido. – Eles não sabem que ele mantém seus templos pagãos abertos?

– Nada sabem sobre Lancelot, nem precisam saber. Pensam nele do mesmo modo que as pessoas pensavam sobre você nos últimos anos da vida de Uther. Pensam nele como o libertador.

– E ele vai libertá-los de quê? – perguntei com escárnio.

– Dos pagãos, claro. Eles insistem em que Lancelot é o rei cristão que vai guiar todos para o céu. E sabe por quê? Por causa da águia do mar em seu escudo. Ela tem um peixe nas garras, lembra? E o peixe é um símbolo cristão. – Culhwch cuspiu, enojado. – Eles não sabem nada a respeito de Lancelot, mas veem aquele peixe e acham que é um sinal de seu Deus.

– Um peixe? – claramente Artur não acreditava em Culhwch.

– Um peixe – insistiu Culhwch. – Talvez eles rezem para uma truta, como é que vou saber? Eles já cultuam um espírito santo, uma virgem e um carpinteiro, então por que não um peixe também? São todos loucos.

– Eles não são loucos – insistiu Artur. – Talvez empolgados.

– Empolgados! Você esteve num dos rituais deles ultimamente? – perguntou Culhwch ao primo, em tom de desafio.

– Não desde o casamento de Morgana.

– Então venha ver.

Era noite e tínhamos terminado de jantar, mas Culhwch insistiu para que vestíssemos mantos pretos e o seguíssemos por uma das portas laterais do palácio. Fomos por um beco escuro até o fórum onde os cristãos tinham sua igreja, num antigo templo romano que já fora dedicado a Apolo, mas que fora livrado do paganismo, lavado e dedicado ao cristianismo. Entramos pela porta Oeste e encontramos um nicho sombreado onde, imitando a grande multidão de adoradores, nos ajoelhamos.

Culhwch tinha contado que os cristãos cultuavam ali todas as noites, e toda noite, segundo ele, o mesmo frenesi acompanhava o pão e o vinho que o padre distribuía aos fiéis. O pão e o vinho eram mágicos, supostamente eram o sangue e a carne do Deus deles, e ficamos olhando enquanto os adoradores faziam filas até o altar para receber suas migalhas. Pelo menos metade era de mulheres e, assim que recebiam o pão dos sacerdotes, elas começavam a cair em êxtase. Eu já vira esse fervor estranho, porque os antigos ritos pagãos de Merlin frequentemente terminavam com mulheres gritando e dançando em volta das fogueiras do Tor, e as que vi se comportavam praticamente do mesmo modo. Dançavam de olhos fechados e com as mãos acenando em direção ao teto branco onde a fumaça das tochas e das tigelas de incenso queimando formava uma névoa densa. Algumas uivavam palavras estranhas, outras estavam em transe e simplesmente olhavam para uma estátua da mãe de seu Deus, algumas se retorciam no chão, mas a maioria das mulheres dançava no ritmo do canto dos padres. A maioria dos homens na igreja apenas olhava, mas alguns se juntavam às dançarinas, e foram eles os primeiros a se despir até a cintura e pegar cordas cheias de nós, com as quais começaram a chicotear as próprias costas. Isso me deixou pasmo, porque nunca tinha visto algo assim, mas minha perplexidade se transformou em horror quando algumas mulheres se juntaram aos homens e começaram a gritar com alegria extática enquanto os chicotes tiravam sangue de seus seios e das costas.

Artur odiou aquilo.

– É loucura – sussurrou. – Pura loucura!

– Está se espalhando – alertou Culhwch, sombrio. Uma das mulheres estava batendo nas costas nuas com um pedaço de corrente enferrujada, e seus gritos frenéticos ecoavam na grande câmara de pedra enquanto o sangue pingava, grosso, no chão de ladrilhos. – Eles continuam assim a noite inteira – disse Culhwch.

Gradualmente os fiéis tinham ido para a frente e rodeavam os dançarinos em êxtase, deixando nós três isolados no nicho em sombras. Um padre nos viu ali e veio rapidamente em nossa direção.

– Vocês comeram o corpo de Cristo? – perguntou.

– Nós comemos ganso assado – disse Artur educadamente, levantando-se.

O padre olhou para nós três e reconheceu Culhwch. Ele cuspiu em seu rosto.

– Pagão! – gritou. – Idólatra! Vocês ousam macular o templo de Deus! – E tentou dar um tapa em Culhwch; o que foi um erro, porque Culhwch lhe deu um soco que jogou o padre de costas no piso, mas os insultos tinham atraído a atenção, e um uivo brotou dos homens que estavam olhando os dançarinos flagelantes.

– Está na hora de ir – disse Artur, e nós três recuamos rapidamente pelo fórum até onde os lanceiros de Culhwch guardavam a arcada do palácio. Os cristãos saíram rapidamente de sua igreja, em perseguição, mas os lanceiros formaram uma sólida parede de escudos e baixaram as lanças, e os cristãos não fizeram qualquer tentativa de invadir o palácio.

– Talvez eles não ataquem esta noite – disse Culhwch –, mas estão ficando mais corajosos a cada dia.

Artur ficou perto de uma janela do palácio olhando os cristãos que uivavam.

– O que eles querem? – perguntou, perplexo. Ele gostava de que sua religião fosse decorosa. Quando ia a Lindinis sempre se juntava a Ceinwyn e a mim em nossas orações matinais, quando nos ajoelhávamos em silêncio diante de nossos Deuses domésticos, oferecendo um pedaço de pão e depois rezando para que nossas tarefas diárias fossem bem-feitas, e esse era o tipo de culto que agradava a Artur. Ele estava simplesmente pasmo com as coisas que vira na igreja de Isca.

– Eles acreditam que seu Deus vai voltar à terra dentro de cinco anos. – Culhwch começou a explicar o fanatismo que tínhamos testemunhado. – E acreditam que têm o dever de preparar a terra para a chegada. Os sacerdotes lhes dizem que os pagãos têm de ser varridos antes que o Deus volte, e apregoam que Dumnonia precisa ter um rei cristão.

– Eles terão Mordred – disse Artur, sombrio.

– Então é melhor você trocar o dragão do escudo dele por um peixe, porque eu lhe digo, o fervor desse pessoal está piorando. Talvez seja melhor construirmos a igreja que Sansum quer – acrescentou para mim.

– Se isso os impedir de criar tumultos – falei –, por que não?

Deixamos Isca na manhã seguinte, agora acompanhados por Culhwch e uma dúzia de seus homens, atravessamos o Exe pela ponte romana e depois viramos para o sul, entrando nas terras banhadas pelo mar da costa mais distante de Dumnonia. Artur não falou mais nada sobre o frenesi cristão que havia presenciado, mas ficou estranhamente silencioso naquele dia, e achei que os ritos o haviam perturbado muito. Ele odiava qualquer tipo de frenesi, porque isso afastava os homens e as mulheres de seus sentidos, e ele devia temer o que tal loucura faria com sua paz cuidadosa.

Mas por enquanto nosso problema não eram os cristãos de Dumnonia, e sim Tristan. Culhwch tinha mandado um recado ao príncipe, alertando-o de nossa chegada, e Tristan veio nos receber. Cavalgava sozinho, e sua montaria levantava tufos de poeira enquanto galopava em nossa direção. Cumprimentou-nos alegre, mas recuou diante da reserva gélida de Artur. Essa reserva não era causada por qualquer aversão inata que Artur sentisse por Tristan – na verdade ele gostava do príncipe – mas brotava do reconhecimento de que ele não viera apenas mediar essa disputa, e sim participar do julgamento de um velho amigo.

– Ele está preocupado – expliquei vagamente, tentando garantir a Tristan que a frieza de Artur não guardava qualquer presságio.

Eu estava puxando meu cavalo, porque sempre me sentia mais feliz a pé, e Tristan, depois de cumprimentar Culhwch, desmontou e caminhou ao meu lado. Descrevi os loucos êxtases cristãos e atribuí a frieza de Artur às preocupações quanto ao significado daquilo, mas Tristan não queria saber. Estava apaixonado e, como todos os amantes, só conseguia falar de sua amada.

– Uma joia, Derfel, é isso que ela é, uma joia irlandesa! – Ele andava a passos largos ao meu lado, um dos braços passando sobre meus ombros, e o cabelo preto e comprido ressoando com os anéis de guerreiro presos nas tranças. Sua barba estava mais marcada de branco, mas ele ainda era um homem bonito, de nariz ossudo e olhos escuros e ágeis que estavam brilhantes de paixão. – O nome dela – disse, sonhador – é Isolda.

– Ouvimos dizer – falei secamente.

– É uma jovem de Demétia, filha de Oengus Mac Airem. Uma princesa dos Uí Liatháin, meu amigo. – Ele falou o nome da tribo de Oengus Mac Airem como se as sílabas fossem forjadas no mais puro ouro. – Isolda, uma das Uí Liatháin. Quinze verões de idade e tão linda quanto a noite.

Pensei na paixão ingovernável de Artur por Guinevere e nos desejos de minha alma por Ceinwyn, e meu coração doeu por meu amigo. Ele fora cegado, varrido, enlouquecido pelo amor. Tristan sempre foi um homem passional, dado a desesperos negros e profundos ou a incríveis alturas de felicidade, mas esta era a primeira vez em que eu o via assaltado pelos ventos tempestuosos do amor.

– Seu pai quer Isolda de volta – alertei cautelosamente.

– Meu pai está velho – disse Tristan, descartando qualquer obstáculo. – E quando ele morrer velejarei com minha princesa dos Uí

Liatháin até os portões de ferro de Tintagel, e construirei para ela um castelo de torres prateadas que vão tocar as estrelas. – Ele riu da própria extravagância. – Você vai adorá-la, Derfel.

Eu não disse mais nada, apenas deixei-o falar e falar. Ele não tinha apetite por nossas notícias, não se importava nem um pouco por eu ter três filhas ou os saxões estarem na defensiva, não tinha espaço em seu universo para nada além de Isolda.

– Espere até vê-la, Derfel! – falou repetidamente, e quanto mais perto chegávamos de seu refúgio, mais empolgado ele ficava, até que por fim, incapaz de ficar longe de sua Isolda por mais um instante, saltou no cavalo e galopou à nossa frente. Artur olhou interrogativamente para mim e fiz uma careta.

– Ele está apaixonado – falei, como se precisasse explicar.

– Com o gosto do pai por garotas novas – acrescentou Artur, sombrio.

– O senhor e eu conhecemos o amor – falei. – Seja gentil com eles.

O refúgio de Tristan e Isolda era um lugar bonito, talvez o mais bonito que já vi. Era um lugar onde pequenas colinas eram cortadas por riachos e bosques densos, onde rios caudalosos corriam depressa para o mar e onde grandes penhascos ressoavam com o grito dos pássaros. Era um lugar selvagem, mas lindo, um lugar feito para a loucura atrevida do amor.

E ali, no pequeno salão escuro em meio à verde floresta, conheci Isolda.

Pequena, morena, predestinada e frágil – é assim que recordo Isolda. Pouco mais do que uma criança, na verdade, e tinha sido forçada à condição de mulher pelo casamento com Mark, mas para mim parecia uma garota tímida, pequena e magra, apenas um delicado sussurro de quase mulher, que mantinha os olhos enormes e escuros fixos em Tristan, até ele insistir que ela nos cumprimentasse. Ela fez uma reverência para Artur.

– Não se curve diante de mim – disse Artur, levantando-a –, porque a senhora é uma rainha. – E ele se abaixou sobre um joelho e beijou sua mão pequena.

A voz dela era sussurrante como a sombra de uma voz. Seu cabelo era preto, e ela tentava parecer mais velha prendendo-o num grande rolo no topo da cabeça e se enchendo de joias, mas as usava desajeitadamente, fazendo-me lembrar de Morwenna vestida com as roupas da mãe. Olhava-nos, temerosa. Isolda percebeu, acho, mesmo antes de Tristan, que essa incursão de lanceiros armados não era a chegada de amigos, e sim de seus juízes.

Culhwch dera refúgio aos amantes. Era um salão de madeira e palha de centeio, não grande, mas bem-construído, e havia pertencido a um chefe tribal que apoiara a rebelião de Cadwy, o que lhe custara a cabeça. O salão, com três cabanas e um depósito, era rodeado por uma paliçada numa depressão arborizada, onde os ventos do mar não podiam arrancar os tetos de palha, e ali, com seis lanceiros leais e uma pilha de tesouro roubado, Tristan e Isolda pensavam transformar seu amor numa grande canção.

Artur esfrangalhou a música.

– O tesouro precisa ser devolvido ao seu pai – falou.

– Ele não pode tê-lo de volta! – declarou Tristan. – Eu só trouxe para não ter de pedir a sua caridade, senhor.

– Enquanto estiverem nesta terra, senhor príncipe – disse Artur com voz pesada –, vocês serão meus hóspedes.

– E quanto tempo isso vai durar, senhor?

Artur franziu a testa e olhou para os caibros escuros do salão.

– Isso é chuva? Parece que faz muito tempo desde que choveu.

Tristan repetiu a pergunta e de novo Artur se recusou a responder. Isolda pegou a mão de seu príncipe e segurou-a enquanto Tristan lembrava a Artur o vale do Lugg.

– Quando ninguém mais foi em sua ajuda, senhor, eu fui.

– Foi, senhor príncipe – admitiu Artur.

– E quando lutou contra Owain, senhor, fiquei do seu lado.

– Ficou.

– E eu trouxe os meus escudos do falcão para Londres.

– Trouxe, senhor príncipe, e eles lutaram bem lá.

– E fiz o seu juramento da Távola Redonda – disse Tristan. Ninguém mais chamava aquilo de Irmandade da Britânia.

– Fez, senhor – disse Artur solenemente.

– Então, senhor – pediu Tristan –, não mereço sua ajuda?

– Merece muito, senhor príncipe, e penso nisso. – Era uma resposta evasiva, mas a única que Tristan recebeu naquela noite.

Deixamos os amantes no salão e fizemos nossas camas de palha nos pequenos depósitos. A chuva passou durante a noite e a manhã seguinte nasceu quente e linda. Acordei tarde e descobri que Tristan e Isolda já haviam deixado o salão.

– Se eles tiverem um mínimo de bom senso – resmungou Culhwch para mim – devem ter fugido para o mais longe possível.

– Será?

– Eles não têm bom senso, Derfel, eles são amantes. Acham que o mundo existe para sua conveniência. – Agora Culhwch andava mancando um pouco, legado do ferimento recebido na batalha contra o exército de Aelle. – Eles foram para o mar, rezar a Manawydan.

Culhwch e eu seguimos os amantes, subindo da depressão arborizada até um morro batido pelo vento que terminava num grande penhasco, onde as aves marinhas giravam, e contra o qual o vasto oceano se partia, branco, em jorros de espuma. Culhwch e eu paramos no topo do penhasco e olhamos para uma pequena baía onde Tristan e Isolda caminhavam na areia. Na noite anterior, olhando a tímida rainha, eu não tinha entendido realmente o que levara Tristan à loucura do amor, mas naquela manhã cheia de vento entendi.

Vi quando ela de repente se separou de Tristan e saiu correndo, saltando, girando e rindo para o amante que andava lentamente atrás. Usava um vestido branco, solto, e seu cabelo preto, não mais preso num coque, voava livre no vento salgado. Ela parecia um espírito, como uma das ninfas da água que dançavam na Britânia antes da chegada dos romanos. E então, talvez para provocar Tristan ou para levar seus pedidos mais para perto de Manawydan, o Deus do mar, ela entrou correndo nas grandes ondas que se partiam. Mergulhou nas ondas, desaparecendo totalmente, e Tristan só conseguiu ficar parado na areia, perturbado, olhando a massa branca do mar. E então, ágil como uma lontra num riacho, sua cabeça apareceu. Ela acenou, nadou um pouco e depois voltou à praia com o vestido branco molhado, grudado ao corpo pateticamente magro. Não pude deixar de ver que ela possuía seios pequenos e altos, e pernas longas e esguias, e nesse momento Tristan a escondeu de nossas vistas, envolvendo-a nas asas de sua grande capa preta, e ali, ao lado do mar, ele a abraçou com força e encostou o rosto em seu cabelo molhado e salgado. Culhwch e eu saímos da vista, deixando os amantes sozinhos no longo vento do mar que soprava da fabulosa Lyonesse.

– Ele não pode mandá-los de volta – resmungou Culhwch.

– Ele não deve – concordei. E ficamos olhando para o mar que se movia interminavelmente.

– Então por que Artur não os tranquiliza? – Culhwch estava irado.

– Não sei.

– Eu deveria tê-los mandado para Broceliande. – O vento levantou a capa de Culhwch enquanto íamos para o oeste, contornando o morro acima da baía. Nosso caminho levava a um lugar elevado, de onde podíamos ver um grande porto natural em que o oceano havia inundado um vale ribeirinho e formado uma cadeia de lagunas amplas e abrigadas. Culhwch disse o nome do porto: – Halcwm, e a fumaça é das salinas. – Ele apontou para um cinza tremulante no lado mais distante dos lagos.

– Lá deve haver marinheiros que poderiam levá-los a Broceliande – falei, porque o porto tinha pelo menos uma dúzia de navios ancorados no abrigo.

– Tristan não iria – disse Culhwch, desanimado. – Eu sugeri, mas ele acha que Artur é seu amigo. Ele confia em Artur. Mal pode esperar para ser rei, porque diz que então todas as lanças de Kernow estarão a serviço de Artur.

– Por que ele simplesmente não matou o pai? – perguntei, amargo.

– Pelo mesmo motivo que não matamos aquele miseravelzinho do Mordred. Não é uma coisa pequena matar um rei.

Naquela noite jantamos de novo no salão, e mais uma vez Tristan pressionou Artur para dizer quanto tempo ele e Isolda poderiam ficar em Dumnonia, e Artur voltou a evitar uma resposta.

– Amanhã, senhor príncipe, amanhã decidiremos tudo.

Mas, na manhã seguinte, dois navios escuros com mastros altos, velas rotas e proas elevadas com esculturas de cabeças de falcões entraram nas lagunas de Halcwm. Os bancos dos remadores dos dois navios estavam apinhados de homens que, à medida que a proximidade da terra prejudicava o uso das velas, pegaram os remos e impulsionaram os navios escuros e compridos em direção à praia. Feixes de lanças se projetavam na popa, onde homens se apoiavam em grandes remos que serviam como lemes. Ramos verdes estavam amarrados em cada cabeça de falcão nas proas, significando que os navios vinham em paz.

Eu não sabia quem estava nos grandes navios, mas podia adivinhar. O rei Mark tinha vindo de Kernow.

O REI MARK era um homem enorme, fazendo-me lembrar de Uther. Também era gordo, de modo que não podia subir os morros de Halcwm sem ajuda, por isso quatro lanceiros o carregaram numa cadeira equipada com quatro paus fortes. Quarenta outros lanceiros acompanhavam o rei que era precedido por Cyllan, seu campeão. A cadeira desajeitada balançava morro acima, depois desceu até a depressão onde Tristan e Isolda acreditavam ter encontrado refúgio.

Isolda gritou ao vê-los, depois, em pânico, correu, desesperada para escapar do marido, mas a paliçada tinha apenas um portão, e a enorme cadeira de Mark o cobria, por isso ela correu de volta ao salão, onde seu amante estava preso. As portas estavam guardadas pelos homens de Culhwch, que se recusaram a permitir que Cyllan ou qualquer dos homens de Mark entrasse. Podíamos ouvir Isolda chorando, Tristan gritando e Artur implorando. O rei Mark ordenou que sua cadeira fosse posta diante da porta do salão, e ali esperou até que Artur, com o rosto pálido e tenso, saiu e se ajoelhou à sua frente.

O rei de Kernow tinha um rosto balofo e manchado por veias partidas. Sua barba era rala e branca, a respiração fraca fazia um som áspero na garganta gorda, e os olhos pequenos eram remelentos. Ele fez um sinal para que Artur se levantasse, depois se ergueu com dificuldade sobre as pernas grossas e inseguras e o acompanhou até a cabana maior. Fazia um dia quente, mas o corpo gordo de Mark ainda estava envolto numa capa de pele de foca, como se estivesse sentindo frio. Pôs uma das mãos no braço de Artur para que o ajudasse a andar até a cabana onde duas cadeiras tinham sido postas.

Culhwch, enojado, plantou-se na porta do salão e ficou ali com a espada desembainhada. Permaneci ao seu lado enquanto, atrás de nós, Isolda chorava.

Artur ficou uma hora inteira na cabana, depois saiu e olhou para Culhwch e para mim. Pareceu suspirar, depois passou por nós, entrando no salão. Não ouvimos o que disse, mas ouvimos Isolda gritar.

Culhwch olhava furioso para os lanceiros de Kernow, implorando para que apenas um deles o desafiasse, mas nenhum se mexeu. Cyllan, o campeão, estava imóvel junto ao portão com uma grande lança de guerra e sua espada enorme.

Isolda gritou de novo. De repente, Artur emergiu ao sol e pegou meu braço.

– Venha, Derfel.

– E eu? – perguntou Culhwch, desafiante.

– Vigie-os, Culhwch. Ninguém deve entrar no salão. – Ele se afastou e o acompanhei.

Artur não falou nada enquanto subíamos o morro, e continuou sem dizer nada enquanto seguíamos pelo caminho da colina. E também não disse nada enquanto íamos até o alto cume do penhasco. A rocha se projetava para o mar abaixo de nós, onde a água se partia alta e despedaçava sua espuma em direção leste, sob o vento constante. O sol brilhava sobre nós, mas no mar havia uma nuvem grande, e Artur olhou para a chuva escura que caía sobre as ondas vazias. O vento agitava sua capa branca.

– Você conhece a lenda de Excalibur? – perguntou de repente.

Melhor do que ele, pensei, mas não falei nada sobre a espada ser um dos Tesouros da Britânia.

– Pelo que sei, senhor – falei, imaginando por que ele teria feito a pergunta naquele momento –, Merlin a ganhou num concurso de sonhos na Irlanda, e deu de presente ao senhor nas Pedras.

– E me disse que se eu tivesse grande necessidade só precisaria desembainhar a espada, mergulhá-la na terra e Gofannon viria do Outro Mundo para me ajudar. Não é?

– Sim, senhor.

– Então, Gofannon! – gritou ele para o vento do mar enquanto desembainhava a grande lâmina. – Venha! – E com esse chamado enfiou a espada com força no chão.

Uma gaivota gritou no vento, o mar sugava as rochas e recuava para as profundezas, o vento salgado agitou nossas capas, mas nenhum Deus veio.

– Que os Deuses me ajudem – disse Artur finalmente, olhando para a lâmina que balançava –, mas como desejei matar aquele monstro gordo.

– E por que não o fez? – perguntei asperamente.

Ele não disse nada durante um tempo, e notei lágrimas correndo por suas bochechas fundas e compridas.

– Eu lhes ofereci a morte, Derfel. Rápida e indolor. – Ele enxugou o rosto com os punhos, e então, numa fúria súbita, chutou a espada. – Deuses! – E cuspiu na lâmina trêmula. – Que Deuses?

Tirei Excalibur do chão e limpei a terra da ponta da lâmina. Ele se recusou a pegar a espada de volta, por isso a coloquei, reverentemente, sobre uma pedra cinza.

– O que vai acontecer com eles, senhor?

Ele sentou-se em outra pedra. Durante um tempo não respondeu, apenas olhou a chuva no mar distante enquanto as lágrimas escorriam por seu rosto.

– Vivi minha vida segundo juramentos, Derfel. Não conheço outro modo. Não gosto de juramentos, e nenhum homem deveria gostar, porque eles nos atam, tiram nossa liberdade. E quem não quer ser livre? Mas se abandonarmos os juramentos, abandonamos a orientação. Caímos no caos. Simplesmente caímos. Não seremos melhores do que os animais. – De repente, ele não pôde continuar, apenas chorava.

Olhei para o enorme mar cinzento. Onde, perguntei-me, aquelas grandes ondas começam e onde terminam?

– E se o juramento for um erro? – perguntei.

– Um erro? – Ele me olhou, depois olhou de novo para o oceano. – Algumas vezes um juramento não pode ser mantido – falou em voz opaca. – Não pude salvar o reino de Ban, mas Deus sabe que tentei. Mas isso não pôde ser feito. E assim quebrei esse juramento e pagarei por isso, mas não o quebrei voluntariamente. Ainda tenho de matar Aelle, e esse é um juramento que deve ser mantido, mas ainda não quebrei o juramento, apenas adiei. E talvez esse juramento seja um erro, porém o fiz. Aí está sua resposta. Se um juramento é um erro, você continua obrigado, porque jurou. – Ele enxugou o rosto. – Então, sim, um dia devo levar minhas lanças contra Diwrnach.

– O senhor não fez um juramento a Mark – falei, amargo.

– Nenhum, mas Tristan fez. E Isolda também.

– E os juramentos deles são da sua conta?

Ele olhou para a espada. Sua lâmina cinzenta era gravada com arabescos complicados, e cabeças de dragão com línguas compridas refletiam as distantes nuvens cor de ardósia.

– Uma espada e uma pedra – disse ele em voz baixa, talvez pensando no momento em que Mordred seria rei. Levantou-se de repente e deu as costas para a espada, olhando os morros verdes. – Suponha que dois juramentos se choquem. Jurei lutar por você e por seu inimigo: que juramento mantenho?

– O que foi feito primeiro – falei, conhecendo a lei tanto quanto ele.

– E se ambos foram feitos ao mesmo tempo?

– Então o senhor se submete ao juramento do rei.

– Por que do rei? – Ele me perguntava como se eu fosse um novo lanceiro aprendendo as leis de Dumnonia.

– Porque seu juramento ao rei – falei obedientemente – está acima de todos os outros, e o seu dever é para com ele.

– Então o rei é o guardião de nossos juramentos, e sem um rei não há nada, a não ser um emaranhado de juramentos conflitantes. Sem um rei vem o caos. Todos os juramentos levam ao rei, Derfel, todos os nossos deveres terminam com o rei e todas as nossas leis estão sob a guarda do rei. Se desafiamos nosso rei, desafiamos a ordem. Podemos lutar contra outros reis, podemos até matá-los, mas só porque eles ameaçam nosso rei e sua boa ordem. O rei, Derfel, é a nação, e pertencemos ao rei. Independentemente de qualquer coisa, devemos apoiar o rei.

Eu sabia que ele não estava falando de Tristan e Mark. Pensava em Mordred, por isso ousei falar o pensamento não dito que tanto pesara em Dumnonia por todos aqueles anos.

– Existem pessoas que dizem que o senhor deveria ser o rei.

– Não! – Ele gritou a palavra contra o vento. – Não! – repetiu mais baixo, olhando-me.

Olhei para a espada na pedra.

– Por que não?

– Porque fiz um juramento a Uther.

– Mordred não serve para ser rei. E o senhor sabe.

Ele se virou e olhou de novo para o mar.

– Mordred é o nosso rei, Derfel, e é só isso que precisamos saber. Ele tem os nossos juramentos. Não podemos julgá-lo, ele irá nos julgar, e se você ou eu decidirmos que outro homem deve ser rei, onde está a ordem? Se um homem toma o trono injustamente, qualquer outro pode fazer isso. Se eu o tomo, por que outro homem não deveria tomá-lo de mim? Toda a ordem desapareceria. Haveria simplesmente o caos.

– O senhor acha que Mordred se preocupa com a ordem?

– Acho que Mordred ainda não foi devidamente aclamado. Acho que, quando os deveres elevados forem postos sobre seus ombros, ele pode mudar. Acho mais provável que não mude, mas acima de tudo, Derfel, acredito que ele é o nosso rei e que devemos apoiá-lo porque é isso que temos de fazer, queiramos ou não. Em todo este mundo, Derfel – disse ele, subitamente pegando Excalibur e apontando sua lâmina para todo o horizonte –, em todo este mundo só existe uma ordem garantida, e é a ordem do rei. Não a dos Deuses. Eles se foram da Britânia. Merlin achou que poderia trazê-los de volta, mas olhe para Merlin agora. Sansum nos diz que seu Deus tem poder, e pode ser que tenha, mas não para mim. Eu só vejo reis, e nos reis estão concentrados nossos juramentos e deveres. Sem eles seríamos coisas selvagens lutando para conseguir um lugar. – Ele recolocou Excalibur com força na bainha. – Devo apoiar os reis, porque sem eles haveria o caos, por isso falei a Tristan e Isolda que eles devem ir a julgamento.

– Julgamento! – exclamei, depois cuspi no chão.

Artur me olhou, furioso.

– Eles são acusados de roubo. São acusados de quebrar juramentos. São acusados de fornicação. – A última palavra retorceu sua boca e ele se virou de costas para mim, para cuspi-la no mar.

– Eles estão apaixonados! – protestei, e quando ele não replicou, ataquei-o mais diretamente. – E o senhor foi a julgamento, Artur Ap Uther, quando quebrou um juramento? E não o juramento a Ban, mas o juramento que fez ao ficar noivo de Ceinwyn. O senhor quebrou um juramento, e ninguém o colocou na frente de magistrados!

Ele se virou para mim numa fúria inflamada, e durante alguns instantes pensei que ia desembainhar Excalibur e me atacar, mas então ele estremeceu e ficou imóvel. Seus olhos brilharam outra vez com lágrimas. Durante longo tempo ficou quieto, depois assentiu.

– Quebrei um juramento, é verdade. Você acha que não me arrependi?

– E não vai deixar Tristan quebrar um juramento?

– Ele é um ladrão! – rosnou Artur em fúria. – Acha que deveríamos nos arriscar a sofrer anos de ataques de fronteira por um ladrão que fornica com a madrasta? Você poderia falar com as famílias dos camponeses mortos em nossa fronteira e justificar a morte deles em nome do amor de Tristan? Acha que mulheres e crianças deveriam morrer porque um príncipe está apaixonado? É esta a sua justiça?

– Acho que Tristan é nosso amigo – falei, e quando ele não respondeu, cuspi em direção aos seus pés. – O senhor mandou chamar Mark, não foi?

Ele assentiu.

– Sim. Mandei um mensageiro de Isca.

– Tristan é nosso amigo – gritei.

Ele fechou os olhos.

– Ele roubou de um rei – replicou com teimosia. – Roubou ouro, uma esposa e orgulho. Rompeu juramentos. Seu pai quer justiça, e jurei fazer justiça.

– Ele é seu amigo – insisti. – E meu!

Artur abriu os olhos e me encarou.

– Um rei vem a mim, Derfel, e pede justiça. Devo negar justiça a Mark porque ele é velho, grosseiro e feio? A juventude e a beleza merecem uma justiça pervertida? Por que lutei todos esses anos, senão para me certificar de que a justiça seja igualitária? – Agora ele estava implorando. – Quando viemos para cá, passando por todos aqueles povoados e cidades, as pessoas fugiam ao ver nossas espadas? Não! E por quê? Porque sabem que no reino de Mordred há justiça. E agora, porque um homem vai para a cama com a mulher do pai, você quer que eu jogue a justiça fora como se fosse um fardo inconveniente?

– Sim, porque ele é um amigo, e porque se os fizer ir a julgamento eles serão considerados culpados. Eles não têm chance num julgamento – protestei, amargo –, porque Mark é um Com-Língua.

Artur deu um sorriso triste enquanto reconhecia a lembrança que eu provocara deliberadamente. A memória era de nosso primeiro encontro com Tristan, e aquele encontro também tinha a ver com uma questão legal. Naquele caso uma grande injustiça quase foi feita porque o acusado era um Com-Língua. Em nossa lei a prova trazida por um Com-Língua era incontestável. Mil pessoas podiam jurar o oposto, mas a prova delas não valia nada se fosse contradita por um lorde, um druida, um sacerdote, um pai falando pelos filhos, um doador de presente falando de seu presente, uma virgem falando de sua virgindade, um pastor falando de seus animais ou um condenado dizendo suas últimas palavras. E Mark era um lorde, um rei, e sua palavra pesava mais do que a de um príncipe ou uma rainha. Nenhum tribunal na Britânia inocentaria Tristan e Isolda, e Artur sabia disso. Mas Artur tinha jurado sustentar a lei.

Porém, naquele dia distante, quando Owain tinha praticamente pervertido a justiça usando o privilégio de um Com-Língua para dizer uma mentira, Artur apelara para o tribunal das espadas. Em benefício de Tristan, o próprio Artur havia lutado contra Owain e vencido.

– Tristan poderia apelar ao tribunal das espadas – falei a Artur.

– É privilégio dele.

– E sou amigo dele – falei com frieza –, e posso lutar por ele.

Artur me encarou como se só agora estivesse percebendo a verdadeira profundidade de minha hostilidade.

– Você, Derfel?

– Lutarei por Tristan porque ele é meu amigo. Como o senhor foi um dia.

Ele parou alguns instantes.

– É seu privilégio – disse ele finalmente –, mas cumpri o meu dever. – Em seguida se afastou, e o segui dez passos atrás; quando ele reduzia o passo, eu reduzia, e quando ele se virava para me olhar, eu olhava para outro lado. Eu ia lutar por um amigo.

Artur ordenou que os lanceiros de Culhwch escoltassem Tristan e Isolda até Isca. Lá, decretou, seria feito um julgamento. O rei Mark poderia indicar um juiz, e nós, dumnonianos, o outro.

O rei Mark sentou-se em sua cadeira sem dizer nada. Tinha argumentado para que o julgamento fosse realizado em Kernow, mas devia saber que isso não importava. Tristan não iria a julgamento porque jamais sobreviveria a um julgamento. Tristan só poderia apelar à espada.

O príncipe veio à porta do salão e encarou o pai. O rosto de Mark nada demonstrava. Tristan estava pálido, e Artur ficou de cabeça baixa, evitando olhar para os dois.

Tristan não usava armadura nem levava escudo. Seu cabelo preto com os anéis de guerreiro estava penteado para trás e amarrado com uma tira de linho branco que ele devia ter arrancado do vestido de Isolda. Usava uma camisa, calção e botas, e tinha uma espada na cintura. Foi até a metade do caminho em direção ao pai e parou ali. Desembainhou a espada, olhou seus olhos implacáveis e depois enfiou a lâmina com força no chão.

– Serei julgado pelo tribunal das espadas – insistiu.

Mark deu de ombros e fez um gesto letárgico com a mão direita, e esse gesto impeliu Cyllan à frente. Estava claro que Tristan conhecia a habilidade do campeão, porque olhou nervoso enquanto o homem enorme, cuja barba crescia até a cintura, tirava a capa. Cyllan empurrou o cabelo preto para trás, mostrando a tatuagem do machado, em seguida pôs o elmo de ferro na cabeça. Cuspiu nas mãos, esfregou o cuspe nas palmas, adiantou-se lentamente e derrubou a espada de Tristan. Com esse gesto aceitava a batalha.

Desembainhei Hywelbane.

– Lutarei por Tristan – ouvi-me dizendo. Estava estranhamente nervoso, e não era apenas o nervosismo que precede a batalha. Era medo do grande golfo que se abria em minha vida, o golfo que me separava de Artur.

– Lutarei por Tristan – insistiu Culhwch. Ele veio até mim e parou ao meu lado. – Você tem filhas, seu idiota – murmurou.

– Você também.

– Mas posso vencer esse sapo barbudo mais rápido do que você, seu saco de tripas saxão – disse Culhwch, com carinho. Tristan entrou entre nós dois e protestou dizendo que lutaria sozinho contra Cyllan, que esta batalha era dele e de ninguém mais, porém Culhwch resmungou para que voltasse ao salão. – Já venci homens com o dobro do tamanho daquele palerma barbudo.

Cyllan desembainhou sua espada comprida e deu um golpe no ar.

– Qualquer um de vocês – falou descuidadamente. – Não me importa qual.

– Não! – gritou Mark de repente. Ele convocou Cyllan e dois outros lanceiros, e os três se ajoelharam diante da cadeira, ouvindo as instruções do rei.

Culhwch e eu presumimos que Mark estava ordenando aos três homens que lutassem contra nós três.

– Eu pego o desgraçado barbudo e de testa suja – decidiu Culhwch. – Você, aquele merda ruivo, Derfel, e o senhor, príncipe, pode espetar o careca. Trabalho de dois minutos?

Isolda se esgueirou para fora do salão. Parecia aterrorizada por se encontrar na presença de Mark, mas veio abraçar Culhwch e a mim. Culhwch a envolveu nos braços, e me ajoelhei e beijei sua mão fina e pálida.

– Obrigada – disse ela em sua vozinha de sombra. Seus olhos estavam vermelhos de lágrimas. Ficou na ponta dos pés para beijar Tristan, e então, com um olhar apavorado para o marido, fugiu de novo para as sombras do salão.

Mark levantou a cabeça pesada da gola de sua pele de foca.

– A corte de espadas exige um homem contra um homem – disse ele, numa voz densa de muco. – Sempre foi assim.

– Então mande suas virgens uma de cada vez, senhor rei – gritou Culhwch –, e eu as mato uma de cada vez.

Mark balançou a cabeça.

– Um homem, uma espada – insistiu. – E meu filho pediu o privilégio, então ele vai lutar.

– Senhor rei – falei –, o costume decreta que um homem pode lutar por seu amigo na corte de espadas. Eu, Derfel Cadarn, insisto no privilégio.

– Ignoro esse costume – mentiu Mark.

– Artur conhece – falei asperamente. – Ele lutou pelo seu filho num tribunal de espadas, e lutarei por ele hoje.

Mark virou os olhos remelentos para Artur, que balançou a cabeça como se sugerisse que não queria ter nada a ver com a discussão. Mark olhou de novo para mim.

– A ofensa de meu filho é imunda, e só ele pode defendê-la.

– Eu defenderei – falei e em seguida Culhwch veio ao meu lado e insistiu que lutaria por Tristan. O rei apenas nos olhou, ergueu a mão direita e fez um gesto cansado.

Os lanceiros de Kernow, instruídos pelo ruivo e pelo careca, formaram uma parede de escudos ao sinal do rei. Era uma parede dupla, e a fila da frente segurava os escudos travados uns nos outros enquanto a segunda levantava os escudos para proteger a cabeça dos que estavam na primeira. Então, a uma voz de comando, eles jogaram suas lanças no chão.

– Desgraçados – disse Culhwch, porque entendeu o que estava para acontecer. – Devemos quebrá-las, lorde Derfel?

– Vamos quebrá-las, lorde Culhwch – falei, vingativo.

Eram quarenta homens de Kernow, e nós éramos três. Os quarenta se adiantaram lentamente com a parede de escudos, e os olhos nos observavam cautelosos, por baixo da borda dos elmos. Não levavam lanças nem tinham desembainhado espadas. Não vinham para nos matar, mas para nos imobilizar.

E Culhwch e eu os atacamos. Eu não precisava romper uma parede de escudos há anos, mas a velha loucura fez um redemoinho dentro de mim enquanto gritava o nome de Bel, depois o de Ceinwyn, e enfiava a ponta de Hywelbane na direção dos olhos de um homem, e quando ele se desviou para o lado lancei o ombro contra a junção entre o escudo dele e o do vizinho.

A parede se rompeu e gritei de triunfo enquanto batia com o punho de Hywelbane na nuca de um homem, depois golpeava com ela para aumentar a abertura. Na batalha, nesse momento, meus homens estariam vindo atrás de mim, abrindo a fenda e encharcando o chão com sangue inimigo, mas eu não tinha homens, e nenhuma arma se opondo a mim, apenas escudos e mais escudos, e mesmo girando, fazendo a lâmina de Hywelbane sibilar, aqueles escudos se fechavam inexoravelmente. Não ousei matar nenhum lanceiro, porque isso seria desonroso depois de eles terem deliberadamente jogado fora suas armas e, privado dessa oportunidade, eu só podia tentar amedrontá-los. Mas eles sabiam que eu não ia matar. Um círculo de escudos me envolveu, e finalmente Hywelbane foi parada pela borda de ferro de um escudo e de repente os escudos de Kernow estavam me pressionando com força.

Ouvi Artur gritar uma ordem áspera, e achei que alguns dos lanceiros de Culhwch e dos meus tinham desejado ajudar seus senhores, mas Artur os conteve. Ele não queria uma luta sangrenta de Kernow contra Dumnonia. Só queria que aquele negócio feio terminasse.

Culhwch tinha sido preso, como eu. Gritava enfurecido contra os captores, chamava-os de crianças, cães e vermes, mas os homens de Kernow tinham suas ordens. Não seríamos feridos, apenas contidos pela pressão dos homens e pela trava de seus escudos, e assim, como Isolda, só pudemos ficar olhando enquanto o campeão de Kernow se adiantava com a espada baixa e dava um golpe contra o príncipe.

Tristan sabia que iria morrer. Havia tirado a fita do cabelo e amarrado na lâmina da espada, e agora beijou a tira de linho. Depois estendeu a espada, tocou a lâmina do campeão e saltou para a frente, estocando.

Cyllan aparou o golpe. O som das duas espadas ecoou da paliçada, depois ecoou de novo quando Tristan atacou pela segunda vez, agora girando a espada num golpe rápido de cima para baixo, mas de novo Cyllan aparou. Fez isso facilmente, quase de um jeito cansado. Mais duas vezes Tristan atacou, e depois continuou dando golpes, girando e estocando o mais rápido possível, tentando desesperadamente cansar Cyllan fazendo-o baixar a guarda, mas só cansou o próprio braço, e no momento em que parou para respirar dando um passo atrás, o campeão estocou.

A estocada foi muito bem feita. Até mesmo lindamente feita, para quem gosta de ver uma espada ser bem usada. Foi feita até mesmo de modo misericordioso, porque Cyllan tirou a alma de Tristan num piscar de olhos. O príncipe nem teve tempo de olhar para a sua amante na porta sombreada do salão. Apenas olhou para o matador e o sangue jorrou da garganta cortada, transformando em vermelha sua blusa branca, depois sua espada caiu enquanto ele emitia o som agonizante, borbulhante, engasgado. E, enquanto sua alma voava, ele simplesmente tombou.

– A justiça está feita, senhor rei – disse Cyllan, em voz opaca, tirando a lâmina do pescoço de Tristan e depois se afastando. Os lanceiros que me rodeavam, nenhum dos quais tinha ousado encarar meus olhos, recuaram. Ergui Hywelbane, e a visão de sua lâmina cinza ficou borrada pelas lágrimas. Ouvi Isolda gritar enquanto os homens de seu marido matavam os seis lanceiros que tinham acompanhado Tristan, e que agora guardavam sua rainha. Fechei os olhos.

Não olharia para Artur. Não falaria com Artur. Fui para a ponta de terra e lá rezei aos meus Deuses e implorei para que voltassem à Britânia, e enquanto rezava os homens de Kernow levaram a rainha Isolda à laguna onde os dois navios escuros esperavam. Mas não a levaram para Kernow. Em vez disso, a princesa dos Uí Liatháin, aquela criança de 15 verões que tinha entrado descalça nas ondas e cuja voz era uma sombra sussurrando como os fantasmas dos marinheiros que montavam os longos ventos marinhos, foi amarrada a um poste e cercada de pedaços de madeira jogados pelo mar, que existiam em abundância na costa de Halcwm, e ali, diante dos olhos implacáveis do marido, foi queimada viva. O cadáver de seu amante foi queimado na mesma pira.

Eu não partiria com Artur. Não falaria com ele. Deixei-o ir e dormi aquela noite no salão escuro e antigo onde os amantes haviam dormido. Depois viajei para casa em Lindinis, e foi então que confessei a Ceinwyn sobre o massacre no urzal, quando matei os inocentes para manter um juramento. Contei sobre Isolda queimando. Queimando e gritando enquanto seu marido olhava.

Ceinwyn me abraçou.

– Você conhecia essa dureza em Artur? – perguntou-me suavemente.

– Não.

– Ele é tudo o que existe entre nós e o horror. Como poderia não ser duro?

Mesmo agora, de olhos fechados, algumas vezes vejo aquela criança vindo do mar, o rosto sorrindo, o corpo magro delineado no vestido branco grudado, e as mãos se estendendo para o amante. Não posso ouvir o grito de uma gaivota sem vê-la, porque ela me assombrará até o dia em que eu morrer, e depois da morte, aonde quer que minha alma vá, estará ela; uma criança morta para um soberano, de acordo com a lei, em Camelot.

Não vi Lancelot durante muitos anos após o juramento da Távola Redonda, nem vi nenhum de seus lacaios. Amhar e Loholt, os gêmeos de Artur, viviam em Venta, a capital de Lancelot, onde lideravam bandos de lanceiros, mas a única luta que pareciam travar era em tavernas. Dinas e Lavaine também estavam em Venta, onde presidiam um templo dedicado a Mercúrio, um Deus romano, e suas cerimônias se rivalizavam com as realizadas na igreja do palácio de Lancelot, que fora consagrada pelo bispo Sansum. Este era visitante frequente na capital, e informava que o povo Belgae parecia bastante feliz com Lancelot, o que, para nós, significava que não estava se rebelando totalmente.

Lancelot e seus companheiros também visitavam Dumnonia, frequentemente atravessando a fronteira até o Palácio do Mar, e algumas vezes viajando até Durnovária para comparecer a alguma festa, mas eu simplesmente ficava longe dessas comemorações se soubesse que elas estavam para acontecer, e nem Artur nem Guinevere exigiam que eu comparecesse. Também não fui convidado ao grande funeral que se seguiu à morte de Elaine, a mãe de Lancelot.

Na verdade, Lancelot não era um mau governante. Não era um Artur, não se preocupava nem um pouco com a qualidade da justiça, com a divisão dos impostos ou a condição das estradas, simplesmente ignorava essas coisas, mas como também haviam sido ignoradas antes de seu governo, ninguém percebia qualquer grande diferença. Lancelot, como Guinevere, só se preocupava com seu conforto e, como ela, construiu um palácio luxuoso cheio de estátuas, paredes cobertas de pinturas e, claro, onde estava pendurada a extravagante coleção de espelhos em que ele podia admirar seu reflexo interminável. O dinheiro para esses luxos era arrancado nos impostos, e se esses impostos eram pesados, a compensação era a terra dos Belgae estar livre dos ataques saxões. Cerdic, espantosamente, tinha mantido a palavra dada a Lancelot, e os temidos lanceiros saxões jamais atacavam aquelas ricas terras.

Mas não precisavam atacar, porque Lancelot os convidara a morar em seu reino. A terra ficara despovoada devido aos longos anos de guerra, e enormes trechos de campos excelentes estavam virando mato, por isso Lancelot convidou colonos do povo de Cerdic para cuidar dos campos. Os saxões fizeram juramento de lealdade a Lancelot, limparam a terra, construíram novos povoados, pagavam impostos e seus lanceiros até marchavam com seu bando de guerreiros. Sua guarda palaciana, pelo que ouvimos, era totalmente composta de saxões. Ele a chamava de Guarda Saxã, e os escolhia pela altura e pela cor dos cabelos. Não os vi naqueles anos, mas finalmente os encontrei, e eram todos homens altos e louros que levavam machados polidos até parecer espelhos. Corria o boato de que Lancelot pagava tributo a Cerdic, mas Artur negou, irado, quando nosso Conselho perguntou se era verdade. Artur desaprovava que colonos saxões fossem convidados para as terras britânicas, mas o problema era para Lancelot decidir, e não nós, e pelo menos a terra estava em paz. Parecia que a paz desculpava tudo.

Lancelot até alardeava ter convertido sua Guarda Saxã ao cristianismo, porque seu batismo, parece, não tinha sido apenas da boca para fora, era verdadeiro, pelo menos era o que Galahad me contava em suas frequentes visitas a Lindinis. Ele descreveu a igreja que Sansum tinha construído no palácio de Venta, e disse que todos os dias um coro cantava e uma quantidade de padres celebrava os mistérios cristãos.

– É tudo muito bonito – disse, pensativo. Isso foi antes de eu ter visto os êxtases em Isca, e não tinha ideia de que esses frenesis aconteciam, por isso não perguntei se ocorriam em Venta, ou se seu irmão encorajava os cristãos de Dumnonia a vê-lo como libertador.

– O cristianismo mudou seu irmão? – perguntou Ceinwyn.

Galahad olhou o movimento rápido das mãos dela, que passavam um fio da roca para o fuso.

– Não – admitiu. – Ele acha que basta dizer as orações uma vez por dia e depois se comporta como quer. Mas muitos cristãos são assim, infelizmente.

– E como ele se comporta? – perguntou Ceinwyn.

– Mal.

– Você quer que eu saia da sala para poder contar a Derfel sem me deixar constrangida? – perguntou Ceinwyn com doçura. – E então ele pode me contar quando formos para a cama.

Galahad gargalhou.

– Ele sente tédio, senhora, e alivia o tédio do modo usual. Ele caça.

– O mesmo faz Derfel, o mesmo faço eu. Caçar não é ruim.

– Ele caça garotas – disse Galahad, sombrio. – Não as trata mal, mas elas não têm muita opção. Algumas gostam, e todas ficam bastante ricas, mas também se tornam prostitutas dele.

– Ele se parece com a maioria dos reis – disse Ceinwyn secamente. – É só isso que ele faz?

– Ele passa horas com aqueles dois druidas malditos, e ninguém sabe por que um rei cristão faz isso, mas Lancelot afirma que é só amizade. Ele encoraja seus poetas, coleciona espelhos e visita o Palácio do Mar, de Guinevere.

– Para fazer o quê? – perguntei.

– Diz que é para conversar. – Galahad deu de ombros. – Diz que falam de religião. Ou melhor, discutem. Ela ficou muito devota.

– A Ísis – disse Ceinwyn, desaprovando. Nos anos depois do juramento da Távola Redonda todos tínhamos ouvido contar como Guinevere estava se recolhendo cada vez mais na prática de sua religião, e agora diziam que o Palácio do Mar era um gigantesco templo de Ísis. As serviçais de Guinevere, todas escolhidas pela graça e pela aparência, eram as sacerdotisas de Ísis.

– A Deusa Suprema – disse Galahad em tom depreciativo, depois fez o sinal da cruz para manter a distância o mal pagão. – Guinevere evidentemente acredita que a Deusa tem enorme poder, que pode ser canalizado para as questões humanas. Não posso imaginar que Artur goste disso.

– Ele está entediado com tudo aquilo – disse Ceinwyn, passando o resto do fio para o fuso e largando-o no chão. – Tudo que Artur faz agora é reclamar de que Guinevere não conversa com ele sobre nada além da religião. Deve ser horrivelmente tedioso para ele.

Essa conversa aconteceu muito antes de Tristan fugir para Dumnonia com Isolda, e quando Artur ainda era um hóspede bem-vindo em nossa casa.

– Meu irmão diz que é fascinado pelas ideias dela – observou Galahad –, e talvez seja mesmo. Diz que ela é a mulher mais inteligente da Britânia e que não vai se casar enquanto não encontrar outra como ela.

Ceinwyn riu.

– Ainda bem que ele me perdeu, então. Com quantos anos seu irmão está?

– Trinta e três, acho.

– Tão idoso – disse Ceinwyn, rindo para mim, porque eu era apenas um ano mais novo. – O que aconteceu com Ade?

– Deu um filho a ele e morreu no parto.

– Não! – disse Ceinwyn, como sempre, perturbada ao ouvir de uma morte no parto. – E você diz que ele tem um filho?

– Um bastardo – disse Galahad, desaprovando. – Peredur é o nome do menino. Tem 4 anos agora, e não é um garotinho mau. Na verdade, gosto dele.

– Já houve alguma criança de quem você não gostasse? – perguntei secamente.

– O Cabeça de Escova – disse ele, e todos sorrimos daquele velho apelido.

– Imagine Lancelot tendo um filho! – disse Ceinwyn com aquela entonação de importância cheia de surpresa com que as mulheres recebem esse tipo de notícia. Para mim, a existência de outro bastardo real parecia pouquíssimo notável, mas vejo que os homens e as mulheres reagem a essas coisas de modo muito diferente.

Galahad, como seu irmão, nunca havia se casado. E além disso não tinha terra, mas era feliz e se mantinha ocupado servindo como emissário de Artur. Tentava manter viva a Irmandade da Britânia, mas percebi como esses deveres se desmoronaram rapidamente, e ele viajava por todos os reinos britânicos levando mensagens, resolvendo disputas e usando seu cargo real para aliviar qualquer tipo de problema que Dumnonia pudesse ter com outros estados. Geralmente era Galahad quem viajava a Demétia para acabar com os ataques de Oengus Mac Airem contra Powys, e foi Galahad quem, depois da morte de Tristan, levou a notícia do destino de Isolda ao pai dela. Não o vi depois disso durante muitos meses.

Tentei não ver Artur também. Estava com muita raiva dele, e não respondia às suas cartas, nem ia ao Conselho. Ele veio a Lindinis duas vezes nos meses seguintes à morte de Tristan, e nas duas fui friamente educado e o deixei assim que pude. Artur conversou durante longo tempo com Ceinwyn e ela tentou nos reconciliar, mas eu não podia afastar da cabeça o pensamento daquela criança queimando.

Mas também não podia ignorar Artur totalmente. Faltavam poucos meses para a segunda aclamação de Mordred, e os preparativos tinham de ser feitos. A cerimônia aconteceria no Caer Cadarn, a uma pequena caminhada a leste de Lindinis, e inevitavelmente Ceinwyn e eu fomos atraídos para o planejamento. O próprio Mordred até se interessou, talvez porque tenha percebido que a cerimônia iria finalmente livrá-lo de toda a disciplina.

– Você precisa decidir quem vai aclamá-lo – falei um dia.

– Vai ser Artur, não é? – perguntou ele, carrancudo.

– Geralmente isso é feito por um druida, mas se você quiser uma cerimônia cristã deve escolher entre Emrys e Sansum.

Ele deu de ombros.

– Sansum, acho.

– Então vá falar com ele.

Nós fomos num dia frio do meio do inverno. Eu tinha outros negócios em Ynys Wydryn, mas primeiro fui com Mordred ao templo cristão, onde um padre nos disse que o bispo Sansum estava ocupado rezando a missa, e que deveríamos esperar.

– Ele sabe que o rei está aqui? – perguntei.

– Vou lhe dizer, senhor – respondeu o padre, e saiu rapidamente pelo chão congelado.

Mordred tinha se afastado até a sepultura de sua mãe, onde, mesmo naquele dia frio, uma dúzia de peregrinos se ajoelhava prestando culto. Era uma sepultura muito simples, apenas um pequeno monte de terra com uma cruz de pedra que parecia minúscula ao lado da urna de bronze posta por Sansum para recolher as ofertas dos peregrinos.

– O bispo estará conosco logo – falei. – Devemos esperar lá dentro?

Ele balançou a cabeça e franziu a testa, olhando para o monte baixo coberto de grama. Em seguida, disse:

– Ela deveria ter uma sepultura melhor.

– Acho que é verdade – concordei, surpreso por ele ter ao menos falado. – Você pode construí-la.

– Teria sido melhor se outros tivessem prestado esse respeito – disse ele, sarcástico.

– Senhor rei, estávamos tão ocupados defendendo a vida do filho dela que tínhamos pouco tempo para nos preocupar com seus ossos. Mas está certo, nós fomos negligentes.

Ele chutou a urna, mal-humorado, depois olhou dentro para ver os pequenos tesouros deixados pelos peregrinos. Os que estavam rezando na sepultura se afastaram, não por medo de Mordred, a quem duvido que tenham reconhecido, mas porque o amuleto de ferro em meu pescoço me traía como pagão.

– Por que ela foi enterrada? – perguntou Mordred subitamente. – Por que não foi queimada?

– Porque era cristã – falei, escondendo meu horror diante de sua ignorância. Expliquei que os cristãos acreditavam que seus corpos seriam usados de novo na última vinda de Cristo, ao passo que os pagãos tomavam novos corpos de sombra no Outro Mundo, e por isso não tinham necessidade de nossos cadáveres que, se possível, queimávamos, para impedir que nossos espíritos ficassem andando pela terra. Se não pudéssemos ter uma pira funerária, queimávamos o cabelo da pessoa e cortávamos um de seus pés.

– Vou fazer uma câmara mortuária para ela – disse ele quando terminei minha explicação teológica. Ele perguntou como sua mãe tinha morrido, e contei toda a história de como Gundleus de Silúria havia traiçoeiramente se casado com Norwenna, e a assassinado depois, quando ela se ajoelhou à sua frente. E contei como Nimue tinha se vingado de Gundleus.

– Aquela bruxa – disse Mordred. Ele tinha medo de Nimue, e não era de espantar. Agora ela era uma reclusa rastejando nos restos da propriedade de Merlin, onde entoava seus feitiços, acendia fogueiras para seus Deuses e recebia poucos visitantes, mas de vez em quando, sem se anunciar, descia a Lindinis para se consultar com Merlin. Eu tentava alimentá-la naquelas raras visitas, as crianças corriam dela, e ela ia embora, murmurando sozinha com seu olho único, parecendo enlouquecida, tendo o manto sujo de lama e cinzas e o cabelo preto embolado com imundícies. Abaixo de seu refúgio no Tor ela era forçada a ver o templo cristão crescer, ficar mais forte e até mais organizado. Os Deuses antigos, eu achava, iam perdendo a Britânia rapidamente. Sansum, claro, estava desesperado para que Merlin morresse, para tomar o Tor e construir uma igreja em seu cume incendiado. Sansum não sabia que toda a terra de Merlin passaria para mim, segundo seu testamento.

Parado junto à sepultura de sua mãe, Mordred pensou na semelhança do nome de minha filha mais velha com o de sua mãe falecida, e eu lhe disse que Ceinwyn era prima de Norwenna.

– Morwenna e Norwenna são nomes antigos em Powys – expliquei.

– Ela me amava? – perguntou Mordred e a incongruência dessa palavra em sua boca me fez parar. "Talvez", pensei, "Artur estivesse certo." Talvez Mordred crescesse e assumisse suas responsabilidades. Certamente, em todos os anos em que eu o conhecia, nunca tivéramos uma discussão tão cortês.

– Ela o amava muito – respondi, sincero. – As vezes em que vi sua mãe mais feliz era quando você estava com ela. Era lá em cima. – Apontei para a cicatriz negra onde tinham estado o salão e a torre de Merlin, sobre o Tor. Fora lá que Norwenna tinha sido assassinada, e Mordred fora arrancado dela. Na época ele era um bebê, ainda mais novo do que eu quando fui arrancado de minha mãe, Erce. Será que Erce ainda vivia? Eu ainda não tinha viajado a Silúria para encontrá-la, e essa omissão me fez sentir culpa. Toquei o amuleto de ferro.

– Quando eu morrer – disse Mordred – quero ficar na mesma sepultura que minha mãe. E eu mesmo farei a sepultura. Uma câmara de pedra, com nossos corpos sobre um pedestal.

– Você deve falar com o bispo, e tenho certeza de que ele ficará satisfeito em fazer todo o possível. – "Desde que ele não tenha de pagar pelo sepulcro", pensei.

Virei-me enquanto Sansum vinha apressado sobre a grama. Ele fez uma reverência a Mordred e em seguida me chamou para o templo.

– Espero que venha em busca da verdade, lorde Derfel.

– Vim visitar aquele templo – falei, apontando o Tor –, mas meu senhor rei tem negócios particulares com o senhor. – Deixei-os a sós e guiei meu cavalo para o Tor, passando pelo grupo de cristãos que, dia e noite, rezavam ao pé da colina para que seus habitantes pagãos fossem mandados embora. Suportei seus insultos e subi o morro íngreme até descobrir que o portão da água tinha caído da última dobradiça. Amarrei o cavalo numa estaca que restava da paliçada, depois levei a trouxa de roupas e peles que Ceinwyn havia preparado, para que os pobres que compartilhavam o refúgio de Nimue não congelassem no mau tempo. Dei as roupas a Nimue e ela as largou descuidadamente na neve, depois puxou minha manga e me levou à sua nova cabana, que tinha construído exatamente onde antigamente ficava a torre de sonhos de Merlin. A cabana fedia tanto que quase engasguei, mas ela não percebia o fedor mefítico. Era um dia congelante e uma chuva com neve chicoteava do leste num vento úmido, mas mesmo assim eu preferiria ficar debaixo do aguaceiro gélido a suportar aquela cabana fedorenta.

– Olhe – disse ela com orgulho, e me mostrou um caldeirão, não o Caldeirão, mas um caldeirão comum de ferro, pendurado numa trave do teto e cheio de algum líquido escuro. Ramos de visgo, um par de asas de morcego e pele descartada de serpentes, uma galhada partida e maços de ervas também pendiam dos caibros tão baixos que tive de me curvar para entrar na cabana, que estava cheia de fumaça a ponto de os olhos arderem. Havia um homem nu sobre um estrado nas sombras mais distantes, e ele reclamou da minha presença.

– Quieto – rosnou Nimue para ele. Em seguida pegou um pedaço de pau e enfiou no líquido escuro do caldeirão fervendo baixo sobre um pequeno fogo que gerava muito mais fumaça do que calor. Ela remexeu no caldeirão, encontrou o que queria e levantou do líquido. Vi que era um crânio humano. – Lembra-se de Balise? – perguntou.

– Claro. – Balise fora um druida, já era velho quando eu era novo, e agora estava morto havia muito tempo.

– Queimaram o corpo dele, mas não a cabeça, e uma cabeça de druida, Derfel, é uma coisa de poder espantoso. Um homem trouxe para mim na semana passada. Tinha posto num barril de cera de abelha. Comprei dele.

O que significava que eu tinha adquirido a cabeça. Nimue vivia comprando objetos de poder oculto: o âmnio de uma criança morta, os dentes de um dragão, um pedaço do pão mágico dos cristãos, setas de elfo, e agora a cabeça de um defunto. Ela costumava aparecer no palácio e exigir dinheiro para aquelas coisas de mau gosto, mas agora eu achava mais fácil deixá-la com um pouco de ouro, mesmo que isso significasse que ela gastaria o metal em qualquer esquisitice que lhe oferecessem. Uma vez pagou um lingote de ouro inteiro em troca da carcaça de uma ovelha nascida com duas cabeças, e havia pregado a carcaça à paliçada, virada para o templo cristão, até apodrecer. Eu não queria perguntar quanto ela havia pagado por um barril de cera contendo a cabeça de um defunto.

– Tirei a cera e fervi a carne na panela até descolar da cabeça. – Isso explicava em parte o fedor insuportável da cabana. – Não existe augúrio mais poderoso – disse Nimue, com o olho único brilhando na cabana escura – do que a cabeça de um druida fervendo numa panela de urina com as dez ervas marrons de Crom Dubh. – Em seguida, largou o crânio que afundou na superfície escura do líquido. – Agora espere – ordenou.

Minha cabeça estava girando com a fumaça e o fedor, mas esperei obedientemente enquanto a superfície do líquido estremecia, brilhava e por fim se imobilizava até restar apenas uma coisa escura e lisa como um bom espelho, com apenas uma leve sugestão de fumaça saindo da superfície preta. Nimue se inclinou para perto e prendeu o fôlego, e eu soube que ela estava vendo portentos na superfície do líquido. O homem no estrado tossiu horrivelmente, depois agarrou debilmente um cobertor puído para cobrir parcialmente a nudez.

– Estou com fome – gemeu ele. Nimue o ignorou.

Esperei.

– Estou desapontado com você, Derfel – disse Nimue de repente, a respiração apenas enrugando a superfície do líquido.

– Por quê?

– Vejo uma rainha que foi queimada até a morte numa praia. Eu gostaria das cinzas dela, Derfel – falou, reprovando. – Eu teria uso para as cinzas de uma rainha. Você deveria saber disso. – Ela ficou quieta e eu não disse nada. O líquido estava imóvel de novo, e quando Nimue falou em seguida foi numa voz estranha, profunda, que não turvou a superfície preta do líquido. – Dois reis virão a Cadarn, mas um homem que não é rei deverá governar lá. A morta será tomada em casamento, o que está perdido virá à luz e uma espada estará no pescoço de uma criança. – Depois deu um grito terrível, espantando o homem nu, que correu freneticamente para o canto mais distante da cabana, onde se agachou com as mãos cobrindo a cabeça. – Diga isso a Merlin – falou Nimue com sua voz normal. – Ele saberá o que significa.

– Vou dizer – prometi.

– E diga – acrescentou ela com um fervor desesperado, agarrando meu braço com a mão em garra, com uma crosta de sujeira – que vi o Caldeirão no líquido. Diga que ele será usado logo. Logo, Derfel! Diga isso.

– Vou dizer – falei, e então, incapaz de continuar suportando o cheiro, soltei-me de seu aperto e recuei para a chuva e a neve.

Ela me seguiu para fora da cabana e puxou uma ponta da minha capa para se cobrir da chuva. Foi comigo em direção ao portão quebrado, e estava estranhamente animada.

– Todo mundo acha que estamos perdendo, Derfel, todo mundo acha que aqueles cristãos imundos estão tomando conta da terra. Mas não estão. O Caldeirão será revelado logo, Merlin voltará e o poder será solto.

Parei no portão e olhei para o grupo de cristãos que estava sempre agrupado ao pé do Tor, fazendo suas orações extravagantes com os braços abertos. Sansum e Morgana arranjaram para que eles sempre estivessem lá, de modo que suas orações constantes servissem para expulsar os pagãos do cume do Tor. Nimue olhou o grupo com desprezo. Alguns cristãos a reconheceram e fizeram o sinal da cruz.

– Você acha que o cristianismo está vencendo, Derfel?

– Receio que sim – falei, ouvindo os uivos de fúria ao pé do Tor. Lembrei-me dos adoradores frenéticos em Isca, e imaginei por quanto tempo o horror daquele fanatismo poderia ser mantido sob controle. – Temo que esteja – falei, triste.

– O cristianismo não está vencendo – disse Nimue com escárnio. – Olhe. – Ela saiu de baixo da minha capa e levantou o vestido sujo para expor sua nudez devastada aos cristãos, e então sacudiu os quadris obscenamente para eles, e deu um grito que morreu no vento enquanto baixava o vestido. Alguns cristãos fizeram o sinal da cruz, mas a maioria, notei, instintivamente fez o sinal pagão contra o mal, com a mão direita, em seguida cuspindo no chão. – Está vendo? – disse ela com um sorriso. – Eles ainda acreditam nos Deuses antigos. Ainda acreditam. E logo, Derfel, terão prova. Diga isso a Merlin.

Eu disse a Merlin. Parei diante dele e informei que dois reis viriam a Cadarn, mas um homem que não era rei governaria lá, que a morta seria tomada em casamento, o que estava perdido viria à luz e uma espada seria posta no pescoço de uma criança.

– Diga de novo, Derfel – pediu ele, forçando a vista para mim e acariciando um velho gato malhado estendido em seu colo.

Repeti tudo solenemente, depois acrescentei a promessa de Nimue, de que o Caldeirão seria revelado em breve, e que seu horror era iminente. Ele riu, balançou a cabeça e depois riu de novo. Em seguida tranquilizou o gato em seu colo.

– E você disse que ela estava com a cabeça de um druida?

– A cabeça de Balise, senhor.

Ele fez cócegas debaixo do queixo do gato.

– A cabeça de Balise foi queimada, Derfel, há anos. Foi queimada e depois transformada em pó. Até virar nada. Eu sei porque fiz isso. – Ele fechou os olhos e dormiu.

NO VERÃO SEGUINTE, na véspera de uma lua cheia, quando as árvores que cresciam ao pé do Caer Cadarn estavam pesadas de tantas folhas, numa manhã de sol brilhante sobre bosques cheios de briônias, bons-dias e barbas-de-velho, aclamamos Mordred como rei no antigo cume do Caer.

A antiga fortaleza de Caer Cadarn ficava deserta durante boa parte do ano, mas ainda era a nossa colina do reino, o lugar solene do ritual no coração real de Dumnonia, e as paliçadas ainda eram mantidas fortes, mas, em seu interior, era um lugar triste, com cabanas decadentes agachadas em volta do grande salão de festa que servia de lar para pássaros, morcegos e camundongos. O salão ocupava a parte de baixo do amplo cume do Caer Cadarn, enquanto na parte mais elevada, a oeste, ficava um círculo de pedras cobertas de líquen, em volta de uma laje cinzenta que era a antiga pedra do reino de Dumnonia. Ali o grande Deus Bel tinha ungido seu filho meio Deus meio homem, Beli Mawr, como o primeiro de nossos reis, e desde então, mesmo nos anos em que os romanos tinham governado, nossos reis eram aclamados neste lugar. Mordred nascera neste morro, e aqui também fora aclamado ainda bebê, mas aquela cerimônia tinha sido apenas um sinal de sua posição de rei, e não colocara deveres sobre ele. Mas agora ele estava na entrada da vida adulta, e a partir deste dia seria rei mais do que apenas no nome. Esta segunda aclamação retirava o juramento de Artur e dava a Mordred todo o poder de Uther.

A multidão se reuniu cedo. O salão de festas tinha sido varrido, depois enfeitado com bandeiras e ramos verdes. Barris de hidromel e potes de cerveja foram postos na grama, enquanto a fumaça subia das grandes fogueiras onde bois, porcos e cervos eram assados para a festa. Homens tatuados das tribos de Isca se misturavam aos elegantes cidadãos de Durnovária e Corinium com suas togas, e todos ouviam os bardos de mantos brancos que cantavam canções compostas especificamente para elogiar o caráter de Mordred e antever as glórias de seu reinado. Os bardos nunca foram de confiança.

Eu era o campeão de Mordred e, assim, único entre os lordes sobre o morro, estava vestido com todo meu equipamento de guerra. Não era mais o material precário, mal-consertado que eu tinha usado naquela luta perto de Londres. Agora eu possuía uma armadura nova e cara que refletia minha alta posição. Tinha uma cota de fina malha romana enfeitada com aros de ouro no pescoço, na bainha e nas mangas. Tinha botas até o joelho que brilhavam com tiras de bronze, luvas até os cotovelos cheias de placas de ferro que protegiam os antebraços e os dedos, e um belo elmo engastado com prata e com uma aba de malha que protegia a nuca. O elmo tinha peças laterais presas com dobradiças sobre o rosto e um arremate de ouro de onde pendia minha cauda de lobo recém-escovada. Eu tinha uma capa verde, Hywelbane à cintura e um escudo que, em honra a este dia, mostrava o dragão vermelho de Mordred em vez de minha estrela branca.

Culhwch tinha vindo de Isca. Abraçou-me.

– Isto é uma farsa, Derfel – resmungou.

Não sorriu, em vez disso olhou carrancudo para a multidão cheia de expectativa.

– Cristãos – cuspiu.

– Parece haver muitos deles.

– Merlin está aqui?

– Ele estava cansado.

– Quer dizer que teve o bom senso de não vir. Então, quem faz as honras do dia?

– O bispo Sansum.

Culhwch cuspiu. Sua barba tinha ficado grisalha nos últimos meses, e ele se movia rigidamente, mas ainda parecia um grande urso.

– Você já está falando com Artur?

– Falamos quando é necessário – respondi evasivamente.

– Ele quer voltar a ser seu amigo.

– Ele trata os amigos de um modo muito estranho – falei rigidamente.

– Ele precisa de amigos.

– Então tem sorte de ter você. – Eu me virei quando um toque de trompa interrompeu a conversa. Lanceiros formavam uma passagem na multidão, usando os escudos e os cabos das lanças para empurrar as pessoas gentilmente para trás, e no corredor dos lanceiros uma procissão de lordes, magistrados e sacerdotes caminhou lentamente até o círculo de pedras. Ocupei meu lugar na procissão ao lado de Ceinwyn e minhas filhas.

A reunião daquele dia era mais um tributo a Artur do que a Mordred, porque todos os aliados de Artur estavam ali. Cuneglas tinha vindo de Powys, trazendo uma dúzia de lordes e seu edling, o príncipe Perddel, que agora era um garoto bonito, com o rosto redondo e sério do pai. Agrícola, agora velho e com as juntas rígidas, acompanhava o rei Meurig, ambos vestidos com togas. Tewdric, o pai de Meurig, ainda vivia, mas o velho rei tinha abdicado do trono, raspado a cabeça com a tonsura de padre e se retirado para um mosteiro no vale do Wye, onde pacientemente montava uma biblioteca de textos cristãos, e permitia que seu pedante filho governasse Gwent. Byrthig, que sucedera ao pai como rei de Gwynedd, e que agora só possuía dois dentes, não parava quieto, como se os rituais fossem uma irritação necessária que precisaria terminar antes que ele pudesse voltar aos barris de hidromel que esperavam. Oengus Mac Airem, pai de Isolda e rei de Demétia, tinha vindo com um grupo de seus temíveis Escudos Pretos, enquanto Lancelot, rei dos Belgae, era escoltado por uma dúzia de gigantes de sua Guarda Saxã e pelos malignos pares de gêmeos, Dinas e Lavaine e Amhar e Loholt.

Artur, percebi, abraçou Oengus, que devolveu o gesto alegremente. Ali parecia não haver má vontade, apesar da terrível morte de Isolda. Artur usava uma capa marrom, talvez não querendo que uma de suas capas brancas ofuscasse o herói do dia. Guinevere estava esplêndida num vestido castanho-avermelhado com detalhes de prata e bordado com seu símbolo do cervo coroado pela lua. Sagramor veio de capa preta e trouxe sua esposa saxã, Malla, que estava grávida, e os dois filhos. Ninguém veio de Kernow.

Os estandartes dos reis, chefes e lordes estavam pendurados nas paliçadas onde um círculo de lanceiros montava guarda, todos equipados com escudos onde os dragões tinham sido recém-pintados. Uma trombeta soou de novo, um ruído lamentoso no ar ensolarado enquanto outros vinte lanceiros escoltavam Mordred na direção do círculo de pedras onde, quinze anos antes, o havíamos aclamado pela primeira vez. A primeira cerimônia acontecera no inverno, e o bebê Mordred tinha sido enrolado em peles e carregado em volta das pedras sobre um escudo virado. Morgana tinha supervisionado aquela primeira aclamação, que fora marcada pelo sacrifício de um cativo saxão, mas desta vez a cerimônia seria totalmente cristã. "Os cristãos tinham vencido", pensei mal-humorado, "independentemente do que Nimue achasse." Não havia druidas, a não ser Dinas e Lavaine, e eles não tinham papel a representar. Merlin estava dormindo no jardim de Lindinis, Nimue estava no Tor e nenhum cativo seria morto para revelar os augúrios para o rei recém-aclamado. Tínhamos matado um prisioneiro saxão na primeira aclamação de Mordred, com um golpe de lança no alto da barriga para que a sua morte fosse lenta e agonizante, e Morgana tinha observado cada passo doloroso e cada jorro de sangue em busca de sinais para o futuro. Aqueles augúrios, lembrei, não tinham sido bons, mas eles haviam prometido um longo reino a Mordred. Tentei me lembrar do nome do pobre saxão, mas só pude recordar seu rosto aterrorizado e o fato de que tinha gostado dele, e então seu nome voltou de repente, atravessando os anos. Wlenca! Pobre Wlenca, cheio de tremores. Morgana insistira em sua morte, mas agora, com um crucifixo pendurado sob a máscara, só estava ali como mulher de Sansum e não participaria dos rituais.

Uma comemoração contida recebeu Mordred. Os cristãos aplaudiram, enquanto nós, pagãos, apenas juntamos as mãos obedientemente e ficamos quietos. O rei estava totalmente vestido de preto: camisa preta, calções pretos, capa preta e um par de botas pretas, uma das quais monstruosamente moldada para se ajustar ao pé esquerdo torto. Um crucifixo de ouro pendia no seu pescoço, e me pareceu que havia um riso de desprezo em seu rosto redondo e feio, ou talvez a careta apenas traísse o nervosismo. Ele tinha mantido a barba, mas era um negócio fino que pouco ajudava seu rosto bulboso com as moitas de cabelo se projetando. Ele caminhou sozinho até o círculo e ocupou seu lugar ao lado da pedra real.

Sansum, esplêndido em branco e ouro, apressou-se para ficar ao lado do rei. O bispo levantou os braços e, sem qualquer preâmbulo, começou a rezar em voz alta. Sua voz, sempre forte, atravessava direto a enorme multidão que se comprimia atrás dos lordes, indo até os lanceiros imóveis sobre as plataformas de luta das paliçadas.

– Senhor Deus! – gritou. – Jorrai vossas bênçãos sobre vosso filho Mordred, sobre este rei abençoado, esta luz da Britânia, este monarca que liderará vosso reino de Dumnonia para um tempo novo e abençoado. – Confesso que estou parafraseando, porque na verdade não prestei muita atenção enquanto Sansum arengava com seu Deus. Ele era bom nessas arengas, mas eram todas muito parecidas; sempre longas demais, sempre cheias de elogio ao cristianismo e sempre repletas de zombaria dirigidas ao paganismo, então, em vez de escutar, fiquei olhando a multidão para ver quem abria os braços e fechava os olhos. A maioria fez isso. Artur, sempre pronto a demonstrar respeito por qualquer religião, só ficou de cabeça baixa. Segurava a mão do filho enquanto, do outro lado de Gwydre, Guinevere olhava o céu com um sorriso secreto no rosto bonito. Amhar e Loholt, filhos de Artur com Ailleann, rezavam com os cristãos, enquanto Dinas e Lavaine apenas se mantinham imóveis, braços cruzados sobre os mantos brancos, e olhavam para Ceinwyn, que, como no dia em que fugira do noivado, não usava ouro nem prata. Seu cabelo ainda brilhava fino e claro, e ela continuava sendo para mim a criatura mais adorável sobre esta terra. Seu irmão, o rei Cuneglas, estava do outro lado dela, e ao captar meu olhar durante um dos mais altos voos de imaginação de Sansum, deu um riso maroto. Mordred, de braços abertos em oração, olhava a todos nós com um sorriso torto.

Quando a oração terminou, o bispo Sansum pegou o rei pelo braço e o levou até Artur, que, como guardião do reino, iria apresentar o novo governante ao seu povo. Artur sorriu para Mordred, como se para lhe dar coragem, depois o levou ao redor do círculo de pedras, e enquanto Mordred passava, os que não eram reis se ajoelhavam. Eu, como seu campeão, caminhava atrás dele com a espada desembainhada. Caminhamos no sentido contrário ao movimento do sol, a única vez em que um círculo era percorrido assim, para mostrar que nosso novo rei descendia de Beli Mawr e podia desafiar a ordem natural de todas as coisas vivas, ainda que o bispo Sansum, claro, declarasse que a caminhada no sentido contrário ao sol provava a morte da superstição pagã. Culhwch, notei, conseguiu se esconder durante a caminhada pelo círculo para não ter de se ajoelhar.

Quando tinham sido completadas duas voltas inteiras ao redor das pedras, Artur levou Mordred até a pedra real e o ajudou a subir sobre ela. Dian, minha filha mais nova, se adiantou com centáureas trançadas no cabelo e pôs um pedaço de pão junto aos pés desiguais de Mordred, para simbolizar o dever do rei alimentar seu povo. As mulheres murmuraram ao vê-la, porque Dian, como as irmãs, herdara a beleza descuidada da mãe. Ela colocou o pão e depois olhou em volta, procurando um sinal do que deveria fazer. Depois, sem receber nenhuma indicação, olhou solenemente no rosto de Mordred e irrompeu em lágrimas. As mulheres deram um suspiro feliz enquanto a menina corria chorando até a mãe e Ceinwyn a pegava no colo para enxugar suas lágrimas. Em seguida Gwydre, o filho de Artur, levou um chicote de couro que colocou aos pés do rei, como símbolo do dever de Mordred oferecer justiça à terra, e então levei a nova espada real, forjada em Gwent e com punho de couro preto enrolado com fio de ouro, e a coloquei na mão direita de Mordred.

– Senhor rei – falei, olhando em seus olhos –, isto é para o seu dever de proteger seu povo. – O riso superior de Mordred tinha desaparecido, e ele me olhou com uma dignidade fria que me fez ter esperanças de que Artur estivesse certo, e que a solenidade desse ritual daria a Mordred a capacidade de ser um bom rei.

Então, um a um, apresentamos nossos presentes. Eu lhe dei um belo elmo, enfeitado de ouro e com um dragão de esmalte vermelho engastado na parte de cima. Artur lhe deu uma cota de escamas, uma lança e uma caixa de marfim cheia de moedas de ouro. Cuneglas lhe ofereceu lingotes de ouro das minas de Powys. Lancelot deu de presente uma enorme cruz de ouro e um pequeno espelho de eletro com moldura de ouro. Oengus Mac Airem pôs duas grossas peles de urso aos seus pés, e Sagramor pôs na pilha uma imagem saxã de ouro representando uma cabeça de touro. Sansum presenteou o rei com um pedaço da cruz em que – ele proclamou em altos brados – Cristo fora crucificado. O pedaço de madeira escura tinha sido lacrado com ouro. Só Culhwch não deu presente. Na verdade, quando os presentes tinham sido dados e os lordes fizeram fila para se ajoelhar diante do rei e jurar lealdade, Culhwch não estava à vista. Fui o segundo a prestar juramento, seguindo Artur até a pedra real, onde me ajoelhei do outro lado da grande pilha de ouro brilhante, pus os lábios na ponta da nova espada de Mordred e jurei pela minha vida que iria servi-lo fielmente. Foi um momento de solenidade, porque esse era o juramento real, o juramento que suplantava todos os outros.

Houve uma coisa nova naquela aclamação, um ritual que Artur imaginara como um modo de continuar a paz que ele construíra cuidadosamente e mantivera no correr dos anos. A nova cerimônia era uma extensão de sua Irmandade da Britânia, porque ele persuadira os reis da Britânia – pelo menos os que estavam presentes – a trocar beijos com Mordred e jurar que nunca lutariam uns contra os outros. Mordred, Meurig, Cuneglas, Byrthig, Oengus e Lancelot se abraçaram, juntaram as lâminas das espadas e juraram manter a paz uns com os outros. Artur ficou felicíssimo, e Oengus Mac

Airem, o maior patife que já houve, lançou-me uma enorme piscadela. Quando chegasse a época da colheita, eu sabia, seus lanceiros atacariam os depósitos de grãos em Powys, independentemente de qualquer juramento.

Quando o juramento real terminou, realizei o ato final da aclamação. Primeiro ofereci a mão enluvada a Mordred e o ajudei a descer da pedra, e então, quando o havia conduzido até a pedra mais ao norte no círculo externo, tomei sua espada real e a coloquei sobre a pedra real. Ela ficou ali, brilhando, uma espada sobre uma pedra, o verdadeiro sinal de um rei, e então cumpri o dever do campeão do rei, caminhando a passos largos pelo círculo, cuspindo em direção aos espectadores e desafiando-os a negar o direito de Mordred Ap Mordred Ap Uther de ser rei desta terra. Pisquei para minhas filhas enquanto passava, certifiquei-me de que meu cuspe cairia nos mantos brilhantes de Sansum e, igualmente, de que não cairia no vestido bordado de Guinevere.

– Declaro que Mordred Ap Mordred Ap Uther é o rei! – gritei repetidamente. – E se algum homem negar isso, que lute comigo agora. – Caminhei lentamente com Hywelbane nua na mão e gritei alto meu desafio. – Declaro que Mordred Ap Mordred Ap Uther é o rei, e se algum homem negar isso, que lute comigo agora.

Eu quase tinha completado o círculo quando ouvi o som de uma lâmina saindo da bainha.

– Eu nego! – gritou uma voz, e o grito foi seguido por sons ofegantes de horror vindos da multidão. Ceinwyn ficou pálida, e minhas filhas, que já estavam apavoradas por me ver vestido com os estranhos equipamentos de ferro, aço, couro e pelo de lobo, esconderam o rosto na saia de linho da mãe.

Virei-me lentamente e vi que Culhwch tinha voltado ao círculo e agora me encarava com sua grande espada de batalha desembainhada.

– Não – falei com ele. – Por favor.

Culhwch caminhou, sério, até o centro do círculo e tirou da pedra a espada de punho dourado do rei.

– Eu nego Mordred Ap Mordred Ap Uther – disse cerimoniosamente, depois jogou a espada real na grama.

– Mate-o! – gritou Mordred de seu lugar ao lado de Artur. – Cumpra o seu dever, lorde Derfel!

– Eu nego a capacidade dele de reinar! – gritou Culhwch às pessoas reunidas. Um vento agitou os estandartes nas paredes e balançou o cabelo dourado de Ceinwyn.

– Ordeno que você o mate! – gritou Mordred, agitado.

Caminhei pelo círculo até encarar Culhwch. Meu dever agora era lutar com ele e, se ele me matasse, outro campeão do rei seria escolhido. O negócio estúpido continuaria até que Culhwch, arrasado e sangrando, estivesse se retorcendo e derramando o sangue de sua vida no solo de Caer Cadarn, ou, mais provavelmente, até que uma batalha total irrompesse no cume, terminando com o triunfo dos defensores de Culhwch ou os de Mordred. Tirei o elmo da cabeça, afastei o cabelo dos olhos e pendurei o elmo na bainha da espada. Então, ainda segurando Hywelbane, abracei Culhwch.

– Não faça isso – sussurrei em seu ouvido. – Não posso matar você, meu amigo, então você terá de me matar.

– Ele é um sapo desgraçado, um verme, e não um rei – murmurou Culhwch.

– Por favor – falei. – Não posso matar você, sabe disso.

Ele me abraçou com força.

– Faça as pazes com Artur, meu amigo – sussurrou, depois deu um passo atrás e enfiou a espada de novo na bainha. Em seguida, recolocou a lâmina sobre a pedra. – Desisto da luta – gritou para que todos que estavam no cume o ouvissem, depois foi até Cuneglas e se ajoelhou aos seus pés. – O senhor aceita meu juramento, senhor rei?

Foi um momento constrangedor, porque, se o rei de Powys aceitasse a lealdade de Culhwch, o primeiro ato de Powys nesse novo reino dumnoniano seria dar as boas-vindas a um inimigo de Mordred, mas Cuneglas não hesitou. Estendeu o punho da espada para o beijo de Culhwch.

– Com prazer, lorde Culhwch, com prazer.

Culhwch beijou a espada de Cuneglas, depois se levantou e foi até o portão Oeste. Seus lanceiros o seguiram, e assim, com a ida de Culhwch, finalmente Mordred tinha o poder do reino sem ser desafiado. Houve silêncio, depois Sansum começou a dar vivas e os cristãos o acompanharam, aclamando seu novo governante. Homens se reuniram em volta do rei, dando os parabéns, e vi que Artur foi deixado de lado, sozinho. Ele me olhou e sorriu, mas me virei. Embainhei Hywelbane, depois me agachei perto de minhas filhas, que ainda estavam amedrontadas, e disse que não havia com que se preocupar. Dei meu elmo para Morwenna segurar, e mostrei a ela como as peças laterais balançavam de um lado para o outro, presas pelas dobradiças.

– Não quebre! – avisei.

– Coitado do lobo – disse Seren, acariciando a cauda de lobo.

– Ele matou um monte de cordeiros.

– Foi por isso que o senhor matou o lobo?

Claro.

– Lorde Derfel! – chamou a voz de Mordred de repente. Eu me levantei e me virei para ver que o rei tinha afastado seus admiradores, vinha mancando pelo círculo real, em minha direção.

Fui encontrá-lo, e baixei a cabeça.

– Senhor rei.

Os cristãos se reuniram em volta de Mordred. Agora eles eram os senhores, e sua vitória estava clara nos rostos.

– O senhor fez um juramento de me obedecer, lorde Derfel.

– Fiz, senhor rei.

– Mas Culhwch ainda vive – disse ele em voz perplexa. – Ele não vive?

– Vive, senhor rei.

Mordred sorriu.

– Um juramento quebrado, lorde Derfel, merece punição. Não é o que o senhor sempre me ensinou?

– Sim, senhor rei.

E o juramento, lorde Derfel, foi feito sobre sua vida, não foi?

Sim, senhor rei.

Ele coçou a barba rala.

– Mas suas filhas são bonitas, Derfel, por isso lamentaria perdê-lo de Dumnonia. Perdoo-o por Culhwch ainda viver.

– Obrigado, senhor rei – falei, lutando contra a tentação de lhe dar um soco.

– Mas um juramento quebrado merece punição – disse ele, empolgado.

– Sim, senhor rei. Merece.

Ele parou um instante, depois me bateu com força no rosto usando o chicote da justiça. Em seguida riu, e ficou tão deliciado com a reação de surpresa no meu rosto que bateu uma segunda vez.

– A punição foi dada, lorde Derfel – disse ele, e se virou. Seus seguidores gargalharam e aplaudiram.

Não ficamos para a festa, nem para as lutas com e sem armas e as apresentações dos malabaristas, nem para o urso dançarino e a competição dos bardos. Andamos, em família, de volta a Lindinis. Caminhamos ao lado do riacho onde os salgueiros cresciam e floresciam as salgueirinhas. Fomos para casa.

CUNEGLAS NOS ENCONTROU dentro de uma hora. Planejava ficar conosco uma semana, depois voltaria a Powys.

– Voltem comigo – disse ele.

– Fiz um juramento a Mordred, senhor rei.

– Ah, Derfel, Derfel! – Ele passou o braço em volta do meu pescoço e caminhou pelo pátio comigo. – Meu caro Derfel, você é tão ruim quanto Artur! Acha que Mordred se importa que você mantenha o juramento?

– Espero que ele não me queira como inimigo.

– Quem sabe o que ele quer? Garotas, provavelmente, cavalos rápidos, cervos correndo e hidromel forte. Venha para casa, Derfel! Culhwch vai estar lá.

– Sentirei falta dele, senhor. – Eu achava que Culhwch estaria esperando em Lindinis quando voltássemos de Caer Cadarn, mas ele claramente não ousara desperdiçar um instante e já estava correndo em direção ao norte, para escapar dos lanceiros que seriam mandados para encontrá-lo antes que cruzasse a fronteira.

Cuneglas abandonou sua tentativa de me persuadir a ir para o norte.

– O que aquele patife do Oengus estava fazendo lá? – perguntou irritado. – E com aquela promessa de manter a paz!

– Ele sabe, senhor rei, que, se perder a amizade de Artur, suas lanças invadirão as terras dele.

– E está certo – disse Cuneglas, mal-humorado. – Talvez eu dê esse serviço a Culhwch. Artur terá algum poder agora?

– Isso depende de Mordred.

– Vamos presumir que Mordred não seja um completo idiota. Não consigo compreender Dumnonia sem Artur. – Ele se virou quando um grito vindo do portão anunciou mais visitantes. Eu esperava ver escudos com dragões e um grupo dos homens de Mordred procurando Culhwch, mas em vez disso eram Artur e Oengus Mac Airem que chegaram com cerca de vinte lanceiros. Artur hesitou junto ao portão.

– Sou bem-vindo? – gritou para mim.

– Claro, senhor – respondi, mas não calorosamente.

Minhas filhas o viram de uma janela e num instante correram gritando para recebê-lo. Cuneglas se juntou a eles, descaradamente ignorando o rei Oengus Mac Airem, que veio até o meu lado. Fiz uma reverência, mas Oengus me levantou e me envolveu nos braços. Sua gola de pele fedia a suor e gordura velha. Ele riu para mim.

– Artur disse que você não luta numa guerra decente há dez anos – falou.

– Deve fazer esse tempo, senhor.

– Vai ficar sem prática, Derfel. Na primeira luta decente algum garoto franzino vai rasgar sua barriga e dar de comida aos cachorros. Como você está?

– Mais velho do que antes, senhor. Mas bem. E o senhor?

– Ainda estou vivo – disse ele e olhou para Cuneglas. – Imagino que o rei de Powys não queira me cumprimentar, não é?

– Ele sente, senhor, que seus lanceiros estão ocupados demais na fronteira dele.

Oengus gargalhou.

– Preciso mantê-los ocupados, Derfel, você sabe. Lanceiros ociosos são encrenca. E, além disso, tenho um número grande demais dos desgraçados atualmente. A Irlanda está ficando cristã! – Ele cuspiu. – Um britânico intrometido chamado Padraig transformou todos eles em maricas. Vocês nunca ousaram nos conquistar com suas lanças, por isso mandaram aquele pedaço de merda de foca para nos enfraquecer, e qualquer irlandês que tenha entranhas está vindo para a Britânia a fim de escapar dos cristãos daquele sujeito. Ele pregava para o povo com uma folha de trevo! Dá para imaginar isso? Conquistando a Irlanda com uma folha de trevo? Não é de espantar que todos os guerreiros decentes estejam vindo para mim, mas o que posso fazer com eles?

– Mandá-los para matar Padraig?

– Ele já está morto, Derfel, mas seus seguidores estão muito vivos. – Oengus tinha me levado até um canto do pátio, onde parou e me encarou. – Ouvi dizer que você tentou proteger minha filha.

– Tentei, senhor. – Vi que Ceinwyn tinha vindo do palácio e estava abraçando Artur. Eles ficaram segurando um ao outro enquanto conversavam, e Ceinwyn me olhava de lado. Virei-me para Oengus. – Puxei uma espada por ela, senhor rei.

– Fez bem, Derfel – disse ele, descuidadamente. – Fez bem, mas não é importante. Tenho várias filhas. Nem sei se me lembro de qual era Isolda. Uma coisinha magrinha, não era?

– Uma garota linda, senhor rei.

Ele gargalhou.

– Qualquer coisa jovem e com peitos é linda quando a gente é velho. Mas tenho uma beldade na ninhada. Argante é o nome dela, e vai partir alguns corações antes que sua vida termine. Seu novo rei vai procurar uma noiva, não é?

– Acho que sim.

– Argante serviria para ele. – Oengus não estava sendo gentil com Mordred ao sugerir sua linda filha como rainha de Dumnonia, e sim certificando-se de que Dumnonia continuaria protegendo Demétia dos homens de Powys. – Talvez eu traga Argante numa visita. – Em seguida, ele abandonou o assunto daquele possível casamento e empurrou o punho cheio de cicatrizes contra meu peito. – Escute, meu amigo, não vale a pena romper com Artur por causa de Isolda.

– Foi por isso que ele o trouxe aqui, senhor? – perguntei, cheio de suspeitas.

– Claro que sim, seu idiota! – disse Oengus, alegre. – E porque não suporto aqueles cristãos lá no Caer. Faça as pazes, Derfel. A Britânia não é tão grande para que os homens decentes comecem a cuspir uns nos outros. Ouvi dizer que Merlin mora aqui, não é?

– O senhor vai encontrá-lo lá – falei, apontando para um arco que levava ao jardim onde floresciam as rosas de Ceinwyn. – Ou o que resta dele.

– Vou enfiar um pouco de vida naquele desgraçado. Talvez ele possa me contar o que há de tão especial numa folha de trevo. E preciso de um feitiço para me ajudar a fazer mais filhas. – Ele riu e se afastou. – Estou ficando velho, Derfel, ficando velho!

Artur deixou minhas três filhas com Ceinwyn e seu tio Cuneglas, depois veio na minha direção. Hesitei, depois fiz um gesto para o portão externo, e fui à frente dele em direção à campina, onde esperei e olhei para as paliçadas de Caer Cadarn, cheias de estandartes acima das árvores.

Ele parou atrás de mim.

– Foi na primeira aclamação de Mordred que conhecemos Tristan. Lembra?

Não me virei.

– Sim, senhor.

– Não sou mais seu senhor, Derfel. Nosso juramento a Uther foi cumprido, terminou. Não sou seu senhor, mas gostaria de ser seu amigo. – Ele hesitou. – E quanto ao que aconteceu, sinto muito.

Ainda não me virei. Não por orgulho, mas porque havia lágrimas em meus olhos.

– Também sinto muito – falei.

– Você me perdoaria? – perguntou ele humildemente. – Vamos ser amigos?

Olhei para o Caer e pensei em todas as coisas que eu tinha feito e que precisavam de perdão. Pensei nos corpos no urzal. Na época eu era um jovem lanceiro, mas a juventude não era desculpa para a chacina. Não era eu que deveria perdoar Artur pelo que ele fizera, pensei. Ele mesmo teria de fazê-lo.

– Seremos amigos até a morte – falei. E em seguida me virei.

E nos abraçamos. Nosso juramento a Uther estava cumprido. E Mordred era rei.

Parte 4

Os mistérios de Ísis

— Isolda era bonita? – perguntou Igraine.

Pensei na pergunta durante alguns instantes.

– Ela era jovem – falei por fim –, e como o pai dela disse...

– Li o que o pai dela disse – interrompeu Igraine, incisiva. Quando chega à Dinnewrac ela sempre se senta e lê os pergaminhos terminados, antes de ir para o banco da janela e conversar comigo. Hoje a janela tem uma cortina de couro para tentar manter o frio fora do cômodo, que está mal-iluminado com lamparinas sobre minha mesa de escrever e cheio de fumaça porque o vento está no Norte e a fumaça do fogo não consegue encontrar o caminho pelo buraco do teto.

– Foi há muito tempo – falei cautelosamente – e só a vi durante um dia e duas noites. Lembro-me dela como linda, mas acho que sempre tornamos os mortos belos quando eles são jovens.

– Todas as canções dizem que ela era linda – disse Igraine, pensativa.

– Paguei aos bardos por aquelas canções. – Assim como tinha pagado a homens para levar as cinzas de Tristan de volta a Kernow. Eu pensara que seria bom se Tristan fosse para a sua terra depois da morte, e tinha misturado seus ossos com os de Isolda, e suas cinzas às cinzas dela, e sem dúvida uma quantidade considerável de cinza comum também. Lacrei tudo numa jarra que encontramos no salão onde eles haviam compartilhado seu sonho impossível de amor. Na época eu era rico, um grande lorde, senhor de escravos, serviçais e lanceiros, suficientemente rico para comprar uma dúzia de canções sobre Tristan e Isolda, que são cantadas até hoje em todos os salões festivos. Também me certifiquei de que as canções pusessem a culpa de sua morte em Artur.

– Mas por que Artur fez aquilo?

Esfreguei o rosto com minha mão única.

– Artur cultuava a ordem – expliquei. – Não creio que ele jamais tenha acreditado nos Deuses. Ah, ele acreditava na existência deles, não era um idiota, mas achava que não se importavam mais conosco. Lembro-me de que uma vez ele gargalhou e disse que éramos arrogantes demais em achar que os Deuses não tinham coisa melhor a fazer do que se preocupar conosco. Perdemos o sono por causa dos camundongos na palha do telhado?, perguntou-me ele. Então por que os Deuses iriam se importar conosco? Assim, tudo o que lhe restava, se você tirasse os Deuses, era a ordem, e a única coisa que mantinha a ordem era a lei, e a única coisa que fazia os poderosos obedecerem à lei eram os seus juramentos. Era bem simples. – Dei de ombros. – Ele estava certo, claro; quase sempre estava.

– Ele deveria tê-los deixado viver – insistiu Igraine.

– Ele obedeceu à lei – falei em voz opaca. Frequentemente me arrependi de ter deixado os bardos culparem Artur, mas ele me perdoou.

– E Isolda foi queimada viva? – Igraine estremeceu. – E Artur simplesmente deixou isso acontecer?

– Ele podia ser muito duro, e tinha de ser, porque o resto de nós, Deus sabe, costumava ser mole.

– Ele deveria tê-los poupado.

– E não teria havido canções ou histórias. Eles teriam ficado velhos e gordos, teriam brigado e morrido. Ou então Tristan teria voltado para Kernow quando seu pai morresse e teria tomado outras mulheres. Quem sabe?

– Quanto tempo Mark viveu?

– Só mais um ano. Morreu de estrangúria.

– De quê?

Sorri.

– Uma doença feia, senhora. As mulheres, acho, não estão sujeitas a ela. Um sobrinho se tornou rei, e nem lembro o nome dele.

Igraine fez uma careta.

– Mas se lembra de Isolda saindo do mar – falou acusadoramente –, porque o vestido dela estava molhado.

Sorri.

– Como se tivesse sido ontem, senhora.

– O mar da Galileia – disse Igraine, animada, porque São Tudwal tinha entrado de repente na cela. Agora Tudwal está com 10 ou

11 anos, um garoto magro de cabelo preto e cujo rosto me lembra Cerdic. Um rosto de rato. Ela compartilha a cela e a autoridade de Sansum. Que sorte temos em possuir dois santos em nossa pequena comunidade!

– O santo quer que você decifre estes pergaminhos – exigiu Tudwal, pondo-os sobre minha mesa. Ignorou Igraine. Parece que os santos podem ser rudes com as rainhas.

– O que são? – perguntei.

– Um mercador quer vender. Diz que são salmos, mas os olhos do santo estão muito fracos para ler.

– Claro – falei. A verdade, obviamente, é que Sansum não sabe ler e Tudwal é muito preguiçoso para aprender, ainda que todos tenhamos tentado ensiná-lo. Agora fingimos que ele sabe. Desenrolei cuidadosamente o pergaminho, quebradiço e frágil. A língua era latim, que mal entendo, mas vi a palavra *Cristus*. – Não são salmos – falei –, mas são cristãos. Suspeito de que sejam fragmentos do evangelho.

– O mercador quer quatro peças de ouro.

– Duas peças – falei, mas realmente não me importava se iríamos comprá-los ou não. Deixei os pergaminhos se enrolarem. – O homem disse onde os conseguiu?

Tudwal deu de ombros.

– Com os saxões.

– Certamente deveríamos preservá-los – falei obedientemente, devolvendo-os. – Devem ficar no depósito do tesouro. – Onde, pensei, Hywelbane repousava com todos os outros pequenos tesouros que eu trouxera de minha vida antiga. Tudo, menos o pequeno broche de ouro de Ceinwyn, que eu mantinha escondido do santo mais velho. Humildemente agradeci ao santo mais novo por ter me consultado e baixei a cabeça enquanto ele saía.

– Moleque chato – disse Igraine quando Tudwal tinha saído. Ela cuspiu em direção ao fogo. – Você é cristão, Derfel?

– Claro que sou, senhora! Que pergunta!

Ela franziu a testa interrogativamente.

– Perguntei porque parece que você é menos cristão hoje do que quando começou a escrever esta história.

Aquela, pensei, era uma observação inteligente. E verdadeira também, mas eu não ousava confessar abertamente porque Sansum adoraria ter uma desculpa para me acusar de heresia e me matar na fogueira. "Ele não economizaria na lenha", pensei, "mesmo que racionasse a que podíamos queimar em nossos fogões." Sorri.

– A senhora me faz lembrar coisas antigas. Só isso. – Não era só isso. Quanto mais eu recordava os velhos tempos, mais algumas daquelas coisas antigas me voltavam. Toquei um prego de ferro em minha mesa de madeira, para evitar o mal do ódio de Sansum. – Há muito tempo abandonei o paganismo.

– Eu gostaria de ser pagã – disse Igraine pensativa, apertando a capa de pele de castor nos ombros. Seus olhos ainda estão brilhantes e seu rosto tão cheio de vida que tenho certeza de que deve estar grávida. – Não diga aos santos que falei isso – acrescentou rapidamente. – E Mordred era cristão?

– Não. Mas sabia que os que o apoiavam em Dumnonia eram, de modo que fez o suficiente para mantê-los felizes. Deixou Sansum construir sua grande igreja.

– Onde?

– Em Caer Cadarn – sorri, lembrando. – Nunca foi terminada, mas deveria ser uma grande igreja em forma de cruz. Ele dizia que a igreja receberia o segundo advento de Cristo no ano 500. Derrubou a maior parte do salão de festas, usando a madeira para construir a parede e desfazendo o círculo de pedras para montar os alicerces da igreja. Mas deixou a pedra real, claro. Depois pegou metade das terras que pertenciam ao palácio de Lindinis e usou a riqueza delas para pagar aos monges de Caer Cadarn.

– A sua terra?

Balancei a cabeça.

– Nunca foi minha terra, sempre foi de Mordred. E, claro, Mordred quis que fôssemos expulsos de Lindinis.

– Para que ele pudesse viver no palácio?

– Para que Sansum pudesse. Mordred se mudou para o Palácio de Inverno de Uther. Ele gostava de lá.

– E para onde você foi?

– Encontramos um lar. – Era o antigo salão de Ermid, ao sul do lago de Issa. O lago não tinha esse nome por causa do meu Issa, claro, mas de um antigo chefe tribal, e Ermid tinha sido outro chefe que morou na margem Sul do lago. Quando ele morreu comprei suas terras, e depois de Sansum e Morgana ocuparem Lindinis, me mudei para lá. As garotas sentiam falta dos corredores amplos e dos salões ecoantes de Lindinis, mas eu gostava da residência de Ermid. Era antiga, coberta de palha, sombreada por árvores e cheia de aranhas que faziam Morwenna gritar e, pelo bem de minha filha mais velha, eu me tornei lorde Derfel Cadarn, o matador de aranhas.

– Você teria matado Culhwch? – perguntou Igraine.

– Claro que não!

– Odeio Mordred – disse ela.

– Não está sozinha nisso, senhora.

Ela olhou para o fogo durante alguns instantes.

– Ele realmente precisava ser rei?

– Desde que isso estivesse nas mãos de Artur, sim. Se fosse eu? Não, eu o teria matado com Hywelbane, mesmo que isso significasse romper meu juramento. Ele era um garoto triste.

– Tudo isso parece triste.

– Houve muita felicidade naqueles anos, e mesmo depois, algumas vezes. Éramos bastante felizes. Ainda me lembro dos gritos das meninas ecoando em Lindinis, o som dos pés e a empolgação delas diante de algum novo jogo ou alguma descoberta estranha. Ceinwyn vivia feliz, tinha um dom para isso, e os que estavam ao redor dela captavam a felicidade e passavam adiante. E acho que Dumnonia era feliz. Prosperou, sem dúvida, e quem trabalhava muito ficou rico. Os cristãos fervilhavam de descontentamento, mas mesmo assim aqueles foram os anos gloriosos, o tempo de paz, o tempo de Artur.

Igraine afastou os novos pedaços de pergaminho para encontrar uma passagem específica.

– E quanto à Távola Redonda... – começou.

– Por favor. – Levantei a mão para silenciar o que sabia que seria um protesto.

– Derfel! – disse ela com seriedade. – Todo mundo sabe que foi uma coisa séria! Uma coisa importante! Todos os melhores guerreiros da Britânia, todos jurados a Artur, e todos amigos. Todo mundo sabe disso!

– Era uma mesa de pedra rachada, que no fim do dia estava ainda mais rachada e suja de vômito. Todos ficaram muito bêbados.

Ela suspirou.

– Espero que tenha esquecido a verdade – falou, descartando o assunto muito facilmente, o que me faz pensar que Dafydd, o escrivão que traduz minhas palavras para a língua britânica, imaginará alguma coisa mais ao gosto de Igraine. Cheguei a ouvir uma história, não faz muito tempo, dizendo que a mesa era um vasto círculo de madeira em volta do qual toda a Irmandade da Britânia sentava-se com solenidade, mas nunca houve tal mesa, nem poderia ter havido, a não ser que tivéssemos cortado metade das florestas de Dumnonia para construí-la.

– A Irmandade da Britânia – falei pacientemente – foi uma ideia de Artur que nunca funcionou. Não poderia! Os juramentos reais dos homens tinham precedência sobre o da Távola Redonda, e além disso ninguém, a não ser Artur e Galahad, jamais acreditou nele. No fim, creia, até ele ficava constrangido quando alguém o mencionava.

– Tenho certeza de que você está certo – disse ela, querendo dizer que tinha certeza absoluta de que eu estava errado. – E quero saber o que aconteceu com Merlin.

– Vou contar. Prometo.

– Agora! Conte agora. Ele simplesmente foi definhando?

– Não. Seu tempo chegou. Nimue estava certa, veja bem. Em Lindinis ele só estava esperando. Ele sempre gostou de fingir, lembre-se, e naqueles anos fingiu ser um homem velho, agonizante, mas por baixo, onde nenhum de nós enxergava, o poder permanecia. Mas ele era velho, e tinha de juntar seu poder. Estava esperando o momento em que o Caldeirão seria revelado. Sabia que então iria precisar do poder, mas, até que isso acontecesse, ele estava feliz em deixar que Nimue guardasse a chama.

– Então o que aconteceu? – perguntou Igraine, empolgada.

Enrolei a manga do manto em volta do cotoco do pulso.

– Se Deus permitir que eu viva, senhora, contarei. – E não quis falar mais. Eu estava à beira das lágrimas, lembrando-me daquela selvagem demonstração do poder de Merlin sobre a Britânia, mas aquele momento está muito, muito adiante na narrativa, muito depois do tempo em que se realizou a profecia de Nimue sobre a vinda dos reis a Cadarn.

– Se você não contar, não conto minha novidade.

– A senhora está grávida – falei – e fico muito feliz por isso.

– Você é um monstro, Derfel. Eu queria fazer uma surpresa!

– A senhora rezou por isso, e rezei pela senhora, e como Deus poderia não atender às nossas preces?

Ela fez uma careta.

– Deus mandou varíola para Nwylle, foi o que Deus fez. Ela ficou cheia de manchas e feridas, e chorando pus, por isso o rei a mandou embora.

– Fico muito satisfeito.

Ela tocou a barriga.

– Só espero que ele viva para governar, Derfel.

– Ele?

– Ele – disse ela com firmeza.

– Então rezarei por isso também – falei piedosamente, mas não sabia se rezaria para o Deus de Sansum ou para os Deuses mais selvagens da Britânia. Tantas orações fiz durante a vida, tantas, e aonde elas me trouxeram? A este refúgio úmido nos morros enquanto nosso velho inimigo canta em nossos salões antigos. Mas esse final também está muito adiante, e a história de Artur está longe de terminar. De certa forma, mal começou, porque agora, quando ele descartou sua glória e entregou o poder a Mordred, vieram os tempos das provações, e seriam testes para Artur, meu senhor dos juramentos, meu senhor firme, mas meu amigo até a morte.

A PRINCÍPIO NADA aconteceu. Prendemos o fôlego, esperamos o pior, e nada aconteceu.

Preparamos o feno, depois cortamos linho e pusemos as hastes fibrosas nos poços de maceração, de modo que os povoados federam durante semanas. Colhemos os campos de centeio, cevada e trigo, depois ouvimos os escravos cantando suas canções no terreno de debulha ou as mós girando interminavelmente. A palha da colheita, usamos para reparar os tetos fazendo com que, durante um tempo, retalhos de telhados dourados brilhassem ao sol do fim de verão. Limpamos os pomares, cortamos a lenha para o inverno e colhemos hastes de salgueiro para os cesteiros, comemos amoras e nozes, tiramos as abelhas de suas colmeias usando fumaça e prensamos o mel em sacos que penduramos na frente dos fogões da cozinha, onde deixamos comida para os mortos na véspera de Samain.

Os saxões permaneceram em Lloegyr, a justiça era feita em nossos tribunais, virgens eram dadas em casamento, crianças nasciam e crianças morriam. O fim do ano trouxe névoas e gelo. O gado foi morto e o fedor dos poços de maceração deu lugar ao cheiro nauseabundo dos poços de curtume. O linho recém-tecido estava em tonéis cheios de cinza, água de chuva e a urina que tínhamos coletado o ano todo, os impostos de inverno foram pagos, e no solstício nós, mitraístas, matamos um touro no festival anual que homenageava o sol, enquanto no mesmo dia os cristãos comemoraram o nascimento de seu Deus. No Ibolc, a grande festa da estação fria, alimentamos duzentas almas em nosso salão, certificamo-nos de que três facas fossem postas sobre a mesa para uso dos Deuses invisíveis e oferecemos sacrifícios para as colheitas do novo ano. Cordeiros recém-nascidos foram o primeiro sinal daquele ano que despertava, em seguida veio a época de arar e de semear, e de brotos novos nas árvores velhas e desnudas. Foi o primeiro ano do governo de Mordred.

Esse governo tinha trazido algumas mudanças. Mordred exigiu receber o Palácio de Inverno de seu avô, e isso não surpreendeu ninguém, mas fiquei surpreso quando Sansum exigiu o palácio de Lindinis. Fez a exigência no Conselho, dizendo que precisava do espaço do palácio para a sua escola e para a comunidade de mulheres santas de Morgana, e porque queria estar perto da igreja que estava construindo no cume do Caer Cadarn. Mordred acenou consentindo, e assim Ceinwyn e eu fomos sumariamente expulsos, mas o salão de Ermid estava vazio e nos mudamos para o conjunto de construções assombrado pela névoa junto ao lago. Artur argumentou contra deixar Sansum em Lindinis, assim como se opôs à sua exigência, de que o tesouro real pagasse o reparo dos danos feitos ao palácio, segundo Sansum, por muitas crianças indisciplinadas, mas Mordred negou a argumentação de Artur. Aquelas foram as únicas decisões do rei, porque ele geralmente se contentava em deixar que Artur cuidasse das questões do reino. Artur, mesmo não sendo mais protetor de Mordred, era agora o principal conselheiro e o rei raramente vinha ao Conselho, preferindo caçar. Nem sempre eram cervos ou lobos que ele caçava, e Artur e eu nos acostumamos a levar ouro a alguma cabana de camponês para recompensar o homem pela virgindade da filha ou a vergonha da esposa. Não era um serviço agradável, mas raro e feliz era o reino em que isso não fosse necessário.

Dian, nossa filha mais nova, ficou doente naquele verão. Era uma febre que não queria passar, ou melhor, que vinha e ia, mas com tal ferocidade que três vezes achamos que ela estava morta, e por três vezes os preparados de Merlin a fizeram reviver, mas nada que o velho fizesse parecia capaz de afastar de vez a aflição. Dian prometia ser a mais animada de nossas três filhas. Morwenna, a mais velha, era uma criança sensível que adorava cuidar das mais novas e ficava fascinada pelos serviços domésticos; sempre curiosa com as cozinhas, com os poços de maceração ou os tonéis de clareamento do linho. Seren, a estrela, era a nossa beldade, uma criança que tinha herdado a aparência delicada da mãe, mas havia acrescentado a ela uma natureza pensativa e encantadora. Passava horas com os bardos aprendendo canções e tocando harpa, mas Dian, como sempre dizia Ceinwyn, era minha filha. Dian não tinha medo. Era capaz de atirar com arco e flecha, adorava montar a cavalo e até mesmo aos 6 anos podia manobrar um barquinho tão bem quanto os pescadores do lago. Estava com 6 anos quando a febre a atacou, e se não fosse aquela febre provavelmente teríamos todos viajado a Powys, porque faltava um mês para o primeiro aniversário da aclamação de Mordred quando de repente o rei exigiu que Artur e eu viajássemos ao reino de Cuneglas.

Mordred fez a exigência em um de seus raros comparecimentos ao Conselho. Aquela exigência súbita nos surpreendeu, bem como a necessidade da tarefa que ele propôs, mas o rei estava decidido. Claro que havia outro motivo, o qual nem Artur nem eu vimos na ocasião, e ninguém mais do Conselho viu, a não ser Sansum, que tinha proposto a ideia, mas demoramos muito para deduzir os motivos do Lorde Camundongo para a sugestão. Tampouco havia algum motivo para que suspeitássemos da proposta do rei, já que ela parecia bastante razoável, mas nem Artur nem eu entendemos por que deveríamos ser os dois despachados a Powys.

A questão decorria de uma história antiga, muito antiga. Norwenna, mãe de Mordred, tinha sido assassinada por Gundleus, o rei de Silúria, e apesar de Gundleus ter recebido sua punição, o homem que traíra Norwenna ainda vivia. Seu nome era Ligessac, e ele tinha sido o chefe da guarda de Mordred quando o rei era apenas um bebê. Mas Ligessac aceitara o suborno de Gundleus e abrira os portões do Tor de Merlin aos intentos assassinos do rei siluriano. Morgana tinha levado Mordred para a segurança, mas sua mãe morreu. Ligessac, cuja traição causara a morte de Norwenna, havia sobrevivido à batalha do vale do Lugg.

Mordred tinha ouvido a história, claro, e era natural que sentisse interesse pelo destino de Ligessac, mas foi o bispo Sansum quem transformou esse interesse numa obsessão. De algum modo Sansum descobriu que Ligessac havia buscado refúgio com um bando de eremitas cristãos numa remota área montanhosa no Norte de Silúria, que agora estava sob o domínio de Cuneglas.

– Dói-me trair um colega cristão – anunciou hipocritamente o Lorde Camundongo na reunião do Conselho –, mas dói-me igualmente que um cristão seja culpado de traição tão imunda. Ligessac ainda vive, senhor rei – disse ele a Mordred –, e deve ser trazido à sua justiça.

Artur sugeriu que pedíssemos para Cuneglas prender o fugitivo e mandá-lo a Dumnonia, mas Sansum balançou a cabeça e disse que certamente era descortês pedir a outro rei para iniciar uma vingança que tocava tão de perto a honra de Mordred.

– Esta é uma questão dumnoniana – insistiu Sansum – e os dumnonianos, senhor rei, devem ser os agentes do seu sucesso.

Mordred concordou balançando a cabeça, depois insistiu que Artur e eu fôssemos capturar o traidor. Artur, como sempre surpreso quando Mordred se apresentava com ênfase no conselho, objetou. Queria saber: por que dois lordes deveriam ir numa tarefa que poderia ser deixada na mão de uma dúzia de lanceiros? Mordred fez um muxoxo diante da pergunta.

– Você acha, lorde Artur, que Dumnonia cairá se você e Derfel estiverem ausentes?

– Não, senhor rei, mas Ligessac deve estar velho, e não vai precisar de dois bandos de guerreiros para capturá-lo.

O rei bateu com o punho na mesa.

– Depois do assassinato de minha mãe você deixou Ligessac escapar. No vale do Lugg, lorde Artur, você deixou Ligessac escapar de novo. Você me deve a vida de Ligessac.

Artur se enrijeceu momentaneamente diante da acusação, mas depois inclinou a cabeça, reconhecendo a obrigação.

– Mas Derfel não era responsável – observou.

Mordred olhou para mim. Ainda desgostava de mim por todas as surras que tinha levado na infância, mas eu esperava que os tapas que ele me dera em sua aclamação e seu triunfo mesquinho em nos expulsar de Lindinis tivesse diminuído a sede de vingança.

– Lorde Derfel – disse ele, como sempre fazendo o título parecer uma zombaria – conhece o traidor. Quem mais iria reconhecê-lo? Insisto que os dois devem ir. E não precisam levar dois bandos de guerreiros. – Ele reverteu à objeção anterior de Artur. – Bastam alguns homens. – Mordred devia estar constrangido em dar tal conselho militar a Artur, porque sua voz se esvaiu fracamente e ele olhou sem jeito para outros conselheiros antes de recuperar a pequena pose que possuía. – Quero Ligessac à minha frente antes do Samain. E quero vivo.

Quando um rei insiste, os homens obedecem, por isso Artur e eu cavalgamos para o norte com trinta homens cada um. Nenhum de nós achava que precisaríamos de tantos, mas era uma oportunidade de dar aos homens pouco aproveitados a chance de fazer uma marcha longa. Meus outros trinta homens permaneceram guardando

Ceinwyn, enquanto os demais homens de Artur ficaram em Durnovária ou então foram reforçar Sagramor, que continuava guardando a fronteira Norte contra os saxões. Os bandos de guerreiros saxões continuavam, como sempre, ativos naquela fronteira, não tentando nos invadir, mas tentando roubar gado e escravos, como tinham feito em todos os anos de paz. Fazíamos incursões semelhantes, mas os dois lados cuidavam para que os ataques não se transformassem numa guerra em escala total. A paz precária que tínhamos forjado em Londres havia durado notavelmente bem, mas houvera pouca paz entre Aelle e Cerdic. Aqueles dois tinham lutado um contra o outro até chegar a um impasse, e seus entreveros não nos haviam molestado. Na verdade, ficáramos acostumados à paz.

Meus homens caminhavam para o norte enquanto os de Artur cavalgavam, ou pelo menos guiavam os cavalos, pelas boas estradas romanas que nos levaram primeiro ao reino de Meurig, Gwent. O rei nos deu uma festa a contragosto, na qual o número de nossos homens foi suplantado pelo de padres, e depois disso fizemos um desvio até o vale de Wye para ver o velho Tewdric, que encontramos morando numa humilde cabana coberta de palha, da metade do tamanho da construção onde ele mantinha sua coleção de pergaminhos cristãos. Sua mulher, a rainha Enid, reclamava do destino que a retirara dos palácios de Gwent para aquela vida na floresta, cercada por camundongos, mas o velho rei estava feliz. Tinha tomado as ordens cristãs e jubilosamente ignorado as reclamações de Enid. Deu-nos uma refeição composta de feijões, pão e água, e se regozijou com a notícia da disseminação do cristianismo por Dumnonia. Nós lhe perguntamos sobre as profecias que falavam da volta de Cristo dentro de quatro anos, e Tewdric disse que rezava para que fossem verdadeiras, mas suspeitava de que era muito mais provável que Cristo esperasse mil anos antes de voltar em glória.

– Mas quem sabe? – perguntou ele. – É possível. Ele virá dentro de quatro anos. Que pensamento glorioso!

– Só gostaria de que seus colegas cristãos se contentassem em esperar em paz – disse Artur.

– Eles têm o dever de se preparar para a chegada d'Ele – disse Tewdric com seriedade. – Devem converter lorde Artur, e livrar a terra do pecado.

– Eles vão criar uma guerra entre si próprios e o resto de nós, se não tiverem cuidado – resmungou Artur. Em seguida, contou a Tewdric sobre os tumultos em cada cidade dumnoniana enquanto os cristãos tentavam derrubar ou violar templos pagãos. As coisas que tínhamos visto em Isca foram apenas o início dessas encrencas, a inquietação se espalhava rapidamente, e um dos sintomas do problema crescente era o sinal do peixe, um simples rabisco de duas linhas curvas, que os cristãos pintavam em paredes pagãs ou gravavam nas árvores dos bosques druídicos. Culhwch estava certo: o peixe era um símbolo cristão.

– É porque a palavra grega para peixe é *ichtus* – disse Tewdric –, e as letras gregas formam o nome de Cristo. *Iesous Christos, Theou Uios, Solter.* Jesus Cristo, Filho de Deus, Salvador. Muito interessante, de fato é muito interessante. – Ele deu um risinho de prazer pela própria explicação, e era fácil ver de onde Meurig herdara seu pedantismo irritante. – Claro que se eu ainda fosse um governante estaria preocupado com todo esse tumulto, mas como cristão devo recebê-lo bem. Os santos padres nos dizem que haverá muitos sinais e portentos nos últimos dias, lorde Artur, e as perturbações civis são apenas um desses sinais. Então talvez o fim esteja próximo, não é?

Artur esfarelou um pedaço de pão em seu prato.

– O senhor realmente recebe bem esses tumultos? Aprova os ataques contra os pagãos? Templos queimados e violados?

Tewdric olhou pela porta aberta para a mata verde que parecia comprimir seu pequeno mosteiro.

– Acho que deve ser difícil para os outros entenderem – disse ele, fugindo de uma resposta à pergunta de Artur. – Você deve ver os tumultos como sintomas de empolgação, lorde Artur, e não como sinais da graça de nosso Senhor. – Ele fez o sinal da cruz e sorriu para nós. – Nossa fé – disse com seriedade – é uma fé do amor. O Filho de Deus se humilhou para nos salvar de nossos pecados, e somos chamados a imitá-Lo em tudo que fazemos ou pensamos. Somos encorajados a amar nossos inimigos e a fazer o bem aos que nos odeiam, mas esses mandamentos são difíceis, difíceis demais para a maioria das pessoas. E você deve lembrar por que rezamos mais fervorosamente, pela volta de nossos Senhor Jesus Cristo a esta terra. – Ele fez de novo o sinal da cruz. – As pessoas rezam e anseiam por Sua segunda vinda, e temem que se o mundo ainda estiver governado por pagãos Ele talvez não venha, então se sentem impelidas a destruir o paganismo.

– Destruir o paganismo não parece adequado para uma religião que prega o amor – observou Artur, mordaz.

– Destruir o paganismo é um ato cheio de amor – insistiu Tewdric. – Se vocês, pagãos, se recusam a aceitar Cristo, certamente vão para o inferno. Não importa que levem uma vida de virtude, porque mesmo assim queimarão durante toda a eternidade. Nós, cristãos, temos o dever de salvá-los desse destino, e isso não é um ato de amor?

– Não se eu não quiser ser salvo – disse Artur.

– Então deve suportar a inimizade dos que o amam. Ou pelo menos deve suportá-la até que essa empolgação acabe. E acabará. Esses entusiasmos nunca duram muito, e se Nosso Senhor Jesus Cristo não voltar dentro de quatro anos a empolgação certamente vai se esvair até a chegada do milênio. – Ele olhou de novo para a floresta densa. – Como seria glorioso – disse numa voz cheia de espanto – se eu pudesse viver para ver o rosto de meu Salvador na Britânia! – Ele se virou de novo para Artur. – E temo que os portentos de Sua vinda sejam perturbadores. Sem dúvida os saxões serão um incômodo. Eles estão perturbando muito ultimamente?

– Não – disse Artur –, mas seu número cresce a cada ano. Temo que não fiquem quietos durante muito tempo.

– Rezarei para que Cristo venha antes deles. Não creio que eu suportaria perder terras para os saxões. Não que isso seja mais problema meu – acrescentou rapidamente –, deixei todas essas coisas com Meurig. – Ele se levantou quando uma trompa soou na capela próxima. – Está na hora de rezar! – disse com felicidade. – Será que vocês se juntariam a mim?

Pedimos licença e, na manhã seguinte, subimos os morros, afastando-nos do mosteiro do velho rei, e entramos em Powys. Duas noites depois estávamos em Caer Sws, onde nos reunimos com Culhwch, que estava prosperando em seu novo reino. Naquela noite todos bebemos muito hidromel, e na manhã seguinte, quando Cuneglas e eu fomos a Cwm Isaf, minha cabeça estava dolorida. Descobri que o rei tinha mantido intacta a nossa casinha.

– Não sei quando vocês precisarão dela de novo, Derfel – disse.

– Talvez logo – admiti, melancólico.

– Logo? Espero que sim.

Dei de ombros.

– Não somos realmente benquistos em Dumnonia. Mordred se ressente de mim.

– Então peça para ser liberado de seu juramento.

– Já pedi, e ele recusou. – Eu tinha pedido após a aclamação, pedi de novo seis meses depois, e ele continuou recusando. Acho que era inteligente o bastante para saber que o melhor modo de me punir era me forçar a servi-lo.

– São os seus lanceiros que ele quer? – perguntou Cuneglas, sentando-se no banco sob a macieira perto da porta da casa.

– Apenas minha lealdade abjeta – falei amargamente. – Parece que ele não deseja lutar em nenhuma guerra.

– Então não é um completo idiota – disse Cuneglas secamente. Depois falamos de Ceinwyn e das garotas, e Cuneglas se ofereceu para mandar Malaine, seu novo druida principal, para ajudar Dian. – Malaine tem uma habilidade notável com as plantas. Melhor do que o velho Iorweth. Você sabia que ele morreu?

– Ouvi dizer. E se puder abrir mão de Malaine, senhor rei, eu ficaria contente.

– Ele partirá amanhã. Não posso deixar minhas sobrinhas doentes. A sua Nimue não ajuda?

– Nem mais nem menos do que Merlin – falei, tocando a ponta da lâmina de uma velha foice que estava encravada na casca da macieira. O toque no ferro era para afastar o mal que ameaçava Dian. – Os Deuses antigos abandonaram Dumnonia – falei amargamente.

Cuneglas sorriu.

– Nunca é bom subestimar os Deuses, Derfel. Eles terão seu tempo em Dumnonia outra vez. – Ele fez uma pausa. – Os cristãos gostam de se chamar de cordeiros, não é? Bom, não deixe de ouvi-los balir quando os lobos chegarem.

– Que lobos?

– Os saxões – disse ele, infeliz. – Eles nos deram dez anos de paz, mas seus barcos continuam chegando nas costas orientais e posso sentir seu poder crescendo. Se começarem a lutar conosco de novo os cristãos vão ficar muito felizes com as espadas pagãs. – Ele se levantou e pôs a mão em meu ombro. – Os saxões são um negócio inacabado, Derfel, um negócio inacabado.

Naquela noite ele nos deu uma festa, e na manhã seguinte, com um guia oferecido por Cuneglas, viajamos para o sul até os morros desolados que atravessavam a antiga fronteira de Silúria.

Estávamos indo para uma remota comunidade cristã. Os cristãos ainda eram poucos em Powys, porque Cuneglas expulsava implacavelmente os missionários de Sansum de seu reino sempre que descobria a presença deles, mas alguns cristãos viviam no reino e havia muitos nas antigas terras de Silúria. Este grupo em particular era famoso entre os cristãos da Britânia por sua santidade, e eles a demonstravam vivendo num lugar selvagem e difícil. Ligessac tinha encontrado refúgio entre esses fanáticos cristãos que, segundo nos contara Tewdric, mortificavam a carne, e com isso quisera dizer que disputavam entre si para ver quem levava uma vida mais desgraçada. Alguns moravam em cavernas, outros recusavam qualquer tipo de abrigo, outros só comiam coisas verdes, alguns abriam mão de todas as roupas, outros se vestiam em camisas feitas de cabelos com espinhos trançados, alguns usavam coroas de espinhos e outros se batiam até sangrar, dia após dia, como os flagelantes que tínhamos visto em Isca. Para mim parecia que a melhor punição para Ligessac seria deixá-lo numa comunidade daquelas, mas tínhamos recebido ordens de pegá-lo e levá-lo para casa, o que significava que teríamos de desafiar o líder da comunidade, um bispo feroz chamado Cadoc, cuja beligerância era famosa.

Essa reputação nos persuadiu a vestir as armaduras enquanto nos aproximávamos do esquálido reduto de Cadoc nas altas montanhas.

Não usávamos as melhores armaduras, pelo menos aqueles dentre nós que tinham essa opção não usavam, porque um material de qualidade teria sido desperdiçado num bando enlouquecido de fanáticos religiosos, mas todos estávamos com elmos e usando malha ou couro, e levávamos escudos. Pelo menos, pensávamos, o equipamento de guerra poderia espantar os discípulos de Cadoc que, segundo garantiu nosso guia, não somavam mais de vinte almas.

– E todos são loucos – disse o guia. – Um deles ficou absolutamente imóvel durante um ano inteiro! Nem mexia um músculo, pelo que dizem. Ficava parado como um varapau enquanto empurravam comida numa extremidade e tiravam bosta na outra. Deus estranho, o que exige uma coisa dessas de um homem.

A estrada para o refúgio de Cadoc tinha sido batida pelos pés dos peregrinos, e serpenteava pelos flancos de morros amplos e desnudos onde as únicas coisas vivas que enxergávamos eram ovelhas e bodes. Não víamos pastores, mas sem dúvida eles nos viam.

– Se Ligessac tiver algum senso, já foi embora há muito – disse Artur. – Eles já devem ter nos visto.

– E o que diremos a Mordred?

– A verdade, claro – respondeu ele, sombrio. Sua armadura era composta de um elmo comum de lanceiro e um peitoral de couro, mas até mesmo essas coisas humildes pareciam arrumadas e limpas nele. Sua vaidade nunca foi espalhafatosa como a de Lancelot, mas Artur se orgulhava da própria limpeza, e de algum modo toda essa expedição pelas terras altas e áridas ofendia seu sentimento do que era limpo e adequado. O tempo não ajudava, porque era um dia feio de verão, com a chuva chicoteando do oeste num vento frio.

O ânimo de Artur podia parecer pouco, mas nossos lanceiros estavam animados. Faziam piadas sobre atacar a fortaleza do poderoso rei Cadoc e alardeavam o ouro, os anéis de guerreiros e os escravos que capturariam, e as afirmações extravagantes faziam-nos rir quando finalmente chegamos à última corcova dos morros e pudemos olhar o vale onde Ligessac encontrara refúgio. Era realmente um lugar de penúria: um mar de lama onde uma dúzia de cabanas de pedra redondas rodeavam uma pequena igreja quadrada, também de pedras. Havia alguns precários canteiros de verduras, um pequeno lago escuro e alguns currais para os bodes da comunidade, mas nenhuma paliçada.

A única defesa do vale era uma grande cruz de pedra, gravada com desenhos intrincados e uma imagem do Deus cristão entronizado em glória. A cruz, que era um maravilhoso trabalho de cantaria, marcava o lugar onde começava a terra de Cadoc, e foi ao lado da cruz, à plena vista do minúsculo povoado que ficava a apenas doze vezes a distância de uma lança arremessada, que Artur fez parar nosso bando de guerreiros.

– Não devemos invadir antes de termos a chance de conversar com eles – falou em voz amena. Em seguida, pousou o cabo da lança no chão, ao lado das patas dianteiras de seu cavalo, e esperou.

Havia uma dúzia de pessoas visíveis junto às cabanas, e ao nos ver elas fugiram para a igreja, de onde, um momento depois, surgiu um homem enorme que subiu o caminho em nossa direção. Era um gigante, alto como Merlin, com peito largo e mãos grandes e capazes. Também era imundo, com rosto sujo e um manto marrom cheio de lama, e o cabelo grisalho, tão sujo quanto o manto, parecia nunca ter sido cortado. A barba crescia selvagem até abaixo da cintura, enquanto atrás da tonsura o cabelo se espalhava em emaranhados imundos como um velocino cinza recém-tosquiado. O rosto era bronzeado e ele tinha boca larga, testa que se projetava e olhos irados. Era um rosto impressionante. Levava um cajado na mão direita, e do quadril esquerdo, sem bainha, pendia uma gigantesca espada enferrujada. Parecia ter sido um lanceiro útil, e não duvidei de que ainda fosse capaz de dar um ou dois golpes fortes.

– Vocês não são bem-vindos – gritou enquanto se aproximava –, a não ser que venham pousar suas almas miseráveis diante de Deus.

– Nossas almas já estão postas diante de nossos Deuses – respondeu Artur afavelmente.

– Pagãos! – cuspiu o sujeito enorme, que, presumi, devia ser o famoso Cadoc. – Vêm com ferro e aço a um lugar onde os filhos de Cristo brincam com o Cordeiro de Deus?

– Viemos em paz – insistiu Artur.

O bispo cuspiu um grande perdigoto amarelo na direção do cavalo de Artur.

– Você é Artur Ap Uther Ap Satã – disse ele –, e sua alma é um trapo imundo.

– E você, suponho, é o bispo Cadoc – respondeu Artur, cheio de cortesia.

O bispo parou ao lado da cruz e riscou uma linha na estrada, com o cabo de seu cajado.

– Apenas os fiéis e os penitentes podem atravessar esta linha – declarou – porque este é um terreno sagrado de Deus.

Durante alguns instantes Artur olhou para a sujeira enlameada adiante, depois deu um sorriso grave para o desafiador Cadoc.

– Não tenho desejo de entrar em seu terreno de Deus, bispo, mas lhe peço, em paz, que nos traga o homem chamado Ligessac.

– Ligessac – trovejou Cadoc para nós como se estivesse se dirigindo a uma congregação de milhares de pessoas – é filho abençoado e santo de Deus. Recebeu refúgio aqui e nem você nem nenhum suposto lorde pode invadir esse santuário.

Artur sorriu.

– Um rei governa aqui, bispo, não o seu Deus. Só Cuneglas pode oferecer refúgio, e ele não fez isso.

– O meu rei, Artur, é o Rei dos Reis – disse Cadoc com orgulho – e Ele ordenou que eu recusasse sua entrada.

– Vão resistir a mim? – perguntou Artur com surpresa educada na voz.

– Até a morte! – gritou Cadoc.

Artur balançou a cabeça, triste.

– Não sou cristão, bispo, mas vocês não pregam que o seu Outro Mundo é um lugar de delícias absolutas? – Cadoc não respondeu e Artur deu de ombros. – Então lhes faço um favor levando-os logo para tal destino, não é? – Ele fez a pergunta e em seguida desembainhou Excalibur.

O bispo usou o cajado para aprofundar a linha que tinha rabiscado no caminho lamacento.

– Eu os proíbo de atravessar esta linha – gritou. – Proíbo em nome do Pai, do Filho e do Espírito Santo! – Depois levantou o cajado e apontou para Artur. Manteve o cajado imóvel por um instante, depois girou-o para abarcar o resto de nós, e confesso que senti um arrepio naquele momento. Cadoc não era nenhum Merlin, e seu Deus, pensei, não tinha poder como os Deuses de Merlin, mas mesmo assim estremeci quando aquele cajado apontou para mim, e meu medo me fez tocar minha malha de ferro e cuspir na estrada. – Agora vou fazer minhas orações, Artur, e você, se quiser viver, vai fazer a volta e ir embora deste lugar, porque se passar por esta cruz sagrada eu lhe juro, pelo doce sangue do senhor Jesus Cristo, que suas almas queimarão atormentadas. Vocês conhecerão o fogo eterno. Serão condenados desde o início dos tempos até o fim, e desde as abóbadas do céu até o fundo dos poços do inferno. – E com essa maldição feroz ele cuspiu mais uma vez, depois se virou e foi embora.

Artur usou a ponta da capa para enxugar a chuva que molhava Excalibur, depois embainhou a espada.

– Parece que não somos bem-vindos – disse ele com certa diversão, depois se virou e chamou Balin, que era o cavaleiro mais velho. – Pegue os cavaleiros e vá por trás do povoado. Certifique-se de que ninguém vai escapar. Assim que estiver no lugar, levarei Derfel e os homens dele para revistar as casas. E escutem! – Ele ergueu a voz para que todos os sessenta homens pudessem ouvi-lo. – Essas pessoas vão resistir. Vão nos insultar e lutar contra nós, mas não temos nada contra elas. Só com Ligessac. Vocês não roubarão nem irão ferir nenhuma delas desnecessariamente. Vão se lembrar de que são soldados, e elas não. Vão tratá-las com respeito e devolver as maldições com silêncio. – Artur falou sério, e então, quando teve certeza de que todos os nossos homens tinham entendido, sorriu para Balin e fez um gesto para que ele fosse cumprir a ordem.

Os trinta cavaleiros armados se adiantaram, saindo da estrada para galopar em volta da borda do vale e chegar à encosta mais distante, atrás do povoado. Cadoc, que ainda estava andando para a sua igreja, olhou para eles, mas não demonstrou alarme.

– Como será que ele sabia quem éramos? – perguntou Artur.

– O senhor é famoso – falei. Eu ainda o chamava de senhor, e sempre chamaria.

– Meu nome talvez seja conhecido, mas não meu rosto. Não aqui. – Ele deu de ombros para o mistério. – Ligessac sempre foi cristão?

– Desde que o conheci. Mas nunca foi um bom cristão.

Ele sorriu.

– A vida virtuosa fica mais fácil quando as pessoas são mais velhas. Pelo menos eu acho que sim. – Ele olhou seus cavaleiros passarem galopando pela aldeia, os cascos levantando grandes jorros de água do capim encharcado, depois levantou a lança e olhou para meus homens. – Lembrem-se agora! Nada de roubar! – Eu me perguntei o que poderia haver para ser roubado num lugar daqueles, mas Artur sabia que todos os lanceiros geralmente encontravam algo para levar. – Não quero problemas. Só vamos procurar o homem, depois ir embora. – Ele tocou os flancos de Llamrei e a égua preta começou a andar obedientemente. Seguimos a pé, com as botas apagando a linha rabiscada por Cadoc na estrada lamacenta ao lado da cruz cheia de desenhos intricados. Nenhum fogo veio do céu.

O bispo tinha chegado à sua igreja. Parou na entrada, virou-se, viu que estávamos indo e entrou.

– Eles sabiam que vínhamos – disse-me Artur –, então não vamos encontrar Ligessac aqui. Acho que é uma perda de tempo, Derfel. – Uma ovelha aleijada atravessou o caminho mancando, e Artur refreou a égua para lhe dar passagem. Eu o vi estremecer e soube que ele se sentia ofendido pela sujeira do povoado, quase capaz de se rivalizar com a imundície do Tor de Nimue.

Cadoc reapareceu na porta da igreja quando estávamos a apenas cem passos de distância. Agora nossos cavaleiros esperavam atrás do povoado, mas Cadoc não se incomodou em olhá-los. Apenas levou um grande chifre de carneiro aos lábios e fez um chamado que ecoou na tigela desnuda formada pelos morros. Tocou uma vez, parou para respirar fundo e depois tocou de novo.

E de repente estávamos com uma batalha nas mãos.

Eles sabiam mesmo que estávamos vindo, e estavam preparados. Cada cristão de Powys e Silúria devia ter sido convocado para defender Cadoc, e agora aqueles homens apareciam em todas as cristas em volta do vale, enquanto outros corriam para bloquear a estrada atrás de nós. Alguns traziam lanças, outros tinham escudos, e outros levavam apenas foices, mas pareciam muito confiantes. Muitos, eu sabia, teriam sido lanceiros que serviram no *levy* para a guerra, mas o que dava verdadeira confiança àqueles cristãos, afora a fé em seu Deus, era que eles somavam pelo menos duzentos homens.

– Idiotas! – disse Artur, furioso. Ele odiava violência desnecessária, e sabia que algumas mortes eram inevitáveis. Também sabia que venceríamos, porque apenas fanáticos que acreditavam que seu Deus lutaria por eles enfrentariam sessenta dos melhores guerreiros de Dumnonia. – Idiotas! – cuspiu de novo, depois olhou para o povoado e viu mais homens armados chegando das cabanas. – Fique aqui, Derfel – disse. – Apenas os segure, e nós vamos expulsá-los. – Ele esporeou o animal e galopou sozinho pela borda do povoado, até seus cavaleiros.

– Anel de escudos – falei em voz baixa. Éramos apenas trinta homens, e nosso anel duplo formou um círculo tão pequeno que devia parecer um alvo fácil para aqueles cristãos que uivavam e corriam descendo os morros ou saindo do povoado para nos aniquilar. O anel de escudos nunca foi uma formação popular entre os soldados, porque a projeção das lanças para fora do círculo faz com que suas pontas fiquem separadas, e quanto menor o anel, maior a distância entre as pontas das lanças, mas meus homens eram bem-treinados. A fila da frente se ajoelhou, com os escudos se tocando e os cabos das lanças compridas apoiados no chão atrás deles. Nós, da segunda fila, pusemos os escudos sobre os da primeira fila, forçando-os a se encostar no chão, de modo que os atacantes enfrentavam uma parede dupla de madeira coberta de couro. Então cada um de nós ficou de pé atrás de um dos homens ajoelhados e apontamos as lanças por cima da cabeça deles. Nosso serviço era proteger a fileira da frente, e o deles era ficar firmes. Seria um trabalho duro e sangrento, mas enquanto os homens ajoelhados mantivessem seus escudos altos e as lanças firmes, e enquanto nós os protegêssemos, o anel de escudos ficaria bastante seguro. Lembrei a meus homens ajoelhados de seu treinamento, disse que eles eram apenas um obstáculo, e que deveriam deixar a matança para o resto de nós. – Bel está conosco – falei.

– Artur também – falou Issa, entusiasmado.

Porque era Artur que faria a verdadeira matança do dia. Nós éramos a isca e ele o executor, e os homens de Cadoc aceitaram a isca como um salmão faminto saltando para pegar uma mosca. O próprio Cadoc liderou o ataque vindo do povoado, levando sua espada enferrujada e um grande escudo redondo pintado com uma cruz preta, atrás do qual eu podia entrever a silhueta fantasmagórica da raposa de Silúria, que traía sua aliança anterior como lanceiro de Gundleus.

Aquela horda cristã não veio como uma parede de escudos. Isso poderia tê-los levado à vitória, mas em vez disso eles atacaram do modo antigo que os romanos nos fizeram abandonar diante das derrotas. Nos velhos tempos, quando os romanos eram novos na Britânia, as tribos os atacavam num jorro glorioso, uivante, alimentado por hidromel. Um ataque assim era temível de se ver, mas fácil de se derrotar por homens disciplinados, e meus lanceiros eram maravilhosamente disciplinados.

Sem dúvida eles sentiam medo. Eu sentia medo, porque um ataque daqueles era terrível de se ver. Contra homens malpreparados ele funciona por causa do terror que provoca, e esta era a primeira vez que eu via aquele modo antigo das batalhas britânicas. Os cristãos de Cadoc corriam fanaticamente para nós, competindo para ver quem seria o primeiro a chegar às nossas lanças. Gritavam e xingavam, e parecia que cada um deles queria ser mártir ou herói. Sua corrida louca incluía até mulheres que gritavam brandindo pedaços de pau ou facas. Havia até crianças em meio àquela ralé uivante.

– Bel! – gritei quando o primeiro homem tentou saltar por cima dos nossos homens ajoelhados na primeira fila e morreu pela minha lança. Eu o atravessei como se ele fosse uma lebre pronta para ser assada, depois joguei-o, com lança e tudo, para fora do círculo, e seu corpo agonizante formou um obstáculo para seus camaradas. Hywelbane matou o homem seguinte, e eu podia ouvir meus lanceiros soltando seu terrível canto de batalha enquanto rasgavam, golpeavam, cortavam e estocavam. Todos éramos muito bons, muito rápidos e extremamente bem-treinados. Horas de treinamento monótono haviam penetrado naquele anel de escudos, e mesmo tendo decorrido anos desde que a maioria de nós lutara numa batalha, descobrimos que os velhos instintos continuavam rápidos como sempre, e foram o instinto e a experiência que nos mantiveram vivos naquele dia. O inimigo era uma turba de fanáticos que gritava e fazia pressão, forçando-se contra o nosso anel e empurrando suas lanças em nossa direção, mas o anel externo de escudos se mantinha firme como uma rocha, e o monte de atacantes mortos e agonizantes que crescia tão rapidamente diante de nossos escudos atrapalhava os outros atacantes. Durante os dois primeiros minutos, aproximadamente, quando o terreno em volta de nosso anel de escudos continuava livre de obstáculos e os inimigos mais corajosos ainda conseguiam chegar perto, foi uma luta frenética. Mas assim que o círculo de mortos e agonizantes nos protegeu, apenas os atacantes mais corajosos tentavam nos alcançar, e nós quinze, do anel interno, podíamos escolher os alvos e usá-los para treinarmos com lança ou espada. Lutávamos com rapidez, estimulávamos uns aos outros e matávamos sem misericórdia.

O próprio Cadoc chegou cedo à luta. Veio girando a enorme espada enferrujada, tão vigorosamente que ela assobiava no ar. Ele conhecia o serviço suficientemente bem, e tentou derrubar um dos homens ajoelhados, porque sabia que assim que o anel externo estivesse rompido o resto de nós morreria rapidamente. Aparei o golpe poderoso com Hywelbane, devolvi com um giro rápido que se perdeu em seus cabelos imundos, e então Eachern, o pequeno e forte lanceiro irlandês que ainda me servia apesar das ameaças de Mordred, acertou o rosto do bispo com o cabo de sua lança. A ponta da lança de Eachern havia desaparecido, arrancada por um golpe de espada, mas ele acertou na testa de Cadoc a ponta de ferro que havia na extremidade do seu cabo. O bispo ficou zarolho durante um segundo, a boca aberta com dentes podres, e em seguida apenas afundou na lama.

O último atacante a tentar romper a parede de escudos foi uma mulher desgrenhada que subiu no círculo de mortos e gritou uma praga contra mim enquanto tentava pular sobre os homens ajoelhados na primeira fila. Agarrei seus cabelos, deixei sua foice se chocar em minha cota de malha e puxei-a para dentro do círculo, onde Issa bateu com força em sua cabeça. Foi então que Artur atacou.

Trinta cavaleiros com lanças compridas romperam a massa cristã. Acho que estávamos nos defendendo há uns três minutos, mas, assim que Artur chegou, a luta terminou num piscar de olhos. Seus cavaleiros vieram com lanças abaixadas, galopando a toda velocidade, e vi um terrível jorro de sangue quando uma das lanças acertou alguém, e então os atacantes estavam fugindo em pânico, e Artur, depois de largar a lança e com Excalibur brilhando na mão, gritava para seus homens pararem com a matança.

– Só os afastem! – gritou. – Só os afastem! – Seus cavaleiros se dividiram em pequenos grupos que espalharam os sobreviventes aterrorizados e os caçaram pela estrada que ia em direção à cruz guardiã.

Meus homens relaxaram. Issa ainda estava sentado na mulher desgrenhada, e Eachern procurava sua ponta de lança. Dois homens no anel de escudos estavam com ferimentos feios, e um homem da segunda fila tinha o maxilar quebrado e sangrando, mas afora isso estávamos incólumes, enquanto ao redor havia vinte e três cadáveres e pelo menos um número igual de homens muito machucados. Cadoc, grogue devido ao golpe de Eachern, ainda estava vivo, e o amarramos pelas mãos e pés, e então, apesar das instruções de Artur para demonstrar respeito, cortamos seu cabelo e sua barba para envergonhá-lo. Ele cuspia e xingava, mas enchemos sua boca com punhados da barba cortada, depois o fizemos andar de volta ao povoado.

E foi ali que descobri Ligessac. Ele não tinha fugido, simplesmente havia esperado junto ao pequeno altar da igreja. Agora era um velho, magro e grisalho, e obedeceu humildemente, mesmo quando cortamos sua barba, tecemos uma corda grosseira com seus cabelos e a amarramos em volta de seu pescoço, para mostrar que ele era um traidor condenado. Ele até pareceu satisfeito em me encontrar de novo depois de tantos anos.

– Eu disse que eles não iriam derrotá-lo – falou. – Não derrotariam Derfel Cadarn.

– Eles sabiam que vínhamos?

– Eles já sabiam há uma semana – disse, calmamente estendendo as mãos para que Issa amarrasse seus pulsos. – Até queríamos que vocês viessem. Achávamos que era a chance de livrar a Britânia de Artur.

– Por que desejavam isso? – perguntei.

– Porque Artur é inimigo dos cristãos, é por isso.

– Ele não é – falei, cheio de desprezo.

– E o que você sabe, Derfel? Estamos preparando a Britânia para a volta de Cristo, e temos de expulsar os pagãos desta terra! – Ele fez essa proclamação em voz alta e desafiadora, depois deu de ombros e riu. – Mas eu disse a eles que não havia como matar Artur e Derfel. Falei a Cadoc que vocês eram bons demais. – Ele se levantou e acompanhou Issa para fora da igreja, mas depois se virou para mim, perto da porta. – Acho que vou morrer agora, não é?

– Em Dumnonia – falei.

Ele encolheu os ombros.

– Verei a face de Deus. Então o que tenho a temer?

Eu o acompanhei para fora da igreja. Artur tinha destapado a boca do bispo, e agora Cadoc nos amaldiçoava com uma enxurrada de palavrões. Cutuquei o queixo recém-barbeado do bispo com a ponta de Hywelbane.

– Ele sabia que estávamos vindo – falei a Artur – e planejou nos matar aqui.

– E fracassou – disse Artur, virando a cabeça de lado para evitar uma cusparada do bispo. – Afaste a espada – ordenou-me.

– O senhor não o quer morto?

– A punição dele é viver aqui – decretou Artur –, em vez de no céu.

Pegamos Ligessac e fomos embora, e nenhum de nós refletiu de fato no que ele revelara na igreja. Tinha dito que sabiam que viríamos há uma semana inteira, mas uma semana antes estávamos em Dumnonia, e não em Powys, e isso significava que alguém em Dumnonia enviara o alerta de nossa chegada. Mas nunca pensamos em relacionar alguém de Dumnonia com o massacre enlameado naqueles morros miseráveis; ligamos o massacre ao fanatismo cristão, e não à traição, mas aquela emboscada foi tramada.

Até hoje, claro, existem cristãos que contam uma história diferente. Dizem que Artur surpreendeu o refúgio, estuprou as mulheres, matou os homens e roubou todos os tesouros de Cadoc, mas não vi nenhum estupro: matamos apenas os que tentaram nos matar, e não encontrei nenhum tesouro a ser roubado – mas, mesmo que houvesse, Artur não teria tocado nele. Chegaria um tempo, e não estava distante, em que eu veria Artur matar indiscriminadamente, mas todos aqueles mortos seriam pagãos; entretanto os cristãos ainda insistiam em que ele era seu inimigo, e a história da derrota de Cadoc só aumentou o ódio por Artur. Cadoc foi transformado num santo vivo, e foi mais ou menos nessa época que os cristãos começaram a chamar Artur de Inimigo de Deus. Esse título raivoso ficou ligado a ele até o fim de seus dias.

Seu crime, claro, não foi ter partido algumas cabeças de cristãos no vale de Cadoc, e sim a tolerância pelo paganismo que manteve durante o tempo em que governou Dumnonia. Nunca ocorreu aos cristãos mais hidrófobos que o próprio Artur era pagão e tolerava o cristianismo; apenas o condenavam porque ele tinha poder de obliterar o paganismo e não o fez, e esse pecado o tornou Inimigo de Deus. Também lembravam, claro, como ele rescindira a determinação de Uther liberando a Igreja de fazer empréstimos forçados.

Nem todos os cristãos o odiavam. Pelo menos uns vinte lanceiros que lutaram do nosso lado no vale de Cadoc eram cristãos. Galahad o amava, e havia muitos outros, como o bispo Emrys, que o apoiavam em silêncio, mas, naqueles dias inquietos no fim dos primeiros anos do domínio de Cristo sobre a Terra, a Igreja não ouvia os homens calmos e decentes, ouvia os fanáticos que diziam que os pagãos deveriam ser arrancados do mundo para que Cristo voltasse. Agora sei, claro, que a fé de Nosso Senhor Jesus Cristo é a única fé verdadeira, e que não pode existir outra fé à luz gloriosa dessa verdade, mas ainda me parece estranho, até o dia de hoje, que Artur, o mais justo e leal dos governantes, fosse chamado de Inimigo de Deus.

Pois é. Nós demos uma dor de cabeça a Cadoc, amarramos a garganta de Ligessac com uma corda feita de seus cabelos e fomos embora.

Artur e eu nos separamos perto da cruz de pedra na entrada do vale de Cadoc. Ele levaria Ligessac para o norte e depois para o leste, indo encontrar as boas estradas que levavam de volta a Dumnonia, enquanto eu tinha decidido viajar mais para o interior de Silúria e procurar minha mãe. Levei Issa e quatro outros lanceiros, deixando o resto marchar para casa com Artur.

Nós seis circulamos o vale de Cadoc, onde um espantoso bando de cristãos machucados e ensanguentados tinha se reunido para cantar orações por seus mortos, e depois atravessamos as colinas altas e desnudas, descendo aos vales íngremes e verdes que levavam ao mar de Severn. Eu não sabia onde Erce vivia, mas suspeitava de que não seria difícil encontrá-la, porque Tanaburs, o druida que eu tinha matado no vale do Lugg, a havia procurado para lançar-lhe um feitiço pavoroso. Sem dúvida a escrava saxã que recebera uma maldição tão terrível do druida seria bem conhecida. E era.

Encontrei-a vivendo junto ao mar, num minúsculo povoado onde as mulheres faziam sal e os homens pescavam. Os moradores se afastaram dos escudos estranhos dos meus homens, mas entrei numa das choças onde uma criança temerosa apontou a casa da saxã, uma cabana no alto de um penhasco acima da praia. Nem sequer era uma cabana, e sim um abrigo grosseiro feito de madeira apanhada no mar e coberta parcamente com palha e algas. Um fogo ardia no pequeno espaço do lado de fora do abrigo, e havia uma dúzia de peixes defumando acima das chamas, enquanto mais fumaça sufocante subia das fogueiras de carvão que ferviam as panelas de sal na base do penhasco baixo. Deixei a lança e o escudo na base do penhasco e subi o caminho íngreme. Um gato mostrou os dentes e sibilou para mim quando me agachei para olhar dentro da cabana escura.

– Erce? – chamei. – Erce?

Alguma coisa se agitou nas sombras. Era uma forma monstruosa e escura que soltou camadas de peles e trapos para me olhar.

– Erce? – perguntei. – Você é Erce?

O que será que eu esperava naquele dia? Não via minha mãe há mais de 25 anos, desde o dia em que fora arrancado de seus braços pelos lanceiros de Gundleus e entregue a Tanaburs para ser sacrificado no poço da morte. Erce gritara enquanto eu era arrancado de suas mãos, em seguida fora levada para sua nova escravidão em Silúria, e deve ter suposto que eu estava morto até quando Tanaburs lhe revelou que eu ainda vivia. Em minha mente nervosa, enquanto andava para o sul pelos vales íngremes de Silúria, tinha imaginado um abraço, lágrimas, perdão e felicidade.

Mas, em vez disso, uma mulher enorme, com o cabelo louro transformado num grisalho sujo, arrastou-se para fora do amontoado de peles e cobertores e parou, piscando diante de mim, cheia de suspeitas. Era uma criatura vasta, um grande monte de carne decadente com um rosto redondo como um escudo e marcado por doença e cicatrizes, e com olhos pequenos, duros e injetados.

– Eu me chamava Erce antigamente – disse numa voz rouca.

Recuei para fora da cabana, repelido pelo fedor de urina e podridão. Ela me seguiu, engatinhando, pesada, e ficou piscando à luz da manhã. Estava vestida de trapos.

– Você é Erce? – perguntei.

– Já fui – disse ela e bocejou, mostrando uma boca devastada, sem dentes. – Há muito tempo. Agora me chamam de Enna. – Ela fez uma pausa. – Enna Maluca – acrescentou com tristeza, depois olhou minhas roupas finas, o rico cinto da espada e as botas de cano alto. – Quem é o senhor, lorde?

– Meu nome é Derfel Cadarn, lorde de Dumnonia. – O nome não significou nada para ela. – Sou seu filho.

Ela não demonstrou reação a isso, apenas se recostou na parede da cabana, que balançou perigosamente sob seu peso. Enfiou uma das mãos dentro dos trapos e coçou o peito.

– Todos os meus filhos estão mortos.

– Tanaburs me pegou e jogou no poço da morte – lembrei a ela.

A história não pareceu significar nada para ela. Ficou encostada na parede, o corpo gigantesco balançando no esforço de cada respiração dificultosa. Brincou com o gato e olhou para o mar de Severn, onde, desbotado na distância, o litoral de Dumnonia era uma linha escura sob uma fileira de nuvens de chuva.

– Tive um filho uma vez, que foi dado aos Deuses no poço da morte – disse ela finalmente. – Wygga era o nome dele. Wygga. Um belo garoto.

Wygga? Wygga! Esse nome, tão áspero e feio, me imobilizou durante alguns instantes.

– Eu sou Wygga – disse finalmente, odiando o nome. – Recebi um nome novo quando fui resgatado do poço da morte. – Falávamos em saxão, uma língua em que agora eu era mais fluente do que minha mãe, porque fazia muitos anos que ela não a falava.

– Ah, não – disse ela, franzindo a testa. Pude ver um piolho se arrastando na borda de seus cabelos. – Não – insistiu ela de novo. – Wygga era só um garotinho. Só um garotinho. Meu primogênito, e eles o levaram embora.

– Sobrevivi, mãe. – Eu estava revoltado com ela, fascinado por ela e repetindo que tinha vindo encontrá-la. – Sobrevivi ao poço e me lembro de você. – E lembrava, mas em minha lembrança ela era magra e ágil como Ceinwyn.

– Era só um garotinho – disse Erce, sonhadora. Fechou os olhos e achei que ela dormira, mas parecia que estava urinando, porque um fio apareceu na beira de suas roupas e pingou na pedra, indo em direção ao fogo.

– Fale-me de Wygga – pedi.

– Eu estava pesada com ele quando Uther me capturou. Um homem grande, Uther, com um grande dragão no escudo. – Ela coçou o piolho, que desapareceu em seu cabelo. – Ele me deu a Madog, e foi na casa de Madog que Wygga nasceu. Éramos felizes com Madog. Ele era um bom lorde, gentil com os escravos, mas Gundleus veio e eles mataram Wygga.

– Não mataram – insisti. – Tanaburs não lhe contou?

À menção do nome do druida ela estremeceu e puxou o xale esfarrapado em volta dos ombros que pareciam montanhas. Não disse nada, mas depois de um tempo lágrimas apareceram nos cantos dos seus olhos.

Uma mulher subiu o caminho em nossa direção. Veio devagar e cheia de suspeitas, olhando cautelosa para mim enquanto chegava à plataforma de rocha. Quando finalmente se sentiu segura, passou por mim e agachou-se perto de Erce.

– Meu nome é Derfel Cadarn – falei à recém-chegada –, mas antigamente me chamava Wygga.

– Meu nome é Linna – disse a mulher em britânico. Era mais nova do que eu, mas a vida difícil naquela costa pusera rugas fundas em seu rosto, encurvara seus ombros e enrijecera suas juntas, enquanto o trabalho duro de cuidar das fogueiras para fazer o sal deixara sua pele escurecida pelo carvão.

– Você é filha de Erce? – perguntei.

– Sou filha de Enna.

– Então sou seu meio-irmão.

Não creio que ela tenha acreditado, e por que deveria? Ninguém saía vivo de um poço da morte, mas eu tinha saído e, portanto, fora tocado pelos Deuses e dado a Merlin. Mas o que essa história poderia significar para aquelas duas mulheres cansadas e esfarrapadas?

– Tanaburs! – disse Erce subitamente, e levantou as duas mãos para afastar o mal. – Ele tomou o pai de Wygga! – Ela gritou e se balançou para trás e para a frente. – Ele entrou dentro de mim e tomou o pai de Wygga. Me amaldiçoou e amaldiçoou Wygga, e amaldiçoou meu útero. – Agora ela estava chorando, e Linna aninhou a cabeça da mãe em seus braços, e me olhando em reprovação.

– Tanaburs não tinha poder sobre Wygga – falei. – Wygga matou-o, porque ele tinha poder sobre Tanaburs. Tanaburs não podia tomar o pai de Wygga.

Talvez minha mãe tenha ouvido, mas não acreditou. Balançou-se nos braços da filha e as lágrimas correram por seu rosto marcado e sujo enquanto ela lembrava vagamente os fiapos mais ou menos compreendidos da maldição de Tanaburs.

– Wygga mataria o próprio pai – disse-me ela. – Era o que a maldição dizia, que o filho matará o pai.

– Então Wygga vive – falei.

Ela parou de se balançar subitamente e me espiou. Balançou a cabeça.

– Os mortos voltam para matar. As crianças mortas! Eu as vejo, senhor, lá longe – ela falou, séria, e apontou para o mar. – Todos os mortos pequeninos indo para a vingança. – E balançou de novo nos braços da filha. – E Wygga matará o próprio pai. – Agora ela estava chorando abertamente. – E o pai de Wygga era um homem tão bom! Um herói tão grande. Tão grande e forte! E Tanaburs o amaldiçoou. – Ela fungou, depois cantarolou uma canção de ninar por um momento, antes de falar mais sobre meu pai, dizendo como o povo dele tinha navegado pelo mar até a Britânia, e como ele usara a espada para fazer uma bela casa. Erce, deduzi, fora serviçal naquela casa, e o lorde saxão a tomara em sua cama e me dera a vida, a mesma vida que Tanaburs falhara em tirar no poço da morte. – Ele era um homem maravilhoso. Tão maravilhoso e bonito! Todo mundo tinha medo dele, mas ele era bom comigo. Ríamos juntos.

– Qual era o nome dele? – perguntei, e acho que sabia a resposta mesmo antes de que ela dissesse.

– Aelle – disse, num sussurro. – O maravilhoso e lindo Aelle.

Aelle. A fumaça girava na minha cabeça, e meu cérebro, por um momento, ficou tão turvo quanto o da minha mãe. Aelle? Eu era filho de Aelle?

– Aelle – disse, Erce, sonhadora. – O maravilhoso e lindo Aelle.

Eu não tinha outras perguntas, por isso me forcei a me ajoelhar diante de minha mãe e a abraçá-la. Beijei suas bochechas, depois a apertei com força como se pudesse lhe dar de volta parte da vida que ela me dera, e mesmo tendo sucumbido ao abraço, Erce não reconhecia que eu era seu filho. Peguei piolhos com ela.

Desci com Linna e descobri que ela era casada com um dos pescadores da aldeia e tinha seis filhos vivos. Dei-lhe ouro, acho que mais ouro do que ela jamais tinha esperado ver, e mais ouro provavelmente do que ela imaginava que existisse. Minha irmã olhou, incrédula, para as pequenas barras.

– Nossa mãe ainda é escrava? – perguntei.

– Todos somos – disse ela, fazendo um gesto para toda a aldeia miserável.

– Isso vai comprar sua liberdade – falei, apontando para o ouro –, se vocês quiserem.

Ela deu de ombros e duvidei de que estar livre fizesse alguma diferença em suas vidas. Eu poderia ter encontrado o senhor deles e comprado sua liberdade, mas sem dúvida ele vivia longe, e o ouro, se fosse gasto com sabedoria, ajudaria em sua vida difícil – quer fossem escravos, quer livres. Um dia, prometi a mim mesmo, voltaria e tentaria fazer mais.

– Cuide de nossa mãe – pedi a Linna.

– Cuidarei, senhor – disse ela obedientemente, mas ainda achei que não acreditava em mim.

– Não chame seu irmão de senhor – falei, mas ela não pôde ser persuadida.

Deixei-a e desci até a praia onde meus homens esperavam com a bagagem.

– Vamos para casa – falei. Ainda era de manhã, e tínhamos um longo dia de marcha pela frente. Marcha para casa.

Para Ceinwyn. Para minhas filhas que descendiam de uma linhagem de reis britânicos e do sangue real de seu inimigo saxão. Porque eu era filho de Aelle. Parei num morro verdejante acima do mar e pensei na extraordinária onda da vida, mas não consegui entender qual seria o seu sentido. Eu era filho de Aelle, mas que diferença isso fazia? Isso não explicava nada nem exigia nada. O destino é inexorável. Eu estava indo para casa.

Foi Issa quem viu a fumaça primeiro. Ele sempre teve olhos de falcão, e naquele dia, enquanto eu estava no morro tentando encontrar algum significado nas revelações de minha mãe, Issa viu fumaça do Outro Lado do Mar.

– Senhor? – disse ele, e a princípio não respondi porque estava atordoado demais pelo que ficara sabendo. Eu iria matar meu pai? E esse pai era Aelle? – Senhor! – falou Issa com mais insistência, me despertando dos pensamentos. – Olhe, senhor, fumaça.

Ele estava apontando para o sul, na direção de Dumnonia, e a princípio achei que a brancura era apenas um trecho mais claro entre as nuvens de chuva, mas Issa tinha certeza, e mais dois lanceiros afirmaram que o que estávamos vendo era fumaça, e não nuvem ou chuva.

– Há mais, senhor – disse um deles, apontando mais para o oeste, onde outra pequena mancha branca aparecia contra o cinza.

Um incêndio poderia ser acidente, talvez um salão ou um campo seco queimando, mas naquele tempo úmido nenhum campo teria se queimado, e em toda a minha vida nunca vi dois salões incendiados, a não ser que um inimigo fizesse isso.

– Senhor? – insistiu Issa, porque a mulher dele, como a minha, vivia em Dumnonia.

– De volta ao povoado – falei. – Agora.

O marido de Linna concordou em nos levar pelo mar. A viagem não foi longa, porque ali o mar tinha apenas cerca de 12 quilômetros de largura e oferecia a rota mais rápida para casa, mas, como todos os lanceiros, preferíamos uma jornada longa e seca a uma curta e molhada, e aquela travessia foi um sofrimento encharcado. Um vento forte havia brotado do oeste, levantando ondas que se despedaçavam na lateral baixa do barco. Baldeávamos água para salvar a vida enquanto a vela rota se enfunava, batia e nos arrastava para o sul. Nosso barqueiro, que se chamava Balig e agora era meu cunhado, declarou que não havia nada tão alegre como um bom barco em vento rápido, e gritava agradecendo a Manawydan por nos mandar um tempo assim, mas Issa estava enjoado como um cão, eu tinha ânsias de vômito, e todos ficamos contentes quando, no meio da tarde, ele nos deixou em terra numa praia de Dumnonia, a não mais de quatro horas de casa.

Paguei a Balig, depois penetramos num terreno plano e úmido. Havia um povoado não muito longe da praia, mas o povo dali tinha visto a fumaça e estava apavorado, nos confundindo com inimigos e correndo para suas cabanas. O povoado possuía uma pequena igreja, meramente uma cabana coberta de palha com uma cruz de madeira pregada num oitão, mas todos os cristãos tinham ido embora. Um dos pagãos que ficaram me disse que todos os cristãos tinham ido para o leste.

– Seguiram o sacerdote deles, senhor.

– Por quê? Aonde?

– Não sabemos, senhor. – Ele olhou para a fumaça distante. – Os saxões voltaram?

– Não – garanti, e esperava estar certo. A fumaça que ia ficando mais rala não parecia estar a mais de 9 ou 10 quilômetros de distância, e eu duvidava de que Aelle ou Cerdic pudessem ter chegado tão longe em Dumnonia. Se tivessem, toda a Britânia estaria perdida.

Fomos rapidamente. Naquele momento só queríamos chegar a nossas famílias e, assim que soubéssemos que estavam em segurança, descobriríamos o que havia acontecido. Tínhamos a opção de seguir duas rotas para o salão de Ermid. Uma, a mais longa e pelo interior, iria nos custar quatro ou cinco horas, boa parte no escuro, mas a outra passava pelos grandes pântanos marinhos de Avalon; um pantanal traiçoeiro cheio de riachos, lodaçais cercados de salgueiros e vastidões cobertas de juncos onde, quando a maré era alta e o vento vinha do oeste, o mar podia algumas vezes chegar e encher as partes mais baixas, afogando os viajantes incautos. Havia rotas através daquele grande pântano, e até mesmo caminhos de madeira que levavam aonde ficavam os salgueiros sem galhos e nas quais eram postas as armadilhas para peixes e enguias, mas nenhum de nós conhecia as rotas dos pântanos. Mesmo assim escolhemos esses caminhos traiçoeiros porque eles ofereciam a opção mais rápida para casa.

Quando a noite ia chegando, encontramos um guia. Como a maioria das pessoas do pantanal, ele era pagão, e assim que soube quem eu era, ofereceu seus serviços. No meio do pântano, erguendo-se negro à luz que ia diminuindo, pudemos ver o Tor. Teríamos de ir lá primeiro, disse o guia, e depois encontrar um dos barqueiros de Ynys Wydryn para nos levar através das águas rasas do lago de Issa.

Ainda estava chovendo quando deixamos o povoado do pântano, as gotas de chuva fazendo barulho nos juncos e criando ondulações nos poços, mas a chuva parou em menos de uma hora e gradualmente uma lua pálida e leitosa brilhou fraca por trás das nuvens mais ralas que vinham do oeste. Nosso caminho atravessava pontes de tábuas sobre fossos escuros, passava pelas tramas intricadas das armadilhas para enguias e serpenteava incompreensivelmente por brejos vazios e brilhantes onde nosso guia murmurava feitiços contra os espíritos do pântano. Em algumas noites, segundo ele, estranhas luzes azuis brilhavam nas vastidões úmidas; dizia que eram os espíritos das muitas pessoas que tinham morrido naquele labirinto de água, lama e juncos. Nossos passos espantavam aves em seus ninhos, as asas em pànico surgindo escuras contra o céu atravessado por nuvens. O guia falava comigo enquanto andávamos, contando dos dragões que dormiam sob o pântano e dos monstros que deslizavam em seus riachos lamacentos. Usava um colar feito da coluna vertebral de um homem afogado, o único encanto seguro, segundo ele, contra aquelas coisas temíveis que assombravam o caminho.

Parecia que o Tor não estava ficando mais próximo, mas era apenas nossa impaciência; e passo a passo, riacho a riacho, fomos chegando mais perto. À medida que o grande morro se erguia, cada vez mais alto no céu devastado, víamos uma grande mancha de luz ao seu pé. Era uma chama enorme, e a princípio achamos que o templo do Espinheiro Sagrado estava pegando fogo. Entretanto, mesmo quando chegamos mais perto, as chamas não ficaram mais luminosas, e achei que a luz viesse de fogueiras, talvez para iluminar algum ritual cristão que buscasse proteger o templo. Todos fizemos o sinal contra o mal, e por fim chegamos a um barranco que levava direto das terras úmidas para o terreno mais elevado de Ynys Wydryn.

O guia nos deixou ali. Ele preferia os perigos do pântano aos perigos da iluminada Ynys Wydryn, por isso se ajoelhou à minha frente e o recompensei com o que me restava de ouro, depois o levantei e agradeci.

Nós seis caminhamos pela pequena cidade de Ynys Wydryn, um lugar de pescadores e cesteiros. As casas estavam escuras, e as ruas, desertas, a não ser por cães e ratos. Estávamos indo para a paliçada de madeira que rodeava o templo, e mesmo podendo ver a fumaça e o brilho das fogueiras do outro lado da cerca, ainda não conseguíamos ver nada do que acontecia lá dentro; mas nosso caminho nos levou ao portão principal do templo e, enquanto nos aproximávamos, vi dois lanceiros montando guarda na entrada. A luz vinda pelo portão aberto iluminou um dos escudos deles, e naquele escudo estava o último símbolo que eu esperaria ver em Ynys Wydryn. Era a águia do mar de Lancelot, com o peixe nas garras.

Nossos escudos estavam pendurados às costas, de modo que as estrelas brancas não eram vistas, e apesar de todos usarmos as caudas de lobos cinzentas, os lanceiros devem ter pensado que éramos amigos, porque não fizeram qualquer desafio à nossa aproximação. Em vez disso, pensando que queríamos entrar no templo, ficaram de lado, e foi só quando eu estava passando pelo portão, atraído pela curiosidade quanto ao papel de Lancelot nos estranhos acontecimentos daquela noite, que os dois homens perceberam que não éramos seus camaradas. Um deles tentou barrar meu caminho com uma lança.

– Quem são vocês? – perguntou.

Empurrei sua lança para o lado e, antes que ele pudesse gritar um alerta, empurrei-o para fora do portão enquanto Issa arrastava seu colega para longe. Havia uma multidão gigantesca no templo, mas todos estavam de costas para nós, e ninguém viu a agitação no portão principal. Nem podiam ouvir qualquer coisa, porque cantavam sem parar, e aquela balbúrdia abafou o pequeno barulho que fizemos. Arrastei meu cativo para as sombras perto da estrada, e me ajoelhei junto dele. Tinha largado minha lança quando o puxei para longe do portão, por isso agora peguei a faca curta que usava no cinto.

– Você é homem de Lancelot? – perguntei.

– Sim – sussurrou ele.

– Então o que está fazendo aqui? Este é o país de Mordred.

– O rei Mordred está morto – disse ele, apavorado com a lâmina da faca que eu empunhava contra sua garganta. Não falei nada, porque estava tão pasmo com sua resposta que não podia encontrar o que dizer. O homem deve ter pensado que meu silêncio pressagiava sua morte, porque ficou desesperado. – Estão todos mortos! – exclamou.

– Quem?

– Mordred, Artur, todos eles.

Durante alguns segundos meu mundo pareceu desmoronar. O homem lutou brevemente, mas a pressão de minha faca o aquietou.

– Como? – sibilei.

– Não sei.

– Como? – perguntei mais alto.

– Não sabemos – insistiu ele. – Mordred foi morto antes de virmos, e dizem que Artur morreu em Powys.

Recuei, sinalizando para que um de meus homens mantivesse os dois cativos quietos com a ponta de sua lança. Depois contei as horas desde que tinha visto Artur. Fazia apenas dois dias desde que nos havíamos separado junto à cruz de Cadoc, e o caminho de Artur para casa era muito mais longo do que o que eu tinha tomado; "se ele tivesse morrido", pensei, "a notícia de sua morte certamente não teria chegado a Ynys Wydryn antes de mim."

– Seu rei está aqui? – perguntei ao homem.

– Sim.

– Para quê?

Sua resposta mal passou de um sussurro.

– Para tomar o reino, senhor.

Cortamos tiras de lã da capa dos dois homens, amarramos seus braços e pernas e enfiamos pedaços de lã em sua boca para mantê-los em silêncio. Empurramos os dois para uma vala, mandamos que ficassem imóveis e em seguida fui com meus homens até o portão do templo. Queria olhar lá dentro por alguns instantes, descobrir o que fosse possível, e só então iria para casa.

– Puxem os capuzes sobre os elmos – ordenei aos meus homens – e virem os escudos ao contrário.

Puxamos os mantos sobre os elmos para que as caudas de lobos ficassem escondidas, depois seguramos os escudos baixos, com as frentes viradas para as pernas, deixando as estrelas escondidas. Assim disfarçados, entramos silenciosamente no templo. Movemo-nos nas sombras, circulando por trás da multidão agitada, até chegamos aos alicerces de pedra do templo que Mordred começara a construir para sua mãe morta. Subimos na fileira mais alta das pedras do sepulcro e dali podíamos olhar por cima das cabeças e ver que coisa estranha acontecia entre as duas fileiras de fogueiras que iluminavam a noite de Ynys Wydryn.

A princípio achei que fosse outro ritual cristão como os que havia testemunhado em Isca, porque o espaço entre as filas de fogueiras estava repleto de mulheres dançando, homens se balançando e padres cantando. O barulho que faziam era uma cacofonia de gritos, berros e uivos. Monges com chicotes de couro andavam entre as pessoas em êxtase e vergastavam suas costas nuas, e cada golpe só provocava mais gritos de alegria. Uma mulher estava ajoelhada perto do Espinheiro Sagrado.

– Venha, senhor Jesus! – gritava ela. – Venha. – Um monge a espancava num frenesi com tanta força que suas costas nuas eram um horrendo lençol de sangue, mas cada golpe apenas aumentava o fervor de sua prece desesperada.

Eu já ia pular do sepulcro e voltar ao portão quando lanceiros apareceram dos prédios do templo e empurraram os adoradores rudemente, abrindo espaço entre as fogueiras que iluminavam o espinheiro sagrado. Arrastaram para longe a mulher que gritava. Mais lanceiros vieram, dois deles carregando uma liteira, e atrás dessa liteira o bispo Sansum vinha, acompanhado de um grupo de padres ricamente vestidos. Lancelot e seus atendentes caminhavam com os padres. Bors, o campeão de Lancelot, estava lá, e Amhar e Loholt estavam com o rei dos Belgae, mas eu não podia ver os temidos gêmeos Lavaine e Dinas.

A multidão gritou ainda mais alto ao ver Lancelot. Todos esticavam as mãos para ele e alguns até se ajoelhavam quando ele passava. Lancelot estava vestido com sua armadura de escamas esmaltadas que, segundo ele jurava, tinha sido do antigo herói Agamenon, e usava seu elmo preto com as asas de cisne abertas na crista. O cabelo preto e comprido, que ele oleava a ponto de brilhar, descia sob o elmo, caindo liso sobre uma capa vermelha pendurada nos ombros. A Lâmina de Cristo estava na sua cintura, e ele calçava altas botas de guerra, de couro vermelho. Sua Guarda Saxã vinha atrás, todos homens gigantescos com cotas de malha prateada e levando machados de guerra, de lâminas largas, que refletiam as chamas dançantes. Não vi Morgana, mas um coro de suas mulheres vestidas de branco tentava inutilmente fazer uma canção ser ouvida acima dos gemidos e gritos da multidão agitada.

Um dos lanceiros levava uma estaca e a colocou num buraco preparado junto ao Espinheiro Sagrado. Por um momento temi que víssemos algum pobre pagão ser queimado na estaca, e cuspi para evitar o mal. A vítima estava sendo carregada na liteira, já que os homens que a carregavam trouxeram seu fardo até o Espinheiro Sagrado e em seguida se ocuparam amarrando o prisioneiro na estaca. Mas quando eles se afastaram e pudemos ver direito, percebi que não era um prisioneiro, e que não seria queimado. A pessoa amarrada à estaca não era pagã, e sim cristã, e não era a morte que estávamos presenciando, e sim um casamento.

E pensei na estranha profecia de Nimue. A morta seria tomada em casamento.

Lancelot era o noivo, e agora estava junto da noiva amarrada à estaca. Era uma rainha, a antiga princesa de Powys, que se tornara princesa de Dumnonia e depois rainha de Silúria. Era Norwenna, nora do Grande Rei Uther, mãe de Mordred, e estava morta havia quatorze anos. Tinha ficado na sepultura durante todo aquele tempo, mas agora fora desenterrada e teve seus restos amarrados ao poste junto ao espinheiro cheio de votos pendurados.

Fiquei olhando cheio de horror, depois fiz o sinal contra o mal e toquei a malha de ferro de minha armadura. Issa tocou meu braço como se para garantir que não estava nas garras de algum pesadelo inimaginável.

A rainha morta era pouco mais do que um esqueleto. Um xale branco fora posto em seus ombros, mas ele não podia esconder as medonhas tiras de pele amarela e os grossos nacos de carne branca e gordurosa ainda presos aos ossos. Seu crânio, inclinado numa das cordas que a prendiam à estaca, estava coberto por uma pele esticada, o maxilar caíra de um dos lados e pendia do crânio, enquanto os olhos não passavam de sombras na máscara da morte que era seu rosto iluminado pelo fogo. Um dos guardas pôs uma guirlanda de papoulas sobre o cocuruto, de onde mechas pegajosas de cabelo caíam emboladas sobre o xale.

– O que está acontecendo? – perguntou Issa em voz baixa.

– Lancelot está reivindicando Dumnonia – sussurrei de volta – e ao se casar com Norwenna ele se casa com a família real de Dumnonia. – Não podia haver outra explicação. Lancelot estava roubando o trono de Dumnonia, e essa cerimônia macabra em meio às fogueiras iria lhe dar uma desculpa legal. Ele estava se casando com a morta para se tornar herdeiro de Uther.

Sansum pediu silêncio com as mãos, e os monges, com chicotes, gritaram para a multidão excitada, que aos poucos se acalmou do frenesi. De vez em quando uma mulher gritava e a multidão tinha um tremor nervoso, mas finalmente se fez silêncio. As vozes do coro foram silenciando, Sansum ergueu os braços e rezou para que o Deus Todo-poderoso abençoasse essa união de um homem com uma mulher, deste rei com esta rainha, em seguida instruiu Lancelot a pegar a mão da noiva. Lancelot baixou a mão enluvada e levantou os ossos amarelos. As laterais de seu elmo estavam abertas e pude ver que ele estava rindo. A multidão gritou de alegria e me lembrei das palavras de Tewdric sobre sinais e portentos, e achei que naquele casamento hediondo os cristãos estavam vendo a prova de que a volta de seu Deus era iminente.

– Pelo poder investido a mim pelo Santo Pai e pela graça que me foi dada pelo Espírito Santo – gritou Sansum –, os declaro marido e mulher!

– Onde está o nosso rei? – perguntou Issa.

– Quem sabe? – sussurrei de volta. – Provavelmente morto. – Então vi Lancelot levantar os ossos amarelos da mão de Norwenna e fingir que os beijava. Um dos dedos caiu quando ele soltou a mão.

Sansum, sempre incapaz de resistir a uma chance de pregar, começou uma arenga para a multidão, e foi então que Morgana se aproximou de mim. Eu não a vira se aproximar. Só percebi sua presença quando senti a mão puxando minha capa e me virei, alarmado, vendo sua máscara de ouro brilhando à luz da fogueira.

– Quando eles descobrirem que os guardas sumiram do portão – sibilou ela –, vão revistar o lugar inteiro, e vocês serão mortos. Sigam-me, idiotas.

Descemos, cheios de culpa, e seguimos sua figura corcunda e negra passando por trás da multidão até as sombras da grande igreja. Ela parou ali e me encarou.

– Eles disseram que você estava morto. Que foi morto com Artur no templo de Cadoc.

– Estou vivo, senhora.

– E Artur?

– Estava vivo há três dias, senhora. Nenhum de nós morreu no templo de Cadoc.

– Graças a Deus. – Ela respirou fundo. – Graças a Deus. – Em seguida agarrou minha capa e puxou meu rosto para perto de sua máscara. – Escute – disse, ansiosa. – Meu marido não teve escolha nesta coisa.

– Se a senhora diz – falei, não acreditando sequer por um segundo, mas entendendo que Morgana se esforçava ao máximo para ficar em cima do muro nessa crise que chegara tão subitamente a Dumnonia. Lancelot estava tomando o trono e alguém havia conspirado para garantir que Artur estivesse fora do país quando ele fizesse isso. "Pior", pensei: "alguém tinha mandado Artur comigo ao vale de Cadoc e arranjado para que nos emboscassem lá." Alguém nos queria mortos. Sansum tinha sido o primeiro a revelar o refúgio de Ligessac para nós, e era Sansum que agora estava diante de Lancelot e de um cadáver à luz das fogueiras. Eu sentia o cheiro das patas do Lorde Camundongo em todo aquele negócio maligno, mas duvidava de que Morgana soubesse de metade do que o marido fizera ou planejara. Ela era velha e sábia demais para ser infectada pelo fervor religioso, e pelo menos estava tentando achar um caminho seguro em meio aos horrores que cascateavam.

– Jure que Artur está vivo! – insistiu ela.

– Ele não morreu no vale de Cadoc – falei. – Isso, posso garantir.

Ela ficou quieta um tempo, e acho que estava chorando por baixo da máscara.

– Diga a Artur que não tivemos escolha.

– Direi – prometi. – O que você sabe sobre Mordred?

– Está morto – sussurrou ela. – Foi morto quando estava caçando.

– Mas se eles mentiram sobre Artur, por que não mentiriam sobre Mordred?

– Quem sabe? – Ela fez o sinal da cruz e puxou minha capa. – Venha – disse, abruptamente, e nos levou pelo lado da igreja até uma pequena cabana de madeira. Alguém estava preso dentro da cabana, porque eu podia ouvir punhos batendo na porta amarrada com uma tira de couro. – Você deve ir ver sua mulher, Derfel – disse Morgana enquanto desatava o nó com sua mão boa. – Dinas e Lavaine foram para o sul, para a sua casa, depois do anoitecer. Levaram lanceiros.

O pânico me chicoteou por dentro, fazendo-me usar a ponta da lança para arrancar o nó de couro. No momento em que a tira foi cortada, a porta se abriu e Nimue saltou para fora, as mãos em forma de garras, mas então me reconheceu e se encostou em meu corpo buscando apoio. Cuspiu em Morgana.

– Vá, sua idiota – rosnou Morgana para ela. – E lembre-se de que fui eu quem a salvou da morte hoje.

Peguei as duas mãos de Morgana, a queimada e a boa, e as encostei nos lábios.

– Pelas ações desta noite, senhora, sou seu devedor.

– Vá, idiota. E depressa!

Corremos pelos fundos do templo, passamos por armazéns, cabanas de escravos e silos, depois saímos por um portão de vime e fomos aonde os pescadores guardavam seus barcos de junco. Pegamos dois, dos pequenos, usamos os cabos das lanças para impulsioná-los, e me lembrei do dia distante da morte de Norwenna, quando Nimue e eu escapamos de Ynys Wydryn exatamente daquele jeito. Naquela ocasião, como agora, tínhamos ido em direção ao salão de Ermid, e naquela ocasião, como agora, éramos fugitivos caçados numa terra dominada por inimigos.

Nimue pouco sabia sobre o que acontecera em Dumnonia. Disse que Lancelot tinha vindo e se declarado rei, mas sobre Mordred só podia repetir o que Morgana tinha dito, que o rei fora morto numa caçada. Contou que lanceiros tinham vindo ao Tor e a levado para o templo, onde Morgana a aprisionara. Depois ouviu dizer que uma multidão de cristãos tinha subido ao Tor, matado todos os que encontraram, derrubado as cabanas e começado a construir uma igreja com a madeira que restou.

– Então Morgana realmente salvou sua vida – falei.

– Ela quer o meu conhecimento. De que outro modo saberão o que fazer com o Caldeirão? Por isso Dinas e Lavaine foram para a sua casa, Derfel. Para encontrar Merlin. – Ela cuspiu no lago. – É como eu lhe disse, eles soltaram o Caldeirão e não sabem como controlar o poder dele. Dois reis vieram a Cadarn. Mordred foi um, e Lancelot o segundo. Ele foi lá esta tarde e subiu na pedra. E esta noite a morta está sendo tomada em casamento.

– E você também disse que uma espada seria posta na garganta de uma criança – lembrei amargamente. E enfiei minha lança na água rasa, na pressa desesperada de chegar ao salão de Ermid. Onde estavam minhas filhas. Onde estava Ceinwyn. E para onde os druidas silurianos e seus lanceiros tinham partido a cavalo fazia menos de três horas.

CHAMAS ILUMINAVAM NOSSO caminho para casa. Não as chamas que clareavam o casamento de Lancelot com a morta, mas novas chamas, que saltavam vermelhas e altas do salão de Ermid. Estávamos na metade do lago quando esse fogo saltou, lançando seus longos reflexos na água preta.

Eu estava rezando a Goannon, a Lleullaw, a Bel, a Cernunnos, a Taranis, a todos os Deuses, onde quer que eles estivessem, para que apenas um deles se curvasse do reino das estrelas para salvar minha família. As chamas saltaram mais altas, lançando fagulhas da palha incendiada para a fumaça que soprava na direção oeste, sobre a pobre Dumnonia.

Viajamos em silêncio depois de Nimue terminar sua história. Issa tinha lágrimas nos olhos. Estava preocupado com Scarach, a garota irlandesa com quem havia se casado, e estava imaginando, como eu, o que teria acontecido com os lanceiros que deixamos guardando o salão. Deveriam ser suficientes para conter os invasores de Dinas e Lavaine. Mas as chamas contavam outra história, e enfiávamos o cabo das lanças no lago para fazer os barcos seguirem ainda mais rápido.

Ouvimos os gritos quando chegamos mais perto. Éramos apenas seis lanceiros, mas não hesitei nem tentei fazer uma aproximação indireta. Simplesmente impulsionamos os barcos para o riacho sombreado pelas árvores que ficava ao longo da paliçada. Ali, perto do pequeno *coracle* de Dian que Gwlyddyn, o serviçal de Merlin, tinha feito para ela, saltamos em terra.

Mais tarde consegui juntar as partes da história daquela noite. Gwilym, o homem que comandava os lanceiros que haviam ficado enquanto eu marchava para o norte com Artur, vira a fumaça distante no Leste e deduziu que havia algum problema surgindo. Pusera todos os seus homens de guarda, depois debateu com Ceinwyn se deveriam pegar os barcos e se esconder nos pântanos situados além do lago. Ceinwyn disse que não. Malaine, o druida de seu irmão, fornecera a Dian uma infusão de folhas que baixara a febre, mas a menina ainda estava fraca. Além disso ninguém sabia o que a fumaça significava, e nenhuma mensagem tinha chegado com um aviso; por isso Ceinwyn mandou dois lanceiros ao leste para saber das notícias e depois esperou atrás da paliçada de madeira.

O anoitecer não mandou novidades, mas trouxe algum alívio, porque poucos lanceiros marchavam à noite, e Ceinwyn sentiu-se mais segura do que durante o dia. De dentro da paliçada eles viram as chamas do outro lado do lago em Ynys Wydryn, e imaginaram o que significariam, mas ninguém ouviu os cavaleiros de Dinas e Lavaine chegarem às florestas próximas. Os homens desmontaram longe do salão, amarraram as rédeas dos animais nas árvores e em seguida, sob a lua pálida e enevoada, se esgueiraram até a paliçada. Só quando chegaram ao portão, Gwilym percebeu que o lugar estava sob ataque. Seus dois batedores não tinham voltado, não havia guardas na floresta e o inimigo já estava a poucos metros do portão da paliçada no momento em que soou o alarme pela primeira vez. Não era um portão formidável, não era mais alto do que um homem, e o primeiro grupo de inimigos chegou a ele sem armaduras, lanças ou escudos, e conseguiu pular por cima antes que os homens de Gwilym pudessem se reunir. Os guardas da entrada lutaram e mataram, mas um número suficiente dos atacantes sobreviveu para levantar a barra do portão e abri-lo para a carga dos lanceiros altamente armados de Dinas e Lavaine. Dez desses lanceiros eram guardas saxões de Lancelot, e o resto, formado de guerreiros Belgae jurados a serviço de seu rei.

Os homens de Gwilym se defenderam do melhor modo possível, e a luta mais feroz aconteceu na porta do salão. Era ali que o próprio Gwilym estava morto com mais seis dos meus homens. Outros seis estavam caídos no pátio onde um armazém fora incendiado, e aquelas tinham sido as chamas que iluminaram nosso caminho pelo lago e que agora, enquanto chegávamos ao portão aberto, mostravam o terror lá dentro.

A batalha não estava terminada. Dinas e Lavaine tinham planejado muito bem a traição, mas seus homens não haviam conseguido atravessar a porta da construção principal, e meus lanceiros sobreviventes ainda a estavam guarnecendo. Eu podia ver seus escudos e lanças bloqueando o arco da porta, e também outra lança aparecendo em uma das altas janelas que deixavam a fumaça sair na extremidade da cumeeira. Dois dos meus caçadores estavam naquela janela, e suas lanças impediam que os homens de Dinas e Lavaine levassem o fogo do armazém em chamas para a cobertura de palha do salão. Ceinwyn, Morwenna e Seren estavam lá dentro, com Merlin, Malaine e a maioria das outras mulheres e crianças que viviam na área, mas estavam rodeados e em menor número; os druidas inimigos haviam encontrado Dian.

Dian estivera dormindo em uma das cabanas. Ela fazia isso frequentemente, porque gostava de ficar na companhia de sua antiga ama de leite, que era casada com meu ferreiro, e talvez tenham sido seus cabelos dourados que revelaram quem ela era. Ou talvez, sendo Dian, ela tivesse cuspido um desafio contra os captores e dito que seu pai iria se vingar.

E agora Lavaine, de manto preto e com uma bainha vazia na cintura, segurava minha Dian, apertando-a ao seu corpo. Os pezinhos sujos da menina se projetavam da pequena túnica que usava, e ela lutava do melhor modo possível, mas Lavaine passara o braço esquerdo em volta de sua cintura e na mão direita segurava uma espada nua próxima à sua garganta.

Issa agarrou meu braço para impedir que eu atacasse loucamente a fileira de homens virados para o salão. Eram vinte. Eu não podia ver Dinas, mas suspeitava de que ele estivesse com os outros lanceiros inimigos nos fundos do salão, onde estariam cortando a rota de fuga de todas as almas presas lá dentro.

– Ceinwyn – gritou Lavaine em sua voz profunda. – Saia! Meu rei quer você!

Larguei a lança e desembainhei Hywelbane. A lâmina sibilou baixinho na boca da bainha.

– Saia! – gritou Lavaine de novo.

Toquei as tiras de osso de porco no punho da espada, e em seguida rezei aos meus Deuses para que me tornassem terrível naquela noite.

– Quer que sua cria morra? – perguntou Lavaine, e Dian gritou quando a lâmina da espada pressionou sua garganta. – Seu homem está morto! – gritou Lavaine. – Morreu em Powys com Artur, e não virá ajudá-la. – Ele apertou a espada com mais força, e Dian gritou de novo.

Issa manteve a mão no meu braço.

– Ainda não, senhor – sussurrou –, ainda não.

Os escudos se separaram na porta do salão e Ceinwyn saiu. Estava vestida com uma capa preta amarrada no pescoço.

– Largue a criança – disse calmamente a Lavaine.

– A criança será solta quando você vier até mim – respondeu ele. – Meu rei exige sua companhia.

– Seu rei? – perguntou Ceinwyn. – Que rei é esse? – Ela sabia muito bem de quem eram os homens que haviam aparecido naquela noite, mas não iria facilitar nada para Lavaine.

– O rei Lancelot. Rei dos Belgae e rei de Dumnonia.

Ceinwyn apertou o manto preto em volta dos ombros.

– E o que o rei Lancelot quer de mim? – Atrás dela, no espaço nos fundos do salão fracamente iluminado pelo armazém, eu podia ver mais homens de Lancelot. Haviam tirado os cavalos dos meus estábulos e agora observavam o confronto entre Ceinwyn e Lavaine.

– Esta noite, senhora – explicou Lavaine –, meu rei tomou uma noiva.

Ceinwyn deu de ombros.

– Então ele não precisa de mim.

– A noiva não pode dar ao meu rei os privilégios que um homem exige na noite de núpcias. Você, senhora, será o prazer dele. É uma velha dívida de honra sua. Além disso, agora você é viúva. Precisa de outro homem.

Fiquei tenso, mas de novo Issa agarrou meu braço. Um dos guardas saxões perto de Lavaine estava inquieto, e Issa sugeria mudamente que esperássemos o homem relaxar de novo.

Ceinwyn baixou a cabeça durante alguns segundos, depois ergueu-a de novo.

– E se eu for com você? – falou em voz opaca. – Deixará minha filha viver?

– Ela viverá.

– E todos os outros também? – perguntou, fazendo um gesto para o salão.

– Eles também – disse Lavaine.

– Então solte minha filha.

– Venha aqui primeiro, e traga Merlin. – Dian chutou-o com os calcanhares descalços, mas ele apertou a espada de novo e ela ficou quieta. O teto do armazém desmoronou, lançando para a noite fagulhas e fiapos de palha incendiada. Algumas das chamas pousaram na cobertura do salão, onde tremularam debilmente. A água da chuva na palha estava protegendo o salão por enquanto, mas eu sabia que logo o teto pegaria fogo.

Retesei-me, preparado para atacar, mas então Merlin apareceu atrás de Ceinwyn. Sua barba, reparei, estava trançada de novo, ele segurava um grande cajado e estava mais ereto e sério do que eu o via há anos. Ele pôs o braço direito nos ombros de Ceinwyn.

– Solte a criança – ordenou.

Lavaine balançou a cabeça.

– Fizemos um feitiço com sua barba, velho, e você não tem poder sobre nós. Mas esta noite teremos o prazer de sua conversa enquanto nosso rei tem o prazer da princesa Ceinwyn. Vocês dois – ordenou ele –, venham aqui.

Merlin levantou o cajado e apontou para Lavaine.

– Na próxima lua cheia você morrerá junto ao mar. Você e seu irmão morrerão, e seus gritos viajarão pelas ondas durante toda a eternidade. Solte a criança.

Nimue sibilou baixo atrás de mim. Ela havia apanhado minha lança e levantado o pedaço de couro que cobria sua medonha órbita ocular.

Lavaine não se abalou com a profecia de Merlin.

– Na próxima lua cheia – disse –, vamos ferver os restos de sua barba em sangue de touro, e daremos sua alma ao verme de Annwn. – Ele cuspiu. – Vocês dois, venham aqui!

– Solte minha filha – exigiu Ceinwyn.

– Quando chegarem perto de mim ela estará livre.

Houve uma pausa. Ceinwyn e Merlin trocaram palavras em voz baixa. Morwenna gritou de dentro do salão e Ceinwyn se virou para falar com a filha, depois pegou a mão de Merlin e começou a andar para Lavaine.

– Assim não, senhora – gritou Lavaine. – Meu lorde Lancelot exige que você vá para ele nua. Meu lorde quer que seja levada nua pelo campo, nua pela cidade e nua até a cama dele. Você o envergonhou, senhora, e esta noite ele devolverá sua vergonha multiplicada por cem.

Ceinwyn parou e o encarou, furiosa. Mas Lavaine simplesmente apertou a lâmina da espada contra a garganta de Dian. A menina ofegou de dor e, instintivamente, Ceinwyn arrancou o broche que prendia sua capa e deixou-a cair, revelando um vestido branco e simples.

– Tire o vestido, senhora – ordenou Lavaine asperamente. – Tire, ou sua filha morre.

Então ataquei. Gritei o nome de Bel e ataquei como uma coisa louca. Meus homens vieram comigo, e mais homens vieram do salão quando viram as estrelas brancas em nossos escudos e as caudas cinzentas em nossos elmos. Nimue atacou conosco, gritando e uivando, e vi a linha de lanceiros inimigos se virar com horror nos rostos. Corri direto para Lavaine. Ele me viu, reconheceu-me e congelou de terror. Tinha se disfarçado de padre cristão pendurando um crucifixo no pescoço. Aquela não era uma ocasião para homens andarem por Dumnonia vestidos como druidas, mas era ocasião de Lavaine morrer, e gritei o nome de meu Deus enquanto o atacava.

Então um guarda saxão correu na minha frente, seu machado brilhante refletindo a luz das chamas enquanto ele girava a lâmina em direção ao meu crânio. Aparei com o escudo e a força do golpe fez meu braço baixar. Então estoquei com Hywelbane, girei a lâmina na sua barriga e a arranquei de novo, seguindo-se um jorro de entranhas saxãs. Issa matou outro saxão, e Scarach, sua feroz mulher irlandesa, tinha vindo do salão para golpear um saxão ferido com uma lança de caçar javalis, enquanto Nimue enfiava a sua lança na barriga de um homem. Aparei outro golpe de machado, derrubei o lanceiro com Hywelbane e olhei em volta desesperadamente, procurando Lavaine. Vi-o correndo com Dian nos braços. Ele estava tentando chegar ao irmão atrás do salão quando um grupo de lanceiros cortou seu caminho. Ele girou, me viu e correu para o portão. Segurava Dian como se fosse um escudo.

– Eu o quero vivo! – gritei e parti atrás dele em meio ao caos iluminado pelas fogueiras. Outro saxão veio para mim rugindo o nome de seu Deus, e cortei-o de sua garganta com um golpe de Hywelbane. Depois Issa gritou um alerta, ouvi os cascos e vi que os inimigos que tinham guardado os fundos do salão vinham a cavalo resgatar os camaradas. Dinas, que, como o irmão, estava vestido de sacerdote cristão, liderava o ataque com a espada desembainhada.

– Façam com que eles parem! – gritei. Eu podia ouvir Dian gritando. O inimigo estava entrando em pânico. Eles eram em maior número, mas o surgimento dos lanceiros vindos da noite negra tinha rasgado seus corações, e Nimue, com o olho único, gritando e louca com sua lança ensanguentada, deve ter-lhes parecido um monstro da noite que viera buscar suas almas. Eles fugiram, aterrorizados. Lavaine esperava o irmão perto do armazém incendiado, e ainda segurava a espada na garganta de Dian. Scarach, sibilando como Nimue, se aproximava dele com a lança, mas não ousava arriscar a vida da minha filha. Outros inimigos pulavam sobre a paliçada, outros corriam para o portão, alguns foram derrubados nas sombras entre as cabanas e alguns escaparam correndo junto aos cavalos aterrorizados que passavam por nós e desapareciam na noite.

Dinas veio direto em minha direção. Ergui o escudo, sustentei Hywelbane e gritei um desafio, mas no último momento ele desviou o cavalo de olhos brancos e lançou a espada contra minha cabeça. Em vez de me atacar, cavalgou para o irmão, e à medida que se aproximava de Lavaine, inclinava-se na sela e estendia o braço. Scarach saiu do caminho do cavalo em disparada no instante em que Lavaine saltava para o abraço salvador de Dinas. Ele largou Dian e a vi cair esparramada enquanto eu corria atrás do cavalo. Lavaine se agarrava desesperadamente ao irmão, que se agarrava com igual desespero ao arção da sela enquanto o cavalo galopava. Gritei para que ficassem e lutassem, mas os gêmeos apenas galoparam em direção às árvores negras para onde os outros sobreviventes inimigos tinham fugido. Xinguei suas almas. Parei no portão e os chamei de vermes, covardes criaturas do mal.

– Derfel? – gritou Ceinwyn atrás de mim. – Derfel?

Abandonei os xingamentos e me virei para ela.

– Estou vivo – falei. – Estou vivo.

– Ah, Derfel! – gemeu ela, e foi então que vi que Ceinwyn segurava Dian, e que o vestido de Ceinwyn não era mais branco, e sim vermelho.

Corri para elas. Dian estava aninhada no colo da mãe. Larguei minha espada, arranquei o elmo e caí de joelhos junto delas.

– Dian? – sussurrei. – Meu amor?

Vi a alma tremular nos olhos dela. Ela me viu – me viu mesmo – e viu a mãe antes de morrer. Olhou para nós um instante e então sua alma jovem voou, suave como uma asa na escuridão, e com tão pouco tumulto quanto a chama de uma vela soprada por uma brisa. Sua garganta fora cortada quando Lavaine pulou para o braço do irmão, e agora o coraçãozinho simplesmente desistiu de lutar. Mas ela me viu primeiro. Sei que viu. Viu e depois morreu, e passei os braços em volta dela e da mãe e chorei como uma criança.

Chorei por minha linda e pequenina Dian.

TÍNHAMOS FEITO QUATRO prisioneiros que não estavam feridos. Um deles era um guarda saxão e os outros três eram lanceiros Belgae. Merlin os interrogou, e quando terminou fiz os quatro em pedaços. Trucidei-os. Matei numa fúria, soluçando enquanto matava, cego para tudo a não ser o peso de Hywelbane e a satisfação vazia de sentir a lâmina cortar a carne. Um a um, diante de meus homens, diante de Ceinwyn, diante de Morwenna e Seren, chacinei os quatro, e quando isso terminou Hywelbane estava molhada e vermelha da ponta ao punho, e eu ainda golpeava os corpos sem vida. Meus braços estavam empapados de sangue, minha fúria poderia ter preenchido todo o mundo, e mesmo assim não traria a pequenina Dian de volta.

Eu queria mais homens para matar, porém os inimigos feridos já tiveram a garganta cortada, e assim, sem mais vingança a cumprir e ensanguentado como estava, fui até minhas filhas aterrorizadas e as abracei. Não conseguia parar de chorar; elas também não. Segurei-as como se minha vida dependesse da delas, e depois as levei até onde Ceinwyn ainda aninhava o cadáver de Dian. Abri gentilmente os braços de Ceinwyn e os coloquei em volta das filhas vivas, depois peguei o corpinho de Dian e o levei para o armazém que pegava fogo. Merlin foi comigo. Tocou o cajado na testa de Dian, depois assentiu para mim. Estava na hora, ele estava dizendo, de deixar a alma de Dian atravessar a ponte de espadas, mas primeiro a beijei, depois pus seu corpo no chão e usei minha faca para cortar uma grossa mecha de seus cabelos dourados, que pus cuidadosamente em minha bolsa. Feito isso, levantei-a, beijei-a uma última vez e joguei seu cadáver no fogo. Seu cabelo e seu vestido branco soltaram uma chama brilhante.

– Avivem o fogo! – gritou Merlin para meus homens. – Avivem!

Eles derrubaram uma cabana para transformar o fogo numa fornalha que queimaria o corpo de Dian até transformá-lo em nada. A alma já estava indo para o seu corpo de sombra no Outro Mundo, e agora sua pira funerária rugia na escuridão enquanto eu me ajoelhava diante das chamas com a alma vazia e devastada.

Merlin me levantou.

– Temos de ir, Derfel.

– Eu sei.

Ele me abraçou, segurando-me nos braços fortes como um pai.

– Se eu pudesse tê-la salvado... – disse ele, suavemente.

– O senhor tentou – falei e xinguei a mim mesmo por ter me demorado em Ynys Wydryn.

– Venha. De manhã precisamos estar bem longe.

Pegamos o pouco que podíamos levar. Descartei a armadura ensanguentada que estava usando e peguei a cota de malha boa, enfeitada de ouro. Seren levou três gatinhos numa bolsa de couro, Morwenna, uma roca e um punhado de roupas, e Ceinwyn carregava um saco de comida. Éramos oitenta no total; lanceiros, famílias, serviçais e escravos. Todos tinham jogado algum pequeno presente na pira funerária; na maioria uma migalha de pão, mas Gwlyddyn, o serviçal de Merlin, tinha jogado o barquinho de Dian nas chamas, para que ela pudesse remar nele pelos lagos e riachos do Outro Mundo.

Ceinwyn, andando com Merlin e Malaine, o druida de seu irmão, perguntou o que acontecia com as crianças no Outro Mundo. Merlin disse com toda a sua antiga autoridade:

– Brincam debaixo das macieiras e esperam por vocês.

– Ela será feliz – garantiu Malaine. Ele era um rapaz alto, magro e encurvado que usava o antigo cajado de Iorweth. Parecia chocado com o terror da noite, e estava claramente nervoso com Nimue, em seu manto imundo e manchado de sangue. O tapa-olho tinha desaparecido, e seu cabelo imundo caía, pegajoso e embaraçado.

Assim que ficou satisfeita com o destino de Dian, Ceinwyn veio andar ao meu lado. Eu continuava em agonia, culpando-me por ter parado para assistir à cerimônia de casamento de Lancelot, mas agora Ceinwyn estava mais calma.

– Era o destino dela, Derfel, e agora ela está feliz. – Ceinwyn pegou meu braço. – E você está vivo. Eles disseram que estava morto. Você e Artur.

– Ele vive – garanti. Caminhei em silêncio, seguindo os mantos brancos dos dois druidas. – Um dia vou encontrar Dinas e Lavaine – falei depois de um tempo – e a morte deles será terrível.

Ceinwyn apertou meu braço.

– Éramos tão felizes! – Ela recomeçara a chorar e tentei encontrar palavras para consolá-la, mas não podia haver explicação para os Deuses terem levado Dian. Atrás de nós, brilhantes no céu noturno, as chamas e a fumaça do salão de Ermid subiam para as estrelas. O teto de palha do salão finalmente tinha pegado fogo e nossa vida antiga estava virando cinzas.

Seguimos um caminho tortuoso junto ao lago. A luz saíra de trás das nuvens, lançando uma luz prateada nos juncos, nos salgueiros e sobre o lago raso e ondulado. Andamos em direção ao mar, mas eu nem havia pensado no que faríamos assim que chegássemos ao litoral. Os homens de Lancelot iriam nos procurar, isso era certo, e de algum modo precisávamos encontrar a segurança.

Merlin interrogara os prisioneiros antes que eu os matasse, e agora nos disse o que havia descoberto. Supostamente Mordred fora morto durante uma caçada, e um dos prisioneiros afirmou que o rei foi assassinado pelo pai de uma menina que ele tinha estuprado. Os boatos eram de que Artur estava morto, e por isso Lancelot se declarou rei de Dumnonia. Os cristãos o haviam recebido, na crença de que Lancelot era seu novo João Batista, um homem que havia pressagiado a primeira vinda de Cristo, assim como agora Lancelot pressagiava a segunda.

– Artur não morreu – falei, amargo. – Essa era a intenção, e eu deveria morrer com ele, mas eles fracassaram. E se eu vi Artur há apenas três dias, como é que Lancelot soube da morte dele em tão pouco tempo?

– Ele não soube – disse Merlin calmamente. – Ele só estava esperando isso.

Cuspi.

– Sansum e Lancelot – falei, furioso. – Lancelot provavelmente tramou a morte de Mordred e Sansum tramou a nossa. Agora Sansum tem seu rei cristão e Lancelot tem Dumnonia.

– Só que você está vivo – disse Ceinwyn em voz baixa.

– E Artur está vivo – falei. – E se Mordred está morto, o trono é de Artur.

– Só se ele derrotar Lancelot – disse Merlin secamente.

– Claro que ele vai derrotar Lancelot – repliquei, cheio de desprezo.

– Artur está enfraquecido – alertou Merlin com gentileza. – Muitos de seus homens foram mortos. Todos os guardas de Mordred, bem como todos os lanceiros de Caer Cadarn. Cei e seus homens estão mortos em Isca, e se não estão mortos, são fugitivos. Os cristãos se levantaram, Derfel. Ouvi dizer que eles marcaram as paredes com o símbolo do peixe, e qualquer casa que não exibir essa marca terá os moradores trucidados. – Ele andou num silêncio sombrio durante um tempo. – Eles estão limpando a Britânia para a vinda de seu Deus.

– Mas Lancelot não matou Sagramor – falei, esperando que isso fosse verdade. – E Sagramor lidera um exército.

– Sagramor vive – garantiu Merlin, e então deu a pior notícia daquela noite terrível –, mas foi atacado por Cerdic. Parece que Lancelot e Cerdic podem ter concordado em dividir Dumnonia entre os dois. Cerdic ficará com as terras da fronteira e Lancelot governará o resto.

Eu não conseguia encontrar o que dizer. Parecia incompreensível. Cerdic solto em Dumnonia? E os cristãos se levantaram para tornar Lancelot seu rei? Tudo tinha acontecido tão depressa, em questão de dias, e não houvera qualquer sinal disso antes de eu sair de Dumnonia.

– Houve sinais – disse Merlin, lendo minha mente. – Houve sinais, só que nenhum de nós os levou a sério. Quem se importava se alguns cristãos pintavam um peixe na parede de suas casas? Quem ligava para seus frenesis? Ficamos tão acostumados com os padres arengando que não ouvíamos mais o que eles diziam. E quem de nós acredita que o Deus deles virá à Britânia dentro de quatro anos? Havia sinais em volta, Derfel, e estivemos cegos a eles. Mas não foi isso que causou este horror.

– Sansum e Lancelot o causaram – falei.

– O Caldeirão o trouxe. Alguém o usou, Derfel, e seu poder está solto na terra. Suspeito de que Dinas e Lavaine tenham feito isso, mas eles não sabem como controlá-lo, por isso derramaram o horror.

Continuei andando em silêncio. Agora o mar de Severn estava visível, uma fita de prata e negro por trás da lua que ia baixando. Ceinwyn chorava baixinho, e peguei sua mão.

– Descobri quem é meu pai – falei, tentando distraí-la do sofrimento. – Só ontem fiquei sabendo.

– Seu pai é Aelle – disse Merlin placidamente.

Encarei-o.

– Como sabia?

– Está no seu rosto, Derfel. Esta noite, quando passou pelo portão, você só precisava de uma capa de urso preto para ser ele. – Merlin sorriu. – Lembro-me de você como um garotinho sério, cheio de perguntas e com a testa franzida, e esta noite você chegou como um guerreiro dos Deuses, uma coisa aterrorizante feita de aço e ferro, pluma e escudo.

– É verdade? – perguntou Ceinwyn.

– É – admiti e temi pela reação dela.

Eu não precisaria temer.

– Então Aelle deve ser um grande homem – disse ela com firmeza, e me deu um sorriso triste –, senhor príncipe.

Chegamos ao mar e viramos para o norte. Não tínhamos para onde ir, a não ser em direção a Gwent e Powys, onde a loucura não havia se espalhado, mas nosso caminho terminou num lugar onde a areia da praia se projetava numa ponta em que a maré montante se quebrava numa vastidão de lama. À esquerda estava o mar, à direita os pântanos de Avalon, e me pareceu que estávamos presos ali, mas Merlin disse para não nos preocuparmos.

– Descansem – falou –, porque a ajuda virá logo. – Ele olhou para o leste e viu um brilho de luz surgindo acima dos morros do outro lado do pântano. – Está amanhecendo. E quando o sol tiver nascido, a ajuda chegará. – Ele se sentou e brincou com Seren e seus gatinhos, enquanto o resto de nós se deitava na areia, junto às coisas que levávamos, e Pyrlig, nosso bardo, entoava a "Canção de Amor de Rhianon", que sempre fora a predileta de Dian. Ceinwyn, com um braço em volta de Morwenna, chorava enquanto eu apenas ficava olhando o mar cinzento e móvel, e sonhava com a vingança.

O sol nasceu, prometendo mais um belo dia de verão em Dumnonia, só que nesse dia os cavaleiros cobertos de ferro se espalhariam pelo campo para nos encontrar. Finalmente o Caldeirão fora usado, os cristãos tinham se reunido sob a bandeira de Lancelot, o horror se espalhava pela terra e a obra de Artur estava sendo sitiada.

Os homens de Lancelot não eram os únicos que nos procuravam naquela manhã. Os moradores do pântano tinham ouvido falar do que acontecera no salão de Ermid, assim como ouviram que a horrenda cerimônia em Ynys Wydryn era um casamento cristão. Qualquer inimigo dos cristãos era amigo do povo do pântano, por isso seus barqueiros, guias e caçadores se espalharam pelos atoleiros para nos encontrar.

Acharam-nos duas horas depois do nascer do sol, e nos guiaram para o norte pelos caminhos do pântano, onde nenhum inimigo ousaria entrar. Ao anoitecer, já fora dos pântanos, estávamos perto da cidade de Abona, onde navios partiam para a costa de Silúria com cargas de grãos, cerâmica, estanho e chumbo. Um bando dos homens de Lancelot guarnecia os cais construídos pelos romanos ao longo do rio, mas seu exército estava muito espalhado e não havia mais de vinte lanceiros vigiando os navios, a maioria deles já meio embriagada depois de saquear uma carga de hidromel. Matamos todos. A morte já chegara a Abona, porque os corpos de uma dúzia de pagãos estavam na lama acima da linha de maré do rio. Os cristãos fanáticos que trucidaram os pagãos já haviam partido para se juntar ao exército de Lancelot, e o povo que permanecia na cidade estava com medo. Contaram-nos o que tinha acontecido ali, juraram inocência quanto aos assassinatos e depois trancaram as portas – todas tinham a marca do peixe. Na manhã seguinte, numa maré montante, navegamos para Isca, em Silúria – para a fortaleza de Usk, onde um dia Lancelot fizera seu palácio quando se entediava no trono inadequado de Silúria.

Ceinwyn estava sentada junto a mim no fundo do barco.

– É estranho o modo como as guerras vão e vêm com os reis – disse ela.

– Como?

Ela deu de ombros.

– Uther morreu e houve apenas lutas até que Artur matou meu pai, depois tivemos paz, e agora Mordred chega ao trono e temos guerra de novo. É como as estações, Derfel. A guerra vem e vai. – Ela encostou a cabeça no meu ombro. – E o que vai acontecer agora?

– Você e as meninas vão para o norte, até Caer Sws. Vou ficar e lutar.

– Artur vai lutar?

– Se Guinevere foi morta ele lutará até que não reste um inimigo vivo. – Nada tínhamos ouvido sobre Guinevere, mas com os cristãos assolando Dumnonia parecia improvável que ela não fosse molestada.

– Pobre Guinevere – disse Ceinwyn – e pobre Gwydre. – Ela gostava muito do filho de Artur.

Chegamos ao rio Usk, finalmente a salvo em território governado por Meurig, e de lá caminhamos para o norte até a capital de Gwent, Burrium. Gwent era um país cristão, mas não fora infectado pela loucura que varria Dumnonia. Seu rei era cristão, e talvez essa circunstância tenha bastado para manter o povo calmo. Meurig culpou Artur.

– Ele deveria ter suprimido o paganismo – falou.

– Por que, senhor rei? – perguntei. – O próprio Artur é pagão.

– A verdade de Cristo é de uma obviedade ofuscante, eu deveria ter pensado – disse Meurig. – Se um homem não pode ler as marés da história, ele só pode culpar a si mesmo. O cristianismo é o futuro, lorde Derfel, e o paganismo é o passado.

– Não é um futuro muito grande – falei com escárnio –, se a história vai terminar dentro de quatro anos.

– Ela não termina! Ela começa! Quando Cristo vier de novo, lorde Derfel, os dias de glória chegarão! Todos seremos reis, todos seremos alegres e abençoados.

– A não ser nós, pagãos.

– Naturalmente o inferno precisa ser alimentado. Mas ainda há tempo para vocês aceitarem a fé verdadeira.

Ceinwyn e eu recusamos seu convite para sermos batizados, e na manhã seguinte ela partiu para Powys com Morwenna, Seren e as outras mulheres e crianças. Nós, lanceiros, abraçamos nossas famílias e as olhamos caminhar para o norte. Meurig lhes deu uma escolta, e mandei seis dos meus homens, com ordens para voltar ao sul assim que as mulheres estivessem seguras sob a guarda de Cuneglas. Malaine, o druida de Powys, foi com elas, mas Merlin e Nimue, cuja busca pelo Caldeirão estava subitamente tão fervorosa quanto estivera na Estrada Escura, ficaram conosco.

O rei Meurig viajou conosco até Glevum. Essa cidade era dumnoniana, mas ficava bem na fronteira de Gwent. Suas muralhas de terra e madeira guardavam a terra de Meurig e, sensatamente, ele já a havia guarnecido com seus lanceiros para se certificar de que os tumultos de Dumnonia não se espalhassem para o norte, entrando em Gwent. Levamos dois dias para chegar a Glevum, e ali, no grande salão onde tinha acontecido o último Grande Conselho de Uther, encontrei o resto de meus homens, os de Artur e o próprio Artur.

Ele me viu entrar no salão, e seu olhar de alívio foi tão sincero que lágrimas me vieram aos olhos. Meus lanceiros, os que permaneceram com Artur quando fui para o sul encontrar minha mãe, comemoraram, e nos momentos seguintes houve uma quantidade de encontros e notícias. Relatei o acontecido no salão de Ermid, dei o nome dos homens que tinham morrido, garanti que suas mulheres estavam vivas e em seguida olhei para Artur.

– Mas eles mataram Dian – falei.

– Dian? – Acho que a princípio ele não acreditou.

– Dian – repeti, e as lágrimas desgraçadas voltaram.

Artur saiu comigo do salão e caminhou com o braço direito em meus ombros até as fortificações de Glevum, onde os lanceiros de Meurig, com suas capas vermelhas, controlavam todas as plataformas de luta. Fez que eu repetisse toda a história, a partir do momento em que o deixei até pegar o navio em Abona.

– Dinas e Lavaine – ele falou os nomes amargamente, depois desembainhou Excalibur e beijou a lâmina cinzenta. – Sua vingança é minha – disse formalmente e devolveu a espada à bainha.

Durante um tempo nada falamos; apenas ficamos encostados no topo da muralha, olhando para o vale amplo ao sul de Glevum.

Parecia tão pacífico! A plantação de feno estava quase pronta para ser cortada, e havia papoulas coloridas em meio ao trigo que crescia.

– Tem alguma notícia de Guinevere? – Artur rompeu o silêncio e senti algo próximo ao desespero em sua voz.

– Não, senhor.

Ele estremeceu, depois recuperou o controle.

– Os cristãos a odeiam – falou baixo e depois, de modo pouco característico, tocou o ferro de Excalibur para evitar o mal.

– Senhor – tentei tranquilizá-lo –, ela tem guardas. E seu palácio fica perto do mar. Ela escaparia se houvesse perigo.

– Para onde? Broceliande? E se Cerdic tiver mandado navios? – Ele fechou os olhos por alguns segundos, depois balançou a cabeça. – Só podemos esperar as notícias.

Perguntei sobre Mordred, mas ele não ouvira mais do que o resto de nós.

– Desconfio que esteja morto, porque se tivesse escapado já teria chegado aqui.

Ele tinha notícias de Sagramor, e eram notícias ruins.

– Cerdic causou grandes danos. Caer Ambra caiu, Calleva se foi e Corinium está sitiada. Deve se sustentar por mais alguns dias, porque Sagramor conseguiu acrescentar duzentas lanças à guarnição, mas a comida acabará até o fim do mês. Parece que temos guerra de novo. – Ele deu um riso curto, quase um latido. – Você estava certo sobre Lancelot, não estava? E fui cego. Pensei que ele era um amigo. – Não falei nada, apenas o olhei e vi, para minha surpresa, que havia fios grisalhos em suas têmporas. Para mim ele ainda parecia jovem, mas creio que se algum homem o conhecesse agora pensaria que estava chegando à meia-idade. – Como Lancelot pode ter trazido Cerdic para Dumnonia – perguntou furioso –, ou encorajado a loucura dos cristãos?

– Ele quer ser rei de Dumnonia, e precisa das lanças deles. E Sansum quer ser o seu principal conselheiro, tesoureiro real e tudo o mais.

Artur estremeceu.

– Você acha que Sansum realmente planejou nossa morte no templo de Cadoc?

– E quem mais? – Eu acreditava que Sansum tinha sido o primeiro a associar o peixe no escudo de Lancelot ao nome de Cristo, e era ele quem havia chicoteado e excitado a comunidade cristã até um fervor que colocaria Lancelot no trono de Dumnonia. Eu duvidava de que Sansum pusesse muita fé na vinda iminente de Cristo, mas ele queria ter o máximo de poder possível, e Lancelot era o seu candidato para o trono de Dumnonia. Se ele tivesse sucesso em manter o trono, todas as rédeas do poder estariam nas patas do Lorde Camundongo.

– Ele é um desgraçado perigoso – falei, vingativo. – Nós deveríamos tê-lo matado há dez anos.

– Pobre Morgana – suspirou Artur. Depois fez uma careta. – O que nós fizemos de errado?

– Nós? – perguntei, indignado. – Não fizemos nada de errado.

– Nunca entendemos o que os cristãos queriam, mas o que poderíamos ter feito se entendêssemos? Eles nunca iriam aceitar algo além da vitória total.

– Não foi nada que tenhamos feito, só o que o calendário faz com eles. O ano quinhentos os deixou loucos.

– Eu esperava que tivéssemos arrancado Dumnonia da loucura.

– O senhor lhes deu a paz, e a paz deu a eles a chance de alimentar a loucura. Se estivéssemos lutando contra os saxões durante todos esses anos, as energias deles estariam indo para a batalha da sobrevivência, mas em vez disso lhes demos a chance de fomentar suas idiotices.

Ele deu de ombros.

– Mas o que faremos agora?

– Agora? Vamos lutar!

– Com o quê? – perguntou ele amargamente. – Sagramor está ocupado com Cerdic. Tenho certeza de que Cuneglas nos mandará lanças, mas Meurig não lutará.

– Não? – perguntei, alarmado. – Mas ele fez o juramento da Távola Redonda!

Artur deu um sorriso triste.

– Esses juramentos agora nos assombram, Derfel. E parece que nestes dias lamentáveis os homens os levam pouco a sério. Lancelot também fez o juramento, não foi? Mas Meurig diz que, com Mordred morto, não há *casus belli.* – Ele citou o latim com amargura, e me lembrei de Meurig usando as mesmas palavras antes da batalha do vale do Lugg, e de como Culhwch tinha zombado da erudição do rei torcendo o latim para "calças velhas".

– Culhwch virá – falei.

– Para lutar pela terra de Mordred? Duvido.

– Para lutar pelo senhor. Porque se Mordred estiver morto, o senhor é o rei.

Ele deu um sorriso amargo diante dessa declaração.

– Rei de quê? De Glevum? – Ele riu. – Eu tenho você, tenho Sagramor, tenho o que Cuneglas me der, mas Lancelot tem Dumnonia e Cerdic. – Artur andou em silêncio durante um tempo, depois me deu um sorriso torto. – Temos outro aliado, mas não é bem um amigo. Aelle se aproveitou da ausência de Cerdic para retomar Londres. Quem sabe Cerdic e ele matem um ao outro?

– Aelle será morto pelo próprio filho – falei –, não por Cerdic.

Ele me deu um olhar interrogativo.

– Que filho?

– É uma maldição. Sou eu. Sou filho de Aelle.

Ele parou e me olhou, para ver se eu estava brincando.

– Você?

– Eu, senhor.

– Verdade?

– Por minha honra, senhor. Sou filho de seu inimigo.

Artur continuava me olhando, depois começou a gargalhar. O riso era genuíno e extravagante, terminando em lágrimas que ele enxugou enquanto balançava a cabeça, divertindo-se.

– Caro Derfel! Se ao menos Uther e Aelle soubessem! Uther e Aelle, os grandes inimigos, cujos filhos se tornaram amigos. O destino é inexorável.

– Talvez Aelle saiba – falei, lembrando-me de como ele tinha me repreendido gentilmente por ignorar Erce.

– Agora ele é nosso aliado – disse Artur –, quer queiramos, quer não. A não ser que optemos por não lutar.

– Não lutar? – perguntei.

– Há ocasiões em que tudo que quero é ter Guinevere e Gwydre de volta e uma casinha onde possamos viver em paz. Até mesmo tentei fazer um juramento, Derfel. Se os Deuses me dessem de volta minha família, eu nunca mais iria perturbá-los de novo. Eu iria para uma casa como a que você tinha em Powys, lembra?

– Cwm Isaf – falei, e imaginei se Artur podia acreditar que Guinevere seria feliz num lugar daqueles.

– Igualzinho a Cwm Isaf. Um arado, alguns campos, um filho para criar, um rei para respeitar e canções à noite junto ao fogo. – Ele se virou e olhou de novo para o sul. A leste do vale, os grandes morros verdes se erguiam íngremes, e os homens de Cerdic não estavam muito longe daqueles cumes. – Estou cansado de tudo isso. – Por um momento Artur parecia à beira das lágrimas. – Pense em tudo que conseguimos, Derfel, todas as estradas, os tribunais e as pontes, e todas as disputas que resolvemos e toda a prosperidade que criamos, e tudo isso transformado em nada pela religião! Religião! – Ele cuspiu por cima da paliçada. – Será que vale a pena lutar por Dumnonia?

– Vale a pena lutar pela alma de Dian – falei –, e enquanto Dinas e Lavaine viverem não estou em paz. Rezo, senhor, para que não tenha essas mortes a vingar, mas mesmo assim deve lutar. Se Mordred estiver morto, o senhor é rei, e se ele viver, temos nossos juramentos.

– Nossos juramentos – disse ele ressentido, e tenho certeza de que estava pensando nas palavras que tínhamos falado acima do mar junto ao qual Isolda morreria. – Nossos juramentos – repetiu.

Mas tudo o que possuíamos agora eram juramentos, porque os juramentos eram nosso guia em tempos de caos, e agora o caos estava denso em Dumnonia. Porque alguém havia derramado o poder do Caldeirão, e o horror ameaçava nos engolfar a todos.

Naquele verão, Dumnonia parecia um gigantesco tabuleiro de jogo, e Lancelot jogara bem seus dados, recolhendo metade das apostas apenas com o lance de abertura. Tinha cedido o vale do Tâmisa para os saxões, mas o resto do país agora era dele, graças aos cristãos que, cegamente, lutavam ao seu lado porque seu escudo mostrava o emblema de um peixe. Eu duvidava de que Lancelot fosse mais cristão do que Mordred tinha sido, mas os missionários de Sansum haviam espalhado sua mensagem insidiosa e, pelo menos para os pobres cristãos iludidos de Dumnonia, Lancelot era o precursor de Cristo.

Lancelot não ganhara todos os pontos. Sua trama para matar Artur fracassara, e enquanto Artur vivesse Lancelot corria perigo, mas um dia depois de eu ter chegado a Glevum ele tentou limpar todo o tabuleiro. Tentou ganhar tudo de uma vez.

Mandou um cavaleiro com um escudo virado de cabeça para baixo e um ramo de visgo preso na ponta da lança. O cavaleiro trazia uma mensagem convocando Artur a Dun Ceinach, uma antiga fortaleza de terra num cume a poucos quilômetros das fortificações de Glevum. A mensagem exigia que ele fosse naquele mesmo dia à antiga fortaleza, jurava por sua segurança e permitia que levasse quantos lanceiros quisesse. O tom imperioso da mensagem quase convidava à recusa, mas terminava prometendo notícias de Guinevere, e Lancelot devia saber que essa promessa tiraria Artur de Glevum.

Ele partiu uma hora depois. Vinte de nós cavalgamos junto, todos com armadura integral sob um sol de rachar. Grandes nuvens brancas viajavam sobre os morros que se erguiam íngremes no lado Leste do amplo vale do Severn. Poderíamos ter seguido as trilhas que serpenteavam subindo aqueles morros, mas elas levavam a muitos lugares em que uma emboscada poderia ser feita, por isso pegamos a estrada para o sul ao longo do vale, uma estrada romana que seguia entre campos onde papoulas coloriam o centeio e a cevada. Depois de uma hora viramos para o leste e acompanhamos uma sebe que estava branca com as flores de pilriteiros, em seguida atravessamos um campo de feno quase pronto para as foices, e assim chegamos à íngreme encosta coberta de capim sobre a qual ficava o antigo forte. Ovelhas se espalharam quando subimos a encosta, tão escarpada que preferi descer do cavalo e puxá-lo pelas rédeas. Orquídeas floriam, cor-de-rosa e castanhas, entre o capim.

Paramos cem passos abaixo do cume e subi sozinho para me certificar de que nenhuma emboscada esperava por trás da comprida barreira gramada da fortaleza. Estava suando e ofegando quando cheguei ao topo do muro, mas não havia nenhum inimigo agachado atrás do barranco. Na verdade o antigo forte parecia vazio, a não ser por duas lebres que fugiram do meu aparecimento súbito. O silêncio no topo do morro me deixou cauteloso, mas então um único cavaleiro apareceu entre algumas árvores baixas que cresciam na parte Norte da fortaleza. Trazia uma lança que baixou ostensivamente, virou o escudo de cabeça para baixo e em seguida desceu do cavalo. Uma dúzia de homens o acompanhou, saindo das árvores. Eles também baixaram as lanças como se para garantir que a promessa de trégua era genuína.

Acenei para Artur subir. Seus cavalos chegaram ao muro, então ele e eu nos adiantamos. Artur estava com sua melhor armadura. Não vinha como suplicante, mas como guerreiro, com elmo de plumas brancas e a cota de escamas prateada.

Dois homens vieram a pé nos encontrar. Eu esperava ver o próprio Lancelot, mas em vez disso veio o seu primo e campeão, Bors. Era um homem alto e de cabelos pretos, muito barbudo, de ombros largos, e era um guerreiro capaz, que atravessava a vida como um touro, enquanto seu senhor deslizava como uma cobra. Eu não desgostava de Bors, nem ele de mim, mas nossas lealdades ditavam que fôssemos inimigos.

Bors fez um rápido cumprimento com a cabeça. Estava de armadura, mas seu companheiro vestia manto de padre. Era o bispo Sansum. Isso me surpreendeu, porque Sansum geralmente cuidava de disfarçar suas lealdades, e pensei que o nosso pequeno Lorde Camundongo estava tão confiante na vitória que mostrava abertamente a aliança com Lancelot. Artur olhou para Sansum sem lhe dar importância, depois olhou para Bors.

– Você tem notícias da minha mulher – falou peremptoriamente.

– Ela vive – disse Bors –, e está em segurança. Assim como o seu filho.

Artur fechou os olhos. Não podia esconder o alívio. Na verdade, por um momento ele nem pôde falar.

– Onde eles estão? – perguntou quando retomou o controle.

– No Palácio do Mar. Sob guarda.

– Vocês mantêm mulheres como prisioneiras? – perguntei, cheio de escárnio.

– Eles estão sob guarda, Derfel – respondeu Bors com igual escárnio –, porque os cristãos de Dumnonia estão matando os inimigos. E esses cristãos, lorde Artur, não amam sua esposa. Meu lorde, o rei Lancelot, pôs sua esposa e seu filho sob a proteção dele.

– Então o seu lorde rei Lancelot – disse Artur com apenas um traço de sarcasmo – pode mandá-los para o norte com uma escolta.

– Não – disse Bors. Ele estava com a cabeça descoberta, e o calor do sol fazia o suor descer pelo rosto largo e cheio de cicatrizes.

– Não? – perguntou Artur com a voz cheia de perigo.

– Tenho uma mensagem para o senhor – disse Bors desafiadoramente. – E a mensagem é a seguinte: meu senhor rei lhe garante o direito de viver em Dumnonia com sua esposa. O senhor será tratado com honra, mas apenas se fizer um juramento de lealdade ao meu rei. – Ele parou e olhou para o céu. Era um daqueles dias portentosos em que a lua compartilhava o céu com o sol, e Bors fez um gesto para a lua, que estava inchada, entre meia e cheia. – O senhor tem até a lua cheia para se apresentar ao meu senhor rei em Caer Cadarn. Pode vir com dez homens no máximo, fará seu juramento e poderá viver em paz sob seu domínio.

Cuspi para mostrar minha opinião sobre sua promessa, mas Artur levantou a mão para controlar minha raiva.

– E se eu não for? – perguntou.

Outro homem poderia sentir vergonha de dar aquela mensagem, mas Bors não demonstrou escrúpulos.

– Se não for, meu senhor rei presumirá que está em guerra contra ele, e nesse caso precisará de cada lança que puder coletar. Mesmo as que agora guardam sua esposa e seu filho.

– Para que seus cristãos – Artur esticou o queixo para Sansum – possam matá-los?

– Ela pode se batizar! – interveio Sansum. Em seguida agarrou a cruz pendurada sobre o manto preto. – Garanto a segurança dela caso seja batizada.

Artur o encarou. Depois, muito deliberadamente, cuspiu direto no rosto de Sansum. O bispo recuou bruscamente. Percebi que Bors achou divertido, e suspeitei de que havia desaparecido um pouco do afeto entre o campeão e o capelão de Lancelot. Artur olhou de novo para Bors.

– Fale-me de Mordred.

Bors pareceu surpreso com a pergunta.

– Não há o que contar – falou depois de uma pausa. – Ele está morto.

– Você viu o cadáver?

Bors hesitou de novo, depois balançou a cabeça.

– Mordred foi morto por um homem cuja filha ele estuprou. Afora isso não sei de nada. Só que meu senhor rei entrou em Dumnonia para acalmar os tumultos que se seguiram ao assassinato. – Ele parou como se esperasse que Artur dissesse mais alguma coisa, mas, quando nada foi dito, apenas olhou para a lua. – O senhor tem até a lua cheia – disse e deu meia-volta.

– Um minuto! – gritei, fazendo Bors se virar. – E eu?

Os olhos duros de Bors me encararam.

– O que é que tem você? – perguntou ele, cheio de escárnio.

– O assassino de minha filha exige um juramento meu?

– Meu senhor não quer nada de você.

– Então diga-lhe que quero algo dele. Diga que quero a alma de Dinas e de Lavaine, e que, ainda que seja a última coisa que eu faça na terra, eu as terei.

Bors deu de ombros, como se a morte dos druidas nada significasse para ele, depois olhou de novo para Artur.

– Estaremos esperando o senhor em Caer Cadarn – falou, e em seguida foi andando. Sansum ficou parado, gritando contra nós, dizendo que Cristo vinha em sua glória e que todos os pagãos e pecadores seriam varridos da face da terra antes daquele dia feliz. Cuspi nele, depois me virei e acompanhei Artur. Sansum veio atrás, gritando nos nossos calcanhares, mas de repente chamou meu nome. Eu o ignorei.

– Lorde Derfel! – gritou ele de novo. – Seu usuário de prostituta! Seu amante de prostituta! – Ele devia saber que esses insultos iriam fazer com que eu me virasse furioso e, mesmo não querendo minha fúria, o bispo queria minha atenção. – Não falei a sério, senhor – disse ele apressadamente quando corri de volta. – Preciso falar com o senhor. Depressa. – Ele olhou para trás, certificando-se de que Bors estava fora do alcance auditivo, depois deu outro grito exigindo meu arrependimento, só para se certificar de que Bors achava que ele estava me pressionando. – Eu pensei que Artur e o senhor estavam mortos – falou em voz baixa.

– Você tramou a nossa morte.

Ele ficou branco.

– Ah, por minha alma, Derfel, não! Não! – Ele fez o sinal da cruz. – Que os anjos arranquem minha língua e a deem ao diabo se estou mentindo. Juro por Deus Todo-Poderoso, lorde Derfel, que não sabia de nada! – Depois de contar essa mentira ele olhou em volta de novo, e em seguida para mim. – Dinas e Lavaine estão guardando Guinevere no Palácio do Mar. Lembre-se de que fui eu, senhor, quem lhe contou isso.

Sorri.

– Não quer que Bors saiba que você traiu seu conhecimento para mim, não é?

– Não, senhor, por favor!

– Então isso deve convencê-lo da sua inocência – falei, e dei um tapa na orelha do Lorde Camundongo, o que deve ter feito sua cabeça ressoar como o grande sino de seu templo. Ele girou caindo no chão, onde gritou pragas contra mim enquanto eu me afastava. Agora entendia por que Sansum tinha vindo até esta fortaleza sob o céu. O Lorde Camundongo podia ver com clareza que a sobrevivência de Artur ameaçava o novo trono de Lancelot, e que ninguém podia manter a fé num senhor que se opusesse a Artur. Sansum, como sua mulher, estava se certificando de que eu lhe deveria um agradecimento.

– Que negócio foi aquele? – perguntou Artur quando o alcancei.

– Ele disse que Dinas e Lavaine estão no Palácio do Mar. Estão guardando Guinevere.

Artur resmungou, depois olhou para a lua empalidecida pelo sol, pairando acima.

– Quantas noites faltam para a cheia, Derfel?

– Cinto? Seis? Merlin sabe.

– Seis dias para decidir – disse ele, depois parou e me olhou. – Será que eles ousariam matá-la?

– Não, senhor – falei, esperando estar certo. – Eles não ousariam fazer do senhor um inimigo. Querem que o senhor faça o juramento, para depois matá-lo. Depois disso podem matá-la.

– E se eu não for – disse ele em voz baixa – eles continuarão com ela. E enquanto a tiverem, Derfel, estarei impotente.

– O senhor tem uma espada, e uma lança e um escudo. Nenhum homem poderia chamá-lo de impotente.

Atrás de nós, Bors e seus homens montaram e se afastaram. Ficamos mais alguns instantes olhando das fortificações de Dun Ceinach para o oeste. Era uma das paisagens mais bonitas de toda a Britânia, uma visão que ia longe, por cima do Severn e até o interior da distante Silúria. Podíamos ver por quilômetros e quilômetros, e daquele lugar alto tudo parecia muito iluminado, verde e lindo. Era um local pelo qual valia lutar.

E tínhamos seis noites até a lua cheia.

– Sete noites – disse Merlin.

– Tem certeza? – perguntou Artur.

– Talvez seis. Espero que você não espere que eu faça os cálculos. É um negócio muito tedioso. Já fiz vezes suficientes para Uther e quase sempre errei. Seis ou sete, mais ou menos. Talvez oito.

– Malaine deduzirá – disse Cuneglas. Havíamos voltado de Dun Ceinach e descobrimos que ele viera de Powys. Trouxera Malaine depois de encontrar o druida que tinha acompanhado Ceinwyn e as outras mulheres. O rei de Powys tinha me abraçado e jurado vingança contra Dinas e Lavaine. Trouxera sessenta lanceiros em seu séquito e nos disse que mais cem já estavam vindo para o sul. Outros viriam, disse ele, porque Cuneglas esperava lutar e estava generosamente oferecendo cada um dos guerreiros que comandava.

Agora seus sessenta guerreiros estavam agachados com os homens de Artur junto às paredes do grande salão de Glevum enquanto os senhores conversavam no centro. Apenas Sagramor não estava lá, porque permanecia com os lanceiros que lhe restavam, incomodando o exército de Cerdic perto de Corinium. Meurig estava presente, incapaz de esconder a irritação por Merlin ter ocupado a grande cadeira na cabeceira da mesa. Cuneglas e Artur flanqueavam Merlin, Meurig estava virado para Merlin na outra extremidade da mesa, e Culhwch e eu ocupávamos os outros dois lugares. Culhwch viera a Glevum com Cuneglas, e sua chegada foi como um sopro de ar fresco e limpo no salão enfumaçado. Ele mal podia esperar para lutar. Declarou que, com Mordred morto, Artur era o rei de Dumnonia, e Culhwch estava pronto para vadear um rio de sangue e proteger o trono do primo. Cuneglas e eu compartilhávamos essa beligerância, Meurig guinchava falando de prudência, Artur não dizia nada, ao passo que Merlin parecia dormir. Duvidei de que ele estivesse dormindo, porque um pequeno sorriso aparecia em seu rosto, mas os olhos estavam fechados enquanto ele fingia estar abençoadamente alheio ao que dizíamos.

Culhwch zombou da mensagem de Bors. Insistia em que Lancelot jamais mataria Guinevere, e que Artur só precisava cavalgar rumo ao sul à frente de seus homens para o trono cair em suas mãos.

– Amanhã! – disse Culhwch a Artur. – Vamos partir amanhã. Tudo vai estar terminado em dois dias.

Cuneglas estava ligeiramente mais cauteloso, aconselhando Artur a esperar a chegada do resto de seus lanceiros powsianos, mas assim que esses homens chegassem ele tinha certeza de que deveríamos declarar guerra e ir para o sul.

– Qual é o tamanho do exército de Lancelot? – perguntou ele.

Artur deu de ombros.

– Sem contar os homens de Cerdic? Talvez uns trezentos.

– Não é nada! – rugiu Culhwch. – Nós os mataremos antes do desjejum.

– E um monte de cristãos ferozes – alertou Artur.

Culhwch deu uma opinião sobre os cristãos que fez Meurig se engasgar de indignação. Artur acalmou o jovem rei de Gwent.

– Todos vocês estão esquecendo uma coisa – disse em tom calmo. – Eu nunca quis ser rei. E ainda não quero.

Houve um silêncio momentâneo em volta da mesa, apesar de alguns guerreiros nos cantos do salão terem murmurado protestos contra as palavras de Artur.

– Não importa mais se você quer ou não – disse Cuneglas, rompendo nosso silêncio. – Parece que os Deuses tomaram essa decisão em seu lugar.

– Se os Deuses me quisessem como rei teriam arranjado para minha mãe se casar com Uther.

– Então o que você quer? – berrou Culhwch em desespero.

– Quero Guinevere e Gwydre de volta – disse Artur em voz baixa. – E Cerdic derrotado – acrescentou antes de olhar um momento para o tampo arranhado da mesa. – Quero viver como um homem comum. Com uma mulher, um filho, uma casa e uma fazenda. Quero paz – e pela primeira vez ele não estava falando de toda a Britânia, e sim de si mesmo. – Não quero estar emaranhado em juramentos, não quero lidar para sempre com as ambições dos homens e não quero mais ser o árbitro da felicidade dos outros homens. Só quero fazer o que o rei Tewdric fez. Quero encontrar um lugar verde e viver lá.

– E apodrecer? – Merlin desistiu do fingimento de sono.

Artur sorriu.

– Há muita coisa a aprender, Merlin. Por que um homem faz duas espadas do mesmo metal no mesmo fogo e uma lâmina será confiável enquanto a outra vai se dobrar na primeira batalha? Há muita coisa a descobrir.

– Ele quer ser ferreiro – disse Merlin a Culhwch.

– O que quero é Guinevere e Gwydre de volta – declarou Artur com firmeza.

– Então deve fazer o juramento de Lancelot – disse Meurig.

– Se ele for a Caer Cadarn para fazer o juramento de Lancelot – falei, amargo –, será recebido por cem homens armados e trucidado como um cão.

– Não se eu levar reis comigo – disse Artur gentilmente.

Todos o encaramos e ele pareceu surpreso por ficarmos perplexos com suas palavras.

– Reis? – Culhwch finalmente rompeu o silêncio.

Artur sorriu.

– Se meu senhor rei Cuneglas e meu senhor rei Meurig forem comigo a Caer Cadarn, duvido que Lancelot ouse me matar. Se ele estiver diante dos reis da Britânia terá de falar, e, se falar, nós chegaremos a um acordo. Ele me teme, mas se descobrir que não há o que temer, deixará que eu viva. E deixará minha família viver.

Houve outro silêncio enquanto digeríamos aquilo, depois Culhwch rugiu protestando:

– Você vai deixar aquele desgraçado do Lancelot ser rei? – Alguns dos lanceiros nos cantos do salão resmungaram concordando.

– Primo, primo! – Artur tranquilizou Culhwch. – Lancelot não é um homem mau. Acho que é fraco, mas não mau. Ele não faz planos, não tem sonhos, apenas um olho cobiçoso e mãos rápidas. Ele pega as coisas à medida que elas aparecem, depois as guarda e espera outra coisa que possa pegar. Ele me quer morto agora porque tem medo de mim, mas quando descobrir que o preço de minha morte é alto demais, aceitará o que puder pegar.

– Ele aceitará sua morte, seu idiota! – Culhwch bateu na mesa com o punho. – Ele vai lhe contar mil mentiras, afirmar a amizade de vocês e enfiar uma espada entre suas costelas no momento em que os seus reis tiverem partido.

– Ele mentirá para mim – concordou Artur placidamente. – Todos os reis mentem. Nenhum reino poderia ser governado sem mentiras. Nós pagamos aos bardos para transformar nossas vitórias esquálidas em grandes triunfos, e algumas vezes até acreditamos nas mentiras que eles cantam. Lancelot adoraria acreditar em todas aquelas canções, mas a verdade é que ele é fraco e anseia desesperadamente por amigos fortes. Agora ele me teme, porque presume minha inimizade, mas, quando descobrir que não sou inimigo, também descobrirá que precisa de mim. Ele precisará de cada homem que puder encontrar, se quiser livrar Dumnonia de Cerdic.

– E quem convidou Cerdic a entrar em Dumnonia? – protestou Culhwch. – Foi Lancelot!

– E ele se arrependerá logo – disse Artur calmamente. – Ele usou Cerdic para ganhar um prêmio, e descobrirá que Cerdic é um aliado perigoso.

– O senhor lutaria por Lancelot? – perguntei, horrorizado.

– Lutarei pela Britânia – disse Artur com firmeza. – Não posso pedir aos homens que morram para me tornar o que não quero ser, mas posso pedir que lutem por seus lares, suas mulheres e seus filhos. E é por isso que luto. Por Guinevere. E para derrotar Cerdic, e assim que ele estiver derrotado o que importa se Lancelot governar Dumnonia? Alguém tem de fazer isso, e ouso dizer que ele será um rei melhor do que Mordred jamais seria. – De novo houve silêncio. Um cão gemeu no canto do salão e um lanceiro espirrou. Artur olhou para nós e viu que ainda estávamos pasmos. – Se eu lutar contra Lancelot, nós voltamos à Britânia que tínhamos antes da batalha do vale do Lugg. Uma Britânia em que lutávamos uns contra os outros, em vez de contra os saxões. Só há um princípio aqui, e é a velha insistência de Uther em que os saxões deviam ser mantidos longe do mar de Severn. E agora – disse ele vigorosamente – os saxões estão mais perto do Severn do que jamais estiveram. Se eu lutar por um trono, não quero dar a Cerdic a chance de tomar Corinium e depois esta cidade, e se ele tomar Glevum, terá nos dividido em dois. Se eu lutar contra Lancelot os saxões tomarão tudo. Tomarão Dumnonia e Gwent, e depois disso irão para o norte até Powys.

– Exato – Meurig aplaudiu Artur.

– Não lutarei por Lancelot – falei, irado, e Culhwch aplaudiu.

Artur sorriu para mim.

– Meu caro amigo Derfel, eu não esperaria que você lutasse por Lancelot, mas quero que seus homens lutem contra Cerdic. E meu preço para ajudar Lancelot a derrotar Cerdic é que ele lhe entregue Dinas e Lavaine.

Eu o encarei. Até este momento não havia entendido como ele pensara tão longe. O resto de nós só vira a traição de Lancelot, mas Artur estava pensando apenas na Britânia e na necessidade desesperada de manter os saxões longe do Severn. Artur descartaria a hostilidade de Lancelot, forçaria minha vingança sobre ele e depois continuaria com o trabalho de derrotar os saxões.

– E os cristãos? – perguntou Culhwch, cheio de escárnio. – Acha que eles o deixarão voltar a Dumnonia? Acha que aqueles desgraçados não vão construir uma fogueira para você?

Meurig guinchou outro protesto que Artur refreou.

– O fervor cristão vai se exaurir. É como uma loucura, e assim que se exaurir eles vão para casa juntar os pedaços davida. E, assim que Cerdic estiver derrotado, Lancelot pode pacificar Dumnonia. E viverei com minha família, que é o que desejo.

Cuneglas estivera recostado na cadeira, olhando os restos da pintura romana no teto. Agora se empertigou e olhou para Artur.

– Diga de novo o que você quer.

– Quero os britânicos em paz – disse Artur pacientemente. – E quero Cerdic expulso, e quero minha família.

Cuneglas olhou para Merlin.

– E então, senhor? – disse ele, convidando o julgamento do velho.

Merlin estivera dando nós em duas tranças de sua barba, mas agora pareceu ligeiramente espantado e rapidamente desamarrou-as.

– Duvido de que os Deuses queiram o que Artur quer – disse ele. – Vocês estão se esquecendo do Caldeirão.

– Isto não tem nada a ver com o Caldeirão – disse Artur com firmeza.

– Tem tudo a ver – reagiu Merlin com uma aspereza súbita e surpreendente. – E o Caldeirão traz o caos. Você deseja a ordem, Artur, acha que Lancelot ouvirá sua razão e que Cerdic se submeterá à sua espada, mas sua ordem razoável não funcionará no futuro assim como não funcionou no passado. Você realmente acha que os homens e as mulheres lhe agradeceram por ter trazido a paz? Eles apenas se entediaram com a paz e por isso criaram o próprio problema para preencher o tédio, enquanto você deseja o tédio como um homem sedento busca o hidromel. Sua razão não derrotará os deuses, e os Deuses se certificarão disso. Acha que pode se arrastar para um lar e brincar de ser ferreiro? Não. – Merlin deu um sorriso maligno e pegou seu cajado preto e comprido. – Neste momento mesmo os Deuses estão criando problemas para você. – Ele apontou o cajado para a porta da frente do salão. – Eis o seu problema, Artur Ap Uther.

Todos nos viramos e vimos Galahad parado na porta. Estava vestindo uma armadura de malha, tinha uma espada e manchas de lama até a cintura. E com ele estava uma figura miserável, de pé torto, nariz chato, cara redonda, barba rala e cabelo de escova.

Mordred ainda vivia.

HOUVE UM SILÊNCIO pasmo. Mordred entrou mancando no salão e seus olhos pequenos traíam o ressentimento pela falta de boas-vindas. Artur apenas olhou para o senhor a quem havia prestado juramento e eu soube que ele estava desfazendo em sua cabeça todos os planos cuidadosos que tinha acabado de nos descrever. Não poderia haver paz razoável com Lancelot porque o senhor de Artur ainda vivia. Dumnonia ainda possuía um rei, e não era Lancelot. Era Mordred, e Mordred tinha o juramento de Artur.

Então o silêncio se rompeu, enquanto os homens se reuniam em volta do rei para saber das novidades. Galahad se afastou para me abraçar.

– Graças a Deus você está vivo – disse ele com alívio sincero.

Sorri para o meu amigo.

– Você espera que eu lhe agradeça por ter salvado a vida do meu rei?

– Alguém deveria, porque ele não agradeceu. É um monstrinho ingrato. Deus sabe por que ele vive e tantos homens bons morreram. Llywarch, Bedwyr, Dagonet, Blaise. Todos se foram. – Ele estava citando os guerreiros de Artur que tinham sido mortos em Durnovária. De algumas das mortes eu já sabia, outras eram novas para mim, mas Galahad sabia mais sobre como elas haviam acontecido. Ele estava em Durnovária quando o boato da morte de Mordred havia provocado o tumulto dos cristãos, mas Galahad jurava que havia lanceiros entre os que criavam o tumulto. Acreditava que os homens de Lancelot tinham se infiltrado na cidade disfarçados de peregrinos que viajavam para Ynys Wydryn, e aqueles lanceiros lideraram o massacre. – A maioria dos homens de Artur estava nas tavernas, e pouca chance tiveram. Alguns sobreviveram, mas só Deus sabe onde estão. – Ele fez o sinal da cruz. – Isto não é coisa de Cristo, Derfel, você sabe, não sabe? É o demônio trabalhando. – Ele me lançou um olhar dolorido, amedrontado. – É verdade o que aconteceu com Dian?

– Verdade – falei. Galahad me abraçou sem palavras. Ele nunca havia se casado e não tinha filhos, mas amava minhas filhas. Amava todas as crianças. – Dinas e Lavaine a mataram, e ainda estão vivos.

– Minha espada é sua.

– Eu sei.

– E se isso fosse coisa de Cristo – disse Galahad, sério – Dinas e Lavaine não estariam servindo Lancelot.

– Não culpo o seu Deus. Não culpo Deus nenhum. – Em seguida me virei para a agitação em volta de Mordred. Artur gritava pedindo silêncio e ordem, serviçais tinham sido mandados para trazer comida e roupas dignas de um rei, e outros homens tentavam ouvir as notícias dadas por ele. – Lancelot não exigiu que você lhe prestasse juramento? – perguntei a Galahad.

– Ele não sabia que eu estava em Durnovária. Eu estava hospedado com o bispo Emrys, e o bispo me deu um manto de monge para usar por cima disto – ele bateu na cota de malha – e então fui para o norte. O pobre Emrys está arrasado. Acha que os cristãos enlouqueceram, e eu também acho. Creio que eu poderia ter ficado e lutado, mas não fiz isso. Fugi. Tinha ouvido dizer que você e Artur estavam mortos, mas não acreditei. Achei que iria encontrá-los, mas em vez disso encontrei nosso rei. – Ele me contou que Mordred estava caçando javalis no Norte de Durnovária, e Lancelot, pelo que Galahad acreditava, tinha mandado homens interceptar o rei na volta; mas uma garota aldeã tinha atraído o interesse de Mordred, e quando ele e seus companheiros terminaram com ela já estava quase escuro, por isso ele exigiu a maior casa do povoado e ordenou que trouxessem comida. Seus assassinos tinham esperado no portão Norte da cidade enquanto Mordred se refestelava a uns 20 quilômetros de distância, e em algum momento daquela noite os homens de Lancelot devem ter decidido começar a matança mesmo que o rei dumnoniano tivesse escapado da emboscada. Tinham espalhado o boato de sua morte e usaram esse boato para justificar a usurpação de Lancelot.

Mordred soube dos problemas quando chegaram fugitivos de Durnovária. A maioria de seus companheiros tinha desaparecido, os aldeãos estavam juntando coragem para matar o rei, que havia estuprado uma das garotas do lugar e roubado boa parte da comida, e Mordred entrou em pânico. Ele e seus últimos amigos fugiram para o norte vestidos com roupas dos aldeãos.

– Eles estavam tentando chegar a Caer Cadarn – disse Galahad –, achando que encontrariam lanceiros fiéis lá, mas em vez disso me encontraram. Eu ia para a sua casa, mas soubemos que seu pessoal tinha fugido, por isso o trouxe para o norte.

– Você viu saxões?

Ele balançou a cabeça.

– Eles estão no vale do Tâmisa. Nós os evitamos. – Galahad olhou para a confusão de pessoas em volta de Mordred. – E o que vai acontecer agora?

Mordred tinha ideias firmes. Estava com um manto emprestado e sentado à mesa onde atulhava pão e carne salgada na boca. Exigia que Artur marchasse imediatamente para o sul, e sempre que Artur tentava interromper, o rei batia na mesa e repetia a exigência.

– Você está negando seu juramento? – gritou Mordred finalmente, cuspindo pedaços de pão e carne.

– Lorde Artur está tentando preservar a mulher e o filho dele – respondeu Cuneglas acidamente.

Mordred olhou inexpressivo para o rei de Powys.

– Acima do meu reino? – perguntou finalmente.

– Se Artur for à guerra – explicou Cuneglas a Mordred – Guinevere e Gwydre morrerão.

– Então não fazemos nada? – gritou Mordred. Ele estava histérico.

– Nós vamos pensar no assunto – disse Artur, amargo.

– Pensar? – gritou Mordred, e em seguida se levantou. – Você só vai pensar, enquanto aquele desgraçado governa minha terra? Você não fez um juramento? E de que servem estes homens se você não lutar? – Ele apontou para os lanceiros que estavam em círculo em volta da mesa. – Você vai lutar por mim, é isso que fará! É o que o seu juramento exige. Você lutará! – Ele bateu na mesa de novo. – Você não pensa! Você luta!

Eu tinha aguentado o bastante. Talvez a alma morta de minha filha tenha vindo a mim naquele momento, porque quase sem pensar me adiantei e abri a fivela do cinto da espada. Tirei Hywelbane do cinto, joguei a espada no chão e dobrei a tira de couro ao meio. Mordred me viu e soltou um protesto frágil quando me aproximei dele, mas ninguém se mexeu para me impedir.

Cheguei ao lado de meu rei, parei e bati com força em seu rosto, com o cinto dobrado.

– Isto não é pelos tapas que você me deu, e sim pela minha filha. E isto – bati de novo, com muito mais força – é por seu fracasso em manter o juramento de guardar seu reino.

Lanceiros gritaram em aprovação. O lábio inferior de Mordred estava tremendo, como acontecia em todas aquelas surras que ele havia tomado na infância. Suas bochechas ficaram vermelhas das pancadas e um fio de sangue apareceu num corte minúsculo sob o olho. Ele tocou aquele sangue com um dedo, depois cuspiu um pedaço de pão e carne meio mastigada no meu rosto.

– Você vai morrer por isso – prometeu, e depois, numa fúria crescente, tentou me dar um tapa. – Como eu poderia defender o reino? – gritou. – Você não estava lá! Artur não estava lá. – Tentou me dar um tapa outra vez, mas de novo aparei o tapa com o braço, depois levantei o cinto para bater de novo.

Horrorizado com meu comportamento, Artur puxou meu braço e me afastou. Mordred veio atrás, tentando me acertar com os punhos, mas então um cajado preto bateu com força em seu braço e ele se virou em fúria para reagir ao novo agressor.

Mas era Merlin quem estava acima do rei furioso.

– Bata em mim, Mordred – disse o druida em voz baixa –, e eu o transformo num sapo e lhe dou de comer às serpentes do Annwn.

Mordred olhou para o druida, mas não disse nada. Tentou afastar o cajado, mas Merlin o manteve firme e o usou para empurrar o jovem rei de volta à cadeira.

– Diga, Mordred – falou Merlin enquanto o fazia sentar-se de novo. – Por que mandou Artur e Derfel para tão longe?

Mordred balançou a cabeça. Estava apavorado com esse novo Merlin de costas retas e enorme. Ele só havia conhecido o druida como um velho frágil pegando sol no jardim de Lindinis, e aquele Merlin revigorado e com a barba trançada o aterrorizava.

Merlin levantou o cajado e bateu com força na mesa.

– Por quê? – perguntou gentilmente quando o eco da pancada morreu.

– Para prender Ligessac – sussurrou Mordred.

– Seu idiotazinho rastejante. Uma criança poderia ter prendido Ligessac. Por que mandou Artur e Derfel?

Mordred apenas balançou a cabeça.

Merlin suspirou.

– Faz muito tempo, jovem Mordred, desde que usei minha magia mais poderosa. Infelizmente estou sem prática, mas acho que, com a ajuda de Nimue, posso transformar sua urina em um pus preto que vai arder como uma vespa a cada vez que você mijar. Posso embaralhar o seu cérebro, ou o que resta dele, e posso fazer sua hombridade – subitamente o cajado balançou perto do ventre de Mordred – se encolher até o tamanho de um feijão seco. Tudo isso posso fazer, Mordred, e farei, a não ser que você conte a verdade. – Ele sorriu, e havia mais ameaça naquele sorriso do que no cajado. – Diga, meu garoto, por que mandou Artur e Derfel ao acampamento de Cadoc?

O lábio inferior de Mordred estava tremendo.

– Porque Sansum me disse para fazer isso.

– O Lorde Camundongo! – exclamou Merlin como se a resposta o surpreendesse. Ele sorriu de novo, ou pelo menos mostrou os dentes. – Tenho outra pergunta, Mordred, e se não me disser a verdade suas entranhas vão expelir sapos misturados com lama, sua barriga será um ninho de vermes e sua garganta vai ficar cheia da bile produzida por eles. Vou fazer você tremer incessantemente, de modo que toda a sua vida, sua vida inteira, será um tremor, cagando sapos, comido por vermes e cuspindo bile. Vou deixar você – ele parou e baixou a voz – ainda mais horrível do que sua mãe o fez. Então, Mordred, diga: o que o lorde camundongo prometeu que aconteceria se você mandasse Derfel e Artur para longe?

Mordred olhava aterrorizado para o rosto de Merlin.

Merlin esperou. Nenhuma resposta veio, por isso ele levantou o cajado para o alto teto do salão.

– Em nome de Bel – entoou sonoramente – e de seu lorde-sapo Callyd, e em nome de Sucellos e seu mestre dos vermes Horfael, e em nome de...

– Eles seriam mortos! – guinchou Mordred desesperado.

O cajado foi baixado lentamente, até apontar de novo para o rosto de Mordred.

– Ele prometeu o que a você, garoto?

Mordred se retorceu na cadeira, mas não havia como fugir daquele cajado. Engoliu em seco, olhou para a esquerda e para a direita, mas não havia ajuda para ele no salão.

– Que eles seriam mortos – admitiu Mordred – pelos cristãos.

– E por que você quereria isso?

Mordred hesitou, mas Merlin ergueu o cajado de novo e o garoto vomitou a confissão:

– Porque não posso ser rei enquanto ele viver!

– Você achava que a morte de Artur iria libertá-lo para se comportar como quisesse?

– Sim!

– E acreditava que Sansum era seu amigo?

– Sim.

– E nem uma vez pensou que Sansum poderia querer você morto, também? – Merlin balançou a cabeça. – Que garoto idiota você é. Não sabe que os cristãos nunca fazem nada certo? Até mesmo o primeiro deles foi pregado numa cruz. Não é assim que Deuses eficientes se comportam, de jeito nenhum. Obrigado pela conversa, Mordred. – Ele sorriu, deu de ombros e se afastou. – Só tentei ajudar – falou, enquanto passava por Artur.

Mordred parecia já estar com os tremores ameaçados por Merlin. Agarrou-se aos braços da cadeira, com espasmos, e lágrimas apareceram em seus olhos pelas humilhações que tinha acabado de sofrer. Mas tentou recuperar parte do orgulho apontando para mim e exigindo que Artur me prendesse.

– Não seja idiota! – Artur se virou para ele, com raiva. – Você acha que podemos recuperar seu trono sem os homens de Derfel? – Mordred ficou quieto, e aquele silêncio petulante lançou Artur numa fúria igual à que me fez bater no meu rei. – Isso pode ser feito sem você! – rosnou ele para Mordred. – E, independentemente do que for feito, você ficará aqui, sob guarda! – Mordred ficou boquiaberto e uma lágrima caiu, diluindo o fino fio de sangue. – Não como prisioneiro, senhor rei – explicou Artur, cansado –, mas para preservar sua vida das centenas de homens que gostariam de tomá-la.

– Então o que você vai fazer? – perguntou Mordred, agora absolutamente patético.

– Como eu disse – explicou Artur cheio de escárnio –, vou pensar no assunto. – E não quis falar mais.

Agora a forma do desígnio de Lancelot estava pelo menos clara. Sansum havia tramado a morte de Artur, Lancelot tinha mandado homens para matar Mordred e depois seguira com seu exército na crença de que todos os obstáculos para o trono de Dumnonia tinham sido eliminados e de que os cristãos, provocados até a fúria pelos diligentes missionários de Sansum, matariam o resto dos inimigos enquanto Cerdic mantinha os homens de Sagramor a distância.

Mas Artur vivia, e Mordred também. Enquanto Mordred vivesse Artur tinha um juramento a cumprir, e esse juramento significava que tínhamos de ir à guerra. Não importava que a guerra pudesse abrir o vale do Severn para os saxões; tínhamos de lutar contra Lancelot. Estávamos travados por um juramento.

Meurig não daria nenhum lanceiro para lutar contra Lancelot. Disse que precisava de todos os seus homens para guardar as fronteiras contra um possível ataque de Cerdic ou Aelle, e nada que ninguém dissesse foi capaz de dissuadi-lo. Apenas concordou em deixar sua guarnição em Glevum, assim liberando a guarnição dumnoniana para se juntar às tropas de Artur, mas não daria nada além disso.

– Ele é um bastardozinho covarde – rosnou Culhwch.

– Ele é um rapaz sensato – disse Artur. – Seu objetivo é preservar seu reino. – Ele falava conosco, seus comandantes guerreiros, num salão dos banhos romanos de Glevum. O cômodo tinha piso de ladrilhos e teto em arco, onde os restos de ninfas nuas pintadas eram perseguidos por um fauno em meio a redemoinhos de folhas e flores.

Cuneglas foi generoso. Os lanceiros que tinha trazido de Caer Sws seriam mandados, sob o comando de Culhwch, para ajudar os homens de Sagramor. Culhwch jurou que não faria nada para ajudar na restauração de Mordred, mas não tinha restrições quanto a lutar contra os guerreiros de Cerdic, e esta ainda era a tarefa de Sagramor. Assim que o númida fosse reforçado pelos homens de Powys, ele iria para o sul, para cortar o caminho dos saxões que estavam sitiando Corinium e com isso jogar os homens de Cerdic numa campanha que iria impedi-los de ajudar Lancelot no interior de Dumnonia. Cuneglas prometeu oferecer toda a ajuda possível, mas disse que demoraria pelo menos duas semanas para juntar toda a sua força e trazê-la para o sul, até Glevum.

Artur tinha pouquíssimos homens em Glevum. Tinha os trinta que haviam ido para o norte prender Ligessac, que agora estava acorrentado em Glevum, e tinha os meus homens, e a esses podia acrescentar os setenta lanceiros que haviam formado a pequena guarnição de Glevum. Esses números aumentavam dia após dia pelos refugiados que conseguiam escapar dos furiosos bandos de cristãos, os quais ainda caçavam qualquer pagão restante em Dumnonia. Ouvimos dizer que muitos desses fugitivos continuavam lá, alguns deles se sustentando em antigas fortalezas de terra ou no fundo das florestas, mas outros chegavam a Glevum, e entre eles estava Morfans, o Feio, que tinha escapado do massacre nas tavernas de Durnovária. Artur o encarregou das forças de Glevum e ordenou que marchasse para o sul em direção a Aquae Sulis. Galahad iria com ele.

– Não aceitem batalha – alertou Artur aos dois. – Apenas provoquem os inimigos, assediem, incomodem. Fiquem nos morros, permaneçam ágeis, e façam que continuem olhando em sua direção. Quando meu senhor rei chegar – ele estava falando de Cuneglas – vocês podem se juntar ao exército dele e marchar para o sul contra Caer Cadarn.

Artur declarou que não lutaria com Sagramor nem com Morfans, em vez disso buscaria a ajuda de Aelle. Ele sabia melhor do que ninguém que a notícia de seus planos seria levada ao sul. Havia um número suficiente de cristãos em Glevum que acreditavam que Artur era o Inimigo de Deus, e que viam em Lancelot o precursor mandado pelo céu para anunciar a volta de Cristo; ele queria que esses cristãos enviassem suas mensagens até Dumnonia, e que essas mensagens dissessem a Lancelot que Artur não ousaria arriscar a vida de Guinevere marchando contra ele. Em vez disso, ia implorar a Aelle que levasse seus machados e lanças contra os homens de Cerdic.

– Derfel irá conosco – disse.

Eu não queria acompanhar Artur. Havia outros intérpretes, protestei, e meu único desejo era me juntar a Morfans e marchar para Dumnonia. Não queria encarar meu pai, Aelle. Queria lutar, mas não para pôr Mordred no trono, e sim derrubar Lancelot e encontrar Dinas e Lavaine.

Artur recusou.

– Você irá comigo, Derfel – ordenou –, e levaremos quarenta homens.

– Quarenta? – objetou Morfans. Quarenta era um número grande para tirar de seu pequeno bando de guerreiros que deveria distrair Lancelot.

Artur deu de ombros.

– Não ouso parecer fraco diante de Aelle. Na verdade deveria levar mais, mas quarenta homens devem bastar para convencê-lo de que não estou desesperado. – Ele fez uma pausa. – Uma última coisa – falou numa voz séria, atraindo a atenção dos homens que se preparavam para sair da casa de banhos. – Alguns de vocês não estão inclinados a lutar por Mordred. Culhwch já deixou Dumnonia, sem dúvida Derfel irá embora quando esta guerra terminar, e quem sabe quantos outros de vocês irão também? Dumnonia não pode se dar ao luxo de perder esses homens. – Ele parou. Tinha começado a chover, e a água pingava dos tijolos que apareciam entre os retalhos de teto pintado. – Conversei com Cuneglas – Artur indicou a presença do rei com uma inclinação da cabeça – e com Merlin, e falamos sobre as leis e os costumes antigos de nosso povo. Independentemente do que eu fizer, farei dentro da lei, e não posso livrar vocês de Mordred, porque meu juramento proíbe isso e a antiga lei de nosso povo não pode admitir. – Ele parou de novo, com a mão direita inconscientemente segurando o punho de Excalibur. – Mas a lei me permite uma coisa. Se um rei é incapaz de governar, o Conselho pode governar em seu nome desde que ele receba a honra e os privilégios de sua condição. Merlin me garante que é assim, e o rei Cuneglas afirma que isso aconteceu no reinado de seu bisavô Brychan.

– Era maluco feito um morcego! – disse Cuneglas, alegre.

Artur deu um meio-sorriso, depois franziu a testa enquanto organizava os pensamentos.

– Isso não é o que eu sempre quis – protestou em voz baixa, com a voz sombria ecoando na câmara gotejante – mas proporei ao Conselho de Dumnonia que ele governe no lugar de Mordred.

– Sim! – gritou Culhwch.

Artur o silenciou.

– Eu esperava que Mordred aprendesse a arcar com a responsabilidade, mas não aprendeu. Não me importa que ele me quisesse morto, mas me importo com que perca seu reino. Mordred violou o juramento da aclamação, e agora duvido de que algum dia ele possa mantê-lo. – Artur fez uma pausa, e muitos de nós devem ter refletido sobre quanto tempo Artur havia demorado para entender uma coisa tão óbvia para o resto de nós. Durante anos ele havia resistido teimosamente a reconhecer a incapacidade de Mordred para governar, mas agora, depois que ele havia perdido e, o que era muito pior aos olhos de Artur, fracassado em proteger seus súditos, finalmente Artur estava preparado para encarar a verdade. A água pingava em sua cabeça descoberta, mas ele não parecia notar. – Merlin me disse que Mordred está possuído por um espírito maligno – prosseguiu com uma voz melancólica. – Não sou hábil nessas coisas, mas esse veredicto não me parece improvável, e assim, se o Conselho concordar, proporei que, depois de restaurarmos Mordred, concedamos a ele todas as honras devidas ao rei. Ele pode morar no Palácio de Inverno, pode caçar, pode comer como um rei e ceder a todos os apetites dentro da lei, mas não governará. Vou propor que ele tenha todos os privilégios, mas nenhum dos deveres do trono.

Nós comemoramos. E como comemoramos. Porque agora parecia que tínhamos algo por que lutar. Não por Mordred, aquele sapo desgraçado, mas por Artur, porque apesar de toda a sua bela conversa sobre o Conselho governar Dumnonia no lugar de Mordred, todos sabíamos o que suas palavras significavam. Significavam que Artur seria o rei de Dumnonia em todos os sentidos, menos no nome, e por esse bom objetivo levaríamos nossas lanças à guerra. Comemoramos porque agora tínhamos uma causa pela qual lutar e morrer. Tínhamos Artur.

ARTUR ESCOLHEU VINTE de seus melhores cavaleiros e insistiu para que eu escolhesse vinte dos meus melhores lanceiros para a embaixada a Aelle.

– Temos de impressionar o seu pai – disse –, e não se impressiona alguém chegando com lanceiros abalados e velhos. Levaremos nossos melhores homens.

Ele também insistiu para que Nimue nos acompanhasse. Teria preferido a companhia de Merlin, mas o druida declarou que estava velho demais para a longa jornada e propôs Nimue.

Deixamos Mordred guardado pelos lanceiros de Meurig. Mordred sabia dos planos de Artur para ele, não tinha aliados em Glevum e nenhum desafio em sua alma podre, mas teve a satisfação de ver Ligessac ser estrangulado no fórum, e depois daquela morte lenta ele subiu ao terraço do grande salão e fez um discurso murmurante onde ameaçou de um destino igual todos os traidores de Dumnonia, depois voltou, carrancudo, para seus aposentos enquanto seguíamos Culhwch para o leste. Culhwch tinha ido se juntar a Sagramor e ajudar a lançar o ataque que, todos esperávamos, salvaria Corinium.

Artur e eu marchamos para a região elevada e bonita que era a rica província Leste de Gwent. Era um lugar de vilas luxuosas, vastas fazendas e grande riqueza, na maioria crescida nas costas das ovelhas que pastavam os morros ondulados. Marchávamos entre dois estandartes, o urso de Artur e minha estrela, e ficamos bem ao norte da fronteira dumnoniana, para todas as notícias que iam para Lancelot lhe dissessem que Artur não estava oferecendo ameaça ao seu trono roubado. Nimue caminhava conosco. De algum modo Merlin a persuadira a tomar banho e arranjar roupas limpas, e então, desesperado na tentativa de desemaranhar seu cabelo imundo, o havia cortado curto e queimado as tranças cheias de crostas de sujeira. O cabelo curto ficou bem em seu rosto, ela usava de novo um tapa-olho e carregava um cajado, mas nenhuma outra bagagem. Andava descalça e seguia relutante, porque não quisera vir, mas Merlin a havia convencido, ainda que Nimue continuasse afirmando que sua presença era um desperdício.

– Qualquer idiota pode derrotar um feiticeiro saxão – disse ela a Artur no fim do primeiro dia de marcha. – É só cuspir neles, revirar os olhos e balançar um osso de galinha. Só isso.

– Não veremos nenhum feiticeiro saxão – respondeu Artur calmamente. Agora estávamos em terreno aberto, longe de qualquer vila. Ele parou o cavalo, levantou a mão e esperou que os homens se juntassem em volta – porque não vamos ver Aelle. Vamos para o sul, entrar em nosso país. Um longo caminho para o sul.

– Até o mar? – perguntei.

Ele sorriu.

– Até o mar. – Em seguida segurou o arção da sela. – Nós somos poucos, e Lancelot tem muitos, mas Nimue pode nos fazer um feitiço de ocultação, então marcharemos à noite, e marcharemos muito. – Ele sorriu e deu de ombros. – Não posso fazer nada enquanto minha mulher e meu filho forem prisioneiros, mas se os libertarmos também estarei livre. E quando eu estiver livre poderei lutar contra Lancelot, mas vocês devem saber que estaremos longe de auxílio numa Dumnonia sob o domínio dos inimigos. Assim que eu tiver Guinevere e Gwydre, não sei como escaparemos, e Nimue vai nos ajudar. Os Deuses vão nos ajudar, mas se algum de vocês teme essa tarefa, pode voltar agora.

Ninguém fez isso, e ele devia saber que ninguém o faria. Aqueles quarenta eram nossos melhores homens, e teriam seguido Artur até o poço das serpentes. Artur, claro, tinha contado apenas a Merlin o que planejava, então nenhuma sugestão disso poderia chegar aos ouvidos de Lancelot; agora deu de ombros para mim, como se estivesse se desculpando por ter me enganado, mas devia saber como eu estava satisfeito, porque não íamos apenas para onde Guinevere e Gwydre eram reféns, mas onde os dois assassinos de Dian acreditavam estar livres de qualquer vingança.

– Vamos esta noite – disse Artur –, e não haverá descanso até o amanhecer. Vamos para o sul, e de manhã quero estar nos morros do outro lado do Tâmisa.

Pusemos capas sobre as armaduras, abafamos os cascos dos cavalos com camadas de tecido e depois fomos para o sul em meio à noite que chegava. Os cavaleiros guiavam seus animais e Nimue nos guiava, usando sua estranha capacidade de achar o caminho num local desconhecido e na escuridão.

Em algum momento da noite escura entramos em Dumnonia e, à medida que descíamos dos morros para o vale do Tâmisa, vimos, bem à direita, um brilho no céu mostrando onde os homens de Cerdic estavam acampados, do lado de fora de Corinium. Assim que saímos dos morros nosso caminho seguiu inevitavelmente através de povoados pequenos e escuros onde os cães latiam à nossa passagem, mas ninguém nos questionou. Ou os habitantes estavam mortos ou temiam que fôssemos saxões, e assim, como um bando de fantasmas, passamos por eles. Um dos cavaleiros de Artur era nativo das terras do rio, e nos guiou para um vau que chegava até a altura do peito. Seguramos as armas e os sacos de pão bem alto, depois nos esforçamos para atravessar a forte correnteza até chegar à margem oposta onde Nimue sussurrou um feitiço de ocultação na direção de um povoado próximo. Ao alvorecer estávamos nos morros do Sul, seguros dentro de uma das fortalezas de terra do Povo Antigo.

Dormimos sob o sol e ao escurecer seguimos de novo para o sul. O caminho passava por terras boas e ricas onde nenhum saxão ainda pusera os pés, mas mesmo assim nenhum morador nos questionou, já que ninguém, a não ser um idiota, questionaria homens armados viajando à noite em tempos de confusão. Ao amanhecer tínhamos chegado à grande planície, e o sol nascente lançava sombras compridas dos morros funerários do Povo Antigo sobre o capim pálido. Alguns dos morros ainda tinham tesouros guardados por monstros das sepulturas. Nós os evitamos enquanto procurávamos alguma reentrância coberta de capim onde os cavalos pudessem comer e nós pudéssemos descansar.

Sob o luar seguinte passamos pelas Pedras, aquele grande círculo misterioso onde Merlin dera a espada a Artur e onde, há tantos anos, tínhamos entregado o ouro a Aelle antes de marchar para o vale do Lugg. Nimue deslizava entre os grandes pilares de pedra, tocando-os com o cajado, depois parando no centro com os olhos virados para as estrelas. A lua estava quase cheia, e sua luz dava às Pedras uma luminosidade pálida.

– Elas ainda têm magia? – perguntei quando ela nos alcançou.

– Alguma, mas está acabando, Derfel. Toda a nossa magia está acabando. Nós precisamos do Caldeirão. – Ela sorriu no escuro. – Agora ele não está longe, posso sentir. Ele ainda vive, Derfel, e vamos encontrá-lo e devolver a Merlin. – Nesse ponto havia paixão nela, a mesma paixão que demonstrara à medida que nos aproximávamos do fim da Estrada Escura. Artur marchava no escuro por sua Guinevere, eu, por vingança, e Nimue, para invocar os Deuses com o Caldeirão, mas mesmo assim éramos poucos, e o inimigo, numeroso.

Agora estávamos bem dentro da nova terra de Lancelot, mas não víamos qualquer evidência de seus guerreiros nem qualquer sinal dos bandos de cristãos hidrófobos que, segundo diziam, ainda aterrorizavam os pagãos da área rural. Os lanceiros de Lancelot não tinham o que fazer nessa parte de Dumnonia, porque estavam vigiando as estradas que vinham de Glevum, enquanto os cristãos deviam ter ido apoiar seu exército na crença de que este fazia o trabalho de Cristo, por isso seguimos sem ser molestados enquanto descíamos da grande planície para as terras ribeirinhas da costa Sul de Dumnonia. Rodeamos a cidade-fortaleza de Sorviodunum e sentimos o cheiro da fumaça das casas que tinham sido queimadas ali. Ainda ninguém nos questionava, porque caminhávamos sob a lua quase cheia e estávamos protegidos pelos feitiços de Nimue.

Chegamos ao mar na quinta noite. Tínhamos passado pela fortaleza romana de Vindocládia, onde Artur tinha certeza de que haveria uma guarnição das tropas de Lancelot, e ao alvorecer estávamos escondidos na floresta densa acima do rio onde ficava o Palácio do

Mar. O palácio estava a apenas 1,5 quilômetro a oeste, e nós o tínhamos alcançado sem ser vistos, chegando como fantasmas da noite em nossa própria terra.

E também faríamos o ataque à noite. Lancelot estava usando Guinevere como escudo. Nós tiraríamos esse escudo e, livres, levaríamos as lanças até seu coração traiçoeiro. Mas não em nome de Mordred, porque agora lutávamos por Artur e pelo reino feliz que víamos além da guerra.

Como dizem os bardos agora, lutávamos por Camelot.

A MAIORIA DOS lanceiros dormiu naquele dia, mas Artur, Issa e eu nos esgueiramos até a beira da floresta para olhar o Palácio do Mar, do outro lado do pequeno vale.

Parecia tão belo com suas pedras brancas brilhando ao sol nascente! Estávamos olhando para o flanco Leste, de uma crista ligeiramente mais baixa do que o palácio. A parede do Leste era rompida apenas por três janelas pequenas, parecendo uma grande fortaleza branca sobre um morro verde, mas essa ilusão era um tanto estragada pelo grande sinal do peixe que fora desenhado grosseiramente com piche sobre a parede caiada, presumivelmente para guardar o palácio contra a fúria de qualquer cristão itinerante. A longa fachada Sul, que dava para o riacho e o mar que ficava depois de uma ilha arenosa na margem Sul do riacho, era onde os construtores romanos tinham posto as janelas, assim como tinham relegado as cozinhas, os alojamentos dos escravos e os depósitos de grãos ao terreno norte, atrás da vila onde ficava a casa de madeira de Gwenhwyvach. Agora ali também havia um pequeno povoado de cabanas cobertas de palha, e achei que deveria ser para os lanceiros e suas famílias. Um emaranhado de tiras de fumaça subia dos fogos de cozinhar nas cabanas. Atrás das cabanas ficavam os pomares e as hortas, e atrás deles, cercados pelas florestas que cresciam densas nessa parte do país, ficavam campos de feno parcialmente cortado.

Na frente do palácio, e exatamente como eu me recordava daquele dia distante em que fizera o precioso juramento de Artur na Távola Redonda, os dois barrancos encimados por arcadas se estendiam para o riacho. Todo o palácio estava ensolarado, muito branco, grandioso e belo.

– Se os romanos voltassem hoje – disse Artur com orgulho –, não saberiam que foi reconstruído.

– Se os romanos voltassem hoje – falou Issa –, eles enfrentariam uma bela luta. – Eu havia insistido para que ele viesse até a borda das árvores porque não conhecia ninguém com vista melhor, e precisávamos passar esse dia descobrindo quantos guardas Lancelot tinha posto no Palácio do Mar.

Naquela manhã não contamos mais de uma dúzia de guardas. Logo depois do alvorecer, dois homens subiram numa plataforma de madeira que fora construída no topo do telhado, e de lá vigiavam a estrada que levava ao norte. Quatro outros lanceiros andavam de um lado para o outro na arcada mais próxima, e parecia sensato deduzir que mais quatro estariam estacionados na arcada do lado Oeste, oculta de nós. Todos os outros guardas estavam na área entre um terraço com balaustrada de pedra na parte de baixo dos jardins e o riacho, uma patrulha que evidentemente guardava os caminhos que levavam à costa. Issa, deixando a armadura e o elmo, fez um reconhecimento por lá, esgueirando-se pelo mato numa tentativa de ver a fachada da construção, entre as duas arcadas.

Artur olhava fixamente para o palácio. Estava levemente empolgado, sabendo que se encontrava à beira de um resgate ousado que lançaria um choque no novo reino de Lancelot. De fato, eu raramente vira Artur tão feliz como naquele dia. Ao entrar no fundo de Dumnonia ele havia se afastado das responsabilidades do governo, e agora, como no passado antigo, seu futuro dependia apenas da sua habilidade com a espada.

– Você costuma pensar em casamento, Derfel? – perguntou-me subitamente.

– Não, senhor. Ceinwyn jurou nunca se casar, e não vejo necessidade de questioná-la. – Sorri e toquei meu anel de amante que tinha a pequena lasca de ouro do Caldeirão. – Veja bem, acho que somos mais casados do que a maioria dos casais que já ficaram diante de um druida ou um sacerdote.

– Não quis dizer isso. Você costuma pensar em casamento, em termos gerais?

– Não, senhor. Na verdade, não.

– Derfel teimoso – brincou ele. – Quando eu morrer – falou, com voz sonhadora –, quero um enterro cristão.

– Por quê? – perguntei, horrorizado, e tocando a cota de malha para que o ferro desviasse o mal.

– Porque estarei deitado com Guinevere para todo o sempre, ela e eu, num túmulo, juntos.

Pensei na carne de Norwenna pendurada nos ossos amarelos e fiz uma careta.

– O senhor estará no Outro Mundo com ela.

– Nossas almas estarão, sim, e nossos corpos de sombra estarão lá, mas por que estes corpos aqui não podem ficar também de mãos dadas?

Balancei a cabeça.

– Seja queimado, a não ser que o senhor queira que sua alma fique vagando pela Britânia.

– Talvez você esteja certo – disse ele, em tom casual. Estava deitado de barriga no chão, escondido da vila por uma barreira de tasnas e centáureas. Nenhum de nós usava armadura. Iríamos vestir os equipamentos de guerra ao anoitecer, antes de matar os guardas de Lancelot. – O que faz você e Ceinwyn felizes? – Artur não tinha feito a barba desde que havíamos deixado Glevum, e os fios novos estavam ficando grisalhos.

– Amizade.

Ele franziu a testa.

– Só isso?

Pensei a respeito. A distância, os primeiros escravos estavam indo para os campos de feno, as foices refletindo o sol da manhã com brilhos fortes. Garotinhos corriam de um lado para o outro das hortas, assustando os pássaros para longe das ervilhas e das fileiras de groselhas, amoras e framboesas, enquanto mais perto, onde alguns convólvulos se retorciam cor-de-rosa nos espinheiros, tentilhões verdes pareciam brigar fazendo muito barulho. Parecia que nenhuma disputa cristã havia perturbado aquele lugar; na verdade parecia impossível que Dumnonia estivesse em guerra.

– Ainda sinto uma pontada toda vez que olho para ela – admiti.

– É isso, não é? – disse ele, entusiasmado. – Uma pontada! Uma aceleração no coração.

– Amor – falei secamente.

– Temos sorte, nós dois. – Ele sorriu. – É amizade, é amor, e ainda é algo mais. É o que os irlandeses chamam de *anmchara*, uma alma amiga. Com quem mais você quer conversar até o fim do dia? Adoro as tardes em que podemos simplesmente ficar sentados conversando enquanto o sol baixa e as mariposas vêm para as velas.

– E nós conversamos sobre filhos – falei e desejei não ter falado – e das brigas dos serviçais, e se a escrava zarolha que trabalha na cozinha está grávida de novo, e imaginamos quem quebrou a alça do pote, e se o teto de palha precisa de conserto ou se vai durar mais um ano, e tentamos decidir o que fazer com o cão velho que não consegue mais andar, e que desculpa Cadell vai inventar para não pagar o aluguel de novo, e se devemos passar folhas de tasneira nos úberes das vacas para melhorar a produção. É disso que falamos.

Ele gargalhou.

– Guinevere e eu falamos de Dumnonia. Da Britânia. E, claro, de Ísis. – Parte do seu entusiasmo se dissipou ao mencionar esse nome, mas então ele deu de ombros. – Não que fiquemos juntos bastante. É por isso que sempre esperava que Mordred assumisse o fardo, e então eu ficaria aqui todos os dias.

– Pensando em alças de potes quebrados, em vez de em Ísis? - provoquei.

– Nisso e em tudo o mais – disse ele calorosamente. – Um dia vou plantar nestas terras, e Guinevere continuará com o seu trabalho.

– Seu trabalho?

Ele deu um sorriso torto.

– Conhecer Ísis. Ela me diz que se ao menos puder fazer contato com a Deusa o poder voltará para o mundo. – Ele deu de ombros, cético como sempre com relação a essas afirmações religiosas. Só Artur teria ousado enfiar Excalibur na terra e desafiar Gofannon a vir em sua ajuda, porque realmente não acreditava que Gofannon viria. Uma vez me disse que, para os Deuses, nós somos como camundongos num teto de palha, e só sobreviveremos enquanto não formos notados. Mas só o amor o fazia estender uma tolerância estranha à paixão de Guinevere. – Eu gostaria de estar mais convencido a respeito de Ísis – admitiu agora – mas, claro, os homens não fazem parte de seus mistérios. – Ele sorriu. – Guinevere até chama Gwydre de Hórus.

– Hórus?

– O filho de Ísis. Nome feio.

– Não tão ruim quanto Wygga.

– Quem? – perguntou ele, e subitamente se enrijeceu. – Olhe – falou empolgado. – Olhe!

Levantei a cabeça para olhar por cima da barreira florida, e lá estava Guinevere. Mesmo a 400 metros de distância ela era inconfundível, porque os cabelos ruivos brotavam numa massa revolta sobre o longo vestido azul que estava usando. Caminhava pela arcada mais próxima, em direção ao pequeno pavilhão aberto na extremidade próxima do mar. Três criadas iam atrás, com dois de seus cães veadeiros. Os guardas saíam do caminho e faziam reverência a sua passagem. Assim que chegou ao pavilhão, Guinevere sentou-se a uma mesa de pedra e as três criadas serviram seu desjejum.

– Ela vai comer fruta – disse Artur, com carinho. – No verão ela não come outra coisa de manhã. – Ele sorriu. – Se ela soubesse como estou perto!

– Esta noite, senhor, estará com ela.

Ele assentiu.

– Pelo menos ela está sendo bem-tratada.

– Lancelot tem muito medo do senhor para tratá-la mal.

Alguns instantes depois, Dinas e Lavaine apareceram na arcada. Usavam seus mantos de druida. Toquei o punho de Hywelbane ao vê-los, e prometi à alma da minha filha que os gritos de seus assassinos fariam todo o Outro Mundo se encolher de medo. Os dois druidas chegaram ao pavilhão, fizeram uma reverência para Guinevere e depois se juntaram a ela na mesa. Gwydre veio correndo alguns instantes depois, e vimos Guinevere desalinhar o cabelo dele, depois mandá-lo para os cuidados de uma criada.

– Ele é um bom garoto – disse Artur, com carinho. – Não há falsidade nele. Não é como Amhar e Loholt. Fracassei com eles, não foi?

– Eles ainda são jovens, senhor.

– Mas agora servem ao meu inimigo. O que devo fazer com os dois?

Sem dúvida Culhwch teria dito para matá-los, mas apenas encolhi os ombros.

– Mande-os para o exílio. – Os gêmeos podiam se juntar aos homens infelizes que não tinham senhor jurado. Podiam vender suas espadas até finalmente ser mortos em alguma batalha não lembrada, contra os saxões, os irlandeses ou os escoceses.

Mais mulheres apareceram na arcada. Algumas eram criadas, outras eram aias que serviam Guinevere como damas de companhia. Lunete, minha antiga amante, provavelmente era uma daquela dúzia de mulheres confidentes de Guinevere, e também sacerdotisas de sua fé.

Em algum momento no meio da manhã caí no sono com a cabeça aninhada nos braços e o corpo entorpecido pelo calor do sol de verão. Quando acordei, vi que Artur tinha ido embora e Issa voltara.

– Lorde Artur voltou para os lanceiros, senhor – disse ele.

Bocejei.

– O que você viu?

– Mais seis homens. Todos guardas saxões.

– Os saxões de Lancelot?

Ele assentiu.

– Todos no grande jardim, senhor. Mas só os seis. Vimos dezoito homens no total, e mais alguns outros devem ficar de guarda à noite, mas mesmo assim não podem ser mais de trinta no total.

Achei que ele estava certo. Trinta homens seriam suficientes para guardar esse palácio, e um número maior seria supérfluo, especialmente porque Lancelot precisava de cada lança para guardar seu reino roubado. Levantei a cabeça e vi que agora a arcada estava vazia, a não ser pelos quatro guardas que pareciam absolutamente entediados. Dois deles estavam sentados, encostados nas colunas, enquanto mais dois conversavam no banco de pedra onde Guinevere fizera o desjejum. Tinham deixado as lanças encostadas na mesa. Os dois guardas na pequena plataforma do telhado pareciam igualmente preguiçosos. O Palácio do Mar cozinhava sob um sol de verão, e ninguém ali acreditava que um inimigo poderia estar a menos de 100 quilômetros.

– Você falou a Artur sobre os saxões? – perguntei a Issa.

– Sim, senhor. Ele disse que era de esperar. Lancelot deve querer que ela seja bem-guardada.

– Vá dormir. Eu vigio agora – falei.

Ele foi e, apesar da promessa, adormeci de novo. Tinha andado a noite inteira e estava cansado, e além disso parecia não haver perigo ameaçando na borda daquela floresta no verão. Assim dormi até ser abruptamente despertado por um latido súbito e grandes patas me arranhando.

Acordei em terror e descobri dois ferozes cães veadeiros acima de mim, um dos dois latindo e o outro rosnando. Tentei pegar a faca, mas então uma voz de mulher gritou para os animais.

– Parados! – gritou ela, incisiva. – Drudwyn, Gwen, parados! Quietos! – Os cães se deitaram, relutantes. Virei-me e vi Gwenhwyvach me olhando. Ela usava um velho vestido marrom, tinha um xale na cabeça e um cesto em que colhera ervas selvagens. O rosto estava mais gorducho do que nunca, e o cabelo, onde aparecia sob a echarpe, estava malcuidado e emaranhado. – O adormecido lorde Derfel – disse ela, alegre.

Toquei o dedo nos lábios e olhei para o palácio.

– Eles não me vigiam – disse ela –, não se importam comigo. Além disso, costumo falar sozinha. Os loucos fazem isso, você sabe.

– A senhora não é louca.

– Gostaria de ser. Não imagino por que alguém gostaria de ser outra coisa neste mundo. – Ela riu, levantou o vestido e se deixou sentar pesadamente ao meu lado. Virou-se quando os cães rosnaram ao ouvir um barulho atrás de mim e, divertindo-se, olhou Artur se arrastar pelo chão até o meu lado. Ele devia ter ouvido os latidos. – Se arrastando de barriga que nem uma cobra, Artur?

Como eu, Artur encostou o dedo nos lábios.

– Eles não se importam comigo – disse Gwenhwyvach de novo. – Olhe! – E ela balançou os braços vigorosamente para os guardas que simplesmente balançaram a cabeça e se viraram para outro lado. – Eu não vivo, pelo menos para eles. Sou apenas a mulher maluca e gorda que passeia com os cachorros. – Ela acenou de novo, e de novo as sentinelas a ignoraram. – Nem Lancelot me percebe – acrescentou, triste.

– Ele está aqui? – perguntou Artur.

– Claro que não. Ele está muito longe. Vocês também, pelo que me disseram. Vocês não deveriam estar conversando com os saxões?

– Estou aqui para levar Guinevere – disse Artur – e você também – acrescentou, galante.

– Não quero ser levada – protestou Gwenhwyvach. – E Guinevere não sabe que você está aqui.

– Ninguém deveria saber.

– Ela deveria! Guinevere deveria! Ela fica olhando no pote de óleo. Diz que pode ver o futuro lá! Mas não viu você, viu? – Ela deu um risinho, depois se virou e olhou para Artur como se achasse sua presença divertida. – Você veio resgatá-la?

– Sim.

– Esta noite?

– Sim.

– Ela não vai ficar grata – disse Gwenhwyvach. – Esta noite, não. Não tem nuvens, está vendo? – Ela acenou para o céu quase sem nuvens. – Não dá para cultuar Ísis com nuvens, você sabe, porque a lua não consegue entrar no templo, e esta noite ela está esperando a lua cheia. Uma lua cheia e grande, como um queijo fresco. – Ela acariciou o pelo comprido de um dos cães. – Este aqui é Drudwyn, e ele é um garoto mau. E esta é Gwen. *Plop!* – disse ela inesperadamente. – É assim que a lua vem: *plop!* Direto no templo dela. – Gwenhwyvach riu de novo. – Passa pelo fosso e, *plop*, bem no poço!

– Gwydre vai estar no templo? – perguntou Artur.

– Gwydre, não. Os homens não podem entrar, pelo menos foi o que me disseram – falou Gwenhwyvach numa voz sarcástica, e parecia que ia dizer mais alguma coisa, mas apenas deu de ombros. –

Gwydre será posto na cama. – Em seguida, olhou para o palácio e um lento sorriso maroto apareceu em seu rosto redondo. – Como você vai entrar, Artur? Há um monte de barras naquelas portas, e todas as janelas estão trancadas.

– Vamos dar um jeito, desde que você não conte a ninguém que nos viu.

– Desde que você me deixe aqui, não conto nem às abelhas. E costumo contar tudo a elas. É preciso, caso contrário o mel azeda. Não é, Gwen? – perguntou à cadela, coçando suas orelhas caídas.

– Deixo você aqui, se é o que quer – prometeu Artur.

– Só eu, só eu, os cães e as abelhas. É só isso que quero. Eu, os cães, as abelhas e o palácio. Guinevere pode ficar com a lua. – Ela sorriu de novo, depois cutucou meu ombro com a mão gorducha. – Lembra-se daquela porta do porão que mostrei a você, Derfel? A que dá no jardim?

– Acho que lembro – falei.

– Vou me certificar de que não esteja trancada. – Ela deu um risinho de novo, antecipando alguma diversão. – Vou me esconder no porão e destrancar a porta quando todas elas estiverem esperando a lua. Não há guardas lá à noite, porque a porta é grossa demais. Todos os guardas ficam nas cabanas, na frente. – Ela se virou para olhar Artur. – Você vem? – perguntou, ansiosa.

– Prometo que vou.

– Guinevere ficará satisfeita. E eu também. – Ela riu e se levantou. – Esta noite, quando a lua chegar fazendo *plop*. – E com isso se afastou levando os dois cachorros. Continuou rindo enquanto andava, e até deu uns dois passos de dança desajeitados. – *Plop!* – gritou e os cachorros saltavam em volta enquanto ela cabriolava morro abaixo.

– Ela é louca? – perguntei a Artur.

– Amarga, acho. – Ele olhou a figura roliça descer desajeitadamente o morro. – Mas vai nos deixar entrar, Derfel, ela vai nos deixar entrar. – Ele sorriu, depois pegou um punhado de centáureas da beira do campo. Arrumou-as num pequeno buquê e deu um sorriso tímido. – Para Guinevere, esta noite.

Ao anoitecer os colhedores de feno terminaram o serviço, voltaram dos campos e os guardas do telhado desceram pela escada comprida. Os braseiros na arcada foram preenchidos com madeira nova e acesos, mas achei que os fogos se destinavam mais a iluminar o palácio do que a alertar a aproximação de qualquer inimigo. Gaivotas voavam para os ninhos no interior, e o sol poente tornava suas asas tão róseas quanto os convólvulos entrelaçados nos espinheiros.

De volta à floresta, Artur vestiu sua armadura de escamas. Prendeu o cinto de Excalibur sobre o brilho metálico da cota e em seguida pôs uma capa preta nos ombros. Ele raramente usava capas pretas, preferindo as brancas, mas à noite a vestimenta escura ajudaria a nos esconder. Ele levaria o elmo brilhante sob a capa, para esconder as exuberantes penas de ganso branco.

Dez de seus cavaleiros ficariam junto às árvores. Sua tarefa era esperar o som da trompa de prata de Artur e em seguida atacar as cabanas dos lanceiros adormecidos. Os grandes cavalos e seus cavaleiros com armaduras, saindo enormes e ruidosos da noite, serviriam para causar pânico em qualquer guarda que pudesse interferir com nossa retirada. Artur esperava que a trompa só fosse tocada quando tivéssemos achado Gwydre e Guinevere, e estivéssemos preparados para partir.

O resto de nós faria a grande jornada para o lado Oeste do palácio, e de lá iríamos nos esgueirar pelas sombras da horta até a porta do porão. Se Gwenhwyvach não cumprisse a promessa, teríamos de rodear até a frente do palácio, matar os guardas e quebrar uma das janelas do terraço. Uma vez dentro do palácio mataríamos todos os lanceiros que encontrássemos.

Nimue iria conosco. Quando Artur terminou de falar, ela disse que Dinas e Lavaine não eram propriamente druidas, não como Merlin ou Iorweth, mas alertou que os gêmeos silurianos possuíam alguns poderes estranhos e que deveríamos esperar seus feitiços. Ela passara a tarde procurando na floresta e agora levantou uma trouxa feita com uma capa, que parecia estremecer enquanto ela a segurava. Aquela visão estranha fez meus homens tocarem as pontas das lanças.

– Tenho coisas aqui para anular os feitiços deles – disse –, mas tenham cuidado.

– E eu quero Dinas e Lavaine vivos – falei a meus homens.

Esperamos, armados e cobertos pelas armaduras – quarenta homens em aço, ferro e couro. Esperamos até o sol morrer e a lua cheia de Ísis surgir do mar como uma grande bola de prata. Nimue fez seus feitiços e alguns de nós rezamos. Artur permaneceu sentado em silêncio, mas ficou olhando quando tirei da bolsa uma pequena trança de cabelos dourados. Beijei os fios brilhantes, segurei-os brevemente encostados no rosto, depois amarrei no punho de Hywelbane. Senti uma lágrima descer pelo rosto enquanto pensava na minha menininha em seu corpo de sombra, mas esta noite, com a ajuda dos meus Deuses, eu daria paz à minha Dian.

Coloquei o elmo, afivelei a tira do queixo e joguei a cauda de lobo sobre os ombros. Flexionamos as luvas de couro que estavam rígidas, depois enfiamos o braço esquerdo nas alças dos escudos. Desembainhamos as espadas e as estendemos para o toque de Nimue. Por um momento parecia que Artur queria dizer mais alguma coisa, mas em vez disso apenas enfiou o pequeno buquê de centáureas no pescoço da cota de escamas e depois assentiu para Nimue que, coberta por uma capa preta e segurando seu estranho fardo, guiou-nos para o sul por entre as árvores.

Do outro lado das árvores, havia uma pequena campina que descia até a margem do riacho. Atravessamos a campina escura em fila, ainda fora das vistas do palácio. Nosso surgimento espantou algumas lebres que se alimentavam ao luar, e elas correram em pânico quando saímos de alguns arbustos baixos, descendo um barranco íngreme até a praia de cascalhos do riacho. O mar quebrava e chiava ao sul, seu som abafando qualquer ruído que nossas botas fizessem no lodo.

Olhei por cima do barranco só uma vez, e vi o Palácio do Mar postado como uma grande maravilha branca ao luar, acima da terra escura. Sua beleza fez lembrar Ynys Trebes, aquela cidade mágica do mar, que fora devastada e destruída pelos francos. Esse lugar tinha a mesma beleza etérea, porque brilhava acima da terra escura como se fosse construído de raios de luar.

Assim que estávamos bem a oeste do palácio, subimos o barranco, ajudando-nos uns aos outros com os cabos das lanças, e então seguimos Nimue para o norte através das árvores. Uma quantidade suficiente de luar se filtrava entre as folhas de verão, iluminando nosso caminho, mas nenhum guarda apareceu. O som interminável do mar preenchia a noite, porém uma vez um grito soou bem perto e todos nos imobilizamos, depois reconhecemos o som de uma lebre sendo morta por uma doninha. Respiramos aliviados e continuamos andando.

Parecíamos ter feito um longo percurso entre as árvores, mas finalmente Nimue virou para o leste. Nós a seguimos até a borda da floresta, e vimos as paredes caiadas do palácio à nossa frente. Não estávamos longe do fosso lunar que descia até o templo, e pude ver que ainda faltava algum tempo antes que a lua estivesse suficientemente alta no céu para lançar a luz através do fosso, até o porão de paredes pretas.

Foi enquanto estávamos na borda da floresta que começaram os cantos. A princípio o som era tão fraco que achei que fosse o vento gemendo, mas então a canção ficou mais alta e percebi que era um coro de mulheres entoando alguma música estranha, fantasmagórica e plangente, diferente de tudo o que eu já ouvira. A canção devia estar chegando pelo fosso lunar, porque soava muito distante; uma canção-fantasma, como um coro dos mortos cantando para nós, do Outro Mundo. Não podíamos ouvir palavras, mas sabíamos que era uma canção triste, porque a melodia subia e descia estranhamente em semitons, ficava mais alta e depois afundava numa suavidade longa que se fundia com o murmúrio distante do mar. A música era muito bonita, mas me fez tremer e tocar a ponta da lança.

Se saíssemos das árvores seríamos vistos pelos guardas postados na arcada do Oeste, por isso seguimos alguns passos pelo mato e de lá pudemos ir em direção ao palácio através de um emaranhado de sombras lançadas pela lua. Havia um pomar, algumas fileiras de arbustos frutíferos e até uma cerca alta que protegia uma horta dos cervos e das lebres. Seguíamos lentamente, um de cada vez, e o tempo todo aquela canção estranha subia e descia, deslizava e gemia. Um fio de fumaça estremeceu acima do fosso lunar, e o cheiro dela veio até nós na brisa da noite. Era um cheiro de templo; pungente e quase enjoativo.

Agora estávamos a poucos metros das cabanas dos lanceiros. Um cachorro começou a latir, depois outro, mas ninguém nas cabanas achou que os latidos significassem problema, porque algumas vozes apenas gritaram pedindo silêncio e lentamente os cães se calaram, deixando apenas o barulho do vento nas árvores, o gemido do mar e a melodia fina e fantasmagórica da canção.

Eu seguia na frente, porque era o único que já estivera antes naquela pequena porta, e me preocupava com a ideia de não achá-la, mas encontrei com facilidade. Desci com cuidado os velhos degraus de tijolos e a empurrei suavemente. A porta resistiu, e por um instante pensei que ainda pudesse estar trancada com a barra, mas então, com um guincho da dobradiça de metal, ela se abriu e me encharcou em luz.

O porão estava iluminado por velas de junco embebido em cera. Pisquei, ofuscado, e então a voz sibilante de Gwenhwyvach soou.

– Rápido! Rápido!

Entramos; trinta homens grandes, com armaduras, capas, lanças e elmos. Gwenhwyvach sussurrou para que fizéssemos silêncio, depois fechou a porta e recolocou a pesada barra no lugar.

– O templo fica lá – sussurrou, apontando por um corredor de velas que tinham sido postas para iluminar o caminho até a porta do templo. Ela estava empolgada, o rosto gorducho ruborizado. A canção fantasmagórica soava muito mais baixo aqui, abafada pelas cortinas do templo e pela grossa porta externa.

– Onde está Gwydre? – sussurrou Artur para Gwenhwyvach.

– No quarto dele.

– Há guardas lá?

– À noite só os serviçais ficam no palácio.

– Dinas e Lavaine estão aqui? – perguntei.

Ela sorriu.

– Você vai vê-los, prometo. Você vai vê-los. – Ela segurou a capa de Artur para puxá-lo em direção ao templo. – Venham.

– Vou pegar Gwydre primeiro – insistiu Artur, soltando a capa, depois tocou o ombro de seis de seus homens. – O resto de vocês fique aqui – sussurrou. – Esperem aqui. Não entrem no templo. Vamos deixar que elas terminem o culto. – Depois, andando sem fazer barulho, ele levou seus seis homens até o outro lado do porão e subiu alguns degraus.

Gwenhwyvach deu um risinho ao meu lado.

– Fiz uma oração a Clud – murmurou ela –, e ela vai nos ajudar.

– Bom – falei. Clud é uma Deusa da luz, e não seria uma coisa ruim ter sua ajuda esta noite.

– Guinevere não gosta de Clud – disse Gwenhwyvach, desaprovando. – Ela não gosta de nenhum dos Deuses britânicos. A lua está alta?

– Ainda não. Mas está subindo.

– Então não é hora ainda.

– Hora de quê, senhora?

– Você verá! – Ela riu. – Você verá – repetiu, depois se encolheu temerosa quando Nimue passou pelo amontoado de lanceiros nervosos. Nimue havia tirado o tapa-olho de couro, de modo que a órbita vazia e encolhida parecia um buraco negro em seu rosto, e à visão daquela coisa medonha Gwenhwyvach gemeu de terror.

Nimue ignorou Gwenhwyvach. Em vez disso, examinou o porão, depois farejou como um cão de caça. Eu só podia ver teias de aranha, odres de vinho e jarras de hidromel, e só podia sentir o odor úmido de podridão, mas Nimue sentia alguma coisa odiosa. Ela sibilou, depois cuspiu em direção ao templo. A trouxa em sua mão se remexeu lentamente.

Nenhum de nós se moveu. Na verdade, uma espécie de terror nos dominou naquele porão iluminado por velas de junco. Artur tinha saído, não havíamos sido detectados, mas o som dos cânticos e a imobilidade do palácio eram arrepiantes. Talvez esse terror fosse causado por um feitiço de Dinas e Lavaine, ou talvez fosse apenas porque tudo aqui parecia tão pouco natural. Estávamos acostumados com florestas, tetos de palha, terra e capim, e esse lugar escuro feito de arcos de tijolos e chão de pedra era estranho e enervante. Um dos meus homens tremia.

Nimue acariciou o rosto do homem para restaurar sua coragem e depois se esgueirou com os pés descalços em direção às portas do templo. Fui com ela, pisando cuidadosamente com as botas para não fazer barulho. Queria puxá-la de volta. Ela estava claramente decidida a desobedecer a ordem dada por Artur, de que deveríamos esperar o término dos ritos, e eu temia que ela fizesse alguma coisa que alertasse as mulheres no templo e provocasse seus gritos, atraindo os guardas de suas cabanas, mas com minhas botas pesadas e barulhentas eu não conseguia andar tão depressa quanto Nimue, que estava descalça, e ela ignorou meu sussurro de alerta. Em vez disso, segurou a maçaneta de bronze da porta do templo. Hesitou um instante, depois abriu a porta e de repente a canção fantasmagórica ficou muito mais alta.

As dobradiças tinham sido lubrificadas, e a porta se abriu em silêncio para uma escuridão absoluta. Era a escuridão mais completa que eu já tinha visto, causada pelas cortinas grossas que ficavam a cerca de 1 metro depois da porta. Fiz um gesto para meus homens permanecerem onde estavam, depois segui Nimue. Queria puxá-la de volta, mas ela repeliu minha mão e fechou a porta com suas dobradiças lubrificadas. Agora a cantoria estava muito alta. Eu não podia ver nada, só podia ouvir o coro, mas o cheiro do templo era denso e nauseante.

Nimue estendeu a mão para me encontrar, depois baixou minha cabeça em direção à sua.

– Mal! – sussurrou.

– Não devíamos estar aqui.

Nimue ignorou isso. Estendeu a mão e achou a cortina e, um instante depois, uma minúscula fresta de luz apareceu quando ela achou a borda. Acompanhei-a, curvei-me e olhei por cima de seu ombro. A princípio a fresta era tão pequena que eu não podia ver quase nada, mas então, à medida que meus olhos identificavam o que havia do outro lado, vi demais. Vi os mistérios de Ísis.

Para entender aquela noite, eu tinha de conhecer a história de Ísis. Descobri mais tarde, mas naquele momento, espiando por cima do cabelo curto de Nimue, eu não tinha ideia do significado do ritual. Só sabia que Ísis era uma Deusa e, para muitos romanos, uma Deusa dos poderes mais elevados. Também sabia que era protetora dos tronos, e isso explicava o trono baixo e preto que continuava na parte elevada no extremo oposto do porão, ainda que a visão que tínhamos dele estivesse turvada pela fumaça densa que se retorcia e pairava no salão preto, procurando escapar pelo fosso lunar. A fumaça vinha de braseiros, e suas chamas haviam sido enriquecidas por ervas que soltavam o odor pungente e atordoante que tínhamos sentido desde a borda da floresta.

Eu não podia ver o coro que continuava cantando apesar da fumaça, mas podia ver os que cultuavam Ísis, e a princípio não acreditei no que via. Não queria acreditar.

Podia ver oito fiéis de joelhos no piso de pedra preta, mas mesmo assim notei que alguns dos fiéis nus eram homens. Não era de espantar que Gwenhwyvach risse em antecipação àquele momento, porque já devia saber desse segredo. Guinevere sempre insistira que os homens não tinham permissão de entrar no templo de Ísis, mas nesta noite eles estavam ali e, suspeitei, em todas as noites em que a lua cheia lançasse sua luz fria pelo buraco no teto do porão. As chamas tremulantes dos braseiros lançavam sua luz sinistra nas costas dos fiéis. Estavam todos nus. Homens e mulheres, todos nus, como Morgana me dissera havia tantos anos.

Os fiéis estavam nus, mas não os dois celebrantes. Lavaine era um deles; estava parado num dos lados do trono baixo e preto, e minha alma exultou quando o vi. Tinha sido a espada de Lavaine que havia cortado a garganta de Dian, e agora minha espada estava apenas na outra extremidade do porão. Ele se erguia, alto, junto ao trono, com a cicatriz do rosto iluminada pela luz dos braseiros, e o cabelo preto oleado como o de Lancelot caindo nas costas do manto preto. Nesta noite não usava manto de druida, apenas uma túnica preta e simples, e empunhava um cajado preto e fino, tendo no topo uma pequena lua crescente dourada. Não havia sinal de Dinas.

Duas tochas em suportes de ferro flanqueavam o trono onde Guinevere permanecia sentada, fazendo o papel de Ísis. Seu cabelo estava enrolado na cabeça e preso por um aro de ouro do qual se projetavam dois chifres. Não eram chifres de qualquer animal que eu conhecesse, e mais tarde descobrimos que eram esculpidos em marfim. No pescoço havia um pesado torque de ouro, mas ela não usava outras joias, apenas um vasto manto vermelho-escuro que cobria todo o corpo. Eu não podia ver o chão à sua frente, mas sabia que o poço raso estava ali, e achei que eles estavam esperando a lua descer pelo fosso e tocar com prata a água negra do poço. As cortinas mais distantes, atrás das quais Ceinwyn me dissera que havia uma cama, estavam fechadas.

De repente, um raio de luz tremulou na fumaça e fez os adoradores nus ofegarem com sua promessa. A pequena tira de luz era pálida e prateada e mostrava que a lua finalmente tinha subido o bastante para lançar o primeiro facho em ângulo pelo piso do porão. Lavaine esperou um momento enquanto a luz ficava mais larga, depois bateu duas vezes com o cajado no chão.

– Está na hora – disse em voz áspera e profunda –, está na hora. – O coro silenciou.

Então nada aconteceu. Eles apenas esperaram em silêncio enquanto aquela coluna prateada da lua que parecia balançar com a fumaça se alargava e se arrastava pelo chão. Aí me lembrei daquela noite distante em que havia me agachado no topo do morro de pedras ao lado do Llyn Cerrig Bach e visto a luz da lua seguir em direção ao corpo de Merlin. Agora olhava o luar deslizar e se inchar no templo silencioso de Ísis. O silêncio era cheio de portento. Uma das mulheres ajoelhadas nuas soltou um gemido baixo, depois ficou quieta de novo. Outra mulher se balançava para trás e à frente.

O raio de luar se alargou ainda mais, com o reflexo lançando um brilho pálido no rosto sério e bonito de Guinevere. A coluna de luz era quase vertical agora. Uma das mulheres nuas estremeceu, não de frio, mas com a agitação do êxtase, e então Lavaine se inclinou para a frente para olhar pelo fosso. A lua iluminou sua barba grande e o rosto largo e duro com a cicatriz de batalha. Ele olhou para cima durante alguns instantes, depois recuou e tocou solenemente o ombro de Guinevere.

Ela se levantou, de modo que os chifres em sua cabeça quase tocavam o teto baixo e arqueado do porão. Seus braços e as mãos estavam dentro da túnica que caía, reta, dos ombros até o piso. Ela fechou os olhos.

– Quem é a Deusa? – perguntou.

– Ísis, Ísis, Ísis – entoaram as mulheres baixinho. – Ísis, Ísis, Ísis – agora a coluna de luar era quase tão larga quanto o fosso, era um grande pilar enfumaçado de luz prateada que brilhava e parecia se mexer no centro do porão. Tinha pensado, quando vi o templo pela primeira vez, que aquele era um lugar tacanho, mas à noite, iluminado pela coluna de luz branca, era o templo mais fantasmagórico e misterioso que já vira.

– E quem é o Deus? – perguntou Guinevere, os olhos ainda fechados.

– Osíris – responderam os homens nus em voz baixa. – Osíris, Osíris, Osíris.

– E quem deve se sentar no trono? – perguntou Guinevere.

– Lancelot – responderam os homens e as mulheres juntos. – Lancelot, Lancelot.

Quando ouvi aquele nome eu soube que nada seria consertado essa noite. Essa noite nunca traria de volta a antiga Dumnonia. Esta noite nos daria apenas horror, porque sabia que essa noite destruiria Artur, e quis recuar para longe da cortina, voltar para o porão e levá-lo de volta ao ar puro e o luar limpo, depois transportá-lo de volta por todos os anos, todos os dias e todas as horas, para que essa noite nunca lhe viesse. Mas não me mexi. Nimue não se mexeu. Nenhum de nós ousava se mexer porque Guinevere tinha estendido a mão direita pegando o cajado preto com Lavaine, e o gesto fez seu manto vermelho se levantar do lado direito do corpo, e vi que sob as dobras pesadas do manto ela estava nua.

– Ísis, Ísis, Ísis – suspiraram as mulheres.

– Osíris, Osíris, Osíris – murmuraram os homens.

– Lancelot, Lancelot, Lancelot – entoaram todos juntos.

Guinevere pegou o cajado com a lua dourada e se adiantou, com o manto caindo de novo para cobrir seu seio direito, e então, muito lentamente, com gestos exagerados, encostou o cajado em alguma coisa que estava no poço de água debaixo do brilhante facho de fumaça prateada que agora vinha verticalmente do céu. Ninguém mais se mexia no porão. Ninguém parecia respirar.

– Levante-se! – ordenou Guinevere. – Levante-se. – E o coro começou a cantar de novo aquela música estranha e assombrosa. – Ísis, Ísis, Ísis – cantavam eles, e por cima da cabeça dos fiéis vi um homem se levantar do poço. Era Dinas, e seu corpo alto e musculoso e o cabelo preto e comprido pingavam água enquanto ele se erguia diante de Guinevere, de costas para nós, e ele também estava nu. Saiu do poço e Guinevere entregou o cajado preto para Lavaine, depois levantou as duas mãos e soltou o manto, que caiu no trono. E ficou ali, a mulher de Artur, nua a não ser pelo ouro no pescoço e o marfim na cabeça, e abriu os braços para que o neto nu de Tanaburs subisse na plataforma e entrasse em seu abraço.

– Osíris! Osíris! Osíris! – gritavam as mulheres no porão. Algumas se balançavam para trás e para a frente como os fiéis cristãos em Isca, que pareciam dominados por um êxtase parecido. Agora as vozes no porão estavam se tornando ásperas. – Osíris! Osíris! Osíris! – cantavam, e Guinevere deu um passo atrás enquanto Dinas, nu, se virava de frente para os fiéis e levantava os braços em triunfo. Assim mostrava seu magnífico corpo nu e não podia haver dúvida de que era um homem, nem qualquer dúvida quanto ao que deveria fazer em seguida enquanto Guinevere, com o corpo lindo, alto e empertigado tornado magicamente branco como prata pelo brilho da lua na fumaça, pegava seu braço direito e o guiava para a cortina pendurada atrás do trono. Lavaine foi com eles enquanto as mulheres se retorciam no culto, balançavam para trás e para a frente e gritavam o nome de sua grande Deusa.

– Ísis, Ísis, Ísis.

Guinevere puxou para o lado a cortina distante. Tive um rápido vislumbre do cômodo atrás e ele parecia luminoso como o sol, e então o canto se alçou a um novo nível de excitação enquanto os homens no templo pegavam as mulheres que estavam ao lado, e foi nesse momento que as portas atrás de mim foram abertas e Artur, em toda a glória de sua vestimenta de guerra, entrou no saguão do templo.

– Não, senhor – falei. – Não, senhor, por favor!

– Você não deveria estar aqui, Derfel – disse ele em voz baixa, mas reprovando-me. Na mão direita segurava um pequeno buquê de centáureas que colhera para Guinevere, e, na esquerda, a mão do filho. – Venha para fora – ordenou, mas então Nimue puxou a grande cortina para o lado e teve início o pesadelo de meu senhor.

Ísis é uma Deusa. Os romanos a trouxeram à Britânia, mas ela não veio de Roma, e sim de um país distante muito a leste de Roma. Mitra é outro Deus que vem de um país a leste de Roma, mas não o mesmo, acho. Galahad me disse que metade das religiões do mundo começa no Leste onde, desconfio, os homens se parecem mais com Sagramor do que conosco. O cristianismo é outra dessas crenças trazidas daquelas terras distantes onde, segundo Galahad, os campos produzem apenas areia, o sol brilha mais feroz do que em qualquer ocasião na Britânia e a neve não cai jamais.

Ísis veio daquelas terras quentes. Tornou-se uma deusa poderosa para os romanos, e muitas mulheres na Britânia adotaram sua religião, que ficou quando os romanos partiram. Nunca foi tão popular quanto o cristianismo, porque este último abriu suas portas para todo mundo que quisesse cultuar seu Deus, ao passo que Ísis, como Mitra, restringia os seguidores àqueles, e apenas àqueles, que tinham sido iniciados em seus mistérios. De certo modo, disse-me Galahad, Ísis se parecia com a Santa Mãe dos cristãos, porque era considerada a mãe perfeita de seu filho Hórus, mas Ísis também possuía poderes que a Virgem Maria nunca reivindicou. Para seus adeptos, Ísis era a Deusa da vida e da morte, da cura e, claro, dos tronos mortais.

Galahad me disse que ela era casada com um Deus chamado Osíris, mas numa guerra entre os Deuses Osíris foi morto e, seu corpo, cortado em pedaços espalhados num rio. Ísis encontrou os fragmentos dispersos e os juntou carinhosamente, e então se deitou com os fragmentos para trazer o marido de volta à vida. Osíris reviveu, ressuscitado pelo poder de Ísis. Galahad odiava essa história, e se persignava repetidamente ao contá-la, e acho que foi a história da ressuscitação e da mulher dando vida ao homem que Nimue e eu tínhamos visto naquele porão enfumaçado e negro. Tínhamos assistido a Ísis, a Deusa, a mãe, a doadora da vida, realizar o milagre que deu vida a seu marido e a transformou na guardiã dos vivos e dos mortos, e árbitra dos tronos dos homens. E era este último poder, o poder que determinava que homens deveriam se sentar nos tronos desta terra, que, para Guinevere, era o supremo dom da Deusa. Era pelo poder da doadora de tronos que Guinevere cultuava Ísis.

Nimue puxou a cortina para o lado e o porão se encheu de gritos.

Por um segundo, por um segundo terrível, Guinevere hesitou junto à cortina mais distante e girou para ver o que perturbava seus rituais. Ficou ali parada, alta, nua e amedrontadora em sua beleza pálida, e junto dela havia um homem nu. Na porta do porão, parado com o filho numa das mãos e flores na outra, estava seu marido. As laterais do elmo de Artur estavam abertas e vi seu rosto naquele momento terrível, e foi como se sua alma tivesse acabado de voar para longe.

Guinevere desapareceu atrás da cortina, arrastando Dinas e Lavaine, e Artur emitiu um som medonho, meio um grito de batalha e meio o choro de um homem em sofrimento absoluto. Empurrou Gwydre para trás, largou as flores, desembainhou Excalibur e partiu alucinado por entre os fiéis que gritavam nus, tentando desesperadamente sair de seu caminho.

– Peguem todos eles! – gritei para os lanceiros que seguiam Artur. – Não os deixem escapar! Peguem! – Depois, corri atrás de Artur com Nimue ao meu lado. Artur saltou por cima do poço negro, afastou uma tocha enquanto atravessava a plataforma e empurrou a cortina do fundo para o lado, usando a lâmina de Excalibur.

E ali ele parou.

Parei ao seu lado. Tinha largado minha lança enquanto atravessava o templo, e agora segurava Hywelbane nua. Nimue estava comigo, e uivou de triunfo olhando para a sala pequena e quadrada ligada ao porão arqueado. Este parecia ser o santuário interno de Ísis, e ali, a serviço da Deusa, estava o Caldeirão de Clyddno Eiddyn.

O Caldeirão foi a primeira coisa que vi, porque estava sobre um pedestal negro da altura do peito de um homem, e havia tantas velas no cômodo que ele parecia brilhar em prata e ouro, refletindo aquela luz. A luz parecia ainda mais forte porque o cômodo, a não ser pela parede coberta pela cortina, era forrado de espelhos. Havia espelhos nas paredes e até no teto, espelhos que multiplicavam as chamas das velas e refletiam a nudez de Guinevere e Dinas. Guinevere, em seu terror, tinha subido na cama larga que preenchia o lado oposto do cômodo, e ali agarrou uma manta de pele num esforço de cobrir o corpo pálido. Dinas estava ao lado, com as mãos cobrindo o ventre, enquanto Lavaine nos encarava, desafiador.

Ele olhou para Artur, desconsiderou Nimue, mal olhando-a, e depois estendeu o cajado preto na minha direção. Sabia que eu viera por sua morte, e agora iria impedi-la com a maior magia que possuísse. Apontou o cajado para mim, enquanto na outra mão segurava o fragmento da cruz verdadeira, engastado em cristal, que o bispo Sansum dera a Mordred em sua aclamação. Segurava o fragmento acima do caldeirão, que estava cheio de algum líquido escuro e aromático.

– Suas outras filhas também morrerão – disse ele. – Só preciso largar isto.

Artur levantou Excalibur.

– Seu filho também! – disse Lavaine, e nós dois nos imobilizamos. – Vocês vão sair agora – disse com autoridade calma. – Vocês invadiram o santuário da Deusa e agora vão sair e nos deixar em paz. Ou então vocês, e todos que vocês amam, morrerão.

Ele esperou. Atrás, entre o Caldeirão e a cama, estava a Távola Redonda de Artur com a imagem de pedra do cavalo alado, e sobre o cavalo, notei, havia um cesto de palha, um chifre comum, um antigo cabresto, uma faca usada, uma pedra de amolar, um manto com mangas, uma capa, um prato de cerâmica, um tabuleiro de jogo, um anel de guerreiro e um punhado de tábuas apodrecidas. O pedaço de barba de Merlin também estava lá, ainda amarrado com a fita preta. Todo o poder da Britânia estava naquele cômodo pequeno, aliado a uma lasca da magia mais poderosa dos cristãos.

Levantei Hywelbane. Lavaine fez como se fosse largar o pedaço da cruz verdadeira no líquido, e Artur pôs a mão no meu escudo, fazendo-me parar.

– Vocês irão embora – disse Lavaine. Guinevere não falou nada, apenas nos espiava com os olhos enormes, sobre a pele que agora a cobria parcialmente.

Então, Nimue sorriu. Ela estivera segurando a trouxa da capa com as duas mãos, mas agora sacudiu-a para Lavaine. Gritou ao soltar o fardo da capa. Foi um grito inumano que ecoou muito acima dos gritos das mulheres atrás de nós.

Víboras voaram pelo ar. Devia haver uma dúzia de cobras, todas encontradas por Nimue naquela tarde e guardadas para esse momento. Elas se retorceram no ar. Guinevere gritou e puxou a pele, cobrindo o rosto, enquanto Lavaine, vendo uma cobra voar em direção aos seus olhos, instintivamente se encolheu e se abaixou. O pedaço da cruz verdadeira deslizou pelo chão enquanto as cobras, excitadas pelo calor do porão, se retorciam em direção à cama e sobre os Tesouros da Britânia. Dei um passo adiante e chutei com força a barriga de Lavaine. Ele caiu, depois gritou quando uma víbora picou seu tornozelo.

Dinas se encolhia para longe das cobras, em cima da cama, depois ficou absolutamente imóvel quando Excalibur tocou sua garganta.

Hywelbane estava na garganta de Lavaine, e usei a lâmina para trazer seu rosto em direção ao meu. Depois sorri.

– Minha filha está nos olhando do Outro Mundo – falei, baixinho. – Ela manda lembranças, Lavaine.

Ele tentou falar, mas nenhuma palavra saiu. Uma cobra deslizou pela sua perna.

Artur ficou olhando sua mulher escondida debaixo da pele. Depois, quase com ternura, empurrou as cobras de cima da pele preta usando a ponta de Excalibur, e em seguida puxou a pele até poder ver o rosto de Guinevere. Ela o encarou, e todo o seu belo orgulho desapareceu. Era apenas uma mulher aterrorizada.

– Você tem alguma roupa aqui? – perguntou Artur gentilmente. Ela balançou a cabeça.

– Há uma capa vermelha no trono – falei.

– Pode pegá-la, Nimue? – pediu Artur.

Nimue trouxe a capa e Artur a estendeu para sua mulher usando a ponta de Excalibur.

– Aqui – disse ele, ainda falando suavemente –, para você.

Um braço nu emergiu da pele e pegou a capa.

– Vire-se – disse-me Guinevere numa voz baixa, apavorada.

– Vire-se, Derfel, por favor – disse Artur.

– Primeiro uma coisa, senhor.

– Vire-se – insistiu ele, ainda olhando para a mulher.

Estendi a mão para a borda do Caldeirão e o derrubei do pedestal. O precioso Caldeirão caiu, fazendo barulho enquanto o líquido se derramava nas pedras. Isso atraiu a atenção dele. Ele me olhou e mal reconheci seu rosto, de tão duro, frio e desprovido de vida, mas havia mais uma coisa a ser dita nesta noite, e se meu lorde devia engolir essa taça de horrores, poderia muito bem beber até a última gota. Pus a ponta de Hywelbane debaixo do queixo de Lavaine.

– Quem é a Deusa? – perguntei-lhe.

Ele balançou a cabeça e eu empurrei Hywelbane o bastante para tirar sangue de sua garganta.

– Quem é a Deusa? – perguntei.

– Ísis – sussurrou ele. Estava agarrando o tornozelo que fora picado pela cobra.

– E quem é o Deus?

– Osíris – disse ele em voz aterrorizada.

– E quem deve se sentar no trono? – perguntei. Ele estremeceu e não disse nada. – Estas, senhor – falei a Artur, com a espada ainda na garganta de Lavaine –, são as palavras que o senhor não ouviu. Mas ouvi, e Nimue ouviu também. Quem deve se sentar no trono? – perguntei de novo a Lavaine.

– Lancelot – disse ele numa voz tão baixa que era quase inaudível. Mas Artur ouviu, e deve ter visto o grande símbolo bordado em branco no luxuoso lençol preto que cobria a cama, debaixo da pele de urso nesta sala de espelhos. Era a águia do mar de Lancelot.

Cuspi em Lavaine, guardei Hywelbane e depois o agarrei pelo cabelo comprido. Nimue já havia segurado Dinas. Nós os arrastamos de volta ao templo e fechei a cortina depois de passar, para que Artur e Guinevere pudessem ficar a sós. Gwenhwyvach estivera olhando tudo e agora soltou uma gargalhada. Os fiéis e o coro, todos nus, estavam agachados num dos lados do templo, onde os homens de Artur os vigiavam com lanças. Gwydre estava agachado, cheio de terror, no chão do porão.

Atrás de nós, Artur gritou uma palavra:

– Por quê?

E levei os assassinos de minha filha para fora, para a luz da lua.

Ao amanhecer ainda estávamos no Palácio do Mar. Deveríamos ter ido embora, porque alguns lanceiros tinham escapado das cabanas quando os cavaleiros finalmente foram convocados do morro pela trompa de Artur, e aqueles fugitivos provavelmente estavam espalhando o alarme para o norte, no interior de Dumnonia, mas Artur parecia incapaz de tomar uma decisão. Estava totalmente atordoado.

Ainda chorava quando a madrugada trouxe uma borda de luz ao mundo.

Dinas e Lavaine morreram nessa hora. Morreram na beira do rio. Acho que não sou um homem cruel, mas suas mortes foram muito cruéis e muito longas. Nimue as arranjou, e o tempo todo, enquanto suas almas abandonavam a carne, ela sibilava o nome de Dian em seus ouvidos. Eles não eram homens quando morreram: suas línguas tinham sido arrancadas e cada um tinha apenas um olho, e essa pequena misericórdia só foi dada para que pudessem ver como viria o próximo jorro de dor, e eles viram, enquanto morriam. A última coisa que cada um dos dois viu foi aquela madeixa de cabelos luminosos no punho de Hywelbane quando terminei o que Nimue havia começado. Nesse ponto, os gêmeos não passavam de coisas, coisas de sangue e terror trêmulo, e quando eles morreram beijei a pequena madeixa, depois levei-a até um dos braseiros nas arcadas do palácio e joguei nas brasas, para que nenhum fragmento da alma de Dian restasse vagando pela terra. Nimue fez o mesmo com a trança cortada da barba de Merlin. Deixamos os corpos dos gêmeos deitados sobre o lado esquerdo, junto ao mar, e ao sol nascente as gaivotas vieram rasgar a carne torturada com os bicos compridos e curvos.

Nimue tinha resgatado o Caldeirão e os Tesouros. Antes de morrer, Dinas e Lavaine tinham lhe contado toda a história, e Nimue estivera certa o tempo todo. Fora Morgana quem havia roubado os Tesouros e quem os tinha levado como presente para Sansum, para que ele se casasse com ela, e Sansum os tinha dado a Guinevere. A promessa do grande presente havia reconciliado Guinevere com o Lorde Camundongo antes do batismo de Lancelot no rio Churn. Quando ouvi a história pensei que, se ao menos tivesse deixado Lancelot entrar para os mistérios de Mitra, talvez nada disso tivesse acontecido. O destino é inexorável.

Agora as portas do templo estavam fechadas. Nenhuma das pessoas surpreendidas lá dentro tinha escapado, e assim que Guinevere fora trazida para fora, depois de Artur ter falado com ela durante longo tempo, ele tinha voltado ao porão sozinho, com apenas Excalibur na mão, e só surgiu depois de uma hora inteira. Quando saiu, seu rosto estava mais frio do que o mar e cinza como a lâmina de Excalibur, só que agora a preciosa lâmina estava vermelha e coberta de sangue. Numa das mãos ele trazia o círculo de ouro com os chifres, que Guinevere tinha usado como Ísis, e, na outra, a espada.

– Eles estão mortos – disse-me.

– Todos?

– Todo mundo. – Artur parecera estranhamente despreocupado, apesar de haver sangue em seus braços, na armadura de escamas e até mesmo espirrado nas penas de ganso do elmo.

– As mulheres também? – perguntei, porque Lunete era uma das adoradoras de Ísis. Eu não a amava agora, mas ela havia sido minha amante, e senti uma pontada de tristeza. Os homens no templo eram os mais bonitos dentre os lanceiros de Lancelot, e as mulheres eram as aias de Guinevere.

– Todos mortos – disse Artur, quase com leveza. Ele tinha descido lentamente até o caminho central, de cascalho, no jardim dos prazeres. – Esta não era a primeira noite em que faziam isso – falou, e pareceu quase perplexo. – Parece que faziam frequentemente. Todos. Sempre que a lua era propícia. E faziam uns com os outros, todos. Menos Guinevere. Ela só fazia com os gêmeos ou Lancelot. – Então ele estreme-eu, mostrando a primeira emoção desde que havia saído do porão com os olhos gelados. – Parece que fazia isso por mim. Quem deve se sentar no trono? Artur, Artur, Artur, mas a Deusa não poderia ter me aprovado. – Ele começou a chorar. – Ou então resisti à Deusa com ênfase demais, por isso eles mudaram o nome para

Lancelot. – Ele deu um golpe fútil no ar com a espada ensanguentada. – Há anos, Derfel, ela vem dormindo com Lancelot, e tudo por causa de religião, pelo que diz! Religião! Geralmente ele era Osíris e ela era Ísis. O que mais poderia ter sido? – Artur chegou ao terraço e se sentou num banco de pedra de onde podia olhar o riacho coberto pelo brilho da lua. – Eu não deveria ter matado todos – falou depois de longo tempo.

– Não, senhor, o senhor não deveria.

– Mas o que mais poderia fazer? Era imundície, Derfel, apenas imundície! – Então ele começou a soluçar. Falou algo sobre vergonha, sobre os mortos terem testemunhado a vergonha de sua mulher e a desonra dele e, quando não pôde falar mais, apenas soluçou desamparado e nada comentei. Ele não parecia se importar que eu ficasse junto ou não, mas fiquei até que chegou a hora de Dinas e Lavaine irem para a beira do mar para que Nimue pudesse arrancar suas almas centímetro a centímetro dos corpos.

E agora, num amanhecer cinzento, Artur estava sentado, vazio e exausto, acima do mar. Os chifres estavam aos seus pés, enquanto o elmo e a lâmina despida de Excalibur pousavam no banco ao lado. O sangue da espada havia secado numa grossa crosta marrom.

– Devemos ir embora, senhor – falei enquanto a alvorada tornava o mar da cor de uma ponta de lança.

– Amor – disse ele amargamente.

Pensei que ele tinha me ouvido mal.

– Devemos ir embora, senhor – falei de novo.

– Para quê?

– Para completar seu juramento.

Ele cuspiu, depois ficou sentado em silêncio. Os cavalos tinham sido trazidos da floresta e o Caldeirão e os Tesouros da Britânia estavam guardados para a viagem. Os lanceiros nos olhavam e esperavam.

– Existe algum juramento que não esteja quebrado? – perguntou, amargamente. – Ao menos um?

– Precisamos ir, senhor – falei, mas ele não se mexeu nem falou, por isso girei nos calcanhares. – Então vamos sem o senhor – falei brutalmente.

– Derfel! – gritou Artur, com dor verdadeira na voz.

– Senhor? – virei-me.

Ele olhou para a espada e pareceu surpreso em vê-la tão coberta de sangue.

– Minha mulher e meu filho estão num cômodo no andar de cima. Pegue-os para mim, está bem? Eles podem montar num mesmo cavalo. Depois podemos ir. – Ele estava lutando tremendamente para parecer normal, para parecer que esse era apenas mais um amanhecer.

– Sim, senhor.

Ele se levantou e enfiou Excalibur, com sangue e tudo, dentro da bainha.

– Então, acho que – falou com acidez –, devemos refazer a Britânia?

– Sim, senhor, devemos.

Artur me olhou e vi que ele queria chorar de novo.

– Sabe de uma coisa, Derfel?

– Diga, senhor.

– Minha vida nunca mais será a mesma, não é?

– Não sei, senhor. Simplesmente não sei.

As lágrimas desciam por suas bochechas longas.

– Vou amá-la até o dia da minha morte. Todo dia em que viver pensarei nela. Toda noite antes de dormir irei vê-la, e a cada amanhecer pensarei nela. Vou me virar na cama e descobrir que ela se foi. Todo dia, Derfel, e toda noite e toda madrugada, até o momento da minha morte.

Ele pegou o elmo com as plumas manchadas de sangue, deixou os chifres de marfim e caminhou comigo. Peguei Guinevere e seu filho no quarto e depois partimos.

Então Gwenhwyvach ficou com o Palácio do Mar. Viveu nele sozinha, com a sanidade vagueando, rodeada por cães e pelos tesouros estupendos que se desintegravam ao redor. Ficava numa janela esperando a vinda de Lancelot, porque tinha certeza de que um dia seu senhor viria morar com ela junto ao mar no palácio de sua irmã, mas o senhor nunca veio, e os tesouros foram roubados, o palácio desmoronou e Gwenhwyvach morreu lá, pelo que soubemos. Ou talvez ainda viva, esperando junto ao riacho pelo homem que nunca vem.

Fomos embora. E, nas margens lamacentas do riacho, as gaivotas arrancavam entranhas.

Guinevere, com um vestido preto e comprido coberto por uma capa verde-escura, com o cabelo ruivo penteado severamente para trás e amarrado com uma fita preta, cavalgava Llamrei, a égua de Artur. Montava de lado na sela, agarrando o arção com a mão direita e com o braço esquerdo na cintura do filho apavorado e lacrimoso, que olhava para o pai, o qual caminhava desanimado atrás do animal.

– Será que sou pai dele? – disse Artur uma vez, cuspindo em direção a ela.

Guinevere, com os olhos vermelhos de chorar, simplesmente olhou para outro lado. O movimento do animal a fazia balançar para trás e para a frente, mas mesmo assim ela conseguia parecer graciosa.

– De mais ninguém, senhor príncipe – disse ela depois de longo tempo. – De mais ninguém.

Depois disso Artur andou em silêncio. Não queria a minha companhia, queria apenas a companhia de seu sofrimento, por isso me juntei a Nimue na frente da coluna. Os cavaleiros vinham em seguida, depois Guinevere, e meus lanceiros escoltavam o Caldeirão na retaguarda. Nimue estava refazendo o mesmo caminho que nos levara ao litoral, uma trilha rústica que subia um urzal despido, interrompido por escuros retalhos de teixos e tojos.

– Então Gorfyddyd estava certo – falei depois de um tempo.

– Gorfyddyd? – perguntou Nimue, pasma por eu arrancar o nome do velho rei do passado.

– No vale do Lugg, ele disse que Guinevere era uma prostituta.

– E você, Derfel Cadarn – disse Nimue cheia de escárnio –, é um especialista em prostitutas?

– O que mais ela é? – perguntei amargamente.

– Não é prostituta. – Nimue, fez um gesto para a frente, apontando os fios de fumaça, acima das árvores distantes, que apareciam onde a guarnição de Vindocládia preparava o desjejum. – Nós precisamos evitá-los – falou e saiu da estrada para nos guiar até um cinturão denso de árvores a oeste. Eu suspeitava de que a guarnição já soubesse que Artur tinha vindo ao Palácio do Mar e de que não tinha desejo de enfrentá-lo, mas segui Nimue obedientemente e os cavaleiros nos seguiram obedientemente. – O que Artur fez – disse ela depois de um tempo – foi se casar com uma rival, em vez de uma companheira.

– Uma rival?

– Guinevere poderia governar Dumnonia tão bem quanto qualquer homem. Ela é tão inteligente quanto ele, e igualmente decidida. Se fosse filha de Uther, em vez daquele idiota do Leodegan, tudo teria sido diferente. Ela seria outra Boudica e haveria cristãos mortos desde aqui até o mar da Irlanda, e saxões mortos até o mar Germânico.

– Boudica perdeu a guerra – lembrei-a.

– E Guinevere também – disse Nimue, sombria.

– Não a vejo como rival de Artur – falei depois de um tempo. – Ela possuía poder. Não creio que ele tenha tomado ao menos uma decisão sem falar com ela.

– E ele falava com o Conselho, do qual nenhuma mulher pode participar – disse Nimue, zombeteira. – Ponha-se no lugar de Guinevere, Derfel. Ela é mais rápida do que todos vocês juntos, mas qualquer ideia que tivesse era apresentada a um punhado de homens sem brilho, lentos. Você, o bispo Emrys e aquele imbecil do Cythryn, que finge ser tão judicioso e justo, depois vai para casa, espanca a mulher e a obriga a olhar enquanto ele leva uma garota anã para a cama. Conselheiros! Você acha que Dumnonia seria diferente se todos vocês se afogassem?

– Um rei precisa de um Conselho – falei, indignado.

– Não se ele for inteligente. Por que precisaria? Merlin tem um Conselho? Merlin precisa de uma sala cheia de idiotas pomposos que lhe digam o que fazer? O único objetivo do Conselho é fazer com que vocês todos se sintam importantes.

– Ele faz mais do que isso – insisti. – Como um rei vai saber o que o povo está pensando se não houver um Conselho?

– Quem se importa com o que os idiotas pensam? Deixe o povo pensar por si e metade vai virar cristã; este é um tributo para a capacidade do povo para pensar. – Ela cuspiu. – Então o que exatamente você faz no Conselho, Derfel? Diz a Artur o que os seus pastores estão pensando? E Cythryn, acho, representa os homens de Dumnonia que vivem comendo anãs. É isso? – ela gargalhou. – O povo! O povo é composto de idiotas, por isso eles têm um rei e é por isso que o rei tem lanceiros.

– Artur deu um bom governo ao país – falei, teimoso. – E fez isso sem usar lanças contra o povo.

– E olhe o que aconteceu com o país. – Nimue andou em silêncio durante alguns instantes. Depois de um tempo, suspirou. – Guinevere estava certa o tempo todo, Derfel. Artur deveria ser o rei. Ela sabia disso. Queria isso. Até mesmo estaria feliz com isso, porque com Artur como rei ela seria rainha, e isso lhe daria o poder de que ela precisava. Mas seu precioso Artur não quis o trono. Que mente elevada! Todos aqueles juramentos sagrados! E o que ele queria? Ser fazendeiro. Viver como você e Ceinwyn; o lar feliz, os filhos, risos. – Ela fez essas coisas parecerem risíveis. – Até que ponto você acha que Guinevere ficaria contente com essa vida? A simples ideia a entediava! E era só isso que Artur sempre quis. Ela é uma dama inteligente e de raciocínio rápido, e ele queria transformá-la numa vaca leiteira. É de espantar que ela procurasse outras coisas que a empolgassem?

– A prostituição?

– Ah, não seja idiota, Derfel. Sou prostituta por ter ido para a cama com você? Mais idiota sou eu. – Tínhamos chegado às árvores e Nimue se virou para o norte, caminhando entre os freixos e os altos olmos. Os lanceiros nos seguiam idiotamente, e pensei que se os guiássemos em círculos eles teriam seguido sem protestar, tão pasmos e atordoados estávamos todos pelos horrores da noite. – Então Guinevere quebrou o juramento do matrimônio – disse Nimue. – Você acha que ela foi a primeira? Ou acha que isso a torna uma prostituta? Nesse caso a Britânia está cheia de prostitutas até a borda. É prostituta, Derfel. É uma mulher forte que nasceu com mente rápida e boa aparência, Artur amou a aparência e não quis usar a mente dela.

Não a deixou torná-lo rei, por isso ela se voltou para aquela religião ridícula. E tudo que Artur fazia era dizer como ela seria feliz quando ele pudesse pendurar Excalibur e começar a criar gado! – Nimue riu da ideia. – E como nunca ocorreu a Artur ser infiel, ele jamais suspeitou de Guinevere. O resto de nós suspeitava, mas não Artur. Ele vivia se dizendo que o casamento era perfeito, e o tempo todo estava a quilômetros de distância, e a boa aparência de Guinevere atraía homens como a carniça atrai moscas. E eram homens bonitos, homens inteligentes, homens bem-humorados, homens que queriam o poder, e um deles era um homem bonito que queria todo o poder que conseguisse agarrar, por isso Guinevere decidiu ajudá-lo. Artur queria um curral de vacas, mas Lancelot quer ser o Grande Rei da Britânia, e Guinevere acha esse um desafio mais interessante do que criar vacas ou limpar a merda dos bebês. E aquela religião imbecil a encorajou. Árbitra dos tronos! – Ela cuspiu. – Guinevere não estava dormindo com Lancelot porque era uma prostituta, seu grande idiota, estava dormindo com ele para fazer de seu homem o Grande Rei.

– E Dinas? E Lavaine?

– Eles eram seus sacerdotes. Estavam ajudando-a. Em algumas religiões, Derfel, os homens e as mulheres copulam como parte do culto. E por que não? – Ela chutou uma pedra e a olhou correr por um trecho coberto de trepadeiras baixas. – E acredite, Derfel, aqueles dois homens eram bonitos. Sei disso porque tirei essa beleza deles, mas não pelo que fizeram com Guinevere. Fiz isso pelo insulto contra Merlin e pelo que fizeram com sua filha. – Ela caminhou alguns metros em silêncio. – Não despreze Guinevere – disse depois de um tempo. – Não a despreze por sentir tédio. Despreze-a, se for preciso, por ter roubado o Caldeirão, e agradeça por Dinas e Lavaine jamais terem libertado o poder dele. Mas ele funcionou para Guinevere. Ela se banhava no Caldeirão semanalmente, e é por isso que não envelheceu nem uma semana. – Ela se virou enquanto passos soavam atrás de nós. Era Artur que corria para nos alcançar. Ele ainda parecia atordoado, mas em algum momento recente devia ter percebido que havíamos abandonado a estrada.

– Aonde estamos indo? – perguntou.

– Você quer que a guarnição nos veja? – perguntou Nimue, apontando de novo para a fumaça das fogueiras de cozinhar.

Ele não disse nada, apenas olhou para a fumaça como se nunca tivesse visto algo assim. Nimue me olhou e deu de ombros para a evidente perplexidade dele.

– Se eles quisessem lutar – disse Artur –, já estariam nos procurando. – Seus olhos estavam vermelhos e inchados, e talvez fosse minha imaginação, mas o cabelo parecia mais grisalho. – O que você faria – perguntou-me – se fosse o inimigo? – Ele não estava falando da ridícula guarnição de Vindocládia, mas não diria o nome de Lancelot.

– Tentaria nos colocar numa armadilha, senhor.

– Como? Onde? – perguntou, irritado. – No Norte, é? Essa é nossa rota mais rápida para voltar aos lanceiros amigáveis, e eles sabem disso. Então não vamos para o norte. – Ele me olhou, e era quase como se não me reconhecesse. – Em vez disso, vamos para a garganta deles, Derfel – disse com selvageria.

– A garganta, senhor?

– Vamos para Caer Cadarn.

Durante um tempo não falei nada. Ele não estava pensando direito. O sofrimento e a raiva tinham-no perturbado, e fiquei pensando em como poderia afastá-lo daquele suicídio.

– Nós somos apenas quarenta, senhor – falei em voz baixa.

– Caer Cadarn – repetiu ele, ignorando minha objeção. – Quem tiver o Caer tem Dumnonia, e quem tiver Dumnonia tem a Britânia. Se não quiser vir, Derfel, siga o seu caminho. Vou para Caer Cadarn. – E se virou.

– Senhor! – gritei. – Dunum está no nosso caminho. – Aquela era uma grande fortaleza, e apesar de sem dúvida sua guarnição estar dilapidada, ela poderia ter um número de lanças mais do que suficiente para destruir nossa pequena força.

– Não me importo, Derfel, se todas as fortalezas da Britânia estiverem no nosso caminho. – Artur cuspiu as palavras em minha direção. – Faça o que quiser, mas vou a Caer Cadarn. – Ele se afastou, gritando para os cavaleiros virarem para o oeste.

Fechei os olhos, convicto de que meu senhor queria morrer. Sem o amor de Guinevere, ele apenas queria morrer. Queria cair entre as lanças do inimigo no centro da terra pela qual lutara durante tanto tempo. Eu não podia pensar em outra explicação para que ele liderasse seu pequeno bando de lanceiros cansados ao próprio coração da rebelião, a não ser que desejasse a morte ao lado da pedra real de Dumnonia, mas então me veio uma lembrança e abri os olhos.

– Há muito tempo – falei a Nimue – conversei com Ailleann. – Ailleann era uma escrava irlandesa, mais velha do que Artur, mas fora sua amante antes de ele conhecer Guinevere, e Amhar e Loholt eram seus filhos ingratos. Ela ainda vivia, graciosa e grisalha, e presumivelmente sitiada em Corinium. E agora, perdido na Dumnonia despedaçada, ouvi sua voz atravessar os anos. Só observe Artur, tinha dito ela, porque quando você achar que ele está condenado, quando tudo estiver mais escuro, ele irá espantá-lo. Ele vencerá. Falei isso agora a Nimue. – E ela também disse que, assim que vencer, ele cometerá o erro usual de perdoar os inimigos.

– Não desta vez – disse Nimue. – Não desta vez. O idiota aprendeu a lição, Derfel. Então, o que você vai fazer?

– O que sempre faço. Vou com ele.

Para a garganta do inimigo. Para Caer Cadarn.

NAQUELE DIA ARTUR estava cheio de uma energia frenética, desesperada, como se a resposta para todos os seus sofrimentos estivesse no cume de Caer Cadarn. Ele não tentou esconder sua pequena força, apenas marchou conosco para o norte e o oeste com seu estandarte do urso tremulando no alto. Usava o cavalo de um de seus homens e sua famosa armadura, para que qualquer um pudesse ver exatamente quem passava pelo coração do país. Seguia o mais rápido que meus lanceiros podiam acompanhar, e quando um dos cavalos partiu o casco ele simplesmente o abandonou e continuou em frente. Queria chegar ao Caer.

Chegamos primeiro a Dunum. O Povo Antigo construíra uma grande fortaleza no morro de Dunum, os romanos acrescentaram a própria muralha, e Artur tinha reparado as fortificações e mantido uma forte guarnição ali. A guarnição nunca tinha visto uma batalha, mas se Cerdic atacasse em direção ao oeste, vindo pelo litoral de Dumnonia, Dunum seria um dos principais obstáculos e, apesar dos longos anos de paz, Artur nunca deixara o forte entrar em decadência. Um estandarte tremulava acima da muralha e, à medida que chegamos mais perto, vi que não era a águia do mar, e sim o dragão vermelho. Dunum tinha permanecido leal.

Trinta homens permaneciam na guarnição. O resto era de cristãos que tinham desertado ou então, temendo que Mordred e Artur estivessem mortos, haviam desistido do desafio e ido embora, mas Lanval, o comandante da guarnição, havia se mantido com sua força cada vez menor, com um fio de esperança de que as más notícias fossem erradas. Agora que Artur chegara, Lanval guiou seus homens para fora do portão e Artur desceu da sela para abraçar seu velho guerreiro. Nós tomamos setenta lanças, em vez de quarenta, e pensei nas palavras de Ailleann. Exatamente quando você acha que ele está derrotado, ele começa a vencer.

Lanval puxava seu cavalo caminhando ao meu lado, e contou como os lanceiros de Lancelot tinham passado marchando ao largo da fortaleza.

– Não poderíamos impedi-los – disse, amargamente – e eles não nos desafiaram. Apenas tentaram fazer que eu me rendesse. Eu disse que tiraria o estandarte de Mordred quando Artur me ordenasse, e não acreditaria que Artur estava morto enquanto eles não trouxessem sua cabeça em cima de um escudo. – Artur devia ter lhe dito alguma coisa sobre Guinevere, porque Lanval, apesar de já ter sido comandante da sua guarda, a evitou. Contei-lhe um pouco do que havia acontecido no Palácio do Mar, e ele balançou a cabeça com tristeza. – Ela e Lancelot faziam isso em Durnovária – disse Lanval –, naquele templo que ela construiu lá.

– Você sabia? – perguntei, horrorizado.

– Eu não sabia – disse ele em voz cansada – mas ouvia boatos, Derfel, só boatos, e não queria saber mais. – Ele cuspiu na beira da estrada. – Eu estava lá no dia em que Lancelot veio de Ynys Trebes, e lembro que os dois não podiam afastar os olhos um do outro. Depois disso eles esconderam, claro, e Artur nunca suspeitou de nada. E ele tornou tudo muito fácil para os dois! Confiava nela e nunca estava em casa. Vivia viajando para inspecionar um forte ou participar de um tribunal. – Lanval balançou a cabeça. – Não duvido de que ela chame isso de religião, Derfel, mas eu lhe digo, se essa senhora está apaixonada por alguém, é por Lancelot.

– Acho que ela ama Artur – falei.

– Talvez ame, mas ele é muito franco para ela. Não há mistério no coração de Artur, está tudo escrito no seu rosto, e ela é uma mulher que gosta de sutilezas. Eu lhe digo, é Lancelot quem faz o coração dela se acelerar. – "E era Guinevere, pensei com tristeza, que fazia o coração de Artur bater com mais força"; eu nem ousava pensar no que estava acontecendo com o coração dele agora.

Dormimos, naquela noite, ao relento. Meus homens guardavam Guinevere, que se ocupava com Gwydre. Nenhuma palavra fora dita sobre o seu destino, e nenhum de nós queria perguntar a Artur, e por isso todos a tratávamos com uma polidez distante. Ela nos tratava do mesmo modo, não pedia favores e evitava Artur. Quando a noite caiu ela contou histórias a Gwydre, mas quando ele foi dormir vi que ela estava balançando ao seu lado, para trás e para a frente, e chorando baixinho. Artur também viu, depois começou a chorar e se afastou para a beira da colina, para que ninguém visse o seu sofrimento.

Marchamos de novo ao amanhecer, e nosso caminho levou para uma bela paisagem suavemente iluminada pelo sol, que subia num céu sem nuvens. Essa era a Dumnonia pela qual Artur lutava, uma terra rica e fértil que os Deuses tinham tornado tão bela. Os povoados tinham grossos tetos de palha e pomares densos, porém muitas das paredes das cabanas estavam desfiguradas pela marca do peixe, enquanto outras tinham sido queimadas, mas percebi que os cristãos não insultavam Artur como poderiam ter feito, e isso me fez suspeitar de que a febre que havia assolado Dumnonia já estaria diminuindo. Nos povoados a estrada serpenteava em meio às flores rosa dos espinheiros e as campinas tornadas esplendorosas pelos trevos, margaridas, ranúnculos e papoulas. As felosas-musicais e as verdelhas, os últimos pássaros a fazer seus ninhos, voavam com pedaços de palha no bico, enquanto mais alto, acima de alguns carvalhos, vi um falcão alçar voo, mas depois percebi que não era falcão, e sim um jovem cuco voando pela primeira vez. E isso, pensei, era um bom presságio, porque Lancelot, como o jovem cuco, só se parecia com um falcão, e na verdade não passava de um usurpador.

Paramos a poucos quilômetros de Caer Cadarn, num pequeno mosteiro que fora construído onde uma fonte sagrada borbulhava, saindo de um bosque de carvalhos. Esse havia sido um templo druida, e agora o Deus cristão guardava as águas, mas o Deus não podia resistir aos meus lanceiros que, sob ordens de Artur, derrubaram o portão da paliçada e pegaram uma dúzia dos mantos marrons dos monges. O bispo do mosteiro se recusou a receber o pagamento oferecido, e apenas xingou Artur, que, agora com raiva incontrolável, o derrubou com um soco. Deixamos o bispo sangrando na fonte sagrada e marchamos para o oeste. Ele se chamava Carannog, e agora é um santo. Algumas vezes acho que Artur fez mais santos do que Deus.

Chegamos a Caer Cadarn passando pala Colina do Curral, mas paramos abaixo da crista da colina antes de chegarmos à vista das fortificações. Artur escolheu uma dúzia de lanceiros e ordenou que cortassem os cabelos com a tonsura cristã, depois que vestissem os mantos dos monges. Nimue foi quem fez o corte, e pôs todos os cabelos num saco, para que ficassem em segurança. Eu queria ser um dos doze, mas Artur recusou. Quem fosse ao portão de Caer Cadarn deveria ter um rosto que não pudesse ser reconhecido, disse ele.

Issa se submeteu à faca, rindo para mim quando perdeu o cabelo de cima da testa.

– Estou parecendo um cristão, senhor?

– Está parecendo o seu pai: careca e feio.

Os doze homens usavam espadas sob os mantos, mas não podiam levar lanças. Em vez disso tiramos as pontas das lanças e lhes demos os cabos para servir de armas. As testas raspadas pareciam mais pálidas do que os rostos, mas com os capuzes dos mantos sobre a cabeça eles passariam por monges.

– Vão – disse Artur.

Caer Cadarn não tinha verdadeiro valor militar, mas como o local simbólico do reino de Dumnonia seu valor era incalculável. Só por esse motivo sabíamos que a velha fortaleza estaria muito bem guardada, e que nossos doze monges falsos precisariam de sorte, além de coragem, se quisessem enganar a guarnição, fazendo-a abrir os portões. Nimue lhes deu uma bênção e depois eles passaram pela crista da Colina do Curral e desceram. Talvez fosse porque trazíamos o Caldeirão, ou talvez tenha sido a sorte usual de Artur na guerra, mas o ardil deu certo. Artur e eu ficamos na grama quente do cume e olhamos Issa e seus homens descerem a escarpada encosta Oeste da Colina do Curral, atravessarem as amplas pastagens e depois subirem o caminho íngreme que levava ao portão Leste de Caer Cadarn. Eles afirmaram ser fugitivos que fugiam de um ataque dos cavaleiros de Artur, e sua história convenceu os guardas, que abriram o portão. Issa e seus homens mataram aquelas sentinelas, depois pegaram as lanças e os escudos dos mortos para que pudessem defender o portão aberto. Os cristãos nunca perdoaram Artur também por causa desse ardil.

Artur montou em Llamrei no momento em que viu a captura do portão do Caer.

– Venham! – gritou, e seus vinte cavaleiros instigaram os animais, subindo a crista do Curral e descendo a encosta coberta de capim. Dez homens seguiram Artur até a fortaleza, enquanto os outros dez galopavam em volta do pé do morro de Caer Cadarn para cortar a fuga de alguém da guarnição.

O resto de nós foi atrás. Lanval estava encarregado de Guinevere, por isso seguia mais devagar, mas meus homens corriam afoitos, descendo a escarpa e subindo o caminho pedregoso até onde Artur e Issa esperavam. A guarnição, assim que o portão havia caído, não demonstrou sequer um fiapo de disposição para a luta. Havia cinquenta lanceiros ali, na maioria veteranos mutilados ou jovens, mas ainda assim eram um número mais do que suficiente para sustentar a paliçada contra a nossa pequena força. O punhado que tentou escapar foi facilmente apanhado por nossos cavaleiros e trazido de volta ao topo, onde Issa e eu tínhamos ido até a fortificação acima do portão ocidental para tirarmos o estandarte de Lancelot e erguermos o de Artur no lugar. Nimue queimou os cabelos cortados, depois cuspiu aos monges aterrorizados que estavam morando no Caer para supervisionar a construção da grande igreja de Sansum.

Esses monges, que demonstravam muito mais desafio do que os lanceiros da guarnição, já haviam escavado os alicerces da igreja e posto ali as pedras tiradas do círculo que antigamente ficava no cume do Caer. Tinham derrubado metade das paredes do salão de festas e usado a madeira para começar a levantar as paredes da igreja em forma de cruz.

– Vai queimar que é uma beleza! – falou Issa animado, esfregando a careca nova.

O uso do salão foi negado a Guinevere e seu filho, e eles receberam a maior cabana do Caer. Era a casa de uma família de lanceiros que foram expulsos, e Guinevere recebeu ordem de entrar. Ela olhou para a cama de palha de centeio e as teias de aranha nos caibros, e estremeceu. Lanval pôs um lanceiro na porta, depois olhou quando um dos cavaleiros de Artur arrastou o comandante da guarnição, um dos homens que haviam tentado fugir.

O comandante derrotado era Loholt, um dos filhos gêmeos de Artur, que tornara a vida de sua mãe Ailleann um sofrimento só e sempre se ressentira do pai. Agora Loholt, que tinha encontrado um senhor em Lancelot, era arrastado pelos cabelos até a presença do pai.

Loholt caiu de joelhos. Artur o encarou durante longo tempo, depois deu as costas e se afastou.

– Pai! – gritou Loholt, mas Artur o ignorou.

Ele foi até a fileira de prisioneiros. Reconheceu alguns dos homens que um dia haviam servido sob suas ordens, enquanto outros vieram do antigo reino Belgae de Lancelot. Esses homens, em número de dezenove, foram levados à igreja meio construída e ali foram mortos. Era uma punição dura, mas Artur não estava com humor para dar misericórdia àqueles que tinham invadido seu país. Ordenou que meus homens os matassem, e eles obedeceram. Os monges protestaram e as mulheres e filhos dos prisioneiros gritaram para nós, e ordenei que todos fossem levados ao portão Leste e expulsos.

Trinta e um prisioneiros permaneciam, todos dumnonianos. Artur contou suas fileiras e escolheu seis homens: o quinto, o décimo, o décimo quinto, o vigésimo, o vigésimo quinto e o trigésimo.

– Mate-os – ordenou com frieza, e fiz os seis homens marcharem até a igreja e acrescentei seus corpos à pilha sangrenta. O resto dos prisioneiros capturados se ajoelhou. Um a um, todos beijaram a espada de Artur para renovar seus juramentos, mas, antes de beijar a lâmina, cada homem foi forçado a se ajoelhar diante de Nimue, que marcou sua testa com uma ponta de lança que ela mantinha incandescente numa fogueira de cozinhar. Assim, todos os homens foram marcados como guerreiros que haviam se rebelado contra um senhor a quem estavam jurados, e a cicatriz de fogo em sua testa significava que seriam mortos se algum dia se mostrassem falsos de novo. Por enquanto, com a testa queimada e dolorosa, eles eram aliados dúbios, mas Artur ainda liderava mais de oitenta homens, um pequeno exército.

Loholt esperava ajoelhado. Ainda era muito jovem, de rosto liso e com uma barba rala que Artur pegou e usou para arrastá-lo até a pedra real, a qual era tudo que restava do antigo círculo. Em seguida, jogou o filho junto à pedra.

– Onde está o seu irmão?

– Com Lancelot, senhor. – Loholt ergueu os olhos para o pai.

– Então você pode se juntar a eles – disse Artur, e o rosto de Loholt mostrou alívio absoluto porque ele iria viver. E Artur prosseguiu numa voz feita de gelo: – Mas primeiro diga: por que você levantou a mão contra seu pai?

– Eles disseram que o senhor estava morto.

– E o que você fez, filho, para vingar minha morte? – perguntou Artur e esperou uma resposta, mas Loholt não tinha. – E quando ouviu dizer que eu estava vivo, por que continuou se opondo a mim?

Loholt olhou para o rosto implacável do pai e, de algum lugar, arranjou sua coragem.

– O senhor nunca foi um pai para nós – falou, amargo.

O rosto de Artur foi retorcido por um espasmo e pensei que ele iria explodir numa fúria terrível, mas quando falou de novo sua voz estava estranhamente calma.

– Ponha a mão direita na pedra – ordenou.

Loholt achou que iria fazer um juramento, por isso pôs, obedientemente, a mão no centro da pedra real. Então Artur desembainhou Excalibur e Loholt entendeu o que o pai pretendia, e puxou a mão de volta.

– Não! – gritou. – Por favor! Não!

– Segure-a aí, Derfel – disse Artur.

Loholt lutou comigo, mas não era páreo para a minha força. Dei um tapa em seu rosto para dominá-lo, depois desnudei seu braço direito até o cotovelo, forcei-o de encontro à pedra e o segurei ali com firmeza enquanto Artur levantava a lâmina.

– Não, papai, por favor!

Mas naquele dia Artur não tinha piedade. E nem teria por muitos dias depois.

– Você levantou a mão contra o próprio pai, Loholt, e por isso perde o pai e a mão. Eu o renego. – E com essa maldição terrível, ele baixou a espada e um jato de sangue jorrou sobre a pedra enquanto Loholt se retorcia violentamente para trás. Ele soltou um grito agudo, segurou o cotoco e olhou horrorizado a mão decepada, depois gemeu em agonia. – Faça um curativo – ordenou Artur a Nimue. – Depois esse idiota pode ir embora – e em seguida se afastou.

Chutei de cima da pedra a mão decepada, com seus dois patéticos anéis de guerreiro. Artur tinha deixado Excalibur cair na grama, por isso peguei a espada e a coloquei reverentemente em cima da mancha de sangue. "Isso", pensei, "era adequado." A espada certa na pedra certa, e tinham sido necessários tantos anos para colocá-la ali!

– Agora esperamos – disse Artur, sombrio – e deixamos o desgraçado vir até nós.

Ele ainda não conseguia dizer o nome de Lancelot.

LANCELOT VEIO DOIS dias depois.

Sua rebelião estava desmoronando, mas ainda não sabíamos disso. Sagramor, com o reforço dos dois primeiros contingentes de lanceiros de Powys, tinha detido os homens de Cerdic em Corinium. O saxão só escapou fazendo uma desesperada marcha noturna, e mesmo assim perdeu mais de cinquenta homens para a vingança de Sagramor. A fronteira de Cerdic ainda estava muito mais a oeste do que era antigamente, mas a notícia de que Artur vivia e tinha tomado Caer Cadarn, e a ameaça do ódio implacável de Sagramor, bastaram para persuadir Cerdic a abandonar seu aliado Lancelot. Ele se retirou para a sua nova fronteira e mandou homens tomarem o que pudessem das terras Belgae de Lancelot. Pelo menos Cerdic tinha lucrado com a rebelião.

Lancelot trouxe seu exército a Caer Cadarn. O núcleo desse exército era formado pela Guarda Saxã e por duzentos guerreiros Belgae, e eles tinham sido reforçados por um *levy* de centenas de cristãos que acreditavam estar fazendo a obra de Deus servindo Lancelot, mas a notícia de que Artur tinha tomado o Caer e dos ataques que Morfans e Galahad estavam fazendo a sul de Glevum os confundiram e desanimaram. Os cristãos começaram a desertar, mas pelo menos duzentos continuavam com Lancelot quando ele chegou, na hora do crepúsculo, dois dias depois de termos capturado o morro real. Ele ainda possuía uma chance de manter o novo reino se ao menos ousasse atacar Artur, mas hesitou, e na madrugada seguinte Artur me mandou enviar uma mensagem. Eu levava o escudo de cabeça para baixo e amarrei um ramo de folhas de carvalho na lança, para mostrar que tinha vindo falar, e não lutar, e um chefe Belgae se encontrou comigo e jurou manter minha trégua, antes de me levar ao palácio de Lindinis onde Lancelot estava alojado. Esperei no pátio externo, vigiado por lanceiros carrancudos, enquanto Lancelot tentava decidir se deveria me receber ou não.

Esperei mais de uma hora, e finalmente ele apareceu. Estava vestido com sua cota de escamas esmaltadas de branco, levava o elmo dourado sob o braço e tinha a Lâmina de Cristo na cintura. Amhar e Loholt, este com o braço envolto em bandagens, estavam atrás dele. Sua Guarda Saxã e uma dúzia de chefes o flanqueavam, e Bors, seu campeão, se mantinha ao seu lado. Todos fediam a derrota. Eu podia sentir o cheiro neles, como carne apodrecida. Lancelot poderia ter nos mantido trancados no Caer, destruído Morfans e Galahad e depois voltado para nos deixar morrer de fome, mas perdera a coragem. Só queria sobreviver. Sansum, observei secamente, não estava à vista. O Lorde Camundongo sabia quando se esconder.

– Encontramo-nos de novo, lorde Derfel – cumprimentou Bors em nome de seu senhor.

Ignorei Bors.

– Lancelot – falei diretamente ao rei, mas me recusei a honrá-lo com o título –, meu senhor Artur lhe dará a misericórdia com uma condição. – Eu falava alto, para que todos os lanceiros do pátio ouvissem. A maioria dos guerreiros tinha a águia do mar de Lancelot nos escudos, mas alguns tinham cruzes pintadas, ou então as curvas duplas do peixe. – A condição para essa misericórdia é que você lute com nosso campeão, homem a homem, espada contra espada, e, se viver, pode ir livre com seus homens. Se morrer, mesmo assim seus homens estarão livres. Mesmo que escolha não lutar, seus homens serão perdoados, todos menos os que eram anteriormente jurados ao nosso rei Mordred. Esses serão mortos. – Era uma oferta sutil. Se Lancelot lutasse, salvaria a vida dos homens que tinham trocado de lado para apoiá-lo, e se recuasse o desafio, iria condená-los à morte, e sua preciosa reputação sofreria.

Lancelot olhou para Bors, depois me olhou de novo. Eu o desprezei infinitamente naquele momento. Ele poderia estar lutando contra nós, e não arrastando os pés no pátio de Lindinis, mas tinha se ofuscado com a ousadia de Artur. Não sabia quantos homens tínhamos, só podia ver as fortificações do Caer cheias de lanças, e a vontade de lutar havia se esvaído. Chegou perto do primo e os dois trocaram palavras. Depois de Bors ter falado com ele, Lancelot me olhou de novo, e seu rosto estremeceu num pequeno sorriso.

– Meu campeão Bors aceita o desafio de Artur – disse.

– A oferta é para você lutar – falei –, e não para alguém amarrar e trucidar seu porco amestrado.

Bors rosnou diante daquilo, e procurou desembainhar sua espada, mas o chefe Belgae que havia garantido minha segurança se adiantou com uma lança e Bors desistiu.

– E o campeão de Artur será o próprio Artur? – perguntou Lancelot.

– Não – falei e sorri. – Eu pedi essa honra. E recebi. Eu a quis pelo insulto que você fez a Ceinwyn. Você pensou em fazer que ela desfilasse nua em Ynys Wydryn, mas arrastarei seu cadáver nu por toda a Dumnonia. E quanto à minha filha – prossegui –, a morte dela já está vingada. Seus druidas estão mortos, deitados do lado esquerdo, Lancelot. Os corpos deles não foram queimados, e suas almas vagam.

Lancelot cuspiu aos meus pés.

– Diga a Artur que mandarei a resposta ao meio-dia. – Em seguida, ele se virou.

– E você tem alguma mensagem para Guinevere? – perguntei, e a pergunta o fez se virar de novo. – Sua amante está no Caer. Quer saber o que vai acontecer? Artur me contou qual será o destino dela.

Ele me olhou com ódio, cuspiu de novo, depois apenas se virou e foi embora. Fiz o mesmo.

Voltei ao Caer e encontrei Artur na paliçada, logo acima do portão ocidental onde, havia tantos anos, tinha falado comigo sobre o dever de um soldado. Esse dever, dissera ele, era lutar a batalha pelos que não podiam lutar sozinhos. Esse era o seu credo, em todos aqueles anos ele havia lutado por Mordred, e agora, finalmente, lutava por si mesmo, e ao fazer isso perdera tudo que mais amava. Eu lhe dei a resposta de Lancelot e ele assentiu, não disse nada, e me dispensou.

Mais tarde, naquela manhã, Guinevere mandou Gwydre me chamar. O menino subiu a paliçada onde eu estava com meus homens e puxou minha capa.

– Tio Derfel? – Ele me espiou, abatido. – Mamãe quer conversar com você. – Falava com medo e havia lágrimas em seus olhos.

Olhei para Artur, mas ele não estava interessado em nenhum de nós, por isso desci a escada e fui com Gwydre até a cabana do lanceiro. Ter mandado me chamar devia ser um tremendo golpe no orgulho de Guinevere, mas ela queria dar um recado a Artur, e sabia que ninguém no Caer era tão próximo dele quanto eu. Ela se levantou quando me curvei para passar pela porta. Fiz-lhe uma reverência com a cabeça, depois esperei enquanto ela mandava Gwydre sair e ir conversar com o pai.

A cabana mal tinha altura para Guinevere ficar de pé. Seu rosto estava abatido, quase macilento, mas de algum modo a tristeza lhe dava uma beleza luminosa que o ar de orgulho usual lhe negava.

– Nimue disse que você viu Lancelot – disse ela, tão baixo que tive de me inclinar para ouvir as palavras.

– Sim, senhora, eu vi.

Sua mão direita estava inconscientemente repuxando as dobras do vestido.

– Ele mandou alguma mensagem?

– Nenhuma, senhora.

Ela me olhou com seus enormes olhos verdes.

– Por favor, Derfel – disse em voz baixa.

– Eu o convidei a falar, senhora. Ele não disse nada.

Guinevere se deixou cair num banco tosco. Ficou quieta durante um tempo e vi uma aranha descer da palha do teto, tecendo seu fio cada vez mais perto do cabelo dela. Estava hipnotizado pelo inseto, imaginando se deveria afastá-lo ou deixar.

– O que você lhe disse?

– Eu me ofereci para lutar contra ele, senhora, homem a homem, Hywelbane contra a Lâmina de Cristo. E depois prometi arrastar seu corpo nu por toda a Dumnonia.

Ela balançou a cabeça selvagemente.

– Lutar – falou com raiva. – É só isso que vocês, brutos, sabem fazer! – Em seguida fechou os olhos alguns segundos. – Desculpe, lorde Derfel – falou humildemente. – Eu não deveria insultá-lo, não quando preciso de que peça um favor a lorde Artur. – Guinevere me olhou e vi que ela estava tão abalada quanto o marido. – Você faria isso? – implorou.

– Que favor, senhora?

– Peça que me deixe ir, Derfel. Diga que irei para o outro lado do mar. Diga que ele pode ficar com nosso filho, e que é nosso filho, que irei embora e ele nunca mais me verá nem ouvirá falar de mim.

– Vou pedir, senhora.

Ela captou a dúvida em minha voz e me encarou com tristeza. A aranha tinha desaparecido em seu cabelo denso e ruivo.

– Você acha que ele recusará? – perguntou numa voz baixa e amedrontada.

– Senhora, ele a ama. Ele a ama tanto que não creio que possa algum dia deixá-la ir.

Uma lágrima apareceu em seu olho, depois escorregou pelo rosto.

– E o que ele fará comigo?

Não respondi.

– O que ele fará, Derfel? – perguntou ela de novo com um pouco da antiga energia. – Diga!

– Senhora – falei com voz pesada –, ele irá colocá-la em algum lugar seguro e vai mantê-la sob guarda. – Todo dia, pensei, ele pensaria nela, toda noite iria conjurá-la nos sonhos, e em todo amanhecer iria se revirar na cama até descobrir que ela não estava. – A senhora será bem-tratada – garanti com gentileza.

– Não – gemeu ela. Guinevere poderia ter esperado a morte, mas essa promessa de prisão parecia ainda pior. – Diga-lhe para me deixar ir embora, Derfel. Só diga para me deixar ir!

– Pedirei, mas não creio que ele deixe. Não creio que ele possa.

Agora ela estava chorando abertamente, com a cabeça nas mãos, e ainda que eu esperasse, não disse mais nada, por isso saí da cabana. Gwydre tinha achado a companhia do pai sombria demais, por isso quisera voltar para perto da mãe, mas eu o levei e o fiz me ajudar a limpar e afiar Excalibur. O coitado estava com medo, porque não entendia o que tinha acontecido, e nem Guinevere nem Artur podiam explicar.

– Sua mãe está muito doente – falei –, e você sabe que algumas vezes as pessoas doentes precisam ficar sozinhas. – Sorri para ele. – Talvez você possa vir morar com Morwenna e Seren.

– Posso?

– Acho que sua mãe e seu pai vão dizer que sim, e eu gostaria disso. Agora não esfregue a espada! Afie. Com movimentos compridos e suaves, assim!

Ao meio-dia fui até o portão ocidental esperar o mensageiro de Lancelot. Mas não veio ninguém. O exército de Lancelot estava simplesmente se espalhando, como areia retirada de cima de uma pedra pela chuva. Alguns foram para o sul e ele cavalgou com esses homens, e as asas de cisne em seu elmo eram visíveis, brancas e luminosas enquanto se afastava, mas a maioria dos homens veio para a campina ao pé do Caer, e ali pousou as lanças, os escudos e as espadas e todos se ajoelharam no capim esperando a misericórdia de Artur.

– O senhor venceu – falei.

– Sim, Derfel – disse ele, ainda sentado –, parece que venci. – Sua nova barba, tão estranhamente grisalha, o fazia parecer mais velho. Não mais frágil, porém mais velho e mais duro. Acima de sua cabeça um sopro de vento agitou o estandarte do urso.

Sentei-me ao seu lado.

– A princesa Guinevere implorou que eu lhe pedisse um favor – falei, olhando o exército inimigo pousar as armas e se ajoelhar abaixo de nós. Ele não disse nada. Nem olhou para mim. – Ela quer...

– Ir embora.

– Sim, senhor.

– Com sua águia do mar – disse ele amargamente.

– Ela não disse isso, senhor.

– Para onde mais ela iria? – perguntou Artur e em seguida virou os olhos frios para mim. – Ele perguntou por ela?

– Não, senhor. Ele não disse nada.

Artur riu, mas era um riso cruel.

– Pobre Guinevere, pobre, pobre Guinevere. Ele não a ama, ama? Ela era apenas uma coisa bela para ele, outro espelho onde olhar para a própria beleza. Isso deve magoá-la, Derfel, isso deve magoá-la.

– Ela implora que o senhor a liberte – insisti, como tinha prometido. – Ela deixará Gwydre com o senhor, ela irá...

– Ela não pode impor condições – disse Artur, irado. – Nenhuma.

– Não, senhor – falei. Eu tinha feito o máximo por Guinevere, e tinha fracassado.

– Ela ficará em Dumnonia.

– Sim, senhor.

– E você também ficará aqui – ordenou ele asperamente. – Mordred pode liberá-lo do juramento, mas eu não libero. Você é meu homem, Derfel, é meu conselheiro e ficará aqui comigo. A partir de hoje você é meu campeão.

Virei-me para olhar a espada recém-limpa e afiada sobre a pedra real.

– Ainda sou campeão de um rei, senhor?

– Nós já temos um rei, e eu não quebrarei esse juramento, mas governarei este país. Ninguém mais, Derfel, só eu.

Pensei na ponte em Pontes, onde tínhamos atravessado o rio antes de lutar com Aelle.

– Se o senhor não for o rei, deve ser o nosso imperador. Deve ser um Senhor dos Reis.

Ele sorriu. Era o primeiro sorriso que eu via em seu rosto desde que Nimue tinha puxado a cortina preta no Palácio do Mar. Era um sorriso débil, mas estava ali. E ele não recusou meu título. Imperador Artur, Senhor dos Reis.

Lancelot tinha ido embora, e o que restava de seu exército estava ajoelhado diante de nós, em terror. Seus estandartes estavam caídos, as lanças, no chão e os escudos, tombados. A loucura varrera Dumnonia como uma tempestade, mas tinha passado: Artur vencera, e abaixo de nós, sob um alto sol de verão, todo um exército se ajoelhava pedindo sua misericórdia. Era o que Guinevere tinha sonhado um dia. Era Dumnonia aos pés de Artur com sua espada na pedra real, mas agora era tarde demais. Tarde demais para ela.

Mas para nós, que tínhamos mantido o juramento, era o que sempre havíamos esperado, porque agora, em todos os sentidos, menos no nome, Artur era rei.

fim do volume 2

Nota do Autor

As histórias sobre caldeirões são comuns no folclore celta, e sua busca podia levar bandos de guerreiros a lugares sombrios e perigosos. Cuchulain, o grande herói irlandês, teria roubado um caldeirão mágico de uma fortaleza poderosa, e temas assim são recorrentes nos mitos galeses. Atualmente é impossível desvendar a origem desses mitos, mas podemos ter alguma certeza de que as populares narrativas medievais sobre a busca do Santo Graal eram apenas uma revisão cristianizada dos antigos mitos do caldeirão. Uma dessas narrativas envolve o Caldeirão de Clyddno Eiddyn, que era um dos Treze Tesouros da Britânia. Esses tesouros desapareceram das narrativas modernas da saga arturiana, mas eles estavam firmemente lá, nos tempos mais antigos. A lista dos Tesouros varia de fonte para fonte, por isso compilei uma amostra razoavelmente representativa, ainda que a explicação de Nimue para as suas origens, na página 136, seja totalmente inventada.

Os caldeirões e os tesouros mágicos nos dizem que estamos em território pagão, o que torna estranho que as histórias posteriores de Artur sejam tão fortemente cristianizadas. Seria Artur o "Inimigo de Deus"? Algumas narrativas antigas sugerem que a Igreja celta era hostil com relação a Artur; assim, na *Vida de São Padarn* é dito que Artur roubou a túnica vermelha do santo e só concordou em devolver depois de o santo o ter enterrado até o pescoço. De modo semelhante, teria roubado o altar de São Carannog para usar como mesa de refeições; de fato, nas vidas de muitos santos, Artur é representado como um tirano que só consegue ser impedido pela misericórdia ou pelas orações do homem santo. São Cadoc foi evidentemente um famoso opositor, cuja *Vida* alardeia a quantidade de vezes em que derrotou Artur, inclusive uma história bastante desagradável em que Artur, interrompido durante um jogo de dados por um casal de amantes em fuga, tenta estuprar a jovem. Esse Artur, ladrão, mentiroso e quase estuprador sem dúvida não é o mesmo da lenda moderna, mas as histórias sugerem que, de algum modo, Artur tinha atraído um forte repúdio por parte da igreja antiga, e a explicação mais simples desse repúdio seria que ele era pagão.

Não podemos ter certeza disso, assim como só podemos imaginar que tipo de pagão ele era. A religião nativa dos britânicos, o druidismo, fora tão desgastada pelos séculos de domínio romano que, no século V, não passava de uma sombra, ainda que, sem dúvida, se mantivesse arraigada em partes rurais da Britânia. O "golpe doloroso" contra o druidismo foi o Ano Negro de 60 d.C., quando os romanos atacaram Ynys Mon (Anglesey) e destruíram o centro de culto da fé. Llyn Cerrig Bach, o Lago das Pedrinhas, existiu, e a arqueologia sugeriu que era um lugar importante para os rituais druídicos, mas infelizmente o lago e a paisagem em volta foram totalmente obliterados durante a Segunda Guerra Mundial, quando o campo de aviação Valley foi expandido.

As crenças rivais do druidismo foram todas introduzidas pelos romanos, e durante um tempo o mitraísmo foi uma ameaça genuína ao cristianismo, enquanto outros Deuses, como Mercúrio e Ísis, continuaram a ser cultuados. Mas o cristianismo foi, de longe, a importação mais bem-sucedida. Ele havia até mesmo varrido a Irlanda, levada por Patrick (Padraig), um cristão britânico que supostamente usou a folha de trevo para ensinar a doutrina da Trindade. Os saxões extirparam o cristianismo das partes da Britânia que capturaram, de modo que os ingleses tiveram de esperar mais cem anos até que Santo Agostinho de Canterbury reintroduzisse a religião em Lloegyr (a atual Inglaterra). Esse cristianismo agostiniano era diferente das formas célticas originais; a Páscoa era celebrada num dia diferente e, em vez de usar a tonsura druídica que raspava a frente da cabeça, os novos cristãos faziam o círculo mais familiar, no cocuruto.

Como em *O rei do inverno*, introduzi deliberadamente alguns anacronismos. As lendas arturianas são terrivelmente complexas, principalmente porque incluem todo tipo de histórias diferentes, muitas das quais, como a narrativa de Tristan e Isolda, começaram como histórias independentes e apenas aos poucos se incorporaram à saga arturiana mais ampla. Houve um tempo em que eu pretendia deixar de lado todos os acréscimos posteriores, mas isso me negaria, entre outras coisas, Merlin e Lancelot, então permiti que o romantismo prevalecesse sobre o pedantismo. Confesso que a inclusão da palavra Camelot é um completo absurdo histórico, porque esse nome só foi inventado no século XII, e Derfel nunca o teria ouvido.

Alguns personagens, como Derfel, Ceinwyn, Culhwch, Gwenhwyvach, Gwydre, Amhar, Loholt, Dinas e Lavaine desapareceram das histórias no passar dos séculos e foram substituídos por novos personagens, como Lancelot. Outros nomes mudaram. Nimue se tornou Vivien, Cei virou Kay, e Peredur virou Percival. Os nomes mais antigos são galeses, e podem ser difíceis, mas com a exceção de Excalibur (em vez de Caledfwlch) e Guinevere (em vez de Gwenhwyfar), eu os preferi porque refletem o ambiente da Britânia no século V. As lendas arturianas são narrativas galesas, e Artur é um ancestral dos galeses, ao passo que seus inimigos, como Cerdic e Aelle, eram o povo que agora seria conhecido como os ingleses, e parecia certo enfatizar as origens galesas da história. Não que eu possa fingir que a trilogia do Senhor das Guerras seja de algum modo uma história precisa daqueles anos; ela nem mesmo é uma tentativa de fazer tal história; é apenas outra variação de uma saga fantástica e complicada que nos veio de uma era bárbara, mas que ainda fascina porque é tão repleta de heroísmo, romance e tragédia.

muitas das quais, como a narrativa de Tristan e Isolda, começaram como histórias independentes e apenas aos poucos se incorporaram à saga arturiana mais ampla. Houve um tempo em que eu pretendia deixar de lado todos os acréscimos posteriores, mas isso me negaria, entre outras coisas, Merlim e Lancelot, então permiti que o romantismo prevalecesse sobre o pedantismo. Confesso que a inclusão da palavra Camelot é um completo absurdo histórico, porque esse nome só foi inventado no século XII, e Derfel nunca o teria ouvido.

Alguns personagens, como Derfel, Ceinwyn, Culhwch, Gwenhwyvach, Gwydre, Amhar, Loholt, Dinas e Lavaine desapareceram das histórias no passar dos séculos e foram substituídos por novos personagens, como Lancelot. Outros nomes mudaram: Nimue se tornou Vivien, Cei virou Kay, e Peredur virou Percival. Os nomes mais antigos são galeses, e podem ser difíceis, mas com a exceção de Excalibur (em vez de Caledfwlch) e Guinevere (em vez de Gwenhwyvach), eu os preferi porque refletem o ambiente da Britânia no século V. As lendas arturianas são narrativas galesas, e Artur é um ancestral dos galeses, ao passo que seus inimigos, como Cerdic e Aelle, eram o povo que agora seria conhecido como os ingleses, e parecia certo enfatizar as origens galesas da história. Não que eu possa fingir que a trilogia do Senhor das Guerras seja de algum modo uma história precisa daqueles anos: ela nem mesmo é uma tentativa de fazer tal história: é apenas outra variação de uma saga fantástica e complicada que nos veio de uma era bárbara, mas que ainda fascina porque é tão repleta de heroísmo, romance e tragédia.

EDIÇÕES

BestBolso

Este livro foi composto na tipologia Minion Pro Regular, em corpo 10/12,5, e impresso em papel off-set 56g/m² no Sistema Cameron da Divisão Gráfica da Distribuidora Record.